PRINCIPAL TÉMOIN

STEVE MARTINI

PRINCIPAL TÉMOIN

roman

Traduit de l'américain
par

MARIE-CAROLINE AUBERT

BERNARD GRASSET
PARIS

L'édition originale de cet ouvrage a été publiée en 1993 par G. P. Putnam's Sons à New York, sous le titre :

PRIME WITNESS

Aux Mères, Rita et Betty, pour l'intérêt,
l'attention et l'amour qu'elles m'ont témoignés.

Prologue

Ce sont des oiseaux des ténèbres au vol silencieux, farouches et sauvages. Dans l'obscurité absolue d'une nuit sans lune, le grand duc de Virginie peut fondre sur vous et vous arracher un œil. Et il lui arrive plus qu'à son tour de s'attaquer à l'homme, c'est un fait reconnu.

Il faudra encore trois nuits, pas davantage, pour terminer le travail qui lui a rapporté presque l'équivalent d'une année de salaire. Bien que le risque soit important, jamais de sa vie il n'a gagné de l'argent aussi facilement.

Comme les quatre nuits précédentes, il gare sa voiture à plus de cinq cents mètres, au milieu des arbres qui bordent la route. Il sort Harvey de sa cage, dénoue ses liens de cuir et ôte le capuchon qui recouvre sa large tête au bec crochu. Il tend le bras, relève légèrement son poing ganté et d'un grand geste vers l'avant, indique à l'oiseau qu'il doit s'envoler. Un ample dais de plumes se déploie en un mouvement fluide et l'imposant rapace prend son essor dans les airs. Une vision d'envol, sorte de dessin d'animation qui dans le silence total confine à la perfection. Il regarde Harvey disparaître dans les ombres des arbres et le ciel éclairé par la demi-lune.

Baptisé en hommage au lapin imaginaire d'un mètre quatre-vingts de haut qui figurait dans un vieux film de Jimmy Stewart, Harvey est furtif par essence, six livres de mort rapide comme l'éclair en plein vol.

Il écoute, et quelques secondes plus tard, entend le froissement éloquent des ailes qui se replient, le seul bruit que fasse jamais Harvey. Cela signifie qu'il a atterri, près de cent mètres plus haut, sur la plate-forme de fortune installée dans le gros arbousier. Cet endroit, là-haut dans les arbres, fournira à l'oiseau un meilleur angle d'attaque.

Il ferme la voiture à clé et s'assure qu'elle est garée suffisamment loin de la route pour qu'un imbécile de motocycliste ne risque pas de la voir en passant. Ou pire, le shérif local effectuant une patrouille. Mais on est à plus d'un kilomètre de la grande route du comté et personne n'emprunte plus – du moins la nuit – l'ancienne route caillouteuse tombée en désuétude. Il a repéré cet endroit sur un vieux plan parcellaire de la propriété qu'il a obtenu au service régional du cadastre. Mieux valait ne pas trop solliciter l'aide du propriétaire. Moins il en saurait, mieux ce serait pour tout le monde.

Il se fraye un chemin dans les taillis, traverse le cours d'eau peu profond, arrive au pied de l'arbre et se prépare à grimper. Son ascension sera facilitée par le matériel qu'il a préparé le premier soir, les cordes de rappel et un harnais muni de courroies de cuir qui passent entre les jambes. Il ajuste le crampon à l'encoche ménagée dans sa chaussure et commence l'ascension.

Il se déplace sans effort entre les branches de l'arbousier aux tons rouge sang, s'élevant à trois, six mètres, tandis que la corde se déroule en dessous de lui tel un serpent interminable. S'il a choisi l'arbousier plutôt qu'un des pins élancés ou des chênes trapus, c'est que son écorce est plus lisse et qu'il n'a pas de résine, susceptible d'abîmer les cordes.

Quatre minutes plus tard, à peine essoufflé, il pose le pied sur la plate-forme tout près de Harvey. Le rapace est perché sur une branche à quelques dizaines de centimètres de lui.

Il consulte sa montre. Il est presque minuit. En quelques gestes vifs, il se débarrasse des cordes qui l'entravent et se prépare à agir. Il lui reste tout au plus cinq heures avant le lever du jour.

Aussitôt, il fait flairer à Harvey le contenu d'un sachet, une pochette de cuir parsemée de clous rutilants qu'il a attachée à sa ceinture. Ce sont des morceaux de chair, du sang et des parcelles d'organes vitaux prélevés sur le travail de la nuit précédente. Il peut à ce jour dénombrer quatre dépouilles. Avec un peu de chance, il y en aura davantage quand il aura terminé cette nuit.

Avec Harvey, le rituel est immuable. D'abord flairer l'odeur de la cible, puis l'envol et enfin la mise à mort. S'il est au meilleur de sa forme, l'oiseau sera de retour dans quelques minutes, les ergots ensanglantés.

Fidèle à leur cérémonial, il expédie Harvey dans le ciel et se tient aux aguets, silencieux comme une pierre, face aux falaises de roche basaltique, à l'ouest, qui s'élèvent au-dessus de la vallée à une trentaine de mètres.

Il éprouve toujours un certain malaise quand Harvey est en l'air. Cette anxiété repose sur la liberté du vol, la conscience qu'après tout, il s'agit d'une créature qui peut tout à fait, l'espace d'un caprice, disparaître derrière l'horizon pour ne jamais réapparaître. Telle la chance qui sourit à certains, ou les attentions qu'une superbe maîtresse prodigue à son amant, l'oiseau de proie revient vers son maître pour une seule raison : il aime sa compagnie. C'est une relation qui incite à réfléchir et se prête toujours à une même remise en question : qui est le maître, qui est le serviteur ?

Tandis que ses yeux tentent de percer vers l'ouest l'opacité de l'air nocturne, l'oiseau émet dans son dos un cri surnaturel, aussi strident que celui du cougar acculé qui s'apprête à mourir. Il a beau connaître ce bruit, un frisson lui parcourt le dos.

S'efforçant de garder l'équilibre sur la plate-forme, il se retourne et son regard se porte, au-delà du toit de feuillages, sur un endroit situé soixante mètres en contrebas, de l'autre côté du cours d'eau sinueux. L'espace d'un instant, il entrevoit clairement des silhouettes, illuminées dans son esprit comme l'éclair d'un stroboscope au clair de lune. Puis Harvey fond sur lui avec ses ailes encombrantes, le sang qui dégoutte de ses ergots, et dans l'une de ses serres, l'objet de son vol frénétique.

L'oiseau posé en équilibre précaire sur son poing ganté, il s'escrime contre les ergots acérés de la serre refermée. Il arrache à l'emprise de Harvey la chose qui roule dans sa paume ouverte. A la vue du résidu sanguinolent, à peine identifiable, il est traversé par un frisson de peur fulgurant. Spontanément, il le laisse tomber, trente mètres plus bas, dans le cours rapide du ruisseau.

CHAPITRE 1

Il règne dans ce lieu une indéfinissable odeur de mort. Des mouches noires et autres créatures bourdonnantes se pressent en masse sous le soleil de midi aux abords de Putah Creek. Je serais arrivé plus tôt si la route nationale n'avait été aussi encombrée de conducteurs attardés à admirer le paysage, des touristes grappillant quelques instants de supplément en rentrant de leur excursion à Sonoma Valley.

Nous nous trouvons à quelque huit kilomètres au-dessous du barrage où la rivière, étranglée, devient un mince cours d'eau se faufilant entre d'imposants rochers et des cailloux gros comme des balles de golf. La chaleur bourgeonnante du jour jaillit de la roche.

Il y a là des gens que je reconnais sans pouvoir les nommer, des policiers que j'ai vus ces dernières semaines dans le bureau du shérif à Davenport. Certains se frayent un chemin entre des mauvaises herbes et des taillis qui leur arrivent aux aisselles, appliquant la méthode dite du déshabillage pour quadriller le terrain. Ils sont trois à le passer au peigne fin, à la recherche du moindre signe inhabituel.

Plus loin, de l'autre côté du cours d'eau, je vois les hautes falaises que la rivière a taillées dans la lave noire avant que le barrage la mate. Un fouillis d'arbres, des chênes pour l'essentiel et quelques peupliers élancés dont les branches effleurent les promontoires, grimpe jusqu'à leur sommet.

Mais ce qui m'intéresse se trouve de ce côté-ci du cours d'eau, derrière la ligne de démarcation en ruban plastique jaune que les policiers ont dessinée autour d'un bouquet de petits arbres. A l'intérieur de ce périmètre, une silhouette isolée s'emploie, à croupetons et penchée en avant, à inspecter le sol. Vêtue d'un blouson bleu marine de la police, avec les initiales « DOJ » d'un blanc éclatant imprimées en haut du dos, pour signaler son rattachement au ministère de la Justice. C'est une femme de petite taille, un peu trapue, l'une des expertes criminologues de la Justice de l'Etat.

Je descends de voiture et me dirige vers le périmètre délimité par le ruban jaune, foulant au passage des morceaux de clôture barbelée qui traînent par terre mais sont encore rattachés à des poteaux de bois pourri, fendus en deux et branlants. Une petite pancarte métallique portant la mention « Accès interdit » gît sur le sol, rendue méconnaissable par la rouille. On dirait qu'elle est dans la poussière et la boue depuis plus de dix ans.

Je contourne de loin la zone de recherches jusqu'à ce que je déniche à travers les arbres et les taillis une percée qui m'offre une bonne vue de la scène. C'est alors que je les vois, dans une dépression du terrain, allongés sur le dos, les bras écartés comme dans une crucifixion, le visage offert au soleil de plomb, deux corps nus blafards, couverts de sang coagulé couleur de métal rouillé à hauteur de la taille.

La densité de mouches et d'insectes est plus forte à cet endroit, et la puanteur de la mort plus intense dans la chaleur de midi.

Le corps le plus proche de moi, un homme, a les poings serrés. Fermement entravés par une corde, ils ont maintenant la couleur bleu-noir de la mort. Les membres de la victime, quasiment disloqués au niveau des articulations, sont écartelés, retenus par une corde gainée de plastique semblable à celle utilisée dans les autres meurtres. Pour obtenir ce résultat, on a profondément enfoncé dans le sol des piquets de tente en métal de sorte que seule dépasse une courte section de l'extrémité en L. Un peu de sang, pas beaucoup, a coagulé au niveau du bas-ventre. J'en déduis que comme dans les meurtres précédents, un cinquième piquet a été solidement enfoncé pour fixer la victime au sol. Dans l'ordre normal des choses, ce doit être la cause du décès.

J'ai lu les rapports concernant les meurtres précédents. Ce sujet, semblerait-il, choisit toujours ses victimes en couple, un homme et une femme, repérées de la même façon. Dans chaque cas, des étudiants de fac. Les flics et leurs psys qui étudient ce genre de choses m'ont dit qu'il y a là un rituel, une signature qu'ils ont maintenant rapprochée de deux doubles meurtres au moins, l'un dans le comté d'Orange au sud de l'Etat, et l'autre dans l'Oregon. Mon regard s'attarde sur les deux victimes allongées par terre à une dizaine de mètres devant moi. Je suis moins frappé par l'horreur de ce spectacle que par l'évidence manifeste d'une modification, ici, du schéma habituel du meurtrier. La femme souffrant d'une légère surcharge pondérale, que le médecin légiste, fidèle aux euphémismes de son art, qualifiera de « richement alimentée ». Et l'homme dont la tête est couronnée d'une véritable crinière, plutôt hirsute, de cheveux argentés. Pour une fois, le tueur n'a pas sélectionné les jeunes étudiants qui étaient sa proie habituelle.

Je dirais que l'homme a une soixantaine d'années, mais eu égard aux souffrances qui ont accompagné sa mort, ce n'est pas facile à établir. Quant à la femme, en dépit des rides et affaissements de chairs liés au vieillissement, je ne saurais rien avancer de précis car je ne peux pas voir son visage. Encore un des signes distinctifs du tueur, semblerait-il. Tout en contemplant ce pitoyable spectacle, je m'étonne des méandres du destin qui m'ont amené jusqu'ici.

Déjà dans son enfance, Mario Feretti était un drôle de pistolet, un de ces types qui brûlent la chandelle par les deux bouts. Depuis quelques jours, je regrette de plus en plus de ne pas avoir refusé sa proposition. Et maintenant, avec la troisième paire de victimes pas encore refroidies, par terre devant moi, mes regrets augmentent de seconde en seconde.

Il y a trois semaines de cela, Mario est venu me confier ses malheurs. A quarante-trois ans, marié, avec trois enfants en primaire, il était bon pour un triple pontage. Deux membres du Conseil régional de surveillance voulaient l'éjecter de son poste de procureur élu du comté de Davenport. C'étaient des gens dont l'ambition ne connaissait aucune limite, qui n'avaient de respect pour rien. Pour ma part, refuser d'aider Mario n'était même pas envisageable. Quand il est entré dans mon bureau, il était toujours le gosse avec qui je jouais au ballon sur le terrain vague et faisais des expéditions en radeau sur la rivière. Mario avait des yeux passionnés, profondément enfoncés dans leurs orbites, pareils à deux grosses olives flottant sur des blancs d'œufs, et un comportement qui demeurait, en dépit de ses problèmes de santé, toujours braillard et exubérant. Lorsqu'il m'a demandé d'accepter un poste temporaire de procureur spécial du comté, juste pour le remplacer, quelques mois pas davantage, le temps de sortir de l'hôpital et de se remettre sur pied, je n'ai pas pu refuser. J'en subis aujourd'hui les conséquences.

Je me détourne des corps allongés.

Un homme au visage parcheminé se tient à une dizaine de mètres. Ses traits les plus marquants sont un long nez busqué et un front creusé de profonds sillons. Bien que de frêle constitution, il déborde d'énergie. C'est cet homme qui m'a convoqué ici.

Complètement trempé, Claude Dusalt doit au mieux peser dans les soixante-dix kilos. D'origine basque, fils d'un berger qui assurait la transhumance des troupeaux, il pourchassait dans ces collines les brebis égarées de son père lorsqu'il était enfant. Cela fait maintenant trente ans que, devenu détective en chef sous les ordres du shérif, il arpente les mêmes hectares au profit du comté de Davenport.

Au moment où je le regarde, il s'adresse à voix basse à une escouade de policiers, un petit groupe qui recueille ses instructions pour la suite de l'enquête qui va prendre son essor.

L'un des assistants de Claude leur distribue du matériel, des pochettes étanches et des fioles de plastique transparent. Ces policiers, qui n'ont pas été formés à gérer les premières constatations, sont chargés de recueillir les éléments ordinaires se trouvant dans les parages, graines et autres fragments de plantes susceptibles de s'être accrochés aux vêtements, particules et humus provenant du sol. Avec un peu de chance, ils retrouveront peut-être ultérieurement sur les vêtements d'un suspect des éléments correspondant à ceux-ci.

A ma vue, Claude ne fait aucun mouvement dans ma direction, se contentant d'incliner la tête pour m'indiquer qu'il m'a repéré. Parfaite incarnation de l'homme actif, il s'affaire de nouveau, entraînant maintenant vers les corps et le périmètre de sécurité un de ses policiers équipé d'une caméra vidéo.

Le jeu de mains de Claude indique les angles de prises de vue qu'il veut, des gros plans des corps, me semble-t-il, et des vêtements disposés selon un schéma bien précis près de la tête de chaque victime, le pantalon et la chemise aussi parfaitement pliés que s'ils sortaient de la blanchisserie, comme lorsqu'une mère attentive prépare les affaires de son enfant. Et puis, la bizarrerie. Le tueur a drapé la petite culotte de la femme sur sa tête, passé l'élastique de la taille autour de son menton et son cou, lui voilant ainsi la face. Il a glissé son soutien-gorge par les échancrures, en passant sous l'entrejambe qui est arrimé au sommet de son crâne, de sorte que chaque bonnet émerge d'une échancrure de jambe, faisant penser à deux grotesques oreilles de souris.

Je reste figé sur place, l'esprit ramené en arrière, au moment où je me suis laissé embarquer dans tout ça, quand j'ai rendu visite à Mario sur son lit d'hôpital, il y a maintenant dix jours. Il respirait avec difficulté. « Tu n'as pas besoin d'exercer des poursuites, m'avait-il assuré. Tiens-leur simplement la main pendant l'enquête. Accorde-leur tous les mandats de comparution et de perquisition qu'ils voudront. J'ai déjà parlé aux juges. Ils sont tous d'accord. »

Il m'annonça alors qu'il était en train de se retaper. A l'en croire, il serait de retour au bureau dans quatre-vingt-dix jours, largement le temps de préparer un procès, si l'on devait en arriver là.

Je me demandai quel genre de pipe Mario avait pu fumer. Il était l'image même de la mort réchauffée au micro-ondes. Trois jours à peine après être passé par le bistouri du chirurgien pour un triple pontage qui lui avait pompé toutes ses forces, il était blafard, un fantôme gris verdâtre se détachant sur les draps blancs de l'hôpital.

Un mince tube de plastique transparent encadrait son visage et ses cheveux emmêlés, pareil aux écouteurs d'un baladeur, mais dans ce cas précis, ils ne véhiculaient que le bruit inaudible de l'oxygène émis par des mamelons jumeaux calés fermement sous chacune de ses narines. Je voyais à travers le tube de petites bulles sanglantes s'acheminer péniblement de son corps à la bouteille. Cela faisait penser à un sablier liquide, me rappelant que mon temps en ce lieu, avec lui, était compté.

Nous bavardâmes quelques minutes des meurtres, de l'enquête en cours. Mario secoua la tête (dans la mesure du possible), sa respiration se fit plus difficile encore. « Intolérable », dit-il. Il tendit la main vers la sonnette reliée au poste des infirmières. « Intolérable. »

Je crus un moment qu'il parlait de son état, puis réalisai que ce n'était pas ça. Mario Feretti faisait allusion à celui que je dois maintenant poursuivre, celui que les journaux de l'Etat appellent désormais « le meurtrier de Putah Creek ».

« Les psys vont pouvoir s'en donner à cœur joie avec celui-là. » La voix m'arrache à ma rêverie. Elle vient de derrière moi, là, près du cours d'eau.

Je me retourne. C'est Denny Henderson, le deuxième adjoint de Dusalt. Il observe les corps allongés par terre. Henderson est blond, malchanceux et obèse. Sa chemisette blanche est tendue sur son ventre comme la peau d'un tambour, et j'y discerne les traces estompées de quelque repas passé, du genre que peut laisser derrière elle une bouchée de spaghettis quand on l'aspire. Son visage est vérolé, la rançon de l'acné juvénile.

« Denny. Comment ça va ? »

Il me serre la main. Nous nous appelons par notre prénom, maintenant que je suis passé du côté des gentils. Il n'en a pas toujours été ainsi. A Davenport, où il m'est arrivé, au cours des ans, de traverser la rivière pour défendre un client, Denny Henderson gardait toujours ses distances avec moi. Je lui demande :

« Des indices ? »

Il secoue la tête. « Comme pour les autres. » Son regard s'attarde sur les deux corps. « Ce mec ne commet aucune erreur. »

Le photographe de la criminelle se penche maintenant sur le piquet métallique fiché dans le poing droit serré de la victime mâle. Il prend deux clichés, un très gros plan avec une petite règle graduée dans le cadre pour le détail, et une autre de plus loin, pour la perspective.

« A un moment ou à un autre, il finira par faire une connerie. » Il y a de la colère dans le ton de Henderson, et ses paroles résonnent comme un vœu.

Dusalt nous voit ensemble et fait signe à Henderson de le rejoindre, quelque détail à régler. Je me dis qu'il n'a peut-être pas envie que Denny bavarde trop avec moi. A sa façon, Henderson est le garçon de courses de Claude, mais jouer ce rôle ne semble pas le déranger.

Ayant expédié Henderson dans une autre direction, Claude vient vers moi.

« Monsieur Madriani, dit-il. Je pensais bien que vous seriez là. J'espère que cela ne vous a pas dérangé.

– Pas du tout. Je suis content que vous ayez appelé. » Nous faisons bonne figure, échangeant les plaisanteries d'usage, genre qu'y a-t-il de mieux à faire, par un beau dimanche, que de rôder autour de cadavres étendus par terre.

Il me serre la main. Avec raideur, en y mettant la forme. Il appartient à la catégorie maigrichons à muscles d'acier. Claude affiche le genre d'expression crispée, soucieuse, qui vous porterait à croire qu'il souffre essentiellement d'un ulcère, ou d'hémorroïdes.

« Comme vous êtes nouveau, j'ai jugé préférable de vous tenir informé.

– Je vous en suis reconnaissant », dis-je.

Il pique-niquait en famille lorsqu'on l'a appelé pour venir ici. Cela ne lui a pas plu, mais il affirme que les siens comprennent. Si c'est vrai, ils sont plus tolérants que les miens.

Je lui demande : « Sait-on déjà qui c'est ? » et me dirige vers les deux corps.

« Leur identité n'a pas encore été établie, répond-il. Quand toutes les photos auront été prises, on regardera s'il y a des papiers dans leurs vêtements. » La police ne touche à rien tant que l'on n'a pas effectué des croquis précis et pris des photos pour fixer l'emplacement de chaque objet autour du corps.

« Des gamins qui suivaient le cours d'eau les ont découverts ce matin », me dit-il, désignant deux adolescents. L'un d'eux est en train d'être interrogé, l'autre est appuyé contre une voiture de patrouille, à quelques mètres de là. Celui qu'on interroge est rouge d'excitation, l'autre a le teint verdâtre. Les enquêteurs vont les tenir séparés jusqu'à la fin de l'interrogatoire, pour être sûrs de recueillir des déclarations indépendantes que l'on pourra comparer ultérieurement.

« Ils chassaient la grive sur une propriété privée, explique Claude. Ils ont eu plus d'aventure qu'ils n'en demandaient. »

Je regarde les corps.

« Et le *modus operandi.* Comme les autres ? »

Claude fait une grimace un peu désuète, un tas de rides et la bouche tordue, avant de hocher la tête. « Tout à fait », répond-il, ignorant ce qui saute aux yeux : ces deux corps, par terre, ne sont pas des étudiants.

C'est le troisième double meurtre en moins de deux semaines dans ce comté rural où en guise de nouvelles croustillantes, on a au mieux la liste des arrestations pour conduite en état d'ivresse dans le journal du lundi, après un week-end chargé.

« Nous essayons de prendre un moulage de trace de pneu. Là-bas, près du chemin de graviers. Un véhicule isolé s'est garé derrière un taillis. C'est un peu tiré par les cheveux, admet-il, mais le tueur aurait très bien pu se ranger là hier soir. A moins que ce ne soit une famille venue pique-niquer la semaine dernière. » Il hausse les épaules. « Et puis, nous avons un bout d'empreinte de chaussure à l'intérieur du périmètre des bandes jaunes. »

Cela soulève ma curiosité.

« On dirait une chaussure de sport, petite taille, ajoute-t-il. On pense qu'elle doit appartenir à un des gosses. Ils ont eu très peur.

– Ça se comprend.

– Ils ont laissé plein de petites traces, comme des pattes de poulets. »

Près de la voiture de patrouille, un technicien des premières constatations prend l'empreinte de la chaussure d'un des gamins pour la comparer à celle qui a été relevée à l'intérieur du périmètre.

Ça s'agite dans le buisson au-delà de la bande jaune, de l'autre côté du cours d'eau peu profond, une douzaine de gendarmes de réserve qui font partie de l'équipe locale de recherches et de sauvetage. Ils ont écopé de la tâche empoisonnée. L'un d'eux traverse le cours d'eau et vient vers Claude.

« Lieutenant, vous devriez jeter un coup d'œil là-dessus. » Le flic a de la boue jusqu'aux chevilles de ses hautes bottes. Il porte la tenue de l'équipe de recherches et de sauvetage, un blouson orange avec des ceintures et des anneaux métalliques destinés à tous les cas de figure. Il tient un sachet de plastique à la main. Claude le reçoit dans sa paume ouverte et l'examine. Un petit morceau de métal tordu. Apparemment arraché à quelque chose de plus volumineux. Dusalt fait la grimace.

« Qu'est-ce que c'est ?

– Un morceau de piton », répond le flic.

Claude hausse les épaules, comme si cela ne lui disait rien.

« Ça sert pour les cordes de rappel. Je pense que vous devriez venir voir par vous-même de l'autre côté de l'eau. »

Claude s'écarte de moi, me tournant le dos, et parle au policier. Ils baissent le ton et je n'entends pas ce qu'ils disent.

M'ignorant, les deux hommes se dirigent vers le cours d'eau. Je me demande si je dois les suivre et finis par leur emboîter le pas, une timide tentative. Claude se retourne et me regarde. A voir son expression chagrine, je me demande s'il va m'engueuler pour ça, trop d'empreintes étrangères qui risquent de brouiller les pistes. Mais il dit : « J'ai oublié mes bottes », avec un sourire stupide. Comme moi, Claude est arrivé ici au volant de la berline familiale. Ses vêtements et ses bottes de terrain sont enfermés dans une voiture de patrouille garée au commissariat. Il baisse les yeux vers ses chaussures de sport – des Nike Airs à six cents balles – et hausse légèrement les épaules. Et s'engage dans la boue jusqu'aux genoux dans le sillage de l'autre flic qui traverse le cours d'eau. Je baisse les yeux vers mes mocassins Boston à mille balles – ce qui m'est tombé sous la main quand j'ai reçu l'appel – et me dis « La chance sourit à qui sait attendre ». La curiosité a ses limites. Je suis relégué au sec de ce côté-ci du cours d'eau, réduit à me pencher sur ma condition actuelle.

Ce qui a débuté comme un coup de main à un ami en difficulté est devenu un fardeau qui monopolise tous les aspects de ma vie. Ma femme est furieuse, et même prête, je crois, à me plaquer. Je ne m'occupe plus de mon enfant et mon cabinet d'avocat en ville, à trente kilomètres de là, va à vau-l'eau. Tout ça parce que le service rendu à un ami absorbe chaque minute de mes journées. Le coup fatal est arrivé il y a deux jours, un appel téléphonique à trois heures du matin, la voix inconnue d'une infirmière de l'hôpital du Bon Secours. Mario Feretti était mort. Les juges du comté de Davenport me tiennent en leur pouvoir, ficelé jusqu'à la fin de l'enquête.

Je regarde Claude et l'autre flic s'engager dans un épais buisson jusqu'au pied d'un grand arbre. Je n'entends plus ce qu'ils disent. Mais le gros flic désigne quelque chose en hauteur, dans les branches. Je regarde mais ne vois rien. Plusieurs gars de l'équipe de recherches et de sauvetage s'activent par là. Pour la première fois, je remarque parmi eux la présence d'un technicien des indices. Ils sont en train de l'aider à enfiler quelque chose, une lourde ceinture, et il renâcle comme une jeune mariée récalcitrante. On l'entend maintenant protester : « Je ne suis pas assez payé pour ça... » Sa voix se perd. Ils passent maintenant la courroie entre ses jambes. Claude est tout à son affaire, tendant au technicien son sac à indices et lui parlant avec gravité.

L'un des hommes de l'équipe de recherches et de sauvetage tend la main et c'est alors que je la vois, diaphane dans le soleil éclatant de midi, flottant telle une toile d'araignée : une corde qui descend des arbres. Ils l'accrochent à la ceinture qui enserre la taille du technicien.

Trois parmi les plus costauds se saisissent de la corde et commencent à tirer dessus de toutes leurs forces. Le technicien décolle avec le petit sac à indices ballotté à son pied. Les trois costauds qui tirent sur la corde entonnent une chanson lente et lugubre :

« *Halez, halez, il fera beau demain...* »

Ils éclatent de rire avant même d'avoir fini le premier vers.

« Doucement, dit le technicien. N'y allez pas trop fort. » Il a le ton d'un gamin que l'on va pousser du haut du grand plongeoir.

« Ne lâchez pas », dit Claude. Salve de gloussements. Le technicien est maintenant à six mètres du sol. Il s'élève de plus en plus vite. En trois secondes, il a disparu dans un dais de feuillage comme une navette spatiale absorbée par un banc de nuages. Là où je me trouve, de l'autre côté du cours d'eau, je peux encore le voir. Et je comprends enfin pourquoi il n'était pas tellement chaud pour grimper là-haut : il se trouve maintenant à quinze mètres, retenu par une corde peu épaisse.

Claude place sa main en visière mais il a perdu l'homme de vue. Quelques secondes plus tard, il traverse le cours d'eau, revenant vers moi et un meilleur point de vue.

Il rit en me rejoignant. Sur le théâtre d'un double meurtre révoltant, c'est là une forme de gaieté que seuls peuvent partager des hommes habitués à la fréquentation régulière de la souffrance. Je me sens tenu à l'écart. Ma sympathie va au malheureux technicien des indices ballotté maintenant à plus de vingt mètres au-dessus du sol.

Puis j'aperçois, directement au-dessus de sa tête, une petite plateforme en bois soutenue par l'équerre que forment deux grosses branches. Si ce n'était la corde qui permet d'y accéder, elle serait complètement masquée par les arbres.

Claude est reparti vers l'autre rive. A chaque enjambée détrempée, il tente d'éliminer l'eau et la boue qui s'infiltrent dans ses chaussures.

Je lève les yeux vers le technicien et demande : « Qu'est-ce que c'est ?

– Probablement quelqu'un qui observe les oiseaux, répond Claude. La corde a l'air d'être là depuis un bout de temps. Certains de ces gens-là sont complètement cinglés, encore plus barjots que les oiseaux qu'ils guettent. Mais nous allons vérifier ça. »

Le technicien des indices a enfin atteint le niveau de la plate-forme. Tenant la corde d'une main pour éviter le grand saut, il cherche à s'aider de l'autre pour poser le pied sur le perchoir. Cela ne marche pas. En dernier recours, il lâche la corde et se jette sur la plate-forme, rebondit sur les planches et se retrouve suspendu en l'air, retenu seulement par la ceinture. Et bascule la tête en bas. Battant des bras avec frénésie, il reprend possession de la corde et se redresse.

Claude glousse entre ses dents. « Joli rétablissement, approuve-t-il. Vous êtes définitivement doué pour vous maintenir dans les hauteurs. Vous devriez aller loin dans la vie. » Des éclats de rire retentissent sur l'autre rive. Ce n'est pas très bien perçu par l'homme en haut de l'arbre.

Ses paroles nous reviennent en écho.

« Montez donc un peu, pour voir, et faites-le vous-même.

– Vous vous en sortez très bien », dit Claude, riant dans sa barbe.

A la seconde tentative, l'homme réussit à atterrir sur la plate-forme, à plat ventre, comme une baleine échouée. Il reste sans mouvement, couché au bord. Je me dis qu'il reprend son souffle, à moins qu'il ne soit paralysé par le vertige.

« Que voyez-vous ? » demande Claude.

Il y a une forte inspiration là-haut, quelques mots assourdis, puis le message nous parvient, limpide : « Un connard avec des chaussures de tennis couvertes de boue. » L'homme n'a pas totalement perdu le sens de l'humour. Toutefois, il n'a pas bougé d'un centimètre depuis son atterrissage sur la plate-forme. Il s'y cramponne comme un chat acculé dans un arbre. Je me dis qu'ils vont peut-être devoir grimper là-haut pour l'aider à redescendre. Contaminé par l'humour douteux qui a cours ici, je me demande s'ils ne préféreraient pas l'abattre d'un coup de fusil pour le sortir de là.

« Dites-moi ce que vous voyez, demande Claude. Finissons-en, et vous pourrez redescendre. »

Plusieurs secondes passent. Rien. Mais l'homme commence à bouger doucement. Il s'est mis à genoux, en tenant toujours la corde d'une main.

« Vous avez trouvé quelque chose ? demande Claude. Dites-nous ce que vous voyez. » Un début d'impatience. Plusieurs secondes s'écoulent en silence. Enfin, les mots se fraient un chemin à travers le feuillage.

« Du sang, dit le technicien. Il y a du sang là-haut. »

Je regarde Claude Dusalt. Il ne sourit plus.

CHAPITRE 2

Je constate que Harry ne s'est pas rasé depuis deux jours. Il paraît un peu gêné, mais content, du moins pour l'instant, de me voir. Il peut l'être. J'ai un ordre de remise en liberté signé par un magistrat de la cour d'appel, autorisant Harry Hinds à sortir de prison.

Harry est invité à dîner chez moi ce soir. On parlera des solutions pour empêcher mon cabinet de tomber en ruines en attendant d'être libéré de mes fonctions de procureur dans l'affaire de Putah Creek. Nikki est allée acheter de quoi préparer le repas. Je suis venu chercher Harry.

« Salaud d'Acosta », dit-il. Son Honneur Armando Acosta, juge du diable, veut notre peau à tous les deux. Résultat de la colère provoquée par le procès criminel de Talia Potter. Il semblerait que Harry ait eu moins de chance que moi. Il n'a pas pu se soustraire à la mauvaise humeur d'Acosta. Depuis le procès de Talia, la Noix de coco s'est vengé sur lui. En fin tacticien politique qu'il est, Acosta n'irait jamais entreprendre quelque chose d'aussi flagrant que l'attaque frontale d'un avocat avec qui il a un différend personnel. Il a préféré s'embusquer pour coincer Harry, lequel n'a pourtant joué qu'un petit rôle dans l'affaire Talia ; il lui tend des pièges à chaque tournant. Avec Harry, ce n'est pas très difficile.

« Ce type est un vrai connard, dit Harry. Garanti », ajoute-t-il. Sa voix est montée d'une octave en fin de phrase. Tout le monde, des flics et les types qu'ils ont arrêtés, pour la plupart, peut l'entendre dans la petite salle des enregistrements. Harry s'est montré un poil plus discret au tribunal, ce sont de telles gamineries qui l'ont conduit en taule. Le maton qui se trouve derrière le comptoir, un assistant du shérif que je n'avais jamais vu, prend certainement des notes dans sa tête. Acosta sera sans doute informé de cette dernière incartade d'ici une heure. Quinze ans d'activité comme avocat pénaliste n'ont certainement pas rendu Harry Hinds très populaire auprès des flics qui assurent leur service dans les prisons. Harry récupère auprès du préposé la petite enveloppe contenant ses effets personnels. Je le guide vers la sortie en lui serrant le coude avant qu'il ne puisse causer d'autres dégâts.

J'ai réussi à me tenir à l'écart du tribunal d'Acosta pendant sept mois, très exactement depuis que le verdict de l'affaire Potter a été prononcé. Pour ce faire, j'ai dû réclamer sa déposition par écrit, et sous serment, à deux reprises. C'est la procédure à laquelle recourent les avocats de cet Etat pour écarter un juge d'une affaire sans donner de raison. Je ne peux pas attaquer Acosta sur le fond, pourtant évident, à savoir la haine personnelle, à peine dissimulée, qu'il me porte. Ce serait donner libre cours à la fureur de ses pairs de la magistrature. Telles sont les règles tacites de ce Sanhédrin que nous appelons le pouvoir judiciaire.

La défense, couronnée de succès, de Talia Potter est devenue à ce jour le fleuron de ma carrière d'avocat pénaliste. Elle était accusée du meurtre de son mari, éminent avocat de la ville et candidat officieux à la Cour Suprême de la nation. Ce fut ma première collaboration avec Harry.

Harry essaie de me raconter ce qui s'est réellement passé devant le tribunal, comme si le fait de reproduire ses gamineries devant un public bien disposé pouvait changer quelque chose.

« Oui, je sais », lui dis-je, essayant de le tenir tranquille, du moins jusqu'à la sortie. La situation s'est rapidement détériorée entre les deux hommes, Acosta et Harry. Deux confrontations précédentes ont eu pour résultat une sévère mise en garde des juges, une réprimande en audience publique, en présence des clients de Harry.

Pour certaines raisons que j'ignore, Hinds refuse de réclamer la déposition sous serment du juge, et la Noix de coco s'en frotte les mains.

En venant ici, je suis tombé sur l'huissier d'Acosta dans le hall de la salle d'audience. Il n'a pas pu résister au plaisir de me communiquer sa version détaillée de l'affaire dans un ascenseur bourré de monde. « Hinds a répondu grossièrement au juge, me dit-il. Acosta n'avait pas le choix. » Si l'on peut croire sur parole un individu prêt à n'importe quoi pour Acosta, y compris lécher ses souliers à bouts perforés pour mieux les faire reluire.

Ce qui s'est réellement produit a été consigné par le greffier. C'est la version que j'ai utilisée auprès de la cour d'appel pour obtenir la mise en liberté de Harry.

Acosta lui avait tendu son piège à l'aide de quelques interprétations aberrantes des preuves versées au dossier. C'est là une des spécialités de la Noix de coco. Chacune des objections de Harry fut accueillie par un coup de maillet du juge et rejetée par la cour. Hinds arrosa Acosta de quelques insultes bien senties. Harry affirme qu'il les a marmonnées entre ses dents. « Des points de vue personnels », selon lui. En les entendant, la Noix de coco aurait en quelque sorte transgressé son intimité.

Je ne suis pas entièrement du côté de Harry sur ce point. Même si certains des termes qu'il a utilisés à l'égard d'Acosta pourraient être qualifiés de simples constatations par ceux qui connaissent bien le juge.

Harry dit qu'Acosta a l'ouïe particulièrement fine. Malheureusement pour lui, le greffier aussi a de très bonnes oreilles. Il semble que les perles les plus savoureuses de ses réflexions personnelles se soient retrouvées dans le procès-verbal.

Pour finir, Harry a été condamné à une amende de trois cents dollars. Ce qui s'est passé ensuite n'est contesté par personne. Hinds a fouillé dans sa poche, dégagé cinq billets de cent dollars crissants d'une liasse retenue par un clip rutilant, s'est approché du tribunal et a posé l'argent avec un bruit de gifle à côté du maillet du juge.

Même sans avoir assisté à la scène, je sais que les yeux d'Acosta ont dû lancer des flammes. Ce n'est pas un commis d'épicerie formé à empocher la monnaie. Mais le juge n'a pu s'empêcher de décocher une dernière flèche. Baissant les yeux vers le petit tas d'argent, il dit à Harry : « Vous avez dû apprendre à compter là où ils vous ont enseigné vos bonnes manières, monsieur Hinds. J'ai dit trois cents. »

Harry a levé les yeux vers les juges et répondu à Acosta : « Portez-les à mon crédit, monsieur le Juge. Je n'en ai pas encore terminé. »

Acosta l'a condamné à trente jours de prison ferme. La sentence était manifestement excessive, argument que la cour d'appel vient de retenir. Même une insulte à l'honneur impérial de la Noix de coco ne vaut pas trente jours dans les geôles de l'Etat.

« Tu me revaudras ça, dis-je à Harry.

– Tu sais quoi, me répond-il, tu n'as qu'à descendre cet enfoiré et je te défendrai – gratis. » Il parle d'Acosta.

Je suis content qu'on soit sortis de là. Les menaces contre les magistrats, même proférées sur le ton de la plaisanterie, ne sont pas vues d'un bon œil par la flicaille du coin.

Harry vérifie le contenu de son portefeuille, recomptant billet par billet chaque sou qui s'y trouvait au moment où on l'a bouclé. C'est dire s'il fait confiance à la police. La prison ne semble pas l'avoir beaucoup ébranlé. J'ai plutôt l'impression que, pareil à l'Homme de la Manche, il considère ce petit intermède comme faisant partie d'une noble quête.

Dehors, le ramassis habituel d'humanité est agglutiné sur les marches de la prison. Pour la plupart des parents, ou des proches de ceux qui se trouvent derrière les murs, en train d'hésiter entre payer la caution ou le loyer du mois suivant.

Harry et moi nous frayons un chemin parmi cette piétaille de clients traditionnels des lieux et nous engageons sur le trottoir, en direction de ma voiture qui est garée à une rue de là.

Hinds se plaint d'avoir besoin d'une douche. Apparemment, il n'a pas pu se résoudre à utiliser les installations collectives offertes par la prison.

« Après tant d'années de vertu, j'aimerais bien rester vierge », affirme-t-il. Semblable en cela à la plupart des avocats criminels, Harry a le sens des valeurs. Défendre ces gens-là est une chose, partager les douches avec eux en est une autre.

Je lui dis que nous passerons prendre ses affaires en route. Il pourra se doucher et se changer à la maison avant le dîner. Ma femme, Nikki, appréciera cette attention.

Harry s'attarde et finit par s'arrêter au kiosque à journaux du coin de la rue. Il se joint à la petite foule qui harcèle le vendeur pour avoir un exemplaire. Il me tape d'un demi-dollar. Le budget de la prison n'inclut pas la presse quotidienne, semblerait-il. Harry veut s'assurer que la terre a continué de tourner sans lui pendant les dernières quarante-huit heures.

« Il faut que je récupère Sarah au jardin d'enfants dans dix minutes, lui dis-je.

– J'en ai pour trois secondes », m'assure-t-il en s'enfonçant dans la file d'attente qui s'est vaguement formée. Pas comme en Angleterre, en prenant sagement la suite des autres, mais tête baissée, l'épaule droite avancée en éperon. Harry dans une file d'attente, c'est une taupe à la saison du rut. A mon avis, ce qui l'intéresse, ce sont les dernières nouvelles sportives. Il a dû parier sur deux ou trois trucs depuis la cabine téléphonique de la prison. Il passe avec aplomb devant le type qui fait la queue à côté de lui. Le type lui lance un regard noir, puis me fixe des yeux, comme si j'étais l'entraîneur de Harry pour ce genre de combat.

Ce visage qui me détaille appartient au passé. Nous restons face à face. Un de ces moments délicats. Il a vieilli, mais j'imagine qu'il pense la même chose de moi.

Après quelques secondes d'un affreux silence, il dit : « Monsieur Madriani. Ça fait un bail. »

A première vue, il n'y a là aucune hostilité. Pourtant, son ton m'indique que s'il en avait l'occasion, il me pousserait volontiers sur la chaussée, sous l'un des autobus qui passent à toute vitesse en cette heure de pointe.

Nous restons où nous sommes, Harry le nez plongé dans son journal. Je ne suis pas sûr de devoir faire les présentations. Le mélange Adrian Chambers/Harry Hinds pourrait s'avérer explosif.

« Cela fait quelques années, lui dis-je.

– Dix, pour être exact. »

Je n'ai pas revu Adrian Chambers depuis qu'il a été convaincu de parjure et radié du barreau. Il a une quarantaine bien sonnée mais paraît beaucoup plus. De la chevelure que j'avais en mémoire, d'amples vagues châtaines, il ne reste qu'une couronne grise, au-dessus des oreilles. Taillée à ras, style militaire. Après tout, c'est un ancien marine. Aux alentours du front, des ombres subtiles, quelques taches de vieillissement évoquant des amibes qui se faufilent sous la peau. On compterait à peine sur les doigts des deux mains les fois où il m'a gratifié d'un sourire, et c'était toujours le même : crispé, les lèvres serrées. Donnant toujours l'impression d'être forcé. Non que l'individu soit dépourvu d'humour. Ce serait plutôt qu'il s'amuse à dénigrer les autres. Adrian est un paquet de mépris, ficelé serré.

Après tant d'années, je pourrais aussi bien ne pas le reconnaître en le croisant dans la rue, si ce n'était pour deux caractéristiques qui ont survécu aux années, ses sombres yeux pénétrants, froids comme de l'acier, et un corps endurci d'athlète, obsessionnellement mince et performant, le corps d'un ancien marine, justement. En l'examinant, à cet instant où nous prenons chacun la mesure de l'autre, il me vient à l'esprit qu'Adrian Chambers ressemble furieusement à Robert Duvall dans le rôle du Grand Santini.

« J'ai appris que vous aviez quitté le bureau du procureur, dit-il comme s'il s'était renseigné à mon sujet.

– Il y a pas mal de temps. » Il fait allusion au bureau du procureur du chef-lieu du comté, où je n'ai pas mis les pieds depuis dix ans.

« C'est vraiment dommage. Je me réjouissais à l'idée de vous retrouver dans la salle d'audience. Cela fait longtemps que j'attends ça.

– J'y vais encore, lui dis-je. Seulement, je suis de l'autre côté maintenant, à la table de la défense.

– Oh, mais ça ne sera pas pareil. »

Je lui lance un regard perplexe. Quelle différence cela peut-il faire pour un avocat qui n'exerce plus ?

« L'endroit est ouvert au public. Venez vous asseoir avec lui. Vous pourrez siffler si ça vous fait plaisir. » Je lui adresse un petit sourire, comme pour mettre un terme à cette déplaisante conversation.

Harry a trouvé ce qu'il cherchait dans le journal. A voir son expression, je devine qu'il aurait pu s'épargner cette peine, et moi, économiser cinquante cents.

« Oh, on ne vous a pas mis au courant ? » demande Chambers.

Il attend ma réaction, mais je ne mords pas à l'hameçon.

« J'exerce de nouveau la profession d'avocat. Je pensais qu'on vous l'aurait dit, surtout à vous, vu l'intérêt que vous avez personnellement manifesté pour mon cas. »

Je pense que mon regard vide lui procure quelque satisfaction, le fait que j'entende cette nouvelle pour la première fois.

– Eh oui. Cela fait plusieurs années, maintenant. Contrairement à ce que croient les gens, il y a une après-vie, quand on a été radié du barreau. La cour suprême de l'Etat m'a réhabilité.

– Ah. » Je pourrais le féliciter, lui dire que je suis ravi de l'apprendre, mais ce serait mentir. Et pire encore, il le saurait. C'est certainement d'avoir été interdit d'exercice, plus que toute autre chose, plus même que d'avoir passé du temps en prison, qui me vaut sa haine. Chambers a été bouclé neuf mois dans les geôles du comté, sentence bénigne d'un juge indulgent. Bien qu'il ait été reconnu coupable du crime de forfaiture, la cour a pris en compte qu'il était avocat, issu du sérail en quelque sorte, sans antécédents criminels. Une justice à part pour des gens à part. Un prévenu coupable du même crime, sans être avocat, aurait purgé beaucoup plus, j'en suis persuadé.

« Je n'exerce plus dans les mêmes conditions, bien sûr. Plus discret, moins ambitieux. » Ce qu'il voulait dire, c'est que ce n'était plus comme au temps jadis, avant l'affaire Walter Henley, quand il avait douze collègues dans un cabinet huppé installé à trois pas du tribunal, et un associé qui s'était fait la malle avec tout ça lorsqu'il avait été envoyé en taule.

Harry s'est joint à notre conversation. Debout à côté de moi, Chambers le dévisage. Il doit le prendre, avec son costume fripé et sa barbe naissante, pour un de mes clients. Et en déduire que mes affaires ne sont pas florissantes.

– Oh, je ne vous en veux pas, dit-il. Il faut que vous sachiez que je ne nourris aucun ressentiment à votre égard. Ce qui est arrivé est arrivé. L'eau a coulé sous les ponts. C'est la vie.

– Bien sûr.

– Le passé est le passé, intervient Harry. Pardonner c'est oublier. »

Harry fronce les sourcils, se creusant manifestement la cervelle pour en trouver d'autres. « Ne soyez pas rancunier. Il faut enterrer la hache de guerre. Bénis soient les humbles... »

Chambers le dévisage, l'air de dire, qui est ce demeuré ?

Harry n'est pas du genre à laisser le doute planer. Il lui tend la main. « Harry Hinds. »

Chambers regarde, mais ne touche pas.

« Le pardon est bénéfique pour l'âme, dit Harry. Vous êtes resté longtemps en taule, n'est-ce pas ? » Hinds le cultive. Je crois qu'il flaire une occasion, peut-être un futur client.

« Non. » Chambers le regarde avec l'expression réservée aux animaux écrasés sur la route. « Et vous ? » demande-t-il.

Harry baisse les yeux vers son costume froissé et crasseux, une vraie tenue de clochard. « Oh, non. J'ai juste essayé de casser la Noix de coco. »

Chambers semble perplexe. Il doit être en train de se demander si Harry a transgressé une réglementation locale visant à protéger divers palmiers et leurs fruits.

« Mais j'approuve votre attitude. C'est le premier pas vers la réhabilitation, dit Harry.

– A savoir ? s'enquiert Chambers.

– Des remords sincères. C'est très efficace pour ce qui est de la sentence, aussi. Je le dis à tous mes clients.

– Vraiment ? »

Connaissant Chambers, je suis persuadé qu'il est capable, au même titre que les clients de Harry, d'allumer et d'éteindre ses remords sur commande. C'est ainsi, sans aucun doute, qu'il a réussi à se faire réintégrer au barreau.

Chambers me sourit, les lèvres pincées comme les cordes d'un banjo. « On se reverra un de ces jours. » Il le dit d'un ton pénétré, comme pour suggérer que je devrais être plus prudent, chaque fois que je passe devant une ruelle.

« Ça m'étonnerait, réponds-je. Je suis très pris par une mission ailleurs en ce moment. » J'essaie d'étouffer dans l'œuf toute tentation de vengeance qui pourrait germer en lui.

Il me sourit froidement en me fixant de ses yeux d'acier. « Nous nous reverrons », affirme-t-il. Un dernier regard chargé de mépris à Harry, et Chambers s'éloigne dans la rue.

A sa grande époque, Chambers a défendu quelques affaires délicates, de la paperasse essentiellement, mais il a également connu les aspects les plus sordides du crime. Il y a une dizaine d'années de cela, il a obtenu un non-lieu dans le procès des Anges Blancs, une bande de voyous néo-nazis inculpés du meurtre d'un noir à la lisière d'Oak Park. Son style abrasif à la barre a attiré sur lui les foudres de la police et du procureur, mais il a gagné, ce qui est la seule chose digne d'intérêt, selon le code d'Adrian Chambers.

« Délicieux garçon, commente Harry. Un peu comme Hitler, mais le charme en moins.

– Eh oui, réponds-je. Ce qu'il y a de bien avec Adrian Chambers, c'est que sa bouche le trahit. »

Harry me dévisage.

« On sait qu'il ment quand on voit bouger ses lèvres. »

Quand nous arrivons à la maison, Nikki est tellement furieuse qu'elle ne m'adresse pas la parole. Nous sommes arrivés en retard à la crèche et l'on a appelé Nikki à son travail pour qu'elle vienne chercher Sarah. Je connais suffisamment ma femme pour identifier son expression dès mon retour, ce regard qui semble me traverser comme si je n'étais rien de plus qu'un trou dans l'espace.

« Comment vas-tu, Harry ? » Elle prend son manteau.

« Très bien, répond-il. Je vais tout à fait bien. » Elle me tourne le dos, me laissant planté sur le seuil. Harry me lance un regard en coin, du genre « Je serais peut-être plus à l'aise en prison, ce soir ».

« Humm, ça sent bon. » Il fait une mimique appropriée. Une odeur de cuisine nous parvient jusqu'à la porte d'entrée.

« C'est vrai », dis-je, conciliant.

Nikki me fusille d'un de ses regards meurtriers, tourne les talons et repart vers la cuisine. Du moins a-t-elle admis que j'étais là. C'est le premier pas sur la longue route du rachat.

Ces dernières semaines, la tension est devenue de plus en plus palpable dans notre foyer. Depuis que j'ai accepté la mission de Davenport. J'ai essayé d'amadouer Nikki en proposant de prendre une femme de ménage une fois par semaine. J'ai même proposé de partager le fardeau en m'acquittant de certaines tâches ménagères. La lessive est devenue mon territoire : laver, sécher, plier. Mais l'art du blanchissage à l'eau de javel y a mis un terme. Nikki m'a repris cette spécialité au bout de quelques semaines, quand tous nos sous-vêtements se sont mis à virer au gris des tenues de Confédérés.

Ces jours-ci, Nikki est hagarde à force d'essayer de gérer son travail et son foyer, de servir à la fois de père et de mère à Sarah. Elle est au bord de craquer parce que je suis trop pris par mon propre travail.

« Papa ! Papa ! » Sarah déboule dans le couloir et se jette dans mes bras. « Devine ce que j'ai fait à l'école aujourd'hui. » Elle a des cheveux noirs coupés au bol, des yeux bruns en amande dont l'iris évoque un café onctueux. Quelques taches de rousseur translucides pareilles aux taches d'un faon constellent l'arête de son nez, et son regard exprime un émerveillement permanent. Le jardin d'enfants est chaque jour une aventure nouvelle et excitante pour ma fille. L'après-midi, elle revient en autobus avec la lycéenne qui habite au bout de notre rue, ce qu'on a vu de plus chouette depuis Barbie. En conséquence, elle parle sans arrêt du monceau de devoirs qu'elle doit faire à la maison, adoptant une expression résignée des plus comiques, tant elle s'efforce de ressembler à une grande personne. Puis elle se réfugie dans la salle de jeux où des heures durant, elle gribouille avec conviction sur des rames de papier brouillon.

C'est le premier soir, cette semaine, où j'arrive à la maison à temps pour la voir avant qu'elle soit couchée.

Emprisonnant mon index dans sa petite paume, elle m'entraîne le long du couloir comme un petit bateau en remorque. « Regarde, papa, regarde ce que j'ai fait à l'école.

– Attends une minute, lui dis-je. Je vais venir voir ça tout de suite. »

Nikki demande à Harry s'il veut boire quelque chose, une bière, un verre de vin, un soda.

« Une bière, ce serait génial, dit-il.

– Laisse-moi m'occuper de ça, mon chou. Tu as autre chose à faire. » J'essaie de doubler ma femme pour lui donner un coup de main, petite tentative pour me faire pardonner.

Avec une agilité digne d'une championne de patins à roulettes, elle me heurte de la hanche, m'expédiant loin de la porte du réfrigérateur, jusqu'au milieu du couloir, telle est l'efficacité du centre de gravité féminin. Elle saisit une unique bouteille de bière Coors sur l'étagère et referme la porte bruyamment. Deux secondes plus tard, elle tend à Harry un grand verre à bord givré, où la mousse affleure. C'est sa façon de me signaler qu'en ce qui la concerne, je peux aussi bien crever de soif. Je commence à me demander si je suis prévu pour le dîner, ce soir.

Me retrouvant dans la pénombre du couloir, à proximité du téléphone, je marque une pause pour rassembler mes pensées. Cette journée se présente plutôt mal : d'abord, je rencontre Adrian Chambers, et maintenant, ça. Je tire le carnet d'adresses posé sur l'étagère et consulte la rubrique « Avocats » dans les pages jaunes. Je serais curieux de savoir où Chambers crèche ces temps-ci. Il n'est pas répertorié. Je vérifie la date de l'annuaire. Il a dû être publié avant que Chambers ne reprenne son activité.

Je me rabats sur les pages blanches et regarde sous son nom – une ligne en caractères gras classée dans les adresses personnelles :

Adrian Chambers
A.C. Associés
Cabinet juridique – Consultations de droit des Affaires

J'imagine que c'est à l'époque où il était sur le carreau, interdit d'exercice, qu'il a formé ce « cabinet juridique » – tout est bon pour gagner un dollar.

Je referme l'annuaire et repars comme un zombie vers la cuisine. Nikki me jette un regard capable d'arrêter un buffle d'eau en pleine charge.

« Pourquoi ne passes-tu pas quelques instants avec ta fille ? demande-t-elle. Tu pourrais regarder ce qu'elle a fait à l'école. »

Je lui rends son regard, un point partout. Ma propre hostilité commence à se développer. Je me dirige vers le canapé où se trouve Sarah.

Harry, percevant les premiers accords d'une dispute conjugale, s'est plongé dans les lueurs incertaines du téléviseur, voletant à la surface des chaînes grâce à la télécommande.

Je m'installe sur le canapé du salon tandis que Sarah extirpe de son sac à dos en plastique (celui qui est tacheté comme un dalmatien) des feuilles de papier à dessin froissées. Je les déplie et entreprends de déchiffrer lettres et nombres, écrits en grosses capitales sans ordre apparent, à l'aide de crayons de diverses couleurs. Les chiffres sont bien formés mais les lettres semblent avoir été lues dans un miroir, elles sont presque toutes inversées.

Nous les lisons ensemble. Elle s'applique et en identifie quelques-unes.

« Excellent, lui dis-je. Tu as très bien travaillé. »

Elle m'adresse un immense sourire illuminé, comme si elle allait exploser de joie, sautillant sur la pointe des pieds, incapable de se contenir, débordante d'énergie.

« Elle arrive », dis-je à Nikki.

Ma femme me dévisage d'un air glacial.

Elle est sur les dents depuis plus d'un mois, depuis que j'ai décidé d'aider Mario Feretti, en fait, et de m'immerger dans les meurtres de Putah Creek.

Après le procès Potter et notre première séparation, nous nous sommes sérieusement bagarrés au sujet de ma liaison avec Talia. Pendant des mois, nous avons parlé de notre mariage et avons consulté plusieurs fois un conseiller matrimonial. Nous avons négocié un accord en sa présence, effectuant plus de circonvolutions et de marchandages que s'il s'agissait du rachat d'une entreprise par ses salariés.

Pour sa part, Nikki a accepté de ne plus enfouir au fond d'elle-même toutes ses récriminations, attendant de moi que je manifeste des dons de pythonisse, selon l'idée qu'elle se faisait de la sensibilité masculine.

Je promis de faire des efforts pour que mon métier d'avocat n'envahisse pas ma vie, d'organiser celle-ci de façon à réserver davantage de temps pour Nikki et Sarah.

Et pendant un certain temps, cela a marché. Nous sommes partis, à la faveur de quelques week-ends, camper pendant quatre jours dans la montagne. C'était une nouvelle vie. Le stress me quittait comme la neige fond par une journée d'été. L'état de grâce dura près de trois mois. Puis l'avocat tapi au fond de mon âme, tel le génie de la lampe d'Aladin, s'échappa – deux procès d'affilée – et mes bonnes résolutions s'envolèrent en fumée...

Ensuite, il y eut le coup de téléphone de Feretti. Je me retrouvai en train d'enfreindre de facto les termes de notre accord.

Nikki continua à respecter ses engagements, m'asticotant à chaque occasion. Elle m'a particulièrement reproché de ne pas lui avoir parlé de l'affaire de Davenport avant de m'engager avec Mario. A cet égard, elle a marqué un point.

Depuis lors, sa colère n'a cessé de croître. J'ai tenté de l'amadouer en lui assurant que mon rôle n'était que passager, juste le temps que Feretti se remette sur pied. Trois mois tout au plus, pour reprendre l'argument de Mario.

Mais Nikki est capable de repérer un truc qui cloche avec la même acuité qu'un tireur d'élite regardant dans sa lunette à la lumière des étoiles. Elle me demanda si je tenais ce pronostic du médecin. Et ça a recommencé. Nikki s'est mise à hurler et tempêter dans toute la maison, à ramasser les jouets de Sarah pour me les lancer à la figure, prétendant qu'elle avait toujours été réglo.

C'est alors que Mario est mort. Depuis, la vie a été un enfer. Nous faisons chambre à part.

Elle apporte le dîner. Il n'y a que trois assiettes sur la table de la salle à manger, dont une particulièrement bien servie pour Harry. Il roule des yeux dans ma direction. C'est peut-être vrai que je jeûne ce soir. Mais Nikki nous annonce que Sarah a déjà dîné et qu'elle regarde une vidéo de M. Rogers.

Nous nous asseyons. J'ouvre une bouteille de vin.

« Tu continues de travailler sur cette affaire ? » me demande Harry.

Il parle de ma nomination temporaire comme avocat général du comté de Davenport.

« Pour l'instant, je suis coincé. » En réalité, j'ai signé un contrat à durée indéterminée en partant du principe que Feretti serait vite de retour.

Je fais une grimace. « Les circonstances ne sont plus les mêmes, dis-je à Harry. J'espère que le comté va comprendre. J'ai rendez-vous demain matin pour en parler avec le juge Ingel. » Derek Ingel est président de la cour d'assises du comté de Davenport. Ceux qui le connaissent bien l'appellent, dans son dos, « le Prussien ». Mais je n'ai pas encore découvert pourquoi. Pour le moment, il tient mon sort entre ses mains.

Nikki me lance un regard fulgurant, un éclair de pure colère. « Il espère qu'*ils* vont comprendre ? Ça, c'est la meilleure ! Et si tu leur racontais que ta femme ne comprend pas ? Pourquoi ne leur dis-tu pas de foutre le camp et de nous laisser en paix ? J'adore ça, mon mari l'avocat. Il a des couilles grosses comme une poignée de porte lorsqu'il est question de défendre un client de réputation douteuse. Mais pour sa famille, quand il s'agit de pouvoir gagner sa vie, alors, il devient doux comme un agneau, chapeau à la main, mais oui monsieur le Juge, comme vous voulez monsieur le Juge, il leur lèche les bottes... » Nikki s'est levée de table pour aller chercher quelque chose dans la cuisine et son indignation la suit comme un raz-de-marée de colère lorsqu'elle sort de la pièce.

Harry me regarde, les sourcils froncés, l'air de penser que je devrais peut-être aller parler à ma femme en tête à tête. Nous l'entendons marmonner dans la pièce voisine.

J'explique à Harry les difficultés qui se présentent, le fait que le comité de superviseurs chargé de nommer le successeur de Feretti est bloqué par une liste interminable de candidats. Chaque superviseur soutient le sien. Désigner l'avocat général d'un comté rural est, semble-t-il, l'équivalent d'élire le pape.

« Pourquoi ne lui dis-tu pas simplement que tu refuses de le faire ? » Nikki est de retour. « Que tu avais juste accepté pour rendre service à un ami ? Ton ami est mort, tout est terminé. » Elle jette un torchon sur la table, suggérant que je l'emporte et le jette à mon tour sur le bureau d'Ingel.

Je ris gauchement, une telle attitude serait ridicule, voyons. Cela ne fait que décupler sa colère.

« Nous en avons déjà parlé mille fois, dis-je. La cour a entériné ma nomination. Et je me suis porté candidat.

– A la demande de Feretti, me rappelle-t-elle.

– Je parlerai à Ingel demain. Je ferai tout mon possible pour me dégager de là.

– Ben voyons », dit-elle.

Harry flaire l'effusion de sang imminente. Et à voir l'expression de Nikki, il doit supposer que c'est du mien qu'il s'agit. Il s'immisce dans la conversation.

« Le shérif, comment s'appelle-t-il, déjà ?

– Emil Johnson, réponds-je.

– Il avait plutôt l'air d'un type bien, pour un flic, s'entend. » Venant de la bouche de Hinds, c'est un compliment fracassant. « Il pourrait peut-être t'aider à t'en sortir. En parlant à ses potes du comité, et au juge aussi, pourquoi pas. Après tout, c'est un élu.

– Je ne crois pas qu'il pourrait m'aider, dis-je.

– Et voilà, ça recommence ! s'exclame Nikki. Il ne va même pas essayer. » Elle pose violemment sa serviette sur la table, se lève et ressort de la pièce.

Harry a rencontré Emil à l'enterrement de Feretti. Il était venu avec moi pour m'apporter un peu de soutien moral. Nikki en voulait trop à Mario d'être mort.

Là-bas, aux obsèques, alors que je me penchais au-dessus du cercueil avec les amis et la famille, on m'avait donné une grande claque dans le dos. Je m'étais retourné. C'était Emil Johnson. Un péquenaud typique de comté rural, avec un ventre de buveur de bière et un vaste fessier pour le prouver. Les électeurs lui ont témoigné leur confiance cinq mandats de suite. Ce qui en dit davantage sur le coin que sur Emil. Cela fait des années qu'il esquive l'opposition croissante d'éléments plus libéraux à l'université. Avec un peu de chance, il prendra sa retraite aux prochaines élections, à moins que l'alcool ne l'élimine avant terme.

« Triste journée, maître. » Il me regardait avec des yeux émus, une expression de basset artésien poids lourd. « Un homme qui avait des jeunes enfants... » Emil secoua la tête en pensant à l'injustice du sort.

Je lui présentai Harry, qui au mot « shérif » s'essuya le front du revers de la main, puis serra celle d'Emil d'une poignée vigoureuse. Johnson ne parut rien avoir remarqué.

« Cela vous rappelle que vous êtes également mortel. » Emil devenait de plus en plus éloquent en regardant le cercueil et tapotant son ventre qui débordait par-dessus une boucle de ceinture en cuivre aussi grosse qu'un bouclier de gladiateur, avec les lettres « Winchester » artistement gravées. « Mario était un brave type, déclara-t-il. Il nous manquera. »

Pendant au moins cinq minutes, en ce qui concerne les politiciens de Davenport, pensai-je. Je n'avais pas vu Emil lancer tout son poids politique, qui est considérable, derrière Feretti quand celui-ci avait été hospitalisé. Au contraire, planqué dans les fourrés, le bon shérif avait attendu de voir si les superviseurs allaient dévorer le pauvre Mario et essayer de le remplacer par un de leurs vieux copains.

« Tu es dans de mauvais draps, dit Harry sans cesser de manger. Ce n'est pas la bonne solution. »

J'imagine qu'il fait allusion à mon passage du Rubicon, au fait que je me sois rangé du côté du ministère public.

Puis il fait un geste en direction de la cuisine. « Cela n'en vaut pas la peine », ajoute-t-il. Ce qu'il veut dire, en l'occurrence, c'est mettre mon mariage en péril, menacer ma famille.

« Que puis-je faire ? »

Il grimace, comme s'il n'avait pas de réponse.

Harry n'a jamais caché son point de vue. Depuis le début, il pense que je n'aurais pas dû m'impliquer dans cette affaire à Davenport.

Quand je lui ai dit que c'était juste un remplacement, il m'avait regardé d'un air désabusé : « C'est ce qu'Adam a dit au serpent. »

J'ai un peu l'impression qu'en passant de l'autre côté, même pour une affectation passagère, j'ai enfreint, du moins aux yeux de Harry, un élément sacré du credo de l'avocat de défense, et jeté un mauvais sort à ma vie de famille.

CHAPITRE 3

Il y a encore deux ans, Derek Ingel travaillait dans les entrailles du bureau du procureur général, où il poursuivait des procédures d'appel pour le compte de l'Etat. Il découvrit la source du parrainage politique dans un club du parti républicain, avec des gens persuadés que seuls les bons républicains s'expriment correctement et encouragent l'idéal social de Beaver Cleaver.

Depuis lors, Derek Ingel a grimpé au paradis judiciaire plus vite qu'Elie et son chariot de feu. Occupant maintenant la position de magistrat mandarin de ce comté, il siège comme président de la cour d'assises. Le lieu n'offre pas un luxe opulent et je me vois proposer pour cette audience une méchante chaise de bois de l'autre côté du bureau d'Ingel.

Il m'annonce qu'il est fort occupé. Histoire de me signifier que mes minutes sont comptées. Il lui manque un juge dans son équipe, une vacance de poste, explique-t-il.

Le bruit court, parmi les avocats du coin, qu'Ingel tire toutes les ficelles possibles pour caser un de ses potes du bureau du procureur général. Il a prononcé quelques déclarations en privé (ce qu'il nie maintenant) comme quoi seul un ancien procureur adjoint serait qualifié pour devenir juge dans cet Etat. C'est sa façon de concevoir le pluralisme social et professionnel. Si l'étroitesse d'esprit est une vertu, Derek Ingel est son saint patron.

Nous sommes rapidement à court de formules aimables.

Il se laisse aller contre son dossier.

« Eh bien ? Quel bon vent vous amène ? » Ce type est aussi vivant que Calvin Coolidge, un androïde dont le fabricant aurait oublié de programmer le sourire. Je commence à comprendre comment Derek Ingel s'est attiré son surnom de « Prussien ».

« C'est la nature de notre arrangement, réponds-je, mon contrat avec le comté. »

Il hoche longuement la tête, ôte la montre qui se trouve à son poignet et la pose devant lui comme s'il s'apprêtait à chronométrer une performance. Est-ce que le moment venu, le sol s'ouvrira pour m'engloutir ? Je reprends :

« La mort de Feretti, un événement qu'aucun de nous n'avait prévu.

– Ahh, oui. Tragique. » Et puis c'est tout. Il produit quelques bruits incertains, comme s'il ignorait à quel point cela me touche. Me voici pris au piège du boulot de Mario, un pied dans mon cabinet d'avocat privé, un autre ici, à trente kilomètres de distance, et je suis censé sortir mes crayons de couleur et faire un dessin à ce type.

Mais Ingel n'est pas aussi obtus qu'il veut le laisser croire. Ce qu'il désire en réalité, c'est me voir ramper par terre. Je déduis de son air satisfait que c'est l'aspect de son travail qu'il préfère. Des avocats en costume trois-pièces à quatre pattes devant lui.

Je commence à défendre ma position, l'avocat en exercice, en quoi les circonstances étaient différentes lorsque j'ai signé ce contrat avec le comté. Que les parties en présence en convenaient, j'étais juste là pour remplacer Mario, aujourd'hui décédé. Combien de temps cela peut-il prendre de lui nommer un successeur ?

Enfoncé dans son fauteuil, il écoute mon laïus, quelques spasmes de ses muscles faciaux attestant que le processus de jugement est en cours.

« Il serait bon, lui dis-je, que nous réglions la question de ma mission temporaire. » Je mets l'accent à fond sur le « temporaire ». « Que nous décidions d'une date d'expiration du contrat. Le comté pâtirait d'un changement de procureur au beau milieu d'une affaire retentissante. » Je lui adresserais volontiers un clin d'œil en ajoutant « comme les meurtres de Putah Creek », mais je pense qu'il a compris. Pourtant, il ne répond rien, ses yeux restent complètement éteints. Ingel est une éponge léthargique. Je commence à me demander pourquoi j'ai pris toute cette peine, alors que j'aurais pu rester tranquillement à la maison et parler tout seul.

Plusieurs minutes s'écoulent ainsi, au point que j'ai presque des cals sur la langue, puis il se décide à me couper la parole.

« Quelle est votre date limite ? demande-t-il. Que voulez-vous précisément ?

– Je pensais m'être exprimé clairement. Une date d'expiration de mon contrat ici. »

Il me lance un regard du genre, soyez réaliste.

Je remonte en selle. « Avec une vacance de poste chez les juges, cela nous conviendrait aussi qu'un remplaçant permanent soit rapidement trouvé. »

Il esquisse une grimace, agitant la tête comme pour dire, p't-être bien que oui, p't-être bien que non. Et fait pivoter son fauteuil d'un quart de tour de façon à se trouver face aux diplômes et citations accrochés au mur.

« Vous me mettez dans une situation délicate.

– C'est-à-dire ? »

Il pivote vers moi, face à face de nouveau. « Je vais être franc avec vous, annonce-t-il. Ce n'est pas vous que j'aurais choisi pour ce poste. »

Chouette, laissez-moi partir, alors.

« Toutefois, poursuit-il, vous avez signé un contrat avec le comté. Ce contrat, à ce que j'ai compris, est à durée indéterminée. »

Il veut dire que rien n'indique précisément quel mois, quelle année il prendra fin.

« C'est exact. Mais à l'époque où il a été signé, les circonstances étaient claires, dis-je. Il était admis par les deux parties signataires que je n'étais là qu'en remplacement provisoire de M. Feretti. Pour la durée estimée nécessaire à son rétablissement. Après l'opération.

– Mais ce point précis n'apparaissait pas dans le contrat ?

– Pas spécifiquement.

– Ne jouez pas au plus fin avec moi, aboie-t-il. Il apparaissait ou il n'apparaissait pas.

– Il n'apparaissait pas, dois-je admettre.

– Parfait. » Il s'abandonne légèrement en arrière, regarde vers le plafond. « Et maintenant, vous voulez partir ? »

Je serais tenté de répondre oui, mais vu son ton et son attitude, je choisis de battre en retraite.

« J'aimerais que le comté dispose d'un délai raisonnable pour trouver un remplaçant permanent. Le soutien de la cour, quelque chose qui motive les superviseurs et les décide à agir promptement au lieu de traîner.

– Et qu'appelez-vous un délai raisonnable ? demande-t-il.

– Un mois, six semaines. » Je dis ça en prenant l'air magnanime, genre le Créateur a créé le monde en six jours.

« C'est votre position ? »

Enfin, je touche peut-être au but.

« C'est ma position.

– Y a-t-il quelque chose, dit-il, qui vous porte à croire que le comté ne procède pas avec diligence ? Pour remplacer Feretti, j'entends ? »

Je grimace, façon de suggérer qu'on ferait peut-être mieux de ne pas s'étendre sur ce terrain.

« Oh, vous pouvez y aller ! » C'est le premier sourire que je vois sur son visage, cet après-midi. Maintenant, il s'agit de faire gaffe.

« Vous pouvez parler en toute confiance, dit-il. Dans les limites de ce bureau, les confidences sont sacrées. »

Je pourrais toujours lui avouer que je pratique des avortements en douce, pour voir. Mais je préfère contre-attaquer.

« J'ai entendu des rumeurs, des ragots comme quoi il y aurait des considérations d'ordre budgétaire.

– Qu'avez-vous entendu, au juste ?

– Rien de précis. »

Il me lance un regard incrédule.

De fait, j'en sais beaucoup plus. Le comté touche un paquet d'argent de l'Etat pour régler une partie de mon salaire, or cela cessera le jour où ils nommeront un procureur permanent. Les finances locales étant ce qu'elles sont, les dirigeants du comté ont l'intention de la boucler et de téter le lait maternel de l'Etat aussi longtemps que possible.

« Cela pourrait avoir un rapport avec ces affaires de Putah Creek, vous croyez ? demande-t-il.

– Je ne nierai pas que j'ai envisagé ce cas », réponds-je en grimaçant – c'est l'évidence. Je poursuis : « Intenter une action publique entraînerait un procès criminel prolongé. Cela pourrait durer un an. Ou davantage. Le comté aurait intérêt à nommer un procureur titulaire avant que les choses ne s'engagent trop loin.

– Serait-ce que vous ne vous trouvez pas à la hauteur de la tâche ? » Un petit sourire idiot, mais arrogant. Peut-être se demande-t-il si je suis assez déterminé pour poursuivre cette mission. A moins, c'est plus probable, qu'il ne mette en doute mon engagement : un avocat qui retourne facilement sa veste, ayant déjà été procureur et avocat de la défense par le passé, et qui revient maintenant du côté des anges. Ingel fait partie de ces juges qui participent plus que de raison à l'action publique. Il est de ces magistrats qui estiment utile d'orienter le cours de la justice pour les suspects accusés d'un crime.

« Non, ce n'est pas ça. Je suis à la hauteur de la tâche. Mais il se trouve que j'ai d'autres engagements. » Je me demande si cela fait aussi mauvais effet qu'il me semble, un avocat qui se défile.

« Bien entendu », dit-il. Et il me lance un regard qui essaie ouvertement d'attaquer ma fierté, telle une série de coups de poing à la ceinture pendant un corps à corps.

Je déglutis péniblement. Une partie de ma dignité descend avec la salive, mais je me dis qu'il va peut-être me rendre ma liberté. J'ajoute :

« J'ai un cabinet privé. Cet arrangement était prévu pour durer peu de temps. Quelques mois tout au plus. Sinon, je n'aurais pas accepté. »

Il ne dit mot. Il sait parfaitement, tout aussi bien que moi, qu'une fois démarrée, l'affaire de Putah Creek va être comme une guérilla en territoire est-asiatique : il est plus facile d'y entrer que d'en sortir.

« Il y a des gens qui m'ont dit que vous étiez un bon avocat. »

Petit sourire modeste, genre, c'est toujours agréable d'entendre un compliment.

« Votre réputation vous a précédé ici. »

Maintenant, il me passe de la pommade. Il a viré de Hyde à Jekyll le temps d'un battement de cils. Le triomphe de l'inconstance, plus de facettes à son personnage que Lon Chaney.

« Quoique, personnellement, je n'aie pas grande estime pour les avocats qui couchent avec leurs clientes. »

J'ai le souffle coupé, un vrai direct dans l'estomac. Je sens mon visage se figer. Il parle d'un moment peu avouable de mon passé, une allusion à ma liaison avec Talia Potter avant son procès, à l'époque où Nikki et moi étions séparés, de l'histoire ancienne. Ce ne sont pas des nouvelles fraîches, me dis-je. On en a parlé dans tous les journaux du coin, une vraie croix à porter pendant le procès Potter. Et moi qui croyais que c'était entièrement terminé, tué par la chaleur et les projecteurs brûlants de la publicité. Or voici que Ingel fait remonter tout ça à la surface.

Je ne réponds rien et reste assis à digérer ce coup bas. Ingel réattaque :

« Par courtoisie, le juge Acosta a téléphoné de Capital City lorsqu'il a entendu que vous étiez nommé procureur spécial ici. Vous apprendrez, ajoute-t-il, que les juges se parlent entre eux. »

Comme des marchands de poisson, oui. Ingel a bavassé avec la Noix de coco, Armando Acosta, la réplique mexicaine de Sa Majesté des Mouches. J'aurais dû m'en douter.

Acosta présidait le tribunal lors du procès de Talia Potter à Capital City. Elle était accusée du meurtre de son mari, je la défendais. Ça s'est passé il y a sept mois. Avant cela, pendant la période où ma femme Nikki et moi étions séparés, bien avant le procès Potter, Talia et moi avions eu une liaison. Pour ma honte éternelle, car le mari de Talia, Ben Potter, était mon ami et bienfaiteur. Je n'ai pas fait part à la cour de mes anciennes relations avec l'accusée, lorsque j'ai accepté d'assurer sa défense. Tout ça était terminé depuis longtemps. Malheureusement, les journalistes et la Noix de coco ont découvert le pot aux roses pendant le procès. Acosta a menacé alors de m'éviscérer et de m'écarteler. Et à ce jour encore, il ne m'a pas pardonné de l'avoir trompé.

« Il n'était pas très content que nous vous ayons choisi, explique Ingel. Il a de bonnes raisons pour réagir ainsi. » Il parle d'Acosta.

« Je veux bien le croire. »

En ce moment précis, ce qui fait plaisir à la Noix de coco est le dernier de mes soucis. Je bouillonne de rage jusqu'au bout des ongles. Que l'arrogance d'Acosta puisse franchir la rivière pour venir jusqu'ici empoisonner l'eau de mon puits me porte à envisager une parade : ne suis-je pas fondé à porter plainte devant la Commission de contrôle judiciaire, l'organisme qui poursuit les magistrats pour mauvaise conduite dans cet Etat ? Ma position, même momentanée, d'avocat général place ses commérages sous le coup du Premier Amendement.

Lorsque je proteste, Ingel me dit qu'il y a une raison derrière tout ça. Il veut dire, derrière le fait que la Noix de coco se mêle d'une affaire qui échappe à sa juridiction.

« L'une des victimes, explique-t-il, l'étudiante Sharon Collins, était sa nièce. »

Les bras m'en tombent.

« La fille de sa plus jeune sœur. » Ingel me sort tout un laïus sur l'arbre généalogique de la famille Noix de coco. De pauvres immigrants mexicains qui ont réussi, même si la sœur n'a pas d'aussi belles relations que le juge, aussi a-t-il pris les choses en main, à en croire Ingel, espérant obtenir de meilleurs résultats de la justice, ben voyons.

Quel fils de pute, me dis-je. De tous les enfoirés qui vivent sur cette terre...

« A ce que j'ai compris, raconte Ingel, le juge Acosta était comme un père pour cette petite. La mère est divorcée. Toute cette histoire l'a complètement chaviré. »

Ingel me regarde comme si j'étais censé faire quelque chose.

« Je suis vraiment désolé de l'apprendre. Mais il ne doit pas être seul dans son cas. »

Ingel me regarde avec des yeux ronds.

« Les parents des autres victimes, des autres gosses », dois-je lui préciser. Mon message est clair. Dites au juge de s'aligner avec les autres.

Ingel m'adresse un regard noir.

« Il faut que les choses soient bien claires. Même si vous avez réussi à vous glisser dans la brèche pour arriver ici, vous avez un contrat, et vous devez le remplir. Sinon, je veillerai personnellement à ce que vous vous expliquiez devant le Conseil de l'Ordre.

– Pour quel motif ?

– Abandon d'un client. C'est encore, que je sache, un motif valable d'action disciplinaire. Et ne croyez pas que vous allez pouvoir vous débarrasser des crimes de Putah Creek en vous prévalant de quelque requête antérieure, en essayant de faire renvoyer les affaires pour que quelqu'un d'autre les ressorte ultérieurement. Si je subodore la moindre collusion ou négligence, j'aurai votre peau. Vous en serez réduit à rédiger des résumés de dossiers, comme un débutant, pour le compte d'avocats des autres Etats. Me suis-je bien fait comprendre ?

– Parfaitement. J'ai compris que le comté n'a aucunement l'intention de nommer un procureur permanent pour ces affaires. »

Son expression le dit clairement : même s'il était au courant, il ne dirait rien. Il reprend sa montre. « Si je peux faire quoi que ce soit d'autre pour vous, dit-il, n'hésitez pas à me le demander. » Il me regarde avec des yeux de pierre, comme s'il faisait partie de la bande des quatre du mont Rushmore. Je me lève.

« Un dernier conseil, dit-il. Beaucoup de gens vont vous avoir à l'œil.

– A cause du juge Acosta ?

– Il a un intérêt personnel dans cette affaire. »

Ça, c'est sûr, et à double tranchant.

CHAPITRE 4

Le labo criminel de l'Etat est un immense bâtiment trapu, une forteresse des temps modernes toute de béton. Couvrant la superficie d'un terrain de football, il est séparé de la rue par une pelouse verdoyante qu'une grille de fer de trois mètres de haut divise en deux sur tout le périmètre de l'installation.

Le plus grand labo de ce type en dehors de celui du FBI à Quantico, Virginie, c'est avant tout le territoire du procureur général de l'Etat.

Claude Dusalt est à l'origine de cette réunion. Il veut me familiariser très vite avec les indices matériels réunis jusqu'ici, au cas où ses enquêteurs auraient tout de suite besoin d'un mandat de perquisition. Le meurtrier de Putah Creek fait l'objet d'une attention croissante de la part de la presse et Claude veut être en position d'agir immédiatement si la moindre occasion se présente.

Derek Ingel, l'équivalent de Roy Bean à Davenport, n'a cessé de regarder par-dessus mon épaule pour voir où nous en étions côté preuves. Sans aucun doute pour pouvoir relayer directement l'information à la Noix de coco. Jusqu'ici, j'ai réussi à le maintenir dans les ténèbres, pour la bonne raison que j'y suis moi aussi. L'ignorance est une bénédiction.

Je remplis un formulaire et reçois un badge de sécurité des mains d'un gardien posté dans une guérite à l'intérieur de l'entrée principale du labo.

Quelques minutes plus tard, j'entends résonner des talons sur le ciment. Une femme descend un long couloir. Je la vois par le judas en verre de la porte de sécurité. De loin, elle a l'air d'une secrétaire. A voir ses yeux qui me scrutent, je devine qu'il s'agit de mon accompagnatrice. Elle est de petite taille, sans élégance, plus proche de la cinquantaine que de la quarantaine. Quelque chose en elle m'est familier, mais je n'arrive pas à saisir quoi.

« Monsieur Madriani. »

Un visage de pierre, la mine préoccupée. Son ton indique cependant que ce n'est pas une simple hôtesse.

« Kay Sellig, ajoute-t-elle. Le directeur m'a demandé de vous mettre au courant. » Des yeux bruns enchâssés dans un réseau de rides et de pattes-d'oie me considèrent par-dessous une frange poivre et sel – une coupe d'entretien facile. Elle ne me tend pas la main mais elle lit dans mes pensées.

« Vous ne vous attendiez pas à ça ? » demande-t-elle. Une femme qui pige vite. Je mens.

« Je ne sais pas. »

Enfin, un sourire. Pas de l'amabilité, mais la satisfaction d'avoir lu dans mes pensées.

Dans le monde clos de l'expertise médico-légale, le nom de Kay Sellig est devenu légendaire, assorti d'une réputation en contradiction avec l'image qui s'offre en ce moment à mes yeux.

Nous bavardons de choses et d'autres tandis qu'elle m'entraîne dans le labyrinthe, le réseau complexe de cellules au cœur du bâtiment.

Et là, comme je marche dans son sillage en l'observant, la lumière se fait dans mon esprit, confirmant l'impression de déjà vu.

« Vous étiez là-bas, lui dis-je. Au bord du cours d'eau. » Elle acquiesce de la tête.

« C'est moi qui ai traité les premiers indices sur la scène du crime. »

J'entends parler de Kay Sellig depuis plus de douze ans, pour l'essentiel des ragots colportés dans les couloirs du tribunal, des hauts faits d'avocats embellis au fur et à mesure. Elle a en son temps enterré plus que sa part d'accusés derrière les murs couronnés de cordes de concertina des pénitenciers de Folsom et San Quentin.

On tourne encore trois fois, on longe un petit couloir, on entre dans une vaste salle, et elle réduit sa vitesse. Je sens que nous sommes arrivés à destination.

L'endroit n'est pas sans ressembler à un labo de chimie dans un lycée des banlieues résidentielles chics. Une douzaine de grandes tables d'acier inox sont vissées au sol, baignées d'une lumière fluorescente.

« Est-ce que le lieutenant Dusalt vous a donné beaucoup de détails ? demande-t-elle.

– Nous avons eu une entrevue à ce jour. Pour l'instant, ce que je sais provient des journaux et des quelques dossiers constitués par Mario – M. Feretti – avant sa mort.

– Vous préférez poser des questions, ou que je vous raconte mon histoire ? »

N'ayant pas lu le dossier, je préfère l'écouter. Et le lui dis.

« Parfait. »

Elle se lance sans regarder la moindre note, au débotté. « D'habitude, le meurtrier ne laisse pas de papiers d'identité, de portefeuilles ni de sacs à main derrière lui. Il les emporte. Nous n'en avons retrouvé aucun, sauf dans les deux derniers meurtres. Il doit avoir un petit sanctuaire quelque part, un endroit où il entasse tout ça. Nous avons dû relever des empreintes à chaque fois pour établir l'identité des victimes. »

Elle se dirige vers un grand tableau noir, l'un de ceux que l'on pose sur un chevalet en bois monté sur roulettes. Elle fait pivoter le tableau, qui est recouvert de liège au verso. Une sélection de photos en couleur, tirage brillant, y sont punaisées. Des clichés de cadavres – gros plans de visages et cadrages à hauteur des épaules – pris sur les tables d'acier inox de la morgue du comté.

« Le premier, Jonathan Snider, avait dix-neuf ans. » Elle le désigne. Même dans la mort, le visage a la spontanéité de la jeunesse.

« Sa petite amie, Julie Park, dix-huit. » A en juger par sa photo, elle était asiatique, jeune et jolie. « On les a retrouvés près de Putah Creek il y a douze jours. Le tueur n'a pas essayé de dissimuler les corps. »

Sa baguette descend à la ligne inférieure. « Les deux suivants ont été retrouvés quatre jours plus tard. Sharon Collins, vingt-deux ans, la nièce d'Acosta, et Rodney Slate, même âge. Toujours pas de papiers d'identité. Les corps gisaient par terre. »

Elle désigne ensuite deux autres faciès de défunts, plus âgés ceux-ci, qui me dévisagent depuis le tableau de liège. « Les deux derniers, vous les avez vus sur place. Abbott et Karen Scofield. »

Une caverne sombre, pathétique, apparaît d'un côté du visage de la femme, vision grotesque d'une orbite vide, avec plusieurs entailles profondes sur la joue et le front, à la frontière de la cavité vacante.

« Pour une raison inconnue, il a laissé leurs portefeuilles et le sac de la femme. Il se peut qu'il ait été dérangé, nous l'ignorons. Scofield et sa femme étaient divorcés. Il était membre de la faculté. Un scientifique. Professeur d'ornithologie, je crois. » Pour la première fois, elle consulte des notes. Je fais une grimace, du genre, pour moi, c'est du chinois.

« L'étude des oiseaux. »

Elle s'approche d'une table couverte de vêtements répartis en tas. Il pourrait s'agir du linge sale de n'importe qui, si ce n'étaient les grosses taches de sang séché qui apparaissent sur une chemise blanche et un pantalon. Ces tas sont posés en divers points de la table, prêts à être rangés dans de grands sacs de papier numérotés et étiquetés pour identification ultérieure, un des maillons de la chaîne bourgeonnante des preuves matérielles.

Je constate que tous les boutons de la chemise blanche manquent. Elle me dit qu'elle les a coupés sur la scène du crime et enfermés dans un sac à titre de preuve. Ils ont été descendus aux empreintes latentes où on les traitera dans un creuset de super-colle chauffée. C'est un peu tiré par les cheveux, mais, sait-on jamais, le meurtrier a pu, par inadvertance, en toucher un avec ses mains non gantées.

Si les politiciens locaux redoutent que des bévues soient commises lors des premières constatations sur la scène du crime, ils peuvent dormir sur leurs deux oreilles avec Kay Sellig.

Elle m'explique que les taches sur les vêtements des victimes sont le résultat de la gravité, leur sang a coulé par terre jusqu'à leurs vêtements pliés et disposés avec soin autour de leurs corps. Ces articles ne portent ni traces de coupures ni déchirures d'aucune sorte, rien n'indique qu'il y ait eu lutte.

« Le schéma est toujours le même, explique-t-elle. Les victimes sont toujours dévêtues au moment où il les tue. »

Ils ont découvert un autre indice. La police pense que le tueur a laissé par inadvertance un grand sac-poubelle en plastique sur la scène du premier meurtre. On l'a trouvé à proximité du cours d'eau, probablement amené là par le vent. Il était vide, mais il y avait un trou dans le fond. Sellig pense que le tueur peut avoir utilisé ce sac pour transporter les piquets et la corde, les instruments de mort. Selon elle, un des piquets peut avoir percé le trou.

Elle n'a pas encore eu le temps d'examiner les piquets et la corde des meurtres Scofield. La corde semble identique à celle employée dans les autres meurtres. Les piquets sont en bas, aux empreintes latentes. Je demande :

« Y a-t-il des traces d'agression sexuelle ?

– A première vue, non. Le médecin légiste a trouvé du sperme dans le vagin de la petite Park, mais celui qui l'y a laissé était un sujet sécréteur, de groupe B, et ce groupe sanguin correspond à celui de son petit ami. L'examen de la toison pubienne a révélé chez le garçon la présence de poils étrangers qui correspondent à ceux de la fille. » Sellig marque une pause pour laisser à l'évidence le temps de faire son chemin dans mon esprit.

« Les jeunes du campus disent que ces deux-là étaient inséparables.

Selon nous, les victimes ont fait l'amour ensemble, une heure ou deux, peut-être, avant d'être tuées.

– Comment réussit-il à tuer des couples ? C'est un peu risqué, non ?

– Il est probablement armé, il se peut qu'il soit assisté, nous ne sommes sûrs de rien. Toutes les victimes ont été sélectionnées dans des secteurs isolés, des parkings déserts, tard dans la nuit. Dans chaque cas, ils étaient les derniers à quitter une réunion amicale, ou un lieu de travail. A l'exception du dernier, les meurtres ont été perpétrés dans des lieux très à l'écart. Le dernier, celui des Scofield, témoignait d'un certain cran, précise-t-elle. Il a fait ça pas très loin de la route. » Elle suppose que cela peut être lié à un modus operandi de plus en plus exigeant, un désir secret de prendre des risques supplémentaires. Elle poursuit :

« Mais aussi, il a eu de la chance. Nous recherchons des automobilistes qui pourraient être passés par là tard dans la nuit, des gens susceptibles d'avoir vu quelque chose. Jusqu'ici, ça n'a rien donné. »

Elle me dit que les experts en profils de personnalité, des psys dont la vie de travail est consacrée à l'étude des esprits tourmentés, n'ont pas exclu, malgré l'absence de toute trace de viol, l'éventualité de crimes provoqués par une psychose sexuelle.

« Certains estiment que les piquets de tente métalliques sont phalliques, explique-t-elle. Selon cette théorie, ce qu'il leur fait pourrait être sa concrétisation – aliénée – de l'acte sexuel. »

Ils ont déjà dessiné un profil psychologique du meurtrier. Il y a un temps où j'aurais accordé à tout ça autant de crédibilité qu'aux cartes de tarot. Mais depuis, j'ai acquis la foi.

« A part les deux derniers, il ne connaît pas ses victimes », explique-t-elle. Ceci, ils l'ont déduit du fait que leurs visages étaient restés intacts, ni frappés ni mutilés. Les psychologues ont déterminé qu'habituellement, le meurtrier ne frappe ses victimes au visage que lorsqu'il les connaît. Plus la relation est intime, plus le visage est gravement endommagé.

« Vous avez dit, à part les deux derniers. En quoi étaient-ils différents ?

– J'y viendrai un peu plus tard, explique-t-elle. C'est probablement un blanc », ajoute-t-elle. Les statistiques tendent à établir que dans le cas de meurtres accompagnés de mutilations, la victime est presque toujours de la même race que le meurtrier.

Ils évaluent son âge entre vingt-cinq et quarante ans. Les tueurs adolescents sont généralement violents et impulsifs, rien à voir avec le rituel contrôlé du meurtrier de Putah Creek. Et quelqu'un de plus vieux aurait eu du mal à venir à bout des victimes mâles.

D'après le profil, il est probable que le tueur vit seul. Je trouve que l'affirmation repose sur des bases un peu légères, cela relève de l'intuition. Mais les psys déduisent des indices, désignent l'aliénation – le meurtrier se considère comme exclu, il n'appartient pas à une cellule familiale ou à un groupe social cohérent. Cela peut expliquer qu'il tue des couples, c'est sa façon à lui de prendre sa revanche.

« Nous pensons qu'il a passé beaucoup de temps près du cours d'eau, il se peut qu'il n'habite pas très loin, à moins qu'il n'ait travaillé dans le coin autrefois », explique-t-elle.

Ils sont parvenus à cette conclusion en étudiant l'aspect rituel des crimes. La disposition méticuleuse des corps sur le sol, le soin avec lequel les vêtements ont été placés autour des victimes, tout indique que le meurtrier a pris son temps, certain de ne pas être dérangé.

« Il considère ce lieu comme son territoire, dit-elle. Il s'y sent en sécurité. »

La police se concentre maintenant sur cette piste, passant le secteur au peigne fin dans l'espoir de trouver quelqu'un qui y aurait travaillé ou habité, un journalier employé dans une des exploitations agricoles, voire un nomade qui aurait campé là quelque temps.

Un autre aspect du profil psychologique est beaucoup plus troublant.

« En général, les tueurs attachés à un rituel ne s'arrêtent que lorsqu'ils sont pris », poursuit-elle. Voilà une pensée rassurante. Mais la suite est pire. « Nous ne savons pas s'il devient de plus en plus violent ou si c'est seulement qu'il connaissait la femme Scofield. »

Je lui lance un regard inquisiteur.

« Il semblerait qu'il lui ait arraché un œil. Nous essayons encore de déterminer pourquoi. »

Comme le visage de la femme était caché sous sa culotte, je n'ai pas pu remarquer ce détail sur la scène du crime.

Nous parlons de l'enquête en général. Hormis le profil psychologique, les flics pataugent dans le noir. Selon Sellig, la police n'a trouvé aucun lien entre les différents couples de victimes.

« Les derniers, les Scofield, nous posent un vrai problème », dit-elle.

Je la regarde. Elle a piqué ma curiosité.

« Leur âge, précise-t-elle. Il a élargi son cercle habituel. Il ne se cantonne plus à la population estudiantine.

– Ce n'est pas forcément l'âge, lui dis-je. Le lien est peut-être le milieu universitaire, la faculté. »

Elle a une petite moue, comme si c'était une possibilité. Mais elle reste inquiète. L'une des règles fondamentales, dans le cas de meurtres en série, est que lorsque les tueurs changent leurs habitudes, ceux qui les pourchassent ont davantage de raisons de s'inquiéter.

Le fait que le tueur de Putah Creek s'attaque maintenant à des victimes d'une cinquantaine d'années introduit une inconnue supplémentaire dans l'équation de sa traque. Nous en parlons un peu, mais elle continue de buter sur l'obstacle. Sellig ne pourra tirer de conclusions valables tant qu'elle n'aura pas le rapport d'autopsie des Scofield. Je lui demande :

« Que pensez-vous du truc dans les arbres, la plate-forme ? »

C'est alors qu'elle se déchausse et se dirige vers une penderie adossée au mur. Il semblerait que ses talons bas étaient également une concession au code vestimentaire de la maison, un élément réservé à l'accueil des visiteurs. Elle semble plus chaleureuse à mon égard, maintenant, et plus décontractée. J'y vois un signe de confiance.

Je lui demande si ce perchoir dans les arbres a un lien avec les meurtres.

« Nous continuons d'étudier la question », répond-elle.

J'essaie de lui faire dire ce qu'ils ont trouvé là-haut.

Elle grimace. « Quelques plumes et du sang, concède-t-elle.

– Animal ou humain ?

– Animal pour l'essentiel, mais il y avait aussi des traces de sang humain. Et quelques petits os, appartenant à un oiseau, croyons-nous. » En disant ces mots, la perplexité de Sellig s'accentue visiblement, comme si des morceaux épars d'un puzzle continuaient à s'accumuler.

« Nous avons expédié les os et les plumes au Laboratoire national d'expertise de la vie sauvage, dans l'Oregon, reprend-elle. Pour les faire analyser. »

A l'entendre, il n'existe que deux personnes dans tout le pays qui soient qualifiées pour ça. L'une d'entre elles est une femme de quatre-vingt-sept ans qui vit sur la Côte Est. L'autre, sa protégée, plus jeune, a été débauchée de la Smithsonian par le Centre de défense des espèces d'Ashland, une sorte de laboratoire criminel pour les agressions contre la nature et l'environnement.

« Ils devraient pouvoir nous fournir une réponse d'ici quelques jours, affirme-t-elle.

– Et à votre avis ?

– En tenant compte du peu que nous avons ? » demande-t-elle.

J'acquiesce de la tête.

« Je dirais que notre homme (elle parle du tueur de Putah Creek) n'a rien à voir avec la planque dans les arbres.

– Qui, alors ?

– Pour l'instant, ce n'est qu'une intuition. Je préférerais vous répondre lorsque nous aurons la réponse de ce labo dans l'Oregon. »

Sa réponse me satisfait, je n'insiste pas et passe à autre chose.

« Ont-ils trouvé quoi que ce soit du même genre dans les endroits où les deux autres meurtres ont été commis, dans le comté d'Orange et l'Oregon, je veux dire, une plate-forme dans les arbres, des plumes, des os ? »

Elle secoue la tête.

« Non. Et nous sommes retournés inspecter les deux autres sites, ici à Davenport. Nous craignions d'avoir négligé quelque chose. Mais il n'y avait rien de plus. Ni plate-forme, ni cordes. »

Elle est en train d'enfiler des chaussures de tennis blanches du genre que portent les secrétaires de Capital City pour trotter à l'heure du déjeuner, leur façon de rivaliser avec l'aérobic de midi. Je lui demande :

« Vous avez eu l'occasion de grimper là-haut ? Sur la plate-forme ? »

Elle hoche la tête, un oui silencieux. Soudain, ses gestes deviennent cryptiques.

Je la regarde. D'une certaine manière, j'en étais sûr. Une fois que l'équipe chargée de recueillir les indices a débarrassé le plancher de la plate-forme, elle n'a pas pu s'en empêcher. Elle est montée voir. Je lui demande :

« Il y a une belle vue, non ?

– Pour le moins. » Un sourire malicieux aux lèvres, elle retourne au placard et rouvre la porte. Je crois qu'elle va ranger ses chaussures à talons. Mais quand elle se tourne à nouveau vers moi, elle a en main un long objet cylindrique enveloppé dans une serviette-éponge. Elle le déballe et je vois du métal, du verre, des lettres, les mots « Mirador TTB. »

– On a trouvé ça sur la plate-forme, dit-elle. Son propriétaire a dû partir précipitamment. »

Elle me le tend pour que je l'examine.

« C'est un télescope d'observation. D'excellente qualité. Il doit valoir dans les mille dollars. Les tireurs s'en servent pour les tirs à longue portée. Pour faire le point et sélectionner le quadrillage de la cible sans avoir à marcher deux cents mètres. »

Je l'examine en le retournant dans tous les sens.

« Nous l'avons passé à la poudre, pour les empreintes, ajoute-t-elle. Il y en a une, brouillée, inutilisable, sur laquelle nous avons trouvé quelques traces de sang.

– Ça n'a aucun sens », dis-je. Un silence de mort s'installe pendant que j'inspecte le télescope.

« Et vous pensez que celui ou ceux qui se trouvaient dans les arbres, quels qu'ils soient, n'avaient rien à voir avec les meurtres. »

Elle a une mimique pour indiquer qu'elle en est presque sûre.

« Ils peuvent tout de même avoir vu le meurtrier. »

Elle sourit.

« Regardez un peu là-dedans », dit-elle, en désignant le télescope que je tiens en main.

Je me poste à une fenêtre de la pièce et colle mon œil au viseur. De l'autre côté d'une vaste pelouse verdoyante digne des jardins de Versailles, une secrétaire prend son déjeuner sur un banc, un sac de papier kraft à côté d'elle. J'ajuste la molette de mise au point, un tour d'un demi-centimètre, et j'y vois aussi bien qu'à travers du cristal. Elle a la joue légèrement humide. Elle est en train de lire un bouquin en format de poche. Le titre m'apparaît aussi clairement que sur une première page de journal : *Love Story* de Erich Segal.

Mon esprit fait l'inventaire des éléments en présence : la magie du petit cylindre que j'ai en main, la structure perchée tout en haut des arbres, près de Putah Creek. Et je tire la conclusion de l'équation, la possibilité qu'il existe quelque part, Dieu sait où, un spectateur accidentel de la mort, un témoin direct du meurtre de Abbott et Karen Scofield.

CHAPITRE 5

Le bâtiment qui abrite le bureau du procureur du comté de Davenport est de style gouvernemental classique. Une construction fonctionnelle, érigée par la Direction des travaux publics dans les années 30 avec un objectif, résister au temps. Elle dégage une sorte de grâce sans âge, due à une architecture classique qu'on ne trouve plus dans les bâtiments publics d'aujourd'hui. La façade de granit et le large escalier donnent sur un portique soutenu par des colonnes de trois étages de haut. Elles évoquent l'autorité dans une démocratie populaire, bien que la façade ait maintenant viré au brun douteux et que l'intérieur de la bâtisse, manifestement mal entretenu, soit encombré de bureaux surchargés de monde.

Le bâtiment se dresse en face du palais de justice, légèrement en surplomb, au milieu d'un bouquet de chênes et de châtaigniers majestueux qui furent plantés au siècle dernier dans le centre-ville pour apporter un contrepoint à la chaleur oppressante des étés dans la vallée, quand la température atteignait régulièrement les 40°.

Le service du procureur est modeste. Il ne comporte que quatre adjoints. Deux d'entre eux sont des nouveaux, des jeunes qui ont terminé leurs études de droit il y a deux ans tout au plus et ne se voient confier que des contraventions.

Et puis, il y a Roland Overroy. Depuis trente ans qu'il travaille là, Overroy est devenu un des spécimens de la forêt pétrifiée du service public. Du bois mort qui défie les siècles. Dans ce comté, tous les actes visant à mettre en cause la compétence des avocats sont qualifiés d'« initiatives Roland », du moins par ceux qui ont eu affaire à lui. Jamais il n'a traité un dossier en l'ayant préalablement étudié, ni instruit une affaire sans charger excessivement le prévenu.

Son talent particulier réside dans un manque absolu de préparation et une forte tendance à ne pas tenir compte de ce qui est évident.

Depuis que Feretti l'a démis, il y a deux ans, de son poste de premier adjoint, l'exilant dans le pot au noir du tribunal des mineurs, Overroy n'a cessé de soulever dans son travail des points de détail pour leur donner de l'importance. Tel un chef d'orchestre, il les a joués à quiconque voulait bien l'écouter.

Le petit personnel ne constitue pas un groupe très joyeux, ce matin. Nous avons installé notre campement autour de la table métallique abondamment éraflée de la pièce qui sert de cafétéria en même temps que de salle de conférences.

Bien que je les aie tous rencontrés à un moment ou à un autre, au gré des tâches quotidiennes du bureau, ceci est notre première réunion officielle depuis que j'ai accepté ma nouvelle mission il y a un mois. Je voudrais faire bonne impression.

Mon regard les survole et les deux seuls sourires que je récolte, bien pâles il est vrai, émanent de Gary Boudin et Karen Samuels, les dernières recrues.

Overroy essaie de me jauger, se demandant combien d'occasions vont se présenter à lui dans le chaos provoqué par le décès subit de Feretti. Lenore Goya est en train de téléphoner dans son bureau. Elle va nous rejoindre d'ici un instant.

Overroy s'est approprié la seule chaise voisine de la mienne autour de cette table, comme si mon autorité, pour momentanée qu'elle fût, pouvait déteindre sur lui.

Sur le papier, le poste de premier adjoint est vacant depuis deux ans. Au lieu de le virer, ce qui dans l'administration demanderait d'interminables auditions et une montagne de paperasse, Feretti a tout bonnement résilié d'un coup de plume la position de superviseur qu'occupait Roland. Tout en lui maintenant son salaire, Mario a tablé sur l'érosion de l'orgueil d'Overroy avec le temps. C'était une façon de lui envoyer un message, de lui dire que sa carrière au sein de ce bureau était grillée. Mais avec Roland, il est préférable de faire parvenir ses messages par l'intermédiaire des services télégraphiques de la Western Union, en langage clair.

« Une véritable tragédie », dit Overroy. Il parle de la mort de Mario. Je le soupçonne d'avoir fait des galipettes de joie en lisant l'annonce de son décès. Le deuxième prénom de Roland est duplicité. Si c'était un homme politique, il serait du genre à abattre un séquoia avant d'en escalader la souche encore humide pour prononcer un discours sur la conservation des espèces.

« Ce type travaillait trop, c'est simple », déclare-t-il. Voilà comment Roland présente ses condoléances. « Il payait trop de sa personne. Refusait de déléguer le fardeau. Je sais. » Roland hoche maintenant la tête d'un air pénétré, avec la solennité de qui va proférer un super-lieu-commun. « Ce job peut tuer son homme », conclut-il.

Ce n'est certainement pas le destin qu'il envisage pour lui-même. A soixante ans, il est tout sauf épuisé par la tâche. Son abondante chevelure gris argenté contraste avec un teint bien bronzé, il n'a pas une once de graisse sur le corps. J'ai entendu dire qu'il a un bateau amarré à la marina, dont il vérifie l'état chaque jour avant trois heures de l'après-midi, et qu'il sort régulièrement en été. Il qualifie cela de CA (congé administratif), pour compenser, selon lui, les longues heures de travail qu'il consacre, à son domicile, à la préparation des dossiers du tribunal des mineurs. C'était devenu un sujet de blague quotidien au bureau, mais Mario avait préféré ne pas en tenir compte, trouvant plus d'avantages dans l'absence de Roland que dans ses interférences et le poison qu'il distille en permanence dans l'atmosphère de travail.

Il est clair qu'Overroy essaie de prendre la direction des opérations. Il a fait les présentations autour de la table, « l'équipe des jeunes », comme il me les a désignés dans un moment d'intimité.

Il a donné ordre à Jane Rhodes, la secrétaire de Feretti, de nous préparer des rafraîchissements et du café. Proposant même, si j'en exprime le désir, de l'envoyer trois étages plus bas me chercher un soda frais au distributeur automatique.

Je rejette la proposition d'un geste de la main et demande à Boudin/Samuels comment ça marche à la section des contraventions, petit bavardage anodin pour détendre l'atmosphère. Overroy répond à leur place.

« On se débrouille, mais je pense que nous sommes tous d'accord sur un point, le service a besoin d'être restructuré. Cela fonctionnait mieux quand il y avait davantage de supervision. » Il veut dire, du temps où il était premier adjoint.

« Quant au bureau, poursuit-il, vous constaterez que nous connaissons tous notre affaire. Il faudrait simplement un peu plus de continuité. Quelqu'un qui sache où se trouvent les choses, comment elles fonctionnent. Un Monsieur Continuité », conclut-il en m'adressant un large sourire.

Feretti m'avait prévenu que Roland invoque volontiers les mânes de l'antériorité. Dans un monde conçu selon ses vœux, la longévité serait l'unique critère du tableau d'avancement.

Goya vient d'apparaître. Elle se tient dans l'embrasure de la porte, juste derrière Overroy.

Je la salue aussitôt.

Lenore Goya est une grande femme mince, vêtue d'un tailleur gris foncé, jupe aux genoux, et d'un chemisier de soie. L'ensemble fait très professionnel. Son teint mat pourrait passer pour joliment bronzé dans un milieu où l'on a des loisirs. Elle a un nez fin et des pommettes saillantes de top-model. Si je n'avais pas regardé son dossier personnel, je pourrais l'imaginer évoluant dans la bande de Talia au country-club. Mais il y a les yeux. Sombres et perçants, profondément enfoncés dans les orbites, exprimant peu de joie.

Elle fait marcher le bureau depuis que Mario a été hospitalisé. Entre le contenu de son dossier et ce que Mario m'a raconté d'elle, j'ai réussi à reconstituer certaines parties de sa vie. Elle a travaillé dans deux autres bureaux de procureur, en Californie du Sud, avant d'arriver ici. Chaque fois, elle a accumulé un nombre impressionnant de condamnations. Issue du barrio, elle s'est battue bec et ongles pour sortir de la banlieue est de Los Angeles et obtenir une licence avec mention très bien à l'université de Californie du Sud, suivie d'un doctorat en droit. Le tout grâce à une bourse. Elle est la mère célibataire de deux jeunes enfants. Ayant passé toute sa vie dans les quartiers déshérités de L.A., elle recherche un meilleur environnement pour ses enfants, une vie plus tranquille, moins risquée, dans une petite ville.

« Je ne suis pas ici pour changer quoi que ce soit », leur dis-je. Les premières impressions marquent vite, et en profondeur, comme la patte d'un chien dans le ciment. Je poursuis :

« Si les choses se passent comme je le souhaite, vous avez en face de vous un remplaçant. Je suis l'équivalent d'une secrétaire intérimaire au niveau du comté. »

Cela déclenche quelques rires.

Roland se pourlèche les babines, il flaire l'odeur de l'occasion à saisir. Boudin et Samuels hochent la tête pour indiquer qu'ils ont compris. Mais Goya est une énigme. Ses yeux me scrutent de haut en bas, elle pèse chacun de mes mots. J'ai l'impression que cette dame est une cynique. Nous allons peut-être bien nous entendre, après tout. Je précise :

« Il n'y aura aucun changement dans les attributions de chacun. J'espère ne pas rester assez longtemps pour ça. »

Même ceci ne produit aucun effet sur Goya. Son visage reste de marbre. Elle s'appuie d'une épaule contre le chambranle de la porte. Je lui propose :

« Joignez-vous à nous. Je ne mords pas. Prenez une chaise.

– Je suis très bien comme ça », répond-elle.

Nous jouons au chat et à la souris.

Etant donné son attitude, je passe outre le laïus habituel de tous les mercenaires du service public – les garanties d'une politique de collaboration ouverte. Goya le prendrait pour ce que c'est, la langue de bois des fonctionnaires. Quant à Overroy, il n'y a pas suffisamment de serrures dans le vaste monde pour l'empêcher de fourrer son nez dans mon bureau.

« A quoi ressemble votre emploi du temps ? dis-je en regardant Goya.

– Pourquoi ?

– Nous devons parler du rôle des infractions majeures. »

Elle consulte son petit agenda, le modèle que les avocats ont toujours sur eux, maintenant, quelle que soit l'occasion. C'est comme les prêtres et leur bible.

« Je suis libre lundi matin avant l'audience, déclare-t-elle. A neuf heures. Dans votre bureau ou dans le mien ?

– Le vôtre. » Je vais lui concéder un peu de terrain, un petit effort pour la faire entrer dans la partie.

« Je pourrais me joindre à vous », suggère Roland. Il essaie de s'immiscer. S'il doit se raccrocher au wagon de l'autorité, c'est le moment ou jamais et il le sait.

« Je ne vois pas l'intérêt de gaspiller le temps de Roland. Et vous ? » dis-je en regardant Goya. Sa réponse est nette et sans appel : « Non. » J'ai l'impression que cette femme supporte difficilement les imbéciles. Humilié, Roland lance une giclée d'acide en direction de Lenore Goya mais cela ne dure pas. Il se ressaisit vite.

« Vous avez raison, dit-il. Je suis très occupé. »

Ils se lèvent tous maintenant, se pressent vers la porte.

« Oh, juste une dernière question. » C'est encore Overroy. Il sourit de nouveau. « S'ils l'attrapent, qui va faire “ Shiska Bob[1] ” ? »

Je lui lance un regard interrogateur.

« Cette affaire de Putah Creek, précise-t-il. Qui va en hériter ? »

Je ne sais pas s'il imagine vraiment que je pourrais lui confier le dossier ou s'il essaie simplement de semer la discorde, une façon de mettre des bâtons dans les roues de Goya.

« Comment avez-vous dit ? »

Il est tout sourire. « Hum ? » Un regard perplexe. « Oh, ça ! Shiska Bob ? »

Je hoche la tête.

1. Jeu de mots d'un goût douteux sur *shishkebab* = brochette, par allusion aux piquets de tente. *(N.d.T.)*

« C'est une blague d'un des types de la brigade criminelle du shérif. A force de travailler ici, on finit par développer un curieux sens de l'humour. » Il prononce ces mots avec familiarité, dorlotant une pensée intime. A mon avis, Roland aimerait que nous évoquions une image, lui-même et ses potes de race blanche de la criminelle, en train de siroter un demi ensemble, commentant les informations internes, les affaires croustillantes, les vraies saloperies.

Je frissonne à l'idée de ce que Feretti aurait pensé de ce titre, « Shiska Bob », étalé en haut de la première page du *Journal*, la feuille de chou locale qu'il appelait « La pissotière de Davenport ».

« Je ne veux pas savoir d'où ça vient, lui dis-je. Je ne veux plus entendre ça. » Un silence de mort est tombé dans la pièce.

« Vous pouvez passer le message à votre gros bonnet de la criminelle. J'en toucherai personnellement un mot au shérif. Nous devons penser aux familles des victimes. Il ne faut pas aggraver leur douleur. Ils seront assez furieux comme ça si nous ne leur apportons pas quelques éléments de solution bientôt.

– Très bien, dit Roland. Je lui en ferai part. » Son sourire s'est évanoui.

Pour l'instant, j'ai éludé la question de savoir qui hériterait des meurtres de Putah Creek. N'empêche que Goya a les yeux fixés sur moi. Overroy a creusé le sillon et semé la graine de la discorde, selon les règles.

Ma fille va être un pétale de rose se détachant parmi les modestes violettes aux teintes mauves, ses compagnes de sept-huit ans.

Sarah porte un tutu rose, une jupette rigide qui jaillit de sa petite silhouette sans hanches comme les pales d'un hélicoptère. Ce costume accompagne un collant couleur chartreuse, tellement minuscule que mon avant-bras n'y tiendrait pas. Et qui pourtant, telle la peau d'une vieille pomme, forme des plis sur les frêles jambes de Sarah.

Pendant que je m'habille, Nikki s'active avec l'appareil photo, immortalisant pirouettes aériennes et attitudes devant la cheminée du salon.

Ce soir, un semestre de leçons et un mois de répétitions vont atteindre leur point d'orgue. Le cours de danse présente « Alice au Pays des Merveilles », une centaine d'enfants sur scène. Pour l'occasion, leur professeur a loué l'auditorium du lycée. C'est la seule salle de la ville suffisamment spacieuse pour accueillir la légion de parents rayonnants de fierté, de grands-parents, frères, sœurs et cousins qui se déplaceront pour la représentation.

Je jette un coup d'œil dans le couloir et vois les vestiges de la soirée d'hier. Nous avons reçu des amis qui sont venus en compagnie de leurs enfants, et ceux-ci, avec l'aide de Sarah, ont dévasté la plus grande partie de la maison. Le hall offre un spectacle de pure désolation. Ken et Barbie gisent par terre, à moitié nus. Une piste de vêtements minuscules, que l'on dirait abandonnés en plein désert par une tribu de Lilliputiens en voie d'extinction, mène jusqu'à la porte du salon et au-delà.

« Tu as les billets ? » me demande Nikki.

Je regarde dans mon portefeuille. Ils n'y sont pas.

« Je croyais que tu les avais.

– Je te les ai donnés pendant que tu te rasais. »

Je jette un coup d'œil dans la salle de bains. Ils sont sur la tablette, près du lavabo.

« Ça va, je les ai. »

J'entends Nikki soupirer dans l'autre pièce, quelque chose qui sous-entend, heureusement que ma tête est bien attachée à mon corps, sinon je pourrais la perdre. Pour ce qui est de ces derniers temps, l'analyse n'est pas fausse. Il semble que je commence à payer le prix de tout ce travail, écartelé que je suis entre deux bureaux, vivant dans un univers schizoïde, moitié défense, moitié accusation, parcourant chaque jour des millions de kilomètres entre les deux.

« Tu as pris de l'argent au distributeur ? demande-t-elle.

– Oh, merde ! » Je l'ai susurré entre mes dents, et pourtant, elle m'a entendu.

« Je t'avais pourtant dit d'en prendre sur le chemin du retour.

– Je sais. J'ai oublié.

– Eh bien, comment allons-nous faire, alors ?

– On n'a qu'à en emprunter dans l'enveloppe de l'épicier.

– Et oublier de le remettre ensuite. »

Pendant qu'elle parle, j'inspecte la série de petites enveloppes rangées dans le tiroir du dessus de la commode de notre chambre. Trente dollars dans celle qui porte la mention « Nourriture ».

« Franchement, Paul. » Nikki se tient dans l'embrasure de la porte. « Je ne te demande pourtant pas grand-chose. Je tiens le ménage, je fais la cuisine, et en plus, j'ai un travail. Et tu n'es même pas foutu de t'arrêter à la banque en rentrant à la maison.

– D'accord, j'ai oublié. Mais laisse-moi respirer un peu, veux-tu. »

Je passe devant elle pour aller chercher la cravate que j'ai laissée sur un fauteuil du salon. Sarah regarde la télévision, sans le son, c'est la CNN. Les nouvelles, que j'avais laissées après le dîner. Nikki veut bien oublier la présence de la télévision, tant qu'elle n'est pas obligée d'écouter le bruit. Ces derniers temps, dès que j'ai trois secondes, je la regarde de plus en plus, des images sans paroles, n'augmentant le volume que lorsqu'il semble y avoir une crise mondiale majeure. Cela fait partie du prix qu'il faut payer pour avoir la paix à la maison.

Je trouve ma cravate, marque une pause et jette un coup d'œil à ma fille. Ses boucles ont été peignées, apprêtées, elle ressemble à une princesse de conte de fées, diaphane dans son costume. Ses yeux bruns scintillants sont rivés à l'écran. Je regarde aussi. Des images de jeunes enfants crevant de faim quelque part dans le monde, des corps émaciés, souffrants, des ventres gonflés et des yeux ronds qui implorent. Elle les fixe intensément, complètement absorbée, une communion de l'innocence.

L'image change. Le visage de quelqu'un qui parle. Sarah lève les yeux vers moi. Je bataille avec ma cravate.

« Papa, qu'est-ce qui ne va pas avec ces enfants ? »

A mon avis, mieux vaut affronter la réalité qu'inventer quelque chose de rassurant.

« Ils n'ont pas assez à manger.

– Pourquoi ça ? Pourquoi est-ce que personne ne les nourrit ?

– Il n'y a pas assez de nourriture là où ils vivent.

– Pourquoi est-ce que personne n'apporte de nourriture ?

– Il y a des hommes méchants qui sont armés de fusils.

– Pourquoi est-ce que personne n'élimine les hommes méchants ? »

Dans une coquille de noix, le débat éternel des nations.

« C'est très compliqué. »

Elle me regarde. C'est la première chose qu'elle n'a pas comprise. Comme la plupart des tout-petits, Sarah n'a acquis l'égoïsme que par instinct compétitif, lorsqu'elle s'est trouvée confrontée à la rivalité d'autres enfants pendant les jeux. A un niveau plus primitif, elle n'est qu'un océan de sympathie. Dans le jeu solitaire, très calme, qui semble la combler, ses poupées sont presque toujours malades, en train de vomir. Elles souffrent de presque toutes les maladies connues du médecin. Toute excuse est bonne pour les materner.

Sarah ne cesse de nous couvrir, Nikki et moi, de petites offrandes, pétales de fleurs écrasés et morceaux de tiges brisées, bribes diverses récoltées dans le jardin, bouts de papier coloriés et poinçonnés, certificats de sa dévotion rédigés dans toutes les couleurs de la gamme de Crayola, puis pliés et roulés. Ce soir, ce qui compte pour Sarah n'est pas tant la qualité de sa performance que le fait de nous l'offrir en cadeau. Il semble qu'à cinq ans, les enfants n'ont aucune idée de l'amour inconditionnel de leurs parents. J'ai l'impression que dans l'esprit de Sarah, il faut payer partiellement le fait d'être acceptée, offrir une contrepartie en échange de notre affection permanente. Elle n'a pas compris que c'est elle, la contrepartie.

Le téléphone sonne dans la cuisine. Nikki répond.

« Ne quittez pas », dit-elle. Puis, me regardant d'un air qui signifie « Mieux vaudrait pour toi que ce ne soit pas ce que je pense », elle ajoute : « C'est pour toi » et me tend le récepteur.

« Allô !

– Monsieur Madriani ? Claude Dusalt à l'appareil.

– Oui ?

– Je suis désolé de vous déranger chez vous à pareille heure, mais c'est important. Il y a du nouveau dans l'affaire. Près de l'université. Nous avons trouvé quelque chose dans une camionnette qui pourrait relancer l'enquête de Putah Creek. Mais il nous faut un mandat de perquisition ce soir. Pouvons-nous nous retrouver à votre bureau dans une demi-heure ? »

Je déglutis avec difficulté et jette un coup d'œil en direction de Nikki. Elle me dévisage avec les yeux endurcis du cynisme. Elle lit sur mes traits, sur le masque de mon expression, l'annonce d'une nouvelle déception.

« Je comprends, dis-je au téléphone. J'y serai dans une demi-heure. » Claude Dusalt raccroche. Je me tourne vers Nikki.

« Il faut que j'y aille. Quelque chose de très important s'est produit dans l'enquête. Ils ont besoin d'un mandat de perquisition.

– Quoi d'autre ? » demande-t-elle en haussant les épaules.

Elle est déjà en mouvement, attrapant son sac et son manteau. Au fil des ans, j'ai appris que les véritables émotions de ma femme s'expriment davantage dans ses actes que dans ses paroles. Son ton ne reflète pas une franche hostilité, plutôt la résignation. Mais les gestes qu'elle accomplit au moment de partir, raides et contenus, révèlent qu'une intense et profonde colère couve en elle.

« Je suis vraiment désolé, lui dis-je. Ce sont des choses qui arrivent.

– Bien sûr. » Elle prend Sarah et se dirige vers la porte. « Tu ferais mieux de te dépêcher, ajoute-t-elle à mon intention. Il serait mal venu d'arriver en retard.

– Papa ne vient pas avec nous ? demande ma fille en regardant sa mère avec des yeux ronds.

– Papa a des choses plus importantes à faire. »

Sarah dirige alors ses petites soucoupes vers moi.

Je lui souris d'un air contrit et me penche vers elle pour la serrer contre moi, ma façon de lui dire que je regrette. Mais avant que j'aie pu le faire, Nikki la pousse vers le garage, comme un agneau de son troupeau. Elles sont en retard, il faut se dépêcher. Les paroles de ma femme sont la dernière chose que j'entends avant que la porte se referme en claquant.

« Papa a du travail à faire ce soir. »

Un nouvel élément à inscrire au passif dans la comptabilité de l'amour paternel.

CHAPITRE 6

« Je veux qu'à partir de maintenant, la camionnette reste là où elle est, sous surveillance, dis-je. Jusqu'à ce que j'obtienne un mandat de perquisition. Dorénavant, personne ne doit y toucher sans mon accord. Compris ? »

Denny Henderson prend des notes pour Claude alors que nous traversons la pelouse au pas de charge et gravissons les marches qui accèdent au centre administratif du comté. Bien qu'il ne fasse pas encore nuit, la façade est éclairée.

« Et j'aurai besoin d'une bonne sténographe, quelqu'un qui puisse prendre en dictée et sache rédiger une demande de mandat. » Je regarde Henderson. « Nous avons quelqu'un ? » Il regarde Claude, qui acquiesce d'un signe de tête.

« Sheila Aikens, dit-il, la plus ancienne secrétaire de votre bureau. Feretti avait recours à elle, il disait qu'elle était excellente.

– Trouvez-la. Faites-la venir tout de suite. Je veux que cette camionnette soit surveillée vingt-quatre heures sur vingt-quatre. Et il me faut le nom de son propriétaire.

– Nous l'avons déjà, grâce à l'immatriculation du véhicule », dit Claude.

Nous franchissons la porte principale et nous dirigeons vers le bureau.

Dusalt sort un carnet de sa poche. « Il s'agit d'un GMC 1973. Le propriétaire s'appelle André Iganovich. » Il marmonne une adresse dans le quartier ouest de la ville. « Nous avons mis l'appartement sous surveillance il y a quelques heures. Le service des immatriculations nous envoie une photo de son permis de conduire pour qu'on puisse l'identifier. Est-ce qu'on doit l'interpeller s'il se pointe ?

– Non, dis-je. D'abord, nous procédons légalement. Un mandat de perquisition pour la camionnette. Ensuite, dans la mesure où nous avons trouvé un trésor à l'intérieur, nous obtenons un autre mandat pour l'appartement. S'il n'a pas filé entre-temps, nous pouvons le placer en garde à vue pendant la perquisition. Nous ne le bouclerons que lorsque nous aurons un mandat d'arrêt, fondé sur les preuves découvertes.

– Et s'il se pointe à la camionnette ? » demande Claude.

Cela pose effectivement un problème. Nous ne pouvons pas le laisser partir au volant de la camionnette, avec tout ce qu'elle contient. « Retenez-le, dis-je. Gardez-le pour interrogatoire. Mais sans l'arrêter. » Je suis extrêmement ferme sur ce point. Je ne veux pas me retrouver en face d'un juge sourcilleux qui écartera nos preuves et rejettera notre accusation parce que nous avons agi inconsidérément.

Claude regarde Henderson. « Faites passer le mot. » Telle une ombre par une journée nuageuse, Henderson disparaît dans l'un des bureaux inoccupés pour téléphoner.

Du bout du couloir, j'aperçois une tête, des torsades de longs cheveux bruns éclairés de dos par une lampe de bureau, deux yeux qui scrutent depuis une embrasure de porte. Comme je le supposais, c'est Lenore Goya. Aussi vite qu'elle était apparue, la tête réintègre son sanctuaire solitaire.

Nous nous retrouvons avec Claude dans l'ancien bureau de Feretti.

Il ne connaissait pas cet aspect de moi. Jusqu'ici, je me suis montré passif, j'ai attendu dans les coulisses, prêt à intervenir si l'on m'appelait. Mais maintenant que Ingel et Acosta sont prêts à me sauter à la gorge, je suis devenu plus proactif, selon le jargon actuel.

J'avais remarqué à notre arrivée que Claude avait rassemblé des gens dans un autre bureau, un flic portant un uniforme que je ne reconnais pas et un autre homme, un costaud avec un ventre comme Babe Ruth, en chemise rayée bleue. Ce sont les témoins observateurs, les gens qui ont découvert la camionnette et son sordide contenu.

« Nous allons avoir besoin de Sellig, dis-je. Demandez à Henderson d'appeler les services du ministère de la Justice pour la faire venir ici. » Je ne veux prendre aucun risque en ayant recours à n'importe quel technicien de la criminelle du comté. Si le procès du meurtrier de Putah Creek commence ici, je suis décidé à ce qu'il se déroule sur des bases solides, des preuves en béton, que nous n'ayons pas un seul élément qu'un avocat rusé pourrait éliminer lors d'une requête préliminaire au procès, d'ici quelques mois.

« Maintenant, dites-moi ce qui s'est passé. »

Claude se replonge dans son carnet.

« Notre homme, Iganovich, semble être un immigré russe, dit-il. Cela fait quatre ou cinq ans qu'il est dans le pays. Nous avons consulté le fichier criminel pour voir s'il avait un casier. Absolument vierge. La seule chose que nous ayons trouvée est une licence accordée en octobre dernier par cet Etat. Une licence de gardien de sécurité, sans permis de port d'arme. »

Claude secoue la tête. « Non, mais vous vous rendez compte ? Le type n'est même pas entré légalement dans ce pays, si ça se trouve, et il a un emploi dans la sécurité !

– Nous nous préoccuperons de la légalité de son statut d'immigré plus tard, lui dis-je. Comment avez-vous trouvé la camionnette ? » Je commence déjà à chercher des difficultés potentielles, c'est l'esprit de l'avocat qui se met en branle.

« C'est entièrement réglo, dit Claude.

– Mais encore ?

– Le sergent Dandrich, derrière cette porte, fait partie de la police universitaire. »

C'était donc ça, l'uniforme inidentifiable.

« Il y a deux jours, il repère cette camionnette garée sur un des parkings de la fac. A deux heures du matin, alors que l'utilisation du parking est autorisée pendant la journée seulement. Il se dit que son propriétaire est peut-être quelqu'un qui est resté travailler tard. Et il n'y pense plus. Mais il remarque qu'un pneu arrière a été marqué à la craie par la contractuelle. Hier, quand il reprend sa tournée, la camionnette est toujours là. Avec une contravention sur le pare-brise. Il regarde les pneus. Le véhicule n'a pas bougé de là. La réglementation du stationnement dans le périmètre de l'université accorde vingt-quatre heures au propriétaire, après quoi le véhicule est embarqué en fourrière. Il appelle donc le remorqueur, un revendeur de bagnoles quelque part en basse ville.

D'après Claude, c'est un garage qui a signé un contrat avec l'université.

Je suis attentivement le récit du drame, mes pieds appuyés sur la tablette du bureau que j'ai tirée pour l'occasion.

« C'est ici qu'intervient le dénommé Harold, reprend Claude. M. Goodwrench. » Il fait allusion au type en chemise rayée, couvert de taches de graisse, qui attend dans le couloir.

« M. Harold est quelqu'un de très précautionneux. Il a déjà été traîné en justice par des remorqués mécontents, aussi applique-t-il systématiquement la même procédure quand il enlève une voiture garée à la fac : il fait l'inventaire des objets qui se trouvent à l'intérieur, et il insiste pour le faire en présence d'un des flics du campus.

– La confiance règne.

– N'empêche, Harold et le flic du campus (il consulte ses notes)... Dandrich regardent la camionnette d'un peu plus près. L'un d'eux constate que la vitre arrière, côté passager, a été défoncée.

– Le flic ne l'avait pas remarqué, la veille ? »

Claude secoue la tête et hausse les épaules. « Je le lui ai demandé. Il a répondu que le véhicule était garé contre un de ces piliers en ciment. On ne pouvait rien voir à moins de contourner les colonnes.

– Par conséquent, nous ne savons pas quand la vitre a été brisée.

– Non. Bref, Dandrich et Harold, voyant que la vitre est en morceaux, commencent à devenir vraiment curieux. Ils passent la main par l'ouverture, poussent le loquet et ouvrent les portes.

– La camionnette était fermée à clé ? »

Il acquiesce de la tête et poursuit :

« Qu'est-ce qu'ils ont trouvé, à votre avis ? » Claude me regarde. Un silence lourd d'anticipation passe entre nous.

Je secoue la tête comme pour dire, je donne ma langue au chat.

« Sur le siège du passager, une serviette couverte d'une substance qui ressemble fort à du sang séché. Et ce n'est pas tout. Derrière, bien en vue... » Il accompagne ces derniers mots d'un geste des deux mains tendues, comme pour éviter une collision. « Ils ont trouvé un tas de piquets de tente, le petit modèle en métal brillant, en forme de L, ainsi que – youpi ! – enroulée par terre juste à côté, de l'excellente corde à étendre le linge, en plastique, une dizaine de mètres. »

Je hausse un sourcil, genre, nous avons peut-être trouvé un filon. Je demande :

« Où sont les piquets et le rouleau de corde, en ce moment ?

– On n'a touché à rien, répond-il. On a tout laissé là où on l'avait trouvé.

– Excellent. Faites venir Sellig immédiatement. Dites-lui ce que vous avez trouvé, comment vous l'avez trouvé, communiquez-lui tous les détails. Personne ne doit toucher à cette camionnette, c'est bien compris ? Dites-lui que j'attends son rapport, une comparaison avec les piquets et la corde découverts sur les sites des autres meurtres. Et il me le faudrait le plus rapidement possible. Dites-lui que nous en avons besoin pour établir le mandat qui permettra d'arrêter ce type. Si nous devons fouiller l'appartement du Russe, le rapport de Sellig servira de catalyseur pour toute demande de mandat de perquisition, et le moment venu, d'arrestation. »

Claude farfouille dans ses poches. Une de ses mains ressort munie d'un petit flacon de comprimés, quelque médicament, et il s'éloigne dans le couloir en direction du distributeur d'eau fraîche. Plusieurs minutes s'écoulent. Je me lève pour me détendre les jambes, vais faire quelques pas dans le couloir. Claude est à une dizaine de mètres de moi, près du distributeur. Apparemment, il a pris son médicament, mais il n'est plus seul. Lenore Goya est en train de lui parler d'une manière très animée. Je vois bien que Claude a du mal à placer un mot. M'ayant aperçu, elle s'arrête. Deux secondes plus tard, elle disparaît derrière la porte de son bureau, qu'elle claque violemment.

Claude glisse son flacon de pilules dans sa poche et revient vers moi. Je m'enquiers :

« Que s'est-il passé ? »

Dusalt fait la grimace et hausse légèrement les épaules. Pour indiquer qu'il préférerait se taire. J'insiste.

« Simple curiosité. Elle veut savoir ce qui se passe pour Putah Creek.

– Vous le lui avez dit ?

– Oui. Pourquoi pas ?

– Je devrais peut-être lui proposer de se joindre à nous ?

– Je ne sais pas. » Claude est l'image même de l'indécision. Je subodore qu'il y avait plus d'hostilité que de simple curiosité dans leur échange. « Une petite blessure d'orgueil, ajoute-t-il.

– Le fait que j'aie été nommé pour occuper le poste vacant ?

– Eh oui, dit-il en hochant la tête. Feretti tombe malade, et la première chose qu'ils font, c'est d'aller chercher quelqu'un à l'extérieur. Ils ne l'ont même pas consultée. Elle a tout assumé dans ce bureau, même quand Mario était là. »

Mon étonnement se lit sur mon visage.

« Ça faisait un bout de temps qu'il dégringolait la pente, explique Claude. Goya le couvrait, elle rattrapait ses bévues. Elle a l'impression d'avoir été trahie. »

On frappe à la porte.

« Entrez », dis-je.

La porte s'ouvre, révélant une femme. Une masse hirsute de bouclettes brunes. Ce visage m'est familier. La femme de ménage, peut-être, un tas de rides et sous les yeux, des poches plus grandes que celles du manteau d'Harpo Marx. Sa tenue doit venir de l'Armée du Salut. Elle est l'incarnation même de la vieille fille moche.

« Je peux vous aider ?

– C'est vous, Madriani ? demande-t-elle, une cigarette fichée entre ses lèvres peinturlurées.

– C'est moi.

– Ils m'ont téléphoné à la maison de retraite. »

Je la regarde un peu mieux et me dis que c'est peut-être là qu'elle habite.

« Je rendais visite à ma mère.

– Et vous êtes ?

– Sheila Aikens. Ils m'ont dit que vous aviez besoin de moi. Vous voulez que je reste ici ou que j'attende dehors ? » Elle serre sous un bras un gros dossier d'une dizaine de centimètres d'épaisseur, de ceux qui se déploient en accordéon, un sac accroché en bandoulière sur son autre épaule. Sa main libre tient une tasse de café maculée de rouge à lèvres.

Je jette à Claude un regard qui signifie clairement « Est-ce donc ce que vous avez de mieux ? » Il me répond par un sourire veule.

« Installez-vous dehors, dis-je à la créature. Je vous appellerai lorsque je serai prêt. »

Elle est plantée devant moi, la cendre de sa cigarette arrosant le tapis.

« Ouais, d'accord. » Sa voix rocailleuse dégage autant de charme qu'un grattoir promené sur une planche fendue. Le manque d'intonation signifie « D'accord, je me grouille et j'attends ».

Elle referme la porte. Je demande à Claude :

« Où diable a-t-on été la dénicher ? »

Il fait une grimace indéfinissable.

« Il faudrait demander à Feretti.

– C'est un peu tard. »

Claude hausse les épaules, comme si ce genre de détails n'étaient pas du domaine de sa compétence.

Bien qu'il soit très vilain de penser du mal des morts, étant donné l'exécrable mentalité d'Overroy et la vision de Sheila Aikens rôdant à la porte de mon bureau comme une mauvaise odeur, je commence à avoir un nouvel aperçu du professionnalisme de Mario. Je demande :

« Où en étions-nous ?

– De la corde à étendre le linge et des piquets métalliques.

– C'est ça. »

Je vérifie la solidité des coutures en le questionnant sur la position exacte de ces objets à l'intérieur de la camionnette quand ils ont été vus pour la première fois.

« Nous n'avons absolument rien touché, affirme Claude. C'était parfaitement visible de l'extérieur, à l'arrière de la camionnette. » A cet égard, Claude est un peu sur la défensive. « Le véhicule était abandonné, précise-t-il. Ce type n'a aucune raison d'espérer que l'on respecte son intimité. Nous n'avions pas besoin d'un mandat pour jeter un coup d'œil à l'intérieur. »

Je le regarde en souriant.

« Au bout de deux jours dans un parking payant ? »

Claude pâlit discrètement.

Je ne veux pas être contraint de rechercher un juge sympathisant, quelqu'un qui soit susceptible de gober un argument aussi mince, pour me retrouver écrasé en appel par la suite. Dans notre communauté judiciaire, les juges qui émettent des mandats sont comme les rabbins de l'Ancien Talmud, chacun a sa réputation. Choisissez-en un qui n'a pas une réputation au-dessus de tout soupçon, et vous paierez plus tard, au prix fort.

« Avez-vous interrogé personnellement M. Harold sur sa manière de procéder à l'inventaire des véhicules ? »

Claude acquiesce de la tête.

« Procède-t-il à l'inventaire des possessions se trouvant à l'intérieur du véhicule chaque fois qu'il en enlève un ?

– Systématiquement. »

Je plisse le nez. « Sans exception ? » J'ai confiance en Claude, mais j'ai vu trop d'affaires où les flics ajustaient les faits pour qu'ils collent dans le tableau.

« Toujours. Immanquablement », affirme-t-il.

Claude sait ce dont je parle : je veux savoir s'il est absolument sûr de cette information, s'il peut signer une déclaration sous serment, confirmant ces faits au risque de parjure, pour qu'ils soient examinés par le juge d'un tribunal d'instance.

« Harold est dehors, dit-il. Vous voulez lui parler ? » Claude me met à l'épreuve. Il veut voir si moi, brillant avocat de la défense transformé en procureur, je lui fais confiance.

« Non. » Je ne mords pas à son hameçon. « Nous marchons avec ce que vous avez. » Tablant sur la confiance, je poursuis : « On fera aller, pour l'instant du moins. Un véhicule soumis à une procédure légale d'enlèvement, et à un inventaire de routine. Quoi que nous trouvions, ce devrait être sans problème. »

C'est là une des exceptions découpées par la loi. Un mandat de perquisition ne sera pas requis pour la serviette, la corde et les piquets de tente découverts dans la camionnette. Si notre juge connaît bien ses textes, Sellig devrait être en mesure d'exercer ses talents de magicienne sur ces trouvailles.

Cette pensée arrache un sourire à Claude. Les dieux capricieux de la procédure criminelle lui sont favorables.

« Toutefois, nous avons besoin d'analyser les cheveux et les fibres textiles qui se trouvent dans la camionnette, lui dis-je. Et pour ça, nous aurons besoin d'un mandat. »

Il hoche la tête. Jusqu'ici, tout va bien.

D'heure en heure, nous recevons un compte rendu de Henderson et de l'équipe qui assure la surveillance de l'appartement d'Iganovich. Il ne s'y est pas montré, pas plus qu'à la camionnette. Claude a parié qu'il était déjà à Mexico, en train de boire des margaritas.

« La police est dessus, dit-il. Vous voulez rester dans le coin ?

– Non. » C'est pourtant une vérité première en matière de loi : ceux qui l'enfreignent finissent la plupart du temps par faire des bêtises.

Je me concentre maintenant sur ce que je vais dicter à Aikens, qui est penchée au-dessus d'une vieille IBM Selectric déjà recouverte d'autant de cendres que le Vésuve. Cette bonne femme fume comme un sapeur en martelant les touches de sa machine. Elle tape la déclaration sous serment que je vais faire signer à Claude. Dusalt a établi les faits avec ses deux témoins avant de les renvoyer chez eux.

Je n'ai qu'un objectif en tête : convaincre un magistrat impartial qu'il existe de fortes chances que des preuves concernant un crime se trouvent à l'intérieur de la camionnette du Russe. Moyennant quoi, un mandat de perquisition sera délivré. Nous pourrons relever des empreintes, prélever des fibres textiles, passer l'aspirateur pour récupérer des cheveux, prendre des empreintes de pneus et espérer trouver, au milieu de tout ça, un lien quelconque avec les meurtres de Putah Creek.

Je dicte maintenant, à partir de mes notes manuscrites, des idées qui me sont venues à l'esprit pendant ma précédente réunion avec Claude, celle concernant ses témoins.

Tout en m'adressant à Aikens, je garde un œil sur la feuille qui se déplace sur son chariot et l'autre sur Claude, pour être sûr de ne pas m'écarter d'un millimètre du récit fourni par M. Harold et le flic de l'université.

Claude hoche la tête plusieurs fois, au fur et à mesure que je passe en revue les points critiques de leur scénario. Il faut qu'il soit d'accord avec cette déclaration. Sa peau ne vaudrait pas cher si un juge découvrait qu'il a menti.

Aikens m'inspire une certaine admiration. Malgré la cigarette et tout, ses doigts voltigent comme des papillons au-dessus du clavier. En deux pages, elle n'a eu recours qu'une seule fois à la touche de correction. Mon opinion est en train de changer et je regrette d'avoir mentalement critiqué l'aptitude de Mario à diriger une équipe. Cette femme connaît son affaire.

« Que penseriez-vous de Lockyer ? demande Claude. Il est facile à convaincre. On lui arrache tous les mandats qu'on veut. Un sacré pochard. » Claude jette des noms dans ma boîte à suggestions, histoire de trouver un juge susceptible de nous fournir un mandat.

Je secoue la tête. « Pas lui », dis-je. Lockyer est sans doute parfait pour coincer des voleurs de voitures ou opérer une descente chez des drogués. Mais c'est un ancien procureur. Sur ce coup-ci, la cour d'appel sera beaucoup plus vigilante. Je veux un magistrat neutre, indépendant, pour examiner cette déclaration sous serment. De fait, j'ai déjà sélectionné mon juge, je lui ai téléphoné pendant que Claude s'entretenait avec ses témoins dans la pièce voisine. Frances Kerney est une ancienne présidente de jury du tribunal d'instance de ce comté. On sait qu'elle figure sur la liste très réduite des candidats qui peuvent accéder à la cour d'appel. Le temps que notre affaire arrive en appel, elle y siégera très probablement. Tout ce qu'elle aura eu entre les mains tant qu'elle jugeait encore en première instance sera accepté avec le bénéfice du doute par ses nouveaux collègues. Je reconnais que c'est un peu cynique, mais dans une affaire de cette envergure, il faut faire flèche de tout bois.

Kerney est à ma disposition. Je connais son emploi du temps pour l'après-midi et le début de soirée, et j'ai son numéro de téléphone personnel au cas où nous terminerions tard. Je suis disposé à ramper devant elle s'il le faut.

Je suis en train de boucler la déclaration sous serment lorsque je perçois du mouvement dans mon dos, le tourniquet du comptoir. Je me retourne. Il s'agit de Kay Sellig et du gendarme à qui j'ai demandé d'aller la chercher en voiture, un geste de courtoisie destiné à stimuler sa bonne volonté. Ça a marché. Elle a déjà procédé à l'analyse préliminaire de la corde et des piquets métalliques.

Sellig lâche sa sacoche en cuir sur le bureau de Aikens et m'adresse un sourire satisfait.

« J'ignore qui c'est, me dit-elle, mais il a lui-même fourni la corde pour se pendre. »

Aux aguets, je dis à Aikens qu'elle peut prendre quelques minutes de pause. Elle attrape son paquet de Camel dans son sac et sort de la pièce. Je fais face à Sellig.

« Qu'avez-vous trouvé ?

– Il a dû se servir de ce qu'il avait sous la main. Ou alors, c'est un idiot... La corde pour étendre le linge, précise-t-elle.

– C'est facile à retrouver ?

– Comme une traînée de miettes de pain dans une cave. »

Mon sourire est aussi satisfait que le sien.

« Elle est composée de faisceaux de fil entremêlés et serrés dans une gaine de plastique blanc. Il n'y a pas deux fabricants qui utilisent la même quantité ou le même assemblage de fils. »

Elle plonge la main dans sa mallette et en sort une simple feuille dactylographiée.

« La corde à linge découverte dans la camionnette contient cent vingt et un fils intérieurs, neuf sortes de plastiques différents et un filament de métal. » Elle lève les yeux vers moi. « Une composition identique en tous points à celle de la corde utilisée pour attacher les quatre premières victimes de Davenport.

– Les jeunes ? »

Elle acquiesce de la tête.

Je vois à son expression que cela appelle une question : et les Scofield ? Mais Sellig n'en tient pas compte pour l'instant. Une besace à moitié pleine vaut mieux que d'être bredouille.

« C'est bien, lui dis-je, mais pas décisif. Cela pourrait suffire pour obtenir un mandat de perquisition, en tout cas pour la camionnette, peut-être même pour l'appartement du Russe. Est-ce que ce modèle de corde est très répandu ?

– Cette corde-ci est fabriquée dans un seul endroit. Pour les points de vente, notre position est plus faible. Il y a au moins huit mille magasins qui en vendent dans ce seul Etat, et à l'échelle du pays, cela peut aller jusqu'à quarante mille. »

Ma mine s'assombrit. Un bon avocat de défense ferait un tabac avec ça. Et un juge exigeant à qui l'on demanderait un mandat de perquisition risquerait de dire, ayant pesé le pour et le contre, que ces piquets de tente et cette corde n'indiquent peut-être qu'une seule chose, que M. Iganovich aime le camping.

Cependant, le sourire de Sellig n'a pas disparu. Je sens à son attitude qu'elle n'en a pas terminé.

« Pour la gaine de plastique blanc qui entoure le faisceau de fils, c'est une autre histoire, reprend-elle. Lorsqu'on l'applique autour des fils, elle est encore chaude. La matière plastique se rétracte en refroidissant, de façon à adhérer parfaitement à son support. »

Elle a gardé le meilleur pour la fin.

« Eh bien ?

– A l'intérieur de la gaine, les fils situés à l'extérieur du faisceau laissent une empreinte sur la face interne de la gaine de plastique mou et chaud. Les plus exquises petites empreintes en relief que vous ayez jamais vues. Semblables à des empreintes digitales qui recouvriraient l'intérieur de la gaine. »

Une fraction de seconde de pur silence plane entre nous, pendant que Claude et moi saisissons le sens de l'information. Puis, comme pris d'un éblouissement, Dusalt exprime notre pensée commune.

« Le propriétaire de la corde de la camionnette, quel qu'il soit, est bon comme la romaine. »

Sellig hoche la tête.

« Une salade bien croquante. »

Elle nous montre une photo, un agrandissement à huit cents pour cent de deux morceaux de gaine de plastique dont les filaments ont été enlevés. On dirait une paille géante si ce n'étaient les petites bosses et les nœuds qui apparaissent à l'intérieur de chaque tube.

Même mes yeux peu exercés repèrent les motifs sur chaque morceau : ils sont absolument identiques, bosses et nœuds situés exactement au même endroit.

« Voici deux morceaux correspondants de la même corde, dit Sellig. Celui de gauche est l'extrémité du rouleau découvert dans la camionnette du suspect. Celui de droite a été pris sur le corps de Sharon Collins, la dernière étudiante assassinée. Quant aux autres morceaux pris sur les gosses... » Elle fait allusion aux jeunes victimes. « C'est concluant, dit-elle. Tous correspondent. Ce sont des longueurs de corde qui ont été coupées dans le même rouleau. »

Je n'aurai besoin de ramper devant aucun juge pour obtenir un mandat de perquisition.

CHAPITRE 7

Le temps que je suive Claude et Emil Johnson jusqu'au troisième étage, un technicien des indices est déjà en train d'installer du ruban plastique jaune pour bloquer une extrémité du hall près de l'appartement d'Iganovich.

J'attrape Claude par le coude et lui chuchote à l'oreille. « Il faudrait faire venir Sellig ici tout de suite. »

Il hoche la tête et lance un ordre bref à l'un des policiers en faction dans le hall.

Deux agents de l'intervention spéciale, armés de M-16 à détente sensible et vêtus d'une tenue de combat noire, des types qui ont suivi un entraînement paramilitaire, sortent de l'appartement. L'un d'eux vide son arme, des cartouches émoussées contenues dans un chargeur, du plomb qui se diffusera comme de la pâte à modeler quand il touchera sa cible.

A l'évidence, le suspect n'est pas chez lui. Nous attendons devant la porte. Quelques secondes plus tard, Sellig monte l'escalier, escortée par un agent en tenue. Elle porte une petite valise noire qui ressemble à une sacoche miniature. Elle entre. Nous la suivons. Je garde mes mains dans mes poches.

Je me sens un peu ridicule avec mon gilet pare-balles Kevlar qui me recouvre de la taille au cou. Emil a demandé que j'assiste à la perquisition, au cas où certaines questions seraient soulevées. Un effort, j'imagine, pour prouver qu'on est disposé à répondre de tout.

« Un avis de recherche concernant Iganovich a été lancé à toutes les unités », m'annonce-t-il.

Ceci est justifié par le mandat d'arrêt que j'ai réussi à obtenir, grâce aux preuves contenues dans le rapport de Sellig sur la corde à linge trouvée dans la camionnette du Russe.

« Faites attention près de la porte. » Le ton d'Emil est péremptoire. Il y a un bol de nourriture pour chat de l'autre côté du seuil. Une pellicule d'écume blanche recouvre le contenu. Et des mouches, des mouches partout. L'impression dominante qui se dégage du lieu, c'est son odeur. Quelque chose entre de la viande pourrie et une fosse septique fissurée.

Claude plaque un mouchoir contre sa bouche. Il essaie de se frayer un chemin dans l'accumulation de saletés pour atteindre la fenêtre, à l'autre bout de la pièce. Il l'ouvre. Un peu d'air entre. L'odeur nauséabonde me frôle dans toute sa splendeur en gagnant la porte où je me tiens.

Il y a une pile de journaux vieux de plusieurs jours dans le couloir. Il sont enroulés et enveloppés dans du papier journal non imprimé, mais j'arrive à repérer une date sur deux d'entre eux. J'en prends mentalement note.

L'endroit est modeste, ce qu'un propriétaire honnête pourrait au mieux qualifier de petit studio en rédigeant son annonce. Un divan trône dans le salon, un canapé-lit plus exactement, qui semble ne pas avoir été replié depuis des années, événement qui pourrait bien avoir coïncidé avec la dernière fois que les draps ont été changés. Une petite table basse – on imagine difficilement que ce meuble ait pu un jour être disposé devant un canapé-lit gentiment replié – a été repoussée dans un coin. Elle croule à cette heure sous du vieux courrier, des journaux et des assiettes sales, dont certaines contiennent quelques reliefs de nourriture.

Je navigue dans ce magma en prenant soin de ne rien déranger tant que Sellig n'a pas terminé. Elle ouvre sa petite valise et enfile des gants.

Elle a désigné deux techniciens locaux pour l'assister. Ils prennent des photos, précisant avec soin la position de chaque objet dans la pièce. L'un d'eux se promène de long en large en faisant tourner une caméra vidéo. Plan panoramique. Cela durera tout au plus trente-six secondes sur son film.

Quelques voisins plus curieux que d'autres s'attardent devant la porte et jettent un coup d'œil à l'intérieur. Un des agents en tenue leur demande de dégager, de retourner chez eux ou de sortir de l'immeuble. Il tend la main pour fermer la porte mais Emil l'en empêche.

« Qu'est-ce qui vous prend, vous voulez nous tuer ? » dit-il. Puis, marmonnant entre ses dents : « Cet endroit sent comme le cul de ma tante Mathilde. »

Sellig sort avec précaution des vêtements du placard. Ce n'est pas une garde-robe bien fameuse, deux pantalons en toile kaki déchirés et une veste légère. J'imagine qu'elle est à la recherche de taches de sang. Elle revient bredouille. Elle dit je ne sais quoi à l'un des techniciens du comté et le type réapparaît quelques secondes plus tard muni d'un petit aspirateur portable. L'objet, fabriqué à l'usage de la police, est équipé d'une boîte avec un filtre extrêmement fin. Le technicien passe l'aspirateur une fois sur tout le pantalon. Quand c'est terminé, il retire le filtre et le place dans un sac en plastique. Un autre assistant marque le sac pour identification ultérieure, et le même processus se reproduit pour le deuxième pantalon.

Ils cherchent des traces, un peu de sable, un fragment de roseau du ruisseau, quelque chose qu'ils pourraient ensuite examiner au microscope et qui établirait la présence d'Iganovich à Putah Creek, quelque chose qui vienne corroborer la corde à linge. Ils enferment les pantalons dans des sacs séparés, la veste dans un troisième.

Je garde les mains enfoncées tout au fond de mes poches, pour être bien sûr de ne toucher à rien. J'aimerais pouvoir en dire autant d'Emil. Il tripote des petits colifichets dans un tiroir de commode à moitié ouvert, des babioles qui doivent appartenir au suspect. Il en sort un chapelet, l'examine, lève les yeux vers moi.

« Ce salopard doit servir la messe », dit-il.

Et laisse retomber le chapelet sur la commode en riant sous cape. J'espère qu'ils ont déjà photographié cette surface. Sinon, les psys vont élaborer toute une théorie comme quoi nous avons affaire à un obsédé de religion, un type qui suit les stations du chemin de croix en se flagellant. Johnson et ses petits doigts indiscrets vont me mettre l'archevêché à dos.

« Qu'en pensez-vous ? » Je m'adresse à Claude en baissant le ton, le rejoignant dans un coin de la pièce.

« Je pense que notre homme est parti en voyage et qu'il ne reviendra pas. »

Je lève un sourcil.

« Le Département d'Etat nous a appris en début de journée qu'il possédait deux passeports. Un soviétique, délivré avant l'effondrement du rideau de fer, l'autre russe, délivré par l'actuel gouvernement. C'est la première chose que nous ayons vérifiée. Nos gars ont fouillé tous les tiroirs, ses placards, les vêtements qu'il a laissés. Les passeports n'y sont pas. »

Sellig m'informe qu'ils n'ont pas trouvé grand-chose en dehors d'éventuelles traces invisibles à l'œil nu dont ils ne sauront rien avant d'avoir examiné les mini-filtres au microscope du labo.

Henderson, tout essoufflé d'avoir gravi l'escalier, nous a rattrapés. Il veut connaître les consignes à donner aux agents de police en faction dehors, ceux qui ont pour mission de guetter l'arrivée du Russe.

« Qu'ils restent à leur poste jusqu'à... oh, six heures, dit Claude. Puis rendez-leur la liberté. De toute façon, il y a peu de chances qu'il se montre.

– Savons-nous s'il n'a pas un autre véhicule ? demande Claude au policier en civil qui se tient à côté de lui.

– Aucune idée.

– Eh bien, allez vérifier au département des voitures volées. » La voix de Claude reflète un léger agacement, comme si quelqu'un aurait dû y penser plus tôt. Emil saisit l'allusion. « Nom d'un chien, dit-il. Pourquoi est-ce que ça n'a pas été déjà fait ?

– Regardez s'il n'y a pas une autre carte grise que celle de la camionnette à son nom, poursuit Claude. Si c'est le cas, communiquez le numéro d'immatriculation à tout le monde, en particulier aux types qui sont postés ici.

– Je veux que ce soit fait immédiatement », renchérit Emil avec l'enthousiasme d'une meneuse de revue.

– Il faut que nous puissions le voir avant qu'il nous ait vus, dit Claude. S'il rapplique ici, je veux qu'on l'intercepte rapidement, et sans faire de tapage.

– Absolument, dit Emil. Il ne faudrait pas qu'une putain de fusillade éclate dans la rue au milieu des passants, ou qu'il y ait une prise d'otages. »

Je ne pipe pas mot, mais mon intuition me souffle que ça ne risque pas de se produire. Les enquêteurs qui ont interrogé l'employeur d'Iganovich, Ajax Security, nous ont rapporté qu'il n'avait pas mis les pieds à son travail depuis deux jours. Claude Dusalt a beau couvrir notre présence en ces lieux avec la plus grande précaution, il n'empêche qu'à mon avis, M. Iganovich s'est fait la belle.

Henderson se retourne et voit un téléphone mural derrière moi. « Je peux m'en servir ? » Il est gros, et il n'a pas la forme. Tout plutôt que de se taper à nouveau les escaliers.

Claude est reparti dans une autre direction. Emil regarde l'un des techniciens du comté. Dans la salle de bains, Sellig s'occupe de la petite armoire à pharmacie, au-dessus du lavabo. Le technicien hausse les épaules. « Nous l'avons déjà épousseté », dit-il.

« Bien sûr, allez-y », dit Emil à Henderson.

Je jette un coup d'œil au téléphone mural une fraction de seconde avant que Henderson ne le touche, et quelque chose retient mon regard.

« Attendez une seconde. »

Henderson me dévisage.

« Dans une piaule pareille, on s'attendrait à ce qu'il ait un appareil à cadran tournant », dis-je. Emil regarde le téléphone. « Ce modèle-ci vaut 39,95 dollars chez Costco.

– Vous avez raison. »

Au moment où Henderson tend de nouveau la main, je l'attrape par le poignet. J'ai dans ma poche un magnétophone pas plus grand qu'un paquet de cigarettes que j'emporte pour enregistrer des notes urgentes en dehors du bureau. Je le prends.

« Faites cesser ce bruit, s'il vous plaît. Surtout le petit aspirateur. » Un silence de mort s'abat soudain sur la pièce. Sellig sort de la salle de bains pour voir ce qui se passe.

Claude me regarde. Je porte mon index à mes lèvres comme pour faire taire un enfant. Emil me regarde aussi, se demandant si je n'ai pas pété les plombs. J'enclenche mon petit magnétophone.

« Paul Madriani, vingt-trois juillet. Il est... (Je consulte ma montre) dix-neuf heures quarante-trois. Nous nous trouvons dans l'appartement du suspect, André Iganovich. »

J'appuie sur la touche pause du magnétophone et décroche le récepteur du téléphone. Mais au lieu de composer un numéro, j'appuie sur un bouton situé au milieu d'autres, à la base de l'appareil, et j'approche le micro du magnétophone du combiné. On entend une série de déclics et la petite merveille murale à quarante dollars accomplit la chose qu'André Iganovich annulerait immédiatement s'il en avait le pouvoir – elle recompose le dernier numéro appelé par le Russe avant son départ précipité.

Je suis attentif à enregistrer tous les petits déclics qui me permettront de retracer le numéro au cas où personne ne répondrait, ou si mon correspondant raccroche en entendant ma voix. Mais non, au bout de trois brèves sonneries, j'obtiens en réponse un autre enregistrement :

« Vous êtes en communication avec Air Canada. Tous nos agents sont occupés pour l'instant. Veuillez ne pas quitter s'il vous plaît. Si vous patientez quelques instants, nous répondrons à votre appel quand votre tour arrivera. Restez en ligne. »

CHAPITRE 8

Trois jours après la descente dans l'appartement du Russe, je suis en train de trier ma corbeille de courrier, essayant de dégager ce qui ne peut attendre.

Claude est toujours occupé à vérifier les listes de passagers d'Air Canada, à l'affût de la moindre indication sur la destination d'Iganovich. Il dit qu'à la réflexion, cela fait sens. Logiquement, un Russe ne devrait pas filer vers le sud, dans la chaleur torride de la Riviera mexicaine. Le Canada est beaucoup plus plausible, une base infiniment plus pratique pour rejoindre les frontières nordiques de son pays natal.

Soudain, une ombre envahit la pièce, tel un nuage noir par une journée ensoleillée. C'est Lenore Goya qui se tient dans l'embrasure de la porte.

Elle tapote de l'index le cadran de sa montre. « Notre réunion, dit-elle. Vous n'avez pas oublié ? » Je perçois un léger agacement dans son ton. Voilà une femme qui apprécie la ponctualité.

« Non, mais j'ai pris un peu de retard. Les corvées administratives. »

En fait, je passais en revue des formulaires de répartition des affaires au sein du service, des statistiques mensuelles sur les dossiers affectés aux différents adjoints. Ce n'est pas un tableau réjouissant. Il semble de plus en plus évident que je ne peux pas m'en sortir sans Goya. Si elle n'était pas là, le service partirait à vau-l'eau en un rien de temps.

Je la suis dans le couloir jusqu'à son bureau. C'est là que nous étions convenus de nous retrouver.

On se croirait dans une penderie. Dix mètres carrés à tout casser, avec des classeurs jusqu'à mi-hauteur des murs.

« J'espère que nous n'en aurons pas pour longtemps, dit-elle. J'ai une audience au tribunal dans quarante minutes.

– Je me disais que ce serait mieux si nous brisions la glace. Pour parler du service dans son ensemble, ce qu'il conviendrait d'améliorer. Les choses que vous changeriez si c'était possible. »

Elle ouvre des yeux ronds, feignant la stupeur. Elle ressemble à Gilda Radner dans le rôle d'Emily Litella. « Vous voulez savoir ce que je pense de ce service ? » demande-t-elle d'un ton sarcastique. Comme si je me foutais d'elle.

Je l'encourage d'un signe de tête. Elle rit.

« En deux mots, c'est l'enfer. A chier. » Elle me sourit franchement de l'autre côté du bureau. Des petites perles régulières, d'un blanc étincelant, à faire pâlir un orthodontiste. Je lui rends son sourire.

« Voilà qui est constructif, mais vous pourriez peut-être me donner davantage de détails.

– D'accord. » Elle commence à énumérer les points sur ses doigts. « Nous manquons de personnel. Nous sommes surchargés de travail. Cette année, le rôle des affaires criminelles a augmenté de vingt-six pour cent. Cela fait trois ans que notre salaire n'a pas été augmenté, et l'on parle de suppressions de postes, ainsi que d'une réduction des prestations d'assurance-maladie. »

Elle ajoute que tous les avocats de défense du nord de l'Etat savent que nous ne sommes pas capables de traiter les procès qui nous reviennent.

« Et pour aborder l'aspect vraiment personnel de la situation, j'aimerais qu'on m'attribue un nouveau bureau avec vue, si possible quelque chose qui donne sur le tribunal. » Elle réfléchit un instant. « Je ne serais pas mécontente d'avoir une heure pour déjeuner, disons, une fois par semaine, en option. Et bien entendu, je voudrais avoir votre boulot. »

Je la regarde, de l'autre côté de la table. Elle me rend mon regard sans cesser de sourire. Ce doit être l'idée qu'elle se fait d'un bras de fer mental à la mexicaine.

« C'est vous qui avez insisté », dit-elle.

Feretti avait raison, elle est du genre direct. Je lui demande :

« Etes-vous candidate ?

– Soyez réaliste. Vous avez vu les gens qui gouvernent ce comté. Vous les imaginez en train d'offrir le poste de procureur à une femme, et d'origine hispanique de surcroît ? » Cette seule pensée la fait rire. « Oh, et il y a autre chose, ajoute-t-elle. Puisque vous insistez pour savoir... Eh bien, soit vous nous débarrassez de Roland, soit vous me faites vacciner contre les pulsions criminelles. Parce que si vous ne virez pas ce salaud, j'ai l'intention de lui faire la peau. Il utilise les secrétaires comme un gosse morveux vide une boîte de kleenex. »

Elle a raison. Au cours de l'année passée, trois sténo-dactylos chevronnées ont quitté le bureau, un point déjà porté à mon attention par les autres adjoints.

J'essaie de caresser Goya dans le sens du poil. « C'est vous qui faites marcher le bureau. Mario, M. Feretti, m'a dit le plus grand bien de vous. »

Cela lui arrache un petit sourire. « Mario était un prince. Il va me manquer », dit-elle. Il semble que ses ressentiments n'ont rien à voir avec Feretti. Quelque chose dans son expression me dit qu'elle éprouvait une sincère affection pour lui, que sa mort a brutalement laissé une sorte de vide dans sa vie professionnelle. Je poursuis sans vergogne, jouant la carte à fond :

« Il avait une grande confiance en vos aptitudes. »

Elle a un sourire amer.

« Tellement confiance que c'est à vous qu'il a demandé de le remplacer lorsqu'il est tombé malade.

– Il savait que vous ne pouviez pas en même temps remplir ses fonctions et tenir le rôle des affaires criminelles. Mario comptait sur vous pour que le boulot soit fait.

– Il n'avait pas le choix. Il était débordé et le comté ne lui fournissait que des jeunes diplômés pour l'aider, parce qu'ils ne coûtent pas cher. »

Je lui rappelle que Overroy n'est pas un jeune diplômé. Que cela fait près de trente ans qu'il est ici. Et qu'en dépit de son antériorité, ce n'est pas à lui mais à elle que les affaires importantes sont confiées.

– Pitié ! Revenez dans trente ans et il sera toujours là. Vous savez aussi bien que moi que " soulagement " ne s'écrit pas R.O.L.A.N.D. »

En abordant le sujet de Roland Overroy, j'ai touché une corde sensible.

« Je suis ici depuis sept ans. Ma promotion a été sucrée à deux reprises. Ils prétendent que c'est faute d'argent. »

Il y a une explication plus plausible : parce que Roland ne veut pas prendre sa retraite. Mais je ne peux pas le dire à Goya. Si l'on apprenait que cette question a été abordée en haut lieu, ou si la moindre manœuvre était amorcée pour l'envoyer à la retraite, il pourrait en un clin d'œil traîner le comté devant les tribunaux pour discrimination en matière d'âge. Et pour Roland, cela signifierait quitter le service du comté sur un coup d'éclat, une cerise sur le gâteau de la pension pharamineuse qu'il touchera chaque année. Il ne faut pas s'étonner que cet Etat soit fauché.

Je conseille à Goya de tenir encore un peu, de ne pas lâcher prise, et lui promets de faire ce que je pourrai.

« D'accord, répond-elle. Mais quand une grosse affaire se présente, quelque chose qui récolte des gros titres dans l'ensemble de l'Etat, alors là... » Sa voix s'éteint et son expression à elle seule suffit pour compléter sa phrase.

Ce qui la ronge, c'est la notoriété déjà attachée à cette affaire. Il suffira de quelques conversations avec les habitants de l'immeuble et les journalistes auront leur histoire, plus le nom d'Iganovich. Sa photo s'étalait en pleine page sur la couverture du *Times* de ce matin. Elle sait parfaitement que les carrières légendaires se construisent sur la réussite du procureur dans des affaires spectaculaires comme celle-ci.

« Le plus blessant, reprend-elle, c'est qu'ils ne m'ont même pas consultée. »

Je la regarde, surpris.

« Quand ils ont remplacé Mario, les superviseurs du comté ne sont pas venus me parler. Ils se sont simplement adressés à quelqu'un de l'extérieur. » Elle tape du poing sur le bureau comme pour souligner son propos, et son regard est d'acier, maintenant. « J'imagine que cela devrait me servir de leçon. » Maintenant, elle secoue la tête. « Vous savez, l'an dernier, j'ai voulu partir. J'ai présenté ma démission à Mario. Il m'a convaincue d'y renoncer. C'était une erreur de ma part. Une grave erreur. »

Je l'ignorais complètement. Ainsi qu'un tas d'autres choses que Mario ne m'avait jamais dites.

Elle se ressaisit vite. L'instant suivant, elle m'adresse un charmant sourire, ravalant sa bile. « Enfin, peut-être ai-je simplement traversé une mauvaise semaine.

– Nous ne sommes que lundi.

– Vous voyez ce que je veux dire ? »

Nous rions ensemble, faisons bonne figure. Mais je perçois en elle beaucoup de frustration accumulée que cache un humour corrosif, sans animosité particulière à mon encontre. Je me demande si, assis à sa place, je me montrerais aussi généreux.

« Je vais voir ce que je peux faire », lui promets-je.

Elle consulte sa montre. « Il faut que j'y aille, maintenant. Au tribunal. » Elle ramasse des documents et une pile de dossiers sur son bureau.

« Lenore. »

Elle lève les yeux vers moi.

« Je ferai tout mon possible.

– D'accord. »

CHAPITRE 9

Pour un homme d'un naturel si paresseux, Roland Overroy fait preuve d'une vitalité peu commune lorsqu'il y a une occasion politique à saisir. Depuis la mort de Mario, il n'y a pas une pierre qu'il n'ait soulevée quand il s'agissait de cultiver les gens influents de ce comté. Et il n'a caché à personne qu'il avait des vues sur le poste laissé vacant par la mort de Feretti.

Tandis que je m'échinais pour tenir Roland à l'écart des affaires de Putah Creek, lui, comme je viens de le découvrir, s'occupait de son côté à faire partager au shérif ses vues sur certaines questions relatives à l'action du ministère public. Overroy a convaincu Emil qu'une rencontre entre la police et les proches des victimes de Putah Creek serait un bon investissement politique en ce moment.

« C'est une erreur majeure, dis-je à Johnson – nous sommes seuls dans l'intimité de son bureau. Ce sera un désastre. » Je fais allusion à cette réunion proposée par Roland, une assemblée de parents en colère, ou hébétés par le chagrin, des familles qui, à ce stade, doivent être prêtes à reprocher leur malheur à la première personne qui leur vient sous la main.

Dans cette affaire, Overroy s'est montré plus rusé que je ne m'y serais attendu. Plutôt que de solliciter ouvertement le soutien de Johnson devant le conseil des superviseurs, il a manœuvré pour se retrouver en position de rencarder le shérif sur les retombées politiques de ces crimes. Sa demande de soutien suivra sans aucun doute.

« Ils souhaitent une rencontre, affirme Emil. Que voulez-vous que je fasse ? Je ne peux pas refuser ! »

Le « ils », dans la terminologie résignée de Johnson, c'est le programme familles de victimes du comté, une génération spontanée de l'administration qui a institué une machine à sous perpétuelle pour une horde de psychothérapeutes plus ou moins bidon et de pseudo-conseillers. Ces gens-là prennent soin des familles et proches des victimes et envoient la note à l'Etat aux termes de la loi de réparation pour les actes criminels.

« Roland a rencontré Maggie Wilson hier, m'explique Emil. Tout est arrangé. La réunion se tiendra cet après-midi. »

Wilson est à l'échelle du comté la coordinatrice entre l'Etat et les gens qui ont perdu un proche dans des circonstances criminelles, l'équivalent de Don Corleone en jupe. Les avocats de défense qui essaient d'éviter une peine de longue durée à leurs clients l'ont surnommée Attila le Hun, une femme qui ne répugnerait pas à faire justice elle-même. Hélas, pour Maggie Wilson, la justice n'est qu'une vengeance aveugle.

Je roule des yeux.

« Racontez-leur que je m'y suis opposé, dis-je. Vous pouvez tout mettre sur mon dos. Annoncez-leur que nous les rencontrerons en privé le moment venu, lorsque nous aurons des détails précis à leur communiquer. Pour l'instant, nous n'avons rien à leur dire. »

Cela ne le ralentit qu'une seconde, le temps de considérer ses options.

« Roland pense que c'est une bonne idée.

– Roland peut penser ce qu'il veut. » Overroy n'a pas la moindre idée des principes de base d'un procès juste. Ça ne lui a pas effleuré l'esprit qu'une réunion publique des parents et proches des victimes attirerait les journalistes comme des buffles à un point d'eau. Que cela empoisonnerait la source de jurés à plus de mille kilomètres à la ronde.

Depuis la dernière paire de meurtres, la vie à Davenport ressemble passablement à une kermesse. Un esprit entreprenant armé de la liste des étudiants inscrits à l'université les démarche en ce moment avec un pistolet d'immobilisation qui lance une décharge de 6 000 volts, présenté sous la forme d'un parapluie repliable. Très probablement sa version de *Chantons sous la pluie*.

Emil est répandu dans son fauteuil tournant trop rembourré ; ses pieds chaussés de bottes de cow-boy sont posés au milieu de sa table, au sommet d'une pile de rapports de police et de formulaires de mise en détention.

« Ecoutez-moi, Paul. » Son ton penche vers l'homélie, tendance sudiste. « Ce n'est pas une si grande affaire. Nous pouvons leur tenir la main, leur tapoter les fesses, leur raconter que nous travaillons nuit et jour pour retrouver le tueur. Et c'est la vérité. Allons, tout ce que ces gens veulent, c'est être rassurés, que leur douleur soit reconnue publiquement. »

Je commence à m'inquiéter. Emil se met à parler comme s'il était lui-même le proche d'une victime, avec des mâchoires lourdes et l'accent du Sud, le genre petit Blanc dans un Etat noir, mais en compréhensif.

« Les juges n'aimeront pas ça, lui dis-je. Ce sera un vrai cirque. De la publicité préjudiciable avant le procès. » Normalement, les juges interviennent plus tard, mais dans une affaire notoire, il leur arrive de faire une exception. Une telle réunion serait un terreau de rêve pour relancer une procédure en appel. J'ai soudain une vision des yeux d'acier d'Ingel, j'entends déjà son coup de téléphone lorsqu'il apprendra ce qui s'est passé.

Emil me regarde, haussant le sourcil. Cela a retenu son attention. La colère de ces messieurs en robe noire. Il réfléchit un moment, il soupèse l'ire des quatre juges de la cour d'appel face à la foule organisée de lyncheurs que peut constituer une association de familles de victimes.

« Eh bien, réglez ça avec eux. Expliquez tout au tribunal, ils comprendront. Ils vous respectent, me dit-il. »

Emil est en train de me flatter l'encolure, la faconde ensoleillée des gens du Sud.

« Ecoutez, Emil... » J'essaie de rester calme, d'adopter un ton mesuré pour le ramener à la raison. « J'ai déjà eu affaire à ce genre de gens, les proches des victimes. Ils ne seront pas satisfaits. Donnez-leur l'occasion de se rencontrer en public, et ils nous cloueront tous deux au pilori.

– Vous vous inquiétez trop, dit-il. C'est juste une petite réunion entre nous. Faites-moi confiance, tout se passera bien. »

Dès le premier coup de maillet annonçant l'ouverture de la séance, la réunion d'Emil et des familles de victimes a autant d'allure qu'un combat de lutteurs dans la boue.

Comme je m'y attendais, Maggie Wilson l'a grossièrement coincé, infiltrant dans le public des activistes locaux et des meneurs du campus, quiconque avait une cause à défendre, et une part d'audience dans le journal télévisé de cinq heures.

Claude et moi restons dans le fond, pas très loin de Roland Overroy que je vois rôder dans l'ombre d'un pilier.

Maggie Wilson s'est approprié un siège au premier rang, une chaire lui permettant de mener le chœur des hourras de la foule, une excellente plate-forme pour faire rôtir un hot-dog originaire du Sud. Lorsque Emil l'a invitée à le rejoindre sur l'estrade, elle a souri et refusé poliment.

Puis la presse est apparue. Maggie les a encouragés à planter leurs micros sous le nez d'Emil. Les journalistes l'ont matraqué de questions concernant Iganovich, où il se trouvait. Le public a commencé à s'intéresser aux progrès de l'enquête, demandant des détails sur la façon dont les victimes avaient été tuées, et autres éléments relatifs aux lieux où les crimes avaient été commis. Cela commençait à devenir un peu trop précis, il y avait des questions auxquelles Emil, en toute conscience, ne pouvait répondre. La foule s'est mise à dépasser les bornes. Au bout de quelques minutes, toute honte de Sudiste bue, Emil a demandé une suspension, le temps de panser les plaies dans son camp.

« Saloperie », dit-il en nous rejoignant à l'arrière de la salle. Il respire avec difficulté. Il a sous les bras des ronds de transpiration grands comme un harnais de cheval de trait.

« Nom de Dieu, s'exclame-t-il. Ils me bottent vraiment le cul. »

Je lui dirais volontiers que je l'avais prévenu, mais dans l'état d'esprit où il se trouve, il me flanquerait probablement un coup de poing.

« Vous avez des idées ? » demande-t-il.

La foule est occupée à boire un café, à faire pipi. Emil semble soulagé que ce ne soit pas sur lui. Claude propose quelque chose.

« Nous pourrions réunir les familles des victimes dans une salle à part, dépouiller cette réunion de son côté public. On annoncerait qu'ils doivent maintenant rencontrer d'autres officiels en privé. »

Cela laisserait Emil en charge des autres, ceux qui traînent là sans raison, les éplorés potentiels, les affamés de causes à défendre. Ils auront droit à vingt minutes d'éloquence civique, périodiquement entrecoupées d'admonestations à ne pas faire preuve d'insolence ni à mettre la loi en cause.

Emil envoie Claude et deux de ses adjoints récupérer les familles pour les emmener discrètement loin de la presse et de la foule, sa façon de pratiquer la ségrégation des temps modernes. Emil regagne l'estrade et je me détourne pour aller boire de l'eau à la fontaine du couloir. Des gens se pressent à l'intérieur au moment où je pousse la porte. C'est ainsi que j'entre en collision avec lui, un mouvement tourbillonnant d'épaules qui se heurtent. Nous nous arrêtons dans notre élan et il me dévisage avec des yeux noirs meurtriers qui renvoient à l'Inquisition espagnole.

« Monsieur Madriani », dit-il d'un air sombre et pensif. Mon nom roule sur sa langue avec l'affectation d'un parrain californien des années 30. Les cheveux d'Armando Acosta sont brillantinés en arrière, il porte un costume rayé de couleur foncée et de coupe impeccable, sa pochette est assortie à sa cravate de soie marron. Je pourrais vivre de mes rentes rien qu'en plaçant au clou ses boutons de manchette, sans parler de la montre en or de trois mille dollars qui brille à son poignet.

Pendant une fraction de seconde, je suis incapable de prononcer un mot. Il m'a cloué le bec. C'est gênant.

« Monsieur le Juge. » C'est tout ce qui sort de ma bouche. J'incline la tête. Déférence obligatoire.

La Noix de coco donne le bras à une femme, même teint basané que lui, leur ressemblance est saisissante. J'imagine que c'est sa sœur, la mère d'une des jeunes victimes, Sharon Collins. Il ne nous présente pas. Notre intimité ne va pas jusque-là. Mais il chuchote quelque chose à l'oreille de la femme et, la seconde suivante, elle se dirige seule vers les sièges de la salle.

« Je veux vous parler », dit-il. Ce n'est pas une requête. Il plie l'index devant mon visage et remonte à contre-courant le flot de corps qui se bousculent dans l'embrasure de la porte. Il trouve un coin tranquille dehors, devant le bâtiment, sur les marches. Et se retourne vivement vers moi, ne mâchant pas ses mots.

« J'ignore comment vous êtes arrivé ici », dit-il. Il veut dire, comment j'ai été nommé procureur. « J'aurais espéré quelqu'un de... (il cherche le mot exact) plus compétent. Le juge Ingel vous a parlé ? »

J'acquiesce de la tête.

« Par conséquent, vous savez pourquoi je suis venu.

– Je le sais. Et vous avez toute ma sympathie. »

Il me lance un regard qui oscille entre la méchanceté et le ricanement.

« Je n'ai rien à foutre de votre sympathie », jappe-t-il. Soudain, le rythme saccadé de son élégant accent anglais disparaît. « Vous pouvez déverser tout ça aux poires qui sont là-dedans. Ce que je veux, c'est jeter un coup d'œil au dossier, à tout ce que les flics ont sur l'affaire Collins. » Il lève vers moi un visage de marbre. Il sait parfaitement que c'est une chose que je ne peux pas lui donner, un dossier confidentiel sur une investigation criminelle en cours.

« On fait tout ce qui peut être fait, lui dis-je.

– Vraiment ?

– Absolument.

– Je peux vous apporter de l'aide, me dit-il.

– Comment ça ?

– Je suis en relations avec des gens qui m'ont proposé leur assistance à Capital City. » Il parle d'un traitement spécial réservé aux magistrats. Il me raconte que certains flics, de vieux copains, sont disposés à enquêter pour son compte à leurs heures perdues. Il n'y a aucun doute qu'ils bénéficieront d'un traitement spécial la prochaine fois qu'ils viendront chercher un mandat de perquisition ou témoigner à la barre. Ceci est monnaie courante dans les coulisses de la justice.

Il me dit que Davenport est un comté de bouseux. « Vous savez comme moi que leurs ressources sont limitées. Je n'ai aucunement l'intention de rester assis à ne rien foutre pendant qu'ils referment le dossier de ma nièce.

– Personne ne referme le dossier.

– Dans ce cas, vous ne verrez pas d'inconvénient à ce que je le regarde.

– Vous savez très bien que je ne peux pas faire ça.

– Vous ne pouvez pas ou vous ne voulez pas ? » Il est en train de débarrasser l'épaule de mon manteau de quelques pellicules, maintenant. Le message est clair, je ne fais rien convenablement, du moins selon ses critères, et cela vaut également pour mes vêtements.

« Monsieur le Juge. » Je recule d'un bon pas. Mes pellicules m'appartiennent. « Je ne cherche ni à discuter ni à faire des histoires. Vous savez autant que moi que les dossiers d'une affaire en cours d'investigation ne sont pas accessibles au public. Seuls les enquêteurs chargés de l'affaire y ont accès. »

Des yeux glacés d'agate, pareils à ceux d'un prêtre aztèque sur le point d'accomplir un sacrifice sur l'autel de pierre. En ce moment précis, j'en suis persuadé, il est en train de supputer la myriade de moyens dont un juge dispose pour écrabouiller un misérable avocat. Je le soupçonne aussi d'avoir fait à sa sœur un tas de promesses qu'il ne va pas pouvoir tenir à cause de mon intransigeance.

« J'aurais dû m'en douter, de la part de quelqu'un comme vous. » Agitant un index effilé, rageur et manucuré sous mon nez, il ajoute : « Ne foirez pas. » Un air glacial et meurtrier.

Il se détourne et j'entends le claquement sec de ses talons alors qu'il s'éloigne, me laissant seul sur les marches.

Faisant contre mauvaise fortune bon cœur, j'assure avec Claude la réunion privée des familles des victimes dans une petite salle de conférences adjacente à l'auditorium. Dehors, dans la pièce voisine, on entend des éclats de voix et quelqu'un qui tape du poing sur la table.

Emil est en train de gérer sa propre réunion charismatique avec la presse.

Nous sommes tous assis autour d'une vaste table comme on en fait pour les conférences : les parents de Julie Park – son père, Kim Park, un médecin de Californie du Sud, est assis à un bout. Les Snider sont à côté de lui, puis M. et Mme Collins, et Acosta. Juste après lui, la mère de Rodney Slate. On m'a dit que le père était hospitalisé pour insuffisance cardiaque, condition aggravée par la mort de son fils unique.

Acosta garde le silence mais ses yeux pensifs ne me quittent pas une seconde. Il a toujours été partisan de respecter les apparences. C'est une chose de contourner les règlements ou de jeter un coup d'œil indiscret à des dossiers confidentiels, mais c'en est une autre de venir ici la bave aux lèvres pour réclamer le sang de la vengeance en chœur avec la populace. Cela ne serait pas décent. Il préférerait me coincer dans les coulisses avec Ingel. Aussi, aujourd'hui, il va rester tranquillement assis en attendant que le temps passe, à écouter les autres, l'image même du juriste convenable, l'homme qui sait contrôler ses émotions.

Il y a un net air de famille entre Mme Snider et l'adolescent assis à côté d'elle. Je suppose que c'est le jeune frère de la victime, Jonathan Snider. A l'autre bout de la table, un homme en costume de serge bleue distribue des cartes de visite. Il en lance une dans ma direction.

GEORGES CAYHILL
VICE-RECTEUR CHARGÉ DES PROBLÈMES DES ÉTUDIANTS

Il s'est infiltré dans cette réunion pour défendre les intérêts de l'université.

La voisine de Cayhill enlève ses lunettes de soleil, révélant de hautes pommettes saillantes et des yeux noisette très écartés, légèrement rougis par, j'imagine, des larmes récentes. Elle est grande et mince, plus grande que moi. Ses gestes sont féminins et plaisants. Son épaisse chevelure châtaine cascade en ondulations généreuses sur ses épaules lorsqu'elle bouge la tête. Ses lèvres pleines et boudeuses sont en harmonie avec les autres traits de son visage. C'est un visage d'une beauté classique, beaucoup plus rare, à mon avis, que la beauté un peu niaise des cover-girls. Son regard profond suggère qu'elle est bien plus qu'une jolie fille. Elle porte un maquillage très léger. L'ensemble dégage une impression de santé qui évoque la photo d'une fille de la campagne dans les années 40, mais en bien habillée. Elle me rappelle de vieilles séquences de Geena Davis que j'ai récemment vues sur le petit écran.

Elle me prend au dépourvu en lançant un bref regard dans ma direction au moment même où je la dévore des yeux. Elle sourit et des fossettes se creusent dans les profondeurs de ses joues. Elle tend à travers la table une main aux longs doigts délicats.

« Permettez que je me présente : Jeanette Scofield. » Elle l'a dit avec une parfaite simplicité, comme pour annoncer : « Je suis ce que j'ai l'air d'être. »

La veuve d'Abbott Scofield. C'est incontestablement lui qui a fait la meilleure affaire dans ce mariage. La femme assise en face de moi à cette table pourrait facilement passer pour sa fille.

Elle regarde l'homme qui a pris place à côté d'elle et le présente : « Mon frère Jess. » J'ai droit à une solide poignée de main, une prise d'acier, de l'individu en question. « Jess Amara », précise-t-il. Je remarque que Claude lorgne ouvertement la veuve. Il échange un signe de tête avec le frère, un peu comme s'ils se connaissaient déjà.

« Messieurs, Mesdames, j'aurais préféré vous rencontrer dans des circonstances plus agréables. » Claude, qui n'a pas de notes devant lui, cherche une entrée en matière acceptable dans un contexte délicat. Je vois bien qu'il en veut à Emil de l'avoir fourré dans ce guêpier. « En ce moment même, une centaine d'officiers de police s'activent nuit et jour pour retrouver l'assassin. Toutes les ressources en hommes dont dispose l'Etat ont été, grâce à l'intervention du bureau du procureur général, affectées à cette affaire et nous poursuivons actuellement des pistes prometteuses. »

Une douzaine d'yeux convergent vers Dusalt, dans l'attente de quelque chose qui soit plus qu'une ration de statistiques. Kim Park, le père de Julie Park, commence à s'agiter à l'autre bout de la table, comme s'il était assis sur une fourmilière. Mais l'intervention émane d'une riche voix de baryton, en face. Celle de l'homme que l'on vient de me présenter sous le nom de Jess Amara.

« Je ne crois pas utile de s'attarder sur tout ça. La presse entière en a déjà parlé. Cet homme, votre suspect, comment s'appelle-t-il déjà ? demande-t-il, cherchant la prononciation exacte.

– Iganovich, répond Claude.

– Oui, Iganovich. Que pouvez-vous nous dire à son sujet ? »

Claude le regarde, manifestement exaspéré, comme s'il avait été débordé par l'aile.

« Je ferais mieux de vous présenter à tout le monde, dit-il. Pour ceux d'entre vous qui ne l'ont pas encore rencontré, voici le sergent Amara, qui appartient à la police municipale de Davenport. » La raison de l'accueil glacial réservé par Claude à Amara est évidente. Il sait, par des rumeurs circulant dans le département, qu'Amara détient plus de renseignements sur le Russe et d'autres aspects de l'affaire que ce qui a été dit dans les journaux ou à la télévision.

Tous les yeux se braquent sur Amara. Soudainement, la bande d'orphelins éplorés a trouvé une ressource commune, quelqu'un de la police qui, comme eux, connaît un deuil personnel dans le cadre de cette affaire.

« Etes-vous sur le point de l'arrêter? demande Amara.

– Nous avons des pistes, répond Claude. Nous avons lancé un avis de recherche à toutes les forces de police.

– Vous pensez donc qu'il a quitté le secteur ? »

Les autres regardent et écoutent, ils ont délégué le soin de poser les questions à quelqu'un qui sait y faire.

« Nous avons de bonnes raisons de le croire.

– Vous savez donc où il est allé ?

– Nous avons des pistes. »

Claude est de nouveau en terrain sûr.

Se fondant sur les renseignements fournis par Air Canada, la police pense maintenant qu'Iganovich s'est envolé vers le nord. Les flics ne peuvent encore garantir qu'il est monté à bord d'un avion, vu qu'il a certainement donné un nom d'emprunt pour acheter son billet. Il y a une frontière ouverte entre les deux pays et aucun passeport n'est exigé pour la franchir. Les flics ont trouvé dans son appartement deux cartes de crédit à son nom. Iganovich sait qu'en les utilisant, il laisserait derrière lui une piste aussi repérable qu'une traînée de miettes de pain irradiées. Les autorités ont gelé son modeste compte en banque pour l'empêcher d'effectuer à l'avenir ses règlements par carte de crédit. Ils soupçonnent que c'est par ce moyen qu'il a payé son billet d'avion. Lorsqu'on est en cavale, le liquide est roi. Se retrouvant sans le sou, il sera vite obligé de refaire surface, pensent-ils, contraint de tenter quelque chose de désespéré pour trouver de l'argent.

« Mais vous vous concentrez sur une région précise ? » demande Amara. Il est revenu à la géographie.

« Nous avons une idée sur la question », répond Claude. De toute évidence, il ne lâchera rien de plus.

« Mais est-ce que *vous*, vous avez une idée de l'endroit où se concentrent leurs recherches ? » Cette question vient de Park, mais elle ne s'adresse pas à Claude. Elle s'adresse à Amara.

Le policier hausse les épaules, comme si ce n'était pas son affaire.

Park a l'air un peu ahuri, comme un bon chien lorsque son maître jongle trop vite avec la balle. C'est une expression égarée que j'ai déjà observée dans les yeux de ceux qui cherchent des réponses dans les jours et les heures qui suivent immédiatement un meurtre brutal.

« Cet homme, dit Park, cet Ivan Iganovich.

– André, rectifie Claude. Nous pensons qu'il s'appelle André Iganovich. »

Park digère l'information sans manifester grand intérêt.

« A en croire la presse, il était vigile du service de sécurité de l'université. Est-ce bien vrai ? »

L'expression de Claude l'admet tacitement.

Park ne semble pas comprendre comment l'homme soupçonné d'avoir tué sa fille pouvait avoir un emploi de confiance.

« Docteur Park, l'université n'a pas embauché cet homme, intervient Cayhill, du bout de la table. Nous avons passé un contrat avec une société de gardiennage privée et assermentée, qui se charge de la surveillance élémentaire de certains bâtiments appartenant à l'université. »

Rien de tout ceci ne paraît avoir le moindre effet sur le Dr Park ou son épouse. La femme a l'air réfugiée dans un cocon de douleur, un autre monde. Elle ne s'est pas encore faite à l'idée que vingt années d'amour constant sont à cette heure sur la banquette de métal froid du médecin légiste, à deux rues de là.

« Le point important, dit Cayhill, est que M. Iganovich, le suspect, n'était pas un employé de l'université. C'était l'employé d'une société de gardiennage. » M. Cayhill nous gratifie d'un sourire de courtier d'assurances.

« Pas d'accord, dit Park. Le point important, c'est que ma fille est morte.

– Oh, bien sûr, bafouille Cayhill. Je ne voulais pas... enfin, vous savez ce que je veux dire. »

Cayhill est surtout préoccupé par le problème de la responsabilité civile, il s'efforce de présenter les théories de défense que lui ont soufflées les avocats de l'université, son objectif est de couper à la racine toute tentation de procès au civil, avec dommages et intérêts à la clé. Or rien, en cet instant, n'est plus éloigné de l'esprit de Park.

Il regarde sa femme d'un air tout chiffonné, genre, qui peut s'occuper de détails pareils à un moment comme celui-ci. A voir leurs expressions, ils conservent encore un vague espoir d'entendre en ce lieu quelque propos susceptible de soulager un peu leur douleur. C'est là l'éternelle quête des survivants quand il y a eu crime violent, une quelconque explication de cette mort fortuite, la poursuite d'un élément raisonnable qui puisse, du moins à leurs yeux, justifier au minimum un acte dépourvu de sens. Les Park n'ont pas encore atteint le stade béni du cynisme. Il leur faudra du temps, le temps que les jours deviennent des semaines, puis des mois, tandis que la roue mécanique de la justice se met lentement à tourner.

Soudain, une énorme clameur et des bruits nous arrivent de la pièce voisine où Emil tient sa petite réunion avec la presse. C'est l'un des adjoints du shérif qui a ouvert la porte dans notre dos. Il franchit le seuil, nous enfermant de nouveau dans le silence, se penche et remet un message à Claude, qui le lit.

« Veuillez m'excuser. M. Madriani va me relayer quelques instants. Je reviens tout de suite. »

Soudain, tous les yeux sont braqués vers moi.

« J'ai une question à poser, dit Amara. Savons-nous comment le suspect est entré dans ce pays ? »

J'en reste interdit.

« Personnellement, je l'ignore.

– Pour s'établir aux Etats-Unis, d'habitude, un immigrant doit avoir un parrain – un parent, un ami, voire un employeur.

– Je suis sûr que les enquêteurs le vérifient. » En réalité, je n'en suis pas si sûr, mais je prends mentalement note d'en parler à Claude dès que nous aurons un moment tranquille.

La réunion commence à se désagréger, des conversations en aparté se forment autour de la table alors que les parents des victimes échangent leurs douleurs réciproques.

Park parle calmement à Amara de la question de l'immigration, des parrains et autres détails du même ordre. Il prend des notes sur un morceau de papier qu'il a sorti de sa poche. Tout en le regardant, je me demande ce qu'il va en faire. Les psys m'ont prévenu : les proches de victimes d'actes criminels réagissent souvent selon des schémas prévisibles. Lorsque l'incrédulité éprouvée à l'annonce de la mort finit par se dissoudre, elle se transforme d'abord en rage, puis en obsession.

Claude est de retour. Il s'installe dans son fauteuil et, se penchant vers moi, me glisse à l'oreille : « Rentrez chez vous et faites votre valise. De quoi tenir plusieurs jours. Nous avons un vol à dix heures demain matin. »

Je le regarde. Il n'ajoute pas un mot mais son expression est suffisamment éloquente. Quelque part sur cette terre, André Iganovich a enfin refait surface.

CHAPITRE 10

Trois jours et quatre coups de fil plus tard, j'ai enfin réussi à rencontrer Kay Sellig. Je tends le dos en prévision des mauvaises nouvelles. C'est écrit dans ses yeux. « Autant pour les armes spéciales et les tactiques élaborées », dit-elle. Elle me dévisage, appuyée à l'une des tables métalliques de son royaume d'acier inoxydable, lieu de notre rendez-vous matinal. Sellig fait allusion aux étranges circonstances qui ont entouré la capture d'André Iganovich.

Je suis curieux d'entendre ce qu'elle a à me dire, mais je suis terriblement pressé. « Je suis en route pour l'aéroport, lui dis-je, mon avion décolle dans moins de deux heures.

– Vancouver ? »

J'acquiesce de la tête.

J'ai une place réservée, ainsi que Claude, sur un vol à destination de la Colombie britannique. Il semblerait que la stratégie de Claude – tordre le cou aux finances du Russe – ait fait mouche. Iganovich a été intercepté hier après-midi par les autorités canadiennes, suite à une altercation improbable avec deux responsables de la sécurité d'un grand magasin. Il a été retenu par la police montée en raison de sa conduite suspecte concernant un foulard dans un magasin de la Hudson Bay Company. Bien qu'aucune charge de vol n'ait pu être retenue contre lui, les policiers ont découvert que les Américains avaient lancé à son nom un mandat d'arrêt pour meurtre. Il est maintenant écroué dans une prison de Vancouver.

« Nous pouvons dire, j'imagine, que nous tenons enfin un des deux. » Le visage de Sellig reste totalement inexpressif quand elle me lâche cette information. Je risque :

« Un crime d'imitation ? »

Elle hoche la tête.

Je ne peux pas dire que cela m'étonne. J'avais repéré quelque chose devant la porte de l'appartement d'Iganovich, le jour où la police perquisitionnait à l'intérieur.

Je frotte mes yeux bouffis de sommeil. J'ai été en communication avec le Département d'Etat à Washington dès six heures ce matin, ils m'ont expliqué le traité d'extradition signé entre le Canada et les Etats-Unis. Iganovich fait tout un raffut sur la bataille juridique qui s'annonce. Il ne veut pas renoncer à l'extradition.

« Je voulais que vous soyez le premier informé, dit-elle. Je n'ai encore rien dit aux enquêteurs. Je déteste voir les gens pleurer. »

Elle a raison. Emil et compagnie se sont terriblement agités ces dernières vingt-quatre heures, prêchant la bonne parole officielle à tous les journalistes qui voulaient bien leur prêter l'oreille : les citoyens de Davenport, les étudiants de l'université, sont à nouveau en sécurité, tout indique que l'on a mis la main sur le tueur. Ils expliquent aux notables de notre communauté qu'ils peuvent retourner à ce qu'ils réussissent le mieux, les affaires.

« Vous êtes vraiment sûre ?

– Je n'ai pas de preuve concluante, dit-elle. Rien que je pourrais produire devant un tribunal. Mais les points divergents ne cessent de s'accumuler. Si vous me demandez mon avis, la réponse est oui, j'en suis sûre. Quelqu'un reproduit mot à mot les crimes de notre meurtrier. Et je ne suis pas seule à avoir cette impression. Avez-vous parlé à Lloyd Tolar, le médecin légiste ? »

Je secoue négativement la tête.

« Vous devriez.

– Comment un imitateur pourrait-il avoir connaissance de tous les détails, les vêtements repliés d'une certaine façon, le type de corde à linge, les piquets ? » C'est une règle fondamentale du crime en série que la police cache certains détails à la presse et au public, une façon de mettre les confesseurs compulsifs à l'épreuve, la petite légion d'élite de cinglés qui tournent comme des mouches autour des affaires à sensation.

« Dans le cas présent, il aurait pu en apprendre assez sur les photos parues dans la presse, dit-elle. Dieu sait si nous en avons eu les honneurs. »

Elle a raison. Il y a eu une douzaine de photos, dont deux dans des hebdomadaires d'information, qui montraient les victimes ligotées par terre ; avec une petite touche de tact éditorial en prime, un cache sur les visages et les parties génitales. On voyait des gros plans des piquets, de la corde, et des vêtements pliés dessinant un arc semblable à un halo autour de la tête de chaque victime.

Sellig s'approche d'une autre table en acier inox. La surface est divisée en trois sections dont chacune contient plusieurs morceaux de corde et des piquets de tente en métal, flambant neufs. La corde est du type qu'utilisait ma mère, quand j'étais gamin, pour étendre le linge dans notre jardin, une torsade de fils enveloppés par une gaine de plastique blanc.

Sellig ramasse quatre piquets et les porte sur une table voisine. Ils ressemblent aux autres à ceci près que leur extrémité, effilée comme une aiguille, a été passée à la meule. Ils évoquent irrésistiblement la pointe d'un poignard.

« Ceux-ci, explique-t-elle, ont été utilisés pour tuer les quatre premières victimes, les gosses de la fac. »

Il y a deux autres piquets dans ce groupe, achetés dans le même genre de magasin, mais leur extrémité est plus arrondie. Ceux-ci n'ont pas été affûtés.

« Quant à ces deux-là, dit-elle, ils ont servi à tuer les Scofield. » Elle hausse un sourcil et s'avance vers le bout de la table où des morceaux de corde identiques sont disposés sur des plateaux de plastique.

« Du fil à étendre le linge de la qualité utilisée dans les jardins, dit-elle. Ça peut s'acheter dans des milliers de magasins, d'un bout à l'autre du pays. Sinon que ces morceaux-ci, dit-elle en passant la main au-dessus des deux premiers plateaux qui contiennent la corde des meurtres d'étudiants, chacun de ces morceaux provient de la même longueur de corde. Ils ont été coupés à la suite l'un de l'autre. Cela colle parfaitement avec le rouleau que l'on a retrouvé dans la camionnette d'Iganovich. Cela colle aussi avec la corde utilisée dans l'Oregon et le comté d'Orange. D'après ce que j'ai pu constater, Iganovich est l'auteur de ces crimes-là. »

Je me rappelle son discours à ce sujet, la nécessité d'avoir un mandat signé du juge pour perquisitionner dans l'appartement du Russe.

« Les incrustations de fil à l'intérieur de la gaine de plastique correspondent également », dit-elle.

Elle s'approche du dernier plateau, où se trouve la corde qui a servi à attacher Abbott et Karen Scofield par terre.

« Nous avons ici une autre catégorie de corde, dit-elle. Cent vingt-sept filaments de plastique et une formule chimique différente. Fabriquée dans une autre usine. »

Elle attend quelques secondes, juste une pause pour produire son effet, laisser l'information s'incruster dans mon esprit.

« C'est seulement pour ce qui était invisible sur les photos qu'il s'est trompé, les pointes des piquets enfouies dans la terre et la composition de la corde. »

Je ne dis rien. Je me contente d'écouter. Ce n'est pas ce que je voudrais entendre. Je me dis que ce type a juste acheté une autre corde, que sa meule est tombée en panne.

Mais elle fait voler mes espoirs en éclats. « Il y a quantité d'autres détails qui ne collent pas. Le fait que rien de ce qui sert à identifier les victimes, permis de conduire, portefeuilles ou sacs à main, n'a été retrouvé sur les jeunes. Alors que le sac de Karen Scofield a été laissé bien en vue avec tous ses papiers à l'intérieur. Le portefeuille et le permis de conduire d'Abbott Scofield étaient dans la poche de son pantalon. »

La police n'a découvert aucun effet personnel appartenant aux victimes dans l'appartement d'Iganovich. C'est une des premières choses qu'ils aient regardées, une clé de voûte dans l'édifice des preuves. Ils vérifient maintenant s'il a loué un autre local, un coffre par exemple, ils cherchent une clé de consigne, sait-on jamais.

« Rien ne colle, dit-elle. L'âge des Scofield, l'endroit où leurs corps ont été retrouvés, si près de la grande route. » Au début, Sellig a pensé que peut-être l'homme prenait de l'audace. Maintenant, elle n'en est plus si sûre.

Et il y a autre chose. Sellig est perturbée par le profil. « Chaque détail renvoie à Iganovich, pas de problème. Mais en restant logique, le tueur ne doit pas connaître ses victimes. Le schéma est qu'il n'a jamais choisi une proie qui lui était familière. » Elle me regarde, un index posé sur ses lèvres dubitatives. « Donc, si l'on s'en tient à ce raisonnement, pourquoi Karen Scofield a-t-elle été mutilée, pourquoi lui a-t-il arraché un œil ? » Elle s'est renseignée auprès de plusieurs psychiatres à ce sujet. Tous sont du même avis. Ils pensent que le meurtrier a mutilé le corps et arraché un œil parce qu'il connaissait sa victime, et qu'elle le connaissait. C'est la seule explication possible à une telle perversion.

« Il n'y a pas que ça », dis-je à mon tour.

Elle me regarde.

« La pile de journaux devant la porte de l'appartement d'Iganovich, le jour où la police a perquisitionné. »

J'avais remarqué en entrant les journaux de la presse locale, encore roulés, non lus, posés contre la porte. Deux quotidiens portaient une date antérieure au meurtre des Scofield. Cela me paraissait curieux qu'Iganovich ait laissé ces journaux par terre dans le couloir s'il habitait encore là à ce moment. Je le dis à Sellig.

J'ai demandé à Claude de récupérer les relevés téléphoniques du Russe pour mon rapport. Là aussi, il y a quelque chose de bizarre. Ce n'est pas concluant, mais cela désigne une direction bien précise. Apparemment, l'appel passé à Air Canada à partir du téléphone de l'appartement d'Iganovich l'a été deux jours avant le meurtre de Karen et Abbott Scofield.

« Soit ce type est un expert en planification à long terme, dit Sellig, soit il était déjà parti quand les deux dernières victimes ont été tuées.

– Je vais avoir besoin de votre rapport sur la question, lui dis-je. Aussitôt que possible.

– Je le faxerai à votre bureau cet après-midi.

– Je le lirai avec soin à mon retour du Canada. En attendant, nous ferions mieux de garder tout ça pour nous. » Nous sommes tous deux d'accord sur ce point : la presse ferait ses choux gras d'une telle information, et faute de pistes menant au deuxième tueur, nous nous retrouverions dans une posture délicate.

Un silence glacé se prolonge dans la salle avant qu'elle ne reprenne la parole, d'une voix impérieuse. « J'ai besoin de votre aide pour convaincre le shérif, les autorités locales. Nous allons devoir chercher un deuxième meurtrier. »

CHAPITRE 11

Vancouver est une ville de ciels bleus éclatants, de grands bras de mer et de vieilles demeures majestueuses dans des rues tortueuses ombragées d'arbres. D'une visite d'enfance, avec mes parents, j'avais gardé le souvenir de larges allées de velours vert tondu à ras et de toits à patine de cuivre coiffant certains bâtiments plus anciens et imposants.

La journée est chaude et une brume marron à mi-chemin entre le brouillard et quelque chose de plus sinistre glisse au-dessus des eaux frémissantes du Burrard Inlet.

« Combien de temps cela risque de prendre ? » demande Claude. Nous sommes dans le taxi qui nous conduit de l'aéroport au centre-ville, ralentis par une circulation de plus en plus dense.

« Je n'ai jamais fait d'extradition de ma vie, lui confie-je. Peut-être qu'en prenant conscience de la réalité, Iganovich refusera l'extradition. »

Claude me regarde et sourit, le genre de sourire que les adultes réservent aux contes de fées des enfants.

Pendant le vol, je l'ai mis dans la confidence concernant la théorie du deuxième meurtrier. En le priant de n'en rien dire à Emil, du moins pour l'instant. Il m'a promis de se taire. Vu les mésaventures du shérif au pays des familles de victimes, je veux croire que Claude honorera sa promesse.

Le taxi s'arrête en double file devant une imposante bâtisse, un obélisque de ciment qui se dresse sur quarante étages dans le ciel.

Une fois à l'intérieur, nous nous rendons au vingt-quatrième, où une femme minuscule est assise derrière une cloison de verre. Son menton arrive à peine à la hauteur du comptoir.

« M. Madriani et M. Dusalt pour M. Jacoby. Il nous attend, dis-je.

– Un instant. » Elle prend le téléphone.

Herb Jacoby est avocat de la Couronne et directeur du bureau régional du ministère de la Justice dans cette province. Heureusement pour eux, nos frères du grand Nord n'héritent pas d'une énorme quantité de tueurs en série fuyant les Etats-Unis. Vu l'importance de l'affaire, Jacoby m'a expliqué au téléphone qu'Ottawa l'avait autorisé à régler personnellement cette extradition.

« M. Jacoby est à vous dans un instant, dit-elle. Vous pouvez l'attendre ici. » Nous admirons les lieux pendant quelques minutes et une voix retentit derrière moi.

« Messieurs. »

Je me retourne et découvre un grand homme mince aux cheveux gris clairsemés qui fonce vers nous, la main tendue.

« Bonjour, monsieur Jacoby. Je suis Paul Madriani. »

Je lui serre la main.

« Oh, je vous en prie, appelez-moi Herb. » Son accent pourrait passer pour britannique. Les mots sont correctement prononcés et détachés avec élégance.

Je lui présente Claude. Nous échangeons quelques plaisanteries tous les trois.

« Vous devez être fatigués. Allons dans mon bureau, dit-il. Nous pourrons bavarder tranquillement et vous serez bien installés. »

Jacoby nous entraîne dans un couloir bordé de minuscules bureaux, la version canadienne du « C'est assez bon pour les services gouvernementaux ». Le mobilier est classiquement fonctionnel, du simili-bois pour l'essentiel. J'y reconnais le tour de main des ateliers de détenus.

Mais Lenore Goya serait capable de commettre un meurtre pour la vue que l'on a de ces petites alvéoles. En passant devant chaque porte ouverte, je capte un morceau de panorama sur le port en pleine activité, comme si je regardais dans un kaléidoscope.

Jacoby bénéficie d'un vaste bureau d'angle, une position stratégique.

« Comment va notre homme ? demande Claude. Vous l'avez interrogé ?

– Il va très bien. Nous avons rongé notre frein, pour ce qui est des interrogatoires, répond Jacoby. Mais je trouve votre suspect bien nerveux. Il a éructé quelques déclarations sans queue ni tête aussitôt après son arrestation. Ça ne faisait aucun sens pour nous. Nous avons pris des notes. »

Jacoby a capté notre entière attention.

« Il faudrait que je consulte le rapport d'arrestation pour avoir les détails », précise-t-il.

Claude me lance un regard, genre on a peut-être déterré un os.

« Il rencontre ses avocats tous les jours et ne semble pas difficile à manier, dit Jacoby. Il ne nous a pas dit un seul mot depuis qu'ils ont pris les choses en main. » La loi canadienne est construite sur le même modèle que la nôtre et celle des Anglais. Ayant procédé à une arrestation, on avertit le suspect que toute déclaration qu'il fera pourra être utilisée contre lui au tribunal.

Selon Jacoby, Iganovich a lâché ce qu'il a dit immédiatement après avoir été intercepté, aux gardes de la sécurité qui le retenaient. C'était avant que la police municipale ait été appelée, avant qu'on ait pu le mettre en garde contre des propos inconsidérés.

« Il a un avocat commis d'office ? demandai-je.

– Non, assistance judiciaire » répond-il.

Je fais la grimace. Cela ne colle pas avec l'image que j'ai des gens qui défendent des clients indigents retenus en prison sans raison.

Jacoby me regarde. « Ici, ce n'est pas tout à fait comme chez vous. Mais il a aussi un avocat américain. »

Je le regarde avec des yeux ronds, un point d'interrogation posé entre nous sur la table.

« Oh, oui. Le type est arrivé ce matin par avion. Il prétend avoir été appelé par la famille. »

Claude et moi échangeons un regard décontenancé. Je demande : « C'est qui, l'avocat américain ? »

Jacoby secoue la tête. « Je ne l'ai pas encore rencontré. Nous aurons peut-être ce plaisir dans l'après-midi. Puisque vous avez pris la peine de venir de si loin, j'aimerais que vous rencontriez mon homologue, l'avocat canadien d'Iganovich, Me Lloyd Benson-Harrington. Nous nous rendrons à la prison plus tard, où vous pourrez vous entretenir avec eux. Ils doivent y rencontrer leur client. Nous pourrons peut-être entrapercevoir le suspect, par la même occasion. »

C'est tout ce qu'aime Claude. La première fois où il voit l'homme en chair et en os.

Jacoby feuillette quelques pages du dossier.

« Ah, voici le rapport de police. » Il le lit en suivant du doigt les mots écrits au crayon, en majuscules. « Ce n'est pas une confession. Je ne connais pas les détails de votre affaire, mais cela pourrait être une reconnaissance des faits. Nous n'y avons rien compris.

– Qu'a-t-il dit ? demande Claude.

– Aussitôt après avoir été appréhendé par les vigiles du magasin, il s'est débattu, explique Jacoby. Il a fallu deux gardes pour le maintenir au sol. » Il reprend sa lecture assistée de l'index. « Ils l'ont relevé, lui ont passé les menottes et... » Il cherche quelque chose. « Ah, nous y voici. Après qu'on l'a relevé, il a dit : " Vous avez ma camionnette. Ça fait plus d'une semaine que je ne l'ai pas conduite. Je l'ai prêtée à quelqu'un. C'est eux qui s'en sont servis, pas moi. " Voilà, conclut Jacoby. Comme je vous le disais, c'est du charabia. »

Claude m'adresse un sourire radieux et répond : « Pas précisément. »

Jacoby nous regarde, perplexe. Nous lui racontons comment le véhicule d'Iganovich a été retrouvé à Davenport et, plus important, ce qu'il contenait.

« Oh, dit-il. Dans ce cas, cela a un sens.

– J'aimerais bien que Claude parle aux agents de sécurité du magasin, qu'il obtienne leur témoignage sous serment, dis-je. Cela contribuera à fixer leur perception des événements, à protéger les faits contre les défaillances de mémoire. Cela fera également obstacle à toute allégation ultérieure de la défense comme quoi l'Etat était impliqué dans l'obtention de ces déclarations, ou qu'elles ont été obtenues par la force. »

Si j'ai recours à Claude pour recueillir ces déclarations, c'est de façon à avoir un témoin par la suite, en cas de besoin. Pour pouvoir intervenir comme témoin, je serais obligé de me récuser, de démissionner en tant que procureur de l'affaire. Ne seraient-ce les exigences de l'éthique, je pourrais bien tenir là un moyen idéal de me dégager de mon dilemme actuel. Nikki serait ravie.

« Bien sûr, dit Jacoby. Nous allons faire le nécessaire pour les convoquer ici. » Il parle des deux vigiles.

« L'un d'eux est dans un sale état, précise-t-il. Votre suspect ne voulait pas les suivre.

– C'est grave ?

– Je n'ai pas les détails. Une blessure à la jambe, quelque chose de ce genre. Plus des brûlures.

– Des brûlures ?

– Euh, oui. Produites par l'électricité. Un de ces pistolets qui vous immobilisent, comme pour le bétail. Il a réussi à toucher un des gardes avec ce truc-là pendant qu'ils se battaient pour le maintenir à terre.

– Vous l'avez récupéré ?

– Humm ? » Jacoby me regarde, interrogateur.

– Le pistolet à décharge électrique. Est-ce que les vigiles l'ont pris ?

– Oh, oui. C'est avec ses effets personnels.

– On aimerait bien y jeter un coup d'œil, dit Claude. Vous croyez qu'on pourrait l'emporter ? » Sa voix a monté d'une octave, comme si cela risquait de poser problème.

« Une nouvelle preuve ? demande Jacoby.

– Ça se pourrait.

– Bien entendu. Tout ce que vous voudrez.

– Dans ce cas, dit Claude, nous aimerions aussi des photos des marques que cet objet a laissées sur le garde.

– Certainement. Nous pouvons vous avoir ça. Je ne sais pas exactement quelles marques il y a, mais nous pouvons vérifier.

– Bon, dit-il. Maintenant, j'imagine que vous avez commencé à remplir les formulaires de la demande d'extradition ? » Il est en train de rétrograder.

Je le rassure, tout est en ordre. J'ai demandé à Goya de m'aider à mon retour, comme si je lui donnais un os à ronger pour la calmer, en attendant de faire mieux.

« Bien », dit-il. Il me regarde avec sérieux, voulant être sûr que j'ai bien saisi l'importance du problème.

« En matière d'extradition, explique-t-il, le diable se cache dans les détails. Les formulaires sont rois. »

Il a raison. C'est une loi formaliste de la pire espèce. Les secteurs les plus rigides de la législation sont ceux que régissent des règlements imprimés, où le strict respect du règlement et de la procédure fait la différence entre la réussite et l'échec, la condamnation et l'acquittement.

« Il y a une question intéressante, dit Jacoby. Un peu sensible, mais nous pourrions aussi bien l'aborder maintenant...

– Qu'est-ce que c'est ?

– La question de la peine capitale. »

Je le regarde.

« Je ne sais si vous êtes au courant, explique-t-il, mais la peine de mort est un sujet brûlant dans notre pays. Le Canada l'a abolie il y a plusieurs années. Cela vient parfois compliquer la question de l'extradition. »

Maintenant, il a toute mon attention, et il le sait.

« Je suis sûr que dans notre cas, cela ne pose pas de problème ?

– Je n'en dirais pas autant, répond Jacoby, l'air embarrassé. C'est inclus dans notre traité, le traité d'extradition entre les Etats-Unis et le Canada. Cela y figure depuis des années. L'un et l'autre pays peuvent refuser de restituer un suspect si celui-ci risque d'être exécuté. Tout ça cartes sur table. C'est une affaire purement politique, qui se joue en dehors de la procédure formelle d'extradition. »

Je jette un regard en coin du côté de Claude, dont le visage soucieux s'est ratatiné, disparaissant presque sous la table. Les juristes du Département d'Etat, à Washington, ne nous avaient pas alertés à ce sujet.

« Je croyais que vous étiez au courant, dit Jacoby.

– Je savais que cela existait, mais je ne pensais pas que cela pouvait poser un problème, réponds-je.

– J'espère que l'audience d'extradition se passera en douceur. Nous avons parlé de la preuve. Elle paraît solide. Elle peut être apportée par une déclaration sous serment. Mais, ajoute-t-il en marquant une pause pour ménager son effet, notre ministre de la Justice, pour énergique qu'elle soit, ne voit malheureusement aucun élément de progrès social dans la peine capitale. » Il hausse un sourcil, comme pour dire que pour sa part, il n'est pas d'accord.

« A votre avis, il y a une chance que votre ministre de la Justice refuse de renvoyer Iganovich chez nous si nous ne promettons pas de lui éviter la peine de mort ?

– C'est à envisager.

– Vous ne parlez pas sérieusement ? intervient Claude. Cet homme a assassiné six personnes et vous voulez des garanties qu'il ne sera pas exécuté s'il est condamné ? Pas question ! »

Je lui décoche un coup de genou sous la table. Au même titre que la plupart de ses frères policiers, le sens de la diplomatie n'est pas la qualité dominante de Claude.

« Il faut que vous compreniez. Au fur et à mesure de sa progression dans nos tribunaux, cette affaire va susciter d'énormes controverses et attirer l'attention de la presse. » Sa façon de plisser le front m'indique que les politiciens de ce pays sont soumis aux mêmes lois de pesanteur politique que leurs collègues de l'autre côté de la frontière. Ils s'effritent sous la pression. Assis en face de lui, je le dévisage en me demandant comment je vais pouvoir présenter la nouvelle à Emil Johnson et aux notables du comté là-bas à Davenport : que dans les eaux politiques où ils nagent tous, je risque de devoir abandonner la perspective d'une condamnation à mort pour un type qui a tué de sang-froid. Les connaissant comme je les connais, je sens que nous allons jouer, de part et d'autre de la frontière, à qui se dégonflera le premier.

La prison de la ville de Vancouver est un gros bloc de cinq étages de haut, situé dans le centre de la vieille ville. Les bâtiments alentour, pour beaucoup en brique usée, sont bien fatigués.

Jacoby ouvre la marche. Il a téléphoné pour les prévenir de notre arrivée. A l'intérieur, il s'adresse à un garde en uniforme impeccablement repassé, chemise bleu clair à épaulettes, pantalon foncé.

Il nous conduit au-delà de plusieurs portes d'acier de dix centimètres d'épaisseur contrôlées depuis une pièce à miroir sans tain, comme si nous franchissions des sas. Nous traversons un parloir réservé aux visiteurs où quelques détenus s'entretiennent avec leur famille, femmes et enfants.

« Voici la grande salle de conférences, annonce le garde. Ils vous attendent à l'intérieur. » Il ouvre la porte. Deux tables métalliques vissées au sol sont disposées bout à bout. De chaque côté, des chaises en bois zébrées d'entailles. L'avocat canadien s'est arrêté en route, à la sortie du tribunal, comme un toubib qui fait sa tournée.

Jacoby nous présente.

A première vue, Benson-Harrington est un individu plaisant, qui se comporte en professionnel et n'exsude aucun venin.

Claude jauge le suspect. André Iganovich est assis au bout de la table. L'air maussade, il ne manifeste aucun intérêt pour nos échanges de civilités. Je suis persuadé que cette distance qu'il maintient entre nous est une chose qui convient à son avocat.

Iganovich doit avoir dans les trente-cinq ans. Ses cheveux bruns sont coupés en brosse. Il a un visage plutôt banal, un peu de travers, mince et étroit, avec des yeux sombres profondément enfoncés qui ont un je-ne-sais-quoi de hanté, comme s'il était encore hébété à la suite de son arrestation et des événements de la semaine précédente. Son seul trait marquant, ce sont ses dents, tachées de brun grisâtre et écartées comme les poteaux brisés d'une clôture. Comparable à celles de beaucoup d'immigrés des pays les plus misérables d'Europe, c'est une apparence qui me rappelle fortement certaines photos du siècle dernier, de vieux daguerréotypes jaunis de fermiers de la plaine et de garçons de l'arrière-pays envoyés au casse-pipe de la Guerre civile.

Il m'adresse un sourire fugitif. Une expression qui m'envoie un frisson dans le dos, faisant se dresser le duvet de ma nuque. La densité de son attitude émet le même genre de message prédateur que les requins en chasse, son regard me fait remercier le ciel de ne pas être seul avec lui dans cette pièce.

J'entends la porte s'ouvrir dans mon dos.

« Ah ! » s'exclame Benson-Harrington, s'animant brusquement. « Votre confrère américain. Vous devez vous rencontrer. Permettez-moi de faire les présentations. »

Je me retourne. Mon sourire s'éteint comme un bec de gaz au petit matin. Ici même, sous mes yeux, se détachant dans le cadre de la porte, le visage familier quoique vieilli d'Adrian Chambers me fait face.

« Nous nous connaissons déjà », dit-il. Et à l'instar de son client, l'avocat ne m'adresse qu'un petit sourire narquois, menaçant et glacé.

CHAPITRE 12

Bercé par le vrombissement régulier des moteurs à réaction, je finis par m'endormir. Claude et moi avons pris le vol de nuit entre Vancouver et le Sud, et je suis suspendu quelque part entre le pays des songes et le faciès d'Adrian Chambers riant sous cape.

Iganovich a formellement affirmé qu'il ne refuserait pas l'extradition. Chambers, soutenu par le discret Benson-Harrington, l'a encouragé dans ce sens. De leur point de vue, il n'y a pas grand-chose à perdre, sinon la bonne volonté d'un Etat qui veut exécuter leur client.

Claude se tortille dans son fauteuil dont le dossier est incliné au maximum. Il roule la tête vers moi et m'assène la question que j'attendais.

« Comment vous êtes-vous rencontrés, Adrian Chambers et vous ? » Comme chaque personne assistant à la réunion, il a perçu l'évidente hostilité qui nous opposait.

« Ça remonte à loin, dis-je.

– C'est généralement le cas pour la rancœur.

– Etre l'avocat de la défense dans une affaire délicate présente parfois un avantage, lui dis-je. Cela peut attirer de nouveaux clients. Mais dans notre cas, une partie de sa motivation est la vengeance pure. Quelque chose qui pourrait aussi bien sortir de l'Enfer de Dante.

– Racontez-moi ça », demande Claude. A son ton, je sens que maintenant, il pense avoir gros à jouer dans cette affaire.

« Il faut d'abord comprendre Chambers. C'est un obsessionnel, capable d'aller jusqu'à l'autodestruction. C'est peut-être ça qui lui donne une légère supériorité sur le reste du monde, cette volonté de s'engager jusqu'à l'excès dans la défense d'une cause. »

Claude a le regard perdu dans le vide, comme s'il ne comprenait pas ce qu'il vient d'entendre.

« On raconte une histoire, poursuis-je. J'ignore si elle est vraie. Il y a plusieurs années, quand Chambers faisait ses premières armes, il a défendu des motards en blouson de cuir. Des types impliqués jusqu'au cou dans le trafic de drogue, qui passaient la marchandise du Mexique en la cachant dans les tuyaux creux de leurs Harley. C'était au début de sa carrière, avant que des clients plus reluisants ne louent ses services. Bref, il a accepté de les défendre, a empoché une petite provision et s'est mis au travail.

« C'est l'équation classique dans un procès criminel pur et dur, dois-je préciser à Claude. Si vous perdez, votre client s'imagine qu'il aurait aussi bien pu se passer de vous, et si vous gagnez, c'est parce qu'il était innocent. Quel que soit le résultat, ils ont beau jeu de ne pas vouloir payer des honoraires exorbitants. Dans le cas des motards, il leur a évité d'être mis en accusation en supprimant des preuves. Il leur a envoyé ses honoraires, dont ils n'ont pas tenu compte. Il a recommencé. Même silence, comme s'il n'existait pas. On raconte qu'alors, il a réussi à les attirer tous les trois dans son bureau et que là, ils ont payé la note.

– Comment ça ? demande Claude, l'air surpris.

– Selon ceux qui prétendent être au courant, il avait deux pistolets. Un semi-automatique chargé pour les tenir en respect, et un autre, avec une seule balle dans le chargeur. Il les a alignés contre le mur et a entrepris de jouer à la roulette russe. Ils ont payé. »

Claude trouve ça dur à avaler.

« Pour récupérer ses honoraires, dit-il, cela semble plus efficace que le recours à un médiateur. Combien lui devaient-ils ?

– Dans les quatre cents dollars, à ce qu'il paraît. »

Il me regarde avec des yeux ronds. J'explique :

« C'était une question de principe.

– Et il s'en est tiré sans problème, avec cette façon de régler ses affaires ?

– Ses clients n'étaient pas du genre à s'adresser au Conseil de l'Ordre, ni à le traîner devant les tribunaux.

– Avec ce genre de clients, il est vrai, on n'a pas besoin de se soucier de la justice.

– Vous vous demandez pourquoi ils ne l'ont pas tué ? »

Claude hausse un sourcil, laissant entendre que ça l'a effectivement effleuré.

« Je crois qu'ils ont reconnu chez Chambers une rage à l'état pur, ils ont vu un homme qui n'était pas loin de basculer dans la folie, capable, la prochaine fois qu'ils le verraient, de les accueillir avec un lance-flammes. C'est pour cette raison que dans les premiers temps, les Indiens ne tuaient pas les déments. Ils voyaient en eux des êtres plus proches de Dieu, d'une certaine façon. Il est possible qu'en regardant les yeux d'Adrian Chambers ce soir-là, les motards aient vu leur condition de mortels. Les choses sont devenues fort simples : faire des histoires à ce type ne valait pas quatre cents dollars.

« A la suite de cet épisode, Chambers s'est promené avec un 9 mm chargé partout où il allait. Il a obtenu un permis de port d'armes du shérif et fait en sorte que ça se sache. Cinq mois plus tard, le même trio s'est repointé chez lui. Tels les Cavaliers de l'Apocalypse, ils avaient trimbalé de la blanche en camion entre Barstow et Bakersfield et ils s'étaient fait choper. Cette fois, ils risquaient quelques années de taule. Mais là, ils sont venus chez Chambers avec un rouleau de billets de banque assez gros pour étouffer un cheval, et ils l'ont déployé devant lui.

– Cela ressemble à l'incarnation du rêve américain, dit Claude. Comment vous êtes-vous débrouillé pour avoir cet Horatio Alger sur le dos ?

– Il y a dix ans, c'était l'étoile montante des avocats de Capital City. Il avait trouvé le moyen de quasi monopoliser la défense de la crème des criminels de la ville. Législateurs en délicatesse avec des procureurs trop zélés, groupes de pression, plein de politiciens et leur suite. Il ramassait un paquet de fric, mais il se faisait aussi beaucoup d'ennemis, en général des policiers qui en avaient assez d'encaisser ses insultes au tribunal.

« Comme cela arrive souvent dans la vie, Chambers a perdu son sens du détail. L'un de ses clients était Walter Henley, comptable mais aussi, selon plusieurs sources, trésorier d'un groupe de pression qui essayait de se faire bien voir à la capitale. »

Flairant ce fumet de magouilles à haut niveau, Claude est tout oreilles.

« Le bureau du DA, où je travaillais à l'époque, tenait Henley et deux membres éminents du groupe de pression dans sa ligne de mire, avec de solides preuves de corruption et d'extorsion de fonds. Notre objectif était de forcer Henley à se retourner contre le groupe de pression.

« La défense conçue par Chambers n'avait rien de nouveau ni d'original. Il croyait pouvoir maintenir Henley et le groupe de pression dos à dos, regroupés sous le même parapluie de défense, à cracher sous le vent plutôt que les uns sur les autres. Il s'imaginait qu'il pourrait résister éternellement. Je lui ai proposé l'immunité et l'ai convoqué pour témoigner devant le grand jury. Il ne pouvait plus invoquer le Cinquième Amendement. (Nul n'est tenu de répondre d'un crime à moins d'être cité devant un grand jury.) Ainsi, il était obligé de nous raconter ce qui s'était passé ; sinon, il allait en prison.

– Autant pour le sens de l'honneur chez les crapules, dit Claude.

– Chambers est tombé dans le panneau : il est allé trouver Henley avec une somme considérable d'argent, celui de ses autres clients, pour qu'il embobine le jury de mise en accusation. Mais ce qu'il ignorait, c'est que Henley portait un mouchard. Les flics avaient tendu un piège à Chambers. Une petite rétribution pour le mal qu'il leur avait fait toutes ces années.

– Est-ce que Chambers vous en a voulu personnellement du rôle que vous avez joué là-dedans ? demande Claude.

– Il avait de bonnes raisons de m'en vouloir. J'ai essayé de lui en faire prendre pour cinq ans mais il n'a écopé que de neuf mois. Et il a été radié du barreau, mesure qui a été finalement réduite à cinq ans de suspension effective de l'exercice du métier d'avocat.

– L'équivalent d'une tape sur la main, dit Claude.

– Ce n'est pas ainsi qu'il l'a vu. »

Claude reste perdu quelques instants dans ses pensées, comme s'il essayait d'ajuster les morceaux d'un puzzle.

« Espèce de salaud, me dit-il. Je croyais que nous travaillions en équipe et voilà qu'en ouvrant le journal, je découvre que vous m'avez caché des choses. »

Je suis dans le bureau d'Emil en compagnie de Claude. Johnson donne un coup sur la table avec le journal plié.

« J'ai l'air d'un imbécile, quand je dois lire des choses pareilles dans la presse. Les journalistes m'appellent et je n'ai pas la moindre idée de ce dont ils parlent. »

Dans le *Times* de ce matin, il y a un supplément à l'article sur l'arrestation d'Iganovich au Canada, un titre sur deux colonnes :

LA POLICE RECHERCHE UN DEUXIÈME MEURTRIER,
COPIE CONFORME DU PREMIER.

« Mais bon Dieu, pourquoi ne m'avez-vous rien dit ?

– Je n'en ai été averti qu'une heure avant de m'envoler pour le Canada, il y a deux jours.

– N'empêche, vous auriez pu me passer un coup de fil. Les lignes téléphoniques fonctionnent très bien entre le Canada et ici, on ne vous l'avait pas dit ? »

Je lis le premier paragraphe de l'article pendant qu'Emil me passe son savon.

> DAVENPORT – Des sources proches de l'enquête sur les crimes de Putah Creek ont révélé aujourd'hui que la police opérait maintenant sur une nouvelle hypothèse : un deuxième meurtrier, toujours en liberté, qui aurait imité la façon de procéder du premier, pourrait être responsable des meurtres de Abbott Scofield et de son ex-femme, Karen. Scofield, professeur à l'université d'Etat, et son ex-femme ont été retrouvés assassinés au début de la semaine dernière. Leurs corps déshabillés ont été découverts par deux adolescents qui chassaient le long de Putah Creek, théâtre de quatre meurtres antérieurs dont les victimes étaient des étudiants de l'université. Selon des sources en haut lieu, la police penche pour la théorie du deuxième meurtrier à cause de certaines différences entre des éléments de preuve matérielle relevés sur place.

Heureusement pour nous, ces « sources en haut lieu » ont renoncé à divulguer de quelles preuves il s'agissait exactement. Tout en lisant cet article, je me dis que Kay Sellig ne peut pas être responsable de cette fuite. Je me demande qui d'autre, dans son labo, peut être au courant de notre conversation. Et je me mets à réfléchir. Tenant sa promesse, Sellig a faxé une copie de son rapport à mon bureau pendant que j'étais au Canada. Elle est restée bien en vue sur ma table, avec une pile d'autres documents, pendant les deux jours qu'a duré mon absence. Une douzaine de personnes ont pu l'y voir et prendre connaissance de sa teneur.

« La prochaine fois que vous avez une information, vous me la communiquez, c'est compris ? »

Je regarde Emil mais sans lui faire le plaisir de hocher la tête à contrecœur. Johnson est un cuistre, au fond. Il est en ce moment même en train d'exercer son autorité jusqu'à l'extrême limite, pour voir si je vais m'incliner. Peine perdue.

« Et autre chose, ajoute-t-il. Nous n'allons pas nous laisser intimider par ces conneries de peine de mort qu'il faut refuser. » Claude lui a parlé de notre conversation avec Jacoby dans le Nord. « Qu'est-ce qu'on est censé raconter aux familles ? Qu'un petit couillon en costume trois-pièces de Washington a signé un accord selon lequel nous ne pouvons pas exécuter le meurtrier qui a saccagé votre enfant ? Non, déclare Emil avec fermeté, les sourcils froncés de colère, pas question. Si ce fils de pute revient ici, il risquera la peine de mort. »

En réalité, prendre une telle décision appartient au premier procureur du comté, moi en l'occurrence. Mais c'est une question qui a du poids, la durée du mandat des élus locaux en dépend.

Johnson est en retard pour un rendez-vous à l'extérieur. Il cherche son petit classeur où se trouve le discours qu'il doit prononcer devant le Rotary-Club. « Où diable l'ai-je fourré ? » Enfin, il le trouve.

« Dites-leur, dites-leur bien : pas question. Et débrouillez-vous pour savoir qui est à l'origine de cette fuite de merde. » Il frappe de l'index le journal plié sur son bureau. Ça ne peut pas être quelqu'un de chez moi. » Aux yeux d'Emil, c'était le seul intérêt de ne rien savoir de ce qui se passait. Pour cette fuite en tout cas, il est hors de cause.

Il se dirige vers la porte. « Nous avons déjà des emmerdes avec ce salaud de Park. Mettez-le au courant, dit-il à l'adresse de Claude. Dites-lui ce qu'a fait cet enfoiré aux yeux bridés. » Et il disparaît.

Claude me regarde et secoue la tête.

« Park a proféré des commentaires insultants pour Emil devant la presse.

– En cet instant, je suis de tout cœur avec lui. » J'éprouve très peu de sympathie pour Johnson. « Ce type est incapable de suivre un conseil sensé, dis-je à Claude.

– Et puis, Park a engagé un avocat canadien.

– Quoi ?

– Nous avons reçu ce matin un coup de téléphone du ministère canadien de la Justice. Jacoby. Il a été contacté par un avocat privé représentant certaines victimes. Le type voulait savoir où l'on en était avec Iganovich.

– C'est en train de devenir un vrai sac d'embrouilles, dis-je.

– Est-ce que ces gens-là pourraient nous créer des difficultés au Canada, pour l'extradition ?

– Ils risquent de mettre en rogne certaines personnes haut placées.

– C'est la spécialité de Maggie Wilson, dit Claude.

– Cela pourrait réduire nos chances de leur soustraire Iganovich et de le ramener ici. Qu'est-ce que Jacoby a répondu à leur avocat ?

– Je l'ignore. Nous ne sommes pas entrés dans les détails.

– Il faut savoir, dis-je. J'ai peur qu'il n'ait parlé à leur avocat des termes de l'accord concernant la peine de mort, à moins que l'avocat ne les ait découverts de son côté. S'il en est ainsi, ça va être le bordel. »

Huit heures trente du matin. Je suis accueilli par la voix de la standardiste du bureau sur la ligne intérieure.

« Un appel pour vous, dit-elle. C'est le juge Ingel. »

Je décroche et entends une voix féminine, la greffière d'Ingel. Elle m'informe que le juge va me parler dans un instant, ils sont en train d'organiser une conversation à trois.

La voix, tel du gravier sur une route poussiéreuse, retentit une seconde plus tard.

« Madriani, vous êtes là ? » A entendre son ton, je sais aussitôt que le juge est furieux pour quelque raison.

– Oui, monsieur le Juge.

– Nous aimerions savoir ce qui se passe, nom d'un chien. » J'entends des bruits de fond et de respiration sur la ligne.

« Excusez-moi, dis-je, mais qui est avec vous à l'appareil ?

– Le juge Acosta. Qui d'autre, à votre avis ? »

La Noix de coco est vraiment incroyable. N'ayant pas la possibilité de farfouiller dans mes dossiers, il se sert d'Ingel pour mettre mon téléphone sur écoute.

– Que voulez-vous exactement ?

– Il y a des rumeurs qui courent, répond le Prussien, comme quoi vous seriez sur le point de passer un accord sur la peine de mort avec les Canadiens.

– Qui vous a dit ça ?

– Nous avons nos sources. » (Cette fois, c'est la voix d'Acosta qui revient sur la ligne.)

Je devine d'où ça vient. Emil a parlé à Ingel. C'est sa manière de garantir que je ferai obstacle à tout marchandage concernant l'extradition.

« Eh bien, vous avez mal entendu, dis-je. Et Emil est parfaitement au courant. Je lui ai déjà dit qu'il n'y aurait aucun accord. Il vous le faut noir sur blanc ?

– Ne soyez pas désagréable », dit Ingel. Il essaie de montrer à Acosta qu'il a de l'autorité en m'expliquant que je n'aurais pas dû lui interdire l'accès de mes dossiers. « Le juge Acosta ne voulait rien copier, c'était juste pour jeter un coup d'œil, dit-il. Après tout, il a un intérêt légitime dans cette affaire.

– Effectivement. Au même titre que les autres parents de victimes. Je devrais peut-être afficher sur un mur du tribunal tous les rapports d'enquête, les contacts et les pistes dont dispose la police, de façon que tout le monde puisse lire en même temps ?

– Cela suffit, glapit Ingel.

– Vous voyez à quoi je suis confronté ? » lui dit Acosta. Ils me mettent à l'écart de leur conversation quelques instants, l'idée commune étant que je suis un connard, pas foutu de coopérer. Et pendant ce temps-là, j'entends tout.

C'est le genre de dialogue que l'on pourrait attendre de deux législateurs, gens qui ne connaissent de limites ni aux avantages du pouvoir ni à leurs privilèges spéciaux, mais pas de deux magistrats.

« Alors, comment allez-vous faire pour le rapatrier ? » Acosta s'enquiert de la stratégie que je vais employer pour l'extradition du Russe.

– Le Département d'Etat est en train de faire pression sur les autorités canadiennes, dis-je. Nous pensons que finalement, ils accepteront de nous rendre le suspect sans que l'on ait à renoncer à la peine capitale. »

Le « pffuit » parfaitement perceptible que j'entends à l'autre bout de la ligne indique qu'il n'en croit pas un mot. Je commence à me demander si Acosta ne préférerait pas me voir échouer. Il n'est pas impossible que son dévouement à sa sœur et à sa famille soit moins fort que son désir de me botter le cul.

« Qu'avez-vous à dire sur cette histoire de deuxième meurtrier dont on parle dans la presse ? demande Ingel.

– Pour l'instant, ce n'est qu'une hypothèse. Il y a des différences entre certains éléments de preuve matérielle. »

Nous mettons les choses au point. Sans divulguer aucun détail, je promets à Acosta que cela n'a aucune incidence sur le cas de sa nièce. Là encore, quelques toussotements à l'autre bout de la ligne.

« Vous allez nous tenir au courant ? demande Ingel.

– Autant qu'il me sera possible.

– Ouais, dit Acosta. Bien sûr. Comme pour l'accès aux dossiers. »

Ingel le réconforte un peu et me dit au revoir, genre vous pouvez raccrocher maintenant, laissez-nous vous casser tranquillement du sucre sur le dos.

Je raccroche. Mais mes oreilles continuent de chauffer pendant plusieurs minutes.

Les jours ont passé et c'est seulement maintenant que je suis en mesure de suivre le conseil de Kay Sellig : parler au médecin légiste du comté, le Dr Lloyd Tolar.

Titulaire d'une chaire à plein temps à la faculté de médecine, Tolar est un anatomo-pathologiste expérimenté. Par ailleurs, le comté l'a engagé comme médecin légiste et il éprouve quelques difficultés à faire cadrer cette activité avec ses fonctions universitaires. J'ai entendu dire qu'il recourait aux services de ses étudiants pour remplir son contrat avec le comté. Lequel rémunère directement l'université pour cela : un arrangement douillet.

En arrivant au bureau de Tolar, je suis dirigé vers un fauteuil dans la salle d'attente. On m'explique que le Dr Tolar sera un peu en retard, il a un cours dans un autre bâtiment, mais on l'attend d'une minute à l'autre.

Une seconde plus tard, je sens une présence derrière moi. En me retournant, je découvre un gamin, pas plus de vingt-cinq ans, en tenue blanche.

« Vous êtes monsieur Madriani ?

– Effectivement.

– Docteur Jamison, dit-il en me serrant la main. Je suis l'un des internes désignés pour seconder M. Tolar. Il ne pourra pas vous rencontrer aujourd'hui, des problèmes de dernière minute. Il m'a demandé de le remplacer, de vous parler, de répondre à toutes vos questions. Nous pouvons nous installer dans ce bureau. »

Avant même que j'aie pu répondre quoi que ce soit, Jamison se dirige vers une grande pièce vitrée de l'autre côté de la réception. Je le suis à l'intérieur et il allume une lampe.

« Ainsi, vous êtes le procureur en activité, dit-il en me toisant des pieds à la tête, comme s'il voulait me jauger. Vous êtes venu pour les meurtres de Putah Creek ?

– Oui. Je n'ai pas encore reçu le rapport anatomo-pathologique pour les deux derniers, ceux d'Abbott et Karen Scofield. » Je lui précise que Sellig m'a conseillé de venir voir ce qui se passait, étant donné qu'il y avait apparemment un problème, des questions à régler avant de boucler le rapport. Je hausse le sourcil et conclus : « Plus certaines informations portant à croire que nous avons un meurtrier différent dans ce cas-ci. »

Il a un aplomb remarquable pour son âge, une assurance qui confine à l'arrogance.

« Nous avons découvert certaines choses, effectivement. Nous ne savions pas si vous préfériez les voir réduites à quelques phrases dans le rapport anatomo-pathologique ou maintenues à l'état oral pour l'instant. C'est une question de discrétion. »

Ce à quoi il fait allusion est la pratique des impasses dans un rapport d'expertise, en l'occurrence une autopsie, afin de soustraire certaines informations cruciales à la connaissance de l'adversaire pour le jour du procès. Normalement, ce genre de pièces est communiqué juste avant l'audience.

« De quoi s'agit-il au juste ?

– Nous avons la preuve médicale irréfutable que ces victimes n'ont pas été tuées là où on les a trouvées. Les corps ont été déplacés après le meurtre. » C'est du couple Scofield qu'il parle. Il poursuit :

– Nous avons établi que le meurtrier les a d'abord frappés avec un couteau, ce qu'il a ensuite essayé de cacher en utilisant les piquets de tente. Cela a été très bien fait, précise-t-il, mais pas si bien que ça. » Je perçois dans son ton une pointe de fierté.

Jamison parle sans notes et pourtant, il connaît tous les détails. Je le soupçonne d'avoir assisté Tolar pour l'autopsie.

Je le prie de m'en dire davantage.

Il me confie qu'ils ont découvert une contusion à la tête d'Abbott Scofield. Ils ont aussi la preuve qu'il était inconscient au moment où on l'a frappé avec le couteau. Ce qui n'est pas le cas pour la femme. Tous deux ont été frappés d'un couteau tranchant de vingt-deux centimètres de long. Les piquets ont été ultérieurement insérés dans ces plaies et enfoncés profondément dans le corps pour donner l'impression que ce meurtre avait été perpétré selon la même méthode que les précédents.

Sellig avait raison. Cette information était de la dynamite. Je lui demande :

« Pouvez-vous glisser là-dessus dans votre rapport ?

– Nous pouvons présenter les faits dans leurs grandes lignes et laisser tomber les conclusions. »

Il a dit ça comme si ce n'était pas la première fois que cela se produisait.

Je pèse le pour et le contre. Une fois que ce sera inscrit dans le rapport, il n'y aura plus moyen de l'en retirer.

« Pour l'instant, dis-je, en attendant de savoir qui va regarder ce rapport, je pense qu'il serait préférable de procéder ainsi. »

CHAPITRE 13

Ce matin, je prends mentalement note d'informer Lenore Goya dès mon arrivée au bureau de tous les détails concernant Putah Creek. Je vais avoir besoin d'un solide coup de main pour les déclarations sous serment et autres documents requis dans la procédure d'extradition. Avant d'aller au bureau, je roule devant le terrain de foot de l'université et le bâtiment où l'on donne les spectacles de danse et de théâtre.

Un kilomètre plus loin, je m'engage dans une rue bordée de chênes géants dont les branches dessinent une voûte au milieu de la chaussée, à une trentaine de mètres au-dessus de nos têtes. On dirait un parc public, et pourtant, d'importantes demeures se dressent de part en part au milieu de pelouses manucurées, version georgienne à colonnades blanches ou coloniale de style classique. C'est l'interprétation façon Davenport de l'allée des professeurs dans les universités huppées, réservée à des gens qui connaissent la sécurité de l'emploi, privilège ignoré de la majorité des habitants de ce pays. Ici vivent des enseignants rémunérés sur les fonds publics, des individus qui ont acheté ces demeures pour une bouchée de pain il y a quarante ans et vivent depuis lors dans un confort protégé.

Je m'arrête devant un dinosaure de style colonial hollandais aux lucarnes plus grandes que quelques maisons de ma connaissance. Une femme d'un certain âge, les cheveux tirés en un strict chignon gris, répond à mon coup de sonnette.

« Mme Scofield est-elle là ?

– Qui dois-je annoncer ?

– Le procureur Paul Madriani. » Je lui tends une carte de visite munie du sceau officiel du comté. Elle disparaît, me laissant seul sur le perron, de l'autre côté de la chaîne de sécurité qu'elle a pris soin d'engager.

Plusieurs secondes passent. Elle revient et me dit :

« Veuillez entrer. »

Elle m'introduit dans un vestibule spacieux et me conduit au salon. C'est une grande pièce remplie des babioles que l'on accumule au cours d'une vie de travail. Si cette pièce a un thème, ce sont les oiseaux : oiseaux sculptés dans du bois, livres sur les oiseaux, lithographies d'oiseaux, et un tableau – une peinture à l'huile – suspendu dans son cadre au-dessus de la cheminée. Aigle impérial et corbeau, hibou et colibri, du moment que ça existe et que c'est couvert de plumes, j'ai le sentiment que tout a sa place dans cette pièce.

La maison a dû avoir grande allure en son temps. Mais l'ensemble date un peu, comme si ses occupants avaient trouvé de meilleures façons d'occuper leurs journées et leur argent que de modifier les volumes et refaire la décoration.

« Ma fille vous rejoint dans un instant. » Avant que j'aie pu me retourner pour la regarder de plus près, la vieille dame a disparu.

J'erre dans la pièce, tuant le temps, regardant les divers souvenirs. Sur une table adossée au canapé, il y a la photo en noir et blanc d'un homme aux cheveux bruns portant un pantalon qui ressemble à une culotte de cheval. Je prends le cadre pour examiner le portrait. C'est un bel homme, jeune, qui se tient debout dans un pré d'herbes hautes. On aurait peine à le reconnaître, si l'on pense aux sinistres clichés d'autopsie qui sont restés dans mon bureau. Abbott Scofield en des temps meilleurs et plus anciens.

« Elle a été prise juste après son mariage avec Karen... » Je me retourne. C'est Jeanette Scofield, debout dans l'embrasure de la porte. « La première Mme Scofield. Ils se sont mariés en 1958.

– Excusez-moi. Je suis parfois d'une curiosité impardonnable. » Je repose la photo sur la table.

« Ce n'est pas grave. » Elle a un geste de la main pour dire, sans importance. « Il était plutôt bel homme, vous ne trouvez pas ?

– Je suis d'accord avec vous.

– C'était l'avis de tout le monde. » Elle incline vivement la tête, une attitude de collégienne. « Ma mère ne voulait pas que je l'épouse. Il était trop vieux pour moi, selon elle. » Un silence gêné s'installe, comme si ces phrases lui avaient fait prendre la mesure de sa perte.

Puis, changeant promptement de registre, elle s'excuse de son apparence. Elle a revêtu un sweat-shirt ample. Il y a un peu de boue sur le devant du vêtement, ainsi que sur son menton. Ses chaussures de tennis sont vieilles et avachies, des traces de crasse et de boue maculent la serviette drapée autour de son cou. Ses cheveux sont maintenus par des barrettes sur les côtés et réunis en queue de cheval sur la nuque. Elle essuie la transpiration légère qui suinte à son front.

« Le jardinage, explique-t-elle. L'un de mes vices. » (Un petit sourire mutin.) Je peux vous proposer un verre ? »

Je décline la proposition. Elle est grande, quelques centimètres de plus que moi, même sans talons. Elle appelle :

« Maman ! » La femme âgée apparaît à la porte comme par enchantement. Je la soupçonne d'avoir écouté notre conversation. « Ça ne t'ennuie pas de m'apporter un verre de thé glacé ? Vous êtes sûr de ne rien vouloir ?

– Non, merci. »

Elle sourit.

« Asseyez-vous, je vous en prie. » Elle désigne le canapé et s'installe dans un fauteuil club excessivement rembourré placé en biais devant la cheminée.

« Que dois-je penser d'une visite du procureur ? demande-t-elle. J'ai déjà parlé à la police, le lieutenant Dusalt ? » Elle m'interroge comme si elle craignait d'avoir mal prononcé le nom.

« C'est exact. J'ai lu son rapport. Il y a juste quelques points imprécis qui restent en suspens.

– N'est-ce pas plutôt aux détectives de s'occuper de ça ?

– Je passais dans le quartier.

– Le type même du fonctionnaire zélé ? demande-t-elle en souriant.

– En quelque sorte. »

Les bonnes couleurs gagnées dans le jardin commencent à disparaître de ses joues. Elle croise les jambes à hauteur des cuisses, un pantalon d'homme beaucoup trop grand qui en contiendrait aisément deux comme elle. Et me demande, se laissant aller contre le dossier du fauteuil :

« Que voulez-vous savoir ?

– Juste quelques renseignements pour brosser le décor. J'ai pensé que cela nous aiderait d'en savoir davantage sur le travail de votre mari. Pouvez-vous m'en parler un peu ? Que faisait-il exactement ?

– Aah. » Elle hoche la tête et joint les mains sous son menton – de longs doigts effilés.

« Abbott était ornithologue », commence-t-elle. Son petit sourire laisse entendre qu'elle est prête à épeler le mot, mais je ne prends pas de notes. « Sa vie, sa passion en fait, était l'étude des oiseaux. Comme vous pouvez le constater... » Elle balaye la pièce du bras. « Je me suis souvent dit qu'il m'aurait peut-être aimée davantage si j'étais née avec des plumes. »

Je prends l'air étonné.

« Non, dit-elle en lisant dans mes pensées. Notre mariage était parfaitement heureux. Il avait son travail et moi, je l'avais, lui. Nous avions chacun ce que nous voulions. »

Sa mère revient apporter le thé dans un grand verre étroit aux parois humides de buée glacée. Elle le pose près de Jeanette et croise son regard : devrait-elle s'asseoir avec nous ?

« J'arrive dans une minute, maman. » La jeune femme fixe sa mère d'un regard ferme et la vieille dame ressort. Dès qu'elle a disparu, Jeanette me regarde et, d'une voix assourdie par l'écran du verre de thé, me confie : « Elle n'a cessé de rôder comme une ombre. Cela me rend folle. Je lui ai dit que tout allait bien, qu'elle pouvait retourner chez elle, à Fresno. Pas moyen de la faire partir. »

Cela me fait sourire. Jeanette hausse les épaules, un geste bon enfant.

« Où en étions-nous ?

– Le travail de votre mari.

– Ah, oui. Abbott était professeur titulaire à l'université. Il avait plusieurs cours de première année, mais son travail principal consistait à enseigner en doctorat de zoologie. Il siégeait aussi très activement au comité de professeurs titulaires du conseil de l'université. »

Tout ceci était mentionné dans le rapport, cela faisait partie des détails que Claude et ses sous-fifres avaient consignés par écrit.

« Vous avez confié à la police que vous ne voyiez personne qui fût susceptible de tuer votre mari.

– C'est exact. Je ne vois personne. Mais j'imagine aussi qu'il en est de même pour les parents des quatre étudiants assassinés. Mon Dieu, qui pourrait expliquer les actes d'un esprit aussi dérangé ? »

Elle me parle un peu d'Iganovich, de ce que les journaux ont révélé, elle me demande si j'ai vu l'homme, si je lui ai parlé.

« Je l'ai vu. Nous ne nous sommes pas parlé. Ses avocats s'y opposent. »

Apparemment, elle n'a pas encore lu l'article du *Times*. Cela ne m'étonne pas. En dehors de Capital City, les journaux publiés dans le sud de l'Etat ne sont pas beaucoup distribués par ici. Elle en entendra parler dans les informations télévisées. C'est pour ça que j'ai fait ce détour, pour lui parler avant.

« Je me pose certaines questions concernant la première Mme Scofield, dis-je. Ils ont continué à se voir après leur divorce ? » C'est un aspect sur lequel les enquêteurs n'ont pas suffisamment insisté au lendemain des meurtres.

– Cela vous étonne qu'ils aient continué à se fréquenter ? »

Je fais une petite moue pour indiquer, oui, en partie.

« Il fallait comprendre ce qui unissait Karen et Abbott. C'était une relation purement commerciale, explique-t-elle. Ils travaillaient ensemble. » Ceci ne figure pas dans le rapport.

« Ils étaient d'accord pour séparer leurs routes sur le plan personnel, poursuit-elle, mais ils sont restés bons amis.

– Vous disiez qu'ils travaillaient ensemble ?

– Oui. Karen n'avait aucune formation professionnelle, elle n'avait pas fait d'études, mais elle pouvait se prévaloir de vingt ans de travail sur le terrain avec Abbott. Il avait confiance en elle et continuait à recourir à ses services pour ses écrits et son travail de terrain. C'était une excellente photographe. Elle a pris la plupart des photos qui figurent dans les ouvrages d'Abbott. Et certaines de celles qui sont dans cette pièce.

– Et vous ne voyiez aucun inconvénient à ce qu'ils continuent de travailler ensemble ? »

Elle me sourit.

« Pourquoi, j'aurais dû ? »

Il y a là une forme d'innocence. S'agit-il de naïveté pure, ou fait-elle partie de ces esprits tranquilles pour qui la compétition, dans la vie, n'est jamais bien menaçante ? Je ne saurais le dire.

« Savez-vous à quoi travaillait votre mari lorsqu'il a été tué ? A quel projet particulier ?

– Non. Je n'en ai aucune idée. Pourquoi vous intéressez-vous à tout ça ? »

Elle s'est légèrement penchée en avant, intriguée par mes coups de sonde.

« Comme je vous le disais, ce sont juste des points en suspens. Nous nous sommes interrogés sur ce qui s'est passé immédiatement avant leur enlèvement cette nuit-là. Nous nous demandons s'il y a eu quelque chose qui les a mis en danger, un sujet de recherche, par exemple, qui les aurait conduits à croiser le chemin du meurtrier.

– Pour répondre à votre question, je regrette mais j'ignore sur quoi ils travaillaient. Le travail d'Abbott ne faisait pas partie des choses que nous partagions. »

J'entends claquer une porte à l'arrière de la maison. Quelqu'un vient d'entrer. Trois secondes plus tard, des bruits de pas retentissent dans le couloir et Jeanette lève les yeux.

« Oh, Jess, je suis contente de te voir. M. Madriani est venu me poser quelques questions. »

Amara entre dans la pièce avec un air qui n'a rien d'amène. Je vois même à son expression qu'il n'est pas du tout content de me trouver là.

« J'ai vu la voiture du comté dans la rue et me suis demandé si quelqu'un s'était arrêté ici », dit-il.

Ben voyons, il passait justement par là.

« Vous avez du nouveau à nous annoncer, concernant la personne qui a tué Abbott, ou pourquoi il a été tué ? demande-t-il.

– Rien que je puisse révéler maintenant. Mais je suis sûr que vous suivez les progrès de l'enquête de près, dis-je.

– Jeanette a été en mesure de vous aider ?

– Elle m'a aidé à tirer quelques points au clair.

– Ils s'interrogent surtout sur les agissements de Karen et Abbott dans les heures qui ont immédiatement précédé le meurtre, dit Jeanette. M. Madriani voulait savoir sur quoi ils étaient en train de travailler à ce moment-là. Je lui ai répondu que je l'ignorais.

– Vous ne sauriez pas sur quoi ils travaillaient, par hasard ? » C'est à Amara que ma question s'adresse.

« Abbott ne me parlait pas de son travail. Quant à Karen, je ne l'ai jamais rencontrée. » Il me regarde, mais reste debout.

« Il y a autre chose ? demande-t-il.

– Pas pour l'instant.

– Vous avez donc eu ce que vous vouliez ? »

J'acquiesce de la tête.

« Je vais vous raccompagner jusqu'à la porte », conclut-il. Je suis congédié.

Je comprends maintenant pourquoi Claude se montre si froid avec cet homme. Amara a une activité parallèle, il s'occupe d'une société de négoce asiatique pour laquelle il joue avec des investissements étrangers, tout ça dans notre comté. C'est le genre de chose qui ne doit pas plaire à Claude, un flic qui fricote dans des affaires parallèles, une perspective de garantie lucrative pour ses années de retraite.

Sur le seuil, avant de me retirer, je me tourne pour serrer la main d'Amara, mais ne rencontre pas de main tendue.

« Cela risque de vous paraître peu coopératif, dit-il, mais si vous souhaitez revenir ici, passez-moi un coup de fil avant. J'aimerais être là. Je ne veux pas que l'on dérange inutilement ma sœur.

– Je comprends. »

Sur ce, il me claque la porte au nez.

Il est près de midi. En roulant vers mon bureau, je me demande pourquoi Amara est tellement hostile, si c'est seulement sa nature ou s'il y a autre chose. Je n'ai pas le loisir de gamberger longtemps sur ce sujet. En passant devant le tribunal, en direction du bâtiment de l'Administration du comté, j'aperçois trois hommes de ma connaissance au feu rouge du carrefour. L'un d'eux a les cheveux ramenés en queue de cheval dans le dos, selon la mode indienne. Il s'agit de Benny Sanchez et de son frère Ernesto, qui tiennent un bureau de prêts pour les cautions de mise en liberté. Ils ont acquis une certaine réputation auprès des policiers de chaque côté de la rivière, et entretiennent même des relations de travail avec eux. J'ai vu ces garçons déambuler en ville avec leurs armes à feu dans leur étui. Ils pistent avec délices les clients rétifs, comme dans une bonne chasse au cerf. Ces deux-là font partie des meubles dans les tribunaux du coin.

Leur présence en ce lieu n'aurait donc rien d'inhabituel si ce n'était le troisième homme qui parle à ces éminents personnages. Il est gros et de petite taille, mais je ne vois que son dos en traversant le carrefour. Ça ne m'empêche pas de le reconnaître. Je croyais qu'il avait quitté la ville trois jours plus tôt, qu'il était reparti dans le Sud. C'est Kim Park.

CHAPITRE 14

J'ai argumenté, je l'ai suppliée, mais rien n'y fera. Lenore Goya dit qu'elle va quitter le bureau, qu'elle donne sa démission, même si, attendrie par mes protestations, elle a accepté de discuter une dernière fois de tout cela avec moi, mais après que sa démission ait été gravée dans la pierre et expédiée au service du personnel du comté.

Nous sommes aujourd'hui réunis pour un petit rituel, une cérémonie annuelle en l'honneur des secrétaires qui prend la forme d'un déjeuner dont Roland Overroy affirme qu'il fait partie du protocole des lieux. Hormis Roland, personne n'a particulièrement envie d'être là, les secrétaires moins que quiconque. Nous sommes de l'autre côté de la rivière, à Capital City. Overroy affirme qu'il n'y avait rien d'assez bien pour la circonstance à Davenport. Il a des goûts de luxe.

Saudi est un des restaurants les plus chers de la ville et Roland ne se refuse rien. Il a commandé des petites crêpes nappées de coulis d'abricot, des escargots, des zakouski à dix-huit dollars la portion servis dans une assiette qui a l'air de sortir d'une dînette de petite fille. Plus trois bouteilles de vin de Bordeaux français, dont il a déjà bu les deux tiers. Le visage cramoisi, il devient à chaque instant plus intolérable.

Ses yeux s'écarquillent quand une grande femme en jupe moulante passe à la hauteur de notre table. Il donne une tape sur le bras de Boudin, fait un geste dans le dos de la femme et d'une voix qui porte loin, commente : « On dirait deux chats de gouttière qui se battent à l'intérieur d'un sac. » En prime, nous avons droit à un rire stupide d'ivrogne. Boudin me lance un regard en coulisse et adresse un sourire crispé à Roland.

Ce serait déjà pénible si Roland payait de sa poche. Mais il a demandé que les fonds de tiroir de la cagnotte réservée aux pauses-café du bureau soient réquisitionnés pour financer cette gaudriole, un trésor de près de soixante-dix dollars qu'il a déjà flambé avant le déjeuner.

Goya s'est installée le plus loin possible d'Overroy. Pour ne pas avoir l'occasion de le tuer, à mon avis.

« Vu les conditions que cette boîte vous accorde, Lenore, c'est vous qui devriez nous inviter à déjeuner. » Overroy est braillard, il fait de grands gestes déplacés avec ses mains. On entend sa voix de l'autre bout de la salle. Il fait allusion à la future association de Goya avec son nouvel employeur.

« Comptez dessus, Roland. Quand les poules auront des dents. » Et voilà pour l'invitation à déjeuner.

Overroy rit, pas Lenore.

Elle considère actuellement la proposition d'un grand cabinet d'avocats de la capitale. Bien qu'elle négocie sous le manteau, j'ai entendu circuler certaines rumeurs, probablement les mêmes que Roland, selon lesquelles ils lui auraient fait miroiter une augmentation de quarante pour cent par rapport à son salaire actuel, et une possibilité de partenariat. Elle aura certainement un bureau donnant sur autre chose que du ciment et des briques ébréchées. Je n'ai pas grand-chose dans mon escarcelle qui puisse lui donner envie de rester avec nous. Si cela pouvait aider, je lui proposerais volontiers les testicules frits d'Overroy pour le déjeuner.

« Il faudra que nous parlions de l'affaire de Putah Creek. Je suis en position de vous aider. » Roland met ses talents à ma disposition. Un filet de vin dégoutte sur son menton pendant qu'il me parle, un sourire satisfait éclairant son visage. Il s'imagine qu'une fois Goya partie, il prendra de l'importance dans le service, qu'on lui confiera les affaires de premier plan. Je serre les dents pour me retenir de faire un esclandre en ce lieu.

Hier, je l'ai surpris en train de s'immiscer dans l'affaire Iganovich. Il rappelait le ministère de la Justice, entre les mains de qui toute correspondance destinée au Canada doit transiter. Le procureur général – et ministre de la Justice – des Etats-Unis est la voie diplomatique pour toutes les communications officielles dans le cadre d'une procédure internationale d'extradition.

J'ai passé à Roland un savon de cinq minutes, lui expliquant vertement qu'il ne devait plus intervenir dans cette affaire. Il a parlé d'une urgence, de quelque chose qui ne pouvait pas attendre. Je lui ai tiré une nouvelle fois les oreilles et il a paru raisonnablement contrit, affirmant avoir compris la leçon. Mais avec Roland, je soupçonne que ce genre de promesse ne tient que jusqu'à la fois suivante.

Les menus arrivent. Overroy me recommande le homard. « Succulent ! » s'exclame-t-il en embrassant le bout de ses doigts comme un chef décoré de trois étoiles. Au prix proposé, il y a intérêt.

Quelques toasts sont portés. Goya remercie les secrétaires de leurs efforts silencieux qui permettent au bureau de fonctionner.

Ne voulant pas être en reste, Overroy prend le relais.

Et à mon tour, je lève calmement mon verre à la santé de Lenore Goya dans une tentative éhontée pour faire jouer les ressorts de sa culpabilité.

« A une grande avocate, que nous respectons et regretterons tous », dis-je en m'inclinant vers elle.

Lenore lève son verre en me souriant. Malgré tout ce qui s'est passé, elle continue à ne pas m'en vouloir.

« Je dois dire en toute honnêteté que dans l'ensemble, travailler avec vous a été une joie, un des moments importants de ma vie, commence-t-elle le sourire aux lèvres. Et il y en a certains que je n'oublierai jamais, devrais-je vivre deux fois. » Je la surprends en train de darder vers Overroy un regard en biais chargé d'hostilité. Lui, ne se rendant compte de rien, s'acharne sur un des escargots avec un objet qui ressemble au croisement métallique d'un casse-noix et d'une paire de tenailles.

En réponse à mon appel, Harry Hinds a traversé la rivière. Il s'imagine peut-être que je m'apprête à boucler mes valises. Il est venu m'encourager à choisir la bonne solution, filer sans demander mon reste. Nous sommes dans mon bureau, porte close. Derrière, j'entends Overroy raconter une blague corsée en imitant l'accent mexicain.

« Tu ne te serais pas mis dans une sorte de pétrin ? demande Harry.

– Qu'est-ce qui te fait croire ça ?

– S'ils persistent à geler les embauches, cet endroit va ressembler à une ville fantôme d'ici quelques mois, il n'y aura plus que toi et un bureau vide.

– N'importe quoi, lui dis-je. Personne n'engagera jamais Overroy. »

Cela le fait rire. Je reprends :

« J'ai un plan.

– Hitler aussi en avait un. Ça s'est terminé devant un bunker où ils l'ont transformé en crêpe Suzette. Pourquoi est-ce que tu ne leur dis pas de mettre leur affaire où ça leur chante, et puis tu reviens à la maison ? »

Dans son esprit, cela signifie du bon côté de la loi, avec les honnêtes criminels. Il y a eu plusieurs occasions, au cours de la semaine passée, où cette perspective m'a paru alléchante.

« Les superviseurs vont autoriser l'embauche d'un contractuel supplémentaire à mi-temps, lui dis-je. Comme renfort pour cette affaire de Putah Creek. Ils s'imaginent qu'ils peuvent encore grappiller quelques sous sur le budget total.

– Excellent ! s'exclame-t-il. Il y a un idiot qui va s'offrir un ulcère ouvert sans assurance-maladie. »

Je hausse un sourcil et le regarde en face.

Pendant quelques secondes de silence, ma pensée flotte vers lui comme de l'éther : pure télépathie.

« Attends une minute, dit-il, certainement pas. Il n'en est pas question. J'ai mon cabinet et ma clientèle, sans blague ! » Il a proféré ces mots avec sentiment.

Le sens de mon regard est clair : ça sert à quoi d'être amis ?

« Tu es vraiment incroyable, dit-il. Je me démène comme une bête pour empêcher tes affaires de s'écrouler pendant que tu es ici, et maintenant tu veux que je te rejoigne dans cette nef de fous ? » A l'heure actuelle, Harry supervise deux jeunes avocats qu'il a engagés pour traiter ceux de mes dossiers qui ne posent pas trop de problèmes.

« Cela rapporte trois mille par mois pour un mi-temps », lui dis-je.

Je surprends une expression dans ses yeux, l'éclat de l'argent. Mais son hésitation est de courte durée.

« Pas question. »

Bien que la tentation soit démoniaque, je n'attendais pas autre chose de Harry. Il éprouve une méfiance congénitale à l'égard de tout ce qui est gouvernemental. Pour Harry, signer un contrat avec l'Etat équivaudrait à traiter avec le diable. Il ne me laisse aucun choix. Il faut que j'aille ramper aux pieds de Goya.

Il ne me reste plus une once de virilité mais au moins, j'ai résolu mon problème. Deux jours ont passé et mes genoux souffrent encore de la souffrance morale que j'ai ressentie à me prosterner sur le linoléum incroyablement dur du bureau de Lenore. Harry est revenu me voir avec des documents à signer, quelques-unes de mes affaires dont l'issue a été réglée à notre cabinet.

On frappe à la porte.

« Entrez. »

La tête et les épaules d'Overroy s'inscrivent dans le chambranle.

« Paul, il faut que vous veniez un instant, il y a du grabuge avec le service du matériel du comté. »

Il semblerait que deux types soient venus enlever le mobilier de son bureau avec des chariots à élévateur. Roland, un sourire illuminé aux lèvres, attend de moi que je rectifie cette grossière erreur. Son bureau est un véritable palais, plus grand que le mien. Feretti ne le lui a pas enlevé lorsqu'il lui a sucré son titre de premier adjoint.

« Il n'y a aucune erreur, Roland. Ils sont ici pour procéder à votre déménagement. »

Il ressemble soudain à un courrier déposé à la mauvaise adresse. « Quoi ? » C'est un visage qu'aucune pensée humaine ne vient obscurcir, l'expression d'un renne se trouvant sur le chemin d'un train à grande vitesse.

Je vais le répéter plus doucement, cette fois. Il pourra lire sur mes lèvres, me dis-je. « Ils sont ici pour procéder à votre déménagement.

– De quoi vous parlez ?

– Vous allez vous installer au bout du couloir, dans le bureau de Lenore. » Je lui adresse un grand sourire, un sourire grinçant qui signifie bienvenue devant le mur de brique, parmi les piles de dossiers, connard ! Dans un monde plus juste, on aurait enfermé Roland dans un placard à vêtements avec une ampoule nue pour tout éclairage. « Ahhhh ! » Il me regarde en coin comme s'il commençait à comprendre que ça sent le roussi, comme si la lumière filtrait tout doucement en lui.

« Eh, attendez une minute, dit-il. Qu'est-ce qui se passe ici ? »

Harry me regarde.

« Je ferais peut-être mieux de filer.

– Non. » Je lui fais signe de rester.

« C'est simplement un changement de bureau, dis-je à Overroy. Cela arrive tous les jours dans les entreprises d'Amérique.

– Ne me racontez pas de conneries, dites-moi ce qui se passe réellement.

– Comme je vous le disais, c'est un changement de bureau.

– Ben voyons ! Vous me croyez idiot ? »

Je lui coule un regard qui met la question aux voix.

Harry s'est laissé dériver un peu plus loin, à l'écart de la ligne de tir.

« Qu'ai-je fait pour mériter ça ? » Roland a changé de ton, tout à coup. Tout suave, genre chiot blessé, me suppliant de ses grands yeux bruns depuis la porte.

« Rien, dis-je. Ce n'est pas une punition. » J'enveloppe ce petit paquet d'hypocrisie d'une courbette et le lui remets.

« Cela fait seize ans que j'occupe ce bureau.

– Dans ce cas, vous devriez vous réjouir d'en changer.

– Pourquoi n'êtes-vous pas venu m'en parler avant d'appeler les déménageurs ? Ce n'est pas du tout professionnel. » Il joue les fonctionnaires offensés, maintenant.

« C'était une décision liée au fonctionnement du service, Roland, et non quelque chose demandant consultation.

– Paul... » Il est gros et attendrissant, maintenant. « Ce n'est pas correct. » Il chancelle dans l'embrasure de la porte, l'air idiot. Veut se frayer un chemin dans mon bureau en essayant de s'insinuer dans mon cœur, la porte à moitié ouverte dans son dos, pose les mains sur le bord de ma table, tente de me raisonner.

« Vous ne pouvez pas faire une chose pareille. J'ai de l'ancienneté, dit-il en regardant derrière lui comme si quelqu'un pouvait surprendre ses propos. Ecoutez, poursuit-il, si vous avez besoin d'un autre bureau, prenez celui de Goya. Non, non. Mieux encore, celui de Boudin, ou de Samuel. Oui, c'est ça ! Prenez celui de Samuel. Elle est en bas de l'échelle d'ancienneté. » Sa voix ne dépasse pas le niveau du chuchotement. Il continue à regarder autour de lui, par-dessus son épaule, comme si nous étions tous deux complices d'une négociation subtile. Voilà le Roland que nous adorons tous, un type qui marchande les biens d'autrui.

« Non. Je ne pense pas. » Je l'imite, répondant d'une voix feutrée comme s'il s'agissait du secret du siècle. « J'ai besoin du vôtre », dis-je dans un souffle.

« Espèce de salaud ! » s'écrie-t-il à pleins poumons en reculant brusquement. Il trépigne à travers la pièce. « Putain, ce n'est pas croyable ! Que des conneries ! »

Roland a retrouvé sa forme.

« Absolument pas. » Je lui donne une explication tout ce qu'il y a de valable. « Nous avons besoin de cet espace.

– Pour quoi faire ?

– Oh, pardon, j'oubliais. Vous ne devez pas être au courant. Lenore ne part plus. »

Il me dévisage, comme frappé par la foudre.

« Eh oui. Je pensais que vous seriez content. C'est la vérité. Elle reste parmi nous. Dès que j'aurai mis les choses au point avec notre comité de superviseurs, elle sera notre premier adjoint. Elle va travailler avec moi sur les meurtres de Putah Creek. Et s'installer dans votre bureau. »

Cela fait trop de coups mortels à la fois. Il lui faut plusieurs secondes pour encaisser et reprendre ses esprits. Puis je le vois, le feu dans les yeux d'Overroy, des flammes transparentes, pareilles à la vapeur que dégage un moteur en surchauffe marchant à l'alcool. Il me regarde. « Que des conneries, dit-il.

– Une dernière chose. Les dossiers qui sont dans le bureau de

Lenore sont les vôtres, désormais. Vous avez une audience de tribunal à neuf heures lundi matin. Bonne chance. Et ne laissez rien s'infiltrer par les fissures. »

Harry me décoche un regard diabolique, l'expression même de l'occasion à saisir. L'idée lui est peut-être venue de jeter son dévolu sur un des accusés de l'agenda de lundi matin, histoire de gifler l'autre joue de Roland Overroy.

Kay Sellig pose une petite valise derrière la porte de mon bureau. Elle vient juste d'arriver de l'aéroport en taxi. Elle semble fatiguée et a les traits tirés. Je lui demande :

« Comment ça s'est passé à Ashland ?

– Ils se sont montrés très coopératifs. Maintenant, racontez-moi de quoi il s'agit exactement, dit-elle en haussant les épaules. Cela fait quelques morceaux de plus pour le puzzle, mais qui sait où ils doivent aller ?

« D'abord, le sang. » Sellig a passé ces deux jours derniers dans le sud de l'Oregon à parler aux experts du Laboratoire d'expertise légale de National Fish and Wildlife. Ils travaillent sur le sang, les os et les plumes trouvés sur la plate-forme cachée en hauteur dans les arbres, là où les Scofield ont été assassinés. « Essentiellement d'origine animale, du sang d'oiseau pour être précis, explique-t-elle. Il ne s'agit pas d'un oiseau domestique, en tout cas. Ils ont définitivement exclu cette hypothèse. » Ce n'est donc pas un poulet, ou autre volatile victime de la chaîne de consommation alimentaire. Elle continue :

« Cela met en péril notre théorie d'un éventuel sacrifice rituel, dit-elle, faisant allusion aux meurtres d'Abbott et Karen Scofield. Ça demeure possible, mais les gens qui s'adonnent à ces choses-là utilisent généralement des animaux domestiques, que l'on peut facilement se procurer à la ferme ou dans l'arrière-cour de quelqu'un. Les animaux sauvages sont plus inaccessibles.

« Il y a également un truc qui cloche. Un peu de sang, des traces infimes, était d'origine humaine. Du groupe A, le plus répandu. Nous pensons que c'était le sang de Karen Scofield. Abbott était du groupe O.

– Est-ce que ça pourrait être le sang du type caché dans les arbres ? »

Sellig secoue la tête.

« Non, lui, c'était un sujet sécréteur. Du groupe B, c'est assez rare.

– Ne me dites pas qu'il a fait pipi dans un coin de la plate-forme pour vous faciliter les choses. »

Je me demande comment ils ont obtenu les sécrétions permettant d'identifier le groupe sanguin du suspect.

« C'est presque ça. Il chiquait du tabac qu'il a recraché un peu partout sous forme de petites boulettes noires. Nous avons réussi à analyser la salive.

– Rappelez-moi de ne jamais commettre de meurtre dans un lieu dépendant de votre juridiction. »

Ma boutade lui arrache un petit sourire de satisfaction. Elle vide le contenu de sa valise sur mon bureau, cherchant ses notes.

« Les os appartiennent essentiellement à de petits oiseaux n'ayant pas atteint la taille adulte. Tous encore au nid, pour la plupart. » En plus des os, ceci a été confirmé par le fait que la majorité des plumes envoyées au labo étaient tombées à l'occasion de la mue. Dans les échantillons examinés, il n'y avait pas d'exemple de plumage mature, de rémiges du dessus et du dessous, qui soutiennent le vol.

– Nous avons donc affaire à quelqu'un qui tue de très jeunes oiseaux, dis-je.

– Pas n'importe lesquels. Des oiseaux de proie. »

Je lève les yeux vers elle.

« Ils ont étudié le plumage de près. Il n'y a aucun doute. Il s'agit de faucons pèlerins. Des petits d'un mois, deux tout au plus, pas encore en âge de voler. Espèce menacée, protégée par le gouvernement fédéral. » Elle m'explique que le laboratoire est maintenant impliqué dans cette affaire, qu'ils veulent savoir qui pourrait bien avoir tué ces oiseaux.

« Ils pourraient l'envoyer en prison, s'ils le prennent, dit-elle.

– Il faudra qu'ils attendent leur tour.

– Vous pensez que c'est lui qui a tué les Scofield ? demande-t-elle.

– Et vous ?

– C'est possible, j'imagine. Ils peuvent l'avoir surpris par hasard. Son crime tombait sous le coup de la loi fédérale. Il y a des gens qui ont tué pour moins que ça.

– Avouez qu'il n'a pas perdu de temps et qu'il était drôlement bien équipé.

– Les piquets et la corde ? »

J'acquiesce. Si l'homme qui se cachait dans les arbres, quel qu'il soit, a tué les Scofield, il n'a pas perdu une seconde pour les empaler au sol avec ses piquets, exactement comme le premier tueur. Il me semble plus plausible que l'homme caché dans les arbres n'était pas l'auteur du meurtre mais un témoin. Il reste pour l'instant trop de questions qui demeurent sans réponse.

Cela fait maintenant près d'une semaine que je suis retenu par la préparation des documents nécessaires au rapatriement d'Iganovich dans notre Etat. Aux termes de la loi d'extradition, je dois décider si je l'inculpe pour le meurtre des Scofield. Si je m'abstiens de le faire et qu'il revient chez nous, je risque de ne pas pouvoir le poursuivre ultérieurement pour ces meurtres. La règle est que l'on doit savoir ce que l'on a en main avant d'extrader.

« Peut-être qu'Iganovich les a tués, après tout. »

Elle secoue vivement la tête. Sur ce point, elle est intraitable. « Les différences ne cessent de s'accumuler. Nous pensons savoir maintenant comment il s'y est pris pour soumettre ses victimes.

– Comment ?

– Un pistolet cap-stun, qui immobilise les gens d'une décharge électrique. En tant que ressortissant étranger, il lui était légalement interdit de porter une arme à feu pour exercer son métier. Aussi utilisait-il un cap-stun, c'est son employeur qui nous l'a dit. »

Elle voit que j'écarquille les yeux. Je lui ai déjà parlé du pistolet à décharge électrique que les autorités canadiennes avaient enlevé à Iganovich.

« Exactement, dit-elle. »

Je lui demande si elle l'a reçu.

« Ils vont nous l'envoyer dès qu'ils auront fini de l'examiner là-haut. »

La loi de cet Etat n'exige qu'un minimum de conditions pour la possession d'un pistolet électronique. Aucun permis n'est requis.

« Comment a-t-il réussi à l'introduire dans l'avion ?

– Il y a très peu d'éléments métalliques dans ce genre d'arme. Le détecteur n'a rien dû repérer, dit-elle.

– Eh bien, c'est rassurant de savoir qu'on est en sécurité dans les airs.

– Toujours est-il que selon le médecin légiste, les victimes ont dû être neutralisées avec un pistolet cap-stun.

– C'est efficace ? »

Elle fait la moue.

« Les faisceaux musculaires sont localement immobilisés, cela s'accompagne d'une douleur intense. Les victimes restent par terre, à peu près inconscientes, de trois à quinze minutes selon la durée de l'impulsion.

– Suffisamment en tout cas pour les traîner dans la camionnette et les ligoter. »

Sellig l'admet.

« Ça fait du bruit ?

– A peu près autant qu'une punaise dans un jardin. »

Je laisse ces informations mijoter quelques secondes dans ma tête et finis par poser la question qu'elle attendait.

« Est-ce que le médecin légiste a trouvé des marques similaires sur le couple Scofield ? »

Elle secoue la tête.

« Aucune. » Encore une bonne raison, à ses yeux, pour qu'André Iganovich ne soit pas le meurtrier d'Abbott et Karen Scofield.

« C'est absurde d'attendre davantage pour rapatrier le Russe, lui dis-je. Je vais conclure le dossier d'extradition en le fondant uniquement sur le meurtre des quatre étudiants. Mais il va falloir que je dise à Emil que nous avons dépassé le stade des hypothèses et qu'il ferait mieux de lancer la chasse au deuxième meurtrier. » Et les lions seront lâchés.

CHAPITRE 15

Cinq semaines ont passé depuis mon séjour au Canada. Je suis en train de boucler une affaire au tribunal de Capital City en négociant une réduction de peine avec le procureur. Toujours ça que Harry n'aura pas à régler. Nous terminons et je file aux toilettes.

Je me lave les mains en examinant mon reflet dans le miroir moucheté de métal.

Dehors, des voix s'élèvent dans le couloir. L'une d'elles m'est désagréablement familière mais je n'arrive pas à l'identifier. Ils viennent par ici. Je finis de me laver les mains en vitesse et fonce vers le distributeur de serviettes.

La porte de bois constellée d'entailles s'ouvre brusquement et je vois dans le miroir un gros lourdaud d'une vingtaine d'années, visage couvert de boutons et crêtes de cheveux rouges, dont le blouson de cuir arbore plus de clous que la moyenne des pneus équipés pour la neige. Quand il franchit le seuil, je constate qu'il est assez gros pour occuper toute l'embrasure.

Dans son sillage immédiat se tient Adrian Chambers. Il s'arrête net en me voyant. Sa lèvre doublée d'une moustache frémit et découvre un fin sourire. Dans le miroir tacheté, la scène prend une qualité de transparence éthérée, comme une vision de l'enfer.

Chambers s'interrompt au milieu de sa conversation et fixe ma nuque depuis la porte. Je sens immédiatement mes cheveux se dresser sur ma tête.

« Eh bien, eh bien, maître, on s'encanaille ? J'aurais pensé que quelqu'un d'influent comme vous utiliserait les chiottes perso, dans les coulisses. » Il parle des toilettes à robinetterie dorée et sans graffiti sur les murs, dans les couloirs privés qui desservent les bureaux privés des juges.

Il bouge enfin, un petit quart de tour vers le boutonneux qui est arrivé à la hauteur des cabines.

« Excusez mon manque d'usage, dit Chambers. Je vous présente mon client, M. James Sloan. James, Paul Madriani. »

Je ne prends pas la peine de regarder le gosse. « Enchanté », dis-je. La boule d'épis rouges est probablement un pédophile qui s'est fait surprendre dans les toilettes d'une école primaire. Au point où il en est de sa carrière, Adrian Chambers est sans nul doute occupé à remonter toute la chaîne de la hiérarchie criminelle.

« M. Madriani est notre homme, précise-t-il. Le procureur du comté de Davenport. »

Le gamin se penche maintenant au-dessus d'un des urinoirs, en bout de file. Il me dévisage de ses yeux vides d'expression, tressaille légèrement, comme parcouru par un frisson. Je ne saurais dire si c'est lié au soulagement de son besoin naturel ou si cela témoigne seulement d'une certaine attitude vis-à-vis de la loi. Chambers, j'en suis persuadé, communiquerait volontiers mon adresse et mon numéro de téléphone personnels à ce taré, s'il les avait.

« J'avais l'intention de vous appeler, me dit Chambers. Qu'est-ce que j'entends ? Vous n'accusez pas Iganovich des deux derniers meurtres, le professeur et sa femme ? »

C'était dans tous les journaux ce matin. Emil et moi sommes convenus de ne faire aucun commentaire pour l'instant, nous ne confirmerons pas publiquement l'hypothèse d'un deuxième tueur, juste de vagues allusions à une insuffisance de preuves nécessitant un supplément d'enquête.

« Eh bien, Adrian, que puis-je vous dire de plus ? Si vous l'avez lu dans le journal, ce doit être vrai. » Continuant de lui tourner le dos, je réduis la serviette de papier en boule et la jette dans la poubelle.

« Qu'est-ce qui se passe ? demande-t-il. Auriez-vous quelques difficultés à assembler tous les morceaux ? Ou est-ce plutôt que vous en gardez un peu sous le coude, des fois que vous vous planteriez pour les premiers ? Comme ça, vous pourriez rattraper le coup en lui collant ces deux-là sur le dos par la suite ? »

Je me retourne et le regarde bien en face.

« Allons, Adrian, je n'ai aucunement l'intention de marcher sur vos plates-bandes. Rattraper le coup fait partie de vos spécialités. »

Son sourire a disparu en un éclair. Son visage n'est plus qu'à une trentaine de centimètres du mien. Nous nous dévisageons sans ciller, bien décidés l'un et l'autre à ne pas baisser les yeux le premier.

Il finit par parler. « Monsieur Sloan, il faut que je vous dise. Notre ami ici présent est un type vraiment réglo. Monsieur Ethique. » Il s'adresse à son client mais ne le regarde pas. Le gamin a quelque difficulté à rentrer le petit chien dans sa niche. Il y a au moins une douzaine de fermetures à glissière sur son blouson et il n'est pas foutu de remonter celle de son pantalon.

« Le champion des bonnes actions », poursuit Chambers. Il regarde du côté de la rangée d'urinoirs. Il a perdu son public. Le gosse va avoir besoin d'un chirurgien s'il continue à tirer sur le truc.

Chambers revient vivement vers moi, ne voulant pas s'attarder sur la tragi-comédie qui se joue à l'autre bout de la salle.

Cet homme ne se contente pas de nourrir un grief. Il le materne, le fertilise, le cultive et le regarde pousser jusqu'à ce qu'il envahisse son existence aussi complètement qu'un cancer non traité.

« Vous devriez faire attention, vous savez. Vous allez vous heurter à la réglementation de l'extradition. Ça se rapproche drôlement. »

Il fait allusion à la limite de soixante jours prévue par le traité américano-canadien pour tenir une audience d'extradition. Aux termes de la loi, si l'audience n'a pas eu lieu soixante jours après l'arrestation d'Iganovich au Canada, le suspect doit être relâché par le tribunal.

« Je ne pense pas que vous deviez vous inquiéter pour nous, dis-je.

– Oh, je ne m'inquiète pas », dit-il. Et il me regarde comme s'il avait un autre argument pour me chatouiller.

« Dites-moi, reprend-il. Vous êtes prêt à laisser tomber la peine capitale ?

– Il ne faut pas que ça vous empêche de dormir. »

Il passe devant moi en me bousculant et se dirige vers la rangée d'urinoirs.

« Alors, c'est vraiment pour la forme. Vous ne le ramènerez jamais ici pour le traduire en justice.

– Je n'en serais pas si sûr, à votre place.

– Ce qu'il y a d'intéressant avec les Canadiens, c'est leur sensibilité. Ce sont des gens fiers. Et obstinés. »

Il répand un peu plus de pure méchanceté au dépens de son jeune client, ce qui, selon toute apparence, vole très au-dessus des épis dressés sur la tête du gamin.

« Je crois que notre ami ici présent a un vrai problème. Une affaire dont il ne mesure pas les conséquences, dit Chambers. Mais aussi, je suis certain que ça n'a rien de nouveau pour lui.

– Je ne pousserais pas trop fort si j'étais vous, Adrian. »

Il se retourne et me fixe avec toute l'intensité que peuvent canaliser ses méchants petits yeux.

« Pourquoi donc ?

– Parce que si vous ne faites pas attention, la chasse d'eau va vous faire disparaître dans ce trou à vos pieds. »

Le gosse éclate de rire, un gros rire venu des tripes, c'est la première chose qu'il comprenne.

Je récupère ma mallette posée sur le distributeur de serviettes et quitte les lieux, laissant le boutonneux s'étrangler de rire tout seul, aux prises avec sa fermeture à glissière et regardant d'un air perplexe la porte de la cabine qui se referme avec violence sous son nez.

Chambers a néanmoins raison sur un point, même s'il ignore encore la moitié de la vérité. J'ai effectivement un problème. Etant donné les détails des meurtres Scofield qui ne collent pas avec le reste, même si nous avons de solides preuves contre le Russe, il va pouvoir construire sa défense sur l'hypothèse que quelqu'un d'autre a commis les meurtres, les a tous commis, et que la police continue de chercher le véritable meurtrier. Compte tenu du temps dont il dispose et de son esprit tortueux, il aura dans sa manche, j'en suis persuadé, d'excellentes explications pour justifier la présence de la corde et des piquets dans la camionnette du Russe. Avec cette toile de fond qui commence à se préciser, les meurtres Scofield sont désormais en position de basculer, comme une clé à écrous prête à être engagée dans l'engrenage de mon affaire.

On dit que le temps guérit tout. Mes relations avec Nikki sont loin d'être en bonne santé, mais il semblerait que nous ayons contourné le pire écueil de ma dernière erreur de jugement, quand j'ai décidé de ramasser les morceaux de la vie de Mario Feretti. Il a fallu près de deux mois pour en arriver là mais ce soir, elle a même daigné m'aider pour un aspect des meurtres de Putah Creek. « Une sortie en famille », a-t-elle dit. Son commentaire était plus que sarcastique.

J'ai proposé de distraire Sarah dans mon bureau pendant que Nikki travaillait à l'ordinateur. Sarah a franchi la porte comme si elle pénétrait à Disneyland.

« Et voilà ! » dis-je.

Un petit ordinateur provenant de l'appartement de Karen Scofield trône tout seul au milieu d'un des bureaux vides du secrétariat.

Denny Henderson et Claude ont passé la plus grande partie de l'après-midi à fouiller son appartement dans l'espoir de trouver des indices révélant sur quel sujet Abbott travaillait avec elle lorsqu'ils ont été tués. Ils sont revenus bredouilles, à l'exception de quelques documents que Claude étudie en ce moment, et de l'ordinateur qu'il a déposé ici.

Plutôt que de commettre une gaffe en manipulant le matériel et risquer la perte d'une information cruciale, j'ai fait appel aux lumières de Nikki. Au gré de ses divers emplois, elle a eu accès à tous les ordinateurs existant sur terre. Elle a même envisagé de passer son doctorat en informatique, ambition suspendue pour l'instant, en attendant que je puisse la soulager de certaines tâches à la maison.

« Tu sais quel logiciel elle utilisait ? » demande Nikki, parlant de Karen et de son petit ordinateur.

Je hausse les épaules et désigne une pile de livres et de boîtes en carton que Claude a pris dans l'appartement en même temps que la machine.

Elle commence à feuilleter les manuels, consulte les index. Je reste immobile quelques instants, me sentant aussi utile qu'une plante verte en pot. Elle me regarde par-dessus son épaule.

« Va jouer avec ta fille. »

Sarah est assise à mon bureau, agrafeuse et perforatrice en main, devant un assortiment de bloc-notes et de crayons. Toutes les cinq minutes, elle m'appelle pour me remettre d'importants messages, des feuilles de papiers couvertes de gribouillages inidentifiables qu'elle prétend pouvoir déchiffrer, des lettres et quelques chiffres dont certains qu'elle persiste à écrire à l'envers. Ce soir, nous jouons à la banque. Elle est la caissière. Le jeu se poursuit pendant près d'une heure, puis elle finit par se lasser. Nikki s'escrime toujours sur la machine dans la pièce voisine. Ma fille se met alors à bâiller et enlève ses chaussures, signe que le sommeil n'est pas loin. Je l'installe sur le canapé de la réception et la recouvre de mon manteau. Cinq minutes plus tard, elle dort.

Je passe dans mon bureau, m'installe dans mon fauteuil et compose un numéro de téléphone. Claude répond à la deuxième sonnerie.

« C'est moi, dis-je. Vous avez trouvé quelque chose ?

– Presque rien. » Claude est rentré chez lui pour explorer la pile de documents trouvés chez Karen Scofield.

« Essentiellement du courrier privé. Des lettres, dit-il. Mais il y avait quelque chose.

– Quoi donc ?

– Deux lettres adressées à une boîte de fournitures pour laboratoires dans le Sud. Des commandes de souris vivantes.

– Des souris ?

– Oui. Madame était une grande consommatrice de souris.

– Sans doute pour des expériences. Scofield était un scientifique. »
Ma profonde connaissance de tout ce qui touche à la science...

« C'est possible, dit Claude. N'empêche, trois mille souris en quatre mois...

– Trois mille ? Qui peut avoir l'usage de trois mille souris ? »

Il émet un drôle de son à l'autre bout de la ligne, genre, ce n'est pas à moi qu'il faut le demander.

« Peut-être était-ce pour les manger, suggère-t-il. Et si c'était le dernier hors-d'œuvre à la mode chez les universitaires ?

– Vous avez relevé la présence de souris à l'université, dans le bureau ou le labo de Scofield ?

– Non, mais ça explique les boulettes.

– Quelles boulettes ?

– Du grain, des boulettes de nourriture pour animaux. Nous avons découvert dans un coin du labo des sacs de cent kilos encore scellés, et une grande quantité de poussière de grain, comme s'il y avait eu d'autres sacs auparavant.

– Je ne saisis pas.

– Les souris adorent ce genre de truc. Mon père nourrissait des hérissons avec ça. Il en commandait par tonnes. Les souris réussissaient toujours à se ronger un chemin à l'intérieur des sacs quand il les stockait dans la grange. Elles en étaient folles.

– Vous pensez que Scofield donnait ce grain aux souris ?

– Je ne sais pas. Il y a deux ou trois gamins, encore des étudiants, qui travaillaient de temps en temps sur des projets avec lui. Je vais envoyer Henderson dès demain pour voir s'il peut leur mettre la main dessus. Ils éclaireront peut-être notre lanterne.

– Il y a autre chose ?

– Comment ça ?

– Il n'y avait rien d'autre dans son bureau ?

– J'ai tout lu trois fois.

– Rangez les papiers dans le coffre des preuves pour l'instant. Je vous verrai demain matin. D'ici là, je devrais savoir s'il y a quelque chose dans l'ordinateur. »

Nous nous saluons. Je raccroche.

J'entends les touches du clavier cliqueter derrière la porte, là où Nikki s'affaire. Je vais voir où elle en est. Le petit écran illuminé est rempli de menus. Je m'approche d'elle et regarde par-dessus son épaule : de longues listes de mots apparaissent et se volatilisent tandis qu'elle passe d'un menu à l'autre.

« J'imagine que tu veux des dossiers remplis de données, des choses qu'elle a rangées là, ou inscrites pour les imprimer ?

– Exact. »

A mi-hauteur de l'écran, quelque chose se détache, plus long que les symboles habituels de trois ou quatre lettres : le mot PÈLERIN.

« Là, dis-je. Qu'est-ce que c'est ? »

Elle appuie sur quelques touches et l'écran apparaît vide. En haut se détache le nom du document, « PÈLERIN », avec l'indication du renvoi au disque dur, la lettre « c ». Je demande :

« On peut entrer dans le document ?

– Ce n'est pas un document, explique-t-elle, c'est un dossier. On peut y entrer, mais ça ne servira à rien.

– Pourquoi ça ?

– Parce qu'il est vide.

– Je ne comprends pas.

– S'il y avait des documents dedans, ils apparaîtraient ici, dans la fenêtre, présentés par nom. »

Elle revient à la fenêtre. « Voilà le dossier, parfaitement présent, mais sans documents, dit-elle. Bon, si on essayait ça ? » Elle tape une autre entrée. « PÈLERIN 42 »

« Qu'est-ce que c'est ?

– Ce n'est pas un élément appartenant au dossier. Il n'y a aucune indication. Ça ressemble plutôt à un document mal rangé, dit-elle. Il se peut que quelqu'un ait enfoncé la mauvaise touche et l'ait embarqué par erreur dans le fichier central.

– On peut le solliciter ? »

Elle enfonce de nouvelles touches et cette fois, une lettre se détache sur l'écran. Il n'y a pas d'autre identification que le nom « Bill », et aucune adresse de destinataire.

Je la lis. C'est comme entrer dans une pièce au milieu d'une conversation. Elle fait allusion à des sujets abordés dans des lettres précédentes, sans les préciser. Je m'efforce de lire entre les lignes.

Cher Bill,

En réponse à votre lettre du 9 février, trois couples ont maintenant été implantés. Nous les observons de près pour noter leurs progrès. Sept sujets supplémentaires ont été sortis individuellement. Si les choses continuent à bien marcher, nous serons en position de force au début du printemps, et prêts à observer les progrès de manière suivie.

Si vous pouvez nous en expédier encore quatre couples avant le printemps, nous pensons être en mesure de les implanter avant les premières neiges. Dans l'attente de votre réponse.

Karen

« Ça te dit quelque chose ? demande Nikki en me regardant.

– Je ne suis pas tout à fait sûr. Cela m'aiderait si nous avions un moyen d'établir ce qui a été dit avant cette lettre. D'autres maillons de la chaîne épistolaire.

– Ce n'est qu'une supposition, dit-elle, mais je pense que l'auteur de la lettre peut avoir numéroté chaque élément à l'intérieur de chaque sujet, chacun des dossiers ayant un numéro différent.

– Y a-t-il moyen de retrouver s'il y avait autre chose dans PÈLERIN ? On peut récupérer les dossiers perdus ? »

Elle a la moue de quelqu'un qui trouve que c'est pousser le bouchon un peu loin.

« Tu pourrais le faire ? Ici, au bureau ? Je ne peux pas laisser l'ordinateur sortir d'ici. »

Elle me regarde comme si je n'avais même pas confiance en ma propre femme.

« Et quand suis-je censée venir à ton bureau pour faire ça ? demande-t-elle.

– Tu peux venir le soir. Je garderai Sarah. » Je sens bien que je suis en train de jouer avec l'extrême limite de la résistance de Nikki. Elle me dévisage, sidérée que j'aie le culot de lui redemander cette faveur. Un culot d'avocat, vraiment. Elle hausse ostensiblement les épaules.

« Encore une fois, mais une seule, concède-t-elle. Après, ce sera fini. Et tu boucles cette affaire. Le trimestre prochain, je retourne à la fac contre vents et marées. Tu m'as bien entendu ? »

J'acquiesce de la tête.

« Je parle sérieusement, insiste-t-elle. Peu m'importe la nature de ton problème. Tu reprendras ton cabinet d'avocat, ou alors, c'est bien fini entre nous. »

Cinq jours plus tard, je suis claquemuré avec Lenore Goya dans l'ancien bureau de Feretti pour préparer le procès d'André Iganovich, si procès il y a. A Vancouver, cela fait maintenant trois jours qu'ils sont engagés dans l'audience d'extradition qui devait en prendre deux. Nous recevons d'heure en heure des rapports circonstanciés de Denny Henderson, que Claude a expédié dans le Nord à cet effet.

Lenore et moi travaillons d'arrache-pied pour préparer l'audience préliminaire où nous présenterons les preuves actuellement entre nos mains à un magistrat neutre, et demanderons que le Russe soit cité en justice pour répondre devant le tribunal compétent de quatre assassinats avec préméditation.

Selon toutes probabilités, cela va nous donner quatre ou cinq mois.

Le téléphone sonne sur ma table. C'est la ligne rouge, celle de l'extérieur.

« Allô ! »

Henderson, essoufflé et dans tous ses états.

« Vous ne me croirez jamais ! » Il aspire l'air comme s'il avait couru le quinze cents mètres en quatre minutes. « Il est dans la rue.

– Qui est dans la rue ? De quoi parlez-vous ?

– Iganovich. Le tribunal l'a relâché il y a cinq minutes.

– Quoi ?

– Il y avait un problème avec les documents. »

Le sang se fige dans mes veines. Tous les documents envoyés au Canada provenaient de ce bureau.

« Du calme, dis-je. Racontez-moi ce qui s'est passé.

– La défense a présenté une requête en fin de séance, ce qu'ils ont appelé une " requête d'absence de preuves " fondée sur une erreur dans les documents. Ça nous est tombé dessus comme la foudre. On aurait pu faire tomber Jacoby par terre en l'effleurant avec une plume. Les avocats d'Iganovich ont découvert que la copie certifiée de l'acte d'accusation n'était pas la bonne.

– De quoi parlez-vous ?

– L'article du code pénal, la loi criminelle que nous avons utilisée pour rédiger l'accusation du Russe, était une loi ancienne qui a été abrogée, puis remise en vigueur sous une autre forme. Nous avons envoyé le texte de l'ancienne à Jacoby. »

Oh, merde, voilà ce que je me dis silencieusement, en mon for intérieur, ce lieu réservé aux paniques intimes. Ce que Henderson est en train de me dire, c'est que quelqu'un a foiré la tâche pourtant peu ardue de copier la loi et de la certifier pour être utilisée dans une audience canadienne.

« Ne quittez pas », lui dis-je. Je couvre le micro du combiné de la paume de la main et demande à Lenore :

« Qui a copié les textes de lois pour le dossier d'extradition ? »

Elle secoue la tête comme si elle n'en avait pas la moindre idée. « Cela a été fait avant que vous ne m'appeliez à bord pour travailler sur cette affaire. Que se passe-t-il ?

– Le Russe a été relâché. »

Yeux écarquillés de Goya.

« Trouvez-moi ceux qui ont réuni les pièces du dossier et amenez-les-moi. »

Elle franchit la porte, file vers le pool des dactylos.

Je reprends la communication.

« Où est-il maintenant ? » Je parle d'Iganovich.

« Il a quitté la salle d'audience avec ses avocats. Je les ai suivis jusqu'au rez-de-chaussée. Ils n'ont pas perdu de temps. Sauté dans un taxi et disparu. Jacoby avait chargé deux officiers de la police montée canadienne de les suivre. Histoire de ne pas perdre leur trace.

– Je n'arrive pas à y croire. Ils ne pouvaient pas le retenir ?

– Jacoby affirme que non. Il dit que tout dépend des documents. Il n'a pas arrêté de me répéter que le diable était caché dans un détail, Dieu seul sait ce qu'il entend par là. » Sa voix s'est légèrement altérée, comme s'il s'était détourné du récepteur. « Oui, je l'ai en ligne. Vous voulez lui parler ? »

J'entends maintenant la voix de Herb Jacoby. « Ecoutez, mon ami, me dit-il, je suis désolé, mais je n'ai absolument rien pu faire. Comme le délai de soixante jours arrivait à expiration, la cour n'a pas eu le choix, elle a dû le relâcher. Vous pouvez vous féliciter de ne pas être venu, ajoute-t-il. Le président du tribunal était absolument furieux. » Jacoby parle du juge canadien. « Trois journées de son précieux temps envolées en tirant la chasse d'eau, plus l'obligation de relâcher le suspect pour une erreur de procédure. Ce n'était pas une bonne prestation, pas bonne du tout. »

Je présente mes excuses pour la bourde et l'assure que je vais découvrir le fin mot de l'affaire.

Tout en parlant à Jacoby, mon esprit remonte dans le temps, jusqu'au jour où Chambers avait eu une attitude tellement suffisante dans les toilettes. Et soudain, cela me saute aux yeux : tapi dans les herbes hautes, conscient depuis plusieurs semaines de cette déficience de notre dossier, il attendait son heure, le moment où le ressort de son piège s'enclencherait.

Jacoby veut savoir combien de temps il me faut pour obtenir un autre mandat d'arrêt. « Vous comprendrez, j'imagine, qu'étant donné les tendances de cet homme, nous ne tenons pas à ce qu'il se promène en liberté par ici... trop longtemps.

– J'en aurai un autre dans une heure, lui promets-je. Je vous le faxerai là-haut. La note diplomatique du Département d'Etat peut être un peu plus longue à venir. » Il s'agit de la requête en vue d'opérer une arrestation provisoire en pays étranger pendant le déroulement d'une audience d'extradition.

Lenore Goya est de retour dans le bureau, accompagnée d'une des sténodactylos, Irene Perez.

Rien qu'à voir son visage, je peux dire qu'elle est terrifiée, son instinct lui souffle qu'elle marche sur des braises mais elle ignore pourquoi.

Je leur demande d'attendre un instant.

J'enfonce la touche d'interphone et tombe sur Jane Rhodes.

« Trouvez-moi le numéro du Département d'Etat à Washington, les juristes qui se sont occupés d'Iganovich. J'attends. »

Irene Perez se met à trembler comme une feuille sur mon tapis. Si je ne détends pas un peu l'atmosphère, elle risque de me le souiller.

« Asseyez-vous, lui dis-je, et décontractez-vous. Je suis à vous dans une minute. »

Rhodes revient en ligne. « Vous voulez que je les appelle ? »

Merci mon Dieu, enfin un peu d'efficacité ! « Oui. Sonnez ici dès que vous les avez en ligne. Expliquez-leur qu'il s'agit d'une urgence. S'ils sont en réunion, dites-leur que nous sommes obligés de les interrompre. »

Irene Perez est une mère célibataire de vingt-cinq ans, j'ai déjà aperçu son bébé au bureau lors de réunions informelles. Elle est séduisante et anxieuse de plaire. Mais pour l'instant, elle meurt de trouille, assise devant ma table.

« Je ne vous tiens pas pour responsable, lui dis-je. C'est moi qui aurais dû vérifier soigneusement tous les documents. Mais il faut que je sache exactement ce qui est arrivé. » J'explique la catastrophe de Vancouver, le document mis en cause.

« Vous n'avez rien à vous reprocher », dit-elle.

Je lui lance un regard qui signifie, merci pour votre absolution, mais maintenant, dites-moi ce qui s'est passé.

« Ça ne faisait pas partie des documents que vous avez vérifiés.

– Et pourquoi pas ?

– Parce qu'on était en train d'effectuer les remises à jour des codes. Les suppléments annuels dans les poches », précise-t-elle. Elle parle des petits cahiers contenant les nouveaux articles, que l'on publie chaque année et glisse dans des poches au dos de chaque volume.

« Nous étions en train de les remplacer. Tous les livres étaient épars dans la bibliothèque. »

Elle parle comme si elle était à la tête de ce projet.

« Qu'est-ce qui s'est passé ?

– Un juriste de Washington a téléphoné, je crois que c'était le Département d'Etat. Il a dit qu'il avait besoin des dispositions de notre code pénal concernant l'extradition pour compléter le dossier avant de l'envoyer au Canada. Il a dit qu'il les lui fallait pour le lendemain. Nous les lui avons faxées. »

Je la regarde d'un air courroucé.

« Ce genre d'appel est censé être communiqué à un avocat, Irene.

– Oh, mais ça a été fait. Vous n'étiez pas là. » (Elle me supplie des yeux, de grosses olives pleines d'innocence.) « Le seul juriste présent était Roland, M. Overroy. C'est lui qui s'en est chargé ».

Je reste assis, comme frappé par la foudre, à la regarder dans un silence de mort. Dans ma tête, je marmonne un mantra, maudissant le sort cruel qui a arraché ce document aux mains capables de Irene Perez.

CHAPITRE 16

« Le Centre mondial des oiseaux de proie. » Voilà un nom surprenant pour une organisation, mais c'est pourtant ce que Nikki a inscrit sur le bout de papier qu'elle me tend, avec un numéro de téléphone et un nom. Elle a récupéré ce renseignement dans le document Pèlerin, tout ce qui reste des dossiers volatilisés de l'ordinateur de Karen Scofield.

« Je pense qu'elle écrivait à ces gens-là », dit-elle.

Nous nous sommes donné rendez-vous à la cafétéria du palais de justice de Capital City à l'heure du déjeuner. Je suis en train de conclure une affaire en suspens à la demande de Harry, ce qui me donne l'occasion de revenir travailler sur cette rive pour la première fois depuis un mois. La sensation est très agréable.

« Ce centre est situé à Boise, dans l'Idaho, précise Nikki. J'ai obtenu le numéro de téléphone par les renseignements. Il est dans l'annuaire. J'ai appelé hier soir et suis tombée sur un répondeur.

– C'est trop, dis-je. Tu devais seulement fouiller dans l'ordinateur.

– Je ne demanderai pas de supplément, dit-elle avec un sourire machiavélique. Maintenant, à toi de jouer. Termine cette affaire. »

Il n'y a pas d'adresse sur son morceau de papier, seulement une boîte postale.

« Quelle quantité de correspondance as-tu réussi à sauver ?

– Seulement des petits bouts par-ci, par-là. Les dossiers sauvegardés étaient incomplets.

– J'aurais bien aimé savoir ce qu'il y avait dans les autres lettres.

– Tu as déjà de la chance d'avoir ça », me dit-elle. Elle lappe délicatement le yaourt contenu dans un petit pot de plastique marqué « Yoplait », enroule la cuiller autour de sa langue. Nous sommes assis dans la cafétéria en pleine affluence de midi, au milieu de la foule qui se presse, cherche une table, une place pour s'asseoir.

« Comment était *Fern Gully* ? » demande-t-elle. Elle se moque de moi. Nikki m'a pris au mot quand j'ai promis de distraire Sarah pendant qu'elle se plongeait dans l'ordinateur. Pour être sûre que je tiendrais mes engagements, elle a apporté une douzaine de livres d'enfants, ceux qui ont des lettres grosses comme des maisons, plus une vidéo-cassette que j'ai passée sur le magnétoscope du bureau. J'ai campé dans mon bureau, avec Sarah lovée sur mes genoux, lisant et regardant la cassette. Elle s'est endormie au bout de deux heures.

Nikki a exhumé ce matin les derniers vestiges des dossiers incomplets.

« J'ai obtenu son nom, et le nom du centre, par une enveloppe qu'elle a rédigée sur l'ordinateur, probablement une étiquette. C'était marqué " William ". Je suppose qu'il s'agit du dénommé " Bill " à qui la lettre était adressée. Tout sort du même dossier. »

Je la regarde.

« Une sacrée prise, non ?

– C'est mieux que rien. »

Je l'admets.

« Bien, je mettrai Dusalt dessus cet après-midi. »

Nikki baisse les yeux sur le journal que j'ai étalé devant moi sur la table et lit à l'envers.

« J'espère que tu n'envisageais pas d'être candidat à une fonction publique », dit-elle avec malice. Elle fait allusion au titre en milieu de page.

BOURDE DU PROCUREUR :
LE SUSPECT EST LIBÉRÉ.

L'article s'étend sur deux grosses colonnes. Une chape de plomb qui m'enserre le cou.

« Rien de plus improbable », dis-je. Je me repens amèrement d'avoir traversé la rivière pour venir à Davenport assurer le relais de Feretti. Nikki et Harry avaient raison. Seul l'orgueil m'empêche de leur donner satisfaction en l'admettant.

« Si ça continue comme ça, je vais reprendre mon nom de jeune fille. » Nikki n'a pas lu « La pissotière de Davenport » qui m'a traîné dans la boue ce matin. Les grands journaux du sud de l'Etat et la radio traitent l'affaire de manière correcte : Iganovich est sous surveillance, on devrait l'arrêter de nouveau dès que les documents requis seront prêts, une simple affaire de secrétariat. C'est ce que nous avons trouvé de mieux comme pirouette en l'état actuel des choses.

Mais ici, c'est une autre affaire. Je suis vilipendé par la presse locale. Le bureau du procureur – moi plus particulièrement – est carrément accusé d'avoir provoqué la relaxe d'André Iganovich. Un journal a cité Emil Johnson ce matin : la remise en liberté d'André Iganovich est « un échec de notre procédure », c'est-à-dire, aux yeux d'Emil, une chose qui n'a rien à voir avec les agences chargées de l'application de la loi, a fortiori la sienne. Emil est un virtuose de la politique. Les électeurs ne le verront pas traîner longtemps à proximité de cet accident de la circulation.

Ingel m'est tombé sur le dos, il m'a littéralement hurlé dessus pendant une heure au téléphone. Il m'annonce que cette faute grossière va me poursuivre jusqu'à la capitale, marquera ma carrière d'une tache indélébile, et qu'Acosta m'attend au tournant. Pour sa part, Ingel menace d'appeler le bureau du procureur général de l'Etat pour demander une enquête approfondie sur les erreurs qui ont provoqué la remise en liberté d'Iganovich, je devrai répondre à des questions précises. « C'est à mes yeux une faute grave », conclut-il en guise d'adieu avant de raccrocher.

Mon regard dérive vers la caisse, le comptoir d'acier inoxydable où se pressent les clients avec leur plateau. Et je vois Lenore Goya. Elle n'a aucune raison de se trouver de ce côté-ci de la rivière. A moins qu'il ne se passe quelque chose d'important. Elle balaie la salle des yeux comme un faisceau de radar. Elle me cherche. J'agite le bras pour attirer son attention. M'ayant repéré, elle se dirige vers notre table.

« Asseyez-vous », lui dis-je.

Elle incline la tête vers Nikki, un sourire chaleureux. Son sac en bandoulière sur une épaule, elle hoche la tête, faisant voltiger les tresses noires qui encadrent son visage.

« Pas le temps, répond-elle, nous sommes dans le pétrin.

– Ça ne peut pourtant pas être pire.

– Ne croyez pas ça. Jacoby vient d'appeler. Les flics canadiens ont perdu Iganovich. Il leur a filé sous le nez. Hier soir. »

Je fonce à toutes jambes chercher ma voiture dans le garage du palais de justice, direction Davenport et ce que je pourrai obtenir comme nouvelles concernant la disparition du Russe au Canada. La cour a accepté d'ajourner ma session de cet après-midi.

Sous le néon pâlot qui éclaire le plafond du bunker en béton, j'aperçois une silhouette à côté de ma voiture. Je m'arrête net. La silhouette se tourne vers moi dans la pénombre. C'est Armando Acosta.

« Mon huissier m'a dit que vous veniez ici.

– Les nouvelles circulent vite.

– Il faut que je vous parle. Je veux savoir ce qui se passe au Canada. Vous êtes un fichu bon à rien. »

Pendant une seconde, je me demande s'il est déjà au courant, s'il sait qu'Iganovich a disparu. Est-il possible que son réseau soit meilleur que le mien ?

« Je suis pressé, dis-je.

– Vous avez tout foutu en l'air. L'extradition. On m'a dit que vous deviez recommencer la procédure complète. Combien de mois ça va prendre ? »

Je le regarde. Il ne sait rien. Pas encore. Il croit qu'au pire, c'est une question de retard administratif. Attendez un peu qu'il découvre que le suspect s'est volatilisé. C'est alors que mes ennuis vont commencer pour de bon.

« Je les avais prévenus », poursuit-il. Il parle d'Ingel et des superviseurs de Davenport, où il a tout fait pour empêcher ma nomination. Je commence à regretter que sa manœuvre ait échoué.

« Je n'ai pas de temps pour ce genre de conversation. »

Je passe devant lui pour atteindre ma porte et tourne la clé dans la serrure. Il m'agrippe par l'épaule. Je me dégage sèchement. En cet instant précis, nous sommes plus que jamais au bord d'en venir aux mains. Nous nous dévisageons intensément, du métal en fusion. Il retire sa main de mon épaule mais ses yeux sont deux braises incandescentes. Ce n'est pas l'inquiétude que lui cause sa sœur qui préoccupe la Noix de coco. C'est que je ne me sois pas prosterné devant son autorité.

« Je vous avais prévenu, lance-t-il en agitant son index à deux centimètres de mon visage, que si vous vous plantiez, j'aurais votre peau. »

Je suis assis à mon volant, porte close, moteur en marche. Il s'encadre dans ma fenêtre, que j'ai ouverte pour voir ce que je fais, pour éviter de l'écraser contre la voiture voisine. Et pourtant, ce n'est pas l'envie qui m'en manque.

Je commence à rouler. Ses mains se cramponnent en haut de la vitre.

« Je vais de ce pas chez le procureur général, annonce-t-il. Déposer une plainte en bonne et due forme. Je demanderai une enquête sur votre comportement. Le procureur général aurait dû être informé de cette affaire depuis le début. Ils vont vous tomber dessus. Vous m'entendez ? Vous tomber dessus. » Il se met à hurler quand je fais marche arrière et sors de mon emplacement. Je manœuvre comme s'il n'existait pas.

En longeant une rangée de voitures pour gagner la sortie, je continue à entendre sa voix solitaire qui a perdu toute prétention d'accent britannique, dépouillée de son élégance et de sa précision. Il crache son venin dans le dos de ma voiture et l'écho se répercute sur le plafond de ciment.

« Le procureur général, vous m'entendez, espèce de connard ? Vous allez avoir des nouvelles du procureur général. »

Lenore, Claude et moi nous trouvons dans le bureau d'Emil Johnson. Le haut-parleur du téléphone est branché. J'ai demandé à Harry de me remplacer à l'audience cet après-midi. Emil me lance des regards noirs de son fauteuil, prélude au pire encore à venir, je le sens.

Ses pieds sont posés en plein milieu de sa table, chaussés de bottes à bout d'argent pointu, telles deux chaloupes canonnières en peau de serpent.

Denny Henderson nous raconte de Vancouver les détails de la disparition d'Iganovich.

« C'était très tôt de matin, dit-il. A environ quatre heures. Il a filé entre les doigts des deux flics postés devant l'entrée de son motel. » A l'autre bout de la ligne, la voix d'Henderson donne l'impression d'être acheminée par un tuyau en caoutchouc.

« On pense qu'il a reçu de l'aide », poursuit Henderson.

Entendant ça, Emil se redresse.

« On l'aurait aidé à s'échapper ? demande-t-il.

– Ouais.

– Quel genre d'aide ?

– On pense qu'ils étaient deux. Les flics d'ici ne savent absolument pas qui ça pouvait être, mais l'un d'eux a provoqué une diversion, un incendie dans une poubelle en bas de la rue, ça a fait une grande flamme, explique Henderson. La police a cru que c'était un immeuble qui prenait feu. Ils ont quitté leur poste pendant deux minutes pour voir ce qui se passait. Lorsqu'ils sont revenus, tout paraissait normal. Au petit matin, ils ont constaté qu'Iganovich n'était plus là. L'employé de la réception dit qu'il l'a vu partir en compagnie de deux hommes dans un coupé dernier cri.

– Super, dit Emil. Ils auraient mieux fait d'engager le gars de la réception pour effectuer leur surveillance. Lui, au moins, voit ce qui se passe. Ne bougez pas d'où vous êtes. Et rappelez-nous dès que vous avez du nouveau. »

Emil enfonce une touche de son téléphone. Le haut-parleur se tait.

« Nom d'un chien », dit-il. Il s'est assis normalement, les pieds par terre et l'estomac contre le bureau. « En tout cas, ça explique l'histoire des Scofield. »

– Hum, dit Claude en le regardant. Comment ça ?

– Ils étaient trois. Le Russe a tué les gosses, ces deux-là ont fait les Scofield.

Dans l'esprit d'Emil, le paquet est bien emballé, comme ça. Je le soupçonne de vouloir le servir sur un plateau à la presse avant que les Canadiens n'annoncent la fuite d'Iganovich. Je lui demande :

« Mais pourquoi ? Quel serait le mobile ?

– Ils sont raides dingues. Vous avez vu les corps, non ? Alors dites-moi, est-ce que ça vous paraît avoir été fait par des gens sains d'esprit, capables de raisonner ? »

Lenore repousse l'argument. « S'ils opéraient ensemble, pourquoi n'avons-nous trouvé aucun indice chez le Russe, ou dans la camionnette ? Les experts auraient relevé des cheveux, des empreintes, quelque chose. Et s'ils opéraient ensemble, pourquoi les Scofield ont-ils été attachés avec une corde différente, pourquoi les piquets n'étaient-ils pas affûtés ? »

Emil répond par un ricanement, comme pour lui signifier que si elle veut entrer dans le club et jouer avec les garçons, le moins qu'elle puisse faire est de soutenir ses théories.

Mais Goya apprend vite. Aussitôt à bord de notre galère, elle a digéré en un jour tous les rapports concernant les preuves. Elle est maintenant en mesure de recracher la totalité des faits à Johnson avec la précision d'un ordinateur.

Emil aimerait bien balayer tout ça dans un coin, écarter ces petits détails oiseux. Mais Lenore a raison. Il se passe autre chose en ce moment.

« Eh bien, qu'est-ce qu'on fout, maintenant ? demande Emil.

– On attend, dis-je.

– Quoi ?

– De voir ce que les Canadiens ont à nous raconter.

– Pour vous, pas de problème, dit-il, mais certains d'entre nous doivent penser à leur réélection, dans ce comté. (Il a mis l'accent sur le mot " réélection ".)

– Pas dans les deux jours qui viennent.

– Le public est inconstant. Il a tendance à ne pas oublier ce genre d'histoire. » Pour peu que le candidat de l'opposition lui rafraîchisse la mémoire, veut-il dire. Emil aimerait bien donner un tour favorable aux événements avant que les morceaux du désastre ne prennent comme du ciment dans l'inconscient collectif.

« Que se passera-t-il si vous courez voir les journalistes et que les Canadiens le reprennent le lendemain ? Vous auriez l'air fin ! dis-je.

– N'empêche, ils ont tout fichu en l'air. Il s'est défilé malgré leur surveillance. Je ne vais quand même pas attendre qu'ils rappellent à la presse que si ce type se promenait en liberté, c'est uniquement parce que votre service a commis une bourde.

– J'ai un autre " Et si... ", dit alors Claude.

– Ouais ? » Emil attend cette ultime intervention.

« Et s'il commet un nouveau meurtre, là-bas ? »

Là, Emil écarquille les yeux. Il n'avait pas envisagé ce scénario. « Nom d'une pipe ! s'exclame-t-il. On organise une conférence de presse immédiatement et on prend les choses en main. »

Le mandat d'arrêt et la note diplomatique sont arrivés au Canada et ça commence à chauffer vraiment du côté des politiciens. Claude et moi avons réussi à convaincre Emil Johnson de renoncer pendant au moins vingt-quatre heures à toute communication officielle, à son projet de conférence de presse. Si les Canadiens n'ont pas retrouvé Iganovich d'ici là, nous ne serons plus en mesure de maintenir le couvercle sur la cocotte-minute.

Pour l'instant, je règle des problèmes plus bassement ménagers, Roland Overroy et son incompétence.

« Ç'aurait pu arriver à n'importe qui », avance-t-il.

Voilà ce que Roland trouve comme excuse pour avoir provoqué la remise en liberté d'André Iganovich, son incapacité à vérifier les pochettes de mises à jour de la loi en vigueur, la disposition pénale applicable à cette affaire.

Il est près de six heures et ce sera ma dernière tâche de la journée. J'ai demandé à Roland de rester après l'heure habituelle pour avoir cet entretien. J'ai attendu que la plupart des employés soient partis chez eux. Overroy a été convoqué dans mon bureau pour répondre de son intervention dans les meurtres de Putah Creek.

« Qu'est-ce que vous espérez ? Avec des conditions de travail pareilles. Je suis submergé de dossiers. Vous m'avez relégué dans un placard au bout du couloir et vous attendez de moi que je sois performant. Vous auriez au moins pu demander à Lenore de continuer à s'occuper de certaines de ses affaires. »

Je lui rappelle que l'erreur capitale qu'il a commise l'a été avant qu'il ne reprenne le travail de Lenore, du temps où il avait assez de loisirs pour sortir son bateau l'après-midi.

Il fait mine de ne rien entendre.

« Vous saviez que je travaillais sur ces affaires. Pourquoi ne m'avez-vous pas averti du coup de téléphone de Washington ? »

Je pose cette question d'un ton mesuré, en m'efforçant de maîtriser l'antipathie spontanée que cet homme suscite en moi.

« Parce que je m'en étais déjà occupé », répond-il. Il dit ça avec désinvolture, comme si la question ne méritait pas qu'on s'y arrête. Sa façon de s'en occuper était de communiquer le texte d'une loi abrogée depuis neuf ans. Je secoue la tête.

Je me suis demandé si cette bourde relevait davantage du calcul que de la négligence, si cela pouvait être, dans l'esprit de Roland, un moyen de me nuire. Il est tellement nul qu'avant, je repoussais ce genre de soupçons. Mais maintenant, je commence à me poser des questions sur les articles parus dans la presse, la révélation de nos théories concernant un deuxième tueur qui imiterait la façon de procéder du premier. De telles révélations ne seraient pas au-dessus des compétences d'Overroy, à mon avis. Car il s'est lancé dans une sainte croisade, la reconquête de son orgueil et de son pouvoir.

Je lui confie maintenant que certaines personnes commencent à faire du bruit, à exiger une enquête du procureur général de l'Etat. Cela ne semble pas l'inquiéter outre mesure, comme si dans ce service, la responsabilité s'arrêtait à mon niveau. Je suis persuadé que Roland saurait opposer une douzaine de réponses tordues à n'importe quel interrogatoire serré, visant chacune à faire rejaillir le blâme sur moi.

Pour ma part, je le virerais volontiers sur-le-champ, mais la Commission disciplinaire du Service public ne le permettrait jamais. Ils aiment les punitions graduelles, attendent qu'il y ait eu un million d'erreurs, reproduite chacune douze fois par écrit, avec des réunions pour expliquer au coupable où il s'est trompé, et des avertissements qui durent des siècles. La procédure est tellement tatillonne, elle prend si longtemps que Roland et des centaines d'individus de même acabit ont eu le loisir de creuser des sillons d'incompétence, comme des médailles de courage, sur les bras de leur fauteuil de bureau. Repérer chacune des erreurs qu'il commet en une seule journée occuperait tout mon temps. Ainsi a-t-il survécu à cinq procureurs sur une période de presque trente ans.

« Si vous avez des reproches à faire, faites-les à la jeunette. »

Je le regarde, interrogateur.

« Perez, explique-t-il. C'était son travail de replacer les mises à jour dans les pochettes au dos des livres. Elle n'est pas foutue de s'occuper de ses affaires. Vous devriez lui botter les fesses. »

C'est là un des traits les plus typiques de Roland, faire porter le chapeau aux autres.

Le téléphone sonne sur mon bureau. La ligne extérieure. Je décroche. C'est Claude qui appelle de la prison du comté.

Je surveille Overroy du coin de l'œil tout en écoutant Dusalt. Roland commence à prendre des airs furieux, je le vois arborer avec effort une expression de colère. J'ai entendu dire par les autres que, si nécessaire, il se mettait volontiers à hurler sur commande lorsqu'il se trouvait avec Feretti. Quand c'était fini, ils enterraient la hache de guerre et oubliaient tout ça, et Roland continuait son manège comme par le passé.

J'écoute ce que Claude me dit avec le plus grand intérêt. Overroy essaie de lire sur mes traits, de capter le ragot savoureux qui circule par voie téléphonique. J'arbore un visage de marbre pour lui en ôter tout espoir.

« Je serai là dans cinq minutes », dis-je, et je raccroche.

Roland ne perd pas une seconde. J'ai à peine reposé le récepteur qu'il parle déjà. « La prochaine fois que quelqu'un demande quelque chose en urgence, je l'ignorerai », affirme-t-il. C'est sa première flèche.

« C'est une promesse ? »

Cela le fait monter un peu plus haut.

« Vous vous êtes conduit comme un salaud depuis votre arrivée. » Quelques insultes pour entretenir le feu. « Vous aviez peur que j'obtienne le poste de Feretti. Dès le premier jour, vous n'avez cessé de me harceler. Vous me donnez les missions humiliantes, vous prenez une avocate sans expérience auprès de vous et la laissez traiter les affaires importantes. Au point que je me demande si entre vous et... » Il se mord la langue avant d'avoir fini sa phrase. Ses petites cellules grises font leur chemin en bouillonnant. Si Goya l'accusait d'avoir essayé d'obtenir ses faveurs en échange d'un éventuel avancement, il y aurait matière à plainte pour harcèlement sexuel. Il le sait très bien. Elle pourrait obtenir sa peau d'un tribunal fédéral sur la base de l'Article VII, et ce avant même qu'il ait pu tourner les talons. Toute cette histoire le ronge, que Goya soit maintenant en lice pour son ancien poste. Dans l'esprit de Roland, l'important n'est pas tant qu'il réussisse en ne faisant virtuellement aucun effort, mais surtout que les carrières de ceux qui l'entourent tombent en morceaux.

« Que voulez-vous que je vous dise, Roland ? Vous aimeriez que j'exprime une évaluation sincère de vos capacités ? Cela ne va pas vous plaire. Mais si c'est ce que vous souhaitez, dis-je en haussant les épaules, très bien, allons-y. Vous n'êtes pas un très bon juriste. Sur une échelle de un à dix, je vous accorderais deux. Vous êtes paresseux et incompétent. Vous manquez d'initiative... » Je lève les yeux au plafond, comme si j'énonçais une liste préparée à l'avance. « Et je dois avouer que dans l'ensemble, vous êtes une vraie plaie. Est-ce suffisamment clair pour vous ? Maintenant que nous en avons terminé, je vais coucher tout ça par écrit dans une note que vous pourrez classer dans votre dossier personnel. Là, vous êtes content ? »

Il me regarde de ses petits yeux furibards.

« Vous êtes un connard, déclare-t-il. Un connard intégral.

– Oui, et je ne vais pas vous lâcher d'une semelle. Aussi dois-je vous donner un conseil : ouvrez les yeux, grattez une allumette et regardez bien où vous mettez les pieds, ne prenez pas n'importe quelle direction. »

Ma voix reste posée, je ne dépasse pas le ton de la conversation. Avant qu'il ait pu ouvrir la bouche, je conclus :

« Sortez d'ici. Vous aurez ma note dans la matinée. »

La session est terminée.

Il fait une sortie théâtrale, comme un acteur qui en rajoute. Il claque violemment ma porte, manquant briser la vitre.

J'attends que le bruit de ses pas s'estompe du côté de la porte d'entrée. Puis j'attrape mon manteau et m'apprête à retrouver Claude à la prison du comté. Si Iganovich avait commis un nouveau meurtre au Canada à cause de cette erreur, je me serais acharné sur Overroy pour qu'il soit mis sur-le-champ en retraite anticipée. Vu la situation, j'ai l'impression que le destin lui a fait un grand cadeau aujourd'hui. L'appel de Claude Dusalt était bref et précis. André Iganovich a été conduit à la prison du comté de Davenport, enchaîné et les menottes aux poignets, il y a de cela quarante minutes.

Ils ressemblent à Hawkeye et Chingachgook [1] mais en plus basané et moins élancé. Benny Sanchez et son frère présentent crânement leur profil aux photographes de presse qui grouillent autour d'eux, cherchant à les saisir dans une posture intéressante qui fera la une des éditions de demain. Les équipes de télévision arrivent à leur tour et préparent les éclairages.

Je les regarde par la fenêtre d'observation munie de vitres spéciales d'une petite pièce réquisitionnée par Claude à l'intérieur de la prison. Les frères Sanchez se pavanent dans le parloir, racontant aux reporters comment ils ont escamoté André Iganovich de sa chambre de motel à

1. Personnages apparaissant dans *Le Tueur de daims* et *Le Dernier des Mohicans*, romans de James Fenimore Cooper. *(N.d.T.)*

la barbe de la police canadienne, et lui ont fait traverser une frontière internationale tandis que de part et d'autre, les autorités lançaient le branle-bas de combat pour retrouver le fugitif. Le moment est mal venu d'appliquer la loi par la force.

Claude m'avoue qu'Emil est embêté. Il ne sait pas très bien ce qu'il doit faire de ces deux hommes, s'il faut les arrêter pour enlèvement ou leur décerner une médaille.

« Vingt mille dollars », dit Claude. C'est la somme que le Dr Park a remise aux deux hommes pour surveiller le Russe pendant toute l'audience d'extradition, dans le fragile espoir qu'ils auraient une chance de l'enlever et de le ramener ici.

« J'ai interrogé Park, me dit-il. Je l'ai fait garder dans une pièce à l'écart au cas où vous voudriez lui parler. » Il me raconte que Park est maintenant un homme brisé. Il est prêt à passer en prison le temps qu'il faudra pour le crime qu'il a commis. A en croire Claude, Park avait terriblement peur que nous nous engagions par écrit à ne pas appliquer la peine de mort.

« Rien ne lui garantissait que nous allions tenir bon, a-t-il dit. Aussi a-t-il pris les choses en main. Vous voulez lui parler ?

– Non. Le mal est fait.

– Vous voulez l'inculper de quelque chose ?

– Pas exactement. Sur ce point, j'ai les mêmes doutes qu'Emil. Si Park était inculpé et traduit en justice, n'importe quel jury sensé lui décernerait le prix Nobel, dis-je. Au fait, Jacoby est au courant ?

– S'il avait pu m'arracher les yeux... dit Claude. Il paraît que les autorités d'Ottawa sont " outrées " – c'est son expression. J'ai dû jurer sur mon sang que nous n'étions pas dans le coup. J'ai l'impression qu'il n'en a pas cru un mot. Il m'annonce qu'ils s'apprêtent à rédiger une note de protestation formelle à l'intention de Washington, exigeant la restitution du suspect pour procéder légalement à l'extradition. Il veut savoir si nous serons d'accord. »

Il y a quelques années, pareille note aurait scellé notre sort. Iganovich aurait été renvoyé au Canada pour y être proprement extradé. Un tribunal fédéral aurait suspendu notre procédure de mise en accusation en attendant l'extradition. Mais la Cour Suprême a mis un terme à tout ça.

Dans une affaire impliquant un médecin mexicain et le meurtre accompagné de torture d'un agent de la brigade des stupéfiants, la Cour Suprême a reconnu l'enlèvement comme moyen légal d'amener un coupable fugitif devant les tribunaux américains.

Claude regarde par-dessus mon épaule. « Emil est arrivé. »

Je me retourne. Johnson est en tenue des grands jours, insignes rutilants, pistolet de chrome étincelant à la hanche, chaussures qui n'avaient pas été sorties depuis la dernière parade.

Il valse comme s'il était en train d'effectuer sa tournée habituelle du soir, juste pour s'assurer que tout va bien chez les ivrognes en cabane. A demi engagé dans l'entrée principale, il sourit avec un étonnement feint. Quelle coïncidence, la presse est là ! De notre poste d'observation, la scène revêt toute la fourberie d'un film muet. Il affiche un large sourire, d'une oreille à l'autre, à l'intention des caméras. Il serre la main aux deux Sanchez, tapes dans le dos et félicitations. Il se faufile entre les deux frères plus petits que lui et les prend par les épaules. Le trio pose ainsi, toutes dents dehors, pour les photos qui paraîtront dans le journal du matin. Les deux frères ont l'air de ne pas avoir dormi depuis trois jours, chemises froissées et pantalons sales, crasse sur le visage comme du métal aimanté. A côté d'Emil, on dirait des cousins pauvres de Pancho Villa étouffés par l'étreinte de George Patton.

Je ne peux rien entendre mais je vois Emil repousser les questions, les mots « pas de commentaires » se dessiner sur ses lèvres en même temps qu'un sourire forcé.

Il s'écarte de la foule et se rapproche de la porte qui donne sur notre petite pièce. Claude appuie sur un bouton et la serrure grésille.

Des bruits s'engouffrent par la porte ouverte, une fusillade de questions provenant de la pièce voisine. « J'en aurai plus à vous dire demain », leur lance Emil en guise d'adieu. « A demain. » Il franchit le seuil et referme la porte derrière lui avec une fermeté en acier cémenté, reléguant le vacarme dans l'autre pièce. Aussitôt, le sourire quitte ses lèvres.

« Putains de latinos, dit-il. Je devrais les jeter en taule, les passer à la douche et leur vaporiser du DDT dans le cul. » Il s'adresse à Claude mais son regard s'attarde sur la porte fermée, comme si les Sanchez étaient encore devant lui.

C'est alors qu'il se retourne et me voit.

« Bonjour, maître. » Il marque une légère pause pour reprendre ses esprits. Il ne s'attendait pas à me trouver là.

« Ils nous ont mis dans un drôle de merdier, dit-il. Les journaux veulent savoir si nous sommes dans le coup pour cette petite excursion. Autant demander si je bats toujours ma femme. D'une manière ou d'une autre, je suis cuit. Si je dis qu'on n'avait rien à voir avec ça, nous passons pour une bande de crétins. Si je dis que ça s'est passé avec notre absolution, Park et les Sanchez peuvent me traiter de menteur. Et là, on aura l'air encore plus cons. »

Déchiré par ce dilemme, il hoche la tête.

« Que feriez-vous, maître ?

– Je trouve que vous vous en êtes bien tiré. »

Ça le ragaillardit.

« Nous sommes en plein dans un pataquès international, poursuis-je. Le mieux est d'en dire le moins possible pour l'instant. Inutile de nous mettre nos voisins du Nord à dos, et le Département d'Etat. »

Bien que ni les uns ni les autres ne soient en mesure de voter pour lui aux prochaines élections, Emil a l'air, momentanément du moins, d'accepter cette suggestion. Il enlève son képi et essuie de la paume le ruban intérieur couvert de sueur.

« Nous allons pouvoir engager les poursuites contre lui ? » me demande-t-il.

J'acquiesce de la tête.

« Pour crime capital ? » Il veut dire, pouvons-nous invoquer la peine de mort ?

« Oui.

– Alors, la situation n'est peut-être pas si mauvaise.

– Les Canadiens vont faire un raffut du diable. Il va y avoir des gros titres dans les journaux.

– Qu'ils aillent se faire foutre. » C'est la doctrine de Truman revue et corrigée par Emil.

« Dieu nous vienne en aide, intervient Claude, la prochaine fois qu'un fugitif passera leur frontière.

– Du moment qu'il ne vient pas de notre comté... » dit Emil.

Dusalt me regarde.

« Vous allez devoir appeler Jacoby ce matin pour lui dire que nous refusons de rendre le suspect.

– Absolument », conclut Emil.

CHAPITRE 17

Lester Osgood est un juge d'aptitudes limitées. S'il n'était pas le roi, il aurait la vie dure dans n'importe quel contexte. Mais ce matin, Adrian Chambers et moi-même sommes réunis devant lui dans son royaume temporaire, un salle d'audience crasseuse du sous-sol de la prison du comté.

Ce lieu sert de tribunal de dernier ressort pour les affaires de haute sécurité du comté. Nous sommes ici pour la mise en accusation d'André Iganovich.

Le Russe est assis, enchaîné à sa chaise métallique qui elle-même est vissée au sol. Il est vêtu d'un maillot carcéral orange avec le mot « Prisonnier » imprimé dans le dos en lettres de vingt centimètres de haut. On lui a passé les menottes, il est enchaîné à la taille et porte des anneaux aux chevilles. Quand il marche, il fait le même bruit que le renne du Père Noël. Deux gardiens costauds l'encadrent.

Chambers est assis derrière une petite table, à côté de son client. Entre eux, une interprète désignée par le tribunal, une femme qui se mettra à chuchoter des choses dans l'oreille de l'accusé dès le début de la séance.

Il y a un troupeau de journalistes de la presse écrite et de la télévision avec nous ; les caméras attendent dehors, dans le couloir. Cela confère une atmosphère de cirque à la séance.

Osgood déplace des papiers sur sa table. Il est pressé, parle d'une audience à huit heures trente au tribunal. Il abat son maillet sur la surface métallique de la table et une centaine de conversations s'interrompent en milieu de phrase.

« Maître Chambers, votre client est-il prêt ? »

Je me tiens seul, un peu en retrait sur le côté, assez loin pour ne pas surprendre les confidences que Chambers et le Russe pourraient échanger en chuchotant.

« Nous sommes prêts, monsieur le Juge. »

Osgood me regarde.

« Le ministère public est prêt, dis-je.

– Vous avez une copie de l'acte d'accusation, Maître Chambers ? »

Arnold la tient en l'air pour montrer qu'il a reçu les documents de mise en accusation concernant cette affaire.

– Pouvons-nous renoncer à la formalité de lecture ? » demande le juge.

Chambers y consent. Cela signifie qu'Osgood peut se dispenser de la lecture pesante et détaillée de chaque mot contenu dans l'acte d'accusation du ministère public. Il va se contenter d'évoquer les points les plus importants en langage profane.

« Monsieur Iganovich. »

Le Russe lève les yeux vers le juge. Il n'a pas l'air troublé outre mesure par les circonstances. Je dirais même, il semble moins inquiet que Chambers.

« Vous êtes André Iganovich ? »

L'interprète se penche vers son oreille. Pause.

« Da.

– Oui, traduit l'interprète.

– Vous a-t-on déjà donné un autre nom ? »

Derechef, intervention de l'interprète. Regard noir de l'accusé et soudain, une lueur dans ses yeux.

« Quelquefois, m'appellent truc de pute », dit-il. Un sourire. Quelques rires du côté des journalistes. Osgood le considère avec sévérité.

Il intime à Iganovich de s'exprimer dans sa langue maternelle, de laisser tomber son anglais massacré et de renoncer aux effets comiques. « C'est préférable pour le procès-verbal », ajoute-t-il.

« Bien, je repose la question. Vous a-t-on déjà donné un autre nom ? »

Iganovich lui adresse un sourire racoleur, puis un clin d'œil, chose qui dans certains pays pourrait être interprétée comme une manœuvre de séduction d'homme à homme. Il ne paraît absolument pas intimidé par l'attitude d'Osgood. Je me dis qu'il a dû affronter des interrogatoires autrement plus inquiétants dans son pays d'origine.

Après intervention de l'interprète : « Nyet », suivi du « Non » de l'interprète. Il n'a pas d'autre nom, du moins à l'en croire.

« André Iganovich, vous êtes accusé de quatre assassinats. » Osgood lit les dates des crimes, les noms des victimes – Julie Park et Jonathan Snider, Sharon Collins et Rodney Slate –, quatre étudiants.

« Comprenez-vous les charges retenues contre vous ? »

Une brève conférence avec l'interprète qui navigue entre Chambers et Iganovich.

« Da », dit Iganovich. C'est la dernière chose que j'arrive à comprendre. Et soudain, c'est un staccato de propos inintelligibles, d'expressions animées, il secoue la tête, lève ses mains entravées pour rejeter ces calomnies. Pendant la dernière partie de cette pantomime, il ne cesse de glisser vers moi des petits regards venimeux. Et quand il a terminé, il crache par terre, dans ma direction.

« Ça suffit, dit Osgood.

– Oui. Euh... euh. » L'interprète essaie de gagner du temps, de rattraper le flot de paroles exubérantes avant de traduire.

« Oui, je comprends, dit-elle. Mais ce n'est pas... euh. Je n'ai pas fait ça. Je n'ai tué personne. Ce sont des mensonges pervers. » Elle cherche le mot juste. « Des ordures... » finit-elle par les appeler. J'ai dans l'idée qu'il a utilisé un mot plus fort, qu'elle se permet de le sous-traduire. « Ce qu'ils disent, ce que cet homme dit n'est pas vrai. C'est un menteur, euh... »

« Cet homme » doit être moi, j'imagine.

L'interprète déglutit, cherche un qualificatif acceptable. « Un foutu menteur. » Et tant pis pour la licence. Elle fait l'impasse sur l'expectoration, se contentant de regarder le crachat qui dessine un œuf vert dans une flaque sur le sol cimenté. Il y a des limites, semble-t-il, à la traduction littérale.

« Monsieur Iganovich, je ne tolérerai pas de grossièretés à mon tribunal. Nous sommes ici pour établir la vérité concernant ces questions. Soyez rassuré, vous aurez un procès équitable. » C'est une véritable source de paroles calmantes, l'image même de l'autorité paternelle, drapée de noir et de dignité.

Iganovich le regarde avec concupiscence, risque un autre sourire racoleur. J'ai l'impression que l'accusé a un faible pour les hommes de pouvoir. Il aimerait coincer Osgood seul dans cette salle, penché sur sa table, sa robe relevée jusqu'à la taille. La moitié – sinon plus – des avocats du barreau de ce comté seraient d'accord pour lui en fournir l'occasion, si c'était possible.

Osgood informe l'accusé de la panoplie de moyens de défense prévus par la loi – non coupable, coupable, non coupable pour cause d'aliénation mentale, nolo contendere. Il demande à Iganovich s'il a discuté avec son avocat de la défense que celui-ci invoquerait.

L'interprète nous apprend que oui. Avant qu'elle ait terminé sa phrase, il lance : « Non coupable. » Il promène un regard arrogant autour de lui, un air satisfait qui marque bien qu'il suffit, ceci est son dernier mot, il n'a plus rien à dire sur ce sujet. Puis il me voit et m'adresse une sorte de rictus qui fait penser à une clôture avec un poteau cassé, une carte édentée de l'Ancien Monde. Ses yeux annoncent un tout autre message : il prend mes mesures pour me faire tailler un cercueil.

Nikki adorerait ça. La mise en accusation, et aussitôt je reçois des menaces de mort par télépathie. C'est l'une des raisons pour lesquelles, il y a douze ans, elle m'a convaincu de quitter mon poste au bureau du procureur de Capital City, cette peur que l'un de mes « clients » finisse par obtenir mon adresse personnelle et passe carrément à l'action au lieu de s'en tenir à ce qui, avec le temps, ne représentait plus à mes yeux que des menaces sans importance.

« Votre client est-il prêt à présenter ses moyens de défense, Maître Chambers ?

– Il est prêt, monsieur le Juge. »

Très bien. Osgood expose à l'accusé la liste des chefs d'accusation. Pour chaque accusation d'assassinat au premier degré (avec circonstances aggravantes), l'interprète déclare « non coupable » après avoir écouté Iganovich massacrer le terme en anglais charabia. Il n'a pas tenu compte de la remontrance du juge, et celui-ci a renoncé.

« Maître Chambers, est-ce que pour chaque chef d'accusation, vous confirmez le moyen de défense adopté par votre client ?

– Oui, monsieur le Juge.

– Avez-vous eu l'occasion de parler de dates éventuelles pour une audience préliminaire ? » Cette question s'adresse à Chambers et à moi.

« Non, monsieur le Juge, dis-je.

– Monsieur le Juge, avant d'aborder la question d'une audience préliminaire, l'accusé aimerait maintenant présenter une demande de libération sous caution », dit Chambers. Il barre au fur et à mesure les éléments d'une liste sur son bloc-notes. Je vois plusieurs choses inscrites en dessous de celle qu'il vient juste de rayer.

Osgood me regarde. Il a l'air quelque peu surpris, mais ce n'est rien à côté de moi. Chambers ne peut pas parler sérieusement. Voilà un suspect qui s'est enfui au Canada, puis s'est planqué derrière la muraille de Chine qu'est l'extradition, et il nous demande de le relâcher dans les rues ! Je me demande d'ailleurs lequel serait le plus dangereux à ce stade, d'Iganovich qui pourrait se remettre à tuer, ou de Kim Park, qui lancerait un tueur sur les traces de l'accusé dans l'heure suivant sa mise en liberté, à condition qu'il l'obtienne.

« Monsieur le Juge, nous nous opposons à l'idée même de liberté sous caution », dis-je. Je souris largement, comme si tout ça n'était qu'une vaste plaisanterie. J'invoque les difficultés en présence, le fait que le suspect est un risque vivant pour la sécurité publique, et de surcroît un homme marqué au sein d'une ville au bord de l'hystérie.

« Il n'est pas un risque pour la sécurité publique tant qu'il n'a pas été condamné, s'il est condamné, dit Chambers. Il existe dans ce pays une présomption d'innocence. J'aurais pensé que M. Madriani, qui plaidait il n'y a pas si longtemps encore à la barre de la défense, serait le dernier à l'oublier. »

Il me voit lancer un petit sourire narquois dans sa direction.

« Je suis ravi que M. Madriani trouve ici matière à s'amuser, dit-il, mais il serait peut-être plus facile pour lui de trouver un terrain d'entente sur cette question.

– Il n'y a pas un article quelque part dans le code ? » demande Osgood, feuilletant fébrilement le livre posé sur sa table.

Voilà un Etat qui a prévu une loi pour chaque cas de figure, et nous avons un juge qui les ignore toutes. Comme la plupart des magistrats des comtés ruraux de cet Etat, Osgood était un avocat médiocre doué d'un bon instinct politique, l'un des trois juges du tribunal d'instance du comté. Lors des réunions du barreau local, il se considère comme le haut du pavé, adressant tout juste la parole à ceux qui ne sont pas ses pairs dans la société, à savoir tous les individus qui n'ont pas au minimum atteint le niveau du tribunal d'instance. Il n'y a pas la moindre chance qu'il relâche cet accusé contre une caution. Il ignore peut-être la loi, mais il maîtrise parfaitement les théorèmes politiques d'un petit comté. Et il le niera, même s'il doit fonder sa décision sur cette doctrine favorite des collégiens : pas de pot.

Je conseille à Osgood de regarder dans l'article mille deux cent soixante-huit du code pénal.

Ses pouces s'affairent sur la bible des magistrats.

« Dans les cas de crime capital, dis-je, où la preuve est évidente et la présomption forte, l'accusé ne peut pas être libéré sous caution. Notre argumentation est que nous nous trouvons dans un tel cas, monsieur le Juge.

– Là ! s'exclame Osgood. Je savais bien qu'il y avait une loi. » Comme s'il méritait des félicitations pour avoir identifié la question. Osgood considère chaque nouvelle journée au tribunal comme un examen d'entrée au barreau, avec les avocats pour lui souffler les réponses.

« Mais la preuve n'est pas évidente, affirme Chambers. Et il n'y a certainement pas de forte présomption de culpabilité. »

Osgood me regarde d'un air qui signifie : « Il ne s'attend manifestement pas à ce que j'applique cet article aux faits. » On peut discerner quelques signes de panique dans ses yeux, genre, comment va-t-on s'en sortir ?

J'essaie de le calmer. « Le problème n'est pas insoluble, monsieur le Juge. La question de savoir si la preuve est évidente ou si la présomption est forte revient à voir s'il existe *une* preuve suffisante pour qualifier le crime de capital. »

Je lui expose lentement, en détail, la description des piquets et de la corde découverts dans la camionnette de l'accusé, de la serviette couverte de sang qui se trouvait sur le siège avant. Plus le fait que les experts ont lié ces éléments aux quatre meurtres.

Lorsque j'ai terminé, Osgood est entièrement gagné à ma démonstration. Il secoue la tête d'un air entendu, comme si tout ceci était évident depuis le début, c'est un juge qui a pris sa décision.

« Maître Chambers, le procureur avance un argument fort déterminant. Je pense que l'article devrait s'appliquer à ce cas. »

Chambers s'est levé d'un bond, il ouvre la bouche pour parler.

La main d'Osgood l'en empêche, comme un bon agent de la circulation. Il ne veut rien entendre qui risque de mollir sa détermination. Si c'était possible, il se boucherait les oreilles en fredonnant quelque chose.

« Même si j'avais l'intention de libérer votre client... (il regarde les journalistes amassés devant lui, qui commencent à avoir des crampes dans les mains), ce qui n'est pas le cas. » Ces derniers mots, il les a proférés avec une sévérité convaincue, les mâchoires serrées à la Richard Nixon, en secouant la tête pour souligner son propos. « La loi est claire. Je ne peux pas libérer votre client sous caution. La requête est rejetée. »

Chambers se rassoit, parle à son client, une conversation à voix basse relayée par l'interprète. Iganovich, qui voudrait parler avec ses mains, rencontre un autre obstacle que la langue étrangère : les menottes et la chaîne à sa taille l'empêchent de s'exprimer.

« Où en étions-nous ? demande Osgood.

– A la date de l'audience préliminaire, réponds-je.

– Ah, oui. » Il regarde Chambers.

« Combien de temps faudra-t-il à la défense, selon vous ? »

Chambers, qui continue de parler à Iganovich, ne l'entend pas.

« Excusez-moi, maître Chambers, si cela ne vous dérange pas. »

Chambers regarde enfin le juge.

« Combien de temps vous faut-il pour l'audience préliminaire ? Nous essayons de fixer une date.

– C'est purement théorique, dit Chambers.

– Pas si vous voulez avoir une date pour l'audience préliminaire, dit Osgood.

– Nous en avons une. »

Osgood commence franchement à s'énerver. Il ne connaît peut-être pas la loi, mais il connaît assurément le protocole à respecter dans son propre tribunal. Se faire ainsi traiter par un avocat est inacceptable.

« Maître, reprend-il, nous essayons de fixer une date pour une audience préliminaire. Si vous n'êtes pas en mesure de nous aider, j'estimerai que votre affaire ne demande pas plus de... (il réfléchit un instant) deux jours. » Voilà ce qu'il en coûte, de déconner avec un juge. « En conséquence, nous fixerons l'audience au...

– L'audience préliminaire doit se tenir dans dix jours, déclare Chambers. L'accusé renonce à demander un délai. »

Dans son fauteuil de juge, Osgood dégage de la fumée. On dirait que la foudre vient de le frapper. Il regarde Chambers comme s'il n'était pas sûr d'avoir bien entendu.

« Monsieur le Juge, dis-je en m'approchant de la table, cette affaire ne peut raisonnablement pas être instruite dans les dix jours. Il s'agit d'un crime capital. La vie d'un homme est en jeu. Est-ce que l'accusé l'a bien compris ?

– Il a très bien compris, répond Chambers. S'il doit rester derrière les barreaux en attendant l'audience préliminaire, il préfère ne pas solliciter de délai. » Il me regarde et sourit.

« C'est ridicule », dis-je. Chambers hausse les épaules. « Le procureur a le choix. Soit l'audience préliminaire a lieu dans dix jours, soit il relâche mon client et abandonne les chefs d'accusation. »

Chambers a cité la loi. Dans cet Etat, un accusé qui ne demande pas de délai a droit à une audience préliminaire ou à une inculpation dans les dix jours. Faute de quoi il doit être relâché.

« Mais c'est absurde, dis-je. »

Osgood hausse les épaules comme pour dire, qu'y puis-je ? J'insiste.

« Parlez à l'accusé, monsieur le Juge. Demandez-lui s'il comprend les conséquences que cela peut avoir. » Je crains qu'il n'y ait appel par la suite, ce qui est inévitable lorsque l'avocat a été déclaré incompétent.

Osgood insiste sur ce point par le truchement de l'interprète. Il y a quelques mises au point entre Chambers et celle-ci. Ce qui est clair, ce qui ne requiert aucune traduction, c'est que Chambers impose sa décision. Iganovich reste assis passivement, hochant la tête pendant que son avocat s'adresse à lui, via l'interprète. Son visage se calme au fur et à mesure qu'il comprend. Il marmonne quelque chose, deux ou trois mots, sur un ton parfaitement résigné.

« Je comprends, dit l'interprète, je suis d'accord avec mon avocat. Je renonce à demander un délai.

– Maître Chambers, j'espère que vous savez ce que vous faites, dit Osgood.

– Oh, oui, monsieur le Juge ! dit Chambers avec un petit sourire narquois. Je sais très bien ce que je fais. »

« Votre type est une vraie pute », dit Claude. Voilà ce qu'il pense d'Adrian Chambers.

J'ai demandé à Claude d'enquêter discrètement sur Chambers, en particulier sur la façon dont il en est venu à défendre Iganovich. Je me demande qui va payer ses honoraires. Sur la raison qu'il avait de vouloir cette affaire, il n'y a aucun doute. En dehors de la joie de me chercher noise, il va se faire plein de publicité pour pas cher. Cette affaire peut, quelle qu'en soit l'issue, contribuer grandement à réhabiliter une réputation ruinée.

« Le Russe a une vieille tante au fond de la vallée, dit Claude. C'est grâce à elle qu'il a pu entrer dans le pays, et par elle que Chambers s'est branché sur l'affaire. Elle a quatre-vingt-douze ans, elle ne roule pas exactement sur l'or, mais n'empêche que c'est sa plus proche parente. Il semble que son nom ait été cité dans les journaux après que nous avons fouillé l'appartement du Russe. Un journaliste zélé a été l'extraire des fichiers du personnel de la société de surveillance qui employait Iganovich. Ils ont interviewé la vieille. Elle leur a raconté un tas de trucs, décrit le caractère de son neveu en long et en large.

– Vous lui avez parlé ? »

Il ouvre son calepin.

« Apparemment, Chambers s'est présenté chez elle avec une valise pleine de contrats le matin où l'article est paru. Ce type ne laisse pas à l'herbe le temps de repousser, dit Claude.

– Elle a signé ? »

Il acquiesce de la tête.

« Elle n'a pas déboursé un centime.

– Voilà un homme généreux.

– Un vrai seigneur.

– Qu'est-ce qu'il a bien pu lui raconter ?

– Qu'il était en mesure d'aider son neveu. Qu'il était convaincu qu'Iganovich n'avait pas commis ces crimes. Que son neveu avait un visage honnête : la photo du Russe était dans le journal ce matin-là, lui a dit Chambers, une photo qui figurait dans son dossier avec sa carte de vigile. » Claude parle de l'agence habilitée à licencier les gardiens de sécurité dans cet Etat. Il faut donner une photo pour la constitution du dossier.

« La vieille dame a signé sur toutes les lignes en pointillé, poursuit-il, donnant à Chambers pleine autorité pour intervenir dans cette affaire, à la seule condition qu'Iganovich l'accepte, qu'il contresigne les contrats.

– Ce qu'il a fait, bien entendu.

– Bien entendu. Oh, ainsi qu'un autre petit document. » Il sort de sa poche une feuille pliée, format papier à lettres, et me la tend. Je la déplie et la lit. C'est un contrat signé par Chambers et la tante du Russe, accordant à Adrian Chambers tous les droits cinématographiques et littéraires relatifs aux meurtres de Putah Creek et au procès d'André Iganovich.

« Comme ça, au moins, nous savons de quelle façon il va être payé », conclut Claude.

« Dix jours ? dit-elle. Parlons sérieusement. Je comptais sur quatre-vingt-dix au minimum. Je suis surchargée de travail. »

Lenore Goya est dans mon bureau, près de la porte ouverte. Elle cherche des documents qu'elle a posés là dans l'agitation qui a suivi mon retour de la mise en accusation du Russe. Elle se retourne, sort de nouveau, continuant à chercher, marmonnant entre ses dents. Lenore va avoir sur les bras une grande partie du travail, pendant les neuf jours à venir. Et ceci en plus de ses autres tâches, rattraper les bêtises laissées en héritage par Roland Overroy, qui à cette heure patauge lamentablement dans les anciennes affaires de Goya.

« Moi aussi, dis-je, je pensais qu'on aurait plus de temps. »

J'essaie de lui remonter le moral en lui disant qu'en renonçant à profiter des délais, Chambers manifeste tous les symptômes d'un homme qui n'a pas toutes les cartes en main.

« Génial ! s'exclame-t-elle. Cela n'en donnera que plus de sens à la notion d'avocat incompétent. Et une raison de plus à l'accusé pour se pourvoir en appel. »

Nous savons tous les deux que c'est de la foutaise. Chambers est complètement cinglé.

« Il sait parfaitement ce qu'il fait, dit Lenore. Il nous coince. Il nous cloue les couilles au mur. » Elle a raison, évidemment. Il y a de la méthode dans la folie d'Adrian.

« Personne n'agirait comme lui dans une affaire qui implique la peine de mort. » Elle secoue rageusement la tête. « Ils ont jeté le mauvais morceau quand ils l'ont circoncis. »

Voilà ce qu'elle pense de Chambers comme avocat.

Elle prend une chaise en face de moi, de l'autre côté du bureau et redescend sur terre, loin de la stratosphère. C'est ce qui fait d'elle un bon avocat plaidant. Elle est capable de grands éclats de colère, mais elle a appris à les maîtriser rapidement et à les dissimuler au tribunal.

Elle finit par se calmer et m'adresse un sourire.

« Dites-moi, j'imagine que Lester Osgood a été d'un grand secours ce matin. »

Je roule les yeux pour confirmer ses soupçons : le juge a été moins qu'utile. « J'ai dû le prendre par la main pour réussir à faire inscrire dans le procès-verbal qu'Iganovich comprenait les risques que comportait cette réduction des délais. Le juge était sur le point de clore la séance sans même le mentionner. »

Maintenant qu'Osgood a commencé cette affaire, il ne fait aucun doute que c'est lui qui conduira l'audience préliminaire. C'est la punition que le président du tribunal lui infligera pour avoir laissé Chambers bousculer le calendrier de la cour.

Nous parlons de cette perspective.

« Si c'est le cas, il ne saura pas comment s'en tirer, dit Lenore. Et l'une des premières conséquences de la peur, c'est l'hostilité. Il va donc retourner sa colère contre nous. »

Elle a raison. Je vois d'ici Osgood faisant son numéro avec la presse, une sonate judiciaire destinée à protéger ses arrières, avec un thème récurrent – c'est le procureur qui a instruit cette affaire, réuni les chefs d'accusation, et voilà que maintenant, il n'est pas prêt. Dans le refrain, il chantera le dur labeur du juge surchargé de travail et mal récompensé.

« Chaque fois qu'il empoignera son maillet parce que ça tourne mal, poursuit-elle, c'est à nous qu'il le reprochera. »

Elle me regarde avec sévérité pendant quelques secondes.

« Osgood serait capable de le relâcher. »

Je ne suis pas d'accord.

« C'est la seule chose qu'il ne fera jamais. Même s'il doit, à contrecœur, émettre une ordonnance de contrainte par corps pour forcer Iganovich à comparaître au procès, et nous le reprocher, il le fera. Il nous maudira d'avoir mis le tribunal dans une situation critique, il nous clouera au pilori à la première occasion, mais il portera envers et contre tout cette affaire devant la cour d'assises. »

Ce qui me préoccupe est qu'il peut s'agir d'une contrainte par corps défectueuse, fondée sur une preuve insuffisante que nous ne serons pas capables de défendre en appel, quelque chose qui risque d'être réfuté dans les deux ans après un procès ruineux et une condamnation.

Nous discutons avec Lenore des moyens de défense probables que Chambers soulèvera lors de l'audience préliminaire. Une chose nous parait sûre : il n'alignera pas ses meilleurs chevaux dans cette course-là. Toutes les surprises susceptibles de porter un coup fatal à notre argumentation – témoin potentiellement crédible qui fournit un alibi, éminent expert lisant dans un marc de café qui tourne en leur faveur – ce genre de chose sera réservé pour le jury d'assises. Le fardeau de la preuve fournie par l'Etat dans une audience préliminaire n'est pas suffisant pour tout risquer à ce niveau. S'il tire sa cartouche et manque la cible, non seulement il aura dévoilé son jeu avant le procès mais il nous aura fourni une précieuse indication sur ses plans. Il va au contraire nous pousser à nous démasquer, à produire notre meilleure preuve, ce qu'effectivement nous serons peut-être contraints de faire, vu le peu de temps dont nous disposons. Avec seulement neuf jours de préparation, nous n'aurons pas le loisir de jouer l'impasse.

« Il va frapper fort avec Scofield », dit-elle.

J'en conviens.

« C'est une occasion en or pour déstabiliser un juge déjà malchanceux », dis-je. S'il est habile, Chambers va inciter le juge à poser plus de questions sur ces meurtres non élucidés que nous n'aurons de réponses à offrir. Et la presse s'en donnera à cœur joie.

« On aura l'air complètement couillons », dit Goya.

Je la regarde bien en face.

« A moins que. »

Elle lève alors les yeux vers moi.

« A moins que quoi ?

– A moins qu'on ne le convoque pas à l'audience préliminaire. »

La perplexité se lit un bref instant sur son visage puis, tel un sonar sondant les profondeurs, elle lit dans ma pensée.

« Un grand jury [1] ! » s'exclame-t-elle.

Je souris en hochant la tête.

Le grand jury est un vestige de la procédure criminelle qui a été peu utilisé dans cet Etat au cours des vingt dernières années, depuis qu'une cour d'appel de tendance libérale a décidé que tout accusé avait droit à être entendu par un magistrat impartial – c'est l'audience préliminaire –, même ceux qui ont été inculpés par un grand jury. Il y a deux

1. En droit américain, le « grand jury » décide de la mise en accusation. *(N.d.T.)*

ans, des électeurs mécontents ont montré la porte aux magistrats libéraux, et conforté leurs prédécesseurs en demandant que l'on rende au grand jury criminel la position éminente qu'il occupait autrefois.

J'aperçois une lueur de malice dans l'œil de Lenore.

« C'est parfait, dit-elle. Nous enfermons Chambers dehors, nous le forçons à attendre dans le couloir. »

Si elles ont le droit de témoigner devant un grand jury, les personnes accusées d'un crime n'ont en revanche pas le droit d'y être assistées de leur avocat. Tels les grands procès criminels d'antan, les audiences de grand jury se déroulent à huis clos, en secret, à l'écart non seulement des avocats de la défense mais aussi de la presse et du public.

« Et comme ça, ajoute-t-elle, on se débarrasse d'Osgood. » Cette seule pensée amène un sourire de satisfaction sur ses lèvres. Dans un grand jury, il n'y a pas de juge qui préside.

« Que la Providence soit remerciée pour ses menues faveurs », dis-je.

L'humeur de Lenore s'est soudain rassérénée, une certaine gaieté s'inscrit sur son visage à la perspective d'échapper à une audience préliminaire pénible, et porteuse à coup sûr de douloureux revers.

« Je ne veux pas me montrer trop gourmand, dis-je, mais il y a autre chose. »

Elle me regarde. Je m'explique :

« Vous êtes en ce moment plus proche des preuves que moi. »

Cela me vaut un regard circonspect, comme si elle redoutait que je lui demande de se charger d'autre chose.

« Pensez-vous qu'il y ait une chance... » Je l'observe un instant avant de poursuivre, je réfléchis. « Pensez-vous qu'il y ait un moyen de produire les preuves relatives aux meurtres des Scofield devant un grand jury ? »

Elle me dévisage avec des yeux ronds, l'image même de la perplexité.

« Vous voulez dire, imputer ces assassinats au Russe ? »

Je secoue la tête.

« Non. Je veux dire, pouvez-vous concevoir un argument, une théorie qui nous permettrait d'exposer les détails, les preuves matérielles des meurtres Scofield devant ce grand jury sans pour autant accuser Iganovich de les avoir commis ? »

Elle semble perplexe. Apparemment, elle ne comprend pas pourquoi je voudrais faire une chose pareille.

« Je ne sais pas, dit-elle. Pas au débotté. Nous contrôlons la procédure, mais ça, c'est pousser le bouchon un peu loin. Une commission de contrôle examinant après coup la transcription de l'audience pourrait soulever la question du bien-fondé de la chose. Pourrait même décider qu'il y a préjudice, s'ils estiment que nous avons utilisé ces éléments pour aggraver les charges contre Iganovich sans pour autant l'accuser de ces meurtres.

– Vous n'êtes pas en faveur de cette démarche, par conséquent. »

Elle secoue la tête, toujours perplexe. « Pourquoi me demandez-vous ça ?

– Pour rien. C'était juste une idée. »

Nous en terminons là. Elle me laisse plongé dans mes pensées.

C'est ce qu'en langage de procureurs, nous appelons un « repaire de flics ». Enfouie deux étages plus bas que les services du shérif du comté de Davenport, au bout d'un long couloir couvert de panneaux de défense civile périmés et à moitié effacés, se dresse une simple porte de bois plein, ni panneau vitré ni fenêtre, sans aucune inscription. Nous l'ouvrons et franchissons le seuil.

Lenore est derrière moi. Je la regarde.

« Qu'en pensez-vous ? »

Elle fait la grimace, s'adresse à Claude : « Pour le genre de petite fête que nous organisons, ça me paraît bien. Il y a combien de flics là-haut ?

– Pendant la rotation de jour, au bureau, une dizaine. Douze, peut-être. »

J'ai l'impression que nous avons trouvé notre salle de grand jury. C'est un problème dans cet Etat. Après la décision de la cour d'appel, il y a quinze ans, les salles réservées au grand jury, avec leurs murs sans fenêtres conçus pour le secret absolu, sont tombées en désuétude. Au fil des ans, elles ont été transformées en chambres de tribunal, ou récupérées par des activités bureaucratiques bourgeonnantes.

Pour des raisons de sécurité, j'ai décidé du réunir le grand jury ici même, dans le sous-sol des bureaux du shérif. Depuis qu'Iganovich a été rapatrié dans le comté, nous avons reçu plus d'une douzaine de menaces contre sa vie.

Nous verrouillons les portes et remontons au rez-de-chaussée. Emil Johnson nous attend derrière le comptoir d'accueil du public.

« Maître, vous avez une minute ? » Il me fait signe de l'index, tourne le dos et se dirige vers son bureau.

Je pousse Lenore du coude pour qu'elle se joigne à nous et nous suivons les grosses fesses d'Emil jusque dans son antre.

Il referme la porte derrière nous et nous prie de prendre une chaise.

« Qu'est-ce que c'est que cette histoire de grand jury spécial ? Celui que nous avons ne peut pas faire l'affaire ?

– Le système de l'homme clé ? »

Il acquiesce de la tête.

« L'homme clé » est un procédé de sélection qui permet à quelques juges influents et politiciens élus de faire siéger leurs amis, voire dans certains cas des membres de leur famille, dans le grand jury du comté.

« Ça ne marchera pas, Emil.

– Pourquoi pas ?

– Parce que l'accusé a droit à un grand jury représentatif des différentes couches sociales de la population. Vous avez jeté un coup d'œil à votre grand jury, ces derniers temps ? lui dis-je. Il est plus blanc que neige et ne comporte que deux femmes. » Je ne précise pas que l'une d'elles est la petite amie d'un des superviseurs. « Il n'y a ni Noirs, ni Hispaniques.

– Les deux tiers du grand jury ont été nommés par des juges de la cour d'appel. Et vous me dites que ce n'est pas suffisant ?

– Les amis blancs des juges blancs ne sont pas suffisants. »

Cela lui cloue le bec. Mais à voir son expression, je peux dire que mes propos seront répétés, mâchonnés en même temps que les boulettes rances et la laitue flétrie, lors de la prochaine réunion des huiles du comté au Lincoln Club.

« La politique n'a rien à voir avec cette affaire, Emil. Relisez les affaires *Smith v. Etat du Texas* et *Alexander v. Etat de Louisiane*. Ce sont des jugements de la Cour Suprême des Etats-Unis. Ils donnent au prévenu le droit de mettre en cause la composition du grand jury chargé de l'accuser. Il peut déposer une requête pour être informé de la répartition ethnique des membres du jury ainsi que de la méthode utilisée pour le constituer. Si ce jury n'est pas représentatif, l'accusation, quelle qu'elle soit, sera nulle et non avenue. J'imagine que vous ne souhaitez pas voir cela se produire plus d'une fois ? »

Emil secoue la tête. « On fera comme vous l'entendez. » Tout bien réfléchi, c'est un homme pragmatique.

CHAPITRE 18

« Voyons ce que nous avons là, dis-je.

– Pas grand-chose de mon côté. Comme je vous disais, une bande de gens qui passent leur temps à embrasser des arbres. » Voilà comment Claude décrit ses enquêtes par téléphone auprès du Centre mondial pour les oiseaux de proie.

De retour de la bibliothèque, Lenore s'appuie au bord de mon bureau alors que Claude est installé en face de moi dans un des fauteuils réservés aux clients.

« J'ai vérifié avec la police de Boise, dit-il. C'est un établissement destiné à la recherche et un sanctuaire d'oiseaux. Les flics ne savent pas grand-chose sur eux. Ils ont sorti quelques fichiers pour moi et cherché l'endroit sur la carte.

– Et qu'y fait-on au juste ?

– D'après les policiers, ils élèvent des rapaces prédateurs.

– Vous avez une façon assez perverse de dire ça... » Lenore lui lance un clin d'œil.

« Des oiseaux de proie, précise Claude.

– Je sais. » Elle sourit.

« Des faucons, des éperviers, toutes sortes d'oiseaux de proie. Ils surveillent la couvée, l'éclosion des œufs, nourrissent les petits et les lâchent ensuite dans la nature. Des gens passionnés par leur travail. On m'a dit que ce centre était unique en son genre. Ils recueillent des oiseaux venus de tous les coins du monde, assurent leur reproduction. Ils font tout ça pour reconstituer l'équilibre de la nature.

– Vous avez appelé là-bas, parlé à quelqu'un ?

– Oui. » Claude consulte ses notes. « J'ai essayé de joindre ce type,

William Rattigan. » Si Nikki ne se trompe pas, c'est le « Bill » qui figurait dans les dossiers de l'ordinateur de Karen Scofield.

« Il était en déplacement professionnel. J'ai l'impression que c'est lui qui dirige le centre. Le directeur, voilà son titre. La femme que j'ai eue au téléphone s'est montrée coopérative mais elle ne savait pas grand-chose. Abbott Scofield était le correspondant régional du centre dans notre secteur, il siégeait au comité de direction avec Rattigan. Ils travaillaient ensemble à un certain nombre de projets.

– A-t-elle dit où Rattigan s'était rendu ?

– A un séminaire sur la Côte Est. J'ai le numéro de téléphone de l'hôtel où il est descendu. Il était sorti quand j'ai appelé, alors j'ai laissé un message à la réception demandant qu'il me rappelle.

– Vous avez autre chose ? »

Il secoue la tête et tourne la page suivante de son bloc-notes. Il n'y a rien dessus. Je me tourne vers Lenore.

« Et vous, qu'avez-vous trouvé ? »

Elle a passé la plus grande partie de l'après-midi à la bibliothèque de l'université.

« Devinez combien de fichiers il y avait ? » me demande-t-elle.

Je secoue la tête. Je n'en ai pas la moindre idée.

« Cinq », dit-elle.

Goya s'est attaquée à la version informatisée du « Guide des publications périodiques » pour voir ce qu'elle pourrait éventuellement découvrir sur le centre dans divers magazines et publications.

Elle plonge la main dans son sac et en sort une longue liasse de papiers pliée en deux en son milieu. Elle la déplie. Il y a plusieurs pages de format papier à lettres agrafées ensemble en haut à gauche.

« Ce que j'ai trouvé de mieux était dans *Audubon.* »

Je commence à lire l'article qu'elle a photocopié.

Elle me le reprend des mains, tourne quelques pages, le plie et le pose devant moi sur le bureau en désignant une photo de l'index.

Je regarde la photo, un mirador en bois construit au bord d'un précipice rocheux. On distingue une silhouette escaladant une échelle de fortune qui conduit au sommet. Je lis la légende correspondante.

Au pic du Tétras, dans l'Idaho, l'ornithologue Abbott Scofield monte à un nichoir pour ravitailler de jeunes faucons pèlerins.

« Si vous voulez connaître le fond de ma pensée, dit-elle, c'est sur ce projet qu'ils travaillaient lorsqu'on les a tués. »

Lenore vient d'entrer dans mon bureau d'un pas nonchalant.

« Que faites-vous pour le déjeuner ? » me demande-t-elle.

Je prends mon manteau.

« C'est mon tour », déclare-t-elle. De payer le déjeuner, veut-elle dire. Les deux dernières fois, j'ai réglé la note.

« Je ne discuterai pas.

– Vous savez, la chose dont nous avons parlé l'autre jour. La preuve Scofield. Il y a peut-être un moyen de l'introduire. » Elle fait allusion au grand jury.

« On en parlera en marchant », dis-je. Nous avançons vers la sortie.

« C'est un peu tordu », précise-t-elle. Je la regarde d'un air interrogateur.

« Il va falloir piéger la partie adverse, juste un peu. » Mais elle ajoute qu'il n'y aura aucune tromperie à l'égard du tribunal.

« Tout est permis dans cette guerre, dis-je pour la rassurer. Dans certaines limites, du moins. Quelle est votre idée ?

– J'ai effectué quelques recherches », dit-elle.

Ni l'un ni l'autre ne sommes très versés dans le fonctionnement d'un grand jury. Pour trouver des gens connaissant bien la question, il faudrait remonter à une génération d'avocats qui sont aujourd'hui presque tous à la retraite.

« *L'Etat v. Johnson*, poursuit-elle, ce qu'on appelle une " lettre de Johnson " ».

J'ai déjà vu cette affaire quelque part, mais je ne me souviens pas de quoi il s'agissait.

Elle m'explique. Il semblerait que selon cette jurisprudence, si l'accusé n'a pas le droit d'être défendu par son avocat devant le grand jury, il a le droit d'exiger que toute preuve susceptible de le disculper, n'importe quel élément qui pourrait aider à établir son innocence, soit communiqué au jury. Le jury peut alors, selon son gré, décider ou non d'examiner cette preuve en détail.

« Qu'est-ce que c'est, la " lettre de Johnson " ?

– C'est le mécanisme mis au point par les tribunaux pour déclencher les conditions requises. Si l'accusé envoie au procureur une lettre demandant que certaine preuve, censée pouvoir le disculper, soit communiquée au grand jury, le procureur n'a pas le choix, il doit la fournir. S'il ne s'exécute pas, l'annulation est automatique. La mise en accusation est effacée. »

J'émets un long sifflement aigu.

« C'est une balle en argent massif. »

Elle acquiesce de la tête. Nous avons franchi la porte d'entrée, descendu les marches du perron.

« Où voulez-vous aller ?

– Que pensez-vous de Quiche Alley ? » C'est l'endroit où l'on sert des salades et des soupes à une rue d'ici. Pas cher. Nous nous engageons dans cette direction.

« Ce que je ne comprends pas, toutefois, c'est pourquoi vous voulez faire ça. Les preuves Scofield sont de la dynamite. Si le jury s'emmêle les pieds, Chambers les retournera à son profit.

– Très probable, dis-je.

– Nous n'accusons pas son client des meurtres Scofield mais en revanche, nous admettons qu'il doit y avoir un autre meurtrier quelque part, toujours en liberté. Si j'étais l'avocat de la défense, j'adorerais entendre ça.

– Justement. Vous croyez que Chambers n'a pas déjà compris toutes les possibilités qu'offrait le meurtre des Scofield ? Il faudrait qu'il soit idiot, dis-je. Mais la question demeure : quelle est l'ampleur des dégâts que ces preuves pourraient causer ? »

Nous marchons quelques instants sans dire un mot, puis je reprends la parole :

« Que vont dire douze individus innocents et impartiaux lorsqu'ils verront les preuves Scofield au cours du procès, où elles seront mélangées avec les autres preuves matérielles dans la salle du tribunal ? Cela va nous exploser au visage, ou rester sans effet ? »

Elle hausse les épaules pour signifier qu'elle n'en a pas la moindre idée.

« Eh bien voilà », dis-je. Je la regarde en biais tout en marchant à côté d'elle. « Voilà pourquoi je veux les produire devant un grand jury. Pour leur faire passer le test. »

Elle s'arrête brusquement, commençant à entrevoir ma stratégie, et lève les yeux vers moi. Cela la fait rire doucement. « Intéressant », dit-elle en inclinant la tête. Je vois les rouages tourner dans son cerveau. « Il ne sera pas là. Chambers ne sera pas là pour vous voir faire ça. »

Je souris.

« Une sorte de pseudo-jury. »

Nous reprenons notre route.

C'est la dernière coqueluche des avocats requins qui défendent des délits susceptibles de leur rapporter de gros honoraires. On loue les services de groupes privés, des citoyens ordinaires qui, pour le prix, acceptent de se laisser enfermer plusieurs jours avec des avocats. Là, ceux-ci testent leur matériel avant le procès, ils mettent leurs théories et leurs preuves sur la sellette pour voir ce qui passera et ce qui ne passera pas, pour peaufiner leurs meilleurs arguments de défense. Mon stratagème ne représente qu'une modeste ponction sur cet arsenal procédurier.

« Mais cela ne nous coûtera pas un sou, dis-je. Tout ce que nous avons à faire, c'est trouver le moyen d'inciter Chambers à demander que les preuves concernant les meurtres Scofield soient communiquées au grand jury.

– Ça ne sera pas trop difficile », répond-elle.

Surpris, je m'arrête et la regarde.

« C'est simple, explique-t-elle. Nous lui adressons une lettre lui annonçant qu'il n'est pas dans nos intentions de présenter les preuves des meurtres Scofield au grand jury, au motif qu'elles ne concernent pas l'affaire et risqueraient de troubler les jurés. Nous incluons le texte de l'arrêt *Johnson* dans notre lettre et lui laissons le loisir d'examiner la jurisprudence. »

Mon visage s'éclaire. Lenore Goya n'a pas mis longtemps à comprendre le caractère et le fonctionnement d'Adrian Chambers. Sa démarche va avoir le même effet que du sang sous le nez d'un requin, elle va provoquer la rédaction de la « lettre de Johnson » la plus rapide que l'on ait connue dans cet Etat.

Je lui souris. « C'est moi qui vous invite. » Lenore Goya a largement mérité son déjeuner.

CHAPITRE 19

Elle a surgi comme une fusée, la fameuse « lettre de Johnson » rédigée par Chambers, il l'a produite avec une rapidité telle qu'on se demande si elle a bien été écrite par une main humaine.

Lenore est en transe. C'est tout ce qu'elle espérait et, en la lisant, je constate même que cela dépasse ses espérances.

« Il s'attend probablement à ce que nous déposions une requête sous forme d'objection », dit-elle. Goya est persuadée que Chambers s'arme contre le baratin que nous allons servir à la cour, les arguments que nous allons avancer pour mettre le matériel Scofield hors de portée du grand jury.

« Une grande barbe blanche va lui pousser pendant sa longue veille », dis-je à Lenore. La lettre de Chambers est sans équivoque. Il nous a ouvert la porte toute grande. Il ne sera plus en mesure, par la suite, d'arguer que les preuves des meurtres Scofield n'ont rien à voir avec l'affaire ou risquent de nuire à son client.

« Si le jury mord à l'hameçon, dis-je, nous pouvons pousser le bouchon aussi loin que possible et le regarder flotter ensuite. » Je parle des détails, des différences entre les meurtres Scofield et les autres. Nous nous demandons toujours si nous saurons convaincre les jurés de l'existence d'un autre tueur opérant exactement de la même manière que le premier. Maintenant, avec un peu de chance, nous allons bénéficier d'un galop d'essai pour en savoir plus.

Lenore m'a apporté de mauvaises nouvelles en même temps. Kay Sellig, qui a l'oreille collée à la porte du ministère de la Justice, a appris que la plainte officielle d'Acosta était arrivée là-bas. Il y met en cause la façon dont j'ai mené la procédure d'extradition du Russe. Elle ne sait absolument pas comment le procureur général va réagir, mais pour l'instant, la lettre d'Acosta fait tic-tac comme une bombe à retardement dans sa corbeille de courrier arrivé. Comme si j'avais besoin, en plus du reste, de la mauvaise publicité que ne manquerait d'apporter une enquête gouvernementale !

En attendant, je suis penché sur la lettre de Chambers, étudiant ses termes en détail.

Sa « lettre de Johnson » est chargée d'éclats de balles, comme si elle avait été tirée avec un fusil à canon scié. Il s'est plongé dans les cendres chaudes de sa défaite, n'ayant pas réussi à obtenir une audience préliminaire dans les plus brefs délais, et il essaie de défendre par correspondance sa cause devant le grand jury ce qui, de mon point de vue, est une erreur.

Viennent s'ajouter aux preuves matérielles trouvées dans la camionnette du Russe les phrases incriminantes qu'il a prononcées lors de son interpellation au Canada, des déclarations entendues par les deux gardiens de la Sécurité qui l'ont arrêté. Même s'il est discutable que ces déclarations puissent être considérées comme des aveux à part entière, un jury pourrait néanmoins y voir une reconnaissance de culpabilité. Et les jurés n'auraient pas à beaucoup forcer leur conscience pour en déduire que ce qui inquiétait l'accusé n'était pas tant le véhicule que ce qu'il contenait.

Chambers utilise maintenant la lettre de Johnson pour imprimer une dynamique favorable à ces déclarations devant le grand jury. Il prétend que son client était préoccupé à l'idée de devoir payer des amendes de stationnement irrégulier pour le véhicule abandonné. A en croire leur version rocambolesque des faits, Iganovich croyait que c'était pour cela qu'on le détenait au Canada. Chambers joue sur le fait que l'accusé parle imparfaitement l'anglais, qu'il se trouvait dans un pays étranger et se sentait perdu. Il affirme que d'autres personnes avaient garé la camionnette pour Iganovich et ne lui avaient pas remis le ticket de parcmètre, que le Russe imaginait que c'était grave. C'est pourquoi il avait peur, et ça l'avait rendu anxieux. D'où ses déclarations confuses au sujet de la camionnette. Cette histoire ne tient pas debout. Je dois cependant porter au crédit de Chambers une imagination féconde, même si elle ne tient pas compte des réalités.

Comme l'on pouvait s'y attendre, il ne communique pas l'identité de la tierce personne, celle qui est censée avoir garé la camionnette.

« Cela appelle une question, dit Lenore. Comment espère-t-il présenter cette explication devant un jury, lors du procès ? »

Elle a raison. Sans la présence d'Iganovich à la barre des témoins, défendant ce scénario improbable devant les jurés, cette chanson n'aura qu'un seul interprète, et elle ne sera chantée que devant le grand jury.

« Peut-être a-t-il un autre témoin, dis-je. Un ami qui affirmera avoir garé la camionnette.

– Et qui s'incriminera par la même occasion ? » demande-t-elle en faisant la moue.

Je secoue la tête, n'ayant pas d'autre solution à proposer.

« Nous devrons attendre qu'ils annoncent leur liste de témoins au procès, dit-elle.

– Pas forcément. Pour qu'une preuve puisse être présentée devant le grand jury, il faut qu'elle soit acceptable au moment du procès. Nous avons le droit de connaître l'origine de ce témoignage avant de le soumettre au grand jury.

– Qu'est-ce que vous dites ? Nous allons le forcer à dévoiler maintenant l'identité du supposé conducteur de la camionnette ?

– C'est une solution.

– Il en a une autre, dit-elle. Il pourrait retirer cet élément de sa lettre, le subtiliser pour l'instant. »

Lenore suppose que sous la pression, c'est ce que fera Chambers.

Elle a probablement raison. C'est une pratique bien connue, et qui émane de la partie la moins avouable du barreau, que cette façon de produire en toute dernière minute un témoin qui fournit un alibi à point nommé. Une invitation au parjure aussi vieille que la loi.

Les législateurs de cet Etat se sont attachés à la contrarier au cours des ans, élaborant des lois demandant le dépôt anticipé de la liste des témoins afin que le procureur puisse vérifier leur crédibilité avant qu'ils ne soient appelés à la barre. Mais il arrive que ces lois soient contournées par des juges qui, dans leur souci d'équité, donnent à l'accusé le dernier mot. Je suggère alors :

« Envoyons une mise en demeure à Chambers, l'invitant à présenter les témoins, s'il y en a, qui confirmeront son explication pour la camionnette.

– Pour le forcer à dévoiler ses batteries ? » demande-t-elle.

J'acquiesce de la tête.

Rien qu'en voyant l'expression de Lenore, je sais que cette solution lui plaît. Il y a cependant quelque chose qui me dérange dans la lettre d'Adrian. Je l'ai décortiquée sous tous les angles, tellement même que ses pages sont écornées. En la relisant une fois de plus, j'éprouve une sorte de malaise, la désagréable impression que quelque chose va de travers.

« Sa lettre fait penser à une carte routière, dis-je. Et je suis intrigué par la précision des détails.

– Comment pouvait-il les connaître, voilà la question que moi aussi, je me suis posée », dit Lenore. Ainsi, elle aussi, elle l'avait remarqué, bien qu'elle ne le dise que maintenant.

– Comment pouvait-il savoir ce qu'il y avait dans le dossier Scofield ? Il était scellé. Nous n'avons pas accusé son client de ces meurtres-là. » Je me mords les lèvres. « Précisément pour qu'il ne soit pas informé des particularités de ces crimes.

– Il a peut-être deviné juste, dit-elle. Ainsi, il sait que nous avons établi la similitude des extrémités de morceaux de corde utilisés pour attacher les quatre premières victimes par terre. Cela figurait dans les rapports de police. Pareil pour les piquets métalliques, ceux qui ont servi à tuer les étudiants étaient taillés en pointe effilée.

– Possible, dis-je. C'est peut-être une simple déduction. Le fait que nous n'accusions pas Iganovich des meurtres Scofield lui indique peut-être que nous n'avons pas réussi à établir la similitude de la corde et des piquets dans ces deux cas. »

C'est ce qu'elle pense, et c'est plausible. Chambers n'est pas homme à passer à côté d'une chose pareille.

« Il a été drôlement malin, dit-elle. Il affirme – sans la moindre certitude – dans sa lettre que la corde et les piquets ne concordent pas, puis il attend pour voir notre réaction. Si nous voulons réfuter cet argument devant le grand jury, nous devons produire la preuve que ces éléments sont similaires. Il lira le procès-verbal d'audience du grand jury et saura exactement où nous en sommes. Dans les deux cas, il gagne. Si nous restons muets sur notre chaise et n'apportons aucune preuve solide réfutant son affirmation, il peut en déduire sans risque que nous ne produirons lors du procès aucun élément prouvant la similitude entre les piquets et les cordes mis en cause. »

Je la regarde, suivant le cours de ses pensées. « Ensuite, quand nous serons devant la cour d'assises, il utilisera dans sa défense ces crimes non élucidés, les preuves qui ne concordent pas, comme levier pour introduire le doute dans l'esprit des jurés. »

Elle hoche la tête : « Je le crois aussi. Il va s'y prendre comme ça. Il va essayer de persuader le jury que quelqu'un d'autre a commis tous les meurtres. Son argument sera que si nous ne sommes pas capables de dire aux jurés qui a tué les Scofield, c'est qu'au bénéfice du doute, son client n'est coupable d'aucun des meurtres. »

Elle a raison. Il va attaquer ainsi, c'est évident. Cela ne suffira peut-être pas pour obtenir l'acquittement, mais cela peut semer le doute au sein d'un jury ordinaire, les laisser dans l'impasse. Le comté se retrouvera confronté à la perspective d'un nouveau procès. Ça coûte cher. Et ainsi, Chambers tiendra sa revanche, chaque centimètre du parcours le fera hurler de rire. Avec la perspective d'un nouveau procès, Derek Ingel et Armando Acosta n'auraient plus qu'un but dans leur vie : détruire ma carrière.

Je baisse de nouveau les yeux vers la lettre de Chambers posée à plat sur mon bureau. Il y a là une autre chose qui me tracasse, mais je n'en dis rien à Lenore. C'est la teneur même du texte. Chambers paraît étonnamment sûr de lui. Ses mots ne renvoient pas l'image de quelqu'un qui tâtonne dans l'obscurité, jonglant avec des détails reposant sur une supposition.

Mais il y a un point sur lequel il est allé trop loin, dévoilant par la même occasion ses batteries. Ce sont les traces de pneus, celles qu'on a relevées à l'endroit où les Scofield ont été tués.

Enfouie au cœur de la lettre, à trois paragraphes du début, s'étale l'affirmation de Chambers comme quoi les traces de pneus relevées sur le site des meurtres Scofield ne correspondent pas aux pneus de la camionnette de son client. Il a raison, bien sûr. Non seulement la police a bien relevé des traces de pneus, mais mieux encore, elles ne correspondent pas.

Le problème, c'est qu'il n'y a aucune mention relative à des traces de pneus dans les rapports concernant les quatre premiers meurtres. C'est un élément isolé, à part, qui ne figure que dans le dossier Scofield. Cette information sur les traces de pneus ne peut être le fruit d'un heureux hasard, d'une supposition fortuite de Chambers.

S'il est au courant de ça, me dis-je, il n'y a qu'une seule explication : il a un espion dans la place, il est en contact avec quelqu'un qui suit l'enquête de près.

CHAPITRE 20

« Nous sortons, annonce Nikki.

– Hein ? »

Samedi après-midi. Installé à la table de la cuisine, je suis plongé dans les pages sportives, la première fois depuis le début de la semaine que je lis quelque chose n'ayant aucun rapport avec le travail.

« Même lorsque tu es là, tu es absent », dit-elle.

Je laisse tomber mon journal, l'air contrit, et m'excuse. Nikki tient son sac. Ma vie avec Nikki et Sarah, ces derniers temps, se résume à ça, une série interminable d'amendes honorables pour des week-ends ratés ou des soirées passées au bureau.

« Où allez-vous ?

– Cela fait cinq minutes que j'essaie de te le dire, mais tu n'as pas écouté un mot de ce que je te disais. »

Elle a raison. Nikki s'affairait devant l'évier pendant que je câlinais mon journal. Sa voix m'était parvenue comme un ronron permanent à l'arrière-plan, en compétition avec la télévision que Sarah regarde dans le salon. Mais je n'ai rien vu, rien entendu, pas même les résultats de boxe que mes yeux ont parcourus quatre fois dans les pages étalées devant moi. Mon esprit est avec Putah Creek, absorbé par la chorégraphie de mon grand jury.

« Pardonne-moi, dis-je. J'avais la tête ailleurs.

– Mais oui. » Le regard qu'elle me lance signifie clairement : on a l'habitude. « J'emmène Sarah au cinéma, et ensuite, nous dînerons avec Laura Benson et ses filles. » Laura Benson est une consœur de Nikki, elle aussi veuve d'un avocat vivant, un ténor du barreau qui a en permanence plus de fers sur le feu qu'un forgeron de village.

Nikki s'est jointe au « réseau des veuves », un club d'épouses d'avocats qui ont abandonné tout espoir d'arracher leur époux aux griffes du travail obsessionnel. J'ai lu certains échantillons de leur littérature, des feuilles ronéotées affichant leur devise en guise d'en-tête :

Qu'on vive avec ou qu'on les plaque,
dans les deux cas, on les perd.

C'est la dernière recette du programme « Aide-toi toi-même » des épouses d'avocats.

« Ton dîner est dans le congélo, dit-elle. Le plat recouvert d'un film plastique. Cinq minutes au micro-ondes.

– A quelle heure rentrerez-vous ?

– A l'heure où nous rentrerons. » Un autre de ses principes : une indépendance affichée qui confine à l'impudence.

« Une légère indication serait sympa, dis-je. Aujourd'hui ? Demain ? »

Elle m'ignore.

« Sarah, éteins la télé. On y va. Il ne faut pas être en retard. » Puis, s'adressant à moi : « Ne t'inquiète pas pour nous. Sarah et moi allons bien nous amuser. »

Ma conscience commence à se rasséréner à cette perspective.

« Quand tu en auras terminé avec ton procès, tu pourras nous accompagner. Nous serons encore là. Enfin, peut-être... »

Et sur cette sortie, elle me laisse, le couteau encore retourné dans la plaie béante.

Nous sommes maintenant engagés depuis trois jours dans la présentation verbale des preuves à notre grand jury. Je leur ai honnêtement administré, sans compliquer les choses, le témoignage de Kay Sellig sur la corde et les piquets métalliques, la concordance qui désigne André Iganovich comme assassin des quatre étudiants, la manière dont ces preuves ont été découvertes, les détails de sa fuite.

Goya et Sellig ont préparé les éléments de preuve concernant le meurtre des Scofield. Elles attendent maintenant une ouverture pour les montrer au jury.

Nous avons décidé de ne pas révéler, quoi qu'il arrive, les preuves médicales qui ressortent de l'autopsie pratiquée par le Dr Tolar, c'est-à-dire le fait que les Scofield ont été tués ailleurs, puis emmenés à Putah Creek. Je ne veux pas que Chambers puisse lire cette information dans la transcription de l'audience. Je la garderai dans ma manche comme joker pour le procès.

Ma plus grande crainte est qu'ils laissent passer les preuves du meurtre Scofield, lisent la lettre Johnson et bâillent d'ennui. Lors de notre dernière séance de préparation stratégique, Goya et moi avons envisagé une petite mise en scène, une sorte de farce que nous pourrions jouer si les choses tournaient mal, un échange de questions et réponses sous le nez du jury. Dans l'idée de lancer un appât et ferrer le poisson afin de faire déposer une requête en vue d'audition des preuves Scofield. Mais notre saynète hâtivement conçue était aussi ténue qu'un banc de sable et presque aussi dangereuse. Elle ne pouvait pas tromper les petits malins, en particulier un juge d'appel ou Chambers, s'il décidait de mettre l'acte d'accusation à l'épreuve. Une cour d'appel risquerait de se demander ce que notre échange venait faire dans le procès-verbal.

Lenore m'annonça qu'elle avait une meilleure idée. Je l'écoutai la développer avec une vive inquiétude mais finis par l'accepter.

Jusqu'ici, notre ennemi n'est ni les faits, ni la loi, ni même l'esprit tortueux d'Adrian Chambers, qui n'est présent devant le grand jury que par le truchement de ses écrits. Ce sont au contraire les petites factions rivales au sein de ce jury qui nous causent le plus de souci. Des petits murs d'animosité sont en train de s'élever sournoisement entre différents groupes de jurés. Cela n'a rien à voir avec les questions ou les preuves que nous avons à considérer.

Du point de vue d'un procureur, le meilleur grand jury possible est une chose intime et coupée du monde, comme une famille qui resserre les liens devant la crise. La présence d'un seul élément discordant peut provoquer des dommages considérables. Et j'ai trouvé le mien.

William Geddes a des cheveux courts taillés en brosse, un visage maigre et anguleux. C'est un transfuge de la grande ville, un flic à la retraite. Ecarté de la police de Los Angeles pour incapacité de travail, il vit comme un gentilhomme sur ses terres à l'écart de la ville, avec ses chevaux et sa quatrième épouse. Selon toute apparence, c'est une grande gueule au cinquième degré affectée d'une libido galopante. Entre deux rots de Coca-Light, il n'a cessé de baver sur la table, couler des regards concupiscents du côté de Lenore Goya et d'une jeune institutrice qui fait également partie du jury, une blonde assise en face de lui à l'autre table.

Le premier jour d'audience, Geddes a tellement reluqué les longues jambes qui dépassaient de la jupe très courte de la blonde qu'elle est arrivée en pantalon le lendemain, et s'est assise en bout de rangée, là où il aurait dû se démettre une vertèbre cervicale avant de pouvoir l'apercevoir.

Hier, il a dépassé les limites. Goya était sa nouvelle cible. Cela a commencé par quelques plaisanteries inoffensives, allusions candides à des questions sexuelles. Ne visant personne en particulier. Geddes les a proférées *sotto voce*, dans la quasi-intimité de notre pause de milieu d'après-midi, sur le mode aimable, comme s'il s'agissait juste de susciter quelques rires. En toute innocence. Mais sans quitter Lenore des yeux, tel un radar traquant des ténèbres lascives.

C'est alors qu'il est passé à l'attaque. Comme elle se dirigeait vers la porte, il lui a parlé à l'oreille, mais suffisamment fort pour que ses propos soient surpris par deux autres jurés et moi.

« Que diriez-vous d'un verre, rien que nous deux, après le travail ? »

Comme c'est original !

Quant à Goya, elle s'est à peine arrêtée et a répondu, le foudroyant du regard : « Le Seigneur a déjà mis un trou du cul dans ma culotte. Pourquoi en voudrais-je un autre ? »

L'un des jurés s'est littéralement plié sur sa table, hurlant de rire. Geddes lui a lancé un coup d'œil meurtrier.

Ce qui n'a pas autrement ému notre homme, un fermier d'origine hollandaise, baraqué comme un chasse-neige. Geddes a eu droit à une variante de son coup d'œil meurtrier. Il a fait bonne figure, enchaînant comme si de rien n'était.

« Seigneur, dit-il en secouant la tête et riant. Ça doit être un vrai barracuda quand elle vous suce ! » Manœuvre minable pour rallier la sympathie du contingent mâle, un appel à la fraternité virile qui tomba à plat.

Ayant déjà franchi le seuil, Goya n'entendit pas cette dernière remarque. Les jurés ont certainement dû penser que c'était une chance pour Geddes. Sinon, il aurait dû expliquer à sa femme dans quelles circonstances il s'était fait écraser les couilles.

Ce matin, Geddes est particulièrement bruyant. Il nous inonde d'un feu roulant de questions sans intérêt, comme pour se venger du groupe.

Tels Larry, Moe et Curly [1], les trois fermiers sont assis côte à côte derrière la table, leurs gros avant-bras velus croisés sur leur poitrine.

De l'autre côté se trouvent un professeur de lycée et deux femmes au foyer. Discrets, ne posant de questions ou faisant des commentaires qu'entre eux, à voix basse. Je n'ai aucune idée de ce qu'ils pensent, pas plus que les autres membres de ce jury.

1. Personnages comiques d'une série télévisée des années 50, *The three stooges* (Les trois compères) – coupes de cheveux au bol et têtes d'abrutis – qui faisaient des blagues débiles. *(N.d.T.)*

Ravi Sahdalgi, un étudiant en troisième cycle, pakistanais, assis au bout d'une des tables disposées en U, est le plus proche de moi. « Ringard », a murmuré Geddes entre ses dents la seule fois où Sahdalgi a voulu prendre la parole. Depuis, ce garçon réfléchi et réservé est resté silencieux.

A côté de lui, c'est Vernon Shupe, étudiant en droit. Jeune, bien élevé, Shupe se considère à mon avis comme la cible toute trouvée des attaques venimeuses de Geddes.

Le comportement intolérable de celui-ci m'a ôté tout sens de l'orientation, face à ce jury. Comme un aimant placé à côté d'une boussole. Ses odieuses réflexions les ont mis au trente-sixième dessous. Ils n'ouvrent pas la bouche mais leurs regards rôdant autour de la table parlent pour eux : il y a un seul point sur lequel tout le monde est d'accord; c'est que si nous votions à bord d'un canot de sauvetage perdu en haute mer, il ne manquerait pas une voix pour expédier William Geddes par-dessus bord.

C'est la pause du milieu de matinée. J'ai terminé la présentation de nos preuves, à l'exception des éléments contenus dans la « lettre de Johnson » de Chambers, les preuves censées disculper son client.

Des jurés se dirigent vers la porte pour se détendre les jambes, griller une cigarette.

Il commence à faire un peu chaud dans la salle, problème inhérent aux constructions vétustes.

Lenore Goya, qui est près de la porte, sort dans le couloir pour téléphoner au service d'entretien, leur demander de baisser le thermostat.

Elle est de retour au bout de deux minutes.

« Vous êtes prêt à la faire ? » Elle parle de la lettre de Johnson. Je soupire longuement.

« Oui. Rappelez-les. »

Elle récupère trois jurés qui étaient sortis fumer dans le couloir et nous reprenons la séance.

Je les rappelle à l'ordre et leur annonce qu'ils ont eu connaissance de toutes les preuves que l'Etat est disposé à fournir à ce stade de la procédure, ce qui est à mon avis amplement suffisant pour prononcer contre André Iganovich quatre inculpations d'assassinat avec préméditation.

Je vois plusieurs d'entre eux opiner de la tête autour de la table.

« Je pense que les preuves que vous avez vues et entendues sont plus que suffisantes pour inculper l'accusé d'assassinat avec circonstances aggravantes, ce qui implique la peine de mort. »

De nombreuses preuves indiquent qu'il y a eu torture, et qu'Iganovich a guetté ses victimes avant de les tuer. La constatation d'un seul de ces éléments suffirait à produire une sentence de condamnation à mort.

« Cependant, poursuis-je, il nous reste un point à régler. » Je leur explique la procédure relative à la lettre de Johnson, précisant que je ne suis pas partisan de son contenu et qu'on ne leur demande pas de prendre connaissance des preuves concernant les éléments qui y figurent. Je dois toutefois la leur communiquer pour respecter la loi, et ils peuvent, s'ils le souhaitent, réexaminer les preuves concernant les meurtres Scofield. Là, j'y vais doucement, à cause de la transcription des débats. Si j'insistais trop ouvertement, cela aurait l'air bizarre.

La chaleur qui règne dans cette salle a dépassé le seuil du confort. J'enlève ma veste.

Je laisse Goya distribuer des copies de la lettre qui contient les points relatifs aux preuves soulevés par Chambers et les arguments juridiques qu'il avance. Les têtes se penchent, tout le monde commence à lire.

Goya regarde du côté de la porte. Elle aimerait pouvoir l'ouvrir pour faire entrer un peu d'air frais dans la salle, mais avec un grand jury, le secret a la préséance sur le bien-être. Les senteurs jusqu'alors discrètes de la campagne s'épanouissent pleinement dans cette chaleur. Au bout de quelques secondes, le regard de Goya croise le mien. Elle aussi a perçu cette forte odeur d'étable qui prend son essor dans l'ambiance confinée.

Plusieurs minutes passent. Certains jurés tournent la lettre face contre table, ou la posent tout simplement, indiquant ainsi qu'ils l'ont lue et attendent mon signal.

Les derniers la posent à leur tour. Je scrute leur visage, guettant un signe de curiosité, une question sur le point de se formuler, cherchant parmi eux un leader que je pourrais entraîner avec moi dans la fosse.

« Y a-t-il des questions ? »

Que des regards vides. Pas une seule main ne se lève.

« Mesdames et messieurs, je sais que c'est une longue lettre. Peut-être avons-nous besoin d'un supplément de temps pour l'assimiler. »

Ils me regardent d'un air consterné, la version adulte de la tête exaspérée d'adolescents assistant à une conférence d'histoire. Leur message est clair. Ils sont prêts à pendre le Russe. Et ils veulent rentrer chez eux.

Enfin, une main se lève. Celle de Vernon Shupe, l'étudiant en droit. C'est bien, mon petit.

« Oui, monsieur Shupe. » Je lui souris avec toute la ferveur d'un vendeur de voitures d'occasion.

« Ces deux crimes ne figurent pas dans l'acte d'accusation, n'est-ce pas ?

– Non, monsieur Shupe, ils n'y figurent pas. »

Par pitié, de grâce, demande-moi pourquoi.

« Alors, pourquoi... ? demande-t-il. Pourquoi devrions-nous prendre connaissance de preuves qui concernent des crimes dont le défendeur n'est pas accusé ? »

Espèce de petit con, me dis-je, il n'a donc rien écouté ? Je persiste néanmoins à lui sourire pour l'engager à poursuivre notre dialogue.

« Excellente question. »

Il répond à mon sourire, fier de l'avoir posée.

« Parce que l'avocat de la défense pense que ces derniers crimes et les circonstances les entourant peuvent servir à disculper son client. De ce point de vue, c'est important. » Je prononce ces derniers mots avec emphase dans le but de le relancer.

« Ah. » Il se rassoit sur sa chaise.

« Ah. » C'est tout ce qu'il est foutu de dire, « Ah » ? A côté de moi, Lenore pousse un grognement presque audible. Mes yeux perforent Shupe. S'il ne fait pas fonctionner sa cervelle un peu mieux, il aura l'air d'un morceau de gruyère à la fin de sa licence en droit.

« D'autres questions ? Quelqu'un d'autre ? » Je parcours rapidement la table des yeux. Personne ne bouge en dehors de William Geddes. Ses narines sont entrées violemment en action, telles de petites fusées éclairantes qui renifleraient l'atmosphère.

« Ouais, j'en ai une, dit-il. Et ça, bordel ('scusez-moi), qu'est-ce que c'est, alors ? »

Il me regarde.

« Vous ne sentez pas ? On dirait que quelqu'un est mort. »

La voisine de Geddes écarquille les yeux, l'air de clamer à la face du monde : « Ce n'est pas moi. »

Geddes regarde sous la table en face de lui et se met à rire.

« C'est un de nos amis de la ferme », dit-il en désignant du doigt une luxueuse paire de bottes de cow-boy en peau de serpent, avec des bouts en argent.

« Vous pourriez quand même les gratter avant de venir. Laissez-moi deviner... des chevaux ? » poursuit Geddes avec un ricanement idiot.

Il s'attire le regard désapprobateur d'un autre juré, un professeur de fac qui préférerait endurer l'odeur que Geddes et son langage.

Je crains fort que ce qui s'était limité jusqu'ici à une bagarre silencieuse entre jurés ne dégénère en une confrontation plus ouverte.

Sam Holland, le fermier en question, est une des figures de proue de l'agro-industrie dans cette vallée. J'ai dans l'idée qu'en d'autres circonstances, Geddes et lui auraient pu se trouver quelque chose en commun, un patrimoine de péquenaud. Mais Geddes a tué toutes ses chances.

Holland répond à la cantonade par un haussement d'épaules. Un geste qui peut dire n'importe quoi, « veuillez m'excuser » ou l'insulte la plus grossière, tout dépend de ce qu'on décide d'y trouver.

Puis il braque son index sur Geddes. Avec sa barbe taillée de près et ses boucles grises qui effleurent son col, l'index légèrement recourbé au bout d'un bras furieusement tendu, Holland est l'incarnation dans le registre western de la « Création » de Michel-Ange.

« Et vous, dit-il à Geddes, vous vous fourrez le doigt dans l'œil. »

Geddes le toise, le cou tendu, prêt à relever n'importe quel défi.

« C'est de la merde de taureau, déclare Holland. J'aurais pourtant pensé que s'il y avait une personne capable de reconnaître ça dans cette salle, c'était bien vous. »

Geddes bondit de sa chaise. Levant les deux mains comme un arbitre sur le point de séparer deux combattants, j'interviens :

« Messieurs, s'il vous plaît. Nous devons nous concentrer sur notre sujet. La lettre qui est devant vous.

– J'en ai marre de ce mec, dit Holland.

– Va te faire foutre », dit Geddes.

Holland fait un pas pour contourner la table.

« Assez ! » Je donne un grand coup sur la table avec un de mes volumineux dossiers. Un grondement de tonnerre. Geddes et Holland me regardent et s'arrêtent pile.

« Maintenant, assis. » Un ordre sec, pour plus d'efficacité. « Tous les deux. J'ai envie de vous poursuivre pour insulte à magistrat ; une visite chez le juge Fisher. »

A contrecœur, Holland recule en traînant les pieds, la nuque ployée comme un de ses précieux taureaux d'élevage. Il s'installe sur sa chaise et décoche un ultime regard à Geddes, le genre qu'un chien pourrait recevoir avant de se faire écorcher par une de ses bottes à bout pointu.

Geddes riposte avec ce qui pourrait passer pour un ricanement, l'air d'un sale cabot galeux en sécurité derrière la palissade du corral.

Je regarde Goya, qui roule les yeux. Traduction : qu'est-ce qui nous attend encore ?

« Notre groupe a une décision à prendre, dis-je. La lettre que nous avons sous les yeux soulève des points importants. La question est de savoir s'il y aura une requête pour entendre les preuves relatives aux meurtres Scofield comme le demandent l'accusé et son avocat. Nous devons concentrer notre attention là-dessus. »

Ayant capté le signal, Goya lance sa réplique.

« Devrions-nous analyser les questions point par...

– Pour quoi faire ? intervient brutalement Geddes. Nous en avons assez vu et entendu. Votre type est coupable comme les sept péchés capitaux. »

Eh bien voilà, nous le tenons de haut lieu, comme si muni de cette affirmation et d'un coup de tampon, je pouvais mener l'accusé droit chez le bourreau.

« Quelle différence ça peut faire, qu'on le gaze pour quatre meurtres ou six ? demande Geddes. Je ne veux plus perdre de temps. J'ai autre chose à faire. Du bizeness. »

Je rappelle Geddes à l'ordre une fois de plus et préviens mon jury que nous avons une procédure à respecter.

« Bof, les procédures, dit-il. C'est que du temps perdu. » Il regarde autour de la table, Holland, Shupe, quelques autres. Silence de mort.

Puis une toute petite voix s'élève loin derrière moi, sur la droite.

« Monsieur Madriani ? »

Ravi Sahdalgi a une question.

« Oui, monsieur Sahdalgi ? »

Geddes lève les yeux au plafond.

« Ces preuves, dans les meurtres Scofield, ont-elles un lien matériel avec les crimes imputés à l'accusé, le meurtre des quatre étudiants ?

– Elles pourraient en avoir un, dis-je. Cela dépend de la façon dont vous l'interprétez.

– Et l'avocat de la défense, poursuit Sahdalgi, son argument est que celui qui a tué les Scofield a également tué les autres, mais que ce n'est pas son client ?

– Il semble que ce soit son argument.

– Dans ce cas, je pense que nous devrions prendre connaissance de ces preuves. »

Je le regarde droit dans les yeux et lui demande :

« Est-ce que c'est une requête ?

– Oui. Je demande que les preuves concernant les meurtres Scofield nous soient présentées. » Il jette un coup d'œil rapide vers Geddes. Ses yeux sont animés d'une ferme résolution, comme on en lit dans le regard d'un prophète lorsqu'il est convaincu d'exprimer la volonté du Seigneur.

« Pour l'amour du Ciel ! » s'exclame Geddes en bougeant comme s'il allait se lever.

« Asseyez-vous, monsieur Geddes. La question ne peut être débattue que si la requête est soutenue », dis-je.

Geddes retombe sur sa chaise en marmonnant des grossièretés dans sa barbe. Je crois même l'entendre bafouiller quelques propos racistes en regardant Sahdalgi. Il se tient les jambes écartées, le dossier de sa chaise basculée en arrière appuyé au mur de ciment derrière lui, et son expression est celle d'un adolescent plein de rancœur.

« Ce n'est qu'un tas de conneries. » Il l'a dit à voix basse, mais en regardant Holland de ses yeux chargés de haine.

Il n'en fallait pas plus.

« Je soutiens la requête », dit Holland. Son attitude parle pour lui : « Et vlan, prends ça. » Puis il ajoute : « Et je demande une mise aux voix. » Voilà qui ferme la porte à toute prétention de débat. Geddes n'a même pas eu le loisir de se lever complètement. Je demande alors :

« Que tous ceux qui sont favorables à la présentation des preuves concernant les meurtres d'Abbott et Karen Scofield veuillent bien lever la main. »

Tels des épis de maïs dans un champ du Kentucky, vingt-deux bras se dressent à l'unisson vers le plafond.

Geddes fait une drôle de tête et laisse échapper un grognement. A sa façon, il m'a rendu un inestimable service. Grâce à ce petit coup de main, mon jury a enfin trouvé sa voix. Il a aussi coupé les ponts avec William Geddes, qui dérive maintenant, solitaire, dans la haute mer du mépris d'autrui.

Je risque un coup d'œil du côté de Lenore Goya. Elle est rayonnante, l'image même de quelqu'un dont le plan soigneusement conçu a fini par porter ses fruits. Nous boirons plus tard dans la soirée, après la session, au bar du coin, Tories. Lenore Goya, moi-même et, bien entendu, William Geddes, car Geddes a joué son rôle à la perfection. Je retiens de ce petit épisode une étrange leçon, que Lenore Goya est vite devenue experte en dynamique de société. Son idée était vraiment la meilleure.

Ce plan a été concocté à la perfection. Un de ceux qui frôlent de près, mais avec précaution, les frontières de la corruption de jury. Geddes, tout en attirant les autres vers la requête, ne pouvait ni la déposer, ni la soutenir, ni voter en sa faveur. Pour en arriver là, il s'était laissé convaincre par une brève conversation avec Lenore. Elle lui avait expliqué, loin des oreilles indiscrètes, pourquoi nous avions besoin d'introduire ces preuves. Il l'avait aussitôt interrompue, lui intimant de ne pas dire un mot de plus. Le reste était du pur Geddes. On dit qu'un acteur n'est jamais aussi bon que lorsqu'il joue son propre rôle. Dans le cas de William Geddes, je me demande si la règle s'applique vraiment.

Claude s'était acharné à poursuivre William Rattigan, l'insaisissable directeur du Centre mondial des oiseaux de proie, un homme sans cesse en déplacement. Hier, il a enfin réussi à le coincer à son bureau, à temps pour découvrir qu'il s'apprêtait à repartir de nouveau, cette fois pour un séminaire à l'université de Los Angeles.

Claude a dû lui servir tout un baratin, lui rappeler que le grand jury, dans cet Etat, avait tous pouvoirs pour citer quelqu'un à comparaître. Rattigan a finalement accepté de faire un petit détour, de nous rencontrer ce matin à l'aéroport de la capitale. Il affirme être prêt à tout pour coopérer.

Et ce matin, assis en face de nous à une des tables du restaurant plein à craquer de l'aéroport, il secoue la tête d'un air solennel.

« C'était de la routine. » Rattigan parle du travail qu'Abbott et Karen Scofield étaient en train d'effectuer. « Il avait un contrat pour réaliser quelques recherches préliminaires sur les populations de faucons pèlerins qui sont en diminution sur la bande côtière de votre Etat. Il était l'un des trois directeurs de recherche régionaux que nous avions affectés à ce projet. Mais il n'y a rien à cacher, poursuit-il. Aucun mystère. La population de faucons pèlerins décline régulièrement depuis plusieurs années aux Etats-Unis. C'est une espèce menacée depuis plus d'une décennie maintenant, mais comme elle est aussi très résistante, nous l'avons choisie au détriment de certaines autres. Nous avons pensé qu'il y avait de fortes chances de pouvoir les sauver, en faisant des efforts. Sans espérer reconstituer leur population d'origine, nous estimions du moins qu'il était possible d'empêcher l'extinction de l'espèce.

– Quel rôle jouait Scofield là-dedans ?

– Il réalisait pour nous des recherches initiales. Cela consistait essentiellement à localiser des sites d'habitat naturel. Des endroits où les oiseaux auraient une chance de s'implanter et de survivre si on les lâchait dans la nature.

– A quoi ressemblaient ces recherches ? » Ce que je voudrais savoir, c'est si ces activités auraient pu l'amener à croiser le chemin du meurtrier.

« Nous avions un protocole, dit-il. Nous vérifions un certain nombre de choses : absence de prédateurs naturels ; si l'on utilisait des pesticides dans le secteur ; passage de piétons ; perspectives de croissance et de développement ; mouvements d'aviation civile risquant de perturber les schémas d'élevage.

« Nous avons travaillé à partir d'une liste. Les données étaient entrées dans un ordinateur et les zones favorables où nous pouvions lâcher les oiseaux dans la nature (pour l'essentiel des terres appartenant à l'Etat) étaient identifiées. Il arrivait parfois que les oiseaux migrent et s'installent ailleurs, mais jamais bien loin.

– Autre chose à part la recherche ? » Claude tâte le terrain.

« Aux termes du contrat, le Dr Scofield avait également mission de lâcher les oiseaux et de les contrôler pendant quelque temps après cela.

– Et où obtenait-il les faucons ?

– Nous élevions les spécimens initiaux au centre. Lorsqu'ils étaient capables de voler et de chasser, c'est-à-dire de se nourrir sur le terrain, nous les expédions au Dr Scofield. Une partie de son contrat consistait à les lâcher, préalablement bagués, dans la nature. Il les nourrissait et les assistait au début, veillant à ce qu'ils apprennent à survivre – s'adapter à leur environnement, nidifier, élever leurs petits.

– Voilà qui explique les boulettes alimentaires et les souris », dit Claude, faisant allusion aux grandes quantités de produits achetées par Scofield mais que l'on n'avait pas retrouvées au labo. « Ces oiseaux pourraient manger des souris ? demande-t-il.

– Vivantes si possible, précise Rattigan.

– Savez-vous où le Dr Scofield lâchait ces oiseaux ? demande Claude. Où exactement à Putah Creek ?

– Où ça ? s'étonne Rattigan.

– Putah Creek.

– C'est un nom qui ne me dit rien. Laissez-moi vérifier. » Il pose sa mallette sur la table. « J'ai apporté des copies des cartes sur lesquelles il travaillait. Mais Putah Creek, franchement, ça n'a pas l'air de coller. Si je me rappelle bien les conversations que nous avons eues, il fallait choisir des zones de mise en liberté près de la bande côtière. »

Rattigan récupère une grande carte dans le rabat de son attaché-case. Il la déplie sur la table et l'étudie pendant quelques secondes, suivant certains tracés du doigt.

« Nous y voilà, dit-il. C'est là. Dans ce secteur. »

Il nous désigne une zone à l'extrémité de Napa Valley, à plus de cent cinquante kilomètres du site des meurtres Scofield et de la plateforme dans les arbres, sur la rive de Putah Creek.

Claude m'adresse un de ces regards que l'on associe aux phénomènes incompréhensibles. Il plonge ensuite la main dans la poche de sa veste et en sort quatre sachets de plastique transparent fermés par une glissière qu'il pose sur la table.

« Vous pouvez jeter un coup d'œil là-dessus et nous dire ce que c'est ? » demande-t-il.

Rattigan les prend l'un après l'autre et les examine avec soin. Il en repose trois sur la table.

« Aucun doute là-dessus. Ce sont des plumes de faucons pèlerins. Des tout jeunes », dit-il, confirmant l'information fournie par le laboratoire de l'Oregon. Il lève vers la lumière le dernier sachet qu'il tient encore dans sa main. A l'intérieur, une plume plus grande et plus large, froissée, striée en son milieu.

« Mais pas celle-ci. »

C'est une des plumes que nous n'avons pas pu identifier. Nous attendons toujours le rapport du laboratoire de l'Oregon la concernant. Je lui demande :

« Vous savez ce que c'est ?

– Est-ce que ces différentes plumes ont été trouvées à proximité les unes des autres ? » Il répond à une question par une autre.

« Oui, dis-je. Elles étaient pour ainsi dire mélangées. Par terre. » De fait, elles ont été trouvées ensemble sur la plate-forme, mais je m'abstiens de le préciser.

« Là, je ne comprends pas, dit-il.

– Qu'est-ce que vous ne comprenez pas ?

– Les études d'Abbott. Elles ne mentionnaient aucune trace de prédateurs. Nous avons vérifié avec le plus grand soin. C'est toujours la première chose que nous regardons.

– De quoi parlez-vous ?

– Cette plume appartient à un grand duc de Virginie, explique-t-il. C'est un oiseau qui ne vit pas naturellement dans ce secteur.

– Vous voulez dire, le secteur indiqué sur la carte ? La bande côtière ?

– Je veux dire cet Etat. La région d'origine du grand duc de Virginie, ce sont les forêts du Nord, le Canada et la partie septentrionale des montagnes Rocheuses. Il n'est pas d'ici. »

Claude et moi le regardons.

« Si je comprends bien, dis-je, ce grand duc, il tuerait les faucons s'ils se trouvaient réunis au même endroit ?

– Sur-le-champ. » Ses yeux quittent les plumes enfermées dans le sachet de plastique pour se porter sur nous. « C'est un prédateur mortel pour le faucon pèlerin. Mais ne me demandez pas comment il est arrivé là. »

CHAPITRE 21

Ces temps derniers, j'ai fait l'objet de subtiles pressions de la part des notables du comté pour boucler cette affaire en une seule fournée, en collant les six meurtres d'un coup sur le dos du Russe. Ce serait chose simple à faire. Cela remettrait les pendules à zéro et m'apporterait de nombreux amis dans ce comté, parmi les huiles de la municipalité et de l'université.

Mais il y a un problème. Je nourris le sérieux soupçon que Chambers joue cette partie avec un autre joker en réserve, quelque chose qu'il nous garde au chaud jusqu'au procès. J'en ai eu un aperçu devant la porte du Russe, le jour où la police fouillait son appartement. Cela se trouvait dans les journaux empilés par terre dans le couloir. Deux d'entre eux portaient une date antérieure aux meurtres Scofield. Cela suggérait que le Russe n'était plus là quand ils ont été commis.

Le sixième sens est une chose que l'on développe à force de pratiquer le droit procédurier. Il s'exprime trop souvent comme l'ombre prémonitoire d'un désastre, telle une mouche écrasée sur une vitre.

Nous n'avons pas pu établir à quelle date le Russe était entré au Canada. Mais je soupçonne Chambers de pouvoir le faire. Si je ne me trompe pas, il attend en embuscade, prêt à me jeter ça à la figure. Si j'accuse son client des deux derniers meurtres, il va nous sortir un alibi en or massif, ce qui fera rejaillir le doute sur les autres accusations. C'est pourquoi il est de la plus haute importance pour moi de produire un levier plausible, que je puisse introduire entre les meurtres des Scofield et ceux des étudiants.

On frappe à la porte de mon bureau, des jointures qui raclent la paroi vitrée. J'ouvre. C'est Jane Rhodes, ma secrétaire.

« Il y a quelqu'un qui veut vous voir. (Elle lit la carte de visite qu'elle tient à la main.) Un certain M. Golumbine. » Elle s'avance et laisse tomber la carte sur mon bureau.

DENNIS GOLUMBINE
ADJOINT AU MINISTÈRE DE LA JUSTICE
DIRECTION JURIDIQUE

« Faites-le entrer. » Je m'attendais à cette visite.

Une seconde plus tard, un individu d'âge indéfini, pâle comme un cadavre, cheveux bruns clairsemés et lunettes à monture de fer, est introduit dans mon bureau. Il produit péniblement un sourire, mille rides supplémentaires dans un visage qui ressemble déjà à une prune ratatinée.

« Monsieur Madriani », dit-il en tendant la main. Je la serre. Et regarde sa carte.

« Monsieur Golumbine. »

« Bine », précise-t-il en pinçant les lèvres. « Cela se prononce Golum-bine [1].

– Asseyez-vous, je vous prie », dis-je en lui désignant une des chaises disposées de l'autre côté de mon bureau. Je devine parfaitement ce qu'il vient faire là. Le sérieux de son propos est plaqué sur son attitude comme une fresque sur un mur Renaissance.

« Que puis-je pour vous ?

– Nous avons reçu une plainte, dit-il. Concernant votre service. On m'a chargé d'enquêter. »

Je lui réponds par un petit sourire, genre, c'est donc ça ?

« Oui. » Il farfouille dans sa sacoche, une antiquité ventrue, et en sort un bloc-notes jaune. « Une plainte concernant l'instruction actuellement menée contre... (Il consulte ses notes) André Iganovich est, si je ne me trompe, le nom de l'accusé. »

La missive de la Noix de coco a mis un certain temps avant de remonter au sommet du fatras accumulé dans la corbeille de courrier du ministre.

« Veuillez m'excuser », dis-je. Je décroche le combiné, enfonce la touche de ligne intérieure et effleure quelques chiffres.

« Pourriez-vous venir ici un instant ? » Je raccroche et reporte mon attention vers Golumbine. « Vous disiez ?

– Nous avons reçu une plainte concernant la façon dont cette affaire

1. Par opposition à la prononciation, normale en anglais, Golum-baïne. Ceci pour souligner le côté pointilleux et contrariant du personnage. *(N.d.T.)*

était menée, et plus particulièrement des erreurs commises dans la procédure de demande d'extradition. Nous aimerions nous assurer de votre coopération pour réunir les renseignements nécessaires afin de déterminer quelles erreurs ont été commises, si erreurs il y eut. »

Une grimace : je vous en prie, allez-y.

« Il s'agit d'une affaire grave, dit-il.

– C'est aussi de l'histoire ancienne. Vous n'ignorez pas que M. Iganovich réside actuellement à la prison du comté de Davenport, où il attend de comparaître devant la justice pour répondre de quatre chefs d'accusation d'assassinat ?

– Nous l'avons effectivement lu. Il n'empêche.

– Parlez-moi un peu de cette plainte. Qui en est l'auteur ?

– C'est confidentiel.

– Aux termes de la loi ?

– Aux termes de la politique du ministère.

– Mais vous pouvez certainement m'en communiquer la teneur... »

Il secoue la tête.

La porte s'ouvre, livrant passage à Lenore Goya. Golumbine se lève d'un bond en la voyant. Je fais les présentations. Il ressemble à l'obsédé sexuel du village, avec sa façon concupiscente de la regarder et la molle poignée de main qu'il lui offre.

« Mme Goya m'aide à requérir dans cette affaire. » Lenore a également fait quelques heures supplémentaires avec Kay Sellig, qui nous a annoncé la venue de quelqu'un du ministère de la Justice. Elle ne savait pas qui exactement. Elle nous a également dit que la lettre d'Acosta n'avait pas autrement ému le ministre, qui est un fin politicien. Pourquoi se laisser embarquer dans des querelles de clocher ? Il s'en est débarrassé en l'expédiant à un adjoint en bout de ligne, sans instruction ni mission particulière.

« Vous me dites que la politique du ministère vous empêche de nous communiquer le contenu de cette plainte ?

– C'est exact. »

Je regarde sa carte.

« Qu'est-ce que la direction juridique a à voir avec l'extradition ? Je croyais que les extraditions étaient traitées dans une section à part. »

Il émet une petite toux sèche et redresse son nœud de cravate. Puis jette un regard en coin vers Lenore dont la jupe a remonté de quelques centimètres sur ses jambes croisées.

« Nous donnons un coup de main quand l'occasion se présente. »

Je hoche la tête et souris.

« Juste un coup de main.

– C'est ça.

– Eh bien, que voulez-vous au juste ?

– Avoir accès à vos documents de travail, à vos dossiers. »

Je prends l'air surpris.

« A tout ?

– Oui. »

Ce type a peut-être l'air d'une bouillie réchauffée, il n'en a pas moins un sacré culot. Lenore intervient.

« Puis-je vous demander à quel titre ?

– Pardon ?

– Quel pouvoir pouvez-vous légitimement avancer pour intervenir dans une instruction en cours ?

– Oh, mais nous n'intervenons pas, dit-il. Nous enquêtons simplement à la suite d'une plainte.

– Parfait, dit-elle. Donc, quel est votre pouvoir pour mener une telle enquête ? »

Il ne regarde plus ses jambes. Il fouille furieusement dans la mallette posée sur ses genoux et commence par en sortir diverses paperasses et un agenda avant de produire un petit volume à couverture bleue non brochée. Le code pénal, version abrégée. Il le feuillette pendant quelques secondes de son index humide avant de lui citer un article.

« Puis-je jeter un coup d'œil ? demande-t-elle.

– Mais certainement. » Il lui tend le livre.

« Ceci concerne le droit du ministre de la Justice de contrôler les demandes et ordres d'extradition *avant et pendant la procédure*, dit-elle. Je ne vois rien là concernant des demandes d'extradition qui ont été rejetées ou conclues d'une manière ou d'une autre.

– J'estime que ce n'est pas clair, déclare-t-il. Nous pensons avoir un pouvoir plus large.

– Nous ? s'étonne-t-elle. Vous parlez du ministre de la Justice ? Est-ce lui qui a spécifiquement diligenté cette enquête ?

– Euh, enfin, mes supérieurs.

– Et qui pourraient-ils donc être ? » dis-je.

Golumbine commence à transpirer.

Il me lâche deux ou trois noms, des fonctionnaires de niveau intermédiaire à la Direction juridique.

Je l'emmène dans une autre direction, juste au-dessus du précipice.

« Je crois comprendre que vous connaissez le juge Ingel ? »

Le regard qu'il me lance est chargé d'une inquiétude naissante.

« C'est une relation, précise-t-il.

– Oh, je croyais que vous aviez travaillé ensemble au bureau du ministre, que vous étiez assez proches.

– Nous nous connaissons. » Une légère couleur lui monte aux joues, le fard de celui qui s'est laissé surprendre.

« Il ne vous aurait pas téléphoné, des fois, au sujet de cette affaire, hein ? »

C'est une véritable quinte de toux qui l'ébranle maintenant, il doit se cacher derrière sa main. Un mouchoir apparaît, mais plutôt que pour s'essuyer la bouche, c'est pour s'éponger le front qu'il l'utilise.

« Nous ne pouvons parler des détails d'une enquête officielle, affirme-t-il.

– Ah ! Une enquête officielle. » Je hoche la tête : ben voyons.

« Avez-vous un avis formel concernant l'interprétation de cet article du code ? » demande Lenore.

Golumbine commence à se sentir pris dans un étau entre Goya et moi.

« Humm ? » Il la regarde.

« Un avis du ministre déterminant le pouvoir de votre direction relativement à cet article ? » Elle parle de la stipulation du code pénal que Golumbine voudrait utiliser pour s'introduire dans nos dossiers.

« Je ne sais pas, répond-il.

– Eh bien, vous pourriez peut-être essayer de nous en apporter un. » Elle laisse tomber le livre sur les genoux de son propriétaire. « Ainsi qu'une lettre signée de votre supérieur.

– De quoi parlez-vous ?

– Mme Goya vient de soulever un argument fort valable, dis-je. Ce serait bien, juste pour couvrir nos arrières, d'avoir une lettre signée du ministre avant d'ouvrir nos dossiers comme ça... Vous comprenez, n'est-ce pas. »

Je me lève de ma chaise, main tendue, pour signaler que l'entretien est terminé.

« C'était un plaisir de vous rencontrer », conclus-je.

Golumbine est empêtré entre les paperasses et le bloc-notes qu'il tient d'une main et le code pénal que, de l'autre, il empêche de glisser de ses genoux. Tout en essayant de jongler avec son attaché-case dont il retient la poignée de son auriculaire rose. Il va falloir qu'il lui mette une attelle, demain matin.

Lenore ouvre la porte et lui indique le chemin. Il franchit le seuil plié en deux, retenant tout son foutoir comme il peut. Nous venons d'éviter la dernière balle de la Noix de coco.

William Geddes s'est retiré du grand jury, prétextant je ne sais quel empêchement personnel. Mis en quarantaine par ses collègues – c'était le prix à payer pour sa petite performance – il a eu l'idée de ce départ prématuré. Je ne l'en ai pas dissuadé.

Vu le bref échange de phrases qu'ils ont eu en aparté avec Lenore, le fait qu'il ne prendra maintenant plus part à aucun vote élimine totalement le moindre soupçon de tentative de corruption du jury par la jeune femme. Geddes a été remplacé par un des suppléants, une femme qui a assisté à la présentation des preuves. Elle siège maintenant depuis deux jours avec les autres pour notre galop d'essai sur l'affaire Scofield, ma façon de tester la théorie des deux meurtriers distincts.

Hier, Goya et Kay Sellig ont fait devant les jurés le numéro de l'expertise pour la corde et les piquets de tente, leur exposant les différences entre ceux trouvés sur les sites des deux premiers meurtres et ceux qui avaient servi à ligoter et tuer le couple Scofield. Goya est allée aussi loin qu'elle a osé, quasiment jusqu'au point d'affirmer qu'un imitateur avait tué les Scofield.

Mais ça, c'est quelque chose que nous avons gardé en réserve pour notre témoin du jour.

Dans une autre vie, Harold Thornton a enseigné, sans jamais être titulaire, dans plusieurs universités de prestige. Elles occupent une place impressionnante sur son curriculum vitae. Ancien maître-assistant en psychologie, il est maintenant consulté par une poignée d'agences chargées de l'exécution de la loi dans cette partie de l'Etat : leur expert local en profils psychologiques de criminels.

Un bon témoin expert fera avancer votre cause sans donner l'impression de plaider pour elle. Il se présentera au jury comme un enseignant compétent, objectif, dépourvu de passion, ne versant jamais dans l'excès ou la démesure, l'image même de l'intégrité universitaire. En un mot, l'expert de rêve est ce que les putes connaissent si bien, un escroc. C'est doublement vrai si, comme moi aujourd'hui, l'on fouille dans les sombres méandres de l'esprit humain.

« Pouvez-vous indiquer votre nom pour notre procès-verbal ? »

Il le donne, épelant son patronyme au greffier.

« Avez-vous des diplômes universitaires ?

– Un doctorat de philosophie, dit-il. En psychologie.

– Et votre spécialité est... ?

– La psychopathologie. »

Il communique au jury une vue d'ensemble de son passé universitaire, formation, postes d'enseignant, publications universitaires, tous les ingrédients qui feraient de lui un expert témoin devant n'importe quel tribunal. Le genre d'homme autorisé à donner son opinion sur des questions entrant dans son domaine d'expertise. Je lui demande :

« En raison de vos compétences professionnelles, avez-vous déjà assisté des agences chargées de l'application de la loi dans l'élaboration de profils de personnalité, ce que l'on appelle maintenant le profil psychologique ?

– Oui, cela m'est arrivé.

– Combien de fois ? »

Il réfléchit un instant.

« Vous parlez de l'élaboration d'un profil, ou de collaboration ?

– D'élaboration.

– Six... Non, cinq fois », dit-il.

Cela me fait légèrement tiquer, tout au fond de moi, là où les jurés ne peuvent rien voir. J'aurais espéré une expérience plus étoffée. Thornton m'a été fourni par Kay Sellig pour une simple raison : avec des délais aussi courts, il était le seul expert disponible dans le coin.

« Pouvez-vous expliquer au jury le principe du profil psychologique criminel, comment cela fonctionne ?

– C'est extrêmement simple, me dit-il, sans détour. »

Un petit signal d'alarme psychique retentit dans ma tête. Je me sens toujours mal à l'aise lorsqu'un universitaire prétend qu'une chose est toute simple.

Thornton passe la surmultipliée. « Le profil repose sur certaines présomptions psychobiologiques », commence-t-il.

C'est bien ce que je pensais. Je le coupe illico.

« Docteur Thornton, il nous manque à tous ici quelques unités de valeur pour avoir notre doctorat en médecine. Si vous pouviez utiliser le langage de tout le monde, ce serait bien. » Je lui souris, un sourire sympathique et chaleureux. Il me regarde d'un air chagrin avant de s'élancer. « L'établissement d'un profil repose sur une seule observation, que la manière dont une activité est exercée, la manière dont elle est réalisée, vous apprend beaucoup de choses sur la personne qui l'exerce. »

Excellent, me dis-je. Droit au but, sans fioritures.

« Dans le cas d'actes criminels, poursuit-il, si nous connaissons les habitudes et les traits de caractère d'individus ayant commis certains types de crimes, nous pouvons utiliser ces éléments pour produire une description de comportement correspondant à l'auteur classique de ce crime particulier. »

Je me détourne pour prendre quelques papiers sur la table. Le temps que je revienne à lui, Thornton est reparti s'enliser dans les abstractions. Je vois les têtes dodeliner autour de la table, comme si le moment de la matinée où l'on fait sa petite sieste était arrivé. Je l'interromps au milieu d'une phrase.

« Le sexe, docteur Thornton. Parlons donc de crimes sexuels. »

Deux des fermiers à demi assoupis se dressent brusquement sur leur chaise, les mains tendues vers les pis de vache, comme si c'était l'heure de la traite.

« Utilisez-vous les profils psychologiques pour les crimes sexuels ?

– Oh, bien sûr. Le viol en série est un exemple classique. »

Merci, mon Dieu, pour tes menues faveurs. Je poursuis :

« Mais vous ne pouvez pas l'appliquer à toutes les sortes de crimes ?

– Non, non, admet-il. Il y a des catégories entières de crimes, la plupart, en fait, où le profil ne peut pas s'appliquer.

– Pouvez-vous nous en donner quelques exemples ?

– Bien sûr. » Il réfléchit quelques secondes. « N'importe quel crime où il y a un contact limité avec la scène du crime. Le vol simple, la plupart des cambriolages. Ce sont des crimes qui ne témoignent généralement pas d'un désordre psychologique particulier. Dans ces cas, peu d'éléments de la personnalité du criminel peuvent être déterminés en étudiant la scène du crime. Si un type rafle le contenu de la caisse à la pointe du revolver, on n'aura pas grand-chose, en dehors de ses empreintes digitales. »

Tel du charbon long à se consumer, le jury commence à accrocher. Je perçois quelques petites braises d'intérêt rougeoyer à la périphérie. Thornton a endossé la robe du professeur, le meilleur camouflage qui soit pour un bon expert.

« Parce que le goût de l'argent est un vice humain trop répandu pour rendre le profil utilisable dans de tels cas ?

– Précisément.

– S'il en est ainsi, quels sont les crimes qui se prêtent le mieux à l'établissement d'un profil psychologique ?

– Généralement, ce sont les cas où il y a eu un déploiement considérable d'activité physique sur la scène du crime, quand la victime est soumise à une violence manifeste de la part du coupable. Comme je le disais tout à l'heure, le viol est un excellent exemple. L'homicide accompagné de violences sexuelles, tout crime violent impliquant un rituel, de graves actes de torture, les cas où la victime est défigurée ou mutilée, que ce soit avant ou après la mort. Voilà des cas classiques d'application utile du profil de personnalité.

– Et pourquoi donc ?

– Parce que de par leur nature même, ces actes impliquent un désordre psychologique grave. Les manifestations physiques qui apparaissent sur la scène du crime, l'acte lui-même, sont souvent organisés par le subconscient d'une manière prévisible. Nous savons ceci pour avoir étudié des actes criminels identiques, perpétrés par des gens qui souffraient des mêmes troubles mentaux. Cela place l'auteur du crime hors de la norme, cela le distingue des autres, pas forcément aux yeux d'un observateur ordinaire, mais certainement à ceux de l'enquêteur chevronné qui examine les antécédents du suspect. »

Je l'emmène faire une petite digression. Nous parlons de traits et de caractéristiques, des cubes de construction qui constituent la personnalité de l'auteur typique pour les différentes catégories de crimes.

Ces traits ont été développés par les experts à la faveur de centaines d'interrogatoires menés auprès d'esprits dérangés enfermés dans des prisons ou des établissements psychiatriques. Les experts sont parfois allés jusqu'à suivre le bourreau dans la salle d'exécution pour essayer d'en savoir plus.

« Pouvez-vous expliquer au jury comment ces traits de caractère spécifiques s'appliquent habituellement pour appréhender un suspect particulier ?

– Nous avons découvert qu'au moment où l'individu atteint un âge auquel... » Thornton leur explique que l'auteur du crime, dans de tels cas, est généralement un homme. « A l'époque où ils commettent un tel crime, ou une série de crimes semblables, des crimes d'une extrême gravité qui font d'eux des candidats au profil psychologique, ces individus ont déjà développé certains schémas de comportement dans leur vie. »

L'interrogatoire d'un expert ressemble à une chanson, une sorte de poème litigieux. Il y a un rythme propre qui se dégage. Cela part du général, de vastes théories, pour aboutir au particulier, l'étude de cas précis. S'il est bien mené, l'interrogatoire laisse le jury avec une vision concrète des choses, l'impression que le point de vue de l'expert appartient au monde des réalités, que ce n'est pas une espèce de vapeur éthérée qui flotte au-dessus d'un bec Bunsen.

« Pouvez-vous nous fournir un exemple réel de la manière dont vous avez appliqué un profil de personnalité, un cas précis ? »

Thornton reste un instant plongé dans ses pensées, l'expression intense d'une expérience douloureuse s'inscrit sur son visage.

« Oui, un cas qui s'est produit dans un autre comté, finit-il par dire. Une série de meurtres rituels. L'un des traits, un schéma de comportement commun à ce type particulier de sadomasochisme, nous indiquait qu'il y avait probablement quelque chose dans le passé du coupable, une tendance infantile et fétichiste à maltraiter, torturer des animaux familiers. Ce genre de chose. Nous avions quatre suspects principaux. Aussi avons-nous fouillé le passé de chacun en remontant à plusieurs années en arrière : services sociaux infantiles, écoles, membres de la famille, amis. »

Thornton nous raconte comment les enquêteurs ont appris à donner des coups de sonde pour détecter le point vulnérable, à glisser les questions subtiles sans en avoir l'air : « Votre ami a-t-il déjà arraché les ailes d'un oiseau vivant ? Ou, par espièglerie, fait frire le chien du voisin après l'avoir inondé d'essence ? » L'enquêteur vraiment pointu, le meilleur flic pour ce genre de travail, explique Thornton, c'est le bon gros qui écoute d'une oreille indulgente les confidences sur les mauvais coups de jeunesse. »

Je regarde les jurés échanger des coups d'œil. Le message circule : méfiez-vous de M. Tout-le-Monde s'il porte un badge. Thornton poursuit :

« Au bout de deux jours d'interrogatoires menés par neuf officiers de police, un recensement miniature en quelque sorte, un suspect a concentré sur lui les regards de tous les enquêteurs. Neuf heures plus tard, il avouait les cinq crimes. Quand les choses sont menées rondement, c'est ainsi que ça marche, avec un peu de chance. »

Je regarde mon jury. Thornton a touché un maximum de cibles pour un expert, il a préparé le terrain, prouvé que l'établissement d'un profil psychologique se situait au-dessus de l'astrologie dans la hiérarchie scientifique, que c'était beaucoup plus crédible que la lecture du marc de café.

Je franchis le dernier virage et fonce droit sur mon point crucial.

« Docteur Thornton, avez-vous eu l'occasion, à notre demande, d'étudier les crimes, la série de crimes notoirement connus dans cette région sous le nom de “ meurtres de Putah Creek ” ?

– Oui.

– Afin d'éviter toute confusion chez les jurés, pouvez-vous nous préciser lesquels vous avez précisément étudiés ? Nous donner les noms des victimes ? »

Thornton veut consulter ses notes pour se rafraîchir la mémoire. Il distingue trois séries de meurtres soumis à son examen par le bureau du shérif du comté de Davenport. Les deux séries de meurtres d'étudiants et ceux, ultérieurs, d'Abbott et Karen Scofield.

« Et dans ce contexte, vous a-t-on demandé d'établir des profils psychologiques de l'auteur ou des auteurs de ces crimes ?

– Oui. »

Je précise clairement que pour cela, Thornton n'a pas eu accès à André Iganovich, il ne l'a pas interrogé, il n'a pas eu l'occasion de l'observer. C'est le genre de détail sur lequel Chambers se jetterait s'il était ici pour effectuer un contre-interrogatoire. La principale faiblesse de notre galop d'essai, c'est l'absence d'adversaire en face de nous. C'est pourquoi je joue l'avocat du diable.

– Et en appliquant vos connaissances de psychiatre diplômé et formé sur le terrain, en utilisant une expérience de nombreuses années de pratique du profil psychologique, vous êtes-vous fait une opinion quant au profil de l'auteur des crimes en question ?

– Tout à fait.

– Pouvez-vous nous en communiquer la teneur ? »

Il consulte ses notes.

« Pour ce qui est des meurtres de Julie Park et Jonathan Snider, les premières victimes chez les étudiants, et de Sharon Collins et Rodney Slate, les dernières, mon opinion est qu'ils ont été commis par la même personne.

« Pour ce qui est des meurtres d'Abbott et Karen Scofield, mon opinion est qu'ils ont été commis par une ou des personnes différentes, pas par l'auteur des quatre meurtres précédents. »

J'attends un peu, le temps que la nouvelle fasse son chemin dans le cerveau des jurés. C'est un des zéniths de mon affaire. Tout ce qui reste à faire, maintenant, c'est de remplir les blancs avec le raisonnement qui soutient l'opinion du bon docteur.

« Et comment êtes-vous parvenu à cette conclusion ?

– Il existe un certain nombre de facteurs dans ce sens, mais le plus déterminant, l'essentiel, est la mutilation faciale de la victime Karen Scofield. D'après le rapport médico-légal, son œil gauche a été arraché de sa tête après la mort.

« Plusieurs études ont prouvé, poursuit Thornton, que la défiguration, dans de tels cas, est opérée pour une seule raison : parce que le meurtrier et sa victime se connaissaient. D'habitude, plus la relation est intime, plus la mutilation est sévère. Dans notre cas, où un œil a été arraché, je serais enclin à penser que l'assassin connaissait bien la victime. »

Il nous explique que dans ce genre de choses, le message symbolique est incontournable. En supprimant l'organe de la vue, l'assassin croit, dans son subconscient, demeurer inconnu de sa victime, lui cacher son identité.

Comme preuve à l'appui de sa théorie, il présente au jury une photo en couleurs de la tête de Karen Scofield reposant sur la table d'examen du médecin légiste.

« L'assassin a manifesté une certaine violence en enlevant cet œil. » Il désigne trois profondes entailles, l'une traversant presque tout le front et les deux autres, plus profondes, en pleine pommette, juste au-dessous de l'œil. « Ce n'est pas ce qu'on appellerait de la précision chirurgicale, dit-il. Il devait être pris de panique, complètement affolé, en agissant ainsi.

– Et votre opinion concernant les premières victimes, les étudiants ?

– C'est que les victimes et leur assassin ne se connaissaient pas. Il n'y a eu aucune mutilation faciale dans le cas des étudiants.

– Serait-il possible que le même meurtrier les ait tous tués, qu'il n'ait pas connu les étudiants mais qu'il ait connu Karen Scofield ? »

Ici, je me mets dans la peau de l'avocat de la défense. Un petit étalage d'égalité des chances, l'aveu d'une faiblesse potentielle dans notre argumentation.

« D'après les études effectuées, je dirais que c'est une possibilité des plus infimes, répond Thornton. Hautement improbable. » En bon scientifique, Thornton déteste la notion d'absolu. C'est ainsi qu'on se rend crédible.

« Les meurtres en série répondent à un schéma général, explique-t-il. Il y a des tueurs qui connaissent leurs victimes, qui les sélectionnent dans un assortiment de connaissances. Il y en a d'autres qui ne tuent que des étrangers, des victimes de hasard. En règle générale, les deux catégories de tueurs ne se recoupent pas. Nous savons pour avoir étudié de nombreux cas dans le passé que normalement, ils n'iront pas tuer des gens qu'ils connaissent, puis de parfaits étrangers. »

Selon toute apparence, l'œil manquant de Karen Scofield est la clé de voûte, la pierre angulaire qui soutient, dans son esprit, la théorie des deux tueurs. Bien qu'il y ait d'autres facteurs en présence, cet élément lui paraît tellement déterminant qu'il en oublie les autres.

« Y avait-il d'autres facteurs, docteur Thornton ? D'autres raisons de soupçonner l'existence d'un meurtrier différent dans le cas des Scofield ?

– Oui, répond-il. La différence d'âge entre les Scofield et les étudiants. Cela se voit très rarement dans les meurtres répondant à un schéma, même s'il y a eu quelques cas isolés. Et puis, il y a les armes du crime. Le tueur n'irait pas changer de matériel, cordes et piquets en l'occurrence, s'il en avait suffisamment en réserve. Ce qui était le cas du suspect Iganovich, si j'en crois le rapport de police. Les instruments de la mort font généralement partie du rituel, or ces meurtres sont des mises à mort rituelles, ne l'oubliez pas. La disposition des vêtements en arc de cercle au-dessus de la tête de chaque victime, le fait de recouvrir le visage des femmes de leurs sous-vêtements, tout désigne un crime obéissant à une liturgie. »

Je lui lance un regard interrogateur.

« Un meurtre rituel », dit-il plus clairement. Et il poursuit : « Non, à mon avis, il n'y a aucun doute. Les Scofield n'ont pas été tués par celui qui a assassiné les quatre étudiants.

– Pouvez-vous expliquer les similarités entre ces crimes, l'usage d'une corde et de piquets identiques ?

– Une grossière tentative d'imitation. » Il l'a dit en regardant le jury bien en face, la performance parfaitement au point de celui qui n'est pas un novice à la barre. « Ce que l'on appelle communément un crime d'imitation.

– Et vos conclusions, telles que vous nous les présentez ici, sont-elles fondées sur l'examen des preuves et sur votre opinion professionnelle mesurée d'expert en profils de personnalité ?

– Absolument. »

Je considère mon jury fantôme en me demandant si j'ai atteint mon but, si j'ai réussi à glisser un corps étranger entre ces crimes. Je ne peux rien leur fournir d'autre que la théorie et les conjectures, ces deux mamelles du jugement universitaire. Il ne me resterait plus comme unique recours, si ceci échoue, que de découvrir l'identité du meurtrier d'Abbott et Karen Scofield et de leur jeter son mobile en pâture.

CHAPITRE 22

« Je suis ravi de vous revoir. Et toutes mes félicitations. » Don Esterhauss est le président du Comité des superviseurs du comté de Davenport.

Ses paroles encourageantes visent les accusations prononcées hier contre André Iganovich : quatre chefs d'assassinat avec préméditation et circonstances aggravantes pour le meurtre des quatre étudiants. Cela fait la première page de tous les journaux de l'Etat ce matin. Iganovich est maintenant obligé de comparaître devant la cour d'assises.

Esterhauss est tout sourire tandis que nous nous serrons la main par-dessus les serviettes de lin pliées en flûte qui ornent notre table du restaurant Sibble, à une rue du capitole, de l'autre côté de la rivière. Il a sollicité cette rencontre, une petite réunion de courtoisie à en croire son organisateur, Emil Johnson. Afin qu'Esterhauss et quelques autres aient l'occasion de me connaître un peu mieux.

En balayant du regard les joueurs en présence, je commence à flairer l'embuscade : il doit y avoir quelque chose de plus sérieux à l'ordre du jour.

Emil est déjà assis de l'autre côté, coincé derrière la grande table ronde du box.

Il mâchonne un gressin recouvert de suffisamment de beurre pour remplir la baratte d'un fermier. Sa serviette, dont il a glissé un coin dans l'encolure de sa chemise, se répand en éventail sur le relief accidenté que forment sa poitrine creuse et son ventre bedonnant compressé par le bord de la table. Emil mène contre l'anorexie un combat en solitaire dont il sort vainqueur haut la main.

« Bonjour, maître. » Il incline la tête mais ne me tend pas la main et tente encore moins de se lever.

Une femme surgit de derrière le box et rejoint Esterhauss. Elle a un air vaguement familier, avec son sourire aussi éclatant qu'un collier de perles. Esterhauss fait les honneurs :

« Vous connaissez le maire de Davenport ? Janice Shaw, Paul Madriani. »

Voilà pourquoi son visage me disait quelque chose. Jusqu'ici, je ne l'avais jamais rencontrée, ayant affaire au comté, mais je l'ai déjà vue dans l'exercice de ses fonctions. La dernière fois, c'était pour l'enterrement de Feretti.

Blonde, une petite trentaine, non dénuée de séduction, elle a les traits et la morphologie d'un lutin devenu sérieux. Des taches de rousseur cernant un nez en trompette. Des cheveux coupés à hauteur d'épaules et bouclés à l'extrémité. Elle porte aujourd'hui un costume qui témoigne de son autorité, du drap bleu à rayures tennis et des épaules suffisamment rembourrées pour arrêter une balle.

Elle n'est que sourires et félicitations pour les résultats obtenus avec le grand jury.

« J'ai tellement entendu parler de vous, me dit-elle. Le comté a vraiment de la chance de profiter de vos talents. Le comité a été bien inspiré de vous choisir. »

Le visage d'Esterhauss s'illumine.

Cette chance, j'imagine, c'est que je subventionne le budget du comté tout en tenant Nikki à distance, jusqu'au jour où elle me lynchera – si elle ne m'a pas quitté avant.

A l'autre extrémité de la table est assis George Cayhill, le vice-recteur chargé des problèmes des étudiants. Nous nous sommes rencontrés il y a quelques semaines à la réunion des familles des victimes. Il me tend chaleureusement la main et se replonge dans son menu avec empressement, comme s'il savait que les choses sérieuses vont bientôt commencer.

La date choisie pour ce déjeuner me paraît bien fortuite. J'ai essayé de la retarder de quelques jours mais Emil a beaucoup insisté. Je soupçonne que ce n'est pas sans rapport avec le fait que demain, j'ai l'intention de rendre publique l'information concernant l'affaire Scofield, c'est-à-dire confirmer officiellement qu'en fait, nous recherchons un deuxième meurtrier. Maintenant que les journaux en ont parlé, ce n'est plus un secret pour personne. Les gros titres s'étalent sur toutes les premières pages et ça spécule bon train à la radio. Je ne vois pas l'intérêt de rester dans le vague. J'ai demandé à Claude d'organiser une conférence de presse en début de matinée, et je le soupçonne de l'avoir répété à Emil.

Shaw a le charme caractéristique des bons politiciens. Elle déverse à mon oreille un flot de sincérité, plus large que le Mississippi mais à peu près aussi profond que le petit bassin dans lequel barbote Sarah. En cet instant, elle emprisonne ma main comme si c'était le gros lot et me sourit en m'enveloppant d'un regard verrouillé comme un système de missiles guidé par radar.

« Asseyez-vous, je vous en prie », me dit-elle en se glissant derrière la table et me faisant signe de la suivre. Me voilà pris au piège entre Shaw et Esterhauss.

« Un verre ? » propose-t-elle. Le serveur, sentant le mouvement, une occasion de faire marcher les affaires, s'est approché de notre table. Ils ont tous un cocktail devant eux. Il semble que j'aie été invité à cette petite fête une demi-heure après tout le monde, pour que les autres invités aient le temps d'accorder leurs violons, si ça se trouve.

« Un verre de vin blanc, s'il vous plaît. » Le garçon me tend la carte des vins. « La réserve de la maison », lui dis-je.

« Remplissez donc ça au passage », dit Emil en tendant la corbeille à pain vide. Des miettes de pain, une petite file bien nette comme les corps à Gettysburg, constellent la nappe autour de la place d'Emil. S'il continue ainsi, nous allons avoir besoin de forceps pour le sortir de là quand le repas sera terminé.

« Les choses semblent avancer rapidement, dit Esterhauss, faisant allusion aux mises en accusation. Le comité est extrêmement satisfait.

– Je suis ravi de l'entendre, répliqué-je. Maintenant, il s'agirait de satisfaire également le jury d'assises.

– Effectivement. »

Esterhauss joue avec son apéritif, un breuvage non identifié dans un verre trapu. C'est un grand homme mince d'une bonne quarantaine d'années. De longues mèches de cheveux bruns virant au gris sont artistiquement ramenés sur son crâne pour dissimuler une calvitie naissante, quelque chose qui s'élargit comme la brèche polaire dans l'ozone et semble, à première vue, également inquiétant aux yeux de son propriétaire.

Esterhauss tient la quincaillerie locale. S'exprimant bien et d'un maintien irréprochable, c'est un produit de notre université. Titulaire d'un diplôme supérieur d'histoire, il a réduit ses prétentions après la fac, appréciant le prix qu'il lui en coûterait de vivre au sein d'une communauté universitaire chimérique aux horizons pourtant limités. A l'image de bien des hippies devenus commerçants dans des lieux tels que Berkeley, il est maintenant jusqu'au cou dans le commerce, assuré de vendre des pelles et des râteaux à Davenport jusqu'à la fin des temps. Mais il a exploité la situation à fond, vivant indirectement la vie d'un homme d'Etat par le biais de la politique locale.

« Il y en a pour combien de temps, avant que le véritable procès ne commence ? me demande-t-il.

– Oh, c'est toujours difficile à dire. Tout l'art d'un bon avocat de défense consiste à gagner du temps.

– J'espère qu'il ne nous en fera pas trop perdre.

– J'aimerais que vous soyez à la place du juge qui recevra ses requêtes. »

Cela le fait rire.

« Vous connaissez l'avocat de la défense, le dénommé Chambers ?

– Oui.

– Il est bon ? »

J'acquiesce de la tête.

« Il est agressif. Imprévisible. Et il sait comment manipuler un tribunal.

– Une fois que ça aura commencé, il y en aura pour... disons... quelques semaines ? » Ce type pose une douzaine de questions en même temps. Il devrait faire des dépositions. Ce qu'il essaie de découvrir, c'est combien de temps durera réellement le procès. D'une minute à l'autre, il va sortir son boulier et le poser sur la table pour calculer ce que ça va coûter au comté.

« Adrian Chambers connaît tous les points d'orgue qui permettent de ralentir la cadence, lui dis-je. C'est une musique qu'il joue sans effort. » Je lui explique qu'il ne m'est pas possible pour l'instant de donner une estimation raisonnable de la longueur éventuelle du procès, tant que j'ignore combien de témoins il va appeler à la barre, tant que je ne connais pas les différentes théories de la défense.

Je pourrais lui faire avaler son déjeuner de travers en lui disant la vérité, à savoir que nous serons probablement tous en train de goûter les fruits d'une retraite mal acquise bien avant que cette affaire soit proprement dans le sac, avant que tous les recours en appel aient été épuisés [1].

« On dit qu'il pourrait être déclaré inapte à passer en jugement, avance Cayhill.

– Ils tenteront certainement de jouer cette carte-là, lui dis-je. La première chose que Chambers essaiera de faire sera probablement d'envoyer cet homme dans un établissement psychiatrique de l'Etat

1. En droit américain, contrairement à la loi française, on peut se pourvoir en appel après un jugement d'assises. *(N.d.T.)*

pour y suivre un traitement de longue durée ou, à défaut, une évaluation psychiatrique. »

J'entends Esterhauss pousser un long soupir comme s'il voyait cette perspective se dessiner à l'horizon comme autant de boules poussées du côté déficit du boulier du comté.

« Allons, mes amis, laissez ce pauvre homme respirer. Donnez-lui le temps de consulter le menu et commander son déjeuner. » Shaw joue la carte maternante, maintenant. Dans ce numéro de gentil flic-méchant flic qui se met en place sous mes yeux, il semblerait qu'elle ne soit pas destinée à me frapper avec la masse remplie de sable. Je me demande toujours qui, à cette table, étant son égal, serait en position de jouer les gros durs.

Nous passons la commande. J'opte pour le homard australien – « Selon les prix du marché. » Puisque je suis leur invité, cela plombera un peu leur allocation gouvernementale *per diem*. Je tiens à leur faire payer en partie ce que je vois en train de se profiler : le tabassage, entre nous, de ma petite personne.

Nous sirotons nos apéritifs et grignotons. Nous sommes maintenant à mi-chemin entre la salade et l'entrée.

« A votre avis, ça va prendre combien de temps avant que les autres mises en accusation soient prononcées ? » demande Esterhauss.

Le regard que je lui adresse est un point d'interrogation.

« Avant qu'ils n'accusent ce type des meurtres des Scofield ? » précise-t-il. Apparemment, il parle d'André Iganovich.

Je n'en reviens pas. Je les observe tous deux un instant, Cayhill et Shaw. L'un et l'autre sont le portrait même de l'innocence. Mais je pense que tout ça manque de spontanéité.

Je regarde Emil. Il a le nez dans son assiette, comme s'il n'avait rien entendu.

Je suis censé penser qu'il ne leur a pas dit que nous n'avions aucune intention d'accuser le Russe des meurtres Scofield. Je commence à sourire. Ils me jouent cette petite farce pour m'impressionner, faisant de moi le lourdaud, le porteur de mauvais présages, si bien que lorsqu'ils entendront les faits, je rétropédalerai devant leur fureur, et je prêterai l'oreille à leurs suggestions, qu'ils doivent avoir accordées soigneusement à l'heure qu'il est.

« Vous n'avez pas bien lu la presse, lui dis-je. Il y a des problèmes côté preuves, des incongruités patentes. Je suis surpris que cela vous ait échappé.

– J'ai lu des articles, admet Esterhauss, mais je n'y ai pas beaucoup cru.

– Je suppose donc que cela va vous ralentir un peu, dit Cayhill. Avant que vous puissiez l'accuser des deux derniers crimes.

– Oh, non, dis-je. Cela ne m'arrêtera certainement pas. »

Il me dévisage avec des yeux ronds.

« Que voulez-vous dire ?

– Je veux dire que je ne vais pas accuser André Iganovich des meurtres d'Abbott et Karen Scofield.

– Mon Dieu, et pourquoi pas ? » s'exclame-t-il. Son ton se fait menaçant, le message est clair : si je pouvais triturer un peu ces preuves, tous les angles s'arrondiraient d'eux-mêmes. Je dois certainement pouvoir trouver un moyen d'ajuster les faits à la situation.

« Pourquoi ? demande Shaw.

– Pour une raison fort simple. Il ne les a pas commis. »

Survient alors le cliquetis des couverts retombant à l'unisson sur les assiettes, comme le bruit que produit une chaîne de forçats bien rôdée lorsqu'elle casse des cailloux. Huit yeux se braquent sur moi dans la seconde.

« Vous ne parlez pas sérieusement ? » demande Cayhill en secouant la tête avec emphase. Les railleries fusent autour de la table, une sorte de chœur reprenant le refrain. L'incrédulité se lit sur leurs visages. Même Emil a été enrégimenté pour se joindre à la scène.

« Je vais vous dire une chose, continue Cayhill. Je ne suis pas du tout d'accord avec ça. Ce n'est pas la conclusion de mon bureau, de mes gens. Ils voient définitivement un lien entre les deux. Ça vient de l'Etat, évidemment. J'ai toujours pensé que ce n'était pas une bonne idée de trop fréquenter cet endroit. »

L'endroit dont il parle est le laboratoire criminel de l'Etat, et par conséquent, Kay Sellig. C'est une échappatoire facile que de rejeter le blâme sur elle.

« Monsieur Madriani. » Il revient à Janice Shaw d'incarner la voix de la raison.

« Paul, corrige-t-elle. Vous permettez que je vous appelle Paul ?

– C'est mon nom. »

Elle affiche un large sourire, un vrai mouton.

« Paul, il faut que vous nous compreniez, ceci nous a pris par surprise. Vous nous avez coupé le souffle. Les journaux... on ne peut pas attendre autre chose que de la spéculation irresponsable de la part des journaux. Mais nous autres, au gouvernement, devons nous montrer plus diligents, plus responsables. Comment pouvez-vous être absolument sûr que cet homme n'a pas tué le Pr Scofield et sa femme ?

- Son ex-femme.

– Peu importe », dit-elle en écartant la précision comme si c'était un petit détail sans importance.

« Il serait incorrect de ma part de discuter de la substance de la preuve », leur dis-je.

Je jette un coup d'œil à Emil. Il pique du nez et continue d'émietter son pain, n'importe quoi pour avoir l'air occupé.

« Vous devez me croire sur ce point, dis-je avec insistance. Les experts criminels l'ont établi avec certitude. Iganovich n'a pas tué les Scofield. »

Elle regarde les autres d'un air gêné. Les choses ne se passent pas tout à fait comme elle s'y attendait. Elle tente à nouveau sa chance.

« Vous devez comprendre que nous avons un *gros* problème ici (en insistant sur *gros*). Depuis le début de cette série de meurtres, notre communauté a vécu sur les nerfs. Les habitants de ma ville se sont armés jusqu'aux dents. Ils ont peur d'aller se coucher, de marcher dans la rue dès la nuit tombée, leur propre ombre leur fait peur. Le mois dernier, quand je suis rentrée tard d'une réunion, mon mari a failli me tirer dessus dans notre salon. »

Il y a des occasions qui se perdent, me dis-je.

J'imagine très bien que cela a dû déranger leurs petites existences tranquilles. Un greffier du tribunal a un jour qualifié Davenport de « Camelot à bicyclette ».

Shaw poursuit son effort.

« Lorsque cet homme a été capturé, nous avons pensé que tout était terminé. Bien sûr, il allait y avoir un procès, quelques gros titres dans les journaux, mais le pire était passé. Si vous parlez à la radio demain et racontez aux gens qu'un autre meurtrier les guette dans les rues, alors, là... » Elle hoche la tête avec emphase, comme si elle venait de marquer un point. « Nous allons avoir de vrais problèmes, un manque fatal de confiance dans la sécurité publique.

– Un manque de confiance ? Mais bon Dieu, c'est la panique que nous allons avoir ! »

Shaw et Cayhill n'ont pas respecté leur texte, ils ont démasqué leur petite mise en scène en révélant qu'ils étaient informés de la conférence de presse et du contenu de ma déclaration. C'est le problème avec les trahisons, il faut assurer le service après-vente.

« Eh bien, à l'évidence, Emil vous a parlé de mon projet de conférence de presse, dis-je.

– J'en ai entendu parler par ailleurs, dit maladroitement Shaw, essayant de le couvrir.

– Ça n'a pas grande importance, ce n'était pas destiné à rester secret. Vous êtes les dirigeants élus de votre municipalité, vous avez le droit de savoir. »

Emil me lance un regard, genre : « Et comment ! »

« Provoquer une hystérie collective n'est pas mon propos. Mais continuer à prétendre que l'objectif de l'enquête sur les meurtres Scofield demeure Iganovich, c'est jouer avec le feu.

– Comment ça ? s'étonne Cayhill. Qu'est-ce qu'il y a de mal là-dedans ? L'accusé va soulever une objection ?

– Laissons les questions juridiques de côté pour l'instant et parlons de l'aspect pratique », dis-je.

Echange de sourires entendus entre Cayhill et Shaw. Ça leur a plu.

« Ne pensez-vous pas que nous prenons des risques en cachant la vérité, en ignorant les preuves désignant un deuxième meurtrier ?

– Que voulez-vous dire ? demande Cayhill.

– Que va-t-il se passer si ce fantôme, le deuxième meurtrier, commet un autre meurtre ? Que ferons-nous s'il, ou elle, recommence ? »

Tout à coup, Emil a l'air embêté. Cette éventualité ne lui avait pas effleuré l'esprit.

« Quel est celui d'entre vous qui ira dire à la famille des victimes que nous avions d'excellentes raisons de soupçonner l'existence d'un autre assassin, mais que nous sommes convenus entre nous de cacher l'information pour maintenir l'ordre public ? »

Silence de mort autour de la table. J'attends quelques instants pour donner sa chance à qui veut prendre la parole. Pas de volontaires.

« Laissez-moi vous poser une question, dit alors Shaw. Avez-vous un autre suspect pour les meurtres Scofield ?

– Non. Pas encore. »

Elle regarde Emil, des fois qu'il aurait quelqu'un en tête. Johnson secoue négativement la tête.

« Dans ce cas, je suis de l'avis de George. Nous ne devrions pas révéler la chose au public. Pas encore. Qu'en pensez-vous, Don ? » demande-t-elle à Esterhauss.

Cela commence à prendre la tournure d'une réunion de conseil municipal, comme si avec le quorum et un soutien rapide de la motion, la question allait vite être de l'histoire ancienne.

Esterhauss a l'air embarrassé du politicien pris entre deux feux. Il n'arrive pas à se décider.

« Nous ne sommes pas en mesure d'essuyer une autre tempête, Don. » Elle le fixe d'un regard intense, sévère, comme si elle voulait lui enfoncer dans le coccyx une colonne vertébrale assemblée en vitesse.

« Eh bien ? » insiste-t-elle. Janice Shaw relève autant de l'héroïne de Dickens, comme la petite Nell dans *Le Magasin d'antiquités*, que de lady Macbeth.

« C'est vrai, admet Esterhauss.

– Nous sommes d'accord, conclut-elle. Il n'y aura pas de conférence de presse. » J'interviens alors :

« Pardonnez-moi, mais je n'ai pas souvenir d'avoir demandé l'autorisation. »

Shaw me toise d'un regard impérieux.

« Laissez-moi rendre les choses aussi simples que possible pour vous. » Le côté noir de sa personnalité vient d'apparaître au grand jour. « Afin qu'il n'y ait aucun malentendu. Nous sommes habilités par nos corps politiques respectifs, le conseil municipal en ce qui me concerne, le comité des superviseurs en ce qui concerne Don, à vous interdire de dévoiler publiquement l'existence d'un autre meurtrier.

– Vous en avez discuté en session publique ?

– Bien sûr que non, répond-elle. Nous l'avons traité comme question relative à un procès, en session d'urgence à huis clos, hier après-midi.

– Vous avez donc enfreint la loi sur les réunions ouvertes au public. »

Elle a du mal à avaler ça.

« Cette exception autorisant des réunions à huis clos pour les questions relatives à un procès ne s'applique que lorsque la ville ou le comté est une des parties au procès. Il ne vous est pas possible de vous réunir derrière des portes closes pour discuter de la stratégie appropriée à un procès criminel, même si c'était votre rôle dans l'ordre des choses, ce qui n'est d'ailleurs pas le cas. »

Je vois naître dans son regard un mélange de colère et de peur, car elle vient d'en prendre conscience, elle est passible d'infraction à la législation pénale.

« Sans parler de violation délictuelle de la loi, reprends-je, la dernière fois que j'ai vérifié, il apparaissait que le procès d'un crime capital n'entrait pas dans la compétence du conseil municipal ou du comité des superviseurs. La tactique à suivre lors du procès et les mises en accusation qui doivent être prononcées sont des questions relevant du ministère public. Ce ne sont pas des questions ouvertes au débat politique. »

Shaw me regarde d'un air mauvais. Elle regrette de s'être montrée si cordiale au début.

« Vous avez été nommé par le comité, monsieur. Je suppose que le comité pourrait aussi bien vous écarter.

– Rien ne me ferait davantage plaisir que de me retirer et de vous laisser avec cette affaire sur les bras. Mais à moins que vous ne sachiez quelque chose que j'ignore concernant le juge qui préside votre tribunal, je ne pense pas que cela arrive. »

Elle n'a toujours pas compris.

« De quoi parle-t-il ?

– Ce n'est pas nous qui l'avons officiellement nommé. Ça, c'est ce que la presse locale a raconté. De fait, la nomination de M. Madriani a été prononcée par le juge Ingel.

– Mais si nous faisions une recommandation au tribunal, il serait obligé d'en tenir compte », dit-elle.

Apparemment, cette jeune personne n'a jamais rencontré Derek Ingel.

« Si vous me destituez, c'est le procureur général qui me remplacera. »

Ça les calme un peu.

« Bien entendu, vous pourriez essayer de lui servir votre boniment. Mais je doute que le tribunal récuse un procureur légitimement nommé parce que vous avez quelques difficultés politiques. »

Ma dernière remarque a jeté un froid. Nos commandes arrivent au même moment.

Je décortique avec délicatesse la carapace hors de prix de mon homard tandis que Janice Shaw, assise à côté de moi, s'étrangle avec son blanc de poulet sauce Marsala, comme si c'était un corbeau non plumé.

CHAPITRE 23

La tourmente soulevée par notre conférence de presse du début de semaine, où nous avons confirmé l'existence d'un deuxième tueur pour les meurtres Scofield, commence à se dissiper. L'information n'a plus la vedette au journal télévisé du soir. Elle est reléguée en seconde page dans la presse du matin, en attendant la découverte d'un autre meurtre identique. S'il y en a un.

Hier, j'ai encaissé un direct de vous ne devinerez jamais qui... Jess Amara, le frère de Jeanette Scofield. Histoire de faire bonne contenance, comme si, peut-être, il voulait rattraper le coup, il m'a dit que nous étions sans doute partis du mauvais pied et m'a présenté ses excuses pour les paroles et les façons désobligeantes qu'il avait eues à mon égard chez sa sœur l'autre jour. Puis, fidèle à sa manière brutale, il m'a expédié en plein estomac la véritable raison de son appel : pourquoi Iganovich n'était-il pas accusé du meurtre de son beau-frère ?

« C'est vraiment dur pour ma sœur – la seule raison que j'aie de m'intéresser à tout ça, m'assura-t-il. Tant que cette affaire ne sera pas résolue, elle ne pourra pas faire une croix dessus. Je sais que vous me comprenez, ajouta-t-il d'un ton empreint d'une compassion qui me parut un rien excessive. Plus tôt elle pourra clore ce chapitre de sa vie, mieux ce sera pour elle. »

Je lui ai dit que si lui ou la police municipale avaient connaissance de certains faits reliant Iganovich aux meurtres Scofield, je leur saurais gré de me les communiquer. Le silence s'est aussitôt abattu sur notre conversation, qui a tourné court. Comme si quelqu'un se souciait des preuves ! semblait-il dire. Même la veuve éplorée veut que le Russe soit condamné, semble-t-il, et que l'affaire soit bouclée.

En plus de ça, je suis toujours confronté à l'ire des politiciens du comté, qui refusent de m'adresser la parole. Claude m'a confié que cela incluait Emil, mais lui, il continue à me servir loyalement.

Nous nous sommes enfermés ce matin dans la petite bibliothèque juridique de Davenport en prenant la précaution d'accrocher à l'extérieur de la porte une pancarte « NE PAS DÉRANGER ». L'objet a vraisemblablement été chipé dans un motel par un des fonctionnaires de l'endroit, un jour où il effectuait un voyage aux frais du comté.

La table croule sous les piles de procès-verbaux des délibérés du grand jury, les déclarations de témoins, les traités juridiques et divers codes.

Kay Sellig a apporté deux volumineux cartons à notre réunion. Agrémentés du logo Marlboro sur les côtés, ils contiennent un assortiment de sacs en papier dont l'extrémité pointe le nez par-dessus les bords. A l'intérieur de ces sacs, quantité d'éléments de preuves matérielles : agrandissements au microscope, extrémités de la corde en plastique agrandis soixante-dix fois, piquets de tente dont certains portent encore des traces de sang séché. Il y a aussi le chiffon couvert de taches de sang brunâtre, enfermé dans un sac de plastique transparent, tel qu'il était le jour où on l'a découvert dans la camionnette d'Iganovich.

Sellig a la garde légale de ces pièces et de bien d'autres. Elle est responsable de la protection de toutes les preuves matérielles concernant notre affaire. En plus de ses autres obligations au titre d'expert criminel en chef, elle devra témoigner au procès de la manière dont chacun de ces éléments a été trouvé, étiqueté, mis en réserve pour être ultérieurement présenté au procès.

Claude et Lenore Goya sont les deux autres membres de notre groupe. C'est la première d'une longue série de sessions stratégiques qui se tiendront dans le mois à venir pour préparer le procès. Je demande à Goya :

« Quels sont les bruits qui courent, pour l'instant ?

– Un calme inhabituel sur le front de la défense, dit-elle. Mais selon mes sources, Chambers s'active. »

Lenore n'a cessé de coller l'oreille au sol du côté de Capital City. J'ai demandé à Harry Hinds de lui donner un coup de main. Bien qu'il soit contraire à sa religion d'aider des procureurs, il a fait une exception après avoir vu Lenore. Je crois que Harry est amoureux.

« Que pouvons-nous attendre de M. Chambers ? »

Avant sa radiation de l'Ordre, Adrian Chambers s'était vu attribuer par ses collègues l'appellation d'as des prolongations. A en croire Goya, il n'a pas perdu la main.

« Cela se présente comme une bataille sur deux fronts, explique-t-elle. Le premier ressemble à une expertise psychiatrique plein pot. Chambers doit s'imaginer pouvoir gagner un an avec ça. »

L'expertise psychiatrique est une procédure standard des affaires criminelles impliquant une violence particulière.

D'après Lenore, Chambers s'est entretenu avec tous les fidèles de la religion psychiatrique qui ont accepté de lui adresser la parole, mais surtout avec des psychiatres et des psychologues, des gens suffisamment qualifiés pour qu'un juge les considère comme des experts valables.

« Il fait son marché d'opinions, dit-elle. La semaine dernière, il a même essayé Forrest Hunter. »

Claude rit.

« Il doit être désespéré.

– Ça nous a permis de découvrir ce qu'il mijotait », dit-elle.

Forrest Hunter est le psychiatre chéri des procureurs au nord de Tehachapies. Je ne l'ai jamais vu témoigner pour quelqu'un qui était accusé d'un crime. C'est un témoin de premier ordre pour le ministère public, capable d'affirmer à un jury composé de pompiers que Néron était parfaitement sain d'esprit.

« Vous pensez qu'il va plaider l'aliénation mentale ? » demande Claude.

Goya secoue la tête.

« Le bruit court qu'il compte sur un examen psychiatrique prolongé, voire un traitement, sous prétexte qu'Iganovich serait inapte à suivre son procès, incapable d'assister son propre avocat. S'il réussit à vendre cette théorie au juge, les auditions en vue d'évaluer l'inaptitude risqueraient à elles seules de durer plus longtemps que bien des procès. »

Goya a raison. Il ne faut pas beaucoup se forcer pour imaginer Chambers en train de sortir son baratin au président du tribunal, qui n'a pas encore été nommé à ce jour.

Il existe une règle cardinale en droit pénal : celui qui n'est pas en possession de toutes ses facultés mentales au moment du procès ne peut être ni condamné ni puni pour son crime. Ce n'est pas la question de la santé mentale du prévenu au moment où le crime a été commis qui est posée, mais plutôt celle de sa présence mentale au moment du procès.

« Vous pensez qu'il pourrait faire valoir cet argument ? demande Claude.

– Les opinions d'experts sur l'état du cerveau humain sont en vente partout, fais-je remarquer.

– Mais nous devrions pouvoir émousser son argument, dit Lenore.

– Comment ça ?

– Nous pourrions accepter qu'il subisse un examen psychiatrique à durée limitée dans un hôpital de l'Etat. »

Cela nous éviterait en effet une interminable série d'auditions concernant son aptitude ou son inaptitude. Cela ne plairait pas à Chambers mais n'importe quel juge, confronté à cette alternative, choisirait le moindre des deux maux.

« Ainsi, nous lui coupons l'herbe sous le pied, explique-t-elle. Quatre-vingt-dix jours d'examen psychiatrique au lieu d'un an pour les auditions et, s'il gagne, pour le traitement. »

J'admets que cela pourrait nous épargner une perte considérable de temps. Nous prenons note de contacter nos propres experts. Chambers a déjà éliminé Hunter de la course en allant lui parler, ce qui nous le rend inaccessible pour cause d'éventuel conflit. C'est ce qu'il a gagné à dévoiler son jeu. J'imagine que cela faisait partie de son plan.

Sellig nous informe que l'Association des procureurs dispose d'une longue liste de témoins d'expertise psychiatrique, des gens dont les opinions sont généralement saines et utilisables par l'Etat.

« Vous disiez qu'il allait jouer sur deux fronts. Quel est son autre argument ?

– Renvoi de l'affaire pour incompétence de juridiction », annonce Goya.

Ça, on s'y attendait depuis le début. Vu la publicité négative qui s'est déployée avant le procès, on peut raisonnablement parier que Chambers tentera de porter le procès dans un autre comté que celui de Davenport, où son client aura plus de chances d'être jugé équitablement.

En temps normal, ce genre de stratégie est gagnant à coup sûr. Mais dans notre cas, la publicité s'est répandue très loin, et il n'y a pas un comté dans cet Etat qui n'ait été submergé de nouvelles relatives à ces crimes, et qui, ayant pataugé quotidiennement dans les détails scabreux de l'affaire, n'ait eu le loisir d'y réfléchir.

Nous avons testé l'opinion publique dans les sept comtés de l'Etat dont la dimension et la population sont comparables à celui de Davenport, et par conséquent les candidats les plus plausibles en cas de renvoi de juridiction.

Selon Lenore, pour quatre d'entre eux, si nous leur expédions le prévenu pour le faire juger chez eux, nous pouvons aussi bien expédier le cyanure par le même courrier. Ce sont des endroits où l'on se méfiait de Ronald Reagan à cause de sa permissivité et où le contrôle des armes est considéré comme une persécution.

L'aspect paradoxal des crimes de Putah Creek, c'est qu'Iganovich ait choisi de tuer dans un comté globalement rural, qui devrait normalement abriter des comportements provinciaux peu éloignés de la justice immédiate par voie de pendaison à l'arbre le plus proche. A cette différence près qu'à Davenport, on peut compter sur l'effet compensateur d'une éminente université.

« Dans les trois autres comtés, poursuit Lenore, ça se vaut. » Elle veut dire que les opinions des gens de là-bas ne diffèrent pas beaucoup de celles d'ici. Dans un tel contexte, Chambers ne peut pas s'attendre à un résultat sensiblement meilleur si le procès est jugé dans l'un de ces trois comtés plutôt qu'à Davenport.

« Il peut néanmoins tenter sa chance, dis-je. Ne serait-ce que pour essayer de gagner du temps. Nous devrions classer nos informations pour les tenir à disposition du tribunal quand il lancera son offensive. »

Goya acquiesce et prend note.

Nous tournons notre attention vers Sellig et ses cartons de preuves.

J'examine un des agrandissements de clichés de section de corde que nous nous passons de main en main. Ce sont des petits tirages en noir et blanc, un peu flous et pas très contrastés. J'en fais la remarque à Kay.

« Nous pourrions obtenir une meilleure définition, ajouter de la couleur, dit Sellig, mais pour ça, il faudrait que je confie mes preuves à un laboratoire professionnel. »

Nous en discutons avec Goya. A son avis, il est extrêmement important que les jurés puissent voir par eux-mêmes le motif imprimé par l'extrusion à l'intérieur de la corde. Pour cela, des agrandissements clairement lisibles que nous présenterions sur un chevalet seraient déterminants. Nous sommes tous du même avis : il faut avoir des clichés mieux définis, donc charger des professionnels de photographier les preuves et traiter les clichés.

Kay nous présente rapidement ses preuves. Une affaire bien engagée, selon elle, mais qui n'en repose pas moins sur les circonstances.

« La clé, c'est la camionnette, dit-elle. Toutes les preuves incriminantes que nous possédons ont été trouvées dans un véhicule immatriculé au nom de l'accusé. C'est le point faible de notre argumentation. Dissociez ces éléments de leur possession par l'accusé, et notre démonstration s'envole en fumée.

– C'est justement ce que Chambers va essayer de faire, dis-je.

– Il va avancer des explications oiseuses », dit Claude.

La plus évidente, je le fais aussitôt remarquer, c'est la fenêtre brisée. Chambers va sans aucun doute arguer que les preuves incriminantes ont été jetées dans la voiture par la personne qui a cassé la vitre, après qu'Iganovich ait abandonné la camionnette.

« Sommes-nous sûrs que la fenêtre ait été cassée dans le garage ? demande Goya. Elle a peut-être été brisée ailleurs, et avant. »

Sellig secoue la tête.

« Nous avons trouvé de minuscules traces de débris de verre sur le ciment à côté de la porte de la camionnette. La reconstitution indique que ça s'est passé dans le garage. Le verre était pour l'essentiel à l'intérieur du véhicule. C'est donc que la vitre a été cassée de l'extérieur.

– Y avait-il des débris de verre sous la corde et les piquets ? » demande Claude.

La question est de savoir si la projection de débris de verre se trouvait au-dessus, ou en dessous de la corde enroulée et des piquets. Si l'on a retrouvé du verre seulement sur le dessus, c'est que les objets étaient déjà à l'intérieur lorsque la vitre a été brisée. Iganovich n'aurait pas pu ressortir de là en se faufilant.

« Nous avons regardé, dit Sellig. La réponse n'est pas concluante. Les objets étaient trop loin de la fenêtre pour recueillir une projection de particules de verre nous permettant de tirer une conclusion. »

Claude pince les lèvres, comme pour dire, c'est tout de même bien d'y avoir pensé.

« Il y a une autre possibilité, dit Goya. Il se peut qu'Iganovich ait lui-même cassé la fenêtre afin d'avoir une explication toute prête pour la corde et les piquets qui se trouvaient dedans. »

Sellig trouve que ça ne tient pas debout.

« Ç'aurait été plus simple de se débarrasser de la corde et des piquets, dit-elle. S'il y avait vraiment pensé, il aurait commencé par jeter tout ça. Non, je crois surtout qu'il n'a pas jugé que ce matériel pouvait l'incriminer.

– Même le chiffon plein de sang ? demande Lenore.

– Ça a dû lui échapper, dit Sellig. Peut-être était-il très pressé quand il a abandonné la camionnette. »

Claude nous dit que la vitre brisée est porteuse d'autres complications.

« Nos enquêteurs ont repéré deux autres véhicules garés dans le même garage à la même période, dit-il. Les propriétaires ont déposé une plainte auprès de leur compagnie d'assurances pour bris de glace.

– Du vandalisme ? » dis-je. Il hoche la tête.

« Probablement des gamins. » Je demande :

« Il manquait quelque chose dans les autres véhicules ? »

Il hausse les épaules.

« Je ne sais pas.

– Faites vérifier.

– Pourquoi ? demande-t-il.

– Si des objets personnels ont été dérobés dans les autres véhicules, c'est que nous avons affaire à du vandalisme pur. Quiconque a cassé ces vitres était à la recherche d'objets de valeur. En arrivant à la camionnette, s'ils l'ont vandalisée, ils ont bien dû regarder à l'intérieur. »

Je vois soudain le regard de Claude s'éclairer. Il a compris où je voulais en venir.

« Et ils ont peut-être vu la corde et les piquets. »

Je lui accorde un sourire. C'est l'hypothèse la plus tirée par les cheveux, cette histoire d'adolescents qui fracassent les vitres de voitures en espérant y trouver quelque chose d'intéressant. Mais certaines affaires ont été résolues grâce à des pistes encore plus hasardeuses.

C'est mon tour de faire mon rapport. J'ai déjeuné aujourd'hui avec Ravi Sahdalgi, le Pakistanais étudiant en troisième cycle qui siégeait dans notre grand jury. Tout en mangeant une salade dans un restaurant proche de l'université, j'ai sollicité son avis sur la qualité de nos preuves. J'ai plus particulièrement essayé de savoir si Chambers, au cas où on lui en donnerait l'occasion, serait capable de semer le trouble dans l'esprit d'un jury avec les preuves des meurtres Scofield.

« Son témoignage était bon. » Voilà ce que Sahdalgi pense de la prestation de Harold Thornton, notre psychiatre expert en profils de personnalité. Mais selon lui, le jury n'a pas été entièrement convaincu par ses théories.

Je me suis demandé ce qu'il dirait si je leur avais présenté les preuves médicales résultant de l'autopsie. Je suis persuadé que s'ils avaient eu connaissance du fait que les Scofield avaient été tués ailleurs, avec un couteau et non avec les piquets, ils auraient vu des différences à la pelle entre les deux séries de meurtres.

Faisant de grands gestes de protestation avec les mains, comme pour m'assurer que cela n'avait rien à voir avec la façon dont j'avais présenté l'affaire, Sahdalgi m'a dit que la similarité des circonstances était telle que beaucoup de jurés ne pouvaient pas l'ignorer. « C'est tellement facile d'acheter de la corde pour étendre le linge et des piquets de tente. Le fait que des cordes et des piquets différents aient été utilisés ne les a pas entièrement convaincus, m'a-t-il expliqué.

– Et les autres éléments, l'œil de la femme Scofield qui avait été arraché, la supposition que l'assassin la connaissait ? » ai-je rétorqué. Il a fait la moue, comme si tout ça était passé au-dessus de la tête du jury.

Trop compliqué, le baratin psychologique. Dans l'ensemble, Sahdalgi m'a traité avec ménagement, mais son message n'en est pas moins clair. Si j'avais accusé Iganovich d'avoir tué les Scofield, les différences entre les deux séries de meurtres n'auraient pas troublé le grand jury outre mesure. Ils l'auraient également accusé de ces meurtres.

J'en viens à me demander si je n'ai pas commis une erreur en refusant d'inculper le Russe pour les meurtres Scofield. Après tout, il n'est pas impossible que le Russe, même à la lumière des preuves médicales, soit responsable de la mort des Scofield. C'étaient des victimes plus âgées, davantage sur leurs gardes peut-être, que les autres. Peut-être Iganovich a-t-il été contraint d'utiliser d'abord un couteau, n'a-t-il pu suivre le rituel des piquets qu'après leur mort.

Goya me lance un regard perplexe.

« Je pensais que le témoignage de Thornton tenait la route, dit-elle. »

C'est là la difficulté de prévoir les réactions d'un jury. Neuf fois sur dix, on se plante.

« On devrait peut-être l'accuser quand même pour les Scofield », suggère Claude. Emil serait si content. Ça, Claude ne l'a pas dit, mais le message est transparent.

Je regarde Sellig. Elle a envie de s'immiscer, de défendre le point de vue contraire. Mais je sens aussi que ces derniers temps, elle a décidé de se plier à la décision des autorités locales. Elle est le comble du professionnalisme et nous a donné les meilleurs éléments de preuve possibles. A moi de décider, maintenant.

Je ne balance pas très longtemps. Pendant tout le temps de ma réflexion, Claude ne me quitte pas des yeux. Il a suffisamment de fibre politique pour se délecter à l'idée de porter une bonne nouvelle à un supérieur.

« Il nous reste tout de même un problème, dis-je alors. Nous ne sommes pas sûrs qu'Iganovich ait été disponible au moment du meurtre des Scofield. »

Lenore acquiesce.

« Nous ignorons s'il était encore ici, ou déjà au Canada, quand ils ont été tués. Si nous l'accusons de leur meurtre et que Chambers nous produit un alibi en béton, cela pourrait entacher les accusations pour les quatre autres crimes. Et apporter de l'eau au moulin de son système de défense », explique-t-elle.

Nous ruminons tous cette révélation en silence. C'est Claude qui le premier interrompt notre réflexion.

« Cela donne d'autant plus d'importance au témoin qui se trouvait dans les arbres, dit-il.

– Au fait, vous avez du nouveau là-dessus ? »

Claude pince les lèvres et secoue la tête.

« On continue à chercher. J'ai fait faire une enquête poussée sur le télescope. On a vendu six mille modèles identiques dans tout le pays rien que l'an dernier. Nous avons même vérifié le numéro de série auprès du fabricant. Nada. Celui qui l'a acheté ne l'a jamais déclaré pour obtenir une garantie. »

Encore un cul-de-sac.

Je me retourne vers Goya.

« A votre avis, il nous reste combien de temps avant le procès ?

– Six mois au minimum », répond-elle.

Je me sens un peu soulagé.

« Chambers peut faire traîner un procès pendant cette durée, et même neuf mois s'il s'y emploie vraiment », poursuit-elle. Cela nous laisse assez de temps pour approfondir les zones d'ombre de notre enquête, et pourquoi pas, trouver l'homme qui se cachait dans les arbres, la silhouette qui commence à se profiler comme le témoin principal.

L'angoisse peut torturer l'esprit humain d'un millier de façons anonymes. Pour ma part, j'ai du mal à trouver le sommeil dans les périodes d'anxiété. Ces dernières années, au cœur des affres d'un procès ou autre événement stressant, j'ai de plus en plus eu recours à des somnifères. Lorsque je suis soumis au pouvoir absolu de ces élixirs, rien au monde, pas même le martèlement des sabots des quatre cavaliers de l'apocalypse, ne peut me réveiller.

Ce soir, la sonnerie qui persiste dans mes oreilles finit par me mettre dans un état de semi-conscience abrutie. Je comprends ensuite que cette sonnerie est celle du téléphone. Je sens un poids sur mon corps. C'est Nikki, qui escalade mon estomac pour décrocher l'appareil posé sur ma table de nuit. De mon demi-coma, j'entends le silence s'installer tandis qu'elle écoute, puis sa voix qui s'élève :

« Qui est-ce ? Qui êtes-vous ? »

Ensuite, retour au calme, à la paix du silence. Je me laisse de nouveau glisser dans l'abysse, dans le sommeil des innocents.

Je sens la pointe d'un os dans mon dos. La lumière est allumée. Je lutte contre l'emprise du somnifère. Fixe avec effort mes yeux sur le radio-réveil de la table de nuit. Il est trois heures quarante du matin.

« Qui diable appelle à une heure pareille ? »

J'ai du mal à parler, mon élocution me paraît confuse.

Je roule sur moi-même, tente de chasser les toiles d'araignée dans ma tête. Nikki tient toujours le combiné, mais loin de son oreille. Elle est à genoux sur le matelas vide de draps et de couvertures, qui ont été repoussés au pied du lit. Je perçois le bourdonnement que produit le téléphone lorsqu'on décroche : celui qui a appelé, quel qu'il soit, n'est plus à l'autre bout de la ligne.

« Qui était-ce ?

– Ils n'ont pas laissé de nom. C'était pour toi, mais ils ne voulaient pas attendre.

– Ah, bon. » Je roule dans l'autre sens en bâillant, porte le dos de ma main à ma bouche, exprimant tacitement mon sentiment : on en parlera demain matin.

Nikki se dresse devant moi en me fixant, comme si elle me reprochait mon manque de curiosité.

« Que voulaient-ils ?

– Ils ont laissé un message.

– Ah, oui ? » Je me débats pour garder les yeux ouverts.

« L'homme au téléphone dit que si tu sais ce qui est bon pour ta famille, ta femme et ta fille, tu accuseras le Russe des meurtres Scofield.

– Nom de Dieu ! » Je l'ai dit entre mes dents. Ainsi, ça a commencé. Les coups de fil de dingos, les cinglés qui semblent toujours être liés aux affaires criminelles d'envergure. Il nous est arrivé, à nous autres avocats, de devoir changer de numéro de téléphone, même s'il était sur la liste rouge, deux fois dans le même mois. C'est dire si l'armée des déséquilibrés comporte des spécimens inlassables.

« Oh, allons, viens », dis-je en souriant, tendant le bras pour serrer Nikki contre moi, la consoler, la calmer et l'aider à se rendormir.

Elle me repousse brutalement, les yeux brillants de peur.

« Il m'a dit que Sarah, il l'a appelée par son *nom*, il m'a dit que Sarah était très jolie. Il a ajouté qu'elle avait bien de la chance qu'on puisse lui payer des études dans une école privée comme Westchester. » Nikki me regarde maintenant avec un mélange de souffrance et de mépris, une expression qui, chez elle, est réservée aux actes de trahison.

« Ils savent où Sarah va à l'école. » Elle me regarde froidement, une expression à fissurer de l'acier trempé.

« Voilà ce que tu nous as fait, dit-elle. Pour aider un ami qui comptait apparemment plus que ta propre famille. »

CHAPITRE 24

Ce matin, j'essaie de rattraper du coin de l'œil quelques lambeaux de sommeil perdu, et je bâille. Au milieu de la nuit, après que la peur de Nikki s'est transformée en fureur à cause du mystérieux coup de téléphone, je ne me suis pas rendormi dans notre lit conjugal, j'ai terminé la nuit sur le canapé défoncé du salon, mon unique refuge. Nikki ne voulait pas lâcher. A trois reprises, au moment où j'allais à nouveau basculer dans le sommeil, elle est revenue à la charge. Alors, j'ai fini par abandonner le lit.

Pour l'instant, j'ai d'autres problèmes. Claude est venu dans mon bureau me raconter la dernière trouvaille de Jeanette Scofield.

« Elle a peut-être pensé que c'était son devoir de déménager le bureau de son mari, dis-je. La fac peut très bien avoir besoin de ce local.

– Bien sûr, dit Claude, deux jours après l'enterrement ! Avec le corps de son mari à peine refroidi ? » Le visage de Claude est un masque cynique. « Madame doit avoir une discipline d'enfer, question ménage. »

Claude m'a coincé tôt ce matin dans mon bureau, avant d'aller à son travail. Il est furieux.

Il a mis l'université sens dessus dessous dans l'espoir de trouver la moindre chose susceptible de servir d'indice pour le témoin dans les arbres. Au cours de ses pérégrinations, il a découvert que la veille du jour où la police est venue perquisitionner dans le bureau de son mari au campus, Jeanette Scofield en avait déménagé certains livres et documents. Il a fini par l'apprendre à force d'interroger la veuve. Et en bon flic qui se respecte, maintenant, il a des soupçons.

Selon des gens qui travaillaient dans le même bâtiment que Scofield, me raconte Claude, Jeanette et Jess Amara ont sorti du bureau d'Abbott un tas de cartons remplis de livres et de papiers, qu'ils ont ensuite chargés dans deux voitures garées sur le parking. « L'une d'elles était une voiture de la police municipale », dit-il.

Il est absolument persuadé qu'il y a là davantage qu'un souci d'ordre maniaque. Je lui demande :

« Vous lui avez parlé ? Elle a peut-être tout gardé.

– Et comment ! J'ai foncé chez elle quand j'ai appris ça, dit-il. Elle avait tout un fatras de vieux bouquins d'ornithologie moisis, entassés dans des cartons au fond du garage. Elle m'a dit que je pouvais prendre tout ce que je voulais. »

Je fais la moue, comme pour lui dire : « Vous voyez, il n'y a pas d'entourloupe. »

« Mais tous les papiers, poursuit-il. Les dossiers de Scofield, ses carnets de notes et ses lettres, tout a été détruit. » Il me lance un regard entendu sous ses sourcils arqués. « Par les soins de l'incinérateur du sous-sol de la mairie », ajoute-t-il en désignant ma fenêtre d'un geste large, et au-delà, le grand bâtiment de brique qui se dresse de l'autre côté de la place.

Il semblerait que sous ses airs d'ordre et de netteté, frère Jess ne voie pas d'inconvénient à polluer l'atmosphère. Tout indice concernant l'identité du témoin principal qu'Abbott Scofield aurait pu consigner quelque part, la moindre intuition qui aurait pu l'effleurer, tout est maintenant parti en cendres dans les airs.

« Avait-elle une explication à vous offrir ?

– Des tonnes. Elle a plus d'imagination que tous les personnages de Dickens réunis. D'abord, elle ne pensait pas que les papiers pouvaient avoir de l'importance. Ensuite, elle manquait de place pour les ranger. Et puis, ç'aurait été trop douloureux de les parcourir, alors c'est son frère qui s'en est chargé. Un type vraiment sensible et délicat. » L'expression de Claude en dit long sur sa sincérité. Je lui demande :

« Est-ce qu'il y avait des dossiers en double ? Je pense plus particulièrement à un ordinateur. Les documents ont peut-être été saisis sur un traitement de textes. Dans ce cas, il existe forcément des disquettes de sauvegarde. »

Il secoue la tête.

« Le pool de dactylos qui travaillait pour Scofield dans le département utilisait, c'est bien notre chance, des vieilles machines à écrire Selectric. » Il parle d'un modèle de bécanes électriques d'IBM qui a été inventé juste après les tablettes de pierre.

« Si la fac voulait des copies, poursuit-il, elle devait s'adresser au service de photocopie central de l'université, où le matériel était hors d'état de fonctionner la moitié du temps, m'a-t-on précisé. » Apparemment, les fonds débloqués pour l'achat de machines neuves dans le département s'étaient curieusement retrouvés affectés au lambrissage en bois de palissandre du bureau du président de l'université et à l'achat d'un service à thé en argent que sa femme et lui utilisaient lorsqu'ils donnaient une petite sauterie.

« On m'a dit que si Scofield avait fait des copies de sauvegarde de quoi que ce fût, cela devait se trouver dans les dossiers de son bureau. Ceux qui ont été brûlés. » C'est ce qu'on appelle tourner en rond. Mais son visage s'éclaire d'un sourire. Il sort de sa poche une feuille pliée en quatre, avec des morceaux de papier agrafés dans un coin, et me tend le tout.

C'est un formulaire imprimé comportant des lignes en pointillé et des blancs, une demande de remboursement de frais de voyage et d'allocation *per diem* adressée à l'université. Etablie au nom d'Abbott Scofield mais non signée, elle indique 526,56 dollars de note de frais.

« Où avez-vous trouvé ça ?

– C'était déjà avec les documents à taper dans la salle des dactylos quand Mme Proprette et les Déménageurs réunis sont arrivés pour accomplir leur forfait, dit Claude. Mais il semblerait que Scofield ait fait un petit voyage, récemment. »

Je regarde la destination indiquée sur le formulaire. San Diego. Il porte une date antérieure d'une semaine à la mort d'Abbott, correspondant à un voyage effectué huit jours plus tôt, sans but spécifique. La ligne « Motif du déplacement » est restée en blanc.

J'examine les billets agrafés. L'un d'eux est une note d'hôtel émise par une imprimante d'ordinateur, correspondant à deux nuits d'hébergement à deux cent vingt-cinq dollars la nuit, plus les consommations et le cinéma. Il semblerait que le budget du département n'ait pas été entièrement affecté aux boiseries de palissandre et aux petites cuillers en argent.

Sont également agrafés ce qui ressemble fort à plusieurs notes de restaurant, ainsi qu'un talon de ticket, déchiré en deux, pour une entrée au Wild Animal Park de San Diego.

« Ainsi, notre homme a fait un petit voyage ? dis-je.

– Eh oui. Et dans un endroit bien agréable. Mais il n'y est pas allé seul. » Claude me montre du doigt la note d'hôtel. « Chambre double », y est-il indiqué.

« Le bon professeur est arrivé en compagnie. Ils ont occupé la même chambre, précise Claude.

– Il est peut-être descendu là-bas avec un collègue de la fac et ils ont décidé de partager les frais. Ça s'est déjà vu.

– Possible, dit Claude. Mais si c'est le cas, son collègue portait une jupe. »

Je le dévisage.

Il y a une autre mention sur la note d'hôtel, perdue dans les petits points déversés en quantité par l'ordinateur. « Location – M.d.B. dame. »

« J'ai appelé l'hôtel, m'explique-t-il. Ils louent des maillots de bain pour le sauna aux clients qui ont oublié d'en prendre un. Les peignoirs sont gratuits. »

Claude m'adresse un clin d'œil. Je vois où il veut en venir. L'hypothèse qui se dessine est que le mobile du crime pourrait bien être une escapade galante et adultère.

« Qu'en pensez-vous ? lui dis-je.

– Ça peut ressembler à deux articles pour le prix d'un.

– Pardon ?

– Faire d'une pierre deux coups, explique-t-il. Karen et Abbott. Ils étaient peut-être en train de rempiler et il y a quelqu'un à qui ça ne plaisait pas trop. »

La législation de cet Etat exige que l'acte d'accusation soit lu à part, devant le tribunal compétent, après que les chefs d'accusation ont été libellés. C'est pour cela que nous nous trouvons devant le tribunal cet après-midi, Lenore et moi. Et aussi pour déterminer la date du procès. La sécurité est nettement plus rigoureuse que d'habitude au palais de justice, il y a même un renfort de policiers armés en bas des marches, près du détecteur de métaux de l'entrée.

Assisté de quatre juges seulement, Emmet Fisher remplit un triple rôle à la cour d'appel de ce comté. En plus des procès qui peuvent se présenter, il tient le rôle principal où il détermine les dates des procès, et il jongle entre la loi et les requêtes sur le terrain de bataille où l'avocat essaie d'étouffer les preuves dans l'œuf.

En cet après-midi, le juge Fisher est perché très haut sur son siège, oiseau huppé dans son ample robe noire. Ses sourcils broussailleux, telles de foisonnantes amarantes, sont emprisonnés derrière la monture tubulaire noire de ses lunettes. Il se présente sous l'aspect de quelque animal prédateur surdimensionné mais pas forcément très malin.

« Que diriez-vous de quatre-vingt-dix jours ? propose Lenore.

– Soixante seraient préférables mais trois mois feront l'affaire », lui dis-je.

Nous parlons de la requête d'expertise psychiatrique que, selon toute attente, Chambers devrait présenter aujourd'hui. Le grand obstacle qui lui permettrait de faire reculer l'affaire de plusieurs cases sur le calendrier. Lenore essaiera de l'en empêcher en proposant de définir à l'avance la durée de l'expertise, plutôt que de s'y opposer. Nous espérons ainsi éviter une injonction de la cour qui ne préciserait aucune date limite d'exécution.

Fisher est sur le point d'en terminer avec les deux avocats qui nous précèdent à l'ordre du jour.

« Affaire suivante », dit le juge.

La greffière pivote sur sa chaise et lui tend un dossier. Fisher lit : « L'Etat contre André Iganovich, affaire numéro 453287. »

Ça frémit un peu au premier rang, les journalistes se poussant du coude pour trouver une meilleure position. Tels des basketteurs sous le panier, ils se bousculent un peu afin de voir qui va attraper le premier le rebond de cette histoire.

Nous prenons, Goya et moi, notre place à la table de l'accusation.

Iganovich est introduit. Vêtu de sa tenue de prisonnier, menottes aux mains et chaîne à la taille, il se tient derrière le banc des accusés, près de la lourde porte blindée qui mène aux cellules de détention. Prenant appui de l'autre côté de la rampe, Chambers lui parle à l'oreille, aidé par un interprète. Il donne au Russe ses instructions de dernière minute sur ce qui va se passer dans cette salle. Le juge nous accueille :

« Messieurs. » Puis, se tournant vers Lenore : « Madame. » A soixante ans et des poussières, il appartient à l'ancienne école, celle pour qui la présence de femmes à la barre constitue encore une nouveauté. Il ne sait pas au juste dans quelle mesure il doit faire preuve de galanterie.

Il survole le dossier du regard et constate : « Vous êtes ici pour la lecture de l'acte d'accusation. » Il demande que l'identité des représentants des parties soit déclinée pour le procès-verbal.

« Paul Madriani, en qualité de procureur du comté de Davenport, et Lenore Goya, du même bureau, représentant l'Etat, dis-je.

– Adrian Chambers, représentant l'accusé, André Iganovich. »

Puis, par le truchement de l'interprète, Iganovich doit également décliner son identité pour le procès-verbal.

Fisher ne perd pas de temps. Il va droit au vif des charges retenues, quatre chefs d'assassinat avec préméditation et circonstances aggravantes. Il entreprend une lecture formelle qui se poursuit comme un bourdonnement pendant plusieurs minutes, citant des textes de loi, remplissant les blancs avec les noms des victimes, la date des décès, et exposant les circonstances particulières qui entraînent l'application de la peine de mort.

Ayant fini, il lance au Russe un regard sévère de son perchoir, en haut de la tribune, une expression qui renverse les barrières linguistiques.

« Monsieur Iganovich, comprenez-vous les accusations portées contre vous ? »

Intervention rapide de l'interprète.

« Da.

– Oui.

– Pour l'accusation d'assassinat avec préméditation de Sharon Collins, le vingt-quatre juin de cette année, que plaidez-vous ? »

Iganovich bredouille des propos inintelligibles à l'interprète. S'ensuivent une brève conversation, quelques mots échangés avec Chambers. Puis :

« Non coupable. »

Ils répètent cet exercice quatre fois. Chaque fois, la défense plaide non coupable.

« Très bien, dit Fisher. Y a-t-il des requêtes préliminaires ? »

Si une demande d'expertise psychiatrique doit intervenir, c'est pour maintenant.

Lenore jette un coup d'œil en coin à Chambers. Je la sens qui se penche en avant, sur le qui-vive, s'avançant millimètre par millimètre pour ne rien rater. Un procès, même dans les phases préliminaires, est une forme de combat. Ceux qui y participent brûlent toujours d'impatience de voir s'engager les premières manœuvres, seul remède contre le trac et les jambes en coton.

Chambers, collé à l'oreille de son client, parle aussi avec les mains. Il revient vers la salle, se tourne vers l'estrade du juge.

« Monsieur le Juge. Nous aimerions que l'on continue d'appliquer à cette audience les mesures de protection prises par le tribunal d'instance concernant la publicité antérieure au procès. »

Fisher sourit, apparemment satisfait que quelqu'un ait eu une initiative aussi raisonnable. Cela évite au juge de devoir l'imposer lui-même et permet de respirer un peu avec les journaux. Chambers marque un bon point dès le début de la partie.

« Des objections, monsieur Madriani ? »

Nous n'en avons aucune, bien entendu. J'en fais part à la cour.

« Fort bien. En l'absence d'objection, j'incorporerai l'ordonnance du tribunal de première instance telle qu'elle est rédigée », dit Fisher. Il ajoute une note au dossier. « Y a-t-il autre chose ? » demande-t-il, en regardant Chambers en premier.

Goya me plante son pouce dans la jambe, comme pour me signaler : « Ça y est, nous y voici » (la requête de plongée abyssale dans le psychisme du Russe, le rêve de Chambers, ces messieurs du divan).

« Maître Chambers ?

– Monsieur le Juge, nous aimerions suspendre toute autre requête tant que la date du procès ne sera pas fixée. » Adrian est de nouveau occupé à parler à son client. Tel un champion d'échecs, il s'applique à disposer correctement les pièces sur l'échiquier.

« Aucune objection, monsieur Madriani, à ce que nous reprenions la question des requêtes lorsque nous aurons une date pour le procès ?

– Aucune, monsieur le Juge. »

Il faudra que Lenore ronge son frein un peu plus longtemps.

« Eh bien, je suppose que nous sommes prêts à en fixer une.

– Combien de jours, messieurs ? Combien de jours vous faut-il avant de commencer le procès ? demande Fisher.

– Sept jours en ce qui concerne le ministère public, réponds-je.

– Neuf jours pour la défense », dit Chambers.

S'il est fidèle à sa réputation, Adrian va les mettre à profit pour ratisser les rues en quête de témoins susceptibles de confirmer l'alibi. Une armada de clochards avinés vont sans nul doute voir leur revenu mensuel, normalement constitué d'un chèque de RMI, doubler grâce à des honoraires de témoin. Cela fait partie de la tactique habituelle d'Adrian Chambers. Etre momentanément radié du barreau ne lui a appris qu'une chose, à mon avis : le mal n'est pas de commettre l'acte mais de se faire prendre.

« Compte tenu de l'interrogatoire préliminaire des témoins, des requêtes et de leur examen, il serait plus prudent de prévoir vingt-cinq jours, dit Fisher. Betty, pouvez-vous nous proposer des dates ? » Il fait signe à sa greffière d'ouvrir le gros livre tandis qu'il se prépare à rédiger l'injonction circonstanciée qui sera placée dans le dossier, avec copies pour les parties.

Betty Hamilton, greffière du juge Fisher, consulte le gros bouquin avec l'air d'un ange à cheveux gris gardant la porte du paradis.

« Est-ce que l'une des parties souhaite tenir une conférence avant le procès ? demande le juge.

– Cela pourrait être une bonne idée », opine Chambers.

Fisher me regarde.

« Pas d'objection, monsieur le Juge. »

Il coche une case sur le formulaire. Cela va nous donner l'occasion d'établir les règles de base pour le procès.

« La requête est prise en compte », marmonne Fisher dans sa barbe tout en vérifiant les petites cases l'une après l'autre. Cent dix mille dollars par an et il passe quatre-vingts pour cent de son temps à tracer des croix dans des petites cases. Chouette boulot si on peut mettre la main dessus. « L'accusé demande un délai », poursuit-il en marmonnant. Encore un X dans une case.

« Non, monsieur le Juge.

– Hein ? » Chambers a sorti Fisher de son vagabondage dans les petites cases.

« Non, l'accusé ne demande pas de délai. »

Fisher le regarde comme si son sonotone venait soudain de lui jouer un tour. Il tapote dans son oreille pour s'assurer que l'appareil n'est pas tombé.

Je reste ahuri, sous le choc. Il me faut plusieurs secondes avant de me ressaisir assez pour regarder Goya. Elle est bouche bée.

« Je ne suis pas sûr d'avoir bien entendu, dit le juge.

– L'accusé ne demande pas de délai », répète une deuxième fois Chambers en détachant les mots de façon que, depuis sa tribune, Fisher puisse les lire sur ses lèvres.

« Maître, dit le juge, il s'agit d'un procès criminel où la peine capitale est en jeu. Votre client y risque sa tête. Vous n'êtes pas en train de dire à ce tribunal que vous êtes prêt à affronter le procès dans soixante jours ?

– Monsieur le Juge, je prends cela très au sérieux, interviens-je alors.

– Pas plus que le tribunal, dit Fisher.

– C'est exactement ce que je suis en train de vous dire, monsieur le Juge. Mon client a le droit d'être jugé rapidement. Il entend exercer ce droit.

– Votre client comprend-il ce que vous êtes en train de faire ? Le risque qu'il encourt ?

– Absolument.

– J'aimerais bien l'entendre de sa bouche », dit Fisher en se tournant vers Iganovich et grommelant à l'interprète de faire son travail. « Monsieur Iganovich, commence-t-il, comprenez-vous qu'il s'agit d'un procès criminel où vous encourez la peine capitale et que vous risquez d'être exécuté, mis à mort, si vous êtes déclaré coupable ? »

Il attend quelques secondes.

« Da. » Un regard torve du Russe qui n'a nullement l'intention de se laisser intimider par cet homme.

« Oui.

– Et vous comprenez que votre avocat vient juste de renoncer à réclamer un délai, ce qui est votre droit ? Cela signifie que votre procès doit débuter dans soixante jours à partir d'aujourd'hui. Ce n'est pas beaucoup pour préparer un procès aussi complexe. Votre défense pourrait être compromise par le manque de temps. » Marquant une pause pour laisser l'interprète le rattraper, Fisher cherche à lire quelque signe d'émotion sur le visage du Russe. Rien.

« Vous pourriez vous retrouver dans une situation extrêmement désavantageuse si ce procès n'était pas convenablement préparé. Vous le comprenez bien ? »

Iganovich écoute l'interprète jusqu'au bout et hausse les épaules en faisant une moue, l'image même de l'indifférence sur un visage de prune desséchée.

« Da. » Plus quelques mots que l'interprète ne saisit pas.

« Oui. Je comprends. Quelle différence ? traduit-elle.

– La différence, explique le juge, la différence pourrait être celle qui existe entre la vie et la mort. »

L'interprète parle. Une autre moue de la prune desséchée, pas de réponse audible.

« Est-ce qu'il a compris ça ? »

Interprétation rapide.

« Oui, il comprend. »

Le juge se résigne, mais il est en colère.

« Très bien, dit-il. Betty, qu'est-ce qui se présente dans soixante jours ? »

La greffière lève un visage contrarié vers le juge. Elle fait signe que c'est impossible. Je surprends un petit dialogue en coulisse entre les deux.

« Le juge Ingel sera en vacances à ce moment-là. Et vous avez deux procès. » Quelques mots supplémentaires, assourdis, dont je capte des bribes. L'un des autres juges est assigné à l'extérieur du comté pour une autre affaire. Le juge Kerney doit subir une opération qui ne peut pas être repoussée.

Fisher est contrarié, furieux d'avoir été mis dans pareille situation. Il regarde Chambers avec l'air de vouloir lui dire : « Parfait, puisque vous insistez, vous l'aurez. » Et déclare : « Le juge Ingel devra prendre ce procès. Il peut très bien remettre à plus tard son voyage d'agrément à Maui. »

Je suis frappé de stupeur. Derek Ingel, ce putain de Prussien dépourvu de tout humour, dont l'humeur sera d'autant plus massacrante qu'il aura dû renoncer à un voyage vers des cieux plus cléments, va donc diriger ce procès. C'est presque aussi catastrophique que si l'on m'avait expédié de l'autre côté de la rivière pour requérir dans la juridiction de la Noix de coco, à Capital City. Je préférerais cent fois passer dix jours en enfer.

CHAPITRE 25

Si, selon l'adage, nos actions parlent pour nous, eh bien, Adrian Chambers est le prince des menteurs, le maître des fausses pistes. Sa petite visite à Forrest Hunter, le modèle des psys officiels, revêt maintenant toutes les apparences d'un piège bien amorcé. Et qui s'y est fait prendre ? Nous. Il nous a gentiment menés en bateau sur le chemin du délai, qu'il avait préalablement jonché de leurres, et pendant ce temps, il abattait un travail monstre, préparant une tornade de requêtes et grignotant du terrain à notre insu pour obtenir une date de procès beaucoup plus rapprochée que prévu.

« Quel salaud ! » Dans mon bureau ce matin, Lenore jure entre ses dents tout en essayant de s'y retrouver dans une pile de requêtes écrites qui représentent plus de pages que le code général des impôts. Il y a des requêtes d'annulation de la mise en accusation, une nouvelle requête de mise en liberté sous caution, des requêtes de suppression des preuves, et une requête de communication de pièces plus longue que les articles de la Confédération.

Chambers nous a vraiment mis dans le pétrin en nous poussant à préparer notre accusation dans de si brefs délais, et ceci pour l'affaire la plus notable que le ministère public ait eu à traiter dans l'histoire de ce comté.

Ne voulant pas être en reste, Derek Ingel a lui aussi serré la vis. Il semble qu'il n'ait aucunement l'intention de changer la date de ses vacances. Hier, il nous a envoyé à tous des petits messages par fax. Nous sommes maintenant confrontés à la perspective d'un procès dans à peine plus de trois semaines. Il ne durera pas plus de trente jours verdict compris, a déclaré Ingel. Sinon, nous aurons affaire à lui.

Apparemment, Ingel n'est pas gêné par ses conversations antérieures avec Acosta, quand la Noix de coco a fait pression sur lui pour que la justice soit appliquée avec plus de vigueur dans ces affaires.

« Un salaud intégral », dit Goya.

J'ignore si elle parle de Chambers ou d'Ingel. Pour l'instant, j'ai probablement le choix.

Elle est plongée dans une des requêtes de communication de pièces dont Adrian nous a accablés à l'issue de notre séance de tribunal avec Fisher.

« Il veut que nous produisions la totalité du dossier d'investigation sur les meurtres Scofield, dit-elle. Il rêve complètement. Ça n'a pas de sens. Nous la repousserons. »

Voilà des paroles guerrières d'avocat hors de soi. Lui ayant réglé son sort dans sa tête, Lenore pose brutalement la feuille à plat sur mon bureau. Elle me semble à la fois épuisée et furieuse. Cela fait trois nuits d'affilée qu'elle n'a pas dormi, les ayant consacrées à la préparation de nos arguments contre une demande d'expertise psychiatrique qui n'est jamais arrivée.

Elle est maintenant plongée dans la requête suivante. Au bout de quelques secondes, je la vois s'agiter, siffler entre ses dents.

« *Pendajo* ! » s'exclame-t-elle. A l'école de la mission catholique que je fréquentais dans mes jeunes années, les petits enfants mexicains utilisaient souvent ce mot pour insulter les autres. Je ne connais pas son sens exact, mais je sais qu'il est extrêmement péjoratif.

« Son père est un travelo déguisé en pute. » Lenore s'en prend maintenant à l'ascendance d'Adrian. Il semblerait que dans les moments de fatigue et de stress, son tempérament latin prenne le dessus. La vie dure qu'elle a connue dans son adolescence transparaît sous le vernis bien élevé. Elle regarde dans ma direction, craignant que je l'aie remarqué.

Je lui demande de se calmer. « Ce n'est pas la première fois qu'un avocat se fait rouler. Et ce ne sera pas la dernière. » Elle se reproche probablement d'être tombée dans le piège que Chambers lui a tendu avec les psys.

Je lui souris d'un air encourageant. « Regardez les choses en face. C'était drôlement malin, non ? » Je parle de la pseudo-stratégie de délai qui nous a si bien bernés. Elle me transperce de ses olives noires.

« Aussi malin qu'une poire à lavements sertie de fil de fer barbelé. » Lenore manque de mansuétude dans la défaite. Maintenant qu'il l'a tournée en ridicule, Chambers doit avoir rejoint Roland sur la petite liste de gens dont elle a fabriqué une effigie en cire. Et je la soupçonne d'y enfoncer des épingles le soir venu.

« J'aurais dû m'y attendre », lui dis-je. En fait, j'essaie de lui remonter le moral en endossant une partie du blâme. Elle hausse les épaules et se replonge dans la lecture des requêtes.

Lorsque Chambers a joué sur le temps pour l'audience préliminaire, j'ai pensé qu'il voulait seulement tester nos preuves, voir si nous étions capables d'obtenir rapidement une mise en accusation. Dans la mesure où il n'y avait alors rien de plus en jeu que la mise au point des chefs d'accusation formels, il ne risquait pas de perdre grand-chose en agissant ainsi. Je n'ai pas soupçonné que toute cette démarche pour gagner du temps relevait d'une gigantesque stratégie.

Lenore me dit maintenant qu'à son avis, l'accusé, Iganovich, va en faire les frais, que ce n'était pas malin de faire avancer la date du procès, et cela d'autant moins que c'est Ingel qui va présider.

Je ne suis pas sûr qu'elle ait raison mais me garde bien de le lui dire. On m'a raconté qu'Adrian avait un coup d'œil très sûr quand il s'agissait d'évaluer une affaire. Avec son esprit qui est un véritable aspirateur à faits, il les a passés au crible et a vite pris sa décision : le temps ne jouait pas en sa faveur. Ceci repose en partie sur les preuves dont nous disposons. Elles sont matérielles par nature, segments de cordes et piquets de tente, l'endroit où ils ont été trouvés, un véhicule dont l'accusé est propriétaire. Ce sont des preuves tangibles qui ne risquent pas de disparaître, ou de s'estomper avec le temps comme un témoin ou sa mémoire.

Le temps qui passe risque seulement d'aggraver la situation pour eux. Avec le temps, de nouveaux témoins peuvent surgir, on risque de retrouver les vandales qui ont pulvérisé la vitre de la camionnette ; ils peuvent très bien avoir vu les objets qui se trouvaient à l'intérieur et témoigner que ces objets n'ont pas été posés là par une troisième personne.

Avec le temps, le Russe peut se retrouver impliqué dans les autres meurtres de l'Oregon et du sud de l'Etat.

Avec le temps, les portefeuilles et sacs à main des victimes de Davenport peuvent remonter à la surface, avec leurs papiers d'identité introuvables, et une piste qui pourrait mener à Iganovich.

Et puis il y a la devinette des meurtres Scofield, un scénario identique mais un auteur différent, quelque chose qui pose problème a notre camp. Et cela aussi, avec le temps, peut être résolu. S'il n'est pas encore élucidé au moment du procès, ce crime, pour lequel je soupçonne Adrian d'être prêt à produire un excellent alibi au nom de son client, pourra être avantageusement exploité par la défense : il peut être utilisé pour jeter des ombres de doute sur la scène quand il racontera l'histoire à sa façon.

De tout ceci ressort une certitude : Adrian Chambers n'est pas un imbécile. Il a fort bien perçu que dans un procès comme celui-ci, le temps n'est pas son ami.

***

Les requêtes préliminaires sont les premières escarmouches tentées par les avocats pendant la préparation du procès proprement dit, le combat dans l'arène. Elles ont leur importance en ce qu'elles établissent les bases sur lesquelles le conflit va se poursuivre. Perdez une requête et vous risquez de vous retrouver privé d'une preuve cruciale, comme si vous combattiez avec une jambe ou un bras en moins.

Aujourd'hui, nous avons rendez-vous, Lenore et moi, dans la chambre du juge Fisher. A huis clos, c'est-à-dire sans presse ni projecteurs aveuglants, mais surtout hors la présence d'Adrian Chambers. Seul le greffier du tribunal est là pour transcrire nos propos.

En jargon juridique, c'est ce qu'on appelle une conférence *ex parte* avec le juge. Généralement interdit, sauf pour des cas spécifiques.

Fisher a accepté de prendre connaissance de toutes les requêtes préliminaires au procès. C'est une concession qu'il fait à Ingel.

« Quel est votre problème ? demande-t-il. Cette preuve pourrait très bien le disculper. »

Fisher parle du témoin dans les arbres sur le site des meurtres Scofield, notre témoin principal. Le champ d'action de la requête de communication de pièces présentée par Adrian recouvre cette information.

Nous sommes ici sans lui en cet instant, par la grâce d'une faille de la loi, une initiative imposée au législateur par les électeurs, et que les avocats de la défense considèrent généralement comme un fléau. Cela nous donne l'occasion de parler en privé avec le juge du domaine extrêmement limité des indicateurs de police et des témoins.

« Cela peut le disculper, monsieur le Juge, mais nous n'en savons rien. Nous n'avons pas la moindre idée de l'identité de ce témoin, ni d'ailleurs, s'il, ou elle, ou ils, a ou ont vu quelque chose.

– Cela entre dans le cadre d'une enquête en cours, dit Lenore. Nous ne devrions pas être contraints de divulguer ce renseignement. »

Nous nous sommes mis à deux pour cornaquer Fisher aujourd'hui, notre tout dernier effort visant à tenir cette information hors de portée de Chambers, afin qu'il ne l'utilise pas pour semer la confusion dans l'esprit du jury.

« Bon, laissez-moi mettre les choses au clair, dit le juge Fisher. Vous n'avancez pas que la preuve que ce témoin pourrait apporter n'a pas de rapport avec l'affaire ? »

Lenore se mord la lèvre. Elle n'est pas disposée à lâcher prise sur ce point.

« Nous ignorons si cela a ou non un rapport, dis-je. Nous ne savons pas du tout ce qu'il a pu voir, ni même s'il a vu quoi que ce soit. »

Fisher fait pivoter son gros fauteuil noir en réfléchissant, tête basculée en arrière, les yeux fixés sur les lignes de lumière au plafond.

Je ne lui laisse pas trop de temps.

« Un accusé n'a pas le droit de connaître l'identité d'un indicateur anonyme inconnu de la police, dis-je, et je cite même l'affaire : *L'Etat contre Callen.*

– Mais il ne s'agit pas d'un indicateur anonyme. Ce n'est pas seulement l'identité de votre témoin qui est en cause, mais le point de savoir s'il détient une information ayant un lien avec votre affaire.

– C'est exact.

– Vous me demandez donc de cacher à l'accusé l'existence même de ce témoin potentiel ?

– C'est exact, monsieur le Juge. »

Il secoue la tête.

« Non, dit-il. C'est aller trop loin. »

Je lui oppose mes arguments, lui explique les risques réels qui sont en jeu.

« Il y a des circonstances relatives à l'endroit où se trouve le témoin, ce qu'il faisait sur la scène du crime, qui mettent en péril non seulement l'enquête, mais peut-être même la vie de ce témoin. »

Fisher me regarde.

« Comment cela pourrait-il mettre le témoin en danger ?

– Nous n'avons absolument aucune idée de l'identité du ou des tueur(s). Ils en savent par conséquent beaucoup plus que nous. Mais ce qu'ils savent au juste, quel peut être le mobile de ces meurtres, ça, nous l'ignorons.

– Aussi... ?

– En révélant en plein tribunal les détails spécifiques, les circonstances relatives à ce témoin potentiel – ce qui, à notre avis, s'est passé sur cette plate-forme –, nous fournissons au meurtrier des détails qui peuvent lui permettre de retrouver le témoin avant nous. »

Je regarde l'effet que cet argument produit sur Fisher. Il a cessé de secouer la tête. Puis il revient vers nous :

« Mais notre accusé, là... (Il parle d'Iganovich.) Il a droit à toute preuve qui peut être considérée comme susceptible de le disculper, n'importe quel élément susceptible de prouver son innocence. La loi exige qu'on le lui donne. Comment puis-je l'en priver ?

– Iganovich n'est pas accusé pour les meurtres Scofield, dit Lenore. Alors, où est le lien ? (Elle n'a pas pu s'en empêcher.)

– Laissez-moi respirer une seconde, maître, dit Fisher en la foudroyant du regard. Ce n'est pas une découverte sensationnelle que d'avancer que cet autre meurtrier, celui qui a tué les Scofield, est le tueur de Putah Creek, et qu'en la personne de M. Iganovich, la police ne tient pas le bon coupable. » Sourcil interrogateur. « Si c'est bien cela que vous entendez raconter au jury, un témoin qui pourrait avoir vu ce deuxième tueur deviendrait pour le moins crucial dans votre démonstration. Vous ne croyez pas ? »

L'une des choses que j'apprécie le plus chez Lenore, c'est qu'elle ne se laisse pas aisément intimider. Elle regarde le juge bien en face. « Non, je ne crois pas. Tant que maître Chambers n'aura pas prouvé que le témoin a vu quelque chose, qu'il détient effectivement une preuve relative à ces meurtres, l'identité de la – ou des – personne(s) se trouvant dans cet arbre, et toutes les circonstances qui s'y rattachent, n'ont aucun rapport avec l'affaire. »

Voilà qui coupe l'élan de Fisher. A le voir, il est en train de se dire qu'elle a peut-être raison, qu'il tient là une perche où raccrocher une injonction circonstanciée.

« Cependant, comment peut-il prouver que ce que le témoin risque ou ne risque pas d'avoir vu est en rapport avec l'affaire, si vous avez le monopole des informations ? »

Je crois bien que nous venons de marquer un point décisif dans la discussion, que nous sommes aussi près que possible d'obtenir une concession de la part de Fisher. Le moment est venu de jouer les Salomon et même, s'il le faut, d'offrir que l'on coupe l'enfant en deux.

« Nous recherchons ce témoin, dis-je à Fisher. Tout ce que nous avons actuellement comme ressources est consacré à cette affaire. J'aimerais proposer un compromis. Une injonction circonstanciée, limitant ce que nous sommes obligés de dévoiler à la défense sur ce point particulier. Nous autorisant à dissimuler l'information concernant ce témoin, la plate-forme perchée dans les arbres, jusqu'à ce que nous ayons identifié et approché cette personne, que nous l'ayons mise sous garde judiciaire et ayons découvert ce qu'elle a à dire. »

La moue de Fisher indique que nous chauffons, mais ne brûlons pas encore.

« Il va falloir révéler quelque chose à la défense, dit-il.

– Très bien, disons-leur qu'il y a un témoin potentiel, mais sans donner de détails, sans révéler quoi que ce soit sur les circonstances qui l'entourent, rien qui puisse permettre de découvrir son identité. »

Fisher réfléchit silencieusement sur sa chaise. Puis il acquiesce lentement, comme pour dire : ce n'est certes pas la solution idéale, mais en tout cas, c'est probablement ce que nous pouvons faire de mieux pour l'instant. Pour ma part, je trouve que la balle a sifflé tout près de notre oreille.

CHAPITRE 26

J'ai passé presque toute la semaine au téléphone, à tellement me prosterner que j'en ai mal aux genoux. Ces coups de fil étaient adressés à Herb Jacoby, l'avocat de la Couronne au Canada. Je l'ai supplié de coopérer, de nous fournir un des deux gardiens de sécurité qui ont arrêté Iganovich.

Jacoby ne nous porte pas précisément dans son cœur, ces derniers temps. Il rumine encore la colère éprouvée après l'enlèvement du Russe. J'ai appliqué de plates excuses sur son orgueil souverain comme s'il s'agissait du baume d'un chamane, lui jurant à maintes reprises que mon bureau, mon gouvernement, n'avaient absolument rien à voir avec l'escapade du Russe, que Kim Park avait tout organisé de son propre chef.

Dans l'état actuel des choses, les propos concernant sa camionnette abandonnée qu'Iganovich avait tenus au moment de son arrestation pourraient être très utiles pour ma démonstration. Je veux que cette preuve soit communiquée au procès. Chambers a essayé de l'occulter dans une de ses innombrables requêtes de rejet.

Ce matin, le juge Fisher toise la table de la défense et Adrian Chambers.

« Cela fait beaucoup de paperasse, dit-il, parlant de la montagne de requêtes préparées par la défense. J'espère qu'elles sont toutes indispensables.

– Chacune d'entre elles l'est absolument, monsieur le Juge, répond Adrian.

– Hum, hum. » Fisher n'a pas l'air convaincu. « Sommes-nous prêts à commencer ? » demande-t-il.

Acquiescements des deux tables.

« Parfait, dit Fisher. Allons-y. »

Les requêtes de Chambers contiennent plus de redondances que le système de sécurité de la navette spatiale. Un de ces sacs à malices où l'avocat entasse ses arguments de secours : il n'y avait pas de cause valable pour l'arrestation ; on n'avait pas lu ses droits, ou l'équivalent canadien, à son client avant qu'il ouvre la bouche ; ses déclarations avaient été obtenues par la force, ce qui était contraire à la loi.

Pendant que nous lancions contre le Russe un mandat d'arrêt pour meurtre, il était détenu au Canada pour vol à l'étalage. Pour cette raison précise, le fait que le mandat ne correspondait pas aux charges retenues contre lui, il est estimé que l'arrestation a été opérée en l'absence de mandat. Cela implique que je dois foncer en première ligne, présenter d'abord mon accusation.

Je trace les grands traits pour le tribunal. Nous discuterons maintenant sur un territoire que j'ai moi-même délimité. J'appelle mon premier témoin à la barre.

Reginald Beckworth est l'incarnation parfaite de l'agent de police britannique, même s'il n'officie que dans la police privée. Moustache impeccablement taillée, favoris brun foncé, costume de tweed : il est mieux habillé que la plupart des avocats et la moitié des juges de notre palais de justice. Avec huit ans d'ancienneté dans la sécurité d'entreprise, il fait partie de la direction de la Hudson Bay Company, assurant la responsabilité de la sécurité d'un de leurs plus grands magasins.

Le témoin identifie Iganovich comme l'homme que son collègue et lui-même ont appréhendé le jour de l'arrestation.

« Il faisait un tas de gestes furtifs en direction de la doublure intérieure de sa veste, déclare Beckworth.

– Vous en avez donc déduit qu'il était peut-être en train de dissimuler de la marchandise ?

– Objection, question tendancieuse. » Chambers s'est levé d'un bond.

« Je vais la poser différemment. Qu'avez-vous déduit des gestes que faisait l'accusé ?

– Qu'il était peut-être en train de dissimuler de la marchandise, répond Beckworth.

– Merci. Maintenant, dites-moi, qui était votre employeur au moment où vous avez remarqué ces faits ? Qui payait votre salaire ?

– La Hudson Bay Company.

– Avez-vous déjà été employé par un département de police officiel ?

– J'ai travaillé douze ans avec la police de Vancouver, mais j'ai pris ma retraite il y a huit ans. »

Je veux que cela apparaisse dès le début, sa carrière dans la police, afin que Chambers ne l'exploite pas ultérieurement. Je règle la question à livre ouvert devant la cour, pour qu'on n'aille pas s'imaginer que j'ai quelque chose à cacher.

« Si bien qu'au moment où vous avez appréhendé M. Iganovich, vous étiez exclusivement au service de la Hudson Bay Company ?

– Exact.

– Je crois savoir que cela vaut également pour votre collègue, qu'il avait aussi un seul employeur, la Hudson Bay Company ?

– C'est exact. La société a son service de sécurité personnel, et son propre programme de formation des agents. »

L'objectif que je poursuis en posant toutes ces questions est des plus simples. Chambers va affirmer que ces gardiens de sécurité agissaient de facto en tant qu'agents de police, et pour lui clouer le bec, il faut que je les situe clairement dans le secteur privé, au-delà du rayon d'action officiel.

« Lorsque vous avez intercepté M. Iganovich, saviez-vous que nous avions lancé dans ce pays un mandat d'arrêt contre lui ?

– Non, je ne le savais pas.

– Aviez-vous la moindre raison de croire qu'il avait commis un autre crime que celui de vol à l'étalage, dont vous le soupçonniez et pour lequel vous vouliez le retenir ?

– Non.

– Donc, lorsque vous avez prié M. Iganovich de vous suivre, c'était pour vous une banale histoire de vol à l'étalage et rien de plus ?

– Exactement.

– Par conséquent, avant que vous ne remettiez l'accusé à la police, après qu'il vous a agressés, votre collègue et vous, la police n'est intervenue ni quand vous l'avez intercepté, ni quand vous l'avez mis en détention ?

– Ni l'un, ni l'autre. »

J'ai refermé la porte du mieux que j'ai pu sur cette question.

« Pouvez-vous dire à la cour ce qui s'est passé lorsque vous vous êtes approché de M. Iganovich pour la première fois, le jour en question ? »

Beckworth soupire d'un air pensif.

« Je me suis dit que s'il avait pu, il nous aurait tués tous les deux. Nous l'observions depuis un certain temps, sur l'écran de contrôle du magasin et depuis notre poste de surveillance du rez-de-chaussée. C'est sa façon de s'habiller qui a retenu notre attention au départ.

– Loqueteux ?

– Oui, c'était ça. » (En voyant la tenue immaculée de Beckworth, je veux bien croire que ce genre de détail ait capté son regard.) « Mais ce n'était pas tout, ajoute-t-il. Il portait un manteau très long, ample, des vêtements flous en dessous. Le genre de tenue que nous avons à l'œil.

– Il y a donc un profil correspondant aux gens qui volent dans les magasins ?

– Oh, bien sûr. » Il a dit cela avec la conviction d'un croyant. « Les hommes portent des manteaux longs, les femmes, des jupes larges et des collants trop grands. Ces dernières années, les deux sexes ont adopté les tenues de jogging un peu blousantes. Les gens sont capables de cacher leurs prises dans des endroits dont vous n'auriez pas idée.

– Je vois tout à fait. » Des visions de fouilles intimes pour récupérer des baladeurs me sautent aux yeux. Pas de pire cauchemar pour un proctologue.

« C'est un problème beaucoup plus grave que les gens ne le croient, dit-il en faisant allusion aux vols à l'étalage. Votre suspect rôdait autour d'un comptoir couvert de foulards en soie, très chers. Nous pensions qu'il en avait subtilisé un. »

Là, je l'arrête.

« Qu'est-ce qui vous a porté à conclure qu'il en avait subtilisé un ?

– La minute d'avant, nous l'avons vu dans sa main, la minute d'après, on a eu l'impression qu'il disparaissait dans les profondeurs de son manteau.

– Vous avez vu ça ?

– Je l'ai vu.

– Merci. Poursuivez.

– Nous nous sommes approchés de lui. Mon collègue a eu à peine le temps de se présenter comme gardien de sécurité du magasin que nous étions aux prises, en train de nous battre par terre.

– Qu'avait fait M. Iganovich ?

– Pour commencer, il a balancé un coup de pied à mon collègue. Il a visé les couilles mais il a raté. C'est le genou qu'il a eu à la place. L'homme est encore en congé-maladie, pour invalidité. » Beckworth explique qu'il se trouvait dans la travée parallèle et poursuit : « Avant que j'aie pu arriver, le suspect a attaqué mon collègue avec un de ces trucs électroniques qu'on appelle pistolet cap-stun, il l'a touché deux fois au bras. Ça l'a mis complètement hors d'action.

« Nous avons fini par neutraliser le suspect avec l'aide de deux clients. Il m'a griffé au visage, a déchiré la veste d'un autre type. Finalement, j'ai réussi à l'attraper par-derrière, à lui coincer le bras dans le dos et à récupérer le cap-stun. »

Je montre à Beckworth une copie du rapport d'enquête, plus précisément la partie qui relate les déclarations d'Iganovich concernant la camionnette abandonnée. Il reconnaît que ce passage est de sa main.

« Est-ce à ce moment, pendant que vous essayiez de maintenir M. Iganovich au sol, qu'il a fait les déclarations dont vous parlez dans votre rapport ?

– Non, quelques instants plus tard, lorsque nous avons enfin réussi à l'immobiliser par terre. Il avait l'air paniqué, préoccupé par autre chose... »

Chambers s'est levé.

« Objection. Je demande que cette phrase soit retirée du procès-verbal. Que l'accusé ait semblé paniqué ou préoccupé est pure spéculation de la part du témoin. »

Je suggère à la cour :

« Notoriété publique ? » C'est une des exceptions à un témoignage d'opinion que peut soulever un non-expert.

Fisher me regarde, l'air de dire, c'était bien essayé.

Ce sont des sentiments subjectifs, et non des manifestations physiques de comportement. Je le sais parfaitement.

« La prochaine fois, vous allez demander au témoin de s'introduire à l'intérieur de la tête de l'accusé afin de nous dire ce qu'il pensait », dit Fisher.

Si seulement je pouvais... Mais je garde ça pour moi.

« L'objection est maintenue, du moins tant que M. Beckworth ne m'aura pas montré sa planchette Ouija [1].

– Et pour la requête demandant la suppression de la phrase dans le procès-verbal ? » dit Chambers.

Le regard que lui lance le juge signifie : ne soyez pas trop gourmand.

« Bon, finit-il par dire et, se tournant vers la greffière : Supprimez-la. »

Un point pour le camp adverse. Je continue.

« Donc, c'est pendant que vous mainteniez l'accusé au sol qu'il a prononcé ces phrases concernant la camionnette ?

– C'est exact.

– En votre capacité d'officier de sécurité privée, selon le système canadien, devez-vous normalement prévenir un suspect que tout ce qu'il va dire peut être relevé et utilisé contre lui ?

– Normalement, non. Nous laissons ce soin à la police, si son intervention s'avère nécessaire.

1. Planche couverte de lettres et divers symboles, utilisée dans les séances de spiritisme. *(N.d.T.)*

– Dans notre cas, avez-vous prononcé une telle mise en garde devant l'accusé ?

– Non.

– Pourquoi pas ?

– Eh bien, comme je vous le disais, ce n'est pas la procédure habituelle. Et dans ce cas précis, même si nous avions voulu le faire, l'occasion ne s'est pas présentée. Ses déclarations ont été prononcées sans avertissement préalable, au cours d'une altercation. Nous n'étions pas en train de l'interroger. Nous essayions de le maintenir.

– Qualifieriez-vous les déclarations de l'accusé, telles qu'elles figurent dans votre rapport, de purement volontaires ?

– Objection ! » Chambers a de nouveau jailli de son siège. « L'accusé avait au moins trois hommes sur le dos, dont un qui lui retournait le bras. Le ministère public a une drôle de conception de ce qui est volontaire. »

Fisher le regarde, l'air passablement étonné.

« Maître Chambers, y a-t-il un ou des fondements à votre objection ? J'ai peut-être raté quelque chose.

– Question tendancieuse, propose Chambers.

– Merci. Objection rejetée. »

Une sur deux seulement. Chambers se rassoit.

Beckworth me regarde, ne sachant pas s'il est censé répondre à la question.

Bien des affaires ont été perdues en appel parce qu'un avocat a perdu le fil de ses questions dans la phase de première instance du procès, parce que, la tête tournée par trop d'objections, il a oublié de répéter une question cruciale.

Je demande à la greffière de relire ma dernière question. Elle feuillette l'accordéon de petites pages produites par la machine, s'y retrouve et lit :

« M. Madriani : “ Qualifieriez-vous les déclarations de l'accusé, telles qu'elles figurent dans votre rapport, de purement volontaires ? ” »

Je regarde le témoin.

« Absolument », dit Beckworth. Encore un petit caillou que j'ai réussi à glisser dans le puzzle.

« Par conséquent, d'après votre témoignage, il est raisonnable de qualifier de spontanées et non sollicitées les déclarations, les remarques faites par l'accusé au sujet de sa camionnette pendant qu'il était retenu par vous ?

– Oui. C'est une bonne description. »

Je m'avance vers la table réservée au ministère public. Goya est en train de cocher des questions sur un bloc de papier quadrillé. Pour être sûr de n'avoir rien oublié, je m'entretiendrai avec elle avant de libérer le témoin.

« Bien. Aussitôt après votre altercation avec l'accusé, aviez-vous la moindre raison de penser qu'il était recherché pour un crime autre que celui dont vous le soupçonniez, le vol à l'étalage ?

– Non.

– Même devant une réaction d'une telle violence, vous n'aviez pas de raison de croire que M. Iganovich pouvait avoir commis un crime plus grave ?

– Absolument pas. Les voleurs de ce genre ont tous des réactions différentes. Certains baissent les bras. Ils restent simplement là et vident leurs poches. Bavardent avec nous le plus courtoisement du monde et avouent leur faute. Les femmes pleurent souvent, quelques hommes aussi, parfois. Mais d'autres, moins répandus, sortiront un couteau ou une arme à feu de leur poche et essaieront de vous tuer. C'est un peu pareil quand on arrête une voiture à un feu rouge : on ne sait jamais à quoi s'attendre.

– Avez-vous déjà été agressé lorsque vous appréhendiez un individu soupçonné de vol ?

– Plusieurs fois, répond Beckworth. Mais celui-ci a certainement été le plus violent de tous. S'il avait porté une arme létale, nous aurions certainement eu de graves ennuis », ajoute-t-il.

La dernière est de trop.

« Objection ! glapit Chambers, déjà debout. Le témoin recommence à spéculer.

– Objection retenue, admet Fisher. Monsieur Beckworth, contentez-vous de répondre aux questions.

– Oui, Votre Seigneurie. »

Fisher le dévisage avec stupeur. On s'est adressé à lui de toutes sortes de manières, au fil des ans, mais jamais ainsi.

Maintenant qu'il a fait tout ce chemin, Beckworth semble déterminé à enfoncer sa pique dans l'accusé. La moitié des flics de la ville, vu les blessures infligées par Iganovich pendant la bagarre, cracheraient leur venin s'ils étaient assis sur le banc des témoins. Celui-ci a au moins l'avantage d'y mettre un semblant de manières.

« Vous avez dit tout à l'heure que votre employeur avait son propre programme de formation pour le personnel de sécurité.

– C'est cela.

– Avez-vous suivi cette formation ?

– Oui.

– Vous ont-ils enseigné comment gérer les situations violentes ?

– Normalement, quand c'est possible, il faut les éviter. C'est inutile de risquer de se blesser, ou de blesser un client.

– Mais au cours de votre carrière d'agent de police, puis de gardien de sécurité privée, avez-vous appris les techniques, les prises et les manœuvres permettant de maîtriser un suspect violent ?

– Oh, oui. »

Je cornaque le témoin à travers une série de questions destinées à effacer le spectre d'un vulgaire pugilat au sol. J'essaie de hisser l'altercation à un niveau plus élevé, plus professionnel. Puis je sors de mon chapeau mon argument décisif, le véritable objectif de cette petite promenade.

« Et vous ont-ils enseigné comment appliquer le degré de force absolument nécessaire – mais pas plus que nécessaire – pour retenir l'individu ? »

Ce n'est même plus que je le guide, je lui souffle quasiment ses réponses. Chambers le sait parfaitement. Il se tient tout droit au bord de sa chaise, prêt à bondir et objecter. Mais il est trop tard. Le mal est fait. Chambers s'affaisse contre son dossier, me décochant un regard incendiaire du coin de l'œil.

« Oui, dit Beckworth.

– Monsieur Beckworth, comment qualifieriez-vous le degré de force dont vous avez fait usage pour retenir M. Iganovich le jour en question ?

– Juste le minimum, répond-il. Seulement ce qui était absolument nécessaire pour le désarmer et le boucler. »

N'est-ce pas admirable ?

Ayant pu tirer la conclusion légale que je recherchais, j'emmène le témoin faire le tour des arts martiaux inférieurs, et moins raffinés. En trois minutes, Beckworth nous a retracé la chorégraphie de tous ses gestes ce jour-là, le menu détail de chacune des prises utilisées contre Iganovich. Peut-être cette symphonie d'évocations plus proche du *Lac des cygnes* que de *Grabuge à Manille* n'a-t-elle pas grand-chose à voir avec la réalité des faits, mais cela sert à fixer dans le subconscient du témoin une version claire des événements. Une version sur laquelle le ministère public peut s'appuyer, qui ne risque pas d'être secouée et déboulonnée sur l'autel du sacrifice.

Voilà pourquoi, contre une requête de suppression de preuve, il n'est pas toujours mauvais d'endosser la charge de la preuve et de gagner du terrain.

De retour à notre table, j'ai un petit entretien avec Lenore. Tous les éléments de sa liste sont cochés. Je laisse le témoin à la disposition de Chambers.

Il se lève de la table de la défense et, tout en maintenant une distance bienséante entre eux, plonge son regard dans celui du témoin avant de poser ses questions. Puis il prend la parole.

« Monsieur Beckworth, avez-vous eu l'occasion de parler de votre témoignage avec M. Madriani avant de vous présenter à la cour aujourd'hui ?

– Oui.

– Et quand cela a-t-il eu lieu ?

– Une fois hier. Et aujourd'hui avant d'entrer dans la salle d'audience.

– Avez-vous répété vos réponses avec lui ?

– Je n'appellerais pas ça une répétition.

– Bon, vous a-t-il dit quelles étaient les questions importantes, et celles qui l'étaient moins ?

– Si vous me demandez s'il m'a préparé, s'il m'a dit ce que je devais répondre, eh bien, la réponse est non, il n'a rien fait de tel. »

Chambers sourit. Beckworth est un témoin chevronné. D'autres, moins expérimentés, auraient pu glisser à cet endroit et faire une mauvaise chute.

« Reprenons tout au début, propose Chambers. La première fois que votre regard s'est posé sur mon client, M. Iganovich, qu'était-il en train de faire ?

– Il se promenait dans les allées de notre magasin en regardant divers vêtements.

– Et vous l'avez vu ramasser ces vêtements et les glisser dans ses poches ?

– Non.

– Oh, allons, vous l'avez bien vu attraper des vêtements par poignées pour les fourrer à l'intérieur de son manteau, ou dans la ceinture de son pantalon ?

– Non.

– Monsieur le Juge, ces sarcasmes sont-ils indispensables ? Me Chambers doit savoir que l'observation concrète du vol n'est pas nécessaire pour avoir une raison suffisante d'appréhender un suspect dans le cas de vol à l'étalage. La croyance de bonne foi suffit. »

A dire vrai, j'ignore complètement si Chambers connaît la loi concernant le vol à l'étalage. Ce dont je suis sûr, en revanche, c'est que mon témoin, lui, la connaît.

Chambers me lance un regard intimidant pour me signifier que la récréation est terminée. Diriger le témoin quand c'était moi qui lui posais les questions, sous mon contrôle direct, était déjà difficile à accepter. Mais il ne tolérera pas que cela continue quand c'est son tour de l'interroger. Il se plaint à Fisher, faisant encore plus de simagrées sur le court que John McEnroe.

Fisher en a assez de ce combat de chats de gouttière entre avocats.

« Venons-en au fait, dit-il. Et vous, maître Madriani, limitez vos commentaires aux objections formelles.

– Merci, monsieur le Juge », dit Chambers en lui souriant. Le sourire qu'il m'adresse, à moi, est celui d'un gamin de cinq ans qui aurait réussi à faire pipi sur mon tas de sable.

« Monsieur Beckworth, que faisait exactement M. Iganovich la première fois que vous l'avez vu ?

– Comme je l'ai déjà dit, il se promenait dans les allées, ramassait des articles et les examinait, puis il poursuivait son chemin.

– C'est tout ?

– Mais il avait aussi des gestes furtifs. »

Chambers pivote sur place, faisant face au banc des témoins.

« Ah, il avait aussi des gestes furtifs. Et comment étaient-ils, ces gestes furtifs ? Vous pouvez nous les décrire ?

– Ses mains frôlaient l'intérieur de sa veste, il la boutonnait et la déboutonnait, dit Beckworth. Des mouvements de mains superflus, ce genre de choses, on nous a habitués à repérer ça.

– Ah, oui, je vois. Des mouvements furtifs. » Chambers hoche solennellement la tête, plusieurs fois. « Donc, si je me trouvais maintenant dans votre magasin et que je reboutonnais ma veste, cela pourrait être considéré comme un geste furtif, c'est ça ?

– Ça pourrait.

– Et vous trouveriez normal de vous approcher de moi, de m'appréhender et de me fouiller pour vérifier si j'ai volé ou non de la marchandise ? »

Beckworth lève les yeux au ciel.

« Mon Dieu, non, je ne trouverais pas ça normal. C'est un ensemble de choses.

– Ah, un ensemble, dit Chambers en se frottant l'arête du nez, comme pour dire : nous arrivons enfin à quelque chose de précis. Cet ensemble de choses, c'est une sorte de formule ? demande-t-il. Des éléments que vous retrouvez lorsque vous cherchez à détecter un vol ?

– Si vous voulez. »

Oh, oui ! Il veut mettre les mots dans la bouche des témoins.

« Parfait, dit Chambers, la voix gonflée d'un enthousiasme feint, comme s'il venait de découvrir la pierre de Rosette. Donc, une des parties de la formule, c'est le fameux geste furtif ?

– Oui, c'est possible.

– Il faudrait savoir, c'est oui ou c'est non ?

– Cela dépend des circonstances », dit Beckworth.

Chambers lui lance un regard peiné.

« Je croyais que nous avions une formule, dit-il. Maintenant, vous me dites que cela dépend des circonstances. Comment pouvons-nous savoir si la formule s'applique ou non à un suspect, si elle change tout le temps ? demande-t-il.

– Je n'ai pas dit qu'elle changeait tout le temps.

– Ah, bon ! dit Chambers. Pendant une minute, là, j'ai été inquiet. » C'est un des talents particuliers de Chambers, cette façon de tourner subtilement le témoin en dérision, une espèce de moquerie passée au four à micro-ondes qui peut cramer le jugement des témoins les plus raisonnables et soulever une vague de colère puis, avec le temps, les réponses idiotes qui risquent de nuire à votre affaire.

« Essayons de déterminer le reste de la formule, dit-il. Vous avez dit auparavant que l'accusé portait un manteau ample. Est-ce que cela fait partie de la formule ? »

Beckworth commence à regretter d'avoir laissé Chambers s'emparer de l'expression.

« C'est parfois le cas. Cela dépend des circonstances.

– Oh, allons ! On ne peut donc pas avoir une formule efficace ? »

Beckworth ne répond pas, mais lance à Chambers le regard qu'il mérite.

L'avocat continue.

« Bien, laissez-moi vous poser une question. Est-ce que M. Iganovich avait l'air d'être en train d'examiner de la marchandise quand vous l'avez vu ?

– Oui, absolument.

– Vous diriez donc qu'examiner de la marchandise fait partie de la formule.

– Puisque vous le dites.

– Comment ! Ce n'est pas ma formule, c'est la vôtre. » Chambers sourit au Canadien comme s'il venait de lui vendre une vieille bagnole pourrie.

« Et quoi d'autre ? reprend-il.

– Que voulez-vous dire ? demande Beckworth.

– Eh bien, vous avez interpellé et appréhendé cet homme. Qu'y avait-il d'autre pour attirer vos soupçons ? Quel est le reste de la formule ?

– Ben... dit Beckworth, réfléchissant un instant. La façon dont il a examiné la marchandise.

– Qu'y avait-il au juste, dans la façon dont il a examiné la marchandise, qui vous a incité à l'interpeller ?

– Il regardait la marchandise, et puis il promenait aussitôt son regard alentour, comme pour s'assurer que personne ne risquait de le voir.

– Ah. » Chambers hoche la tête comme s'il venait de découvrir le maillon manquant. « Le regard fuyant en quelque sorte ?

– On peut l'appeler comme ça, si on veut. » A entendre Beckworth, ce n'est pas l'expression qu'il aurait choisie.

« Voilà donc un autre élément de la formule. Le regard fuyant. » Il l'a dit très lentement, en détachant les mots comme s'il l'écrivait sur un morceau de papier pour la postérité.

« Voyons voir, reprend-il. Nous avons donc des gestes furtifs, un manteau ample, l'examen de la marchandise et un regard fuyant. » Chambers hoche la tête, prend l'air entendu comme s'il était entièrement convaincu. Encore de la dérision.

« Y a-t-il autre chose ? demande Chambers.

– Non, je pense que c'est tout.

– Bon, alors, nous avons la formule ». Chambers tend ses notes à Fisher pour qu'il les voie et sourit.

« Et finalement, vous avez appréhendé M. Iganovich.

– Oui. Après qu'il nous a attaqués, dit Beckworth.

– On verra ça plus tard. Qui a exactement attaqué qui. Pour l'instant, répondez à mes questions. »

Plus l'ombre d'un sourire sur son visage.

« Vous avez fini par fouiller M. Iganovich, n'est-ce pas ?

– Oui.

– Eh bien, quel a été le résultat ? demande Chambers.

– Que voulez-vous dire ?

– Combien d'articles appartenant au magasin avez-vous trouvés sur la personne de M. Iganovich après que vous – et combien ? trois autres personnes – l'avez plaqué au sol et fouillé ?

– Nous n'avons rien trouvé.

– Pardon ?

– Nous n'avons trouvé aucune marchandise sur la personne du suspect. »

Chambers pousse un soupir théâtral, hausse les épaules en levant les mains, paumes en l'air.

« Qu'entendez-vous par là ? Il a eu ces gestes furtifs, n'est-ce pas ?

– Oui.

– Et le manteau ample. Il portait le manteau ample ?

– Oui.

– Et le regard fuyant. Vous avez bien dit qu'il avait un regard fuyant ? »

Pas de réponse de Beckworth.

« Alors, c'est oui ou c'est non ?

– Oui.

– C'est bien votre formule, non ? » Dans son intérêt, Chambers fait l'impasse sur l'autre élément, le fait que le Russe était en train de palper un foulard au moment où Beckworth a vu l'objet disparaître.

« Ce n'est pas ma formule, dit Beckworth.

– Je croyais que nous étions d'accord, dit Chambers. Pour cette formule. Et vous me dites ça maintenant, après que j'ai sué sang et eau, et attrapé des crampes à force d'écrire – regardez mes notes ! » Il tend au témoin un papier couvert de gribouillis. « Maintenant vous me dites que finalement, ce truc-là ne marche plus, que votre formule ne vaut pas un clou ?

– Je n'ai jamais dit que c'était une formule, affirme Beckworth.

– Mais si, vous l'avez dit. Vous voulez que je demande à la greffière de vous relire le procès-verbal ?

– Non. »

Chambers s'éloigne du témoin, prend la pose, une main sur la hanche.

« Et après tout ceci, vous n'avez rien trouvé sur mon client ?

– Nous avons trouvé un foulard en soie par terre, dit Beckworth. Près de l'endroit où il s'est débattu.

– Ah. Et la police a accusé M. Iganovich d'avoir volé ce foulard ?

– Non, elle n'a rien fait de tel. »

Chambers fait mine d'être surpris.

« Non ? Et pourquoi pas ?

– Insuffisance de preuve.

– En d'autres mots, le foulard aurait aussi bien pu tomber du comptoir où il était exposé pendant que vous et les autres tabassiez M. Iganovich ?

– Objection.

– Objection retenue. Maître Chambers...

– Excusez-moi, monsieur le Juge. Cela m'a échappé. »

Profond soupir du témoin. La journée va être longue. Avant la fin, Reginald Beckworth va se demander où Adrian Chambers a laissé sa lance d'arrosage et son projecteur.

CHAPITRE 27

« Oh, monsieur le Juge ! » Les mains en l'air, se dressant de toute sa hauteur, Chambers se plaint au juge Fisher. Puis il se met à taper du pied en arpentant le parquet comme un enfant de six ans et se donne des coups sur la cuisse. Il est en train de faire une scène qui semble plus amuser que déranger le juge Fisher.

« C'était faux, affirme Chambers. Il n'y avait aucun fondement, absolument aucun fondement. » Chambers fait tout un tapage sous l'estrade du juge, l'air plus chagriné que furieux, jouant sur le sens de la justice de Fisher comme si une confiance sacrée avait été trahie. Il vient d'être informé de ma rencontre antérieure avec le juge, à huis clos, visant à garder secrète la preuve concernant le témoin principal dans le meurtre des Scofield. L'existence d'un témoin n'a pas encore été mentionnée. Mais quand on en arrivera là, on peut s'attendre à une éruption du Vésuve.

« C'est un entretien *ex parte*, s'enflamme-t-il – le mot latin pour entretien unilatéral avec un juge, en dehors de la présence de la partie adverse, une pratique normalement considérée comme particulièrement taboue. C'est diablement contraire à l'éthique. »

Là, le juge Fisher soulève une objection, un petit privilège personnel qui lui permet de protéger son intégrité. Il cite l'article du code pénal qui autorise cette procédure dans le cas d'objectifs précis à atteindre.

« Cela vous est signifié maintenant, dit Fisher. Tout a été noté. La transcription de notre séance *in camera* est à votre disposition sur le procès-verbal, à votre demande.

– Parfait, dit Adrian. Dans ce cas, j'en voudrais une copie dès que possible.

– Elle demeurera scellée jusqu'au moment approprié.

– Cela ne me convient pas ! s'indigne Chambers.

– Il le faudra pourtant, déclare le juge. Si cela ne vous plaît pas, allez en appel. » Chambers sait très bien que ce n'est pas ainsi qu'il obtiendra sa copie de la transcription. Seule la cour d'appel serait autorisée à la lire, afin de vérifier si Fisher n'a pas abusé de son pouvoir discrétionnaire en m'accordant une session à huis clos.

Le juge n'est pas d'humeur à perdre du temps avec Chambers. Les deux tiers des requêtes déposées par la défense étaient à la limite de la frivolité. Le juge estime maintenant qu'il a perdu quatre jours à les écouter.

Cette journée n'a pas été brillante pour Adrian. L'ensemble de ses requêtes, après avoir été soumises au tribunal, ont été rejetées. Les déclarations faites par le Russe pendant qu'il se battait par terre avec les gardes de sécurité du grand magasin ont été déclarées acceptables pour le procès.

Chambers n'a pas davantage réussi à faire éliminer le pistolet capstun, que les médecins peuvent maintenant relier aux brûlures découvertes sur les deux premières victimes, les étudiants.

Dans l'ensemble, Adrian n'est pas content. C'est le sort de l'avocat de la défense confronté à l'augmentation des preuves de la partie adverse. Je connais le sentiment qu'il éprouve en ce moment au creux de l'estomac : l'impression de couler. Ayant perdu leurs requêtes, Chambers et Iganovich vont aborder le début du procès comme la deuxième mi-temps d'un match de foot, après avoir perdu la première par 21 à 0.

Fisher se lance dans la lecture de l'injonction circonstanciée qui a suivi notre session à huis clos. Chambers aura accès à tous les rapports d'enquête et de laboratoire, dit-il, tout ce que nous avons sur les meurtres Scofield. A une seule exception.

« Toute information relative à un ou des témoins de ces crimes sera suspendue de communication, considérée comme confidentielle, et dévoilée au public seulement quand ce ou ces témoins, s'ils existent, seront placés sous la garde de la police. Ce jour venu, tous les éléments de preuve fournis par ce ou ces témoins seront équitablement communiqués à la défense. » Le juge lève les yeux. « C'est bien clair ? »

Chambers observe un silence de mort. Il a les yeux fixés sur le juge, sa mâchoire pend. On dirait qu'il a été frappé par la foudre. Plusieurs secondes s'écoulent avant qu'il ne pose une question, une seule, quasiment inaudible.

« Il y avait un témoin ? »

La stupeur s'inscrit comme un masque sur son visage.

Iganovich vient juste d'entendre la traduction. Il tente de parler à son avocat mais Chambers ne lui prête aucune attention. Finalement, le voyant enfin, il tend la main et lui enjoint de s'asseoir et de se taire. La colère de Chambers a maintenant une rivale : celle de son client.

Fisher déclare que la cour ne s'étendra pas davantage sur la question et demande aux parties d'observer la même retenue. La greffière nous distribue des copies de l'injonction du juge. Chambers la regarde, la lit attentivement. Il lui faut plusieurs secondes pour reprendre ses esprits, retrouver son équilibre, tel un boxeur ébranlé par un direct.

« Monsieur le Juge, demande-t-il. Pouvons-nous nous concerter, tenir un aparté ? »

Fisher nous fait signe de nous approcher.

Chambers, Goya et moi nous regroupons devant le juge. Adrian prend la parole.

« C'est la première fois que j'entends parler d'un témoin, monsieur le Juge. Il est évident que le ministère public doit être au courant depuis un certain temps. »

Il n'obtient rien de nous, un mur de visages de marbre. Il voit bien qu'il n'arrivera nulle part de cette façon-là.

« Evidemment, c'est un coup de maître. Félicitations, me dit-il. » C'est une autre tactique qu'il adopte maintenant, comme s'il admettait qu'avec ce témoin, nous sommes enfin sur la piste du vrai meurtrier de Putah Creek. Le ton est cordial, mais le visage d'Adrian est d'une pâleur maladive. Manifestement, nous l'avons pris au dépourvu avec ce coup-ci.

Il n'empêche, c'est indéniable, qu'il y voit une occasion favorable pour sa défense. La fameuse défense « Quelqu'un d'autre l'a fait » influence toujours plus le jury lorsqu'on peut mettre un visage sur l'auteur du crime. C'est en partie pour cela que j'ai tardé aussi longtemps à communiquer ce que je sais du témoin dans les arbres.

Lorsque Chambers découvrira ce que sait ce témoin, il s'en emparera sans tarder pour l'utiliser. Il limera les bords coupants des différences qui opposent le témoin et son témoignage d'une part, et la version du Russe d'autre part. Connaissant Adrian, je sais qu'il jouera sur de menues imprécisions, qu'il modèlera les faits jusqu'à ce que les deux histoires s'emboîtent comme deux pièces bien huilées. Plus je pourrai le tenir hors de portée de ces informations, mieux ce sera.

« Vous admettrez que l'existence de ce témoin est une énorme surprise », dit Chambers à Fisher.

L'un des propos essentiels de la procédure de communication, cet exercice d'échange d'informations entre les parties qui précède le procès, est justement d'éviter les surprises. Chambers ne manque pas de nous le rappeler, sans se départir de sa cordialité et de son sourire éclatant.

« Cette information, monsieur le Juge, sera déterminante pour ma défense. »

Puis il me fixe en souriant d'un air entendu.

« Evidemment, je comprends très bien. Une révélation de cet ordre, l'identité d'un témoin, provoquerait une tempête dans la presse. »

Chambers s'imagine que nous connaissons non seulement l'endroit où se trouve le témoin, mais son identité. Je lui laisse ses illusions.

« Vous avez été avisé de prononcer une injonction circonstanciée », dit Chambers à Fisher. Le juge rayonne. Il est ravi de voir l'avocat manifester tolérance et compréhension.

« Toutefois, poursuit Chambers, il serait pertinent de partager ce que le ministère public sait. En ma qualité de fonctionnaire de l'ordre judiciaire, je suis tenu de protéger les intérêts de mon client. » Il nous rappelle que nous sommes tous tenus par le secret des délibérations, mais Fisher ne mord pas à l'hameçon.

« Toutes les informations vous seront communiquées dès que nous tiendrons le témoin, dit-il.

– Mais c'est un témoin vital, dit Chambers. En attendant que vous le teniez... » Il s'arrête au milieu de sa phrase, se calme et me regarde. « Je présume, reprend-il, qu'il s'agit d'un homme ? »

Et il attend, le regard interrogateur. Je lui oppose l'amabilité d'un mur de brique.

« Peu importe, ça n'est pas bien grave », dit-il. Il a terminé.

« Maître Chambers, où vouliez-vous en venir ? » soupire Fisher.

Chambers s'abrite derrière un bloc-notes pour empêcher sa voix de porter trop loin et jette des coups d'œil méfiants en direction du premier rang, où se déploie le quatrième pouvoir.

« Je me demandais, monsieur le Juge, si nous pourrions au moins avoir une idée du temps qu'il faudra attendre avant de savoir quelque chose. Etes-vous sur le point, ou loin de trouver ce témoin ? »

La dernière question s'adresse à moi, péremptoire.

« Voilà une question pertinente, dit Fisher. Avez-vous une idée, Monsieur Madriani ?

– Nous continuons à chercher, monsieur le Juge. C'est la priorité absolue de notre enquête.

– Mais vous n'avez aucune idée du temps qu'il faudra ?

– Non. Pas encore.

– Eh bien, vous avez votre réponse, maître Chambers, dit Fisher en le regardant. Votre client souhaite peut-être reconsidérer les dates prévues pour le procès ? Si M. Iganovich souhaite changer d'avis, la cour est disposée à lui accorder un délai. Compte tenu de cette information. »

Chambers fait la moue, un petit geste désinvolte, comme s'il connaissait déjà la réponse.

« M'autorisez-vous à m'entretenir avec lui ?

– Certainement. Prenez votre temps. » Fisher est des plus accommodants. N'importe quoi pour inciter Iganovich à demander un report de date pour le procès, le reculer de quelques mois pour donner à Ingel le teint doré du bronzage tropical et la bonne humeur assortie.

Adrian s'éloigne. Il s'accroupit devant la table de la défense pour s'entretenir avec son client et l'interprète. Le Russe parle avec animation, hausse les épaules, semble perplexe.

Chambers revient moins d'une minute plus tard.

« Pas moyen de le faire changer d'avis. Il est intraitable. Il veut un procès rapide.

– Je devrais peut-être tenter ma chance ? demande Fisher.

– Non, non, ce serait une erreur, dit Chambers. Laissez-moi m'en occuper. Si j'insiste un peu, il se rendra à la raison. »

Comme c'est intéressant, notre petite cabale, le juge, le procureur et le propre avocat d'Iganovich en train de conspirer, ces agapes d'avocats raisonnables œuvrant dans un but commun, obtenir du Russe qu'il demande un délai.

« Si je peux lui faire comprendre l'importance de ce témoin, dit Chambers, cela changera tout. »

Nous en restons là et regagnons chacun notre table respective.

« Monsieur le Juge, pour le procès-verbal, déclare Chambers, je dois faire enregistrer mon objection. Il faut qu'elle y figure dans l'éventualité d'un appel. Vous comprenez ? » Il parle de l'impossibilité d'obtenir toutes les informations concernant notre témoin. C'est une chose de comprendre les raisons de sagesse qui ont conduit le juge à prendre une décision, mais c'en est une autre de laisser échapper d'éventuels fondements pour un appel ultérieur.

Fisher acquiesce.

Adrian décrit ce qu'il estime être une décision erronée de la cour, le refus de communiquer un élément qui pourrait s'avérer propre à disculper son client. Il le qualifie d'obstacle majeur à l'enquête de la défense.

Tout ceci dans la plus grande courtoisie, rien à voir avec l'Adrian Chambers d'avant. Juste pour que cela figure dans le procès-verbal, insiste-t-il, toujours respectueux des sentiments de la cour.

« L'objection a été notée, dit Fisher, et rejetée. Pour l'instant, ma décision prévaut. »

Le juge ramasse les papiers éparpillés devant lui comme s'il allait suspendre la séance.

« Y a-t-il d'autres questions qui doivent être portées devant la cour ? » demande-t-il, assis comme un commissaire-priseur prêt à abattre son marteau sur une enchère.

« Euh, oui, il y a autre chose, dit Chambers.

– Qu'est-ce que c'est ? »

Adrian fouille dans sa mallette, apparemment à la recherche de quelque chose.

« J'avais l'intention d'attendre pour ça, mais vu cette nouvelle, l'information concernant un témoin... » Il trouve ce qu'il cherchait, une simple feuille de papier, dactylographiée d'un seul côté.

« Je demande maintenant que le ministère public soit sommé par ce tribunal de modifier sa mise en accusation et d'inculper mon client des meurtres Scofield. »

Des voix s'élèvent, on entend murmurer au premier rang : « Qu'est-ce qu'il a dit ? »

Fisher dévisage Adrian comme si l'avocat venait soudainement de perdre la tête.

« Ou alors, poursuit Chambers, que le ministère public se voit définitivement interdire de porter la moindre accusation contre M. Iganovich concernant ces meurtres.

– Quoi ? s'exclame Fisher. Vous demandez à ce tribunal d'ordonner au ministère public d'inculper votre client de deux chefs d'accusation supplémentaires ?

– Laissez-moi vous expliquer.

– Maître Chambers, dit Fisher, vous avez plus de sautes d'humeur que les trois visages d'Eve.

– Mais il y a un précédent, monsieur le Juge. »

Je jaillis de ma chaise pour protester. « Me Chambers a eu amplement l'occasion de nous annoncer cette requête afin de nous fournir la possibilité de répondre. Le ministère public fait objection et demande au tribunal de rejeter cette requête au motif qu'elle n'a pas été présentée correctement.

– Excellent argument, dit Fisher.

– Monsieur le Juge, je ne présenterais pas cette requête maintenant si l'on ne m'avait brutalement informé aujourd'hui, ici même, de l'existence d'un témoin des meurtres Scofield. Me Madriani a laissé pendante la mise en accusation pour les meurtres Scofield, refusant de préciser s'il allait ou non inculper mon client. Il a fait des déclarations publiques comme quoi il recherchait un autre meurtrier, un prétendu imitateur du premier. Et voilà qu'aujourd'hui, à la veille de l'ouverture du procès, il nous annonce l'existence, quelque part, d'un mystérieux témoin. Un témoin qui, à condition qu'on le trouve, témoignera de Dieu sait quoi. »

Adrian a une mimique, genre, comment puis-je m'en sortir avec tout ça ?

« Me voici devant le spectre d'une action publique par petits morceaux. Le ministère public est libre de poursuivre M. Iganovich pour les quatre premiers meurtres et, s'il échoue, si nous obtenons l'acquittement... (sa voix monte d'un cran, il agite un doigt en l'air pour souligner son propos), eh bien, Me Madriani n'aura qu'à se retourner et poursuivre mon client de deux nouveaux chefs d'accusation pour les meurtres Scofield. Il peut changer d'avis concernant le meurtrier imitateur, décider que c'était une erreur, sortir de son chapeau le mystérieux témoin qui lui a ouvert les yeux, et tout recommencer. »

Fisher me lance un regard fugitif. A mon avis, il se demande si un plan aussi tordu peut m'avoir traversé l'esprit. Chambers revient à la charge.

« Nous ne devrions pas être contraints de défendre notre client sur la base d'une accusation au coup par coup. Qu'on ne s'y trompe pas. Ce n'est pas que j'aie hâte de voir mon client inculpé pour deux autres meurtres. Mais ou bien cela se passe ainsi, ou bien le tribunal doit dire à Me Madriani qu'il ne pourra pas porter ces accusations ultérieurement.

– Et quel est votre précédent ?

– L'affaire *Kellett v. Cour d'appel*, monsieur le Juge. Dans ce contexte, Me Madriani est obligé de réunir tous ses chefs d'accusation dans la même action publique. »

Adrian brandit une feuille de papier, une décision de tribunal.

« Cela remonte à 1966, et c'est encore de la bonne jurisprudence. »

Il tend le document au juge. Fisher ajuste ses lunettes et lit. Plusieurs secondes s'écoulent. Puis le juge hausse un sourcil et me regarde.

« Maître Madriani, connaissez-vous cet arrêt ?

– Le nom me dit quelque chose, monsieur le Juge. »

Goya s'affaire dans mon dos, aux prises avec un volume du code pénal annoté, le seul livre de référence qu'elle ait sous la main. Elle essaie de trouver une référence à cette affaire. Autant chercher une aiguille dans une meule de foin.

« Vous devriez le lire, dit le juge. Me Chambers tient peut-être là un argument valable. »

A la façon dont il dodeline de la tête, j'ai l'impression qu'il est sur le point de prendre une décision. Un coup de feu tiré à hauteur de la hanche. Je l'interromps.

« Monsieur le Juge, nous souhaiterions disposer d'un peu de temps pour considérer la question. Pour préparer une réponse. Ne serait-ce que pour vérifier s'il n'y a pas eu récemment de jurisprudence contraire. Ou si cette interprétation n'a pas été limitée à des faits différents. »

Fisher acquiesce, exaspéré de ne pas en avoir encore terminé avec ces requêtes.

« Très bien, dit-il. (Gros soupir.) Je vous donne quarante-huit heures. Deux jours. J'attends de l'un et de l'autre, d'ici deux jours, des argumentations par écrit assorties d'arrêts de jurisprudence. Pas plus de cinq pages, sur ce point précis : les faits de l'affaire Kellett. Vous m'avez compris, maître Chambers ? »

Adrian incline la tête. Fisher se tourne vers moi. Je donne mon accord.

« Et n'essayez pas de déborder, dit Fisher. Sur ce point précis. »

Chambers se drape dans sa dignité, les paumes tournées vers le ciel, comme s'il prêtait serment.

« Ce point précis », confirme-t-il.

« On est cuits, dit Lenore. C'est une jurisprudence bien établie. » Elle parle de l'arrêt *Kellett v. Cour d'appel.* « J'ai absolument tout vérifié, je suis allée rechercher tous les cas où l'arrêt Kellett était cité. J'ai même consulté Lexis sur l'ordinateur. »

Lexis/Nexis est l'outil de référence idéal pour ceux qui savent se servir d'un ordinateur. Il contient tous les arrêts prononcés depuis les années 40 et vous communique la loi que vous recherchez en une fraction de seconde.

Nous sommes de retour dans mon bureau, juste avant midi. Lenore a passé presque toute la nuit à étudier les arrêts, à examiner la dernière flèche d'Adrian. Celle-ci nous est tombée dessus sans crier gare. Un coup au-dessous de la ceinture.

« La décision de l'arrêt n'a été ni contredite, ni limitée. *Kellett* a même été cité dans une affaire de l'an dernier, dont Chambers se servira s'il le découvre. Il dira que les faits collent mot pour mot avec les nôtres – chefs d'accusation distincts pour des assassinats avec préméditation. »

Elle me tend quatre feuilles tout juste sorties de l'imprimante, encore attachées entre elles et bordées de bandes perforées.

« Lisez ça, et pleurez tout votre saoul. »

Ce sont de mauvaises nouvelles. J'avais espéré que l'on trouverait une fissure pour se faufiler.

« Il n'y a rien d'utilisable pour nous ? »

Demain, il faudra que nous présentions au juge des arguments et des arrêts de jurisprudence.

Elle fait la moue : un bon avocat a toujours un argument en réserve – ne serait-ce que le grain du bois de la table devant laquelle il est assis.

« Chambers est allé un tout petit peu trop loin. » Elle veut dire qu'il a tiré au maximum sur le précédent juridique créé par Kellett. Cela ne me surprend pas de la part d'Adrian. Il a toujours eu la réputation de traiter la loi de cette façon.

« Il n'y a aucun précédent qui permette au tribunal de nous obliger à inculper Iganovich des meurtres Scofield. Cette décision est entièrement à la discrétion du procureur. Sur ce point, vous êtes seul juge. J'ai plusieurs affaires ici qui en témoignent », dit-elle en désignant les sorties d'imprimante que je tiens en main.

« On peut au moins le clouer au sol avec ça, dis-je.

– Oui, mais le revers de la médaille, c'est que si vous décidez de ne pas poursuivre Iganovich pour les meurtres Scofield, ce sera irréversible. »

Ce qui signifie : soit j'accuse Iganovich d'avoir assassiné les Scofield, soit j'abandonne tout espoir de le poursuivre un jour pour ces crimes, même si je dois découvrir ultérieurement des preuves qui l'incriminent. Bref, je lui offre un certificat d'immunité à vie pour un double meurtre. Les notables de la ville vont certainement adorer ça.

Même si Kay Sellig et mon cerveau me soufflent qu'Iganovich n'a pas commis ces deux meurtres, l'arrêt Kellett m'oblige soit à prendre le poisson, soit à lâcher l'hameçon.

« Vous avez vu ça ? » me demande Lenore en montrant un numéro du *Times* du matin – le seul journal à ce jour qui n'ait pas raconté n'importe quoi. Ils ont chargé un diplômé en droit de couvrir l'affaire. Ce matin, c'est payant. Après avoir effectué des recherches, ils en sont arrivés aux mêmes conclusions que Goya.

Le reste de la meute a tout faux. Ils annoncent que le tribunal est sur le point de m'ordonner d'inculper Iganovich pour ces meurtres, et que je résiste. Ils laissent au lecteur le soin de décider si j'agis ainsi par pure incompétence, ou parce que je suis corrompu.

En tournant dans l'allée ce soir, je vois Nikki près de la boîte aux lettres. Bien habillée, sac à la main, il semble qu'elle soit rentrée quelques secondes seulement avant moi d'une expédition quelconque.

Sarah attend devant la porte d'entrée que sa mère vienne lui ouvrir lorsqu'elle m'aperçoit.

Avant que j'aie pu éteindre mes phares, ma petite fille est cramponnée à la portière de ma voiture, secouant la poignée pour l'ouvrir. « Papa ! Papa ! » L'enthousiasme sans partage d'un petit enfant heureux de retrouver un de ses parents, voilà l'un des vrais bienfaits de l'existence.

Je la prends dans mes bras et elle me raconte sa journée, ce qu'elles ont fait. Une histoire de marionnettes et de petites amies. Il semblerait que la vie soit presque toujours agréable pour les enfants de cinq ans, à condition qu'ils vivent dans un milieu suffisamment aisé. Nous avons déjà abordé ce problème avec Nikki : Sarah est-elle trop gâtée ?

Nikki arrive en haut de l'allée. Un léger baiser sur la joue. Je lui demande :

« Tu as passé une bonne journée ?

– Oui. Et toi ?

– Très bonne. »

Inutile d'entrer dans les détails, le gâchis qui a suivi la dernière requête d'Adrian, les arguments et les arrêts de jurisprudence, mes démêlés avec la presse. Nikki n'aurait aucune compassion.

Lenore pense que Chambers joue là sa grande stratégie. Avant que je quitte le bureau, nous avons parlé de la façon dont, à l'audience, il m'avait pressé d'inculper son client pour deux meurtres de plus. Si nous cédons, Lenore est persuadée qu'Adrian nous sortira son alibi au procès, des témoins en béton ou des documents irréfutables qui prouvent la présence d'Iganovich au Canada le jour où les Scofield sont morts. Cela agite le spectre d'une enquête bâclée. Jusqu'ici, nous n'avons réussi à obtenir aucun renseignement solide sur le parcours du Russe dans le Nord.

Je me retrouve ainsi confronté à un dilemme de taille : vais-je ou non l'accuser d'avoir tué les Scofield ? Si je l'accuse et qu'il y a un autre meurtrier, je risque de faire le jeu de celui-ci. Hormis les cas de conspiration ou de meurtre préparé par plusieurs complices, les jurys n'aiment pas les affaires où d'autres accusés ont déjà comparu pour le même crime. Cela donne l'impression d'un système trop aléatoire.

« Tu rentres bien tôt, ce soir », dit Nikki. Je consulte ma montre. Elle a raison. Il est à peine huit heures passées. L'obscurité survient chaque jour un peu plus tôt maintenant que nous approchons de l'automne.

Nikki passe le courrier en revue, séparant ses lettres des miennes. En plus du fardeau des tâches ménagères, Nikki assume maintenant le règlement des factures – encore une chose que je n'ai plus le temps de faire. Et un poids en plus sur les épaules de Nikki. Elle me tend une seule enveloppe, marquée « résident ».

« Je me demande si tu es vraiment qualifié », dit-elle avec l'ombre d'un sourire. Nous savons tous les deux qu'elle est loin d'avoir tort.

Elle s'octroie une lettre adressée à nous deux, sans timbre ni indication concernant l'expéditeur. Le genre de lettre qu'un voisin dépose dans votre boîte, ou une entreprise qui veut faire des économies de timbrage sur le dos du gouvernement.

Il y en a une autre. Nikki regarde le nom de l'expéditeur.

« Jim et Mary », dit-elle. Sa voix s'est un peu éclairée, tout à coup.

Jim et Mary Blaycock sont d'anciens voisins qui sont partis s'installer dans l'Est l'an dernier, suite à une mutation. Ils nous ont beaucoup manqué. Le genre de relation qui commençait à devenir intéressante au moment même où elle s'interrompt brutalement. Ils ont une petite fille du même âge que Sarah et un garçon plus âgé. L'alchimie du jeu qui opérait entre les enfants avait cimenté les relations de nos deux familles.

Nikki déchire l'enveloppe et lit la lettre pendant que j'ouvre la porte d'entrée et allume dans le vestibule.

Nikki me lit les nouvelles au fur et à mesure. Leurs enfants ont fait leur rentrée scolaire, Jim a reçu une promotion et Mary cherche toujours un emploi.

« Ils nous invitent à aller les voir pour Noël, dit Nikki. Oh, ça serait formidable. De la neige pour les vacances. Et de bons amis. »

La suite, inexprimée, s'inscrit dans ma tête : une perspective réjouissante au milieu d'une existence vide.

Elle remet la lettre dans l'enveloppe, l'air de dire : on peut toujours rêver.

« On va voir », dis-je.

Surprise, elle me regarde.

« Vraiment ?

– Je peux essayer de me dégager. A mon avis, on doit pouvoir y arriver. »

Soudain, son visage s'anime. Cela faisait des mois que je ne l'avais vue ainsi. Elle me prend par les épaules, la lettre toute froissée dans sa main, et m'embrasse passionnément, se lovant contre moi. C'est sa première manifestation de vraie tendresse depuis que j'ai décidé d'aider Mario Feretti.

« J'ai dit qu'on allait voir. » J'essaie de modérer son enthousiasme, maintenant, il ne faut pas qu'elle nourrisse des espoirs insensés.

« Bien entendu, dit-elle. Sarah, est-ce que tu aimerais aller voir Tim et Susie pour Noël ? »

Sarah rayonne de joie. « Oh, oui ! » Et pousse une série de petits « youpis » en sautant autour de la table de la salle à manger.

« Tu n'ouvres pas ta lettre ? demande Nikki en regardant l'enveloppe marquée " résident " que je tiens toujours.

– Je verrai ça plus tard. Quelque chose pour équilibrer les bonnes nouvelles. Qu'y a-t-il pour le dîner ? »

Sarah a déjà mangé, paraît-il.

« Que dirais-tu si on sortait des steaks du congélateur ? Un coup de micro-ondes pour les décongeler, et ensuite, je les passe au gril. Avec des pommes de terre au four et une salade, propose-t-elle. Et un peu de vin pour célébrer ça », ajoute-t-elle en agitant la lettre comme si notre voyage était un fait acquis. Ma femme peut se montrer une excellente manipulatrice.

« Parfait. Je vais me changer. Je reviens dans une minute. »

Je laisse tomber ma mallette dans ma tanière en longeant le couloir et trouve mes vêtements d'intérieur accrochés là où je les avais laissés le dernier week-end. Je suis rentré tellement tard le soir, ces derniers temps, que ç'aurait été une perte de temps et d'énergie que d'enfiler une tenue confortable.

Je suis en chandail, des mocassins aux pieds, lorsque j'entends quelque chose s'écraser sur le carrelage de la cuisine, un bol ou un saladier. Au bruit, il doit y avoir mille morceaux. Mais ce n'est suivi d'aucun juron. Nikki doit décidément être de bonne humeur.

Une minute plus tard, je remonte le couloir en bouclant ma ceinture. Nikki est assise à la table de la cuisine. Une seule ampoule l'éclaire, au plafond. L'obscurité règne dans le reste de la cuisine. Je regarde le micro-ondes. Eteint. Pas de steaks sur le plan de travail. Les vestiges du plat cassé sont éparpillés par terre. C'était une soupière de porcelaine peinte à la main, louche assortie, un cadeau offert par ses parents voilà dix ans, auquel elle tenait comme à la prunelle de ses yeux.

« Oh, zut ! Je suis désolé. » Je contemple la multitude de débris qui recouvrent le carrelage.

Nikki est penchée en avant, les coudes sur la table, la tête dans les mains. L'espace d'une seconde, je crois qu'elle pleure. Mais lorsqu'elle relève la tête, ce ne sont pas des larmes mais une abjecte expression de peur absolue et non déguisée que je vois. Quelque chose de complètement étranger à ma femme, un visage que je ne lui ai vu que deux fois depuis notre mariage. La première, c'était quand on nous a dit que Sarah était peut-être atteinte de diabète infantile. Les résultats de la prise de sang avaient été analysés de travers. Je lui demande :

« Que se passe-t-il ? »

Sans voix, elle fait un geste de la main. Une enveloppe, une feuille de papier à lettres et une photographie brillante sont étalées devant elle. Elle ne dit toujours rien, incapable de parler, comme si sa mâchoire était attachée avec du fil de fer. Elle pousse le tout vers moi. Je saisis la lettre et commence à lire.

Avant même d'avoir compris le premier mot, je me dis que je n'aurais pas dû toucher cette feuille. La police voudra relever les empreintes. Les caractères ont été découpés dans des journaux et des magazines et collés un par un sur la feuille. La prose a la grâce d'un télégramme.

SAlauD, TU pRoTEgeS toN IVan
mAis Accuse LE russe SINON

Le texte prêterait presque à rire s'il n'y avait la photo. Quelqu'un s'est donné un mal considérable pour produire ce cliché. Ce n'est pas le genre de photo du dimanche développée chez le dépositaire Kodak du coin. Il s'agit d'un grand tirage en noir et blanc sur papier brillant, format 12,5 par 17,5, comme on n'en trouve même plus dans la plupart des labos. Elle n'est pas dénuée d'une certaine qualité artistique, avec un fond de ciel gris sombre qui pourrait bien correspondre au petit matin. Le décor m'est familier.

C'est la cour de récréation de Westchester – l'école de Sarah. Là, au premier plan, je vois ma fille grimper sur une pyramide de barreaux avec deux autres petits enfants. Il est difficile de dire à quelle distance elle se trouve de l'objectif. Si le photographe n'a pas utilisé de zoom, ça ne doit pas faire plus de trois mètres.

J'appelle Sarah qui est devant la télévision dans le salon. Elle nous rejoint dans la cuisine. Je lui montre la photo. Nikki est toujours assise, silencieuse, les yeux fixés sur moi.

« Sarah, tu vois cette photo ? »

Elle hoche la tête d'un air décidé. Mais à mon ton, elle sait que quelque chose ne va pas.

Je la hisse debout sur une chaise pour qu'elle puisse voir la photo sans la toucher.

« Tu te souviens d'avoir vu quelqu'un te photographier à l'école ? Là, pendant que tu grimpais aux barreaux ? »

Elle me lance le regard réservé aux situations à problème. Les yeux écarquillés, secouant la tête énergiquement comme si elle n'était pour rien dans tout ça. Elle voit sa mère, le visage même de la peur. Ma fille a maintenant rejoint ma femme dans le silence absolu, intimidée par mes questions. Elle me regarde et doit se demander ce qui est en train d'arriver à son univers si bien protégé.

CHAPITRE 28

« Pourquoi ne pas nous avoir parlé de ce coup de téléphone ? » Claude est franchement contrarié par mon attitude, embêté que je ne l'aie pas informé des menaces reçues l'autre nuit au téléphone.

Il me le dit à voix basse, pendant que nous partageons un déjeuner de soupe et de salade au Lettuce Patch, établissement fréquenté par des secrétaires et autres obsédés de régime amaigrissant dans le voisinage du palais de justice. Car même si je n'arrive pas à m'expliquer pourquoi, il se trouve que Dusalt suit un régime.

« J'ai cru qu'il s'agissait simplement d'un cinglé, lui dis-je. C'est Nikki qui a répondu, aussi n'ai-je pas entendu ce qu'il a dit au juste. » Ce que je regrette un peu maintenant, c'est d'avoir pensé sur le moment que la réaction de Nikki était excessive, que le coup de téléphone n'en méritait pas tant. Je fais une petite sortie sur les procureurs et les menaces. « C'est plus courant que la pluie en avril, et la plupart du temps, oiseux.

– Vous trouvez que ça, c'est oiseux ? » Claude est en train d'examiner la lettre et la photo que je viens de lui apporter, enfermées séparément dans des pochettes en plastique scellées.

« Je ne sais pas. Quelqu'un s'est donné beaucoup de mal pour terrifier ma femme et ma fille. Celui qui a fait ça a droit à toute mon attention. En un mot, même si c'est une blague idiote, j'aimerais bien avoir sa peau. » Je dois bien l'admettre, le « Rital » qui sommeille en moi, la flamme latine, se sont réveillés. Claude sourit.

« Vous semblez prendre ça très au sérieux, dit-il.

– Et comment.

– Vous voulez un conseil ? »

Je l'écoute.

« Vous êtes personnellement impliqué, maintenant. Vous devriez me laisser régler ça.

– C'est pourquoi nous en parlons, dis-je. N'empêche, je n'aime pas qu'on s'en prenne à ma famille. »

Claude lève la main au-dessus de la table, un geste pour calmer la mer déchaînée.

« Vous avez raison de le prendre au sérieux. » Il me rappelle que dans cet Etat, les menaces contre des officiers de police et des procureurs sont considérées comme des crimes, et passibles de poursuites même s'il n'y a pas eu de mise à exécution.

« Comment votre femme réagit-elle ? »

Nikki n'est plus qu'un paquet de nerfs. Elle ne lâche pas Sarah d'une semelle, même si c'est pour aller dans sa chambre. Je fais comme si de rien n'était et dis simplement à Claude qu'elle est « perturbée ».

Il hoche la tête comme s'il comprenait.

« Où sont-elles, votre fille et elle ? Vous ne les avez pas laissées seules à la maison ?

– Pas aujourd'hui. Elles sont chez des amis, un flic à la retraite qui travaille la nuit, et sa femme. Ils habitent de l'autre côté, à Capital City.

– Bon. » La manière dont il dit ça laisse entendre que sur ce point du moins, j'ai été lucide. « Donnez-moi leur adresse et leur numéro de téléphone », demande-t-il.

Je griffonne le renseignement sur une serviette en papier. Claude se lève de table et me laisse mâchonner de la verdure. Il s'absente cinq minutes. Quand il revient, j'ai à peine touché à mon repas. C'est dire à quel point je suis tendu après les derniers événements et une nuit blanche.

« J'ai passé un coup de fil à la police de l'autre côté de la rivière. Ils ont envoyé une voiture de patrouille banalisée. Ils se gareront devant la maison et ouvriront l'œil en attendant que nous trouvions une solution plus adaptée.

– Quel genre de solution ?

– Je suggère que vous installiez votre famille en dehors de la ville pendant toute la durée du procès. Dans un endroit où l'on ne pourra pas les retrouver. Pendant le procès uniquement. Pour les mettre à l'abri. »

Formidable. Juste ce qu'il faut pour faire grimper le niveau de paranoïa de Nikki, qui est déjà plutôt élevé comme ça.

« Est-ce vraiment nécessaire ? »

Il me regarde.

« Je veux dire que ma fille va à l'école, que ma femme a un travail.

– Il va falloir que quelqu'un parle au responsable de l'école et à l'employeur de votre femme. Espérons qu'ils sauront comprendre, dit Claude.

– Comment vais-je présenter ça à Nikki ?

– Parlez-lui, expliquez-lui tout. » On voit qu'il ne la connaît pas, qu'il ignore la fragilité extrême de mon mariage en ce moment. Mais il en ressort que Claude prend la situation nettement plus au sérieux que moi. Cela va beaucoup plus loin qu'un enfoiré, timbré mais inoffensif, armé d'une paire de ciseaux et d'un pot de colle.

Je lui demande s'il agit ainsi chaque fois qu'un procureur remplaçant reçoit des lettres de menaces. Parce que si c'est le cas, il n'aurait plus de temps pour rien d'autre. Il serre les lèvres.

« Nous prenons des précautions. Cela change en fonction de chaque cas. » Il regarde l'enveloppe protégée par le sachet en plastique.

« Votre messager n'a pas froid aux yeux.

– Vous ne vous attendez tout de même pas à ce que ce soit un enfant de chœur ? Un type capable de prendre des photos de ma fille et de nous envoyer des menaces de mort à peine voilées.

– Vous n'avez pas compris ce que je voulais dire. Je faisais allusion à l'absence de timbre, au fait qu'il a glissé personnellement l'enveloppe dans votre boîte aux lettres.

– Oh. »

Claude parle du culot qu'il faut pour venir presque sous notre nez. Jusqu'ici, je n'avais pas envisagé la question sous cet angle : la quasi-invasion de mon territoire. C'est clair, je suis en train de perdre mon sang-froid, je ne me concentre plus sur les détails importants. C'est ce qui se produit lorsqu'on est personnellement impliqué. On perd sa finesse de perception, comme un avocat qui assurerait sa propre défense.

Claude lève le sachet qui contient la lettre.

« Et une pointe de raffinement, dit-il.

– Pardon ?

– La petite touche de sectarisme. » Claude fait allusion à l'usage du nom Ivan pour désigner Iganovich. Cela lui arrache un sourire, comme s'il trouvait cela amusant. Nous n'avons jamais abordé les problèmes de société ensemble, et je me demande si ceci ne renvoie pas à un aspect plus sombre de la personnalité de Claude. Et puis, une fois encore, il m'apparaît que je n'ai pas compris ce qu'il voulait dire.

« On dirait presque que l'auteur de ces lignes a un faible pour les immigrés. Peut-être. Enfin, moi, je pense que c'est plutôt un écran de fumée.

– Que voulez-vous dire ?

– Vous croyez vraiment que M. Tout-le-monde va faire attention au nombre de chefs d'accusation qui sont cités dans l'acte ? Je veux dire qu'Iganovich est déjà accusé d'avoir commis quatre crimes relevant de la peine capitale. A votre avis, combien de fois peut-on exécuter une même personne ? »

De l'avis de Claude, soit nous avons affaire au péquenaud le plus scrupuleux du monde, soit celui qui a déposé la lettre et la photo veut nous jeter de la poudre aux yeux.

« Ainsi, vous pensez que ce n'est peut-être pas sérieux ?

– Pas du tout. Je pense que c'est très sérieux, au contraire, affirme-t-il avec conviction. Je pense que celui qui a envoyé ça, dit-il en tapotant les sacs de plastique sur la table, a probablement tué, et deux fois déjà. » Il me fixe, le regard engageant. « Et dans ce cas, il n'hésitera pas à recommencer. »

L'esprit du flic, toujours à l'affût de la motivation, étudiant l'acte pour son effet calculé. Qui aurait le plus intérêt à voir Iganovich accusé des meurtres Scofield, sinon celui qui les a effectivement commis ? Je commence à abonder dans le sens de Claude. Il faut que Nikki et Sarah aient quitté la ville avant ce soir.

« C'est mon tour », dit-il. Il ramasse la note et laisse un pourboire. Nous nous faufilons entre les tables et longeons la rangée de boxes pour gagner la caisse, devant la sortie. A mi-chemin, Claude ralentit l'allure et se penche pour me glisser à l'oreille :

« Vous n'aimeriez pas être une petite souris ? » Il fait discrètement un signe de la main, à hauteur de taille, tout en marchant, m'indiquant un box dans le fond. Je n'ai pas la tête aux ragots. Mon esprit est branché sur autre chose, et j'ai besoin de sommeil. Je regarde quand même. Adrian Chambers est assis à la table en question, sanglé dans un costume trois-pièces, le bas du visage éclairé par la bougie, tel un génie du mal. A côté de lui, me tournant le dos, une tête couverte de cheveux argentés qui s'agite dans le feu de la conversation. En y regardant de plus près, je me demande si je suis en train d'avoir une hallucination. Mais ma première impression était la bonne. L'homme qui est assis à la table d'Adrian et lui parle avec exubérance n'est autre que Roland Overroy. Les deux hommes rient en parfaite harmonie. Ils rient sans doute, du moins je le soupçonne, à mes dépens.

CHAPITRE 29

« Je vais le foutre dehors, je vais le virer immédiatement, ce salaud. » C'est d'Overroy qu'il s'agit. De retour au bureau après le déjeuner, je tempête autour de ma table de travail, incapable de m'asseoir ni de prononcer des paroles cohérentes, tant ma colère me fait bouillir d'énergie.

Vu les circonstances, c'est d'une source parfaitement inattendue que jaillit l'appel à la modération. Lenore Goya me demande de me calmer. De réfléchir avant d'agir. Elle est assise sur une des chaises normalement réservées aux clients, derrière lesquelles j'effectue ma danse de guerre.

« Après tout, dit-elle, ils ne faisaient que déjeuner.

– Si vous croyez une chose pareille, je vais laisser une dent sous mon oreiller ce soir. »

Elle me sourit et me lance un regard entendu.

« Bon, peut-être qu'ils ne faisaient pas que déjeuner, admet-elle. Mais comment le prouverez-vous ?

– Ça répond à une question, dis-je.

– Laquelle ?

– Comment tous ces petits détails se sont retrouvés dans la lettre de Johnson, la lettre que Chambers a adressée au grand jury. » C'est-à-dire les traces de pneus sur le chemin de terre, près de l'endroit où l'on a découvert les Scofield. Pour que Chambers soit au courant, il n'y avait qu'une possibilité : que quelqu'un détenant l'information, ayant accès à notre enquête, le lui ait dit. Sur la liste réduite des candidats possibles, des gens occupant une situation de confiance qui seraient susceptibles de jeter de la boue sur notre action, de glisser des renseignements à la partie adverse, il y en a un qui recueille tous mes suffrages. Roland Overroy.

« Vous croyez qu'il serait capable de faire ça ? » demande Lenore.

Elle me rappelle que nous ne sommes pas dans un cabinet d'avocats privé, où l'on peut se débarrasser d'un associé au premier soupçon. Quoique, s'il ne tenait qu'à elle, Lenore ferait volontiers une exception pour Overroy.

« Dans la fonction publique, explique-t-elle, il y a une audience où l'on écoute ce que vous avez à dire, et c'est à l'employeur d'apporter la preuve de la faute professionnelle. Si vous essayez et ratez votre coup, il vous traînera en justice pour une douzaine de motifs différents de discrimination. »

Elle a raison, bien sûr.

« Alors, que suis-je censé faire ? Regarder de l'autre côté ?

– Le tenir en dehors de l'affaire, dit-elle. Dresser une muraille de Chine entre nous et lui, de façon qu'il ne puisse plus nous nuire. »

Dans un petit bureau comme celui-ci, où tout le monde bavarde, ce sera difficile.

Lenore appartient à l'école qui estime que tout est possible, « à condition de lui laisser assez de corde pour se pendre ». Elle serait du genre à vivre dans l'espoir que Roland finisse par s'éliminer lui-même, que son incroyable culot ait raison de sa carrière.

Je ne suis pas si patient.

Avant que j'aie pu ajouter un mot, Lenore laisse tomber trois feuilles agrafées ensemble sur ma table.

« Je ne voudrais pas aggraver votre peine, dit-elle, mais ce n'est rien de bon. »

Je lis. C'est une décision circonstanciée du juge Fisher, le résultat des arguments et arrêts de jurisprudence que nous avons réunis sur l'affaire Kellett. On ne peut pas dire que ce soit une grande surprise. La cour a statué que si nous n'accusons pas Iganovich des meurtres Scofield avant que le jury se retire pour délibérer son verdict, la loi en vigueur nous interdira de poursuivre ultérieurement le Russe pour ces crimes.

« Il ne mâche pas ses mots. »

Lenore secoue la tête. « Chambers nous a bloqués dans une voie sans issue. »

Elle a raison. Au cas où nous nous serions trompés. Si Chambers n'a pas d'alibi pour son client le jour où les Scofield sont morts et qu'une preuve surgissant ultérieurement établit qu'il était impliqué dans ces meurtres, je serai le plus gros imbécile du comté.

Goya est sur le point de reprendre la discussion lorsque le téléphone sonne sur mon bureau. C'est la réceptionniste, Sharon.

« Le juge Ingel pour vous, sur la ligne un. »

J'enfonce la touche.

« Monsieur le Juge », dis-je en grinçant mentalement des dents. Une voix féminine me répond. « Je vous passe le juge dans un instant. » Sa greffière. J'adore les gens importants qui peuvent faire ce genre de chose, vous appeler et vous planter à l'autre bout du fil, avec la respiration d'un subalterne pour tout interlocuteur.

Lenore me lance des regards chargés de points d'interrogation et j'articule silencieusement : « Le Prussien. »

La seconde suivante, j'entends sa voix.

« Monsieur Madriani, dit-il. Vous n'êtes pas occupé ? » Le ton est sec. Pas d'amabilités superflues.

« Je peux vous parler.

– Je me demande si vous pourriez trouver quelques minutes pour me rencontrer ici, au palais de justice ?

– Certainement. Sans problème. Quand ?

– Maintenant, dit-il comme pour me reprocher de ne pas avoir lu dans ses pensées.

– Il y a quelque chose de particulier ?

– Nous en parlerons quand vous serez là », dit-il, et il raccroche. Je suppose que la plupart des conversations téléphoniques avec cet homme se terminent de cette façon, en laissant à l'interlocuteur le vague sentiment d'être dans de sales draps. C'est ainsi que les gens comme Derek Ingel affirment leur autorité.

« Que voulait-il ?

– Pas la moindre idée. Convocation immédiate à la chambre. » J'attrape ma veste et file vers la porte.

« Il veut probablement que vous renonciez aux délibérations préliminaires afin de pouvoir manger un peu plus de *luau* [1]. » C'est une allusion aux vacances que projette le juge, la force qui anime tout l'ordonnancement du procès.

Lorsque j'arrive, la chambre du juge Ingel est plongée dans l'obscurité mais la porte n'est pas fermée. Un croissant de lumière émanant de la table de la greffière, en retrait de l'estrade du juge, baigne les lieux d'une lueur inquiétante et féerique. L'endroit semble beaucoup plus grand, et d'une certaine manière plus imposant, plus menaçant, dans cette demi-pénombre. Les doubles drapeaux accrochés à leur hampe dont l'extrémité est coiffée de pointes de cuivre en fer de lance,

1. Plat traditionnel hawaïen à base de feuilles de taro, de lait de coco et de poulpe. *(N.d.T.)*

et le blason de l'Etat, là-haut derrière le siège du juge, revêtent sous cet éclairage une qualité impériale évoquant le règne de Tibère, des images de légions romaines, autant de choses pour lesquelles Ingel serait sans nul doute prêt à faire tous les efforts.

Je me présente à la greffière. Elle se souvient de moi pour m'avoir vu lors de ma dernière visite et me prie de m'asseoir pendant qu'elle appelle le saint des saints. J'entends des voix derrière la porte close, rien de vraiment intelligible, juste le bourdonnement d'un discours humain. Apparemment, le juge a été intercepté par quelqu'un depuis son coup de fil, une affaire à terminer. L'interphone grésille de l'autre côté de la porte, les voix se taisent, la greffière m'annonce et la voix du juge surgit, lointaine : « Dites-lui que je suis à lui dans un instant. »

Je me suis souvent demandé pourquoi, compte tenu des confidences que l'on échange dans de tels lieux, les architectes les conçoivent avec une acoustique digne d'une résidence d'été japonaise aux cloisons de papier.

« Il est à vous dans un instant », répète-t-elle. J'opine, souriant de cette redondance, et écoute les voix reprendre leur discours accéléré, bien que le volume ait diminué.

Je me calme en consultant ma montre. Dix minutes s'égrènent. Je feuillette un magazine en regrettant de ne pas avoir emporté de travail avec moi. En regardant à nouveau ma montre, je constate que vingt-cinq minutes se sont écoulées depuis mon arrivée. Je suis plongé dans un autre article lorsque l'interphone ronronne sur le bureau de la greffière.

« Oui, monsieur. » Elle raccroche.

« Monsieur Madriani, vous pouvez y aller. »

Je redresse ma cravate et ouvre la porte.

Derrière son bureau, Ingel est égal à lui-même, raide et impérieux, pareil à un cadavre légèrement réchauffé. Je m'étais imaginé que l'entretien terminé, son précédent interlocuteur aurait quitté son bureau par la porte qui donne sur le couloir principal. Or je vois Don Esterhauss, le président des superviseurs, assis dans un des fauteuils en face du juge. Je me tourne pour refermer la porte.

Et ce faisant, je pique malgré moi un fard d'adolescent en voyant les autres. Assis chacun à un bout du canapé, derrière la porte, se trouvent Adrian Chambers et Roland Overroy – la même distribution qu'au déjeuner. Ils ont les yeux fixés sur moi, guettant ma réaction.

Je me fige sur place. La situation devient gênante. Le juge me désigne le fauteuil de visiteur resté vacant. Comme je ne bouge pas, il se lève et fait les présentations, une mise en scène maladroite pour détendre l'atmosphère.

« Je crois que vous connaissez Don Esterhauss, dit-il.

– Oui. » Je ne lui adresse pas un regard.

Don ne sait pas s'il doit se lever pour me serrer la main. Dans le doute, il reste assis et incline la tête avec un sourire.

« Et bien entendu, vous connaissez Me Chambers et Roland, qui travaille avec vous. » Je continue à regarder ces deux-là. Ingel n'insiste pas. Il doit sentir en moi le volcan prêt à se réveiller.

« Asseyez-vous, me dit-il d'un ton bref. Ce n'est pas une invitation mais un ordre. »

J'obtempère en déplaçant légèrement mon siège de façon à tourner le dos au canapé, gagné par un pressentiment.

Ingel se lance dans une petite tirade sans importance, une entrée en matière destinée à détendre l'atmosphère : la justice est beaucoup plus familiale, moins formelle, dans une petite ville que de l'autre côté de la rivière. Il va bientôt me raconter que cela justifie une infraction à la déontologie du métier. Il sait très bien qu'il marche sur des œufs, que je pourrais arguer que ses entretiens en dehors de ma présence sont *ex parte*, en violation du code de procédure judiciaire. Sommé de se justifier, il répondrait probablement que Roland Overroy représentait mon bureau à cette réunion, nonobstant le fait qu'Overroy n'est pas habilité pour cela. Et il s'en sortirait. Mes ennuis avec Roland sont une affaire interne, une lutte intestine dont le tribunal me dirait certainement que c'est à moi de la résoudre.

Ingel me propose un café. Je décline son offre.

« J'espère ne pas rester assez longtemps pour ça », dis-je.

Il me lance un regard perçant.

« J'ai beaucoup de travail en cours.

– Dans ce cas, nous devrions attaquer tout de suite. Nous avons bavardé quelques minutes, m'annonce-t-il comme si c'était nouveau. Pour déblayer le terrain. » Il déplace quelques objets sur son bureau – presse-papiers, deux ou trois dossiers – et finit par tripoter sa tasse à café. Il continue à parler en évitant de croiser mon regard.

« Roland est tombé sur Me Chambers à une réunion du barreau il y a quelques semaines. Une relation commune les a présentés », explique Ingel.

Mon esprit évoque aussitôt la rencontre d'Eve et du serpent, quoique Roland ne me paraisse pas si innocent que ça.

Ils ont eu l'occasion de parler de « deux ou trois choses », comme dit le juge. Il me présente tout ça comme le fruit d'un pur hasard. Un hasard qui fait bien les choses.

« Bonnet blanc et blanc bonnet », dis-je.

Adrian se raidit, Ingel me fusille du regard.

« Vous disiez ?

– Rien. »

Ingel prend l'air peiné et poursuit.

« Une chose en a entraîné une autre, et cela a abouti à notre discussion d'aujourd'hui.

– Qui consistait en quoi ? dis-je.

– Hein ?

– Votre discussion d'aujourd'hui ? »

Ingel sait que je m'en doute bien. Mais je veux le forcer à l'énoncer à voix haute.

« Euh... » Il regarde du côté du canapé, se demandant, j'imagine, s'il ne devrait pas laisser ce soin à l'un des deux compères. Mais il n'y a pas de volontaire.

« Eh bien, ils ont commencé à explorer un terrain commun. » Il me jette un regard en coin, mais détourne les yeux avant même d'avoir précisé sa pensée. « L'affaire des meurtres de Putah Creek. » Là, voilà, c'est sorti. Ce qui me permet de bondir de mon siège.

« Non, non. Asseyez-vous, me dit-il. Je veux que vous entendiez ça. Je sais que c'est délicat et je sais aussi que vous n'avez pas été mis au courant. C'est Roland qui m'a informé.

– Dans ce cas, il vous en a dit davantage qu'à moi. Peut-être est-il en mesure de m'expliquer ce qu'il fait ici, à parler d'une affaire pour laquelle il n'a ni responsabilité, ni autorité. »

Overroy ouvre la bouche mais Ingel l'interrompt.

« Je ne pense pas que ce serait utile, dit-il. Pas maintenant. Pour l'instant, disons qu'il opérait sous mes auspices. L'idée était de voir si l'on pouvait trouver une conclusion à cette affaire sans passer par un procès long et coûteux. Ce serait dans l'intérêt de tous, vous en conviendrez avec moi. »

Je suis abasourdi par la duplicité et la hardiesse de sa démarche, sans parler du culot avec lequel il l'annonce.

« Je lui ai promis que vous n'exerceriez aucune représaille pour son initiative à cet égard. » Ingel parle d'Overroy qui, assis à côté de Chambers, la tête dans les nuages, sourit insolemment. Il se voit maintenant hors de ma portée, un diplomate marchant sur mes platesbandes mais protégé par son immunité. Avec ça, la traîtrise ne connaîtra plus de limites.

« Roland et Me Chambers, poursuit Ingel, se sont rencontrés plusieurs fois. Comme le temps est compté, avec la date du procès qui approche, ils ont déblayé le terrain. Nous avons pensé que le moment était venu de négocier un éventuel compromis.

– Si Me Chambers souhaitait me proposer un compromis, c'est à moi qu'il aurait dû s'adresser, pas à un de mes adjoints travaillant sur d'autres affaires que celle qui nous occupe.

– Vous avez raison, concède Ingel. Les choses ne se sont pas tout à fait passées dans les règles, mais elles se sont présentées ainsi. »

Il s'imagine que je vais gober ça. Des garanties accordées en haut lieu.

« Dans la mesure où il a pris sur lui de négocier au nom de mon bureau, et sans être qualifié pour ça, je n'ai qu'une chose à dire : espérons que Roland s'est montré intransigeant au nom du ministère public. »

Ingel me rassure.

« Il a fait du bon travail. »

Roland rayonne.

« Je peux donc en déduire que l'accusé est prêt à admettre qu'il risque la peine de mort ?

– Je vous l'avais dit. » Chambers s'apprête à se lever. « Je vous avais averti que nous perdions notre temps. On ne peut pas discuter avec ce type. Laissons tomber. »

Il est déjà debout, mallette à la main, tous les gestes d'une mise en scène maintes fois répétée. Si j'étais seul, j'attendrais pour voir s'il va effectivement sortir de la pièce en claquant la porte, ou s'il va continuer à me servir sa litanie sur le mauvais fonctionnement de la justice et les tribunaux engorgés.

En l'état des choses, nous ne le saurons jamais. Ingel le supplie de se rasseoir.

« Nous avons beaucoup avancé, implore-t-il. Ne détruisons pas tout maintenant. »

Son ton implique que l'affaire est en quelque sorte réglée.

Chambers se rassoit d'un air contrarié, en me regardant de travers.

Esterhauss a assisté à la scène sans dire un mot. Des discours d'avocat et beaucoup de rancœur. Je crois qu'il est intimidé, et plus que gêné de voir ce qui se trame, une vilaine scène de marchandage dans ce souk qu'est la justice.

« Monsieur Madriani, dit Ingel. Des choses très importantes sont ici en jeu. Je serais désolé que votre ego vienne interférer. J'attends de vous que vous examiniez très sérieusement les termes et conditions qui ont été discutés. »

Chambers affiche l'ombre d'un sourire.

Le message est clair. Le juge qui va présider le procès me demande de considérer sa proposition, aussi absurde soit-elle.

Dès le début, je n'ai jamais considéré que cette affaire pourrait être réglée par un compromis. Il n'y a pas de petits intervenants en l'occurrence, des complices dont le témoignage pourrait nous inciter à négocier. Autant que nous sachions, Iganovich a agi seul, il a commis plusieurs meurtres avec préméditation. Cela ne ressemble en rien à une situation qui pourrait appeler des circonstances atténuantes. La répugnante répétition de ses actes meurtriers ne laisse pas de champ à la discussion. Ces crimes ne sont pas le fruit d'une pulsion passionnelle, en tout cas pas comme un esprit normal pourrait le concevoir. Ils ne relèvent de rien d'autre que de la peine capitale.

« Il semble que je n'aie pas le choix. Je suis bien obligé de vous écouter. »

Il me fusille du regard.

« Monsieur Overroy, ou peut-être vous, maître Chambers... » Il leur enjoint de me communiquer les détails.

C'est Overroy qui se lance, mais en regardant Esterhauss, pas moi. Il voit là l'occasion, c'est clair, de remplacer Mario de façon permanente. Un procureur qui ne quitterait pas la ligne budgétaire des yeux, quelqu'un qui serait dans les grâces des notables du comté, malléable comme du plastique tant sur le plan matériel que sur le plan politique.

« La situation est toute simple, dit-il. Aucun mystère. Nous nous sommes mis d'accord pour que l'accusé plaide coupable de plusieurs chefs d'accusation d'assassinat avec préméditation. Me Chambers a déjà parlé à son client des risques qu'il encourait en allant jusqu'au procès. »

Le risque, bien évidemment, est la peine de mort. Ce que Roland se propose de négocier. C'est d'ailleurs la seule chose qui se prête à négociation, et pour lui, la seule carte à jouer.

Il parle comme si je n'existais pas, essayant de convaincre Ingel et Esterhauss de la sagesse de sa démarche. Il parle des preuves avec assurance, comme s'il était au courant de tout, pour avoir parcouru nos dossiers en douce la nuit, si ça se trouve. A entendre Roland, dans le meilleur des cas, l'affaire se présente comme un coup à pile ou face pour le ministère public, un échec possible en raison des preuves matérielles.

Je lui coupe la parole avant qu'il ne s'aventure dans les détails. « Si notre cause est tellement fragile, pourquoi voulez-vous tenter un compromis ? dis-je à Chambers.

– Vous devriez peut-être en parler avec votre adjoint », répond-il, faisant référence à Overroy et son évaluation de nos chances.

« Pourquoi voudrais-je interroger le singe, quand j'ai la possibilité de parler au joueur d'orgue de Barbarie ? »

Roland a l'air furieux mais Esterhauss ne peut réprimer son rire.

Overroy s'efforce de poursuivre comme si de rien n'était.

« M. Iganovich a consenti dans l'ensemble aux conditions auxquelles nous sommes parvenus.

– Est-ce la vérité ? demande Ingel à Chambers.

– Plus ou moins, répond Adrian.

– En échange de quoi ? » dis-je. Du coup, Roland prend de nouveau garde à moi.

Il inspire avec circonspection, se demandant comment répondre sans avoir l'air de tout révéler.

« La garantie que l'homme sera mis à l'écart pour toujours, que la société sera protégée.

– Vous voulez dire qu'il ne sera pas exécuté ?

– C'est ça. »

Roland se redresse sur le canapé, bombe un peu le torse.

« Ce que nous proposons est une réclusion à perpétuité sans possibilité de compression de peine. »

Overroy rembraye avant que j'aie pu ouvrir la bouche. « Nous dirons à nos concitoyens, aux familles des victimes, que l'accusé passera le restant de ses jours derrière les barreaux, qu'il ne sera jamais remis en liberté. D'une certaine manière, c'est un châtiment pire que la mort. »

J'aimerais bien le voir servir un bobard pareil à Kim Park.

Il minimise les retombées politiques, torture la vérité. C'est une bonne journée de travail pour Roland.

La réclusion à perpète sans possibilité de compression de peine est un euphémisme dans cet Etat. Tant qu'il y aura des tribunaux, et des juges pour y siéger, la compression de peine sera toujours possible. Tous ceux qui sont assis dans cette pièce savent qu'il n'existe qu'une sentence irréversible prévue par la loi.

« Oublions les garanties de sécurité publique, dis-je. Quelle est la base juridique de ce compromis ? »

Overroy lève vers moi un regard de biche candide.

« Le code, affirme-t-il. C'est dans le code. » Il veut dire que cette sentence est mentionnée dans la loi. Mais ça, nous ne l'avons pas attendu pour le savoir.

Attendant une autre explication, je ne le quitte pas des yeux.

« La perpétuité sans libération sur parole est une sentence reconnue, déclare-t-il. J'en suis absolument sûr. » Pourtant, sa voix tremble d'incertitude. Il n'a toujours pas compris.

« Ce qu'il veut dire, intervient Chambers, c'est comment justifiez-vous pareille sentence dans le cadre de la loi? » Adrian, à l'encontre de Roland, a très bien compris où je voulais en venir.

Aux termes de la loi de cet Etat, pour un crime passible de la peine capitale, une condamnation à perpétuité sans compression de peine n'est acceptable que si les circonstances atténuantes pèsent plus lourd que les circonstances aggravantes. C'est la balance de la justice qui effectue la pesée.

Je ne vois pas grande raison d'éprouver de la compassion dans notre cas. Clouer quatre adolescents au sol avec des piquets de tente et les assassiner sauvagement n'incite pas précisément à la clémence. Je le leur dis.

« Les circonstances aggravantes et atténuantes sont des facteurs pris en compte par le jury dans la phase du procès où l'on aborde les peines. » Chambers veut dire que notre compromis doit intervenir sans qu'il y ait procès.

« Le tribunal, poursuit-il, a toute latitude. Les parties peuvent conclure un accord pour des raisons tactiques, quelles que soient les preuves. » Il cite l'arrêt *Etat contre West.* Adrian s'est manifestement préparé pour cette réunion.

Je me tourne vers Ingel. L'heure est venue de lui faire griller les orteils.

« Etes-vous prêt à fermer les yeux sur ça ? lui dis-je. A approuver un accord conclu en ces termes ? » Quand il s'agit de crimes, le tribunal doit approuver toutes les transactions.

Il hésite, fait quelques grimaces. Il préférerait que je m'engage le premier, histoire de m'emboîter le pas. Après tout, j'aurai débarrassé le plancher depuis longtemps quand viendra l'heure des élections, et il sera libre alors de tout mettre sur mon dos, genre ce compromis était le fait d'un procureur imprudent qui n'est plus parmi nous.

Il n'a pas besoin de parler : Chambers vient à la rescousse.

« Il y a dans cette affaire de nombreuses circonstances atténuantes dont vous devriez être informé, monsieur le Juge. Dans le passé de l'accusé. » Il affirme que l'enfance d'Iganovich a été marquée par la misère et les mauvais traitements et se fait fort d'en apporter la preuve.

Ingel sourit. C'est la patère dont il avait besoin pour accrocher son chapeau.

« Je pense que je pourrai m'y résoudre », dit Ingel.

Bien entendu, tout cela, l'enfance du Russe, ses années d'adolescence, sont des données que nous ne pouvons pas vérifier, pas avec le peu de temps dont nous disposons, et encore moins dans le chaos qu'est le pays natal de l'accusé.

« C'est un arrangement particulièrement intéressant pour le ministère public, monsieur le Juge, dit Roland. L'accusé accepte de plaider coupable d'assassinat avec préméditation pour les deux autres chefs d'accusation. »

La cerise sur le gâteau. Overroy parle des meurtres Scofield. Il a léché l'assiette, il ne reste plus une miette.

Je jette un coup d'œil en coin à Esterhauss et surprend une lueur dans son regard. La perspective d'une négociation rondement menée entre le procureur et l'avocat de la défense, qui réglera tous les problèmes en deux coups de cuiller à pot, pas besoin de procès, plus de publicité : pour Esterhauss et les autres élus de ce comté, le scénario est un conte de fées.

Je leur rappelle qu'aucune accusation n'a encore été portée pour les meurtres Scofield.

« Eh bien, nous rédigeons un acte d'accusation, dit Overroy. Où est la difficulté ?

– Nous avons là plusieurs meurtres, dis-je. Une réclusion à vie sans compression de peine est ridicule. Même si je voulais l'accepter, je ne le pourrais pas, en toute conscience. Quant à l'affaire Scofield, fais-je en me tournant vers Chambers, vous dites que votre client est prêt à plaider coupable, à reconnaître devant un tribunal qu'il a commis ces crimes ?

– Il plaidera coupable dans les conditions de l'arrêt *West*, pour des raisons tactiques. »

Cela signifie qu'Iganovich ne reconnaîtra pas avoir commis ces meurtres devant un tribunal, mais qu'il plaidera coupable pour des raisons de stratégie procédurière. Une certaine jurisprudence, établie par les tribunaux de cet Etat, l'y autorise. Pour ma part, je pense que c'est une mauvaise politique.

« En quoi est-ce tellement nécessaire ? Je veux dire, de plaider coupable aussi pour les meurtres Scofield ? »

J'ai conscience qu'accuser le Russe de ces meurtres peut impliquer que l'affaire soit bouclée sans qu'on ait trouvé le véritable meurtrier.

Chambers explique que si nous ne mettons pas les meurtres Scofield dans le même panier que les autres, il ne peut pas avancer. Il semble avoir bien réfléchi à la question.

« S'il n'y a pas de procès, l'arrêt *Kellett* ne s'appliquera plus », dit-il. C'est l'arrêt qu'il avait cité au juge Fisher pendant l'audience d'instruction. « Alors, où est notre intérêt, si nous n'incluons pas Scofield ? Nous plaidons coupable pour les quatre étudiants, et le ministère public a toute latitude de poursuivre M. Iganovich pour les meurtres

Scofield. Et comme il aura déjà plaidé coupable pour quatre assassinats avec préméditation, une condamnation pour ceux des Scofield entraînera automatiquement la peine de mort. Ce n'est vraiment pas un scénario avantageux pour nous. »

Sur le plan tactique, Chambers a raison. Afin de garantir à son client qu'il ne risque pas la peine de mort, il doit pouvoir plaider coupable pour les meurtres Scofield dans le cadre de notre arrangement. C'est le cube Rubik de la loi.

Overroy, toujours prêt à aider, suggère que nous devrions garantir l'immunité à Iganovich pour les meurtres Scofield.

C'est tellement gros que même Ingel semble tiquer.

« Non, dis-je. Je ne peux pas faire ça.

– Très bien, dit Roland, pas d'immunité. Mais alors, nous l'accusons. »

Il semble qu'Overroy continue de fonctionner sur une autre longueur d'onde que les autres personnes présentes dans cette pièce. Je déclare alors :

« Non. Je veux dire, pas question. Pas de compromis. »

Ingel jaillit de son fauteuil, contourne son bureau, me cajole, me demande de bien considérer les faits – ce dont il s'est dispensé. Il me baratine sur les détails qui ne sont pas encore résolus et qui pourraient me faire perdre le procès.

« Je cours le risque.

– Dans un procès qui va nous coûter plusieurs millions de dollars ? Bravo ! Quelle générosité ! »

Ça commence à tourner au vinaigre. Bientôt, il va me prendre à la gorge. Cet homme entend déjà les accents des guitares hawaïennes, il sent le sable chaud de Waikiki sous ses fesses.

Chambers pousse un profond soupir. Peut-être tenait-il plus à ce compromis qu'il n'y paraissait. Peut-être son système de défense n'est-il pas si solide que ça.

Le juge Ingel se met à peser de tout son poids sur moi : on en est aux menaces voilées, comme quoi je n'aurai pas droit au moindre bénéfice du doute pendant le procès.

Je me demande comment il s'accommode de son serment à Armando Acosta, l'homme qui est dans les coulisses judiciaires. Quelle justification trouverait-il pour expliquer une négociation entre le procureur et la défense qui épargnerait le meurtrier de la propre nièce de la Noix de coco ?

Il est clair que le comté fait pression sur Ingel pour arriver à cette solution. Sommé de choisir entre un collègue magistrat et les caprices de la politique, il semble avoir adopté son camp. Il s'attaque de nouveau à moi, m'assurant que si je commets le moindre faux pas, il veillera à ce que cela me poursuive pendant toute ma carrière.

« Dans cette partie de l'Etat, explique-t-il, les tribunaux forment un univers clos, un monde refermé sur lui-même. Un monde où l'on échange des conseils. » Il me parle à l'oreille. « Comme on fait son lit on se couche. »

Je regarde Esterhauss qui préfère détourner les yeux. Tout ceci semble lui avoir laissé un drôle de goût dans la bouche.

Ingel se tient debout derrière ma chaise, d'où il peut percer un trou dans mon crâne avec ses yeux.

Je me lève et pivote pour le regarder.

« Nous pouvons tous remercier Dieu pour ses petites faveurs, dis-je.

– De quoi parlez-vous ?

– Que les pères de la Constitution aient compris l'intérêt de la séparation des pouvoirs. Si vous n'y voyez pas d'inconvénient, je présenterai mon réquisitoire et vous jugerez. »

Il me fusille des yeux.

Sur ce, je me dirige vers la porte, que je referme doucement derrière moi, non sans écouter de l'autre côté les voix qui diminuent, les gémissements et les grincements de dents.

CHAPITRE 30

Je n'ai peut-être pas la cote auprès des gens qui détiennent le pouvoir dans cette ville, mais aujourd'hui du moins, Claude Dusalt me regarde avec admiration. D'une manière propre aux petites villes, l'histoire de ma rencontre avec Ingel et mon refus de négocier pour épargner la vie du Russe ont filtré jusque dans les rangs de la police.

« Comment avez-vous pu être au courant si vite ? dis-je à Claude. Notre réunion s'est terminée tard dans l'après-midi d'hier.

– Si le juge ne veut pas que les nouvelles circulent, répond-il, il ne faut pas qu'il parle devant ses employés. »

Dans le comté de Davenport, les services du shérif infiltrent du personnel auprès des tribunaux pour des raisons de sécurité.

« La greffière du juge », dis-je.

Claude ne me dira rien, mais le message est clair.

La nouvelle doit être connue de tout le monde en ville, à l'heure qu'il est. Dans la moyenne des commissariats, les ragots se propagent plus vite que par télépathie, et ils sont beaucoup plus dignes de confiance que si c'est CNN qui les colporte.

« Je croyais que ce genre de personnel prêtait serment. Je veux dire, pour travailler dans un tribunal. » Généralement, c'est considéré comme un poste privilégié.

« Travailler pour Derek Ingel n'est pas considéré comme un emploi de rêve, me dit-il. Ma source n'a pas eu de chance quand ils ont tiré à la courte paille. »

Dès le commencement, Claude s'est comporté de façon extrêmement scrupuleuse avec moi. Il n'a pas ménagé sa peine pour traquer le moindre élément de preuve que je demandais. Mais il m'a toujours manifesté une certaine réserve, qui dépassait la simple déférence que l'on doit à un procureur. Je pense que dans son esprit de flic, j'étais marqué du signe de Caïn ; après tout, je venais de l'autre côté, celui où l'on défend les criminels. Il n'en a jamais rien dit, mais par son regard, par certains gestes quasi imperceptibles, Claude trahissait ses doutes. Il se demandait si j'allais m'engager à fond dans cette affaire.

Mon entrevue avec Ingel et Chambers et la façon dont j'ai dit au juge qu'il pouvait se carrer son compromis dans le train ont mis fin aux incertitudes de Claude.

Assis au volant de sa voiture banalisée, il roule à plus de cent dix à l'heure sur le ruban d'autoroute qui longe les collines et dessert le chef-lieu du comté, Davenport et au-delà.

La petite promenade de ce matin n'a été un plaisir pour aucun de nous. Nous avons déposé Nikki et Sarah dans ce que Claude appelle maintenant, sur le mode humoristique, notre « planque ». Ce n'est pas lui qui l'a choisie, c'est un pis-aller auquel il a fallu se résoudre devant la colère croissante de Nikki.

Ce matin, on a relevé ses empreintes au bureau du shérif, procédure nécessaire pour les isoler sur la lettre de menaces, la photo et l'enveloppe déposées dans notre boîte aux lettres. Mais la police n'a trouvé qu'une autre série d'empreintes sur cette lettre : les miennes, que j'y ai apposées avant de comprendre ce qu'elle contenait.

Nikki a ressenti comme un viol l'obligation de donner ses empreintes dans la petite pièce de la prison où des drogués et divers individus en état d'arrestation attendaient qu'on les fiche. Elle sait que c'était indispensable mais elle continue de se demander pourquoi Sarah et elle se retrouvent piégées dans tout ça. Elle a été obligée de prendre sur sa réserve de jours de congé pour la durée du procès. Son employeur a promis de lui accorder des journées en plus, sans solde, si le procès se prolongeait au-delà de la quantité qui lui revient de droit. C'était un temps de congé qu'elle s'était ménagé pour prendre des vacances en famille. Après ça, il ne lui restera plus rien.

Nikki a décidé de nous faire payer le prix. « Si je suis en vacances, a-t-elle déclaré, alors je dois les passer dans un lieu de vacances. »

Encore heureux que l'idée qu'elle se fait de la belle vie se limite à une pension de famille dans la petite ville de Coloma, l'endroit où Sutter a découvert de l'or, attirant ainsi vers notre Etat une ruée qui n'a jamais pris fin.

Nous y avons célébré un anniversaire il y a trois ans. Maintenant, Nikki, recluse dans une chambre meublée d'un lit de cuivre, y surveille Sarah avec pour toute compagnie une pile de livres de jardin d'enfants. Vineyard House est un mammouth blanc de pseudo-style victorien, datant du XIXe siècle, croulant sous la glycine et autres plantes grimpantes. On dit que la maison est hantée par le fantôme d'un propriétaire précédent, un homme atteint de troubles mentaux que sa femme aurait enfermé, enchaîné, dans la cave. C'est un sort que je redoute pour moi-même si je ne mets pas rapidement un terme à ce procès. Car Nikki ne décolère pas.

« Je ne connais pas cet endroit, dit Claude.

– Elles y seront très bien. C'est confortable et sûr.

– Moi, je trouve cela trop public. Une maison ou un appartement auraient été préférables. J'ai mis en place un dispositif de sécurité périodique. Le shérif du comté d'El Dorado va faire patrouiller une voiture dans le secteur. » Il ajoute que c'est probablement superflu.

Nikki est inscrite sous un nom d'emprunt. Nous avons payé sa chambre en espèces et je ferai la navette tous les jours pendant le procès – plus d'une heure de route dans chaque sens – afin qu'elle ne soit pas seule la nuit.

Claude me répète que ce sont sans doute là des précautions excessives. Je le regarde l'air de dire : « Pourquoi diable le faisons-nous, alors ? »

« N'empêche, c'est important d'avoir l'esprit tranquille », répond-il à ma question non formulée.

Puis, dans la foulée, il fait glisser quelque chose sur la banquette. L'objet se trouvait à portée de sa main sous le pan de sa veste, près de la ceinture de sécurité, comme s'il avait attendu le moment propice pour me le montrer.

« J'ai pensé que vous pourriez en avoir besoin », dit-il d'un air gêné, presque peiné, en le poussant vers moi.

Quand il retire sa main, je vois l'acier à reflet bleu d'un petit revolver gainé dans son étui de cuir.

« Il y a un permis de port d'arme dans la boîte à gants. Emil l'a signé hier soir, ajoute-t-il. Comme ça vous pourrez le cacher sur vous. »

Toujours ça de pris pour la tranquillité d'esprit.

Chacun sait que dans un procès, il y a toujours quelque chose qui va de travers, mais cela n'arrive généralement pas la veille de l'ouverture des débats, comme ici. Mon affaire vient de faire les frais de cette tradition, mais bien au-delà des limites habituelles.

Le laboratoire auquel Kay Sellig s'est adressée pour avoir des photos de meilleure qualité à présenter au jury a égaré une preuve cruciale, l'un des morceaux de corde utilisés dans l'un des meurtres. Sellig vient de me l'annoncer au téléphone.

« Mais comment diable est-ce possible ?

– Ils sont en train de le chercher, ils mettent le labo sens dessus dessous. » Elle tente de me calmer en m'assurant qu'ils sont sûrs de le retrouver.

« Mais quand ?

– Toute la question est là, admet-elle. Nous avons des tirages couleur d'une netteté parfaite pour tous les autres morceaux. »

Apparemment, le labo a perdu le morceau de gaine en plastique juste après avoir terminé le développement.

Je m'interroge : seraient-ils capables de l'avoir jeté par inadvertance ? Sellig ne veut pas s'avancer, mais elle ne pense pas que ce soit possible.

« Ils savaient très bien à quoi devaient servir les photos. Que c'était extrêmement important.

– Cela ne les a pas empêchés de le perdre. »

Silence à l'autre bout de la ligne. Sellig m'avait mis en garde contre le risque de se séparer des preuves, mais j'avais insisté pour avoir de meilleurs agrandissements, vu que c'était le cœur de notre démonstration. Je paie maintenant très cher de ne pas l'avoir écoutée.

Sellig m'annonce qu'elle part pour le labo. Elle va parler au patron et les aider dans leurs recherches.

« Si nous ne le retrouvons pas, dit-elle, la cour nous autorisera peut-être à produire les photos en guise de preuve. »

Je lui explique que ça n'en prend pas le chemin.

« La défense a parfaitement le droit de faire examiner ce morceau de corde par ses propres experts, aussi je ne compte pas trop dessus. »

Demain matin, je prononce ma plaidoirie d'ouverture. Nous avons passé – ou plus exactement, Ingel a passé – les deux derniers jours à sélectionner notre jury. Fidèle à sa promesse de mener les choses tambour battant, il nous a mis au pied du mur et a fini par décider qu'il conduirait personnellement l'examen préliminaire des jurés. De fait, il leur a posé les questions que nous lui avions soumises par écrit, du moins celles qu'il a jugées appropriées. Une loi votée il y a quelques années autorise les juges à prendre cette initiative dans les procès criminels, mais contrairement à Ingel, la plupart d'entre eux laissent les avocats poser les questions qu'ils jugent importantes.

Chambers a fait tout un charivari dans la salle d'audience, se plaignant d'avoir été exclu du processus de sélection des jurés. Cela ne l'a mené nulle part, sinon, peut-être, à l'inscription d'un autre motif d'appel. Que le juge ait accompli la tâche en deux jours n'était pas un mince exploit ; un record, probablement. Dans un procès criminel où la peine capitale est en jeu, les jurés doivent être « qualifiés peine de mort » – en d'autres termes, on doit leur poser des questions pour être sûr qu'une fois l'accusé déclaré coupable du crime qui lui est imputé, ils n'auront pas de scrupules à le condamner à mort.

Cela a été accompli dans une telle hâte que la procédure ressemblait à une répétition générale. Ni Goya ni moi n'avons une bonne perception de ce groupe, douze jurés et six suppléants. J'imagine que Chambers n'y voit pas grand-chose non plus, mais toujours plus, en tout cas, qu'un des jurés retenus.

Lorsque l'homme est apparu au banc du jury précédé de sa canne blanche, j'ai soulevé une objection, expliquant à Ingel qu'une partie importante de notre accusation reposait sur une démonstration matérielle à base de photos de preuve qui exigeaient une acuité visuelle normale. Il me cloua le bec d'un coup de maillet, citant un article du code qui interdit l'exclusion d'un juré pour non voyance. Finalement, j'ai dû user de mon droit – limité – de récusation pure et simple, brûlant ainsi une de mes cartouches. Cela a amené un petit sourire sur les lèvres d'Ingel, comme pour dire : dorénavant, vous aurez le lobby des non-voyants sur le dos.

Il savait aussi bien que moi qu'aucun intermédiaire ne pourrait décrire notre preuve photographique au juré aveugle sans décider à sa place ce qui était fondamental, à savoir si les photos représentaient bien ce qu'elles prétendaient montrer, ou non.

Je retiens mon souffle et pose à Sellig la question cruciale sur la preuve manquante, le morceau de corde.

« Savez-vous de quel fragment il s'agit ? »

Les fragments de corde d'étendage, seize morceaux en tout, qui ont servi à attacher les victimes (dix-sept en comptant le rouleau retrouvé dans la camionnette du Russe) sont les maillons déterminants de notre chaîne de preuves. Pris ensemble et bout à bout, ils forment une ligne de continuité qui relie les quatre victimes du campus au rouleau de la camionnette. Le problème qui se pose maintenant est de savoir à quel endroit la chaîne est rompue. La réponse me permettra de déterminer combien de chefs d'accusation de meurtre seraient en danger si nous ne retrouvions pas le morceau manquant.

A l'autre bout de la ligne, Sellig fouille désespérément dans ses notes et je l'entends haleter en se livrant à cette recherche. Elle a marqué chacun des morceaux de corde d'une lettre et d'un numéro de code, afin de pouvoir les identifier. Il lui faut plusieurs secondes avant de retrouver la légende correspondant au code du fragment égaré.

« Cela a l'air d'être... dit-elle. Voilà, ça y est. Deux-D. »

Pour moi, c'est du chinois.

Elle m'explique. Quatre morceaux de corde ont servi pour chaque victime : deux pour attacher les chevilles, deux autres pour les poignets. Chacun a reçu une lettre, dans l'ordre, de A à D.

« Les numéros ont été attribués aux victimes dans l'ordre de leur décès, poursuit-elle. Celui-ci correspond à la deuxième victime, et la lettre D, au dernier morceau de corde utilisé sur cette victime.

– Julie Park.

– C'est ça. »

Cela signifie que la chaîne des preuves est interrompue entre Julie Park et la troisième victime. Si nous ne trouvons pas le morceau de corde égaré, je pourrais être contraint de renoncer aux chefs d'accusation concernant les meurtres de Julie Park et de la première victime, son petit ami, Jonathan Snider. Sans ce fragment de corde, il n'y a rien qui les lie à Iganovich, sinon un *modus operandi* similaire dans la perpétration des crimes. Chambers, qui est axé sur les meurtres Scofield et la similitude de faits, ne ferait qu'une bouchée de moi dans cet affrontement.

Je me cale contre mon dossier, respire à fond et contemple les petites perforations du plafond. Je me demande où je vais puiser le courage d'annoncer la nouvelle à Kim Park et prie le ciel que ce ne soit pas nécessaire.

« Tenez-moi au courant, dis-je à Sellig. Appelez-moi dès que vous aurez eu les gens du labo. » Et je raccroche.

Assise en face de moi, Lenore attend patiemment le moment de me parler. Elle a pu saisir une partie de ma conversation.

« Ils ont perdu un morceau de corde ? » demande-t-elle. J'opine.

« Nous allons peut-être devoir abandonner les chefs d'accusation concernant Julie Park et le petit Snider, dis-je.

– Oh, merde. » Goya a l'air effondrée. Puis elle ramasse tous les morceaux restants de l'équation et essaie de sauver les meubles, du moins pour me consoler.

« Je pense que ça pourrait être pire, dit-elle. Ils auraient pu égarer le dernier morceau. » Elle parle du dernier fragment, celui qui relie tous les autres au rouleau de corde retrouvé dans la camionnette. Dans ce cas, toute notre accusation se serait effondrée.

« Nous ne sommes pas sortis de l'auberge, dis-je. C'est à peine mieux que si nous n'avions rien du tout.

– Que voulez-vous dire ?

– Que Chambers insiste déjà sur les meurtres Scofield. Si nous sommes contraints de laisser tomber les accusations pour Park et Snider, nous n'avons plus que deux meurtres à porter devant le jury. »

Elle semble voir où je veux en venir. Il ne reste rien qui permette de distinguer la deuxième paire de meurtres d'étudiants des meurtres Scofield. Dans les deux cas, le meurtrier a utilisé pour attacher les victimes des morceaux de corde séquentiels, même si les cordes ne correspondent pas d'un cas à l'autre. Les piquets métalliques utilisés pour les meurtres Park/Snider sont identiques, et il en va de même pour ceux des meurtres Scofield. Mais là encore, les piquets sont différents d'une série de crimes à l'autre.

« Cela donne l'impression que le meurtrier a changé d'instruments pour chaque série de meurtres, dit-elle.

– Nous pouvons dire adieu à notre expert en profil psychologique, lui dis-je. Sans Park et Snider, nous n'avons plus des crimes commis selon un même schéma mais un groupe isolé de meurtres révoltants. Et si Chambers réussit à prouver que son client était au Canada lorsque les Scofield ont été assassinés... » Je lui laissai le soin de tirer l'évidente conclusion. C'est le problème avec les théories entièrement basées sur des preuves matérielles : il suffit d'enlever une des clés de voûte qui tiennent l'ensemble debout et votre démonstration se casse la figure.

CHAPITRE 31

Ce matin, bien avant l'audience, Lenore a rencontré Lloyd Tolar. C'est la première fois que nous réussissons à l'approcher. Ce type est aussi inaccessible que le pape, mais en plus sexy.

Elle me raconte qu'il est grand et distingué, avec des cheveux argentés. Le genre de témoin dont les dames du jury tombent amoureuses. Ils ont revu sa déposition en détail, une charmante conversation portant sur des incisions en Y allant du sexe à la clavicule, et puis, entre le foie et la rate, il l'a invitée à déjeuner.

« Quel vieux bouc lubrique », commente-t-elle.

J'aurais pu y penser quand j'ai essayé de joindre Tolar. Il aurait suffi que je lui envoie la photo de Lenore avec sa carte de visite professionnelle, et j'aurais économisé une douzaine de coups de fil.

« Il dit que ce ne sera pas nécessaire d'appeler les experts en profil psychologique après lui, tant son témoignage sera concluant », m'annonce-t-elle.

Je comprends mieux, maintenant, d'où le jeune interne tient son arrogance – le galopin envoyé par Tolar, le jour où j'avais essayé de rencontrer celui-ci. C'est une des matières obligatoires dans les études de médecine. Mais nous n'allons pas discuter avec le bon docteur. Lenore me dit qu'il a suffisamment de culot, qu'il s'exprime avec l'autorité d'un dieu et qu'il a un curriculum vitae en conséquence.

Aujourd'hui, je vais être obligé d'avouer qu'il nous manque une preuve, le segment de corde perdu par notre labo de photos.

Je regarde autour de moi. La table des avocats de la défense est entièrement occupée. Chambers et Iganovich serrent l'interprète en sandwich. De l'autre côté du Russe se tient Bob Haselid, appelé en dernière minute pour soutenir l'équipe.

Haselid est un jeune avocat dont la réputation ne fait que grandir dans le milieu. Il s'occupera de la phase capitale de la défense, c'est-à-dire qu'il lui reviendra de sauver la vie du Russe si celui-ci est reconnu coupable mais que le jury lui trouve des circonstances atténuantes.

Avant de commencer, j'ai sollicité quelques minutes en privé avec Ingel et Adrian. L'huissier agite un doigt dans ma direction et accroche le regard de Chambers. Il nous conduit dans les coulisses, derrière la tribune, pour nous entretenir avec le juge.

Au moment où nous approchons, Ingel est occupé à enlever des particules de je-ne-sais-quoi sur sa robe à l'aide d'une espèce de papier collant qu'il pince entre pouce et index. La vie d'un juge surmené.

Il me regarde.

« De quoi s'agit-il ? demande-t-il. Une modification de procédure à la dernière minute ?

– Un problème. »

Il pose sa robe sur le bord de son bureau.

« L'une de nos preuves a été égarée. »

Il me lance un regard noir qui ne laisse aucun doute : la méchanceté affleure à la surface, ce matin.

« On m'a dit que c'était momentané, qu'ils vont la retrouver. »

C'est tout ce dont je dispose pour tempérer la brutalité de la nouvelle.

« Quelle preuve ? » Son regard est glacial, maintenant.

« Un morceau de corde correspondant aux deux premiers meurtres. La gaine extérieure en plastique. » Sans reprendre mon souffle, ne voulant pas lui laisser le loisir de parler, je lui annonce que nous avons des photos détaillées. Peut-être va-t-il mordre à cet hameçon-là.

« Des photographies de preuve ne sont pas des preuves, dit-il. Pas dans ma chambre. » Malheureusement pour moi et contrairement à la Noix de coco, Ingel n'utilise pas son exemplaire du code des preuves comme dessous de tasse pour son café.

Il me passe un savon virulent, me rappelant que lors des discussions sur le compromis, il m'avait prévenu qu'il n'y aurait pas d'exceptions pendant le procès. Il m'interroge de manière bien peu subtile pour savoir quel chef d'accusation cette disparition affecte. Il me sonde visiblement afin de déterminer quel effet ce contretemps va avoir sur le meurtre de Sharon Collins. Ingel n'aimerait pas avouer à Armando Acosta que les circonstances l'ont obligé à abandonner l'accusation pour le meurtre de sa nièce. Voyant que Chambers commence à remarquer le tour que prennent ses questions, Ingel laisse aussitôt tomber.

« Comment est-ce arrivé ? demande-t-il.

– C'est le labo que nous avons chargé de prendre des photos. Ils sont venus ici avec leur matériel et il semble qu'ils aient égaré la preuve en développant la pellicule.

– Ils l'auraient jetée ?

– Ils affirment que non, ils disent que c'est extrêmement peu probable, monsieur le Juge.

– S'il y a une bourde dans votre système d'accusation, c'est vous qui êtes responsable, maître. » Il dit ça comme si j'avais essayé de chercher des excuses.

« Ils sont sûrs de la retrouver, dis-je.

– Tant mieux pour eux. Et entre-temps, que sommes-nous censés faire ? »

Chambers flaire l'occasion, une aubaine inattendue. Dans un procès criminel où la peine capitale est en jeu, l'esprit chevaleresque est inconnu des salles d'audience. Les avocats de la défense, s'ils sont bons, ne font pas de quartier. Adrian se rapproche de la table du juge.

« Nous ferons opposition à toute requête d'ajournement, annonce-t-il. La défense est prête à reprendre les débats. » Il rappelle au juge que l'accusé n'a pas demandé de délais.

Il reste plus d'une semaine avant l'expiration de la période de soixante jours au bout de laquelle une affaire est renvoyée faute d'action publique. Mais Ingel est clair sur ce point, il n'admettra aucune requête d'ajournement.

« Nous avons réuni notre jury, dit-il. Je ne vais pas les laisser tourner en rond en ressassant les faits pendant que le procureur court après sa preuve. »

Des âmes peu charitables pourraient accuser le Prussien d'être bercé par les guitares hawaïennes, mais sur le fond, il a parfaitement raison. Il n'y a rien de plus dangereux que de laisser dans l'inaction un jury constitué. Abandonnés à eux-mêmes, ils peuvent s'embarquer dans toutes sortes de bêtises, de spéculations sur l'affaire qu'ils auront à juger, de suppositions concernant la preuve envolée.

La plupart des jurés ont lu dans la presse le compte rendu de ces meurtres, ils ont vu les corps recouverts de draps blancs, ils ont eu droit à la suite aseptisée des événements sur leur écran de télévision.

« Nous sommes prêts à démarrer le procès ce matin, et nous le démarrerons ce matin, dit Ingel.

– Je ne demande pas un ajournement, dis-je, mais seulement un peu de latitude. »

Le juge me regarde comme s'il n'avait jamais entendu prononcer ce mot.

Ma tactique en venant ici n'a rien de très malin. La continuité de la corde est le fil rouge de preuve qui tient ma démonstration. Cette preuve a été présentée devant le grand jury et elle figure dans le procès-verbal, que Chambers a maintenant eu le temps de lire et de disséquer. Qu'une partie de cette preuve manque aujourd'hui à l'appel ne va certainement pas échapper à Adrian.

Dès qu'il le verra, il présentera immédiatement une requête pour rejeter les deux premiers chefs d'accusation de meurtre, ceux de Julie Park et Jonathan Snider. Connaissant le Prussien et les sentiments qu'il me voue, je ne veux pas qu'il porte un jugement péremptoire sur cette question pendant les débats. C'est pourquoi je la soulève ici, en privé, hors procès-verbal, une sorte de répétition pour l'inciter à modérer sa réaction. Je demande à Ingel de me laisser un peu de marge, de ne pas accepter une requête de rejet sans m'accorder le temps nécessaire pour retrouver la corde, je sollicite des facilités pour présenter ma plaidoirie jusque-là.

Il ne s'engage pas.

Il me rappelle que j'ai eu l'occasion de négocier, que l'on m'a proposé une transaction sur la base de six inculpations de meurtre. S'il le pouvait, Ingel me ferait volontiers revêtir le sac pendant qu'il me verse les cendres sur la tête. L'espace d'un instant, je me dis qu'il aimerait rouvrir les négociations mais soupçonne Adrian de ne plus y tenir tellement, maintenant qu'il a flairé l'odeur du sang. Aussi choisit-il de se taire.

« Quelle est l'importance de la preuve ? » demande-t-il. Il veut que j'évalue la gravité de la chose devant Adrian, que je précise où intervient la pièce manquante.

Je lui communique les faits en m'abstenant de les récapituler, c'est-à-dire d'expliquer que deux accusations ne tiennent plus qu'à un fil.

Une expression de soulagement quasi palpable s'inscrit sur son visage lorsqu'il découvre que l'accusation de meurtre vaut toujours pour Sharon Collins. Il n'aura pas à porter de mauvaises nouvelles à Acosta. Pas pour l'instant, du moins.

Adrian saisit l'occasion. « Je dépose une requête de rejet des deux premiers chefs d'accusation, les meurtres de Park et Snider, monsieur le Juge. »

Les deux mains en avant, Ingel l'interrompt.

« Est-ce la seule preuve qui établisse un lien entre l'accusé et ces meurtres ? demande-t-il. Ce morceau de corde manquant ?

– Non. Le fait que nous puissions associer la preuve découverte dans la camionnette de l'accusé aux deuxièmes meurtres d'étudiants, ajouté au fait que les quatre meurtres présentaient un même *modus operandi* constituent une connection avec l'accusé.

– Avec une allonge comme ça, vous devriez être champion de boxe poids lourds », dit Chambers. En d'autres termes, il trouve que je tire sur la ficelle. Il a raison, mais je n'ai rien d'autre pour l'instant.

« Les morceaux de corde utilisés dans les quatre premiers meurtres provenaient du même fabricant, et il en est de même pour les piquets de tente, dis-je à Ingel (ça, c'est pour donner un peu d'éclat à l'ensemble).

– Et ils ont pu être achetés par un million de gens dans dix mille magasins, dit Adrian.

– C'est au jury d'en décider », dis-je à Ingel.

La petite moue du juge signifie : peut-être. J'ai enfin réussi à le faire penser dans la bonne direction.

Adrian se met à sauter autour du bureau, soulignant que les meurtres Scofield avaient également le même *modus operandi* et que pourtant, ils n'ont pas été imputés à son client. Mieux encore, la police a tacitement admis qu'ils avaient été perpétrés par un autre tueur. « Jusqu'ici, c'est la seule chose qu'ils aient établie correctement. »

Il chantera un autre air lorsque je lui assènerai le rapport médico-légal de Tolar, les résultats d'autopsie montrant que les blessures ont été infligées avec un couteau, et que les Scofield ont été tués ailleurs. On verra comment il réussira à triturer l'information pour l'adapter à son raisonnement.

« Il y a deux jours, vous étiez prêt à négocier pour qu'il soit inculpé des meurtres Scofield, dis-je.

– C'était purement tactique. » Il sait que je ne peux pas utiliser cet argument, ni révéler au jury quoi que ce soit concernant notre réunion chez le juge. La mention de ces transactions inabouties est taboue lors d'un procès, cela remonte à une vieille maxime selon laquelle la loi encourage les arrangements entre les parties. Si la défense savait que ses tentatives de compromis risquaient d'être révélées au jury, cette pratique ratifiée par les ans s'éteindrait rapidement d'elle-même.

Ingel finit par lever les yeux. Il en a assez.

« Cela ne figurera pas au procès-verbal », dit-il. S'il m'accorde un répit, c'est contre son gré. Une chose est sûre, il ne me fera pas de cadeau auprès de la presse. Les journaux et la télévision vont en faire leurs gorges chaudes, gros titres et commentateurs narquois vont tirer un maximum de la manière dont le procureur a perdu une preuve cruciale.

Quelles que soient mes difficultés, il n'en reste pas moins qu'Adrian a un sérieux problème à résoudre. Il doit expliquer comment le rouleau de corde, celui qui est maintenant associé aux deuxièmes meurtres, et les piquets métalliques ont pu être retrouvés dans le véhicule de son client. C'est autour de ce point critique que sa défense va tourner.

Pour l'instant, le juge Ingel a repoussé sa requête de rejet des meurtres Park et Snider. Cela a été dit hors la présence du jury, pour éviter de leur polluer l'esprit avec des préoccupations de preuve, le morceau de corde manquant qui peut être, ou ne pas être, produit ultérieurement.

Je n'ai plus le courage de croiser le regard fulminant de Kim Park, qui est assis avec le public. Je sais qu'à la première interruption il va m'accoster dans le hall et me demander comment la justice est possible compte tenu d'une telle négligence.

Pour échapper à l'hostilité croissante d'Ingel, j'ai observé la plus stricte retenue dans ma présentation au jury, me contentant de décliner les preuves – la camionnette, son immatriculation, les pièces incriminantes trouvées à l'intérieur.

« Mesdames et messieurs, nous démontrerons, témoignage d'expert à l'appui, les liens psychopathiques entre ces quatre meurtres, la méthode commune employée, et le fonctionnement interne d'un esprit malade et dangereux, qui prouveront sans l'ombre d'un doute que l'accusé, André Iganovich, a commis les quatre meurtres, et les a commis froidement, avec préméditation. »

Je mets en avant le chiffon ensanglanté découvert dans la camionnette, dont l'analyse ADN révèle qu'il porte des traces de sang qui ne sont pas incompatibles avec les groupes sanguins de Sharon Collins et Rodney Slate. Quelques jurés écarquillent les yeux.

Je parle de la corde, de fabrication très ordinaire, précisant que certains morceaux trouvés sur le site des deuxièmes meurtres ont été définitivement reliés, une constatation scientifique, au rouleau retrouvé dans le véhicule du Russe. La gravité de la perte du morceau de corde est atténuée par les hochements de tête des jurés à la mention de cette relation établie par expertise. C'est la clé de voûte de ma démonstration.

A ce stade, je dois concéder la vitre cassée du véhicule, la citer sans trop me hâter de manière à ne pas donner l'impression que je veux échapper à cet élément matériel.

Je parle du pistolet cap-stun trouvé sur la personne d'Iganovich lors de son arrestation et des marques de brûlure découvertes sur les corps de Julie Park et Jonathan Snider, preuve dont le médecin légiste parlera.

Ingel donne des signes de fébrilité croissante quand j'en arrive au dernier point, les meurtres Scofield pour lesquels l'accusé n'est pas inculpé.

« La défense va certainement essayer de vous embrouiller l'esprit avec une troisième et dernière série de meurtres, ceux d'Abbott et Karen Scofield dont nous pensons à cette heure, sur la base de preuves se trouvant en notre possession, qu'ils sont l'œuvre d'un imitateur. »

Ici, j'ai adopté le profil moyen. Sans absoudre entièrement Iganovich, je me suis ménagé une petite porte de sortie au cas où les preuves évolueraient, me permettant au dernier moment, juste avant de signifier mes conclusions, de revenir sur ma position et d'inculper le Russe. Cela rend Lenore particulièrement nerveuse. Elle tient absolument à me parler d'une chose relative aux Scofield lorsque nous prendrons une pause pour le déjeuner.

« La preuve, dis-je au jury, établira des différences marquées dans la manière dont ces derniers crimes ont été perpétrés. A cette heure, et compte tenu des preuves dont nous disposons, cela nous conduit à penser qu'André Iganovich ne les a pas commis. »

Ceci, c'est pour évoquer le portrait d'une justice équitable, le contraire même d'une action publique qui pècherait par excès de zèle. Mais c'est aussi nécessaire pour éviter de donner l'impression que nous faisons l'autruche devant ces questions non résolues, des meurtres non élucidés qui, à première vue, pourraient avoir été commis par la même personne.

Sur ce, je tourne les talons et regagne la table du ministère public.

En ouverture, Chambers ne se contente pas de présenter les prémices de sa défense. Au contraire, il attend à peine l'invitation du juge pour se lever, pressé qu'il est de neutraliser les points importants que je risque d'avoir marqués dès le début, et il ne perd pas de temps.

Il vise directement l'affaire Scofield, développant le thème du meurtrier qui court toujours, menaçant, dans les rues, affirmant que son client est un accusé tout trouvé, un immigré maîtrisant mal notre langue, le bouc émissaire évident, de ceux qu'on ne répugne pas à condamner.

Ingel l'interrompt.

« Vous êtes en train d'argumenter, maître Chambers. Tenez-vous-en aux preuves de votre défense.

– Oui, monsieur le Juge, dit Adrian, se ressaisissant. Les preuves, dans cette affaire, sont purement matérielles. Mon client ne serait pas ici aujourd'hui sans trois éléments, un rouleau de corde, quelques piquets de tente en métal et un chiffon taché de sang humain. Ces éléments, plus la présomption que, ayant été trouvés dans sa voiture, ils doivent appartenir à M. Iganovich. Voici, en un mot, sur quoi repose l'accusation du ministère public. Au premier coup d'œil, cela peut sembler concluant. Mais pensez un instant au reste des preuves, à la partie que Me Madriani n'a pas développée, à la partie qu'il ignore. »

Sur quoi il se retourne et baisse les yeux vers moi, derrière ma table. Et reprend :

« La preuve montre qu'une vitre du véhicule a effectivement été cassée, comme le procureur l'admet volontiers. Mais ce qu'il ne vous dit pas, ce qu'il néglige de révéler, c'est que cette vitre a été complètement pulvérisée, laissant le véhicule ouvert à toute personne passant par là. La camionnette est restée garée dans un parking public, accessible à n'importe quel passant pendant une longue période, plusieurs jours, avant que la police n'arrive, l'ouvre et y trouve les preuves prétendument incriminantes. Voilà à quelles preuves nous avons affaire. Le fait est que n'importe qui aurait pu placer les preuves à l'intérieur du véhicule après qu'il a été garé à cet endroit.

– Vous recommencez à argumenter, dit Ingel. Tenez-vous-en aux preuves, je ne veux pas avoir à vous le répéter.

– J'y arrivais justement, monsieur le Juge. Une preuve cruciale. »

Ingel le regarde et relève le menton comme pour dire, « qu'attendez-vous ? ».

« Pendant quelque temps, reprend Chambers, la police s'est fondée sur la théorie que la vitre avait été brisée par un vandale, un éventuel témoin qui aurait peut-être regardé à l'intérieur et remarqué la présence... (Là, il s'attarde une fraction de seconde, juste ce qu'il faut pour mettre le mot suivant en valeur) ou l'absence de la preuve cruciale qui se trouvait à l'intérieur.

« Ils avaient de bonnes raisons de croire que les choses s'étaient passées ainsi. Le témoignage de membres de la police révélera que cette théorie a été suivie, mais sans résultat. La police, à cette barre même (il désigne la barre des témoins), vous le dira en personne. »

Je regarde Lenore : comment pouvait-il le savoir ?

Elle se penche vers moi et murmure « Roland ».

Elle a raison, les petits doigts fouineurs de Roland Overroy sont partout. Des révélations sans nul doute destinées à prouver sa bonne foi à Adrian dans le cadre de leur transaction.

« Mais la police n'a pas réussi à trouver ce témoin clé, continue Chambers. Peut-être auraient-ils dû chercher avec un peu plus de soin. Car c'est une lacune que nous avons comblée. »

Lenore est penchée vers moi pour ajouter quelque chose lorsque ces paroles sont prononcées. Elle s'interrompt et regarde Adrian qui est cramponné à la barre du jury.

« Le témoin que nous allons présenter va admettre que c'est lui qui a brisé la vitre de la camionnette. C'est un homme qui n'a pas essayé de négocier son témoignage avec le ministère public, qui est prêt à affronter la punition que mérite son délit. »

Comme si ce seul délit de vandalisme pouvait être une garantie de crédibilité.

« Notre témoin, dit Chambers, témoignera sous serment que lorsqu'il a pulvérisé cette vitre, c'était avec l'intention de cambrioler le véhicule. Il a ouvert les portes et est entré à l'intérieur. Son témoignage établira sans équivoque qu'il a été déçu. Il vous dira qu'il n'y a trouvé aucun objet de valeur à prendre, ni radio, ni magnétophone, ni outils, rien d'intéressant. »

Adrian tourne le dos au jury et me regarde en face. Pendant la seconde qui suit, j'ai un pressentiment. Et le couperet tombe.

« Il vous dira également, toujours sous serment, que le jour où il a brisé cette vitre, il n'y avait ni rouleau de corde ni piquets de tente ni chiffon ensanglanté dans la camionnette de l'accusé. »

Ce disant, Adrian m'adresse un sourire affecté.

A la table de la défense, Lenore et moi offrons le spectacle même de l'indifférence, comme si cela ne nous faisait ni chaud ni froid et que notre seule préoccupation, peut-être, était de pouvoir déjeuner à une heure décente.

Mais intérieurement, je suis un chaudron en ébullition, ne brûlant que de mettre la main sur la liste des témoins présentés par Chambers qui est enfouie devant moi sous une pile de papiers.

Adrian se rassoit. Ingel consulte sa montre.

« Il est trop tard pour appeler un témoin maintenant, dit-il. Nous allons suspendre la séance pour le déjeuner. Maître Madriani, dit-il en me regardant, vous serez prêt avec votre premier témoin à l'heure de la reprise, c'est-à-dire (coup d'œil à sa montre), à treize heures quinze.

– Oui, monsieur le Juge. »

Il enjoint au jury de ne pas parler de l'affaire pendant la pause et abat son maillet.

CHAPITRE 32

Aujourd'hui, Lenore et moi déjeunons au bureau – des sandwiches enveloppés dans du papier kraft. Pendant que la secrétaire court les chercher au boui-boui crapoteux de la rue voisine, nous discutons stratégie et examinons avec soin la liste des témoins d'Adrian. C'est une des choses que la loi nous oblige à échanger.

A ce stade, l'artifice de sa défense commence à émerger. Dans un procès d'assises, la défense est toujours une variation sur un thème vieux comme le monde. En l'occurrence, « c'est quelqu'un d'autre qui l'a fait ».

Adrian va dérouler toutes ses vocalises sur cet air éculé. Utilisant les meurtres Scofield non élucidés comme une diversion, il démarre sur notre hypothèse que quelqu'un d'autre les a commis. Le fait que nous acceptions ces prémices donne un vernis de légitimité à son argumentation.

D'après sa liste de témoins et les experts réunis, nous pouvons conjecturer l'objectif principal de son attaque, un assaut maximum sur les différences matérielles qui distinguent les meurtres Scofield du reste. Si quelqu'un d'autre a tué les Scofield et si la différence de *modus operandi* entre les deux séries de meurtres semble illusoire, Adrian aura couvert la moitié du chemin.

Son attaque par le flanc est le mystérieux vandale. Un coup de grâce planifié qui vise notre argumentation à la tête. Si ce témoin est crédible, il peut détruire le seul lien rattachant Iganovich aux preuves incriminantes trouvées dans la camionnette.

Lenore et moi examinons sa liste comme une voyante scrutant du marc de café. Il y a un tas de fausses pistes là-dedans. Les deux parties ont délibérément truffé leur liste de leurres, des noms destinés à détourner l'attention, correspondant à des gens qu'ils ont croisés au cours de leur enquête mais qui n'ont pas grand-chose à voir avec l'affaire. C'est un moyen pratique pour dissimuler la poignée de véritables témoins et cela oblige l'adversaire à fournir beaucoup de travail supplémentaire avant le procès.

De mon côté, j'ai ainsi fourni à Adrian le nom de l'ancienne coiffeuse de Julie Park, le type qui relevait les compteurs de gaz de son immeuble et deux bonnes douzaines d'autres individus de même tonneau, qui ne connaissaient de cette affaire que ce qu'ils en avaient lu dans les journaux ou vu à la télévision.

Mais on ne récolte que ce que l'on sème. L'étude de la liste d'Adrian est pour l'essentiel un exercice stérile. Une colonne de noms et d'adresses, le minimum requis par la loi. Nous avons également droit à des rapports écrits de dépositions des témoins. Adrian n'a rien fourni de tel.

Tel que ce procès se présente, nous avons peu de temps pour vérifier les témoins, envoyer Claude et ses sbires bavarder avec tous ces gens et séparer le bon grain de l'ivraie. Nous tâtonnons à l'aveuglette, n'ayant pas idée de celui qui, parmi eux, pourrait être le joker d'Adrian, son mystérieux vandale. Je suis la colonne de noms avec la pointe de mon stylo, effort vain jusqu'au moment où je tombe sur un nom qui m'évoque quelque chose.

« James Sloan. » Je regarde Goya. « Ça ne vous dit rien ? »

Elle secoue la tête.

Je poursuis mon inventaire. Rien.

Je reviens sur « Sloan ». Où ai-je donc entendu ce nom ? C'est assez récent, au cours des dernières semaines.

Je saisis le téléphone, compose un numéro. Une voix féminine me répond.

« Ester, c'est Paul Madriani, de l'autre côté de la rue. »

Ester Peoples tient le registre des jugements rendus en matière criminelle par le tribunal du comté de Davenport. Je l'entends mâchonner quelque chose. Encore une fonctionnaire qui sacrifie son heure de déjeuner.

« Vous pouvez vérifier un nom pour moi sur l'ordinateur ?

– Bien sûr. Ça remonte à quand ?

– Un an », dis-je.

Je lui épelle le nom de James Sloan. J'entends cliqueter les touches du clavier, puis : « Lequel voulez-vous ?

– Il y a plus d'un James Sloan ?

– Une seule personne, trois condamnations.

– Pour quel motif ?

– Un incendie criminel, réduit à délit avec intention de nuire, et deux pour vandalisme...

– Youpi ! » dis-je. Elle me communique le numéro de sécurité sociale de Sloan. Je la remercie et raccroche. Je ne compose pas le numéro suivant. Pour l'obtenir, je n'ai qu'à appuyer sur une touche pré-enregistrée. Claude ne répond pas, mais à la troisième sonnerie, j'entends la voix de Denny Henderson.

Il m'apprend que Claude est en route pour mon bureau. En fait, c'est mon premier témoin cet après-midi. Nous allons brièvement revoir son témoignage ensemble avant de retourner au tribunal.

« Denny, j'aimerais que vous me sortiez la fiche d'arrestation la plus récente que vous possédiez sur un certain James Sloan. » Je lui dicte le numéro de sécurité sociale et la référence du jugement du tribunal communiqués par Ester.

« Tout de suite ? demande-t-il.

– Non, hier. »

Ça grommelle un peu à l'autre bout de la ligne, et ensuite, plus rien. Je reste à l'écoute pendant ce qui me paraît être une dizaine de minutes en attendant qu'il revienne.

« Ça y est, annonce-t-il.

– Regardez s'il y a la photo d'identité. »

Bruits de feuilles de papier dans l'écouteur.

« Charmant, dit-il.

– Vous l'avez trouvé ?

– Ouais.

– Laissez-moi deviner. Des cheveux pourpres se dressant en épis, et plein de marques de varicelle sur le visage.

– Vous le connaissez ? demande Denny.

– Façon de parler. »

Mais j'ai identifié le prince des urinoirs. Le punk qui s'était coincé le machin dans le zip de sa braguette, le jour où j'ai rencontré Adrian aux chiottes du tribunal. L'ancien client de Chambers.

Accolé au blouson bardé de fermetures éclair et à la chevelure punk, le nom « James Sloan » m'avait paru incongru ce jour où Chambers avait fait tout un numéro pour nous présenter. Et ce nom était resté à la frontière de ma mémoire depuis lors.

« Je veux tout ce que vous avez sur lui aussitôt que possible, tous ses dossiers d'arrestation. Et puis je veux que vous filiez au tribunal pour obtenir les déclarations des témoins, les dossiers du tribunal sur les chefs d'accusation.

– Ils ne me laisseront pas emporter les originaux, dit Henderson.

– Eh bien, copiez-les. »

Il fait le compte des arrestations de Sloan.

« Mais ça va me prendre la journée entière.

– Vous avez quelque chose de mieux à faire ? »

Je lui suggère de tirer le boulot à la courte paille avec Claude. Il émet un grognement pour me signifier qu'il est parfaitement au courant, c'est forcément lui qui a perdu : Claude est au tribunal. Il récrimine encore un peu et, au moment où il va raccrocher, je lui dis :

« Au fait, Denny.

– Oui ?

– Regardez au fichier des condamnations. Il a peut-être écopé d'une peine criminelle ailleurs qu'ici. »

Nous raccrochons.

« Ce serait bien, dis-je à Lenore, si nous pouvions le récuser parce qu'il a un casier criminel. » Cela porterait un coup à sa crédibilité, aux yeux du jury. Quiconque a été condamné pour crime en porte la cicatrice toute sa vie.

« Alors, vous savez qui c'est, le témoin de Chambers ?

– Connaissant Adrian comme je le connais, oui.

– Mais comment a-t-il pu le trouver, et nous pas ?

– Vous partez du principe qu'il l'a trouvé... »

Elle me regarde d'un drôle d'air.

« Adrian a la réputation de trouver des témoins sur mesure, lui dis-je. Il est plus fort qu'un guérisseur pour faire des miracles. »

A force d'observer Adrian pendant des années de prétoire, j'ai appris qu'il l'emportait souvent d'un cheveu grâce à la quantité de parjures qu'il obtenait de ses témoins, l'équivalent d'une dose d'ypérite lâchée en guise de dépositions.

Elle n'en croit pas ses oreilles : comment un avocat, quelqu'un qui a prêté serment, peut-il faire une chose pareille en connaissance de cause ? Lenore a beau connaître tous les tours de la rue et sortir du barrio, derrière sa cuirasse se cache une âme romantique.

« Donnez des clous à Adrian, il les transformera en tire-bouchons. Il ne se contente pas de tordre la vérité, il est beaucoup plus pervers que ça. »

Fort de mon expérience, je peux prédire la tactique d'Adrian sans crainte de me tromper.

« Lorsque nous appellerons Claude à la barre pour présenter les preuves résultant de notre enquête, poursuis-je, Adrian l'interrogera sur nos théories concernant le vandale qui a cassé la vitre et sur notre incapacité à trouver ce témoin. Grâce à Roland, il construira sa défense en concrétisant ce que nous avions envisagé, en modifiant le message. Dans sa version, le témoin aura brisé la vitre, mais attestera qu'aucun des indices mentionnés ne se trouvait à l'intérieur. Voilà l'éthique d'Adrian : tous les moyens sont bons pour réduire à néant le pouvoir perfide du ministère public. »

On frappe à ma porte.

« Entrez. »

C'est Claude. Il tient une quantité de dossiers sous le bras, des chemises abritant des rapports de police et autres documents accumulés au cours de notre enquête. Il en aura besoin pour se rafraîchir la mémoire, au cas où certains détails resteraient dans le flou.

Il fait la tête. Ça n'a pas l'air de l'enchanter.

« J'ai quelque chose pour vous », dit-il en me tendant un bout de papier qu'il avait glissé dans un de ses dossiers. C'est un rapport de labo provenant des services du ministère de la Justice. « Un cadeau de Kay Sellig », précise-t-il.

Je le lis, mais n'y comprends rien.

« Ses experts ont analysé le papier et les lettres découpées du message déposé chez vous. » Il fait allusion à la lettre de menaces accompagnée de la photo de Sarah.

« Le type qui a fait ça s'est montré un peu négligent. L'un des groupes de mots découpés et collés sur la feuille portait un symbole de marque et un petit bout de logo dans un angle. Microscopique, mais identifiable. Nous avons eu de la chance, un assistant du labo a reconnu le fragment de logo. »

Je le regarde, n'en croyant pas mes oreilles.

« Ce garçon connaît le titre pour l'avoir souvent vu. Cela provient de la couverture d'une publication destinée aux divers services chargés de l'application de la loi. Ce sont les *Annales de jurisprudence criminelle* de l'Etat. »

Je connais bien la publication en question. Les flics la lisent dans tout l'Etat pour se tenir informés des dernières décisions de justice en matière d'arrestations, de perquisitions et de collecte des preuves. J'y suis personnellement abonné, de même qu'un nombre croissant d'avocats pénalistes. Je lui demande :

« Ça vous donne des idées ? »

Il lève un sourcil comme s'il avait déjà sa théorie. « Nous aurions intérêt à vérifier si la police de Davenport a un abonnement », dit-il. Je sais ce qu'il a en tête : Jess Amara.

« Allez-y. »

Puis nous passons à autre chose car le temps presse. Je l'avertis de la tactique probable d'Adrian : il essaiera de lui faire expliquer en détail notre hypothèse, selon laquelle un vandale aurait brisé la vitre de la camionnette. Grâce aux commérages de Roland, c'est maintenant un élément que la défense va utiliser.

Claude emploie quelques épithètes peu aimables pour qualifier Overroy et ajoute que cela dit, il risque d'avoir des ennuis. L'un des enquêteurs que Claude a dépêchés auprès de Kay Sellig pour l'aider à chercher le morceau de corde égaré a parlé au photographe qui opérait le jour de la disparition.

« Ce type nous a dit qu'il y avait quelqu'un qui traînait dans le coin, le jour où ils ont photographié les morceaux de corde dans votre bibliothèque. Il paraît qu'il s'intéressait aux appareils photo, c'était son nouveau passe-temps. Il tripotait tous les objectifs. Ils ont fini par bavarder ensemble, explique Claude. Puis ce type est parti et une heure plus tard, au moment de fermer boutique, ils se sont aperçus de la disparition de la corde.

– Laissez-moi deviner un peu... dis-je. Roland !

– Devenu un vrai mordu de l'obturateur », dit Dusalt.

Voilà qui ne m'étonnerait pas. Ce serait bien dans la manière de Roland : vexé parce que j'ai repoussé son plan de compromis pourri, il opte pour la demi-mesure, pas les morceaux de corde qui relient tous les meurtres au Russe mais juste un seul. Faire un petit peu mal, se caler dans son fauteuil et observer la suite.

Nous retrouverons probablement le morceau manquant la veille de notre dernière plaidoirie, quand j'en serai réduit à ramper pour implorer le juge Ingel.

Claude regarde Goya et lui demande :

« Vous lui avez dit ?

– Pas encore. »

Je les regarde l'un après l'autre.

« Qu'est-ce qu'il y a maintenant ? »

Certainement ce dont Lenore voulait tant me parler. Cela fait deux jours qu'ils épluchent la liste des témoins d'Adrian, Claude et elle, à la recherche de celui qui fournira l'alibi, la – ou les – personne qui pourrait jurer avoir vu Iganovich au Canada quand les Scofield ont été assassinés. Si nous changeons d'avis et décidons d'accuser son client de ces crimes, Chambers voudra avoir ce témoin sous la main. Et même si nous ne l'accusons pas, il l'utilisera peut-être, pour noyer notre argumentation sous les différences de faits entre les meurtres. Ensuite, il démontrera que son client n'était pas en ville lorsque le dernier a été commis.

« Il n'y en a pas un seul qui colle », dit-elle.

Nous reprenons la liste. Selon l'hypothèse de Lenore, le témoin éventuel devrait résider au Canada, être susceptible de l'avoir vu là-bas et de confirmer la date.

« Et les employés au guichet des compagnies aériennes ? Ce pourrait être le nom de quelqu'un qui lui a vendu son billet ici, et qui se souviendrait de lui. »

Elle secoue la tête. « Ça aussi, nous l'avons vérifié. Et mieux encore. Claude a posé la question aux compagnies aériennes il y a quelques semaines. Ils l'ont rappelé hier. Il y a quatre vols quotidiens entre Capital City et le Canada. Une hôtesse de service sur un des vols d'Air Canada pense avoir vu à bord quelqu'un qui ressemblait à André Iganovich. Elle l'aurait reconnu d'après une photo.

– Nous y sommes, dis-je.

– Le problème, dit Claude, est qu'en vérifiant sa grille de service, la dame a constaté que le vol en question avait quitté Capital City le *lendemain* des meurtres Scofield. Avant, elle était en congé de maternité. »

Mon sang se fige comme du plomb fondu dans mes veines. Un silence hébété s'installe. Nous avons présumé depuis le début qu'Iganovich allait produire un alibi pour le jour où les Scofield ont été tués. Prouvant qu'il se trouvait à plus de mille kilomètres de là. Et maintenant, alors que le procès va commencer, Claude et Lenore m'annoncent que cette présomption est probablement erronée. Notre théorie sur les meurtres Scofield est en train de s'enfoncer dans un sérieux bourbier, maintenant qu'elle repose sur les conjectures spéculatives des psys et l'idée qu'ils se font du profil mental d'un tueur en série. Personnellement, j'estime que la présence du Russe en ville au moment des meurtres Scofield pèse plus lourd dans la balance que mille tests de Rorschach et autres évaluations psychologiques.

« Cela peut expliquer pourquoi Chambers tenait tant à ce compromis l'autre jour, dit Lenore. Parce qu'il sait que son client les a tués.

– Et merde ! dis-je en me levant et commençant à arpenter la pièce. Pourquoi cette information arrive-t-elle seulement maintenant ?

– Il a fallu du temps pour retrouver l'hôtesse. Elle n'était pas là. Elle ne fait escale à Capital City que toutes les trois semaines. » Claude a un tas d'excuses toutes prêtes. « D'ailleurs, elle n'est pas catégorique. Elle pense que c'est lui mais elle n'en est pas tout à fait sûre.

– Il n'empêche que nous aurions dû lui parler plus tôt.

– On devrait peut-être inculper le Russe, pour les Scofield », dit Lenore qui commence à devenir nerveuse.

Je regarde Claude.

« Quel genre de témoin ferait cette hôtesse ?

– Vous voulez que je vous réponde honnêtement ?

– Brutalement.

– Pas assez solide pour la convoquer à la barre, dit-il. Chambers n'en ferait qu'une bouchée. C'est peut-être Iganovich qu'elle a vu, mais c'est peut-être quelqu'un d'autre. »

Je me penche sur mon bureau et les fixe tous les deux.

« Vous pouvez être sûr que si nous l'accusons, Adrian sortira un autre témoin de son chapeau. Un type qui n'a rien à perdre et qui jurera avoir mis Iganovich dans l'avion deux jours avant la mort des Scofield, l'avoir embrassé sur les deux joues et avoir bouclé sa ceinture. »

Le silence tombe tel un nuage noir sur le trio. A l'heure qu'il est, vu les preuves dont nous disposons, je me sentirais plus à l'aise dans la peau de Chambers.

« Quel délai Ingel risque-t-il de nous laisser pour rectifier le tir ? » demande Lenore. Elle parle d'un amendement pour ajouter les meurtres Scofield aux autres chefs d'accusation.

« Peut-être jusqu'à la clôture des débats sur notre chef principal. Mais pas au-delà, réponds-je. Peut-être moins, d'ailleurs. Cela dépendra des preuves. Il faudrait que nous apportions quelque chose de vraiment solide.

– Un témoin oculaire, par exemple ? dit Lenore. Quelqu'un qui aurait personnellement vu mourir les Scofield. »

Nous regardons Claude. Il sait à qui nous pensons. Le témoin dans les arbres.

« Donnez-moi une piste et je me lance à ses trousses, dit-il.

– Qu'avez-vous sur lui, pour l'instant ?

– Le télescope d'observation. On n'a pas pu trouver l'endroit où il a été acheté et il n'y a pas d'empreintes exploitables. Il n'y en a qu'une, en fait, mais brouillée. On dirait un pouce. Pareil pour le matériel d'escalade, trop ordinaire pour le retracer. Selon Rattigan, au Centre des oiseaux de proie, le type devrait être un braconnier qui utilise un grand duc pour tuer des faucons pèlerins, adultes et oisillons. Il pense qu'en agissant ainsi, le braconnier peut profiter de l'obscurité et éviter de réveiller le voisinage par des coups de feu. Pourquoi il tuerait ces oiseaux, Rattigan n'en a aucune idée. Il comprendrait encore si on les prenait vivants. Apparemment, ils ont une certaine valeur. Selon lui, un faucon pèlerin adulte en bon état peut valoir dans les cinquante mille.

– Dollars ? »

Il acquiesce.

« Nous devrions changer de métier. D'après les éléments disparates, les os et les plumes, que nous avons trouvés sur la plate-forme et au sol, celui qui était dans les arbres ce soir-là en a tué pour un demi-million. »

C'est très intéressant, mais pour ce qui est de retrouver le témoin, ça ne sert à rien.

« Il y a une chose que je voudrais vous voir vérifier, dis-je à Claude. Demandez à un de vos gars d'effectuer une recherche au cadastre du comté sur le terrain où les Scofield ont été tués. J'aimerais connaître le nom du propriétaire. »

Claude prend note et demande : « Pourquoi ?

– Une idée comme ça. Peut-être avons-nous abordé le problème par le mauvais bout. »

Il me regarde.

« Si ça se trouve, nous devrions revenir en arrière et envisager un autre angle, le travail que les Scofield effectuaient sur le terrain. Qu'avons-nous, à ce niveau-là ?

– Des souris et des granulés alimentaires pour les oiseaux, si l'on en croit Rattigan. Des tonnes de documents de travail malencontreusement détruits par Jeanette Scofield et Jess Amara. Et le formulaire de frais de déplacement que je vous ai remis. C'est tout. Ça ne fait pas beaucoup. »

Je pivote avec mon fauteuil, fouille dans des dossiers empilés sur la console derrière moi et en extrais une simple chemise en papier bulle. Je la pose sur le bureau et l'ouvre. A l'intérieur se trouvent l'ordre de mission émis au nom d'Abbott Scofield (qui n'a jamais été signé) et les reçus agrafés. Je les feuillette. Les notes d'hôtel de restaurant. J'agite sous les yeux de Lenore les deux billets d'entrée, déchirés en deux, du San Diego Animal Park.

« Le zoo ? » dis-je.

Au regard qu'elle me lance, je sais qu'elle n'en a pas la moindre idée.

Je sors d'un tiroir du bureau un guide de l'American Automobil Association que Mario a oublié là. Je cherche « San Diego » dans la section « Principales curiosités » de la table des matières. Rien. Je regarde sous « Autres curiosités ». Ah, ça y est. « San Diego Animal Park – voir Escondido. »

Je remonte en arrière jusqu'aux E. Nous y voici, juste en dessous de « Lawrence Welk Resort Theatre ».

Je lis à l'intention de Lenore et Claude :

« Le Parc d'Animaux sauvages de San Diego recouvre 730 hectares à environ huit kilomètres à l'est de la I-15, Sortie Rancho Parkway. Plus de 2 500 animaux dont des éléphants, des tigres, des rhinocéros, des zèbres et des girafes s'y ébattent en liberté dans des sites naturels d'Afrique et d'Asie spécialement reconstitués pour eux.

« Les visiteurs peuvent admirer la réserve en effectuant un tour de cinquante minutes en monorail ou en suivant à pied une piste de près de trois kilomètres qui comporte plusieurs étapes panoramiques. Des spectacles d'animaux et d'oiseaux... »

Je m'arrête au milieu de la phrase.

« ... et d'oiseaux sont présentés quotidiennement au Village Nairobi... »

Ma voix reste en suspens. Je regarde Claude.

« Vous voulez que je prenne un billet d'avion pour San Diego ? » demande-t-il.

Claude est bloqué ici : il doit témoigner.

« Henderson sur le prochain avion », dis-je.

Ça conviendra certainement plus à Denny que de recopier les volumes qui contiennent l'histoire criminelle de James Sloan.

Claude Dusalt fait forte impression à la barre des témoins. Même moi, je suis surpris par son allure imposante. Claude a des traits marqués mais une expression bienveillante, quelque chose d'aristocratique se dégage de son nez mince et bosselé, de son regard perçant d'émeraude. Il a revêtu pour la circonstance son meilleur costume trois-pièces à rayures tennis. Mais ce n'est pas pour étaler son pouvoir. Il laissera son titre de détective en chef parler de lui-même.

Il risque d'être un peu essoufflé. Nous avons dû foncer entre mon bureau et la salle d'audience. Claude voulait absolument contacter la police de San Diego avant le départ d'Henderson pour le sud de l'Etat, à la fois par courtoisie et pour coordonner les efforts, au cas où Denny aurait besoin d'un coup de main. Nous avons fait le chemin au pas de course pour ne pas arriver en retard.

Je défile son curriculum vitae avec lui. Trente ans dans la police, plus d'une centaine d'enquêtes criminelles à son actif, selon son estimation. Il est ici pour préciser les bases de notre plaidoirie.

Je dois combattre le bourdonnement permanent des conversations dans mon dos, la voix de l'interprète qui relaie nos propos en détail à l'oreille de l'accusé.

Nous abordons les meurtres dans l'ordre chronologique. Julie Park et Jonathan Snider en premier. Claude dit au jury qu'il est arrivé sur la scène du crime moins d'une heure après la découverte des corps, qu'il a pris l'initiative de boucler tout le périmètre de Putah Creek et contrôlé personnellement la collecte des preuves matérielles sur place. Puis je lui demande :

« Avez-vous également supervisé les officiers de police qui prenaient des photos du site ?

– Absolument. »

Je m'approche de la table du ministère public où Lenore tient les photos à ma disposition. Elle me tend un dossier. A l'intérieur, trois jeux de photos, dont un destiné au juge, que je passe au greffier pour qu'il le lui remette. Je laisse tomber le deuxième, celui de Chambers, sur la table de la défense et remets le troisième à Claude, qui se tient à la barre des témoins. Je prends mon temps, afin que Ingel et Chambers puissent les examiner à loisir, et attends les cris et grincements de dents qu'Adrian ne va pas manquer d'émettre.

Ces photos sont de la dynamite. Plusieurs clichés des corps, des pieds à la tête, cloués au sol par les piquets de tente, vont probablement faire regretter aux jurés d'avoir si bien déjeuné.

Chambers les regarde une à une, les retournant face contre la table au fur et à mesure. Il ne dit rien. Et quand il a terminé, il lève les yeux vers moi, qui attends debout devant la barre des témoins. L'absence totale d'expression sur son visage est un véritable feu vert.

Cela m'étonne, et pourtant, je commence à comprendre sa stratégie. Pourquoi pousser des cris à la vue des preuves, être choqué par l'horreur de ces crimes quand votre client ne les a pas commis ?

Première règle du combat en salle d'audience : ne se plaindre que si c'est utile à votre cause. Geindre, chicaner sur les angles, risquerait d'inciter le jury à penser qu'Adrian veut minimiser des crimes impardonnables.

Au contraire, il va essayer de mettre de la distance entre le Russe et ces actes. Je vois d'ici sa plaidoirie finale, débordante de sympathie pour les familles des victimes, fustigeant la police et le procureur qui n'ont pas su trouver le véritable auteur de ces meurtres abominables.

Claude passe rapidement sur les photos, confirmant que chacune d'elles a bien été prise sur la scène du crime. Je les ai fait marquer pour identification et m'apprête maintenant à les présenter comme preuves.

Ingel regarde Chambers.

« Aucune objection ? » Le juge a l'air un peu incrédule, mais Adrian ne dit rien.

« Je réserve ma position concernant ces photos en attendant de les avoir toutes vues », dit Ingel. Il veut une seule motion pour l'ensemble des photos des quatre meurtres, après les avoir examinées.

Nous répétons l'opération avec les photos de Sharon Collins et Rodney Slate. Je surprends l'expression crispée d'Ingel quand il regarde la petite Collins, la nièce d'Acosta.

« Est-il vraiment indispensable que nous ayons des clichés aussi crus ? »

Voilà la chose à laquelle je m'attendais le moins, une objection du siège.

« Les crimes en question étaient extrêmement violents, dis-je. Il est donc normal que nous fassions quelque chose pour en rendre compte.

– Il n'en demeure pas moins que nous devons respecter les familles des victimes », conclut le juge. Il tâtonne parmi les photos pour trouver celle de la jeune Collins. « En voici une particulièrement atroce. » Puis il lève les yeux pour voir si j'ai repéré son manège. « Et celles-ci également. » Il revient à la pile de clichés qu'il a examinés plus tôt. « Je pense que nous pourrions nous passer de certaines d'entre elles. »

Bien qu'il en fasse rarement usage, le juge a le droit, de son propre gré, d'écarter une preuve qu'il estime gravement dommageable. Ingel cite l'article du code qui l'autorise à procéder ainsi et commence à sélectionner certaines de mes photos – un nuage de fumée pour dissimuler celle qu'il veut précisément exclure, le corps nu, de face, de Sharon Collins. Aucune pudeur ne l'arrêtait quand il s'agissait de flatter la délicate sensibilité d'Armando Acosta. Le clan des robes noires. Mes protestations s'élèvent en vain au pied de l'estrade. D'un coup de maillet impérieux, Ingel repousse mon objection, aseptisant par la même occasion les quatre crimes macabres dans la vision des jurés. Il fait passer les photos restantes jusqu'au box où ils se tiennent.

Je regarde Chambers qui affiche un sourire impénétrable. La cour lui a rendu un fier service aujourd'hui, sans même qu'il ait à descendre dans l'arène.

Je récapitule avec Claude les détails des meurtres. Il explique ce qu'il a vu en arrivant sur chaque scène de crime, comment les victimes étaient attachées au moyen d'une corde gainée de plastique à des piquets plantés dans le sol, et qu'un cinquième piquet était enfoncé dans le ventre de chaque corps. Il ne rentre pas dans des détails tels que les marques d'extrusion sur la gaine de plastique. Il les réserve à Kay Sellig, en espérant que nous aurons retrouvé le morceau de corde disparu avant qu'elle ne vienne déposer.

Claude prépare le terrain pour les témoins suivants, l'agent de la police du campus et le remorqueur, les premiers à ouvrir la camionnette, qui ont trouvé les preuves, puis Sellig, qui va tout mettre au clair.

Quand tout a été exposé en détail, je m'attaque au dernier point.

« Lieutenant Dusalt, y a-t-il eu un autre groupe de meurtres, similaires à ceux des étudiants dont nous venons de parler, sur lesquels vous ayez enquêté à la même époque ?

– Oui. Le meurtre d'Abbott Scofield, professeur à la faculté, et celui de son ex-femme, Karen Scofield. »

Je ne peux pas laisser Chambers en parler le premier comme point principal de son argumentation. Esquiver les similarités entre ces meurtres donnerait au jury l'impression que nous avons quelque chose à cacher.

« Lieutenant, pouvez-vous dire au jury si, lorsque les victimes Scofield ont été découvertes, votre enquête a démarré à l'origine sur la théorie que les meurtres Scofield et les quatre autres, ceux des étudiants, appartenaient à une série de meurtres commis par le même auteur ?

– Effectivement. C'était notre théorie à l'origine.

– Mais au fur et à mesure que votre enquête avançait, vous avez été obligés, à la lumière de certains faits, de modifier cette théorie. C'est exact ?

– C'est exact.

– Objection ! » Chambers est debout. « Le témoin est influencé.

– Si la question est posée sous cette forme, effectivement », dit Ingel, qui soutient l'objection.

Par conséquent, je reformule.

« Avez-vous modifié votre théorie d'un auteur commun pour tous ces crimes ?

– Oui.

– Et pourquoi l'avez-vous modifiée ?

– Parce que certains faits sont apparus en cours d'enquête qui nous ont incités à penser qu'elle n'était pas correcte. Qu'il n'y avait pas un seul meurtrier en cause.

– Pouvez-vous dire au jury quels étaient ces faits ?

– Il y avait certaines différences entre les meurtres Scofield et les autres. L'âge des victimes, pour commencer. Les Scofield étaient plus vieux que les étudiants victimes des quatre premiers meurtres. De plus, la méthode utilisée pour tuer n'était pas tout à fait la même. Et aussi, le visage de l'une des dernières victimes, Karen Scofield, avait été gravement défiguré. Or cela n'apparaissait dans aucun des quatre premiers meurtres. »

Il pourrait leur en livrer davantage, la plate-forme dans les arbres, les oiseaux morts sur le site, la présomption que ces éléments avaient un lien avec les meurtres Scofield. Mais Claude est un homme prudent. Nous avons décidé de garder cela sous silence pour le moment.

« Et quelle conclusion avez-vous tirée de ces différences ?

– Qu'un deuxième meurtrier, opérant de son côté, était responsable des meurtres Scofield. Un imitateur. Quelqu'un qui avait reproduit les détails des quatre premiers crimes de sorte qu'à première vue ils paraissent identiques, mais pas avec une précision suffisante pour qu'on puisse le croire.

– Au cours de vos années de service dans la police, avez-vous déjà été témoin, ou entendu parler, d'un crime d'imitateur comme celui-ci ?

– On sait que cela existe. Je n'ai jamais enquêté sur un crime de ce type, mais je connais plusieurs cas similaires.

– Est-ce qu'actuellement les policiers qui enquêtent sur les meurtres Scofield continuent à opérer sur la base de l'existence d'un autre meurtrier, qui ne serait pas M. Iganovich ?

– Effectivement, ils travaillent sur cette base, tant que nous n'aurons pas trouvé d'autre preuve, ou une information qui pourrait nous faire changer d'avis. »

Claude et moi avons très soigneusement revu tout ça, un moyen terme qui nous laisse suffisamment de jeu pour pouvoir inculper le Russe si la preuve se concrétise, si nous trouvons notre témoin principal. Je retourne à ma chaise, mettant Claude à la disposition de Chambers.

Adrian se lève lentement.

« Puis-je m'approcher ? » Il demande à Ingel l'autorisation de rejoindre Claude à la barre des témoins. Dans sa main, il y a des photos.

« Vous pouvez », dit Ingel.

« Lieutenant Dusalt, je vais vous montrer quelques photos et vous demander si vous pouvez les identifier. » Il tend trois tirages 20x25 à Claude. Pendant ce temps, l'assistant d'Adrian, Bob Haselid, remet un jeu au juge et en laisse tomber un autre sur ma table. Ce sont des photos d'enquête prises sur le site des meurtres Scofield qui se trouvaient dans notre dossier. Chambers les a obtenues lors de la procédure de communication des pièces. Il détient tout, à l'exception des photos de la plate-forme d'observation d'oiseaux, qui se trouve encore sous les scellés de l'injonction circonstanciée signée par le juge Fisher et suspendue à la découverte de notre témoin.

« Reconnaissez-vous ces photos ? » demande Adrian.

Claude les examine, les retourne pour vérifier le tampon de provenance qui figure au verso.

« Elles ont été prises par nos services, confirme-t-il.

– Les services du shérif du comté de Davenport ?

– Oui.

– Et que représentent-elles ? Ce sont des photos de quoi ?

– Les victimes, Karen et Abbott Scofield, ainsi que la scène du crime, prises sous différents angles.

– Avez-vous dirigé la prise de vue de ces photos ?

– Oui.

– Vous avez les autres photos ici, à côté de vous », dit Adrian en désignant les clichés que j'ai présentés comme preuves, du moins ce qu'il en reste.

Il tend la main et en saisit une. « Celle-ci est excellente », dit-il. De loin, il la lève pour nous la montrer, au juge et à moi. C'est un gros plan de main, un poing crispé dans les affres de la mort, avec la chair couleur d'acier bleui. Il y a du sang coagulé à l'extrémité, près de l'endroit où la corde est enroulée bien serré autour du poignet.

« Que représente cette photo ? »

Claude la regarde, identifie le cachet au verso.

« C'est la main droite de Jonathan Snider.

– Bien. Maintenant, regardez cette photo-ci. »

Claude la prend des mains de Chambers, lit l'inscription, regarde l'avocat.

« Pouvez-vous identifier cette photo, lieutenant ?

– C'est la main droite de la victime Abbott Scofield.

– En regardant les deux photos côte à côte, pouvez-vous me dire s'il existe une différence dans la manière dont la corde est enroulée autour du poignet de chaque victime ?

– Non, c'est une boucle normale.

– Bien, et le nœud qui l'attache, est-il différent des autres ?

– Pas que je sache.

– Bien, vous êtes l'officier chargé de l'enquête. S'il y avait une différence entre les nœuds, vous le sauriez, non ?

– Je suppose.

– Bon, y a-t-il une différence ?

– Non. C'est un nœud ordinaire. Si je devais en faire dix, il y en aurait probablement neuf qui seraient pareils à celui-ci.

– Et il n'y a aucune différence ? demande Adrian, revenant au point en question.

– Non, il n'y a pas de différence.

– En dehors des nœuds et de la façon dont les victimes étaient attachées par terre, y avait-il une différence dans la position des victimes au sol si l'on considère les étudiants d'une part, les Scofield de l'autre ? »

Claude réfléchit un instant.

« Pas de différence notable.

– Y en avait-il une ?

– Non. » Il l'a admis, mais à contrecœur.

« Quant au piquet métallique utilisé pour tuer chacune des six victimes, les étudiants aussi bien que les Scofield, y avait-il une différence dans la manière dont il était planté dans les corps, globalement ?

– Objection. Le témoin n'est pas expert en médecine légale. »

Je me suis levé pour fournir à Claude un peu de protection rapprochée.

« Je ne demande aucune expertise médicale, dit Chambers, se tournant vers moi. Je présume que le témoin connaît la différence entre la tête et l'abdomen d'un être humain. Est-ce que tous les piquets étaient plantés à peu près au même endroit dans l'abdomen, et selon un angle plus ou moins identique ?

– Le témoin peut répondre », dit Ingel.

Chambers me sourit. Il est ramassé sur lui-même, intense.

« Oui. » Claude ne livre que le strict minimum.

Chambers entraîne Claude sur la pente des vêtements disposés en arc de cercle autour de la tête des six victimes et lui fait admettre qu'il n'y avait pas de différence notable sur ce point entre les meurtres Scofield et les autres.

Chambers recule alors de quelques pas.

« Venons-en au défigurement, dit-il. Vous semblez accorder une grande importance au fait que le visage de Karen Scofield ait été mutilé.

– Eh oui, je dois être un peu particulier, dit Claude. Pour moi, arracher un œil à un visage humain, ce n'est pas n'importe quoi. »

Ingel me lance un regard perçant mais ne dit rien.

« Vous savez très bien ce que je veux dire, répond Chambers. Est-ce vraiment si important lorsqu'il s'agit de distinguer un de ces crimes des autres ?

– Selon certains, oui, dit Claude. Les psychiatres et les psychologues qui étudient ce genre de choses.

– Oh. Ainsi, vous vous appuyez sur le jugement d'autrui dans cette affaire.

– Oui.

– Vous ne seriez donc pas capable de décider par vous-même si ce genre de mutilation faciale est déterminant, si c'est un élément de différenciation entre ces crimes ?

– Pas vraiment. »

Cela semble réjouir Adrian.

« Et bien entendu, poursuit-il, si ce défigurement n'était qu'une incidence du crime, la conséquence fortuite d'une autre violence, il pourrait revêtir une moindre importance, voire aucune ?

– Que voulez-vous dire ?

– Ne pourrait-on pas envisager que cette blessure soit intervenue pendant une altercation physique antérieure à la mort – au moment où la victime était attaquée ou immobilisée, par exemple –, qu'elle n'ait pas été délibérément infligée ?

– Je ne sais pas.

– Mais, lieutenant, au cours de toutes ces années dans la police, vous avez vu des blessures produites par des agressions, des luttes entre des gens ? N'avez-vous jamais vu de blessures à l'œil dans ce genre de circonstance ?

– Je pense que si.

– Et si un criminel attaquait six personnes séparément, les agressant une à une, et que dans l'un des cas il lui arrivait de blesser un œil, peut-être même de l'arracher pendant la lutte, y verriez-vous une signification particulière ?

– Je ne sais pas.

– Si ce n'était pas volontaire ? Je veux dire, si vous saviez que ce n'était pas intentionnel, vous n'iriez pas affirmer qu'à cause de cette blessure à l'œil, le crime a été nécessairement commis par quelqu'un d'autre ?

– Pas si je savais que c'était non intentionnel.

– Dans ce cas, cela n'aurait vraiment aucune signification, n'est-ce pas ?

– Non. Je pense que non.

– Lieutenant Dusalt, savez-vous si la perte de l'œil de Karen Abbott résultait d'un geste intentionnel ou non ? »

Claude me regarde.

« Je dois soulever une objection, dis-je alors. Cela relève de l'expertise médicale.

– Non, non, dit Chambers. Je ne lui demande pas de me donner son opinion. Je veux savoir s'il dispose de certains faits, s'il possède une information provenant d'une source ou d'une autre qui lui permettrait de savoir si la perte de l'œil de Karen Abbott était délibérée ou si c'était le résultat d'un acte accidentel.

– Le témoin doit répondre à la question, dit Ingel.

– Je ne sais pas.

– Donc, vous ne savez pas si c'était le résultat d'un acte non délibéré ?

– Non.

– Vous ignorez donc si c'est vraiment déterminant ou pas, n'est-ce pas ? »

Le visage de Claude à la barre est l'image même du désarroi. C'est l'ennui avec la logique, elle peut vous contourner et revenir vous mordre aux fesses.

« Eh bien ? insiste Chambers.

– Effectivement, répond Claude, j'ignore si c'est déterminant ou non.

– Dans ce cas, nous ne pouvons en tenir compte, vous êtes d'accord ? »

Pour toute réponse, Claude garde le silence et lui adresse un regard meurtrier.

Adrian a réussi à le traîner jusque-là, comme s'il lui avait arraché ses dents de sagesse.

« Venons-en maintenant à la corde utilisée pour attacher les victimes et aux piquets de tente. Commençons par la corde. »

Ce disant, Adrian me regarde.

« C'est du matériel courant, n'est-ce pas ? C'est-à-dire que nous pourrions, vous et moi, aller acheter aujourd'hui de la corde pareille à celle-là dans une douzaine de magasins en ville, si nous le souhaitions ?

– Je n'ai pas compté les magasins qui en vendent.

– Mais on n'en vend pas dans un seul magasin ?

– Non.

– C'est ce qu'on appelle communément de la corde à étendre le linge, c'est bien ça ?

– Je l'ai déjà entendu désigner ainsi.

– Elle est constituée de fils intérieurs recouverts d'une gaine de plastique blanc ?

– Oui.

– Et les piquets de tente en métal, c'étaient des piquets ordinaires, en forme de L, avec une extrémité pointue. Le genre que je trouverais en allant dans un magasin de matériel de randonnée et de camping ?

– Je suppose.

– Maintenant. Selon votre déposition, l'un des facteurs qui vous ont incité à modifier votre théorie d'un tueur unique responsable de tous les meurtres, y compris ceux des Scofield, était que la corde et les piquets utilisés pour les Scofield étaient différents de ceux des autres meurtres ?

– C'est exact.

– En quoi différaient-ils ?

– Ils ont été fabriqués dans des usines différentes.

– Et vous avez pu l'établir en les voyant ?

– Non. Je l'ai appris par le laboratoire criminel. »

Adrian l'interroge du regard.

« Le Laboratoire criminel de l'Etat », précise Claude.

Je pourrais objecter qu'il s'agit d'une rumeur, mais ce qui est en jeu ici ne peut pas nous nuire. Cela servira au contraire à renforcer la déposition ultérieure de Sellig.

« Ainsi, la corde utilisée pour les étudiants a été fabriquée au même endroit, et cela vaut aussi pour les piquets de tente. Alors que la corde qui a servi à attacher les Scofield a été fabriquée ailleurs ? Et les piquets aussi ?

– C'est exact.

– Rien d'autre, aucune autre caractéristique que le fabricant de ces articles n'est intervenue pour les différencier les uns des autres ? »

Claude me regarde. C'est un dilemme. Il aimerait évidemment pouvoir dire aux jurés que tous les morceaux de corde utilisés pour les meurtres des étudiants provenaient d'un même rouleau de corde dont le reste a été retrouvé à l'intérieur de la camionnette de l'accusé, mais il a un problème. Nous ne pouvons pas le dire si nous n'avons pas le morceau manquant.

Je me lève aussitôt.

« Monsieur le juge, pouvons-nous nous concerter auprès de vous ? »

Ingel nous fait signe d'approcher.

Le juge doit se montrer très pointilleux sur ce point-ci. Il ne peut pas laisser le ministère public inscrire au procès-verbal un témoignage concernant une preuve que nous ne sommes pas sûrs de pouvoir produire. Adrian le sait, évidemment, c'est pour ça qu'il a porté si tôt son attaque, pour exploiter cette faiblesse de notre dossier.

« Monsieur le juge, Me Chambers sait que nous n'avons pas eu le temps de retrouver le morceau de corde manquant. Il sait que tous les morceaux sont liés entre eux. Il essaie de porter ce point devant le jury avant que nous puissions le retrouver. »

Chambers me regarde.

« Vous avez perdu ce morceau de corde », dit-il.

Je l'ignore et en appelle au juge.

« Mais le témoin ne peut répondre honnêtement à la question. »

Ingel essaie de persuader Chambers, il lui suggère subtilement de retirer cette question pour l'instant, de la réserver pour un témoin ultérieur, Sellig par exemple.

« C'est une question valable, rétorque Adrian. Elle n'a rien de déplacé. C'est une chose de demander à la cour d'accorder un peu de temps, c'en est une autre d'attendre de moi que je me couche et change de cap. »

Ingel me regarde.

« Votre témoin a-t-il le morceau de corde ?

– Vous savez très bien que non, monsieur le juge.

– Dans ce cas, la réponse honnête à la question est non. »

Il m'interrompt avant que j'aie pu ajouter quoi que ce soit et met fin à notre aparté. Nous nous retirons.

Chambers demande au greffier de relire la question au témoin.

Claude a l'air très calme à la barre. Pendant que nous parlions, il a eu le temps de réfléchir.

« La réponse à votre question est oui, dit-il. Il y avait une autre différence caractéristique entre ces articles. »

Ingel tourne brusquement la tête de son côté, prêt à bondir de son fauteuil à la mention de la corde.

« Les piquets métalliques, dit Claude. Ceux qui ont été utilisés pour tuer les étudiants étaient taillés en pointe effilée, probablement à l'aide d'une meule. Ceux qui ont servi pour les Scofield ne l'étaient pas. »

Adrian lui lance un regard assassin.

« Je pensais à la corde, dit-il. Y avait-il d'autres différences que la fabrication permettant de distinguer la corde utilisée pour les étudiants de celle qui a servi pour les Scofield ? »

Claude se mord la lèvre.

« Répondez à la question, lui intime Ingel.

– Pas pour l'instant.

– Oui, ou non ? insiste Adrian. Y avait-il d'autres...

– Non.

– Merci. »

Chambers s'éloigne de la barre des témoins, reprend ses esprits pendant quelques secondes et revient vers Claude.

« Maintenant, lieutenant Dusalt, ne serait-il pas possible, dans les circonstances que vous décrivez, qu'un seul et unique meurtrier ait tué les six victimes en question, les étudiants comme les Scofield, en utilisant simplement une corde et des piquets différents pour les deux derniers, les Scofield ?

– C'est possible, dit Claude.

– Je veux dire que ces articles sont accessibles dans de nombreux magasins à quiconque désire les acheter, c'est bien ça ?

– Oui.

– Et qu'en les achetant, il n'y a aucune garantie totale qu'ils aient été fabriqués au même endroit que la corde et les piquets achetés pour les quatre premiers meurtres, nous sommes d'accord ?

– Je suppose que non.

– Puisque nous en sommes aux suppositions, poursuit Adrian, supposons que la personne qui a tué les étudiants se soit débarrassée de sa réserve de corde et de piquets après le deuxième double meurtre. Que pour s'en débarrasser, elle les ait jetés, jetés dans une poubelle par exemple, ou mieux, lancés par la fenêtre d'un véhicule garé dans un parking public, un véhicule étranger. Supposons que ce soit arrivé. Cette personne n'aurait-elle pas besoin, ensuite, de se procurer une autre corde, d'autres piquets ? »

Je suis sur le point de me lever pour objecter lorsque Claude répond.

« Sauf s'il a accès au véhicule à l'intérieur duquel il les a jetés. Dans ce cas, je pense qu'il irait les y récupérer.

– Oui, mais supposons qu'il n'ait pas eu accès à ce véhicule. Dans ce cas, il faudrait bien qu'il rachète de la corde et des piquets, non ?

– Objection. La question nécessite une spéculation de la part du témoin.

– Objection retenue. »

Claude ne répond pas. Il n'y est pas obligé. Le tableau peint par Adrian à l'intention du jury est clair, évident et sans détour, il a la subtilité d'un dessin d'enfant. Mais il n'en est pas moins efficace, simple et cohérent. De la bonne défense.

« Lieutenant Dusalt, vous parliez tout à l'heure de la camionnette de l'accusé, que l'on a retrouvée sur le parking public du campus universitaire. Vous savez que lorsque les autorités l'ont découverte, une vitre arrière, du côté du passager, était brisée, pulvérisée ?

– Je le sais.

– Est-ce qu'au cours de l'enquête, vous-même, votre service ou le procureur ont élaboré une théorie sur la manière dont cette vitre aurait pu être cassée ? »

C'est là le problème, lorsqu'on suit une piste, on cherche des preuves et l'on se retrouve les mains vides. Cela va être souligné à l'intention du jury.

« A un moment, nous avons pensé que ce pouvait être le résultat d'un acte de vandalisme fortuit. »

Claude fait de son mieux pour donner l'impression que nous avons abandonné cette théorie. Il n'y parvient pas.

« Avez-vous mené une enquête dans ce sens ? Avez-vous recherché un éventuel vandale ?

– Oui.

– Et êtes-vous parvenu à trouver cette personne, la personne responsable de ce bris de vitre ?

– Non.

– Je n'ai rien de plus à demander au témoin. »

Derrière l'interprète, je vois un large sourire, piquets brisés et gencives jaunes. Iganovich regarde dans ma direction.

Moi, je regarde Lenore. Son désarroi est inscrit sur son front plissé. Encore quelques journées comme celle-ci, et Adrian n'aura plus besoin de grand-chose pour boucler l'affaire à son avantage. Quelques mensonges artistiquement façonnés pourraient nous briser les reins.

CHAPITRE 33

La séance de ce matin va débuter dans quelques minutes. Lenore et moi, assis à la table de l'accusation, préparons les documents et les éléments de preuves matérielles nécessaires pour notre témoin du jour, le Dr Lloyd Tolar, anatomo-pathologiste. Tenu à l'écart de la salle d'audience, il attend dans le couloir où il relit ses notes. Nous avons décidé que Lenore l'interrogerait à la barre. Elle doit pouvoir manifester avec ce témoin d'un pouvoir de persuasion et de suggestion qui me font défaut. Il faut savoir tirer parti de tous les avantages dans un procès.

Lenore se comporte comme si les avocats de la défense, l'interprète et l'accusé assis à l'autre table n'existaient pas. Elle est entièrement concentrée sur sa tâche. Le seul qui nous accorde son entière attention est le Russe, dont nous percevons les regards glacés. Il semble qu'il n'ait pas adopté l'attitude requise pour ce procès, le mépris discret et courtois qui passe pour du professionnalisme chez les adversaires en présence. Apparemment, il ne comprend pas pourquoi ses défenseurs ne profitent pas du moment où nous sommes seuls dans la salle d'audience pour franchir le fossé qui nous sépare et nous cogner dessus.

Les gardiens sont postés dans le couloir, près de la sortie du fond – deux taureaux qui ont davantage une tête à manger de la fonte qu'à en soulever.

Claude entre dans la salle et franchit la barrière. Aujourd'hui, il va s'asseoir à nos côtés derrière la table du procureur. La loi de cet Etat accorde à chaque partie le droit de désigner un enquêteur principal pour l'assister, quelqu'un qui peut vous glisser à l'oreille, au moment opportun, les détails critiques de l'argumentation.

Il a l'air plutôt agité ce matin. Il se coule sur la chaise vide à côté de moi et me susurre qu'il y a du nouveau. « Une ou deux choses », me dit-il sur le ton de la confidence.

D'abord, il a vérifié auprès de la police de Davenport : il semble qu'ils soient abonnés aux *Annales de jurisprudence criminelle*, la publication dans laquelle étaient découpés les caractères de la lettre de menaces déposée à la maison. Il paraît qu'ils jettent les numéros périmés au fur et à mesure des remises à jour, un stock à portée de main pour mon corbeau.

« Et devinez où ils conservent les anciens numéros ?

– Dites-moi.

– Dans le sous-sol de l'hôtel de ville. Là même où notre ami Jess Amara a brûlé les notes d'Abbott Scofield. »

Il est clair que cela renforce ses soupçons.

« Mais ce n'est pas tout », poursuit-il. Il est collé à mon oreille, de sorte que même Lenore ne puisse entendre la suite. « La recherche au cadastre, pour le titre de propriété du terrain sur lequel nous avons trouvé les corps des Scofield. Ce n'est pas encore fait, mais nous avons déjà un renseignement intéressant. »

Le propriétaire, qu'ils n'ont pas encore identifié en raison de ce qui semble être une série de transferts de propriété douteux par le truchement de prête-noms, a été financé par des capitaux étrangers.

« Une banque de Tokyo, explique Claude. Un consortium d'investisseurs japonais. » Il accompagne cette révélation d'un haussement de sourcils prononcé. Le petit trafic clandestin de Jess Amara avec sa société de négoce asiatique...

Je ne m'y étais pas trop attardé, mais c'est un détail curieux. Les corps des quatre étudiants ont été retrouvés attachés sur des terrains publics, ouverts à tous et non clôturés. Tandis que les Scofield ont été tués sur une propriété privée, entourée d'une palissade, si l'on peut dire, avec des pancartes en interdisant l'accès au public. J'avais pensé que l'assassin des Scofield avait peut-être choisi cet endroit parce qu'il lui était familier. Peut-être pouvait-il s'y sentir à l'aise, sachant qu'il ne serait pas dérangé.

Claude me demande ce que j'ai l'intention de faire maintenant. Je lui demande de mener à bien la recherche du titre de propriété et de me rapporter le résultat aussitôt qu'il l'aura.

« Vous pensez que je dois le faire filer ? » Il parle d'Amara.

« Il s'en rendrait compte en une minute, dis-je. Et les sèmerait en moins de deux. »

Claude pèse le pour et le contre et finit par conclure que j'ai raison.

Il n'éprouve aucun respect pour Amara mais il reconnaît sa compétence professionnelle. S'il était suivi, Amara le saurait immédiatement.

Claude promet de m'apporter l'information d'ici la fin de la journée, ou demain matin au plus tard.

Le Dr Lloyd Tolar est un témoin annonciateur de difficultés pour Adrian. Ses opinions s'appuient sur une connaissance scientifique plus solide que les idées fumeuses des psys avec leurs théories de profils criminels. Le médecin a examiné le corps de chaque victime, exploré leurs blessures. Avant l'incident de la corde disparue, je l'aurais considéré comme mon témoin le plus fiable après Kay Sellig. Vu la façon dont les choses ont tourné, il devient mon atout majeur si Kay ne retrouve pas la preuve manquante.

Ce matin, Lenore va l'interroger à la barre. Grand, imposant, le regard bleu perçant, il a la contenance d'un consul acclamé sur la voie impériale. Assis à la barre, il se tient comme le patriarche de la fac de médecine.

« Docteur Tolar, vous êtes le médecin légiste du comté de Davenport, c'est exact ?

– C'est exact.

– Vous êtes également professeur à la faculté de médecine de l'université de Davenport ?

– C'est exact.

– Et qu'y enseignez-vous ?

– Plusieurs matières, mais je suis titulaire de la chaire de pathologie médicale et certifié en expertise anatomo-pathologique. »

Tout en parlant, il décoche à Lenore des regards radieux. Il ne quitte pas des yeux le tailleur bleu qui épouse ses formes, son chemisier à jabot, ses mouvements félins au pied de l'estrade.

Lenore lui oppose un noir regard méditerranéen et une expression maussade qui ne répond pas à l'ardeur qu'il lui manifeste.

« Pouvez-vous expliquer au jury ce qu'est l'expertise anatomo-pathologique ? » lui demande-t-elle.

Elle s'approche de la barrière qui isole le jury et s'y appuie, à l'écart, pour se distancier du tableau et créer l'illusion que c'est aux jurés que le témoin s'adresse.

« La pathologie est l'étude des maladies humaines, des changements anormaux intervenant dans les tissus et les fonctions du corps par suite d'une maladie. L'expertise anatomo-pathologique concerne généralement une mort soudaine, inattendue ou violente.

– Ainsi, vous enseignez cette matière en même temps que vous remplissez la fonction de médecin légiste pour ce comté ?

– C'est exact.

– Quelles sont vos références dans ce domaine ?

– J'ai apporté une copie de mon curriculum vitae. »

Il brandit un dossier plus épais que l'annuaire téléphonique de la ville. Tolar a enseigné dans trois facs de médecine différentes du pays, est certifié dans deux spécialités, autorisé à exercer la médecine dans cet Etat et deux autres, et fait partie d'une douzaine de sociétés et associations médicales. En plus de ça, il a signé des volumes entiers d'articles scientifiques dans le domaine de la pathologie, le plus récent ayant paru il y a quatre mois dans le *New England Journal of Medicine*. Lorsqu'il a fini de défiler son pedigree, il est quasiment hors d'haleine, mais plus haut de huit centimètres sur sa chaise. L'ego masculin en exercice.

Lenore traverse en douceur les éléments ordinaires des différents meurtres.

Tolar explique qu'il a établi l'expertise médicale des scènes de meurtre et effectué toutes les autopsies, les quatre étudiants comme les Scofield.

Je remarque que Kim Park et sa femme quittent la salle quand nous en arrivons aux détails des meurtres. Apparemment, ils ne peuvent pas en supporter davantage. Deux des autres parents ont cessé de suivre le procès au bout de deux jours d'audience, mais ils sont remplacés par leurs substituts, un oncle et un cousin. Des familles proches des victimes, seuls Jess Amara et Jeanette Scofield assistent à la séance en ce moment.

« Ainsi, docteur, vous avez personnellement pratiqué les autopsies de Julie Park et Jonathan Snider, Sharon Collins et Rodney Slate ?

– C'est exact.

– Pouvez-vous nous dire à quelles dates ces autopsies ont été effectuées ? »

Il baisse les yeux vers quelque chose sur ses genoux, le double de ses rapports d'autopsie, j'imagine. Il donne les dates à Lenore.

« Et vous avez également fait celles de Karen et Abbott Scofield ?

– Oui. »

Lenore va regagner notre table lorsque quelque chose lui revient à l'esprit.

« C'est probablement sans importance, dit-elle, mais étiez-vous lié avec le Dr Scofield ?

– Je sais qu'il enseignait à l'université. Nous avons dû nous croiser dans des réceptions académiques. Je savais qui il était. L'université est vaste, précise-t-il, il y a quarante-six mille étudiants et mille deux cents enseignants.

– Vous rappelez-vous la date à laquelle les examens post-mortem des Scofield ont été pratiqués ? »

Il baisse les yeux vers ses genoux.

Soudain, Chambers se lève.

« Si le témoin est en train de lire quelque chose, nous aimerions savoir ce que c'est.

– Docteur Tolar, lisez-vous quelque chose ? demande Lenore. Des notes ?

– Oui, répond-il. Mes notes. » Il les brandit à la vue de tous pardessus la barrière qui entoure le box des témoins. « Ainsi qu'une copie du rapport d'autopsie des Scofield.

– S'agit-il de notes que vous avez personnellement prises au moment où les autopsies ont été pratiquées ?

– Oui.

– Et le rapport d'autopsie des Scofield, est-ce que vous l'avez rédigé vous-même, pendant ou peu après l'examen ?

– Oui.

– Avez-vous un souvenir isolé de ces événements, les autopsies, aux dates où vous les avez pratiquées ?

– Oui.

– Ces documents servent donc à vous remettre plus précisément en mémoire les événements, les détails, c'est bien ça ?

– Précisément. »

Lenore regarde Chambers. Il se rassoit.

Elle répète sa question initiale. Tolar déclare avoir pratiqué les deux autopsies Scofield le même jour, le douze juillet de cette année.

Lenore avance résolument vers son objectif, la révélation non consignée dans les rapports mais reconnue verbalement par Tolar que les Scofield n'ont pas été tués là où on les a trouvés. C'est une rupture manifeste avec le *modus operandi* de Putah Creek et cela constituera un obstacle majeur à la quête de Chambers, établir qu'un seul et autre meurtrier les a tués tous les six.

En ce moment même, Adrian est engagé dans une conversation animée avec son collègue Haselid. Il doit y avoir un problème quelque part. Pour des avocats qui assurent ensemble la défense d'un accusé, ils n'ont pas l'air de très bien s'entendre. Il est vrai que quiconque s'associe avec Adrian Chambers est assuré de connaître des moments difficiles. Haselid doit certainement se battre pour qu'il n'y ait pas de manquement à la déontologie, pour que la boue de la chasse au témoin d'Adrian ne rejaillisse pas sur lui. J'imagine que cela ne doit pas être facile. Finalement, le concert de murmures, de plus en plus fort, a raison de la concentration du juge, qui interrompt la déposition.

« Maître Chambers, j'aimerais que les jurés soient en mesure d'entendre. »

Adrian lève les yeux vers lui. Je perçois une dissension entre les deux avocats de la défense concernant la stratégie à adopter avec ce témoin.

« Monsieur le Juge, dit alors Chambers, j'aimerais recourir à la procédure de “ voir dire ”, l'examen des qualifications du témoin, pour m'assurer de sa compétence. »

Lenore me regarde d'un drôle d'air : qu'est-ce qu'il lui faut, le doyen de John Hopkins ? Tolar n'est pas un charlatan de province.

Il n'empêche qu'Adrian a parfaitement le droit de mettre en cause les qualifications professionnelles du témoin. Pour cela, il a même le droit d'interrompre notre interrogatoire et de poser directement au témoin des questions portant sur ce point précis.

Goya hausse les épaules comme pour lui dire, bonne chance, mais au lieu de se rasseoir, elle s'appuie contre la barrière du box du jury, pour bien montrer qu'à son avis, cela ne saurait durer longtemps.

Adrian a déjà quitté sa table.

« Docteur, vous affirmez avoir pratiqué les autopsies de toutes les victimes, celles des quatre étudiants ainsi que celles des Scofield. C'est bien exact ?

– Oui.

– Et en ce qui concerne les Scofield, vous dites avoir pratiqué leurs autopsies le douze juillet, nous sommes d'accord ? »

Le médecin fait la moue mais répond :

« Oui. »

Je regarde Lenore. Elle a l'air de penser la même chose que moi : qu'est-ce que cela a à voir avec les qualifications ?

Je lui envoie le signal, un léger mouvement d'épaule pour l'encourager à intervenir.

« Monsieur le Juge, nous étions d'accord pour un “ voir dire ”, pas un contre-interrogatoire. L'avocat ne parle pas ici des qualifications. »

Ingel baisse les yeux.

« Eh bien, maître Chambers ?

– Si vous me permettez encore deux ou trois questions, monsieur le Juge, vous constaterez que cela nous conduit directement à la compétence du témoin pour ce qui est de témoigner dans ce procès. »

Ingel n'a pas l'air content.

« Juste deux ou trois, alors, mais qu'elles soient rapides et ne débordent pas du sujet.

– Vous disiez donc que les autopsies Scofield ont été pratiquées le douze juillet, c'est bien ça ? » reprend Chambers.

Tolar consulte à nouveau ses notes avant de répondre.

« C'est exact. »

Adrian s'approche de la table de la défense, ramasse deux ou trois documents mais reste à distance du témoin.

« Et vous les avez faits vous-même, les Scofield ? »

Je vois alors une petite perle de sueur entamer sa descente le long de la tempe, puis de la joue de Tolar. Cependant, il reste imperturbable.

« J'ai effectivement pratiqué les autopsies Scofield.

– Et cela parce que vous avez passé un contrat avec ce comté, n'est-ce pas, pour pratiquer tous les examens post-mortem demandés par la police de ce comté ?

– C'est exact.

– Et votre contrat prévoit que vous pratiquiez personnellement ces examens, ces autopsies ? C'est bien ça ?

– Exact.

– Vous n'avez pas d'autre médecin habilité à les pratiquer qui travaille auprès de vous ?

– Non.

– C'est donc vous, assisté de temps à autre par un de vos étudiants dont vous supervisez le travail ? C'est bien ça ? » Adrian le sait, puisqu'il tient en ce moment même dans sa main une copie du contrat passé par le comté pour les examens d'anatomo-pathologie.

« C'est bien ça.

– Dans ce cas, docteur, pouvez-vous expliquer à la cour comment vous avez pu pratiquer les autopsies de Karen et Abbott Scofield le douze juillet de cette année, entre huit heures et seize heures, alors qu'à ces mêmes heures, à cette même date, vous vous trouviez à Los Angeles, faisant une communication devant un séminaire de l'Association médicale américaine, un séminaire de sciences médico-légales ? »

La tête me tourne comme si je n'avais plus d'air dans les poumons. Je sais qu'en cet instant précis, assis à la table du ministère public, je présente aux jurés le visage le plus ahuri qui soit, mais ça, je n'y peux rien. Je suis pris d'hallucinations. Le dernier barrage de la véritable passoire qu'est devenue mon accusation vient de céder. Nous coulons comme un tamis dans de l'eau de vaisselle.

« Vous avez dû vous tromper dans vos dates, dit Tolar.

– La date de l'autopsie ? demande Adrian.

– Objection ! » Lenore a réagi plus vite que moi. Elle se détache de la barrière et fonce au centre de la salle, tel un cuirassier essayant d'éteindre l'incendie, couvert de fumée.

« Ceci n'a rien à voir avec les qualifications du témoin, affirme-t-elle. C'est un médecin diplômé de l'Etat, habilité à commenter les rapports médicaux de cette affaire, et à donner son opinion à leur sujet. »

Ce qui ne tient évidemment pas du tout compte du fait que le témoin n'est pas loin d'être convaincu d'une douzaine de mensonges.

« Cela a tout à voir avec sa compétence, en tant que témoin éclairé, à témoigner sur une autopsie qu'il n'a pas pratiquée, dit Chambers. Et à laquelle il n'a même pas assisté. »

Ingel lance un regard noir à Tolar, de ceux que l'on réserve aux parjures potentiels.

« J'autorise l'avocat de la défense à poursuivre, dit-il. Encore quelques questions. »

Lenore me regarde. Elle a l'air d'implorer le destin, un tremblement de terre, l'éruption du volcan Mount St. Helens, n'importe quoi.

« Docteur Tolar, n'est-il pas vrai que le douze juillet, jour de l'autopsie des Scofield, vous étiez en réalité à Los Angeles, à quatre cent cinquante kilomètres d'ici, pour un séminaire de l'Association médicale américaine ?

– J'ai assisté à un séminaire, mais j'ignore à quelle date.

– Bien. Laissez-moi vous rafraîchir la mémoire. » Adrian s'approche de la barre des témoins et tend à Tolar les documents qu'il a ramassés sur la table de la défense. « Reconnaissez-vous cette signature ? » demande-t-il en désignant un emplacement de la pointe de son stylo.

Tolar ne dit mot mais il regarde du côté de Lenore. C'est cette expression, cette vaine tentative de dissimuler la panique qui le gagne, la pomme d'Adam animée d'un va-et-vient de yo-yo épileptique, qui me confirment pour la première fois que nous sommes carrément dans de sales draps.

« Docteur, reconnaissez-vous cette signature ?

– Ça ressemble à la mienne.

– Et la date sur le formulaire ?

– Douze juillet.

– La même date que les autopsies Scofield ?

– Oui.

– N'est-ce pas la feuille de présence pour le séminaire de Los Angeles ?

– Ils ont dû se tromper de date, hasarde Tolar.

– Docteur, j'ai les bandes enregistrées de l'autopsie pratiquée sur Abbott et Karen Scofield, dit Adrian. Voulez-vous que je les apporte pour que les jurés les écoutent ? Voulez-vous qu'ils entendent la voix et le nom de l'interne qui les a effectuées ? »

Adrian le regarde, puis se tourne vers les jurés, les fixant avec insistance pour apporter un maximum d'effet à ses propos. Il excelle à ce genre de choses, donner de l'ampleur au coup qu'il vient de porter.

« Votre nom, votre voix, docteur, brillent par leur absence sur ces bandes. »

Tolar garde le silence, puis :

« D'accord, j'ai pu oublier. Je fais énormément d'autopsies.

– Oublier ? Oublier si vous avez pratiqué une autopsie ? Vous avez le rapport en main, vous l'avez lu. Vous paraissez en connaître les détails et maintenant vous nous dites que vous avez oublié qu'un de vos étudiants, qui n'a pas son diplôme de docteur en médecine, a pratiqué cette autopsie sans votre supervision, contrairement aux termes de votre contrat. Vous avez oublié que votre étudiant – Adrian prononce le mot comme s'il s'agissait d'une maladie honteuse –, un étudiant a rédigé le rapport. Que ce sont ses conclusions qui y figurent. » La voix d'Adrian s'élève dans la salle d'audience, pareille à celle d'un dieu furieux. Ingel abat son maillet. « Cela suffit, dit-il. L'audience est suspendue. J'attends les avocats de chaque partie dans mon cabinet. »

« Alors, que saviez-vous et quand l'avez-vous su ? » Le visage d'Ingel est à deux centimètres du mien. Je lui fais face, assis sur des braises, dans son cabinet. Même si Lenore a interrogé le témoin, c'est moi qui suis sur le gril.

« Vous pouvez me croire, monsieur le Juge, nous l'ignorions complètement. Le médecin légiste en titre du comté ! Cet homme a témoigné dans des centaines de procès, c'est un témoin dont l'expertise est confirmée. Comment aurions-nous pu savoir qu'il ferait une chose pareille ? »

Je lui explique que nous l'avons interrogé en détail avant sa déposition, que nous avons repassé soigneusement son témoignage, qu'il n'a jamais laissé filtrer le moindre signe, le moindre indice que les autopsies Scofield auraient pu être pratiquées par un autre que lui.

« Il a signé le rapport, dis-je.

– Il les signe tous, glapit Ingel. Vous auriez pu vérifier les enregistrements. Apparemment, quelqu'un a eu la présence d'esprit de le faire. » Il regarde derrière moi, un sourire discret, victoire psychologique pour Adrian.

Chambers est assis à côté de Haselid sur le canapé d'angle, les jambes négligemment croisées. Le plus curieux, c'est que cette scène ne semble pas le réjouir autant que je m'y serais attendu. Il se tortille nerveusement sur son siège comme s'il était gêné de se trouver là. Peut-être la haine commence-t-elle à tourner à l'aigre dans ses propres veines, mais je doute que cela l'empêche de produire des témoins louches si cela peut servir son propos.

Ingel se penche sur son bureau, bouillant de rage.

« Vous dépassez les bornes, me dit-il. Jusqu'ici, vous avez réussi à perdre une preuve matérielle cruciale et à amener un salaud de menteur à la barre, dans mon propre tribunal. »

Il oublie que ce salaud de menteur est déjà venu à plusieurs reprises, et régulièrement, à cette même barre, et que le comté risque de se trouver avec un paquet de condamnations douteuses sur les bras. Lorsque la nouvelle éclatera, le bureau d'inscription des pourvois en appel va ressembler à une station-service en période de restrictions d'essence.

« Qu'est-ce que vous nous réservez pour demain ? demande-t-il en me regardant avec une sévérité implacable. Un témoignage falsifié, peut-être ? »

Et il me plante là, bien en peine de répondre.

Goya s'engouffre dans la brèche. « La question doit être considérée par le jury », dit-elle. Elle estime que le témoignage de Tolar ne doit pas être sanctionné, que les jurés devraient pouvoir entendre ce qu'il a à dire, l'évaluer eux-mêmes, vu sa mauvaise conduite à la barre. « Il demeure un expert, poursuit-elle. Il peut commenter le rapport d'autopsie, communiquer les conclusions et opinions que sa lecture lui inspire.

– Il n'en est pas question, rétorque Ingel. Pas dans mon tribunal. S'il veut parler des quatre gosses, d'accord. Sauf si nous découvrons qu'il ne les a pas autopsiés non plus, ceux-là. »

Ingel regarde Chambers pour voir si celui-ci a quelque chose à ajouter sur ce point. L'avocat hausse les épaules, l'air de dire qu'il devrait peut-être prendre la peine d'éclaircir cette question.

« Mais pour les Scofield, vous pouvez faire une croix dessus. »

Chambers décroise les jambes et s'assoit au bord du canapé comme si, dans son esprit, la réunion touchait à sa fin. C'est alors qu'il intervient.

« Monsieur le Juge, j'aimerais renouveler notre requête de rejet des deux premiers chefs d'accusation. » C'est typique d'Adrian, profiter ainsi d'un moment de crise, jouer sur la colère du juge. Mais à sa place, voyant l'occasion d'abréger les débats, j'agirais certainement de même.

Empêtré dans sa colère, le juge le regarde, incapable de se concentrer sur le changement de cap.

« Le morceau de corde manquant, précise Adrian. Nous aimerions maintenant renouveler notre requête d'abandon des deux premiers chefs d'accusation.

– Pas maintenant. » Ingel écarte la proposition d'un geste de la main. Il est trop occupé à me botter les fesses pour se laisser distraire. Paradoxalement, je suis sauvé par la fureur qui s'est emparée du Prussien. Les yeux fixés sur moi, il congédie les autres et me demande de rester. Je vais prendre un sacré savon.

« Le plus gros putain de hibou que j'aie jamais vu. » C'est ainsi que Denny Henderson décrit au téléphone le grand duc de Virginie qu'il a vu au Wild Animal Park de San Diego. « L'envergure d'un B-52 », précise-t-il.

Il est treize heures passées. J'ai encore les oreilles rouges de ce que le juge m'a passé en tête à tête dans son bureau. Il a menacé de me faire comparaître devant le conseil de l'ordre de l'Etat pour avoir fait déposer un témoin parjure, même s'il n'a pas la moindre preuve pour étayer ses accusations, rien qui permette d'affirmer que j'étais au courant des mensonges de Tolar. Je suis sûr que dans l'heure qui suit, son engueulade fera les gorges chaudes du tribunal, que les juges et les greffiers ne parleront que de ça. Voilà le genre de vigne qui pousse dans ces lieux-là.

M'ayant tiré les oreilles, le juge a suspendu la séance. J'imagine sa conversation téléphonique avec la Noix de coco, de l'autre côté de la rivière. On peut être sûr qu'à eux deux, ils préparent mon avenir.

Lenore et moi avons rendez-vous à seize heures avec Ingel et Chambers pour parler des communications destinées aux jurés. C'est légèrement prématuré, mais Ingel a clairement laissé entendre que rien, à la fin de ce procès, ne saurait retarder ses vacances. Dès que les jurés auront entendu les parties, ils auront intérêt à se dépêcher, ou alors il faudra qu'ils partent avec lui. J'ai des visions de jurés portant des colliers de fleurs au cou, cassant des noix de coco et mangeant du *poe*[1] avec leurs doigts pendant les délibérations.

Claude est avec moi dans mon bureau. Nous avons branché le haut-parleur du téléphone. Denny a réussi à trouver le Wild Animal Park de San Diego. Il a passé la matinée à suivre le spectacle d'oiseaux, parler aux employés du parc et aux dresseurs avant de mettre le doigt sur un type. Il se trouve maintenant au siège de la police de San Diego.

« Il ne travaille plus là, explique-t-il. Mais il y a travaillé. Il s'appelle

1. Pâte alimentaire à base de racines de taro. *(N.d.T.)*

Cleo Coltrane. Ils l'ont bouclé l'année dernière. Voulez-vous savoir pourquoi ?

– Allez-y », dit Claude. Dusalt n'est pas d'humeur à endurer trop de questions. Il voit que son enquête est en train de se casser la figure.

« Il est fiché, deux condamnations fédérales. » Il nous lit un article du code pénal cité dans l'extrait du casier du dénommé Coltrane.

« Qu'est-ce que c'est que ce truc ? demande Claude.

– Infractions à la législation sur les espèces en danger, répond Henderson. Le type travaillait à mi-temps au parc, puis il a chopé sa première condamnation.

– Il a tué des oiseaux ? dis-je.

– Non. Les deux fois, ils l'ont surpris en train de piéger des spécimens rares dans la nature. Il les attrapait vivants. »

On n'était pas si loin, me dis-je. Tous les morceaux se mettent en place. Scofield avait flairé la piste du type et retrouvé sa trace à San Diego, là où il travaillait. Ce ne doit pas être une communauté bien considérable, les gens qui s'occupent d'espèces en danger.

« Sait-on où il se trouve maintenant ?

– Bien sûr. En ce moment même, il est assis dans sa cellule, au bout du couloir. » Denny a l'air affreusement sûr de lui. Je l'imagine très bien, les pieds posés sur le bureau d'un collègue, en train de boire du café dans une tasse appartenant à quelqu'un d'autre.

« Vous l'avez arrêté ? »

Cela me tracasse. Nous n'avons aucun droit de détenir cet homme. Il faudrait une assignation à comparaître, signée par un juge de tribunal d'instance, doublée de la mauvaise volonté manifeste du témoin à s'exécuter, pour que nous puissions légalement le boucler, même en tant que témoin matériel, sous prétexte d'assurer sa protection.

« Pas eu besoin, dit Denny. Le type a été convoqué. Apparemment, il y avait un mandat qui traînait contre lui pour une infraction à la circulation. Les flics d'ici sont vraiment sympas, extrêmement coopératifs. » Ce qu'il veut dire, c'est que tous les moyens sont bons pour débusquer un témoin utile.

« Vous l'avez interrogé ?

– C'est le mauvais côté de l'histoire. Il affirme ne rien savoir. Il donnerait un excellent maçon, il construit un mur vraiment solide, pas moyen de le faire bouger. »

Je veux bien croire qu'avec deux condamnations fédérales à son actif, M. Coltrane n'est pas pressé de lâcher des informations qui pourraient lui en valoir une troisième. Ce qu'il faisait sur la plate-forme cette nuit-là devrait probablement lui assurer au moins deux ans de pension complète dans un des country-clubs du système pénitentiaire fédéral.

Pour l'instant, ce qui m'intéresse, c'est comment je vais le faire transporter dans le Nord, où Claude et moi pourrons exercer nos talents sur lui, une version psychologique raffinée du supplice de la question.

Je demande à Denny d'attendre que je le rappelle. Je téléphone ensuite au procureur de San Diego. Il est sorti mais j'obtiens son premier adjoint. Je me présente et reçois quelques courbettes et salamalecs. L'adjoint doit ignorer que je ne suis pas vraiment titulaire ici, mais je me garde de lui enlever ses illusions. Je me prosterne littéralement à ses pieds à l'autre bout de la ligne, lui faisant part de l'urgence de la situation. Cinq minutes plus tard, je l'ai convaincu. Il accepte de nous aider en rédigeant en notre nom une assignation à comparaître pour témoignage. Il peut le faire immédiatement si je lui envoie par fax une copie de l'acte avec indication du lieu, de la date et de l'origine, ainsi qu'une copie de notre plainte. Je raccroche, donne des instructions à une secrétaire et rappelle aussitôt Denny.

« Où est notre homme ?

– Toujours en train de prendre le frais au bout du couloir.

– Vous pouvez me l'amener au téléphone pour que je lui parle ?

– Bien sûr. »

J'entends un tas de bruits au bout du fil, des pas, une porte que l'on ouvre et referme. Trois minutes plus tard, je suis présenté à M. Coltrane par l'intermédiaire du téléphone à haut-parleur.

« Monsieur Coltrane ? »

Un silence total, comme si le type ne reconnaissait même pas son nom.

« Ouais. »

Un ton bourru, c'est assez répandu chez ce genre d'individus.

« Mon nom est Paul Madriani, monsieur Coltrane. Je suis le procureur du comté de Davenport. Une assignation à comparaître est en route pour San Diego, où on vous la remettra. »

Silence en bout de ligne. Quelques toussotements à l'arrière-plan.

« Vous comprenez ce que je vous dis ?

– Huumm-hum. »

Je vois d'ici ses lèvres serrées, comme si je venais juste de prononcer les mots qui vont déclencher l'amnésie de mon interlocuteur.

« Nous avons de fortes raisons de croire que votre vie est menacée, monsieur Coltrane. A cause de ce que vous avez vu à Putah Creek la nuit où vous étiez dans les arbres. Vous n'êtes pas obligé de répondre à mes questions, mais je pense que vous savez de quoi je parle. »

Toujours rien.

Il ne va pas me dire au téléphone des choses qu'il refuse de révéler à Denny et aux autres qui l'entourent, que j'imagine en train de lui sourire chaleureusement en lui faisant de vaines promesses. C'est aussi bien. Tant que je n'aurai pas la confirmation absolue qu'il s'agit bien de notre témoin clé, je ne suis pas obligé d'obéir à l'injonction du juge Fisher qui me demande de révéler l'identité du témoin à Adrian et compagnie. Pour l'instant, Coltrane n'est officiellement qu'une piste, mais mon instinct me souffle qu'il est bien davantage.

« Vous êtes là ?

– Ouais. » Plus inquiet, cette fois.

« Je crois comprendre que vous êtes détenu pour une infraction à la circulation. Ce n'est pas une accusation très grave, comme vous le savez, mais cela risque tout de même de vous coûter cher, et peut-être même de vous valoir un peu de prison. Je suis en position de vous aider. » Le procureur dans le rôle du Bon Samaritain. « Je suis disposé à parler au procureur de San Diego pour lui demander d'oublier l'accusation portée contre vous si vous acceptez d'accompagner mon inspecteur dans le Nord en réponse à l'assignation à comparaître qui vous sera signifiée. Pour venir me parler. Maintenant, je ne peux pas vous garantir que le procureur acceptera de le faire, mais je pense que si. Je peux même obtenir un engagement écrit de sa main avant votre départ. Vous me suivez ?

– Ouais.

– Ensuite, vous n'êtes pas obligé de dire quoi que ce soit une fois arrivé ici. Il suffira que vous m'écoutiez. Je voudrais que vous preniez conscience du danger physique que vous encourez. Vous n'êtes pas en état d'arrestation. Je veux que ce soit bien clair. Nous voulons simplement vous parler. Etes-vous disposé à le faire ?

– Eh, j'ai un truc à vous demander, d'abord, dit-il. Vous allez me coller en prison, là-haut ? »

Il devrait plutôt se préoccuper des éclairages brutaux en plein visage et du manque de sommeil.

« Non. Nous allons vous payer l'avion, aller et retour, et vous installer dans un hôtel. » Ce que je ne lui dis pas, c'est qu'il sera entouré par Denny et une demi-douzaine de flics postés dans le couloir. Pour l'instant, je n'ai qu'une idée en tête : l'avoir physiquement sous les yeux. Il sera toujours temps pour lui de voir Jekyll se transformer en Hyde, une fois rendu.

« Tout ce que je veux, c'est vous parler », lui dis-je sur le ton de l'araignée s'adressant à la mouche.

Silence. Il pèse le pour et le contre.

« Si vous ne venez pas de votre propre gré, nous attendrons simplement que vos problèmes dans le Sud soient réglés, après quoi nous vous adresserons notre assignation. Ensuite, si vous ne venez pas, nous serons contraints de vous arrêter. » Je ne lui précise pas que d'ici là, le navire aura gagné la haute mer, mon procès contre André Iganovich sera de l'histoire ancienne.

« J'ai l'impression de ne pas avoir beaucoup le choix, dit-il.

– Mais si. Vous avez le choix entre la facilité et les complications.

– Bon, je pense que je vais venir vous voir.

– Parfait. Ils vont vous remettre en cellule quelques instants, le temps que toutes les formalités soient réglées. Je me réjouis de vous rencontrer.

– Ben voyons. » Le ton est parfaitement cynique.

Denny reprend l'écouteur. J'entends la porte se refermer à l'autre bout de la ligne, probablement sur Coltrane qui va regagner sa cellule. Denny glousse de satisfaction. « Vous devriez vendre des chaussures, me dit-il. Des mocassins en daim. » Les rires des autres flics fusent derrière lui.

Je donne rapidement mes dernières instructions à Denny. Il reste un vol en fin d'après-midi entre San Diego et Capital City. Denny n'est pas sûr de pouvoir l'attraper. S'il le rate, je devrai attendre demain matin pour interroger Coltrane. Je lui dis de faire de son mieux et de nous tenir au courant. Puis je raccroche.

« Vous pensez que c'est lui ? me demande Claude.

– Et vous ? »

Il acquiesce.

« Il n'a même pas demandé pourquoi quelqu'un en voudrait à sa peau. Ce n'est pas la première question que vous vous poseriez, si quelqu'un vous annonçait que votre vie est en danger et que vous ignoriez pourquoi ?

– Vous aussi, vous l'avez remarqué, dis-je. Quand il sera ici, on le mettra à l'épreuve. Nous avons deux ou trois cartes en main. Des détails que seul l'homme dissimulé dans les arbres peut connaître. »

Claude quitte mon bureau pour aller organiser le retour de Denny Henderson, et dormir un peu. La nuit va être longue, c'est certain.

Il ferme la porte derrière lui et je me retrouve seul pour la première fois depuis que je suis arrivé ce matin. Désormais, je suis au pied du mur. Il faut que je pèse les solutions qui se présentent à moi.

Maintenant que Tolar a implosé à la barre des témoins ce matin, il ne me reste plus qu'à prendre un risque. Je ne peux pas continuer à rester assis sur ma chaise en jouant la carte du meurtrier imitateur. Avant de poursuivre, je dois savoir si André Iganovich est l'assassin des Scofield. Cleo Coltrane est ma dernière chance de sauver mon procès, ma réputation et peut-être même ma carrière.

Ce n'est qu'une intuition, une hypothèse des plus hasardeuses, mais elle repose sur la personnalité extrêmement douteuse d'Adrian Chambers : l'alibi canadien d'Iganovich, cette carte maîtresse qu'Adrian a réussi jusqu'ici à soustraire à nos yeux, doit être fabriqué de toutes pièces.

Je commence à croire que je me suis trompé dès le début, qu'il n'y a pas de deuxième tueur, que pour une obscure raison, Iganovich s'est servi d'un couteau pour tuer les Scofield, qu'il a commis son meurtre ailleurs et a transporté ensuite leurs corps près de la rivière. Quand je saurai la vérité, la raison sera évidente. Si Cleo Coltrane peut identifier Iganovich comme le meurtrier qui se trouvait près de Putah Creek ce soir-là, eh bien, ce témoin clé sera ma boulette empoisonnée, l'arme que j'utiliserai pour démonter la défense de Chambers, pour l'anéantir tel un chien enragé.

Je décroche pour appeler Nikki dans sa pension de famille.

« Laura Warren, s'il vous plaît. » C'est le nom sous lequel est inscrite Nikki. L'homme de la réception me répond :

« Mme Warren est sortie avec sa fille.

– Où sont-elles allées ?

– Je ne sais pas. Ça fait plusieurs heures qu'elles sont parties.

– Demandez-lui de rappeler son mari quand elle rentrera. » Je lui laisse mon numéro. Où Nikki a-t-elle bien pu aller, dans ce patelin de rase campagne sans boutiques ni centre commercial, où la grande distraction du soir consiste à se promener sur le trottoir ?

CHAPITRE 34

J'entends gratter à la vitre de ma porte. Une silhouette se profile derrière le verre dépoli sur lequel le nom de Mario est encore inscrit en lettres d'or, mais à l'envers, comme dans un miroir.

« Entrez. »

Mon visage s'assombrit quand je reconnais mon visiteur.

« Vous avez une minute ? » C'est Adrian Chambers, costume fripé, bouton de col défait, nœud de cravate pendant.

En le fixant, je me demande ce qu'il vient faire chez moi. Ça doit se lire sur mon visage, je suppose.

« Dusalt m'a dit que vous seriez peut-être là. Nous nous sommes rencontrés au parking du commissariat il y a une vingtaine de minutes. Il allait je ne sais où. »

Claude était en retard. Il filait à l'aéroport. Denny a attrapé de justesse le dernier vol de l'après-midi. Dusalt doit l'avoir récupéré, ainsi que son chargement maussade, il y a une dizaine de minutes.

« Je suis en train de préparer ma communication aux jurés », lui dis-je. Il devrait en faire autant. Nous avons audience dans une heure.

Chambers roule des yeux.

« C'est vraiment une obsession, chez cet enfoiré, n'est-ce pas ? » dit-il en faisant allusion au goût prononcé d'Ingel pour les communications aux jurés avant l'heure. Puis il me demande : « Vous avez deux minutes ? J'aimerais vous parler. »

Je consulte ma montre. « Je ne dispose pas de beaucoup de temps. » En fait, j'essaie de me débarrasser de lui.

Heureusement que Claude ne doit pas ramener Coltrane ici. Une rencontre fortuite avec Chambers pourrait faire capoter tout notre plan. Adrian a un flair de limier. Il suffirait qu'il tombe maintenant sur quelqu'un qu'il n'a jamais vu de sa vie, comme Coltrane, et il serait capable de subodorer l'importance de la chose rien qu'à le voir.

« J'en ai pour une seconde », affirme-t-il.

Je lui lance un regard contrarié, genre, puisqu'il le faut...

« Entrez. »

Il pose sa mallette et sort un paquet de cigarettes de sa poche. Il m'en propose une. Je décline. Adrian a l'air las, à bout. Je me dis qu'après cinq ans de suspension, et l'âge en plus, il a peut-être oublié à quel point un procès d'assises pouvait être éprouvant, physiquement et moralement. Ceux qui ont passé le cap de la cinquantaine me disent qu'on commence à considérer ça comme un travail réservé aux jeunes, comme d'aller traîner ses guêtres au foot.

Je lui désigne une chaise. Il s'installe.

« De quoi s'agit-il ?

– J'ai entendu des choses. Des bavardages. » Il allume sa cigarette, le tabac grille avec une lueur à l'extrémité. Adrian parle d'une manière hachée tout en extrayant des fibres de tabac collées sur sa langue, en utilisant ses dents et l'index.

« C'est une petite ville. Le barreau est un club fermé, ici comme à Capital City. » Il parle sans me regarder, laissant traîner son regard autour de la pièce, sur les tableaux accrochés au mur et sur les fenêtres. Partout sauf sur moi. Il est l'image même de l'indifférence qui frémit sous la surface. L'idée qu'il se fait de la désinvolture.

« On raconte partout que pour vous, j'ai accepté de défendre ce client par esprit de vendetta, qu'il y a quelque chose de personnel entre vous et moi. »

Il a dit ça sans sourire, mais cela ne me fait ni chaud ni froid.

« Vous avez dit, paraît-il, que j'avais accepté cette affaire pour une seule raison, vous briser les reins. »

C'est alors seulement qu'il me regarde et pour la première fois, je reçois directement l'impact de ses yeux.

Je n'ai dit une chose pareille qu'à très peu de gens, Claude, Henry et deux ou trois intimes sur la discrétion de qui je savais pouvoir compter. Maintenant, je me sens comme un idiot, trahi par ce goût que j'ai pour la confidence, et ce n'est pas parce que j'avais tort de penser ainsi, mais parce que cela me revient de plein fouet, et mot pour mot.

Je lui souris. Presque un rire.

« Allons, Adrian, vous admettrez que nous ne sommes pas les meilleurs amis du monde.

– Nous n'avons pas toujours été d'accord », concède-t-il. Cinq années de radiation de l'ordre réduites à un simple désaccord, voilà de quoi Chambers est capable.

« Eh bien, que voulez-vous ? dis-je, commençant à m'impatienter.

– Je trouvais que le moment était venu d'éclaircir l'atmosphère, répond-il. Je voulais vous dire qu'il n'y avait aucune vendetta de mon côté. Je n'ai pas accepté cette affaire parce que vous étiez dans le coup. Vous n'êtes pas si important que ça pour moi. Je ne suis pas obsessionnel à ce point.

– C'est une conversation que vous devriez plutôt avoir avec votre analyste », lui dis-je. C'est pour Adrian une insupportable mise à nu de l'âme, un acte contre nature qui fait de l'avocat un renégat.

« D'accord. Si vous voulez que l'on continue dans ce climat de haine, ce sera votre faute, pas la mienne. N'allez pas raconter aux gens que je suis engagé dans une espèce de croisade de représailles alors que c'est vous qui refusez de déposer les armes. »

Cela me coupe un moment dans mon élan, cet homme que je méprise, assis en face de moi, qui analyse mes pensées. Non parce qu'il le fait mais parce qu'il a vu juste. Je ne déposerai pas les armes.

« Je n'ai tiré aucune satisfaction personnelle de ce qui s'est passé aujourd'hui, dit-il. (Il parle de l'éviscération du Dr Tolar.) J'ai fait ce que je devais faire, défendre mon client. Vous oubliez que moi aussi, j'ai été assommé de la sorte. »

Adrian évoque son expérience de parjure, la preuve montée de toutes pièces qui lui a valu sa radiation.

Et soudain, cela me tombe dessus, comme un coup de tonnerre. Il me met dans le même sac que lui. Il pense que j'ai demandé à Tolar de déposer, en sachant qu'il allait mentir. Voilà la raison de la trêve que me propose Chambers. Dans son esprit, nous avons quelque chose en commun, il me considère comme un ange déchu.

Je le regarde et me retiens de le jeter dehors.

« Ingel a menacé de se plaindre au conseil de l'ordre, hein ? Saloperies de juges. Ils ont leur robe et un traitement à vie. Ils ne savent plus ce que c'est que se battre pour gagner son pain. »

Avant que j'aie pu ouvrir la bouche, il me raconte comment il a découvert la vérité à propos de Tolar et des autopsies Scofield. La curiosité l'emporte et je contiens ma colère.

« J'ai vraiment eu du pot, dit-il en souriant. Un autre client, un procès civil. Son gosse travaille comme laborantin à la fac de médecine. Les bruits circulent vite. Tolar est un enfoiré. Il gagne des tonnes de fric, il est titulaire de son poste et il croit que le monde entier doit s'écraser devant lui à cause de son Q.I. »

Adrian regarde autour de lui. Pas de cendrier. Il tapote la cendre au-dessus de la moquette et l'écrase du bout du pied.

« Une fois que j'ai su, ça n'a pas été difficile d'avoir la preuve. Ça vous est arrivé combien de fois d'écouter l'enregistrement verbal de l'autopsie en préparant votre accusation ? Quel avocat a le temps ? Mais il y avait là des trésors insoupçonnables. »

C'est bien d'Adrian, de parler ainsi à mon sourire placide de façade, de me livrer ces confidences, ces secrets qui n'ont plus aucune valeur, juste pour récolter un peu de bienveillance.

Et soudain, il dit : « Je vais vous confier une chose, ces blessures de couteau, le fait qu'ils soient morts ailleurs, voilà ce qui m'a vraiment surpris. »

Adrian parle des Scofield. Il a dû penser qu'un oracle était intervenu pour lui envoyer les bandes enregistrées des autopsies. Cela a certainement dû remplir tous les blancs. Les références cryptiques à des « lacérations produites par une lame acérée à l'entrée des plaies » qui figuraient dans le rapport écrit étaient, sur les bandes, des blessures produites par des coups de couteau avant que les piquets de tente n'aient été enfoncés. Le rapport écrit comportait des observations sèches, sans fioritures, sur la petite quantité de sang trouvée sur la scène du crime alors que le commentaire enregistré concluait que les Scofield avaient été tués ailleurs, puis transportés près de la rivière.

Que nous ayons fait l'impasse sur certaines de ces découvertes et conclusions afin de le maintenir dans l'obscurité est une nuance qui n'échappe pas à Adrian.

« C'est de bonne guerre, concède-t-il.

– Je suis heureux que vous le preniez ainsi. Maintenant, comme je vous le disais, j'ai du travail à terminer.

– Mais je ne suis pas venu pour vous parler seulement de ça. Regardons la situation. Le jury n'est pas exactement ce que nous aurions souhaité. De notre point de vue, la façon dont Ingel a mené leur sélection laissait beaucoup à désirer. Quant à vous, votre accusation est en train de battre de l'aile comme un canard plombé.

– Je vous remercie de cette appréciation, mais je préférerais attendre le verdict des jurés, si vous n'y voyez pas d'inconvénient. »

Il lève la main et sourit.

« Je ne voulais pas vous froisser. Mais cela arrive dans les procès. Des choses qui échappent à notre contrôle. »

Vu la créativité dont Adrian est capable dans sa quête de preuves, je suis étonné qu'il évoque cette possibilité.

« Je sais, reprend-il. Notre partie peut également rencontrer des fonds rocheux d'ici la fin. Les articles trouvés dans la camionnette, la vitre brisée – qui sait ce que les jurés vont faire de tout ça ? C'est pourquoi je suis venu vous voir. Mon client est nerveux. Il rêve de mort la nuit. »

Il ne précise pas si ce sont des visions de sa propre mort qui hantent Iganovich, ou des corps ensanglantés de Putah Creek.

« Vous comprendrez, poursuit Chambers, que je ne suis pas nécessairement de son avis, mais il veut que j'essaie encore une fois de faire réduire la peine demandée. »

Cela m'échappe malgré moi.

« Vous voulez négocier ? »

Je ne suis pas qu'un peu étonné, vu la situation dans laquelle je me trouve, de l'entendre ne serait-ce qu'aborder le sujet.

Il m'adresse un étrange sourire.

« Ce ne sera pas la même transaction que la dernière fois, évidemment. Votre accusation n'est plus ce qu'elle était au début. Il y a des carences majeures dans votre théorie. C'est pourquoi je ne suis pas sûr que ce soit une bonne idée de négocier. »

Cela me frappe de plein fouet. Cet homme marche vraiment à la boule de cristal. Il sait. J'ignore comment, mais il sait. Il en a entendu parler quelque part. Les fuites continuent. Quelqu'un lui a dit que nous tenions le témoin clé. La confirmation. Adrian ne connaît peut-être pas encore son nom mais au fond de lui-même, il sait que Cleo Coltrane va désigner son client comme meurtrier de Karen et Abbott Scofield.

« Quelle soudaine générosité ! Pourquoi ? Cela me semble plutôt contraire à votre nature. »

Il a une petite moue modeste, comme pour dire : ce sont des choses qui arrivent.

« Assassinat au deuxième degré, peines compressibles, de quinze ans à la perpétuité, annonce-t-il. Même proposition : on emballe les six ensemble. Rien qui traîne.

– Et on le relâchera dans neuf ans », dis-je.

Adrian a un petit geste de la main, une légère rotation du poignet : allez savoir...

« Cela garantit un résultat acceptable pour chacun de nous, explique-t-il. Je pense que le juge sera d'accord. »

Il a probablement raison. En ce moment même, Ingel ne place pas une confiance aveugle en mes capacités. Avec Acosta qui doit le tarabuster dans la coulisse, le Prussien est sans doute prêt à accepter n'importe quoi, à l'heure qu'il est, pour éviter l'acquittement, ou pire, un non-lieu pour défaut de preuve, signé de sa main.

Adrian étudie mon expression comme un marchand de tapis attendant un rabais.

Le téléphone sonne avant que j'aie pu riposter. C'est la ligne rouge, celle qui est inaccessible au public.

« Excusez-moi une seconde », dis-je à Adrian. De la main qui tient une cigarette, il me fait signe de répondre. Je décroche. C'est Claude.

« Devinez qui est à votre recherche ? demande-t-il.

– Qui ?

– Adrian.

– Je sais.

– Ah, il est là. Vous ne pouvez pas parler.

– Exact. Où êtes vous ?

– Nous avons un problème, dit-il.

– C'est Denny ? » Je surveille mes propos devant Adrian.

« Non, il est là, avec Coltrane. »

J'entends un bruit de foule à l'arrière-plan, et des annonces diffusées par haut-parleur. Claude est à l'aéroport.

« Le problème, c'est que Coltrane ne veut parler à personne d'autre que vous. Il dit que c'est avec vous qu'il s'est entendu. Si vous ne venez pas, il réclamera un avocat. »

Voilà qui est vraiment embêtant. Si Cleo Coltrane obtient un avocat, la première chose que celui-ci lui conseillera, c'est de ne rien dire. Il faudra une semaine, voire un mois pour négocier avec l'homme de loi des concessions sur les accusations de la police fédérale. Et le temps que ce soit réglé, mon procès contre Iganovich sera terminé.

Je pousse un profond soupir. Ingel va me tuer. Et probablement lancer contre moi un mandat d'arrêt en cours d'audience. Mais c'est un risque à prendre : il faut que j'envoie Lenore à ma place pour parler des communications aux jurés à quatre heures.

« J'y serai, dis-je à Claude. Annoncez-lui mon arrivée. »

Je note les renseignements que me dicte Claude sur un petit agenda placé de telle sorte que Chambers ne puisse rien lire. « J'inscris " Coltrane " en face de quatre heures et demie, estimation de Claude. Il va falloir que je me planque, il ne faut pas qu'Ingel me trouve. Je demande " Où ? " à Claude.

– Salle d'interrogatoire quatre au rez-de-chaussée de la prison. »

Je note l'adresse après le nom de Coltrane.

« Que veut Chambers ? demande Claude.

– Pas pour l'instant, dis-je. On en parlera plus tard. Je vous vois tout à l'heure. »

Je regarde Adrian qui est toujours assis sur sa chaise, l'air dégagé comme s'il me faisait une faveur, sondant mon être avec indifférence pour obtenir une réponse, une certitude par opposition aux errances possibles des jurés.

« Un problème ? demande-t-il.

– Rien que je ne puisse régler. »

Il sourit.

« Pas de compromis », dis-je alors.

En une fraction de seconde, il décroise les jambes et ses yeux deviennent deux petites fentes.

« Et pourquoi pas ? Vous êtes dans la merde.

– Comme je vous l'ai déjà dit, Adrian, je préfère risquer ma chance avec les jurés. »

La voix d'Adrian couvre tous les registres jusqu'au soprano, m'abreuvant d'épithètes variées. Je vois se dessiner derrière la porte vitrée des silhouettes de secrétaires qui écoutent la tirade avec intérêt.

Quand il a fini, il est tout rouge.

Je le regarde.

« Mais ça n'a rien à voir avec vous, Adrian. »

Cela le met en fureur.

« Parfait. C'est votre enterrement, dit-il. A tout à l'heure au tribunal. »

Il claque la porte si fort en sortant que la vitre manque voler en éclats.

Je décroche le téléphone et appuie sur la touche d'interphone. Lenore répond après une sonnerie. Je prends les devants :

« Ecoutez, j'ai un problème. Il va falloir que vous affrontiez seule la réunion avec Ingel et Chambers. »

Je suis avec Claude dans une petite pièce chichement éclairée, à peine plus grande qu'un placard. Nous regardons par un miroir sans tain dans une salle d'interrogatoire de la prison du comté. Pour l'instant, elle est vide. Denny Henderson va y amener Coltrane dans une seconde.

J'ai raconté à Claude la proposition de dernière minute de Chambers. Il a les mêmes soupçons que moi : il pense qu'Adrian a hâte de négocier un arrangement avant que notre nouveau témoin, sabordant sa défense en déclarant avoir vu Iganovich sur le site des meurtres Scofield, ne lui enlève tout espoir de semer le doute dans l'esprit des jurés. Comment a-t-il été averti de l'existence du témoin, ni Claude ni moi n'en avons la moindre idée.

« Il a peut-être un pouvoir de divination », dit Claude.

Je fais la grimace. Avec Chambers, on n'est jamais sûr de rien. Henderson toque à la porte de notre réduit en passant dans le couloir. Coltrane est donc là, il nous faut baisser le ton.

Je tiens un journal à la main, l'édition du soir imprimée à Capital City. Je l'ai happé au passage en me rendant ici. Les gros titres parlent déjà en termes peu flatteurs de la débâcle du témoin Tolar. La photo d'Iganovich, radieux entre ses deux avocats, couvre une grande partie de la première page. Le cliché a été pris par un photographe aventureux qui a réussi à se glisser dans la salle d'audience quelques secondes après la suspension de séance, alors qu'Ingel était déjà sorti mais que les gardes n'avaient pas encore ramené le Russe dans sa cellule.

La porte de la salle d'interrogatoire s'ouvre. Un homme entre, suivi de Denny.

« Asseyez-vous là », dit Henderson en désignant une chaise derrière la table d'acier vissée au sol. Et il ressort.

Un bruit de pieds bougeant sur le linoléum qui recouvre le ciment résonne dans le petit haut-parleur accroché au mur, au-dessus de nos têtes.

Cleo Coltrane a un de ces visages auxquels on ne peut attribuer d'âge. Il est de taille moyenne, avec un teint de papier mâché et un corps à l'avenant, du fil de fer avec des jambes un peu arquées, un jean usé jusqu'à la corde et des bottes de cow-boy. Des épis de cheveux d'un blond sale se dressent à l'arrière de son crâne comme la couronne de la statue de la Liberté.

Il porte une chemise trop grande à boutons-pression nacrés, constellée de reprises. Elle flotte sur sa carcasse comme un drapeau pendant à sa hampe quand il n'y a pas un souffle de vent.

Contrastant avec le ton méfiant de sa voix au téléphone, son apparence ici, dans cette pièce sinistre sous cet éclairage brutal, évoque plutôt une sorte d'innocence primitive, la simplicité sans détour d'un homme ordinaire.

Assis devant la petite table, il ne regarde rien en particulier, bien que ses yeux s'attardent à plusieurs reprises sur le miroir sans tain derrière lequel nous l'observons, comme s'il soupçonnait une présence de l'autre côté.

Quelques secondes plus tard, Henderson nous rejoint dans notre réduit. Il a eu chaud dans l'avion et n'a pas dû se doucher depuis hier. Je suis content de ne pas avoir à rester là auprès de lui.

« Vous pouvez nous souhaiter bonne chance », lui dis-je.

Henderson va observer la scène derrière le miroir, notant tout ce qui risquerait de nous avoir échappé. Pour arriver à faire parler Coltrane, je préfère qu'il n'y ait pas trop de monde autour de lui.

Claude et moi le quittons. Deux secondes plus tard, nous entrons dans la salle d'interrogatoire.

Coltrane se lève d'un bond à notre entrée. Il est maladroit, et fait des gestes nerveux avec ses mains comme s'il ne savait où les mettre. Il m'adresse le genre de sourire timide qu'on pourrait voir aux lèvres d'un étranger dans la prairie du Montana.

« Monsieur Coltrane, je suis Paul Madriani. Nous nous sommes parlé au téléphone.

– Ah, oui ! » Un sourire franc. Il me serre la main. Un étau chaud et râpeux. Mais il n'y a aucune méchanceté, aucune animosité chez cet homme. Si quelque chose le tracasse, ce n'est plus comme avant, lorsque je faisais pression sur lui au téléphone.

Je présente Claude. Dusalt lui décoche son meilleur regard de flic, un masque de mort, un hochement de tête, pas de poignée de main.

« Asseyez-vous, lui dis-je. Allez. Détendez-vous. Nous voulons juste vous parler un moment. Vous prendrez un café ?

– Certainement.

– Crème et sucre ?

– Du sucre seulement. »

Claude s'en charge. Il demande au garde de faction dans le couloir de transmettre la commande.

« Si vous voulez fumer, allez-y », lui dis-je.

Il secoue la tête.

Nous restons debout. Claude, le dos appuyé au mur qui est derrière moi, me laisse parler.

« Monsieur Coltrane, ça fait longtemps que nous vous cherchons. »

L'index contre la poitrine, il semble nous dire, vous ne parlez certainement pas de moi.

« Oui, vous. Nous ne connaissions pas votre nom mais nous vous recherchions. Vous devez certainement savoir, maintenant, qu'il y a eu une série de meurtres dans notre comté, des crimes violents qui ont mis fin à la vie de quatre étudiants, d'un éminent professeur d'université et de son ex-femme. Nous exerçons actuellement l'action publique dans un procès qui concerne certains de ces meurtres. Et nous pensons tenir l'assassin. »

Il me regarde d'un air penaud.

« Nous pensons également que vous avez assisté à deux de ces meurtres, ou plus exactement que perché sur une plate-forme dans les arbres, au-dessus de Putah Creek, vous avez vu quelqu'un clouer les corps au sol avec des piquets.

– Non, dit-il en secouant la tête. Ce n'était pas moi. Ça devait être quelqu'un d'autre. »

Je le regarde en souriant gentiment, le genre de sourire entendu que je réserve à Sarah lorsqu'elle m'assure que les petites traces de doigts sales autour de l'interrupteur ne sont pas les siennes.

« Comme je vous le disais au téléphone, reprends-je, la personne qui a fait ça... La personne qui a commis ces meurtres, en particulier les derniers, va bientôt finir par apprendre qu'il y avait un témoin. Et va se lancer sur votre piste exactement comme nous l'avons fait. Ce serait mieux, vraiment mieux pour vous si nous l'attrapions avant qu'elle ne vous rattrape. »

A cette perspective, la pomme d'Adam de Cleo Coltrane effectue un aller et retour rapide. Il a certainement eu des ennuis auparavant, mais jamais à ce point, me semble-t-il.

« Je peux prendre un chewing-gum ? » demande-t-il.

Je le regarde.

Il se penche en avant sans quitter sa chaise et va pêcher une petite boîte ronde dans la poche arrière de son pantalon. On dirait qu'il va m'en offrir un.

Je décline d'un geste et risque un coup d'œil vers Claude. Il lève les yeux au ciel comme pour dire, c'est un vrai cadeau, celui-là.

« Nous savons dans quoi vous étiez impliqué, lui dis-je. Nous sommes au courant pour les faucons pèlerins et nous avons des preuves matérielles. On peut même dire que depuis quelques mois, nous sommes devenus de véritables experts en oiseaux de proie.

– Ah, oui ? dit-il. Et dans quoi j'étais impliqué ?

– Nous savons que vous avez possédé et dressé des grands ducs de Virginie. Les gens qui connaissent ces questions-là nous ont dit que cet oiseau est l'ennemi naturel du faucon pèlerin. Or, une grande quantité de faucons pèlerins ont récemment été tués près du site des derniers meurtres. »

Il me regarde mais ne dit pas un mot.

« Nous avons trouvé des plumes de grand duc de Virginie sur la plate-forme. Celle qui était construite en haut, dans les arbres », dis-je.

La règle numéro un, quand on interroge quelqu'un, c'est de lui faire croire que nous en savons beaucoup plus qu'en réalité. Claude intervient à ce moment-là.

« Nous savons que vous avez un casier. Des infractions à la législation fédérale, pour lesquelles vous avez fait de la prison. Ce n'est pas ça qui nous intéresse. Ce qui nous intéresse, c'est le meurtre.

– Je n'ai tué personne », dit Coltrane, calme et pondéré. Il cale entre sa gencive et sa joue une grosse noix d'un truc qui ressemble à du goudron.

Claude prend un air ambigu, comme s'il n'était pas sûr de le croire.

« Bon, dites-moi, je suis en état d'arrestation ?

– Mais non. Je vous ai déjà dit que vous n'étiez pas en état d'arrestation. » Je n'ai qu'une seule peur, maintenant, c'est qu'il se mette à faire le malin, soit en demandant de partir, soit en exigeant un avocat si nous refusons.

« Mais vous pensez que j'ai commis un crime ?

– Peut-être, dis-je, l'air perplexe. Nous n'appliquons pas la loi fédérale ici. C'est le rôle des agents du gouvernement fédéral. Mais nous pourrions les aider, leur communiquer certaines de nos preuves et voir ce qu'ils ont l'intention d'en faire. »

Pour la première fois, son regard se détourne de moi et va se poser ailleurs.

« Il y a beaucoup de grands ducs de Virginie, dit-il.

– Ça, je l'ignore. Tout ce que je sais, c'est ce que m'ont dit les gens du Wild Animal Park, à San Diego. Selon eux, vous en avez un. Il s'appelle comment, déjà ? »

Les yeux de Coltrane reviennent sur moi, mais il ne répond pas. Je regarde Claude.

« Harvey, dit-il.

– Harvey. » Je marque une pause. « Comme le lapin. » Les gens avec qui il travaillait m'ont raconté que l'idée du nom venait de là. « Vous avez pris son nom ? »

Il acquiesce.

Harvey est maintenant entre les mains des gens du service de Protection des animaux à San Diego. Il a été trouvé dans une propriété louée par Coltrane en dehors de la ville. Celui-ci vivait dans une roulotte et élevait deux chevaux. Les autorités ont emmené les bêtes pour s'occuper d'elles en l'absence de leur maître. En réalité, ils attendent que la nature suive son cours, que l'oiseau perde une plume ou deux dans la cage où ils l'ont enfermé. Ils n'ont pas le droit de les lui arracher sans mandat de perquisition. Mais une preuve qui leur tombe entre les mains par l'effet d'un processus naturel, ça c'est autre chose.

Le café arrive. Coltrane remue du sucre dans sa tasse pendant que nous l'observons. Nous laissons passer un peu de temps en bavardant de choses et d'autres pour le remettre en selle. Je laisse tomber devant lui sur la table le journal enroulé que je n'avais pas lâché.

« Vous avez eu le temps de lire le journal, aujourd'hui ? »

Il secoue la tête.

« Allez-y, vous pouvez le lire, dis-je. Le lieutenant Dusalt et moi devons régler quelque chose à côté. On ne sera pas longs. »

Je sors de la pièce avec Claude et referme la porte.

« Il écoute très bien, dit Claude. Le problème, c'est qu'il parle peu.

– Quelqu'un qui écoute bien pense généralement à autre chose, dis-je. En l'occurrence, je crois que M. Coltrane pense au pétrin dans lequel il se trouve. »

Claude et moi filons au trot vers le cabinet d'observation où nous attend Denny. Quand nous entrons, Coltrane est toujours assis à la table, de l'autre côté du miroir. Il lit le journal.

« Que fait-il ? demande Claude.

– On dirait qu'il n'a pas lu les nouvelles depuis des siècles, dit Henderson. Il est fasciné par l'article en première page.

– A-t-il regardé la photo ?

– Il n'arrête pas d'y revenir. Il lit un peu, puis il regarde la photo. »

C'est effectivement ce qu'il fait, pendant que Denny nous parle. Nous lui laissons quelques minutes. Il cherche la suite de l'article dans les pages du milieu. Ce type devrait prendre des leçons de rattrapage de lecture. Sarah pourrait lui enseigner la méthode accélérée. A trois reprises, il abandonne les pages du milieu et referme le journal pour regarder la photo de couverture, puis il se replonge dans sa lecture. Maintenant, nous lui avons donné assez de temps. Il se lève de sa chaise et fait quelques pas pour se dégourdir les jambes.

« Ne lui laissons pas le loisir de trop se détendre », dit Claude. Nous repartons.

De retour dans la salle d'interrogatoire, nous commençons par bavarder gentiment avec lui. Je lui parle de la jolie femme qui travaille avec moi, une avocate nommée Lenore.

« Ça doit être agréable pour vous, dit-il.

– Me Goya travaillait avant au bureau du procureur général de Californie du Sud. »

Là, il ne sourit plus. Peut-être n'a-t-il pas très envie de rencontrer les anciens collègues de Lenore. C'est ainsi que nous progressons, par petites touches menaçantes, plus subtiles les unes que les autres.

Il a regagné sa chaise.

Maintenant, c'est Claude qui prend les choses en main. Un interrogatoire sans fanfreluches, de l'inquisition au rabais.

« Nous avons votre télescope d'observation. » Claude se penche sur la table, le visage à deux centimètres de celui de Coltrane. « Celui que vous avez laissé sur la plate-forme, vous vous souvenez ? Nous avons effectué quelques recherches à son sujet. Ce n'est pas un modèle qui court les rues. Et drôlement cher, pour un minable comme vous. »

Si ça lui fait de l'effet, il n'en laisse rien paraître. Claude hausse le ton, décoche quelques épithètes supplémentaires. Puis rétrograde, reprend une voix plus ou moins normale.

« Vous portez un jean drôlement collant. Ça vous fait un beau cul. »

Coltrane le regarde, se demandant s'il y a lieu d'être choqué.

« Vous avez déjà vu ce que des gens bouclés en prison pour plusieurs années sont capables de faire pour écarter des fesses comme les vôtres ? demande Claude. Ce sont des vrais pros. Et apparemment, ils adorent ça. »

Coltrane continue à mâchonner la boule noire qui lui gonfle la joue. Imperturbable, comme s'il se disait : il faudra qu'ils commencent par m'attraper.

« Six personnes sont mortes et vous persistez à protéger le meurtrier. Vous pouvez continuer à la boucler avec ces braves gens, poursuit Claude en regardant de mon côté, mais moi, je vais m'assurer personnellement qu'on vous enferme dans une prison fédérale. Et tellement vite que vous n'aurez même pas le temps de vous en rendre compte. Maintenant, je veux savoir ce que vous avez vu, et je veux le savoir tout de suite. »

Coltrane baisse les yeux vers le journal pour ne pas avoir à regarder Claude en face. Une variante silencieuse du mot « non ».

Du revers de la main, Dusalt envoie le journal voltiger à l'autre bout de la pièce.

Coltrane se fige, se cale au fond de sa chaise, aussi loin que possible de Claude, raide comme un psychopathe que l'on soumet aux électrochocs. Il ne sait pas jusqu'où Claude peut aller. Ses yeux reviennent sur moi. Cela prouve que j'ai établi un contact. Il préférerait avoir affaire à moi plutôt qu'à Claude. Avec moi, il a du café et du sucre.

« Bien, dit Claude. Le télescope, nous avons relevé une empreinte dessus. »

C'est un mensonge par approximation. Nous avons effectivement une empreinte, mais elle est brouillée, et donc inutilisable.

« Nous attendons qu'on nous envoie les vôtres par fax maintenant. » En réalité, cela peut être fait dans la seconde, grâce au système informatique. Mais Coltrane l'ignore probablement, et plus il transpire, mieux c'est.

Claude lui explique que s'il accepte de négocier maintenant, avant que les empreintes ne soient expédiées, les choses iront plus facilement. Nous l'aiderons pour son délit fédéral en disant qu'il a coopéré.

Cette promesse ne semble pas autrement l'émouvoir. Il manifeste le genre de confiance qu'ont les gens certains d'avoir porté des gants. Je soupçonne depuis le début que cette empreinte unique, brouillée, de pouce sur le télescope pourrait bien appartenir au technicien des premières constatations, celui qui a été expédié dans les hauteurs le jour où j'ai rencontré Claude pour la première fois.

Dusalt lance quelques piques supplémentaires, des variations sur le thème habituel. Aucune n'ébranle Coltrane. Claude a épuisé toutes ses réserves et Coltrane, qui a moralement encaissé son plus méchant direct, est toujours sur ses pieds.

Claude me glisse un regard en coin, comme s'il envisageait de passer à la lance d'arrosage. Nous marquons une pause. Coltrane veut aller aux chiottes. On l'y envoie escorté d'un garde.

Dehors, dans le couloir, Denny, Dusalt et moi nous regroupons pour respirer un peu près d'une fenêtre ouverte donnant sur l'escalier de secours.

J'ai essayé de joindre Nikki à Coloma trois fois au cours des deux dernières heures. Elle n'est toujours pas rentrée. Je commence à m'inquiéter.

« Vous avez une idée ? » dis-je à Claude.

Pas la moindre.

Le soleil se couche beaucoup plus tôt ces derniers jours. Je vois le crépuscule poindre à l'horizon à travers le grillage de sécurité. On peut se demander quelle est l'utilité d'une échelle d'incendie dont l'accès est bloqué de la sorte.

Je consulte ma montre. Sept heures moins le quart. Lenore doit être en plein cœur de la réunion avec Ingel et Chambers, maintenant, une guerre de tranchée dans le cabinet privé du juge, dont l'enjeu est les termes de l'accusation qui sera prononcée devant le jury. Compte tenu des détails à préciser, cela va les mener jusqu'à neuf heures au minimum.

« Que voulez-vous faire ? » demande Claude. Il aimerait savoir jusqu'à quand je peux tenir.

« On va encore essayer un peu. Ensuite, on le laissera se reposer. On le mettra dans une chambre d'hôtel et on recommencera demain, après l'audience.

– Tôt ou tard, il va trouver que ça suffit. Soit il demandera à repartir libre, soit il réclamera un avocat.

– Je lui présenterai un avocat, dis-je. Quelqu'un du ministère de la Justice. » Le message est clair. Cleo Coltrane ne quittera pas cette ville sans nous avoir dit ce qu'il savait.

J'entends des talons cliqueter sur le carrelage. Le bruit se rapproche. Une seconde plus tard, Betty, l'une des chefs secrétaires du bureau, déboule à l'angle du couloir.

« Maître Madriani, nous vous cherchions partout !

– Que se passe-t-il ?

– Le juge Ingel a appelé du tribunal. Il s'est montré très pressant. Il voulait savoir pourquoi vous n'étiez pas à la réunion. Il était très en colère. »

Je veux bien le croire.

« Comment m'avez-vous trouvé ? » Je m'étais bien gardé de dire à quiconque où j'allais, mais je sentais que ça se terminerait comme ça.

« Ça n'a pas été facile, dit-elle d'un ton légèrement exaspéré. Le juge voulait absolument parler à un avocat.

– Laissez-moi deviner, dis-je. Roland ? »

Elle acquiesce.

« C'est lui qui a pris l'appel. Et qui s'est fait engueuler par le juge. » A l'entendre, on dirait que je dois une fière chandelle à Roland.

« Qu'est-ce qu'Overroy lui a dit ?

– Il est allé voir dans votre bureau, il a vu la note que vous aviez inscrite et il a dit au juge que vous aviez rendez-vous ici avec un dénommé Coltrane. »

En mon for intérieur, je me traite de tous les noms. A coup sûr, Ingel va répéter la chose à Chambers en laissant exploser sa colère. Adrian n'est pas un imbécile. J'ai séché une séance obligatoire au tribunal pour rencontrer quelqu'un à la prison. Le témoin qui me manquait. Adrian va faire tout un esclandre autour de l'injonction circonstanciée signée par Fisher qui m'obligeait à dévoiler le nom du témoin dès que je le saurais. Je vois d'ici la sérénade que me réserve le juge, et Adrian m'aidant à enlever ma chemise. Maintenant que j'ai repoussé sa dernière offre de négociation, ce dernier développement va le mettre en joie.

Je secoue la tête, me disant que je pourrais être avec Nikki en ce moment, à respirer le bon air de la montagne. En fait, j'aimerais être n'importe où, sauf ici.

« Ils avaient l'air vraiment furieux, dit Betty.

– Ils ?

– Me Chambers a appelé il y a cinq minutes, peu après le juge. Il a dit que l'huissier et la greffière étaient rentrés chez eux mais qu'on laisserait la porte du tribunal ouverte pour vous. »

Je lève un sourcil. Adrian prend les choses en main. Il doit être sur le dos de Lenore, en train de la submerger d'instructions. Si je ne rapplique pas rapidement, je vais le retrouver dans la robe noire du juge.

« Ils vous attendent tout de suite, insiste Betty.

– Formidable. » Je roule des yeux, remercie Betty et lui conseille de rentrer chez elle. Pourquoi tuer le porteur de mauvaises nouvelles ?

« Ramenez-le-moi ici tout de suite, dis-je à Claude, faisant allusion à Coltrane. Qu'on le sorte de force des chiottes, s'il le faut. »

Une ultime tentative, et ensuite, il faudra bien que j'aille au tribunal. Mais je leur apporterai peut-être un cadeau, une petite preuve irréfutable, l'identification du meurtrier des Scofield. C'est à peu près la seule chance qui me reste pour attendrir le Prussien.

Dans la salle, Coltrane me regarde comme s'il espérait avoir affaire à moi.

« Cleo. Je peux vous appeler Cleo ? »

Il hoche la tête.

J'ai en main une grande enveloppe de papier bulle. J'en sors un tirage 20 x 25 brillant que je fais glisser vers lui sur la table.

« Connaissez-vous cette femme ? »

Il regarde d'un air concentré la tête du cadavre de Karen Scofield et avale péniblement sa salive. Les nuances brunâtres du sang figé et l'orbite vide lui répondent face à face.

Il secoue la tête.

« Vous ne la connaissez peut-être pas mais vous l'avez déjà vue, n'est-ce pas, Cleo ? Au bord de la rivière, cette nuit-là ?

– Non, je ne l'ai jamais vue.

– Ces marques, dis-je en désignant de l'index le front et la joue de la morte. Vous savez comment elles ont été faites, hein, Cleo ? »

Il secoue la tête.

Voilà ce qui ne collait pas depuis le début, dans cette affaire. Les experts en profil psychologique et leur théorie de la mutilation faciale, la violence exercée contre le visage de Karen Scofield, l'œil manquant. Cela m'a dérangé pendant plusieurs semaines, jusqu'à hier, quand tout m'est apparu clairement en fin de soirée, alors que je travaillais seul dans mon bureau silencieux. Les sillons, les blessures profondes au front et sur les joues de Karen Scofield.

« Je vais vous dire comment ça s'est passé. Ces marques ont été faites par les serres d'un grand oiseau. Un rapace. Elles ont été faites par votre oiseau, Cleo. Par Harvey. »

Il secoue la tête en fermant les yeux, tout le langage corporel de la négation, mais pas un mot ne franchit ses lèvres.

Ce matin, j'ai demandé à Claude de faxer cette photo à William Rattigan, du Centre mondial des oiseaux de proie. Il m'a dit ce qu'aucun psy, aucun pathologiste n'avait été capable de me dire, à savoir que cet œil n'avait pas été enlevé par le meurtrier mais arraché à son orbite par les griffes aiguisées comme des lames de rasoir d'un énorme rapace.

Je le laisse contempler quelques secondes la photo devant lui.

« La journée a été longue, dis-je d'un ton plus doux, et je commence à me sentir fatigué. Aussi vais-je vous dire ce qui va vous arriver. Et vous pouvez considérer ça comme parole d'Evangile. »

Il est inutile de prolonger davantage l'exercice.

« Avez-vous déjà entendu parler de l'ADN ?

– Oui.

– Cela concerne la génétique. Les chromosomes, les cubes de construction de la vie qui font de chacun de nous un être différent. Vous n'avez pas les mêmes chromosomes que moi, ni que le lieutenant Dusalt. »

Coltrane regarde Claude. J'ai l'impression que cette nouvelle l'a réjoui.

« Vos chromosomes n'appartiennent qu'à vous, poursuis-je. Ils peuvent être identifiés dans vos cheveux, dans votre sang. Et dans votre salive. »

Il cesse de mâchonner. Et réfléchit avec concentration. A-t-il, oui ou non, craché là-haut sur la plate-forme ? L'expression de son regard m'indique qu'il n'en est pas bien sûr.

« Avec un tout petit peu de votre salive et une goutte de votre sang, nous pouvons déterminer ce qui vient de vous, et de personne d'autre au monde. »

Ce disant, je plonge la main dans la poche de mon pantalon.

Il me regarde d'un air inquiet. Il doit se demander si je ne vais pas sortir une aiguille, une seringue pour une prise de sang.

Mais non, c'est avec une petite plume que ma main ressort, une plume délicate et lustrée sous l'éclairage brut. Je la pince entre pouce et index et la fais doucement tourner sur elle-même.

« Nous nous occuperons de votre sang plus tard, Cleo, dis-je, car Harvey aussi a des chromosomes. »

A son regard, on peut dire que mes mots, le drame obscur de la penne, quelque message venu d'un pigeon de la place sur le chemin d'ici, ont touché une corde sensible en Cleo, tel l'impact d'un missile guidé au laser – Harvey et lui sont pris au piège, ce sont les oiseaux d'une même couvée.

Il manque plutôt d'air, maintenant. Me regarde, puis Claude.

« Vous pouvez faire ça ? demande-t-il, parlant de l'ADN.

– Nous pouvons faire ça. Et si nous devons en arriver là, vous êtes dedans jusqu'au cou. » Ma voix est plus tendue, je commence à en avoir assez de tourner autour du pot.

Sa pomme d'Adam monte et descend à vive allure, ses yeux font le tour de la pièce, s'arrêtent sur Claude, sur moi.

« La peine minimum pour ce que vous avez fait est de trois ans, me dit-on. La commission des libérations sur parole ne verra pas d'un très bon œil que vous ayez refusé de nous aider à coincer un assassin. » Je rapproche mon visage du sien. « Cleo, vous pouvez me faire confiance lorsque je vous dis que si vous ne nous aidez pas, vous en prendrez pour plus de trois ans. » Ma voix a l'autorité de celle de Yahvé inscrivant les commandements sur les tables de la loi.

Il me dévisage avec des yeux ronds. Une pause pour réfléchir en silence. Les secondes s'égrènent tandis que Coltrane prend la mesure de la situation. Il est sur le point de céder mais il hésite encore. Sa mâchoire s'affaisse légèrement.

Au même moment, la porte s'ouvre dans mon dos. Je me retourne. C'est Denny Henderson.

Si l'on pouvait tuer quelqu'un d'un regard, Denny serait déjà un client pour le croque-mort.

Le moment de transe est passé, l'élan qui portait Coltrane est brisé. Je regarde Henderson.

« Que se passe-t-il, bon Dieu ?

– Je pensais que vous voudriez voir ceci », dit-il en me tendant un morceau de papier. J'y jette un coup d'œil. Un nom inconnu inscrit sur ce qui ressemble fort à un morceau de feuille jaune arraché à un annuaire téléphonique.

« Qu'est-ce que c'est ?

– Le nom du propriétaire du terrain. Là-bas, le long de Putah Creek. Là où l'assassin a tué les Scofield. »

Je baisse les yeux vers le bout de papier jaune que m'a donné Denny.

L'acide glacé du signal d'alarme traverse mes veines pendant une fraction de seconde, avant que la lumière ne se fasse dans mon esprit. C'était sous mes yeux depuis le commencement. Je sens mon visage se vider de son sang, une boule de plomb se former dans mon estomac. C'est de la peur plus que de la colère. Je regarde Claude.

« Qu'est-ce qui se passe ? » demande-t-il.

Je froisse le morceau de papier en boule dans le creux de ma main et attrape Coltrane par le col de sa chemise. C'est de l'adrénaline pure qui le sort de sa chaise et le projette le dos contre la table. Il grimace de douleur quand ses reins heurtent l'angle au passage.

« Parlez-moi de l'homme au bord de la rivière, lui dis-je. Immédiatement. » Je détache les syllabes comme si j'utilisais une arme automatique.

Coltrane a les yeux hors de la tête. Il voit apparaître une facette de mon caractère qu'il ne soupçonnait pas.

Claude et Denny se jettent sur moi, immobilisent mes bras, essayant de libérer la gorge de Coltrane. C'est le problème avec les poussées d'adrénaline. En cet instant, il faudrait une armée pour que je le lâche.

Cleo suffoque, tente de desserrer l'étau avec ses mains. Hoche la tête comme pour signifier qu'il parlera si je lâche prise.

« D'accord, dit-il enfin. Laissez-moi. Je vais vous dire... vous dire... » Son visage est écarlate. Quand mon emprise cesse enfin, il tremble comme une feuille.

Un peu embarrassé, je redresse son col, tapote le devant de sa chemise et l'aide à regagner son siège. Claude et Denny me laissent aller mais restent à proximité, de crainte que ça ne me reprenne.

Je les contourne, vais ramasser le journal que Claude avait envoyé valser par terre au début de la séance. Je le pose à plat devant Coltrane et frappe violemment du plat de la main la photo en première page.

« Maintenant, identifiez l'homme que vous avez vu à Putah Creek cette nuit-là, celui qui s'affairait sur les deux corps au sol. »

Il tressaille, s'arrête, lève une dernière fois les yeux vers moi comme si, au dernier moment, j'allais lui épargner cette épreuve. Mais il lit la réponse dans le regard implacable que je fixe sur la photo étalée devant lui.

Et alors, d'un geste parfaitement délibéré, rapide et sans hésitation, Cleo Coltrane tend un index aux jointures tordues vers un visage, un seul visage imprimé sur le journal devant lui.

Et dans cette seconde de révélation, des pensées démentes envahissent mon esprit, des éclairs métalliques jaillissant alors que des piquets s'enfoncent dans des chairs molles, et le faciès démoniaque de celui qui infligea la mort à Abbott et Karen Scofield – la nuit où ils ont été assassinés par Adrian Chambers.

CHAPITRE 35

En traversant la place de l'hôtel de ville, nous n'avons tous les trois qu'une seule et unique idée en tête. Elle prend chez chacun toutes les formes possibles du persiflage nerveux : Adrian sait-il que nous savons ?

« Ingel n'a peut-être rien dit. » C'est la version optimiste de Claude. Il veut espérer que le juge a fermé sa grande gueule, qu'ayant appris par mon bureau que j'avais rendez-vous à la prison avec un dénommé Coltrane, il n'a pas trouvé lieu de récriminer. Claude le sait aussi bien que moi, le simple nom de Coltrane peut être le mot de passe pour un déferlement de violence.

Nous traversons la place en courant, contournons la fontaine. Denny est un peu à la traîne.

Si Ingel n'a rien dit, ils peuvent très bien être encore assis tous les trois, à pinailler sur les communications au jury.

« Comment Chambers pourrait-il reconnaître le nom de Coltrane ? » demande Denny.

Henderson est toujours en retard d'une foulée sur nous, au propre et au figuré.

« Et qui, à votre avis, a loué les services de Cleo ? »

Ma question est aussi hachée que mon souffle.

« Chambers ? suggère Denny.

– Exactement. »

C'est le petit bout de papier qu'il m'a apporté, les quelques mots griffonnés sur un morceau de page jaune d'annuaire, qui m'a donné la solution. Le propriétaire du terrain qui longeait Putah Creek, là où les Scofield ont été retrouvés, était « A.C. Associés », la holding d'Adrian, son petit empire de sociétés à responsabilité limitée. Ce nom était inscrit sur la carte de visite qu'Adrian m'a remise le premier jour, quand nous l'avons rencontré avec Harry à la sortie de la prison de Capital City.

Coltrane a eu le temps de nous raconter qu'il a été embauché au téléphone, payé en liquide par courrier, et n'a jamais rencontré celui qui l'avait chargé du travail à Putah Creek. Il ne connaissait même pas son nom.

Tels des amants que le sort rapproche, leurs chemins ne se sont pas croisés parce qu'ils le voulaient, mais par pur hasard, l'intervention du destin sous la forme d'un simple chemin de terre sur un terrain isolé menant au bord de la rivière, un accès que chacun a emprunté pour des raisons qui lui étaient propres.

En gravissant au pas de course les marches du palais de justice, je ne pense qu'à Lenore. J'essaie de me tranquilliser en me répétant qu'après tout, Adrian est un avocat. Plus de violence ne servirait à rien. Seulement voilà, il s'agit d'Adrian Chambers. Et il a déjà tué deux fois.

Claude a passé deux coups de fil avant de quitter la prison. Le premier au cabinet d'Ingel, pour essayer de l'avertir. Il n'a pas obtenu de réponse, mais ce n'est pas anormal à une heure aussi tardive. Le deuxième était destiné à l'unité spéciale d'intervention armée du comté. Il faudra un certain temps avant de pouvoir la mettre en branle, peut-être une demi-heure. Les types qui la constituent viennent des quatre coins du comté.

Atteignant enfin la porte d'entrée du palais de justice, je la trouve fermée. Je place ma main en visière pour essayer de distinguer ce qu'il y a derrière la vitre. Une pâle lumière luit dans le fond, près du bureau de la greffière, mais il n'y a pas de gardien, aucun policier en faction. A moins qu'il ne soit en train de faire sa ronde.

« Venez. » Je redescends les marches et fonce vers le garage, à l'arrière. La porte du sous-sol, celle qui permet d'accéder à la bibliothèque, sera sûrement ouverte. C'est le chemin qu'empruntent les avocats voulant effectuer des recherches en dehors des heures de bureau.

Maintenant, Henderson est vraiment loin derrière. Il a un demi-pâté de maisons de retard sur nous quand nous atteignons l'arrière du bâtiment et le sous-sol. Pas question de réduire l'allure. Je franchis la porte et longe au pas de course le couloir qui mène au monte-charge. Claude est dans ma foulée.

Nous entrons dans la cabine. Je regarde le couloir. Pas trace d'Henderson. Nous ne pouvons pas attendre. J'appuie sur le bouton du quatrième étage et la lourde grille qui sert de porte se referme.

Une minute plus tard, Claude et moi ressortons au niveau de la Section Quatre. La salle d'audience est plongée dans l'obscurité mais en regardant par les étroites ouvertures en hauteur ménagées dans les portes blindées, j'aperçois des lumières au fond, au niveau du bureau de la greffière, juste avant le cabinet du juge. Je tends l'oreille, espérant entendre des voix, mais c'est en pure perte, étant donné les dix centimètres d'acier et de chêne massif qui me séparent de l'intérieur.

Je tends la main et tire légèrement sur la lourde poignée. Elle s'entrouvre de quelques pouces. Je n'entends toujours rien.

« La porte du bureau du juge doit être fermée, dis-je à Claude.

– C'est probable. » Il est en train de fouiller en bas de sa jambe droite de pantalon, pour récupérer un objet attaché à sa cheville. Il me le tend : c'est un petit pistolet semi-automatique qu'il a toujours sur lui. Au cas où.

« Le cran de sécurité est ici », chuchote-t-il.

Je secoue la tête et lui rends l'arme.

« Je serais capable de me blesser. »

Il fait une grimace, comme s'il n'en croyait rien.

« Ou de blesser quelqu'un.

– C'est justement l'idée, dit-il.

– Non. Gardez-le. D'ailleurs, nous ne sommes même pas sûrs qu'il se passe quelque chose de particulier ici. »

Claude me lance un regard sans équivoque : il me prend pour un idiot.

« Ecoutez, ils m'attendent. Ils ont téléphoné. Pourquoi n'agirais-je pas comme le ferait n'importe quel avocat ? J'entre et je jette un coup d'œil. Vous pouvez observer la suite depuis la porte. Si j'entends des voix de l'autre côté en arrivant à la hauteur du banc du juge, je vous ferai un signe de la main. Vous entrerez et attendrez dans le couloir là, derrière, dis-je en désignant un point perdu dans l'ombre, juste en dessous de la tribune.

– Et après ? demande-t-il.

– J'écouterai à la porte. Croyez-moi, on peut très bien entendre ce qui se passe à l'intérieur sans franchir le seuil, ça m'est déjà arrivé.

– Bon. »

Il attend la suite du plan.

« S'ils sont en train de parler des communications au jury, j'entrerai d'un air détaché et raconterai un bobard quelconque au juge. Que les pompiers sont en bas, par exemple, qu'on voit de la fumée sortir du sous-sol et qu'ils évacuent le bâtiment. Quand tout le monde sortira, vous pourrez coincer Chambers. »

Il me regarde d'un air résigné, plein de petites rides qui s'affaissent autour du nez, comme si mon idée n'était pas pire qu'une autre.

Il glisse son pistolet dans la poche de sa veste et en sort un plus gros de la poche intérieure de son manteau. De l'acier bleu avec un canon évoquant de l'artillerie lourde.

Courbé en deux, je tire la poignée de nouveau. Puis je me redresse normalement, et pénètre dans l'antichambre obscure, une pièce intermédiaire de petites dimensions qui donne sur la salle proprement dite. Je m'assure que la porte, derrière moi, ne s'est pas verrouillée par l'effet d'un quelconque mécanisme. Je promène mon regard autour de la salle d'audience. A l'autre bout, la tribune du juge est complètement absorbée par la pénombre. On ne distingue que de vagues contours et les extrémités de cuivre des hampes de drapeau. Pas le moindre mouvement. Un faisceau de lumière vive venu du couloir s'arrête sur la gauche de la tribune, à hauteur de l'endroit où se tient l'huissier, légèrement en retrait. Toujours pas le moindre bruit de voix, seul le bourdonnement constant de la ventilation est perceptible, qui nous arrive par de petites grilles aménagées dans le haut plafond.

Je descends silencieusement l'allée centrale jusqu'à la barrière. Là, j'introduis deux doigts comme un forceps pour ouvrir un côté du portillon pivotant et me glisse à l'intérieur, refermant doucement le battant derrière moi.

Je me retourne et regarde. Claude m'observe à travers la meurtrière de la grande porte. Je perçois le reflet de la lumière du couloir sur le canon métallique de son arme. Il a été rejoint par quelqu'un, comme en témoigne une silhouette massive qui se dresse à quelques centimètres de lui et se penche sur son épaule. Denny, certainement, qui a fini par combler son retard.

Ayant longé toute la tribune, j'arrive aux marches qui accèdent au siège du juge. Sous le maigre éclairage, je distingue les deux drapeaux et le fauteuil du juge qui a pivoté sur place, son dossier élevé se trouvant pour l'instant tourné vers moi. Je plisse les yeux pour voir malgré l'obscurité.

Il y a quelque chose de bizarre avec ce fauteuil, une étrange déformation des lignes, comme si une tumeur avait poussé dans son dos. Le cuir, au milieu, forme une grosse bosse.

J'en ai suffisamment vu pour savoir qu'il est grand temps que Claude me rejoigne ici. Je me retourne vers la grande porte du fond et regarde les deux fenêtres verticales derrière lesquelles il me guettait. Il n'est plus là. Il n'y a plus personne là-bas. Je regarde avec plus d'attention, quelques secondes encore, des fois qu'il se serait juste écarté un instant, pour changer de position peut-être... Rien.

Mes yeux reviennent vers le fauteuil, là-haut sur l'estrade. Je scrute l'obscurité. Aucune ombre indiquant un mouvement, aucune voix en provenance du fond. Je me déchausse en silence et gravis en chaussettes les marches qui mènent au banc du juge. Arrivé en haut, je tends la main vers le dossier du fauteuil et lui imprime une légère poussée.

Il glisse doucement sur son axe, tel un manège, et je distingue enfin, faiblement éclairée par la lumière venant du fond, la silhouette plaquée au dossier d'un homme aux traits déformés. Les yeux sont deux ovales élargis, la mâchoire pend, la bouche bée. Une rivière de sang se fond dans les plis de la robe noire. L'un des piquets métalliques à pointe acérée qui se trouvaient sur le plateau des preuves à charge est fiché en plein dans sa poitrine. Derek Ingel ne pourra pas partir en vacances.

Je reste figé d'horreur sur place. Mes pieds semblent coulés dans du ciment. Je suis incapable de faire un geste. Pendant plusieurs secondes, mon regard ne peut s'arracher à la contemplation du visage mort du Prussien.

Puis un bruit survient. Je suis distrait de mon atroce rêverie par un imperceptible cliquetis métallique, quelque part au fond de la pièce. Je regarde. Personne. Claude n'est toujours pas arrivé. C'est alors que la lumière se fait dans mon esprit. Le bruit. Quelqu'un a poussé le bouton qui verrouille les portes de l'intérieur.

La Section Quatre est la cour d'assises de ce bâtiment. Elle est équipée du système de sécurité le plus élaboré du palais de justice, avec des portes blindées qui peuvent être bloquées au moyen d'un dispositif électronique à partir de deux endroits : là où se tient l'huissier, au pied du banc du juge, et dans le fond, à proximité de la table de la greffière. Une fois verrouillées, ces portes ne peuvent être rouvertes qu'avec la clé de l'huissier.

Je suis donc enfermé dans cette salle, coupé du monde extérieur, avec la mort pour toute compagnie. Fugitivement, je pense à Lenore. Ah, si j'avais le petit pistolet de Claude... Mais lui, où est-il donc passé ?

En bas des marches dégouttantes de sang, toujours dans l'obscurité, j'ai la présence d'esprit – à moins que ce ne soit un réflexe idiot, la force de l'habitude – de récupérer mes chaussures.

Je me dirige vers le plateau où sont disposées les preuves à charge, à deux mètres de là. Des piquets de tente en métal qui avaient été plantés dans les corps des étudiants – des morceaux de fer en forme de L d'une trentaine de centimètres de long –, quatre avaient été passés à la meule, pour obtenir une pointe aussi tranchante qu'une lame de rasoir.

Ingel en a un dans la poitrine et il n'en reste que deux sur le plateau. Je m'empare d'un des deux.

Collé au mur, je longe le couloir en direction des cabinets de travail des magistrats qui se trouvent à l'arrière. Ici, la lumière est éclatante, le plafond fluorescent. Arrivé devant la porte du bureau de la greffière, je passe précautionneusement la tête dans l'embrasure et risque un œil. La pièce est vide. Un trousseau de clés assez gros pour appartenir à un geôlier est posé en évidence sur la table. Quatre clés y sont accrochées. Je subodore que l'une d'elles doit pouvoir ouvrir la serrure de sécurité des portes d'entrée bloquées. Mais elles sont disposées avec tant de soin au milieu de la table que je me demande, à les voir, s'il ne s'agit pas d'un leurre.

A gauche, une lumière brille derrière la porte entrouverte qui communique avec le cabinet du juge. Mais d'où je suis, je ne peux pas voir à l'intérieur. Il faudrait que je m'avance au-delà du bureau de la greffière, plus loin dans la pièce, pour avoir un point de vue satisfaisant.

Sur ma droite, un peu derrière moi, il y a une autre porte qui est fermée pour l'instant. Elle ouvre sur le couloir privé qui dessert les différentes salles d'audience de l'étage. Interdit d'accès au public, ce couloir n'est utilisé que par les magistrats et leurs assistants, pour communiquer entre eux et se transmettre des documents. Il est scellé à chaque extrémité par des portes d'acier, là où autrement il rejoindrait les halls empruntés par le public, dehors. Les juges et eux seuls, m'a-t-on dit, connaissent le code qui déclenche le mécanisme leur permettant de pénétrer dans ce sanctuaire, le couloir privé, au-delà des portes d'acier.

J'inspecte du regard le local de la greffière, cherchant les endroits où Adrian pourrait être caché si c'est ici qu'il m'attend. Il n'y en a pas beaucoup. Je le soupçonne plutôt de se trouver dans le cabinet du juge.

Je franchis le seuil et entre dans la pièce, brandissant le piquet métallique dans ma main droite, en cas de besoin. Maintenant, je peux voir l'intérieur du cabinet d'Ingel, son bureau et son fauteuil. Puis je la vois, elle, Lenore, allongée sur le canapé qui est accolé au mur du fond. Son dos est tourné vers moi et elle semble avoir les pieds et les mains attachés avec de la corde blanche. Adrian a fait bon usage de notre plateau de preuves à charge. Tout ce dont il avait besoin.

En passant devant la table de la greffière, ma vision périphérique s'élargit. Je vois les deux côtés de la pièce, le dessous du bureau, l'encoignure derrière le meuble de classement, tous les endroits où

Adrian pourrait s'être caché. Je saisis les clés sur la table. Malgré toutes mes précautions, elles cliquettent légèrement.

Je m'approche à pas de loup du cabinet d'Ingel. Je scrute l'interstice entre la porte entrouverte et les gonds. Il n'y a personne derrière le battant. Et ce faisant, je garde le piquet bien serré au creux de ma main, au cas où Adrian bondirait sur moi. Mais à l'heure qu'il est, il doit savoir que je suis là. Je penserais volontiers qu'il a pu s'échapper par la porte de derrière, une issue sans problème, mais il y a eu ce déclic lorsque la grande porte a été verrouillée. Quelqu'un a nécessairement fait ça.

Il est donc ici, et je le sais. Et dire que ceci n'a rien de personnel serait, ici rendu, nier la réalité. J'avais raison sur un point. Les mots qu'Adrian a proférés cet après-midi dans mon bureau, sa vaine tentative de négociation, auraient mieux convenu, il est vrai, à une conversation avec son analyste.

D'où je suis, je vois mieux Lenore, maintenant. Je ne saurais dire, à cette distance, si son corps est soulevé par sa respiration. Je cherche des traces de sang. Et j'en trouve. Une quantité importante, des tons bruns de sang coagulé qui se détachent sur son chemisier blanc, à proximité du cou. Je reste planté là, le regard fixe. Vu la quantité de sang que j'ai sous les yeux, elle ne peut pas être vivante. Je suis interdit, fou de rage. Je sens monter en moi le flux d'hormones qui m'a poussé tout à l'heure à arracher Coltrane à son siège dans la petite pièce de la prison. Je le sens dans mes poings, au bout de mes oreilles, tel du plomb en fusion qui propulse la rage jusqu'au sommet de ma tête. Je regarde avec des yeux exorbités le corps de Lenore recroquevillé sur le divan, genoux remontés vers sa poitrine, les bras tordus, les mains attachées dans son dos.

Si Adrian Chambers est dans cette pièce, l'un de nous deux seulement en ressortira vivant.

Je pousse doucement la porte qui pivote sur ses gonds. Tandis qu'elle dessine lentement son arc vers le mur, je franchis le seuil.

Rien.

La pièce est vide. Je regarde autour de moi. La niche pour les jambes, sous le bureau. C'est le seul endroit où se cacher. La porte heurte en douceur la cale qui protège le mur et au même moment, il y a un mouvement. Sur le canapé, Lenore s'est débattue pour tourner la tête. Je m'approche aussitôt, touche son corps, sens la chaleur de son bras, elle est vivante. Et je le vois. Le chiffon imprégné de sang séché. Pour bâillonner Lenore, Chambers a utilisé la serviette ensanglantée qui se trouvait sur le plateau des preuves à charge, celle de la camionnette d'Iganovich. Je défais le nœud derrière sa tête.

« Où est-il ?

– Je ne sais pas, hoquette-t-elle, n'ayant pas encore retrouvé son souffle. Il est parti quelque part derrière moi et je l'ai perdu, le bruit de ses pas s'est éloigné. »

Je m'acharne contre la corde qui maintient ses poignets. Il me faut plusieurs secondes pour la dénouer. Lenore roule sur elle-même et s'assoit. Nous nous mettons à deux pour défaire les liens de ses chevilles, qui sont extrêmement serrés. Je finis par les couper avec les ciseaux que je prends sur le bureau. Tant pis pour la preuve matérielle.

« Sortons d'ici au plus vite. » Je l'aide à se lever et nous ressortons, passons devant le bureau de la greffière et nous engouffrons dans le couloir qui conduit à la salle d'audience. Mes yeux encore éblouis par la lumière vive ont du mal à s'adapter à l'obscurité.

J'entends du bruit. Quelqu'un tire violemment sur la poignée de la grande porte, essaie la serrure. C'est alors que je vois Denny Henderson derrière les vitres en longueur de la porte. Un autre flic, vêtu de noir, est avec lui, fusil automatique en main. Ils secouent tous les deux la porte, la faisant frémir sur ses gonds, dans la mesure où l'on peut ébranler un battant de cent cinquante kilos.

Denny m'adresse de grands signes en martelant la porte, il hurle, il essaie de me crier quelque chose à travers le bois blindé. Je tends l'oreille et hausse les épaules pour signifier que je n'entends rien.

J'avance d'un pas et une douleur fulgurante me déchire l'épaule, une brûlure pareille à des éclairs en nappe se diffuse dans le haut de mon corps. Hébété, je baisse les yeux et là, ressortant de la veste de mon costume, je vois dix centimètres de métal froid, la pointe bien aiguisée d'une tige en L. Mes genoux s'entrechoquent et je suis pris de nausée. Et sous mes yeux, la pointe effilée disparaît, se retire de mon corps tel un bateau quittant son mouillage.

Je me retourne et frappe à l'aveuglette derrière moi, ne rencontrant que le vide. Mais je vois Chambers dont la silhouette noire se détache dans la lumière du couloir.

« Courez », dis-je à Lenore. Je suis entre elle et Adrian. Mais il me pousse sur le côté et elle ne réagit pas assez vite. Il l'attrape par un bras, lève son piquet.

Avant qu'il n'ait pu la frapper, je lui lacère le visage avec le piquet que je tiens, dessinant un arc de cercle dentelé sur sa joue. Il pousse un hurlement. Au lieu de poignarder Lenore, il lui donne un coup de poing en pleine mâchoire, l'envoyant rouler contre le banc.

Puis il se retourne contre moi, lève le bras et perce un trou dans le mur à quelques centimètres de ma tempe. Il arrache le piquet du mur, l'abat comme une matraque sur mon crâne. Je m'effondre par terre, commence à ramper, plante mes ongles dans la paroi pour essayer de me relever, sentant un liquide chaud couler sur mon corps, et mes pieds glisser dans mon propre sang.

Adrian fait volte-face vers Lenore. Elle s'est relevée et monte les marches de la tribune en courant. Elle atteint la dernière quand il l'attrape par la cheville, arrache le talon aiguille de sa chaussure et l'envoie valdinguer dans le drapeau. Elle lui décoche un grand coup de son pied libre et Adrian est propulsé à portée de ma main. Pris d'étourdissement, ne voyant presque plus rien, j'abats mon piquet sur sa jambe, déchirant son pantalon et réussissant à entamer sa cuisse. La blessure n'est pas profonde mais elle suffit à attirer son attention.

Chambers se retourne. Il se dresse au-dessus de moi, énorme masse menaçante aux yeux exorbités de chien enragé. La serge bleue de son costume se soulève en même temps que ses épaules, il brandit à deux mains le piquet métallique au-dessus de sa tête, terrifiante vision d'un grand prêtre s'apprêtant à sacrifier aux dieux. Soudain, la pointe acérée comme une lame de rasoir d'un fer de hampe traverse sa chemise, telle une flèche, quinze centimètres de métal qui ont franchi le mur de sa poitrine. Ses bras restent en suspens, pétrifiés par l'impact. Et la seconde suivante, on entend un gargouillis de sang qui s'engouffre dans ses poumons. Une expression intriguée anime le visage d'Adrian, comme si, d'une certaine manière, il avait vu quelque chose derrière le voile qui obscurcit ses yeux. Et il s'affale en tas par terre. Le drapeau partiellement enroulé autour de son mât ressort dans son dos.

Derrière, les pieds écartés pour garder son équilibre, du sang sur le menton, Lenore regarde le corps inanimé qui gît à ses pieds. Il n'y a rien, dans le blanc de ses yeux et la fermeté de sa mâchoire, qui suggère la moindre parcelle de pitié ou de remords. La vision qui s'inscrit dans mon esprit au moment où tout se brouille devant mes yeux n'est que feu et vent, étincelles dans l'air, l'image calcinée d'une antique déesse de la guerre.

Épilogue

Cela fait déjà cinq mois. Le procès du Russe s'est terminé par un ajournement, empoisonné par les machinations tortueuses et la duplicité de son avocat.

Aujourd'hui encore, mon épaule diffuse une douleur latente. J'ai appris à accepter qu'il y avait de bons et de mauvais jours, un souvenir durable d'Adrian Chambers. Les médecins m'assurent qu'avec le temps, et des soins appropriés, je m'en sortirai.

Pendant toute cette épreuve, ces mois de souffrances, Nikki a été gentille avec moi. Elle a bien voulu oublier le danger auquel je nous avais tous involontairement exposés. Il s'est avéré que si je n'avais pas réussi à la joindre au téléphone à la pension de famille de Coloma, ce jour-là, c'est parce qu'elle avait emmené Sarah voir un film à Placerville. Elle avait retenu un taxi pour les accompagner et les ramener, une balade de trente-cinq kilomètres. La facture que j'ai sous les yeux en témoigne.

Quand je suis rentré de l'hôpital, Nikki a passé plusieurs semaines à prendre soin de moi, nettoyant ma plaie et la pansant. Nous avons parlé de la vie et de la valeur de l'amour de longues heures durant. Finalement, j'ai appris que la qualité première de Nikki, avant toutes les autres, est la faculté de pardon. Aujourd'hui, elle m'attend dehors dans la voiture.

Jane Rhodes m'adresse un large sourire quand je traverse l'espace de la réception. L'ambiance me paraît plus légère ici. Je soupçonne que cela vient en partie de mon soulagement à l'idée de transmettre le flambeau à un autre. Je ne suis plus procureur du comté de Davenport.

Alors que je me dirige vers la porte, un homme est occupé à gratter des lettres d'or sur le verre dépoli, dernier souvenir de Mario tombant en copeaux sur le sol.

Je vais avoir besoin d'un coup de main pour porter mes cartons jusqu'à la voiture. Deux ou trois employés du service m'ont proposé leur aide.

Certaines bribes de l'affaire continuent à remonter à la surface. J'ai passé trois jours à l'hôpital avant de découvrir ce qui était arrivé à Claude ce soir-là. Il s'en est tiré avec une sérieuse commotion et un arrêt de travail d'un mois. Pour preuve, sa tête garde une marque qui épouse exactement la forme d'un lourd maillet en marbre – le presse-papiers qui ornait le bureau d'Ingel. Il semble que la silhouette que j'ai vue se profiler derrière Claude n'était pas celle de Denny Henderson, mais de Chambers.

La police a reconstitué son parcours à partir des différents objets qu'il a semés en route. Après avoir tué Ingel et immobilisé Lenore sur le divan, Adrian est sorti de la salle d'audience par le couloir du fond, celui dont les deux extrémités sont inaccessibles au public. En ouvrant une des portes donnant sur le hall, il a pu surprendre Claude par-derrière, puis regagner la salle d'audience par la même voie. Nous connaissons la suite.

Il semblerait qu'Adrian se soit lourdement endetté, des placements immobiliers qui ont mal tourné avant qu'il ne soit réintégré au barreau. Parce que le cours des valeurs immobilières s'est effondré, mais aussi parce que son train de vie était trop élevé. Depuis, j'ai visité les bureaux de A.C. Associés dans un gratte-ciel de Capital City, de l'autre côté de la rivière : encore plus luxueux que le chiotte privé du pape ; avec presque autant de tableaux aux murs. Il avait mis au point un système de cavalerie particulièrement sophistiqué pour tenir le coup, prenant l'argent des investisseurs les plus récents pour rembourser les créances des plus anciens. Une armée d'experts-comptables essaie maintenant de déterminer la portée exacte de ces pertes et de la fraude conséquente. Mes propres calculs se sont arrêtés quand ils ont atteint douze millions de dollars. On dit que ce nombre aura doublé quand ils arriveront au bout.

Adrian avait le couteau sur la gorge. Les échéances se rapprochant, il avait passé un accord avec des promoteurs concernant le terrain de Putah Creek. La réalisation de cette vente l'aurait remis à flot. C'est alors que les oiseaux sont intervenus.

Les faucons pèlerins attirèrent pour la première fois l'attention d'Adrian quand un fermier du coin constata qu'ils tuaient ses pigeons. Si l'on en croit la femme – aujourd'hui une veuve éplorée – de cet homme, il s'en était plaint à Chambers. Et un mois plus tard, il mourait accidentellement, mystérieusement écrasé sous les roues de son tracteur et découpé en lanières par les disques de métal tranchant qui éventraient sa terre. Les flics enquêtent actuellement plus à fond sur cet accident. Nous ne saurons probablement jamais si Adrian a eu quelque chose à voir avec ça.

Il a suffi à Adrian de poser quelques questions et d'effectuer des recherches sommaires pour comprendre où était le danger. Tout projet de promotion immobilière sur son terrain allait nécessairement entraîner un rapport sur les conséquences pour l'environnement, un document plus long que la Bible et nourri pareillement de l'histoire de la Création. Quand, à la lecture du rapport, les services gouvernementaux découvriraient la présence d'espèces en danger d'extinction sur le territoire, Adrian pourrait dire adieu à sa vente. L'Etat imposerait la protection des terres au titre d'habitat naturel, réduisant considérablement leur exploitation, et par conséquent leur valeur. Se trouvant dans l'incapacité de justifier les sommes importantes soustraites aux investisseurs, Chambers serait vite confronté à un séjour en prison, et plus durablement cette fois.

C'est là que Cleo Coltrane fait son apparition. Ayant découvert que les faucons mouraient par groupes entiers, victimes de quelque prédateur naturel, les Scofield furent rapidement sur la piste de Cleo. Et bientôt, ils la remonteraient jusqu'à Chambers. Manquant désespérément d'argent et faisant son possible pour en tirer de la seule chose de valeur qui fût en sa possession, celui-ci se trouva contraint de neutraliser ce nouveau problème. Que pouvaient bien changer deux morts de plus ? Adrian allait profiter de la couverture des meurtres de Putah Creek. Il n'avait même pas besoin d'un nouvel accident inexpliqué, comme dans le cas du fermier.

J'aurais dû m'en douter. Cette insistance à faire emballer les meurtres Scofield dans le même sac que les autres. Chambers savait très bien qu'une fois Iganovich jugé pour tous les meurtres, la police classerait le dossier Scofield. Aucun jury n'irait condamner un autre suspect alors que le Russe purgeait une peine pour ces crimes. Aux yeux d'Adrian, la question ne se posait pas en termes de justice, mais d'efficacité. Il savait qu'Iganovich était l'auteur des quatre premiers meurtres. Il était donc le candidat naturel pour les suivants.

Quant au Russe, les policiers de l'Oregon et du comté d'Orange ont maintenant bouclé la boucle pour ce qui est des meurtres non élucidés. Ils ont découvert des preuves matérielles qui établissent la participation d'Iganovich. Avec le temps, et l'aide du Département d'Etat, nous avons retrouvé une longue et sordide piste de corps abandonnés et de meurtres mystérieux – une douzaine au moins, dans trois pays d'Europe de l'Est – où Iganovich a séjourné en attendant son visa pour les Etats-Unis. Que cet homme ait pu se faire aussi facilement embaucher comme gardien par une société de sécurité en dit long sur la qualité de ce genre de service.

Nous avons également retrouvé le morceau de corde égaré. Comme dans un conte de fées, il est réapparu par terre, toujours dans son sachet de plastique portant une marque d'identification, sur le plancher de la bibliothèque, plus ou moins à l'endroit où les techniciens l'avaient photographié le jour de sa disparition. Il a été découvert le lendemain du jour où Chambers m'a transpercé l'épaule avec le piquet de tente. Il paraît que Roland effectuait des recherches dans cette partie de la bibliothèque peu de temps avant qu'une secrétaire ne retrouve la preuve disparue. On m'a dit qu'il avait été convoqué cet après-midi par un des adjoints de Claude pour s'expliquer sur ce point.

Lors de notre dernière entrevue dans mon bureau, Adrian a en tout cas dit la vérité sur un point. Sa participation au procès de Putah Creek n'était aucunement motivée par un souci de vengeance personnelle. Comme l'avait remarqué Jacoby au Canada, Adrian était pour ainsi dire arrivé avant Iganovich à la frontière, tant il avait hâte d'assurer la défense du meurtrier de Putah Creek, quel qu'il fût, dès son arrestation. Il a dû éplucher les journaux et coller l'oreille au sol dans le voisinage des flics pendant plusieurs jours. Adrian n'avait rien d'un homme assoiffé de gloire, en mal de publicité. Il avait bien d'autres chats à fouetter. Il lui fallait coûte que coûte donner à la défense la tournure qui servait son propos.

C'est avec cet objectif qu'il s'est inlassablement efforcé d'obtenir un compromis. C'est pour cela qu'il a demandé l'inculpation de son client pour les six meurtres, les Scofield au même titre que les quatre étudiants. Une vilaine solution, mais expéditive, à tous ses problèmes. Sa première tentative de compromis s'étant soldée par un échec, il eut recours à des méthodes moins civiles : la photo de Sarah dans la cour de récréation, la lettre de menaces de mort. Les policiers ont établi la similitude du filigrane apparaissant sur le papier de la lettre anonyme avec d'autres feuilles retrouvées dans le tiroir du bureau d'Adrian. Il y avait également chez lui de vieux numéros des *Annales de jurisprudence criminelle*, d'où provenaient certaines des lettres découpées qui constituaient le texte de la lettre.

Je décroche le dernier cadre qui orne encore mon mur. Un témoignage de reconnaissance pour services rendus, signé des officiels du comté et accroché là pendant mon séjour à l'hôpital. C'est le fruit d'un complot timidement ourdi par Emil, un geste maladroit de dernière minute. Au moment où je le laisse tomber dans le carton, une ombre obscurcit l'embrasure de la porte derrière moi. C'est Lenore Goya.

Dans ce combat que nous avons mené pour sauver notre vie, il semble que Lenore ait captivé le public. La presse de tout l'Etat, et même du pays, a couvert l'événement. Apparemment, la justice n'a jamais été aussi bien rendue dans la salle d'audience de Derek Ingel que par Lenore ce jour-là, à la pointe de la lance.

Pour sauver la face, les édiles de la cité lui ont proposé le poste de Mario. Mais c'était trop tard. Lenore est maintenant submergée de propositions autrement alléchantes, y compris celle du gouverneur, qui lui offre de remplacer le juge Ingel. Je ne sais pas pourquoi, mais j'imagine mal Lenore en robe de magistrat. A mon avis, elle trouverait cela fastidieux.

« Comment ça va ? me demande-t-elle.

– Bien. Et vous ? »

Les hématomes de sa joue et de son menton ont disparu depuis longtemps.

Elle sourit comme si tout allait pour le mieux.

« Vous venez juste de rater Roland, dit-elle. Il s'est adjugé les meilleurs cartons. »

Overroy vide son bureau, lui aussi. Sentant le vent tourner, il a saisi la balle au bond et pris sa retraite tant qu'il était encore temps. Ses actions sont nettement en baisse, ces jours derniers, auprès des huiles du comté. Hormis le mystère non résolu de la preuve égarée, son rôle dans les propositions de compromis d'Adrian, le fait qu'il se soit laissé duper publiquement, et si gravement, ont indisposé en haut lieu. Bien entendu, tout le monde a oublié que les dirigeants étaient prêts à accepter le compromis, à se traîner dans la boue pour y parvenir.

« Qui va requérir contre Iganovich ?

– Le procureur général, me répond-elle. Nous avons pensé que c'était préférable. » Lenore ne pense pas rester dans le coin assez longtemps pour pouvoir assumer le rôle du ministère public.

Elle me confie que parmi les propositions qu'elle étudie, il y a un poste de superviseur au bureau du procureur à Capital City.

« Peut-être vous verrai-je de temps en temps, de l'autre côté du fossé qui sépare la défense de l'accusation.

– Peut-être. »

Je souris et lui tends ma main valide. Elle s'approche tout près, à hauteur de mon oreille, et pose un seul baiser très doux sur ma nuque. Une pression de la main et déjà elle a disparu dans le couloir.

En descendant les marches de pierre grise qui mènent à la place de l'hôtel de ville où m'attend ma voiture, je vois à une centaine de kilomètres devant moi les montagnes dont les crêtes dentelées se découpent sur un ciel d'un bleu saisissant. La morsure de l'air annonce que décembre approche.

Principal témoin

Je me retourne et regarde en direction de l'ouest, vers les champs labourés où de petits tourbillons de poussière s'élèvent dans la brise. Dans le lointain, j'entends un sifflement, faible mais persistant, un son primitif comme le cri perçant d'un rapace sauvage en vol. Je m'arrête, pivote, écoute. Il y a là une tonalité cristalline, limpide et indiscutable. Il s'agit bien du vent hurlant dans les canyons de Putah Creek.

REMERCIEMENTS

Ma gratitude particulière va à Ward Campbell, Deputy Attorney General de l'Etat de Californie, pour m'avoir éclairé sur les lois d'extradition ; à George Williamson, Chief Deputy Attorney General de l'Etat de Californie, division criminelle, et au Deputy Attorney General Scott Thorp, qui m'ont aidé à apporter couleur et authenticité aux processus pour moi obscurs d'un grand jury de comté rural.

Je dois une reconnaissance spéciale à l'Institut de criminologie de l'Attorney General ainsi qu'à son directeur, Victor C. Reeve, pour leur précieux soutien dans les domaines techniques de l'expertise criminelle.

A Jim Bissell, Q.C., directeur du Bureau régional de Vancouver, ministère de la Justice du Canada, et à M. John M. Loo, du même Bureau, je suis reconnaissant de m'avoir assisté, et guidé dans les arcanes du processus d'extradition de la loi canadienne.

A Mark Berg d'Auburn, Californie, éminent avocat pénaliste, je dois une reconnaissance éternelle pour ses encouragements, et tous ses conseils en matière juridique.

Et je remercie tous les écrivains et les avocats qui, pendant que je rédigeais ce livre, m'ont prodigué avec tant de gentillesse conseils et encouragements, en particulier F. Lee Bailey, Edward J. Bellen, Melvin Belli, Dale Brown, Vincent Bugliosi, Dominick Dunne, Richard Herman Jr., Clifford Irving, Edward Stewart et William Wood.

Je voudrais spécialement remercier le romancier et avocat John Grisham, dont les compliments dans la presse écrite et les paroles d'encouragement témoignent d'une générosité d'esprit que les trompettes de la renommée n'ont pas altérée.

Je tiens aussi à remercier Phyllis Grann, qui a publié ce livre, pour son soutien indéfectible et ses encouragements illimités ; mon éditeur, George Coleman, qui m'a guidé dans la narration de cette histoire ; et mon agent, John Hawkins, pour son infinie sagesse et ses précieux conseils.

Mes derniers remerciements, mais non les moindres, sont pour Leah, qui a passé d'innombrables heures à m'écouter lire et divaguer, et est restée à mes côtés, m'encourageant et exprimant son intérêt pendant de longues années de lutte. C'est à elle et à Meggie que je suis le plus profondément redevable.

A eux tous, et à d'autres que je pourrais par inadvertance avoir omis de citer, je suis reconnaissant de leurs conseils et remarques judicieuses qui m'ont permis d'élaborer une œuvre vraisemblable. Je suis entièrement responsable de toute erreur que le lecteur pourrait déceler à cet égard.

DANS LA COLLECTION
« GRAND FORMAT »

SANDRA BROWN
Le Cœur de l'autre

CLIVE CUSSLER
L'Or des Incas

LINDA DAVIES
L'Initiée

JANET EVANOVICH
La Prime

GINI HARTZMARK
Le Prédateur

DAVID MORRELL
In extremis

MICHAEL PALMER
De mort naturelle

SIDNEY SHELDON
Rien n'est éternel

A paraître

ALAN DERSHOWITZ
Le démon de l'avocat

GINI HARTZMARK
La suspecte

Cet ouvrage a été réalisé par la
SOCIÉTÉ NOUVELLE FIRMIN-DIDOT
Mesnil-sur-l'Estrée
pour le compte des Éditions Grasset
en février 1996

Imprimé en France
Dépôt légal : février 1996
N° d'édition : 9954 – N° d'impression : 32901

ISBN : 2-246-50971-8
ISSN : 1263-9559